John Grisham

O Júri

Título original: *The Runaway Jury*

Copyright © 1996 por John Grisham
Copyright da tradução © 2022 por Editora Arqueiro Ltda.

Todos os direitos reservados. Nenhuma parte deste livro pode ser utilizada ou reproduzida sob quaisquer meios existentes sem autorização por escrito dos editores.

Esta é uma obra de ficção. Nomes, personagens, lugares e acontecimentos são fruto da imaginação do autor ou foram usados de forma fictícia. Qualquer semelhança com pessoas reais, vivas ou mortas, eventos ou localidades é mera coincidência.

tradução: Bruno Fiuza e Roberta Clapp
preparo de originais: Patrícia Vilar | Ab Aeterno
revisão: Ana Grillo e Mariana Bard
diagramação: Ana Paula Daudt Brandão
capa: Raul Fernandes
imagem de capa: Crazy City Lady | Shutterstock
impressão e acabamento: Lis Gráfica e Editora Ltda.

CIP-BRASIL. CATALOGAÇÃO NA PUBLICAÇÃO
SINDICATO NACIONAL DOS EDITORES DE LIVROS, RJ

G888j
    Grisham, John, 1955-
       O júri / John Grisham ; tradução Roberta Clapp, Bruno Fiuza. - 1. ed.
- São Paulo : Arqueiro, 2022.
       448 p. ; 23 cm.

       Tradução de: The runaway jury
       ISBN 978-65-5565-313-7

       1. Ficção americana. I. Clapp, Roberta. II. Fiuza, Bruno. III. Título.

22-77312
                 CDD: 813
                 CDU: 82-3(73)

Meri Gleice Rodrigues de Souza - Bibliotecária - CRB-7/6439

Todos os direitos reservados, no Brasil, por
Editora Arqueiro Ltda.
Rua Funchal, 538 – conjuntos 52 e 54 – Vila Olímpia
04551-060 – São Paulo – SP
Tel.: (11) 3868-4492 – Fax: (11) 3862-5818
E-mail: atendimento@editoraarqueiro.com.br
www.editoraarqueiro.com.br

À memória de
Tim Hargrove
(1953-1995)

1

O rosto de Nicholas Easter estava ligeiramente escondido por uma estante repleta de telefones sem fio compactos, e ele não estava olhando diretamente para a câmera escondida que o fotografava, mas para algum lugar à esquerda, talvez para um cliente, talvez para um balcão diante do qual um grupo de crianças se aglomerava para ver os jogos eletrônicos asiáticos mais recentes. Embora tirada a uma distância de 40 metros por um homem que se esquivava da intensa movimentação de pessoas no shopping, a foto era nítida e mostrava um rosto bonito, bem barbeado, com traços marcantes e um olhar de bom moço. Easter tinha 27 anos, eles sabiam disso. Não usava óculos. Não tinha piercing no nariz nem um corte de cabelo estranho. Nada que indicasse que era um dos típicos nerds de computador que trabalhavam na loja recebendo cinco dólares por hora. Sua ficha dizia que ele trabalhavam lá havia quatro meses e que se dividia entre o emprego e a faculdade, apesar de nenhum registro de matrícula ter sido encontrado em qualquer instituição em um raio de 500 quilômetros. Ele estava mentindo sobre isso, não tinham dúvida.

Só podia estar mentindo. As informações deles eram muito confiáveis. Se o garoto estivesse na faculdade, saberiam em qual, desde quando, em qual área, se as notas eram boas ou ruins. Eles saberiam. O rapaz era atendente em uma Computer Hut de shopping. Nem mais, nem menos. Talvez planejasse se matricular em algum lugar. Talvez tivesse entrado e saído, mas ainda gostasse de dizer que era estudante de meio período.

7

Talvez isso o fizesse se sentir melhor, proporcionasse um senso de propósito, soasse bem.

Mas ele não era, nem nunca fora em qualquer momento do passado recente, estudante de coisa nenhuma. Portanto, seria possível confiar nele? Isso já havia sido levantado na sala duas vezes, cada vez que o nome de Easter despontava na lista principal e seu rosto aparecia na tela. Já estava quase decidido que aquilo era uma mentira inofensiva.

Ele não fumava. A loja tinha uma política severa de proibição ao fumo, mas ele fora visto (não fotografado) comendo um taco no Food Garden com uma colega de trabalho que fumou dois cigarros enquanto tomava uma limonada. Easter não pareceu se importar. Pelo menos, não era um antitabagista fanático.

O rosto na foto era magro e bronzeado, e mostrava um sorrisinho de lábios fechados. Por baixo do casaco vermelho da loja, ele vestia uma camisa branca de colarinho sem botões e uma gravata listrada de bom gosto. Parecia elegante e em forma, e o sujeito que tirou a foto chegou a falar com Nicholas enquanto fingia comprar um dispositivo obsoleto; relatou que ele era articulado, prestativo, experiente, um bom rapaz. O crachá identificava Easter como "cogerente", mas outros dois funcionários com o mesmo cargo haviam sido vistos na loja naquele mesmo momento.

No dia seguinte à foto, uma jovem atraente vestindo uma calça jeans entrou na loja e, enquanto caminhava pela seção de softwares, acendeu um cigarro. Por acaso, Nicholas Easter era o atendente, ou o cogerente, ou o que quer que fosse, que estava mais perto, então aproximou-se educadamente da mulher e pediu que apagasse o cigarro. Ela fingiu decepcionar-se e ficar ofendida com o pedido, e o provocou. Ele manteve a postura diplomática e explicou que a loja tinha uma política estrita de proibição ao fumo. Ela poderia fumar em qualquer outro lugar. "O cigarro te incomoda?", perguntou a mulher, dando uma tragada. "Na verdade, não", respondeu Easter. "Mas incomoda o dono desta loja." Ele lhe pediu mais uma vez que o apagasse. Ela explicou que queria comprar um rádio digital novo, então será que ele poderia arrumar um cinzeiro? Nicholas pegou uma lata de refrigerante vazia debaixo do balcão, ela lhe entregou o cigarro e ele o apagou. Ficaram falando sobre rádios por vinte minutos, enquanto a mulher não conseguia se decidir. Ela flertou descaradamente com o rapaz, que gostou. Depois de pagar pelo rádio, ela lhe deu seu número de telefone. Ele prometeu ligar.

A cena durou vinte e quatro minutos e foi capturada por um pequeno gravador escondido na bolsa dela. A fita havia sido reproduzida nas duas vezes que o rosto dele fora projetado na parede e estudado pelos advogados e especialistas a serviço deles. O relatório da mulher sobre aquela interação estava no dossiê: seis páginas datilografadas com suas observações sobre tudo, desde o tênis dele (um Nike velho) até seu hálito (chiclete de canela), seu vocabulário (nível universitário) e a forma como ele lidara com a questão do cigarro. Na opinião dela – e ela tinha experiência no assunto –, Easter nunca havia fumado.

Eles ouviram seu agradável tom de voz, seu discurso de vendedor e seu papo furado galanteador e gostaram do rapaz. Era inteligente e não detestava cigarros. Não chegava a ser um jurado-modelo, mas certamente era alguém a se observar. O problema com Easter, o jurado em potencial número 56, era que se sabia muito pouco sobre ele. Estava claro que tinha chegado à Costa do Golfo havia menos de um ano, mas eles não faziam ideia de onde viera. Seu passado era uma completa incógnita. Ele morava em um quarto e sala alugado a oito quarteirões do tribunal de Biloxi – eles tinham fotos do prédio – e, no início, trabalhou como garçom em um cassino na praia. Ascendeu rapidamente ao posto de crupiê de vinte e um, mas pediu demissão após dois meses.

Assim que o Mississippi legalizou o jogo, da noite para o dia surgiram mais de dez cassinos ao longo da costa, e uma nova onda de prosperidade bateu com força. Os candidatos a uma vaga de emprego vinham de todos os cantos e, portanto, era seguro presumir que Nicholas Easter havia chegado a Biloxi pelo mesmo motivo que outras dez mil pessoas. A única coisa estranha em relação à sua mudança era o fato de ele ter se registrado para votar com muita rapidez.

Ele tinha um fusca ano 1969, e uma foto do veículo foi projetada na parede, tomando o lugar de seu rosto. Nenhuma surpresa. Aos 27 anos, solteiro e supostamente estudante em meio período, era o tipo perfeito para dirigir um carro daqueles. Sem adesivos. Sem nada que indicasse orientação política, consciência social ou time de coração. Nenhum selo de estacionamento da faculdade. Nem mesmo um decalque desbotado da concessionária. O carro não transmitia mensagem nenhuma, pelo que viam. Pelo menos, nada além de que ele era um jovem sem muito dinheiro.

O homem que operava o projetor e que falava a maior parte do tempo era Carl Nussman, um advogado de Chicago que não exercia mais a advocacia, mas, em vez disso, comandava sua própria consultoria de júri. Por uma pequena fortuna, Carl Nussman e sua empresa poderiam escolher o júri certo para você. Eles coletavam os dados, tiravam as fotos, gravavam as vozes, mandavam as louras vestindo calça jeans justa para os locais certos. Carl e seus advogados desafiavam os limites da lei e da ética, mas era impossível pegá-los. Afinal, não havia nada de ilegal ou antiético em fotografar jurados em potencial. Tinham feito pesquisas por telefone à exaustão no condado de Harrison seis meses atrás, depois dois meses atrás e, de novo, um mês atrás, para mensurar a opinião da comunidade em relação a questões sobre o tabaco e estabelecer modelos de jurados perfeitos. Não deixaram nenhuma foto por tirar, nenhum podre por desenterrar. Eles tinham um dossiê de cada jurado em potencial.

Carl apertou um botão e o fusca foi substituído pela foto inócua de um prédio com a pintura descascada, o lugar onde Nicholas Easter morava. Em seguida, outro clique, e o rosto voltou à tela.

– Então, só temos três fotos do número 56 – disse Carl com um tom de frustração enquanto se virava e olhava para o fotógrafo, um de seus incontáveis bisbilhoteiros particulares, que havia lhe explicado que simplesmente não conseguia pegar o garoto sem acabar, ele mesmo, sendo pego.

O fotógrafo estava sentado em uma cadeira junto à parede do fundo, de frente para a comprida mesa de advogados, assistentes e especialistas em júris; estava entediado e louco para ir embora dali. Eram sete horas da noite de uma sexta-feira. O jurado em potencial projetado era o número 56, de modo que ainda faltavam mais 140 candidatos. O fim de semana seria um suplício. Ele precisava beber alguma coisa.

Meia dúzia de advogados de camisa amassada e mangas arregaçadas fazia anotações intermináveis e olhava de vez em quando para o rosto de Nicholas Easter às costas de Carl. Especialistas em júri de quase todo tipo – psiquiatras, sociólogos, peritos em caligrafia, professores de Direito e por aí vai – remexiam papéis e folheavam relatórios impressos de um dedo de espessura. Eles não sabiam o que fazer com Easter. Era mentiroso e estava escondendo seu passado, mas no papel e na tela parecia razoável.

Talvez ele não estivesse mentindo. Talvez tivesse estudado em alguma faculdade barata do leste do Arizona no ano anterior e eles simplesmente tivessem deixado isso passar.

"Pega leve com o garoto", pensou o fotógrafo, mas guardou a opinião para si. Naquela sala cheia de engravatados bem formados e bem pagos, ele era o último cujo parecer seria levado em conta. Não era seu trabalho dizer uma só palavra.

Carl pigarreou enquanto olhava mais uma vez para o fotógrafo, depois disse:

– Número 57.

O rosto suado de uma jovem mãe reluziu na parede, e pelo menos duas pessoas na sala deixaram escapar um risinho.

– Traci Wilkes – anunciou Carl, como se Traci agora fosse uma velha amiga.

Papéis foram ligeiramente movidos ao redor da mesa.

– Trinta e três anos, casada, mãe de dois filhos, esposa de um médico, sócia de dois country clubs, de duas academias e de uma lista enorme de associações. – Carl recitou tudo isso de cabeça enquanto girava o botão do projetor.

O rosto corado de Traci foi substituído por uma foto dela correndo pela calçada, toda atraente com uma roupa de lycra rosa e preta, Reeboks imaculados e uma viseira branca logo acima dos óculos de sol esportivos reflexivos mais modernos, seu cabelo comprido preso em um rabo de cavalo charmoso e impecável. Estava empurrando um carrinho com um bebê pequeno dentro. Para Traci, suor era vida. Ela estava bronzeada e em forma, mas não propriamente tão magra quanto seria de se esperar. Tinha alguns maus hábitos. Outra foto de Traci em sua perua Mercedes preta, com crianças e cachorros despontando de todas as janelas. Outra de Traci colocando sacolas de compras no mesmo carro, usando outro tênis e um short justinho, o típico visual de alguém que quer parecer atlético o tempo todo. Havia sido fácil segui-la porque estava sempre ocupada até a exaustão e nunca ficava parada por tempo suficiente para observar à sua volta.

Carl repassou as fotos da casa dos Wilkes, uma enorme construção residencial de três andares que gritava "médico" por todos os lados. Não perdeu tempo com elas, tendo guardado o melhor para o final. Foi quando Traci reapareceu, mais uma vez encharcada de suor, uma bicicleta cara deitada na grama a seu lado; ela estava sentada debaixo de uma árvore em um parque, longe de todo mundo, parcialmente encoberta e… fumando um cigarro!

O mesmo fotógrafo abriu um sorriso de orelha a orelha. Aquela foto tirada a 100 metros de distância da esposa do médico fumando escondida havia sido o seu melhor trabalho. Não fazia ideia de que ela fumava, apenas aconteceu de ele mesmo estar distraído fumando um cigarro perto de uma passarela quando a mulher passou correndo. Vagou pelo parque por meia hora, até que a viu parar e enfiar a mão no alforje da bicicleta. O clima na sala ficou mais leve por um breve instante, enquanto todos observavam Traci junto à árvore. Então, Carl disse:

– Certamente vamos escolher a número 57.

Fez uma anotação em uma folha, depois tomou um gole de café velho em um copinho de papel. Claro que ele escolheria Traci Wilkes! Quem não ia querer a esposa de um médico no júri quando os advogados da reclamante estavam pedindo milhões? Carl só queria esposas de médicos, mas isso não seria possível. O fato de Traci também gostar de um cigarrinho era só um pequeno bônus.

O número 58 era um estivador de Ingalls, Pascagoula: 50 anos, branco, divorciado, tesoureiro do sindicato. Carl projetou uma foto da picape Ford do sujeito na parede e estava prestes a fazer um resumo da vida dele quando a porta se abriu e o Sr. Rankin Fitch entrou na sala. Carl parou de falar. Os advogados se ajeitaram em suas cadeiras e pareceram ficar hipnotizados pela picape. Escreviam vigorosamente em seus blocos, como se nunca mais fossem ver de novo aquele veículo. Os consultores também se puseram em ação e todos começaram a fazer anotações com ar de seriedade, tomando sempre o cuidado de não olhar para o homem.

Fitch estava de volta. Fitch estava na sala.

Ele fechou lentamente a porta depois de entrar, deu alguns passos em direção à ponta da mesa e olhou para todos que estavam sentados. Foi mais uma encarada do que uma olhada. A pele inchada ao redor de seus olhos escuros se comprimiu para dentro. As rugas profundas em toda a extensão da testa se contraíram. Seu peito robusto se expandia e se retesava lentamente e, por um ou dois segundos, Fitch era o único a respirar. Seus lábios se afastavam para comer e beber, eventualmente para falar, jamais para sorrir.

Fitch estava com raiva, como sempre. Não havia nada de novo nisso, porque mesmo quando dormia se mantinha em estado de agressividade. Será que ele ia proferir xingamentos e ameaças, atirar objetos, ou apenas espumaria por dentro? Com Fitch, nunca dava para saber. Ele parou na ponta da mesa, entre dois jovens advogados que recebiam confortáveis cifras anuais de seis dígitos, eram membros daquele escritório, estavam na sala deles e no prédio deles. Fitch, por sua vez, era um estranho de Washington, um intruso que rosnava e latia pelos corredores havia um mês. Os dois jovens advogados não ousaram olhar para ele.

– Qual é o número? – perguntou Fitch para Carl.

– Cinquenta e oito – respondeu Carl de pronto, ansioso por agradar.

– Volta para o 56 – exigiu Fitch, e Carl foi clicando apressadamente até que o rosto de Nicholas Easter estivesse mais uma vez na parede.

Novamente os papéis foram remexidos ao longo da mesa.

– O que você sabe? – perguntou Fitch.

– O mesmo de antes – disse Carl, desviando o olhar.

– Que ótimo. Dos 196, quantos ainda são um mistério?

– Oito.

Fitch bufou e balançou a cabeça devagar, e todos esperaram por uma explosão. Em vez disso, ele alisou lentamente, por alguns segundos, seu cavanhaque grisalho meticulosamente aparado, olhou para Carl, deixou que a gravidade do momento se instalasse e disse:

– Vocês vão ficar trabalhando até meia-noite, e depois vão voltar às sete da manhã. No domingo, a mesma coisa.

Dito isso, ele deu meia-volta com seu corpo rechonchudo e saiu da sala.

A porta bateu. A atmosfera ficou consideravelmente mais leve; então, em sincronia, os advogados, os consultores de júri, Carl e todos os demais olharam para seus relógios. Eles tinham acabado de receber a ordem de passar 39 das próximas 53 horas naquela sala, olhando para fotos ampliadas de rostos que já haviam visto, decorando nomes, datas de nascimento e informações vitais de quase duzentas pessoas.

E não restava a menor dúvida em qualquer ponto da sala de que todo mundo faria exatamente o que tinha sido ordenado. Não havia sombra de dúvida.

FITCH DESCEU AS ESCADAS em direção ao primeiro andar do edifício, onde seu motorista, um sujeito corpulento chamado José, o aguardava. O chofer usava um terno preto, botas pretas de caubói e um par de óculos de sol preto que ele só tirava quando tomava banho ou ia dormir. Fitch abriu uma porta sem bater antes e interrompeu uma reunião que estava em andamento havia horas. Quatro advogados e sua diversificada equipe de apoio assistiam aos depoimentos em vídeo das primeiras testemunhas da reclamante. A fita parou poucos segundos depois de Fitch entrar. Ele falou brevemente com um dos advogados e saiu. José o seguiu por uma estreita biblioteca até outro corredor, onde ele escancarou outra porta e assustou outro grupo de advogados.

Com oitenta advogados, o Whitney & Cable & White era o maior escritório da Costa do Golfo. Havia sido escolhido a dedo pelo próprio Fitch e, graças a essa escolha, receberia milhões em honorários. Para fazer jus ao dinheiro, porém, o escritório tinha que aturar a tirania e a crueldade de Rankin Fitch.

Quando ficou satisfeito com o fato de que o edifício inteiro estava ciente de sua presença e apavorado com a sua movimentação, Fitch saiu. Parou na calçada, no ar abafado de outubro, e esperou José. A três quarteirões de distância, na metade superior da antiga sede de um banco, ele podia ver um conjunto de escritórios todo iluminado. O inimigo ainda estava trabalhando. Os advogados da reclamante estavam lá, amontoados em diversas salas, fazendo reuniões com especialistas, observando fotos granuladas e fazendo praticamente as mesmas coisas que o seu pessoal. O julgamento começaria na segunda-feira, com a escolha do júri, e ele sabia que os outros também estavam passando e repassando nomes e rostos e se perguntando quem diabos era Nicholas Easter e de onde tinha saído. E Ramon Caro, Lucas Miller, Andrew Lamb, Barbara Furrow e Delores DeBoe? Quem eram aquelas pessoas? Só mesmo em um lugar parado no tempo como o Mississippi havia listas tão desatualizadas de jurados em potencial. Fitch ficara a cargo da defesa em oito casos antes deste, em oito estados diferentes, onde se usavam computadores e as listas eram depuradas, de modo que, quando os escrivães lhe entregavam a lista de jurados, você não precisava se preocupar em conferir quem estava morto e quem não estava.

Ficou olhando fixamente para as luzes ao longe e se perguntando como aqueles tubarões gananciosos repartiriam o dinheiro, se por acaso ganhassem. Qual a probabilidade de eles chegarem a um acordo sobre como dividir a carcaça ensanguentada? O julgamento seria um leve desentendimento em comparação com o massacre que aconteceria caso eles obtivessem veredito favorável e coletassem os despojos.

Fitch odiava todos eles. Cuspiu na calçada, acendeu um cigarro e o segurou com força entre os dedos grossos.

José parou o Suburban alugado e reluzente de vidros escuros junto ao meio-fio. Fitch sentou em seu lugar habitual, no banco da frente. José também olhou para o escritório inimigo quando passou com o carro em frente, mas não disse nada, pois seu chefe não tolerava conversa fiada. Eles passaram pelo tribunal de Biloxi e por uma loja de bugigangas supostamente abandonada, na qual Fitch e seus sócios mantinham um complexo secreto de escritórios com piso de compensado e móveis baratos alugados. Pegaram o sentido oeste na Rodovia 90 na altura da praia e avançaram de pouco em pouco em meio ao tráfego intenso. Era sexta-feira à noite, e os cassinos estavam apinhados de gente apostando todo o dinheiro que tinham com planos grandiosos de recuperá-lo no dia seguinte. A muito custo, deixaram Biloxi para trás, atravessando Gulfport, Long Beach e Pass Christian. Então, afastaram-se da costa e, em pouco tempo, estavam passando por uma blitz de trânsito próximo a uma lagoa.

2

A casa de praia era ampla, moderna, mas não ficava exatamente em uma praia. Um píer de tábuas brancas se estendia até a baía, de água parada e tomada de algas, mas a faixa de areia mais próxima ficava a 3 quilômetros de distância. Um barco de pesca de 6 metros estava atracado no cais. A casa havia sido alugada de um empresário da indústria petrolífera de Nova Orleans – três meses, pagamento em espécie e sem perguntas. Estava sendo temporariamente usada como um retiro, um esconderijo, um pouso para um grupo de pessoas muito importantes.

Em um deque que se projetava sobre a água, quatro cavalheiros desfrutavam de seus drinques e batiam papo enquanto aguardavam uma pessoa. Embora seus negócios normalmente exigissem que fossem inimigos ferrenhos, eles haviam jogado uma partida inteira de golfe aquela tarde e depois comido camarão e ostras grelhados. Agora estavam bebendo e observando as águas escuras abaixo deles. Detestavam o fato de estarem na Costa do Golfo em uma noite de sexta-feira, longe de casa. Mas havia negócios a tratar, questões cruciais que exigiam uma trégua e deixaram a partida de golfe quase agradável.

Todos os quatro eram CEOs de grandes empresas de capital aberto; todas na lista da Fortune 500, todas negociadas na Bolsa de Valores de Nova York. A menor delas havia tido uma receita de 600 milhões no ano anterior; a maior, de 4 bilhões. Todas contavam com lucro recorde, grandes dividendos, acionistas felizes e CEOs ganhando milhões por seu desempenho.

Cada uma delas era uma espécie de conglomerado com diferentes divisões e uma infinidade de produtos, enormes orçamentos de publicidade e nomes sem graça, como Trellco e Smith Greer, concebidos para desviar a atenção do fato de que, no fundo, eram simplesmente empresas fabricantes de cigarro. Cada uma das quatro, as Quatro Grandes, como eram conhecidas nos círculos financeiros, poderia facilmente remontar suas raízes até os corretores de tabaco do século XIX nas Carolinas e na Virgínia. Elas fabricavam cigarro – somadas, 98% de todos os cigarros vendidos nos Estados Unidos e no Canadá. Também fabricavam coisas como pés de cabra, salgadinhos de milho e tintura de cabelo, mas, indo um pouco além da superfície, descobria-se facilmente que seus lucros provinham do cigarro. Haviam sido feitas fusões, mudanças de nome e inúmeros esforços para melhorar a imagem diante do público, mas as Quatro Grandes foram completamente segregadas e vilanizadas por grupos de consumidores, médicos e até mesmo de políticos.

E, agora, os advogados estavam atrás delas. Parentes de pessoas mortas estavam de fato processando e pedindo enormes somas, porque o cigarro provocava câncer de pulmão, eles afirmavam. Dezesseis processos até aquela altura, e a indústria tabagista havia vencido todos, porém a pressão era cada vez maior. Bastava que um júri distribuísse alguns milhões para uma viúva para tudo aquilo se tornar um deus nos acuda. Advogados de tribunal iam pirar com seus anúncios ininterruptos, convocando fumantes e parentes de fumantes mortos a se apresentarem imediatamente e a entrarem com um processo enquanto era tempo.

Via de regra, os quatro conversavam sobre outros assuntos quando estavam a sós, mas a bebida lhes soltava a língua. A amargura começou a transbordar. Eles se debruçaram na grade do deque, olharam para a água e começaram a xingar os advogados e as leis de responsabilidade civil norte--americanas. Cada uma de suas empresas gastava milhões em Washington com diferentes grupos que tentavam reformar a legislação a fim de que empresas responsáveis, como as deles, pudessem se proteger de litígios. Elas precisavam de um escudo para se salvaguardar daqueles ataques sem sentido por parte das supostas vítimas. Mas, ao que parecia, nada estava dando resultado. Ali estavam eles, em algum lugar nos confins do Mississippi, tendo que encarar mais um julgamento.

Em resposta ao crescente ataque dos tribunais, as Quatro Grandes criaram uma reserva financeira comum chamada simplesmente de Fundo. Não tinha limites, não deixava rastros. Não existia oficialmente. O Fundo era usado para jogar pesado nos processos; para contratar os melhores e mais impiedosos advogados, os peritos mais complacentes, os consultores de júri mais sofisticados. Não havia nenhuma restrição imposta ao que o Fundo poderia fazer. Depois de dezesseis vitórias, eles às vezes se perguntavam se existia alguma coisa que o Fundo *não* seria capaz fazer. Cada empresa separava 3 milhões por ano e administrava essa quantia por meio de empresas de fachada até que o dinheiro fosse parar no Fundo. Nenhum contador, nenhum auditor, nenhum regulador jamais tinha tomado conhecimento daquele dinheiro sujo.

O Fundo era administrado por Rankin Fitch, um homem que todos eles desprezavam, mas a quem ouviam mesmo assim e até obedeciam quando necessário. Era por ele que esperavam. Reuniam-se quando ele dizia para se reunirem. Movimentavam-se de acordo com as ordens dele. Toleravam estar a sua disposição, desde que ele estivesse ganhando. Fitch tinha estado a cargo de oito julgamentos, sem nenhuma derrota. Também orquestrara a anulação de dois processos, mas é claro que não havia prova nenhuma disso.

Um assistente apareceu no deque com mais drinques em uma bandeja, cada um preparado de acordo com orientações precisas. As bebidas estavam sendo pegas quando alguém disse:

– O Fitch chegou.

Em sincronia, os copos foram erguidos e depois baixados enquanto os quatro viravam seus drinques de um só gole.

Apressados, entraram no escritório enquanto Fitch mandava José parar o carro bem diante da porta de entrada. Um assistente lhe entregou uma água mineral, sem gelo. Ele nunca bebia, embora em outros tempos entornasse todas. Fitch não agradeceu ao assistente, não pareceu nem mesmo notá-lo; em vez disso, andou até a lareira falsa e esperou que os quatro se acomodassem nos sofás. Outro assistente se aventurou com um prato de sobras de camarão e ostras, mas Fitch o dispensou. Corria o boato de que ele às vezes comia, mas nunca tinha se deixado flagrar. A evidência estava ali: o peito largo e a cintura ampla, o papo debaixo de seu cavanhaque, a robustez geral de seu corpo. Mas ele usava ternos escuros e mantinha o paletó sempre abotoado; era competente em desfilar sua massa corporal com elegância.

– Uma breve atualização – disse ele quando sentiu que já tinha esperado o suficiente para que os chefões se acomodassem. E continuou: – Neste momento, toda a equipe de defesa está trabalhando sem parar, e vai continuar ao longo do fim de semana. A pesquisa sobre o júri está dentro do cronograma. A equipe que vai atuar no tribunal já está definida. Todas as testemunhas estão preparadas, todos os peritos já estão na cidade. Não há mais nada de inusitado por descobrir.

Houve uma pausa, apenas um pequeno hiato enquanto aguardavam o suficiente para se certificar de que Fitch havia terminado por ora.

– E aqueles jurados? – perguntou D. Martin Jankle, o mais apreensivo do grupo.

Ele dirigia a U-Tab, como era conhecida anteriormente, apelido de uma antiga empresa que durante anos se chamara Union Tobacco, mas que, após uma operação de marketing, passou a ser negociada com o nome de Pynex. O processo em questão era *Wood contra Pynex*, de forma que o destino havia colocado Jankle na berlinda. A Pynex era a terceira em tamanho, com uma receita de quase 2 bilhões de dólares no ano anterior. Também detinha, desde o último trimestre, as maiores reservas de caixa de todas as quatro. O momento não podia ser pior para aquele julgamento. Bastava um pequeno azar e o júri poderia em breve ficar ciente da expansão das finanças da Pynex, em colunas bem organizadas que indicariam um excedente de mais de 800 milhões em caixa.

– Estamos trabalhando neles – disse Fitch. – Temos dados rudimentares sobre oito. Quatro deles podem estar mortos ou desaparecidos. Os outros quatro estão vivos e devem comparecer ao tribunal na segunda-feira.

– Um jurado rebelde pode envenenar todos os outros – disse Jankle.

Ele havia sido advogado corporativo em Louisville antes de ingressar na U-Tab e sempre fazia questão de lembrar a Fitch que entendia mais de Direito do que os outros três.

– Estou bem ciente disso – disparou Fitch.

– Precisamos saber quem são essas pessoas.

– Estamos dando o nosso melhor. Mas não podemos fazer nada em relação ao fato de as listas de jurados daqui não serem tão bem atualizadas quanto em outros estados.

Jankle deu um longo gole e olhou para Fitch. No fim das contas, Fitch era apenas um guarda-costas bem pago, mas nada nem remotamente próximo do valor que o CEO de uma grande empresa recebia. Não importava o título que se desse – consultor, agente, intermediário –, o fato é que Fitch trabalhava para eles. Claro que tinha alguma influência naquele momento, gostava de se gabar e de latir porque estava mexendo os pauzinhos, mas, caramba, era só um bandido endeusado. Jankle guardou esses pensamentos para si.

– Algo mais? – perguntou Fitch a Jankle, como se sua indagação inicial tivesse sido inconsequente, como se, caso ele não tivesse nada de produtivo para falar, então talvez devesse ficar de boca fechada.

– Você confia nesses advogados? – perguntou Jankle, não pela primeira vez.

– Já falamos sobre isso antes – respondeu Fitch.

– Mas podemos falar de novo, se eu quiser.

– Por que você está preocupado com os nossos advogados? – perguntou Fitch.

– Porque... bem... porque eles são daqui.

– Entendi. E você acha que seria sensato trazer alguns advogados de Nova York para falar com o nosso júri? Talvez alguns de Boston?

– Não, é só que, bem, eles nunca trabalharam com a indústria tabagista.

– Nunca houve um caso envolvendo a indústria tabagista na Costa do Golfo antes. Você está reclamando disso?

– É que eles me preocupam, só isso.

– Contratamos os melhores da região – disse Fitch.

– Por que cobram tão pouco?

– Pouco? Na semana passada, você estava preocupado com os custos da defesa. Agora, nossos advogados não estão cobrando o suficiente. É melhor se decidir.

– Ano passado, pagamos 400 dólares por hora para os advogados de Pittsburgh. Esses caras trabalham por 200. Isso me preocupa.

Fitch franziu a testa para Luther Vandemeer, o CEO da Trellco.

– Está acontecendo alguma coisa que eu não estou sabendo? – perguntou. – Ele está falando sério? Já gastamos 5 milhões de dólares nesse caso, e ele acha que estou fazendo economia.

Fitch apontou a mão na direção de Jankle. Vandemeer sorriu e deu um gole na bebida.

– Você gastou 6 milhões em Oklahoma – disse Jankle.

– E nós ganhamos. Não me lembro de ouvir nenhuma reclamação depois que saiu o veredito.

– Não estou reclamando agora. Estou só verbalizando uma preocupação.

– Ótimo! Vou voltar ao escritório, reunir todos os advogados e dizer a eles que meus clientes estão chateados com as contas. Vou dizer pra eles: "Olha, pessoal, eu sei que vocês estão ficando ricos às nossas custas, mas isso não basta. Meus clientes querem que vocês nos cobrem mais, ok? Podem pegar pesado. Vocês estão trabalhando por muito pouco." Parece uma boa ideia?

– Relaxa, Martin – disse Vandemeer. – O julgamento ainda não começou. Estou confiante de que vamos sair daqui detestando nossos advogados particulares.

– Tá, mas esse julgamento é diferente. Todos nós sabemos disso. – As palavras de Jankle foram se perdendo conforme ele virava o copo.

Jankle era alcoólatra, o único dos quatro. Sua empresa o havia mandado discretamente para tratamento seis meses antes, mas a pressão do processo era demais. Fitch, que também já havia se tratado de alcoolismo, sabia que Jankle estava em apuros. Ele seria obrigado a prestar testemunho dali a algumas semanas.

Como se Fitch não tivesse coisa suficiente com que se preocupar, carregava também o fardo de manter D. Martin Jankle sóbrio até lá. Fitch o odiava por sua fraqueza.

– Presumo que os advogados da reclamante já estejam prontos – comentou outro CEO.

– É seguro presumir isso – disse Fitch dando de ombros. – Tem um monte deles.

Oito, na última contagem. Oito dos maiores escritórios especializados em responsabilidade civil do país teriam supostamente investido 1 milhão de dólares cada para financiar aquele embate com a indústria tabagista. Eles haviam escolhido a reclamante, a viúva de um homem chamado Jacob L. Wood. Haviam escolhido o foro, a Costa do Golfo do Mississippi, porque o estado tinha belas leis de responsabilidade civil e porque os júris de Biloxi às vezes eram bem generosos. Eles não haviam escolhido o juiz, mas não poderiam ter tido maior sorte. O Excelentíssimo Frederick Harkin atuara como advogado na área de responsabilidade civil, mas um ataque cardíaco fizera com que migrasse para a magistratura.

Não era um caso qualquer envolvendo a indústria tabagista, e todo mundo ali sabia disso.

– Quanto eles gastaram?

– Não tenho acesso a essa informação – disse Fitch. – Ouvimos boatos de que o arsenal deles pode não ser tão grande quanto foi alardeado, talvez um pequeno problema na hora de coletar o adiantamento de alguns dos advogados. Mas eles gastaram milhões. E têm uma dúzia de grupos de defesa do consumidor por perto, prontos para colaborar.

Jankle sacudiu o gelo no copo e tomou a última gota de bebida. Era o seu quarto drinque. Todos ficaram em silêncio por alguns instantes enquanto Fitch parou, esperando, e os CEOs olhavam para o tapete.

– Quanto tempo vai levar? – perguntou Jankle por fim.

– De quatro a seis semanas. A seleção do júri anda rápido por aqui. Provavelmente teremos um júri na quarta-feira.

– Em Allentown demorou três meses – disse Jankle.

– Aqui não é o Kansas, Totó. Você quer um julgamento de três meses?

– Não, eu só estava, bem...

As palavras de Jankle foram desvanecendo de um jeito triste.

– Quanto tempo vamos ficar hospedados aqui? – perguntou Vandemeer, olhando instintivamente para o relógio.

– Isso não me importa. Você pode ir embora agora, ou pode esperar até que o júri seja escolhido. Todos vocês têm aqueles jatos enormes. Se eu precisar de você, sei onde te encontrar.

Fitch apoiou a água na cornija da lareira e passou os olhos ao redor da sala. De súbito, ele estava pronto para partir.

– Algo mais?

Nenhuma palavra.

– Muito bem.

Ele disse algo a José enquanto este abria a porta e então se foi. Todos ficaram olhando em silêncio para o tapete chique, preocupados com a segunda-feira, preocupados com muitas coisas.

Jankle, com as mãos ligeiramente trêmulas, acendeu um cigarro.

WENDALL ROHR FEZ sua primeira fortuna na arena da responsabilidade civil quando dois operários sofreram queimaduras em uma plataforma da

Shell no Golfo do Mississippi. Sua parte foi de quase 2 milhões, e ele logo começou a agir como um advogado a ser temido. Diversificou a atuação, pegou mais casos e, aos 40 anos, tinha um escritório agressivo e a reputação de partir para cima no tribunal. Foi quando o vício, um divórcio e alguns maus investimentos arruinaram sua vida por um tempo e, aos 50, ele estava fazendo transferências de escrituras e defendendo ladrões como um milhão de outros advogados. Quando uma onda de processos relacionados ao amianto varreu a Costa do Golfo, Wendall estava mais uma vez no lugar certo na hora certa. Fez sua segunda fortuna e jurou nunca mais perdê-la. Montou um novo escritório, reformou um luxuoso complexo de salas e até arrumou uma esposa mais nova. Livre do álcool e dos remédios, Rohr canalizou suas energias, que não eram poucas, para processar todas as empresas do país em nome de pessoas lesadas. Em seu segundo advento, ascendeu ainda mais rápido nos círculos de advogados de tribunal. Deixou crescer a barba, passou a engomar o cabelo, transformou-se em um radical e era adorado no circuito de palestras.

Rohr conheceu Celeste Wood, a viúva de Jacob Wood, por meio de um jovem advogado que havia cuidado da elaboração do testamento de Jacob às vésperas de sua morte. Jacob Wood morreu aos 51 anos, depois de fumar três maços por dia durante quase trinta. À época, ele era supervisor de produção em uma fábrica de barcos, na qual recebia 40 mil por ano.

Nas mãos de um advogado menos ambicioso, o caso pareceria apenas mais uma morte de fumante, uma entre incontáveis outras. Rohr, entretanto, tinha aberto caminho até uma rede de conhecidos cujos sonhos eram os mais altos que um advogado poderia ter. Todos eram especialistas em responsabilidade industrial, todos faturaram milhões com implantes mamários, DIUs e amianto. Agora, eles se encontravam várias vezes por ano para arquitetar formas de explorar o rico filão da responsabilidade civil norte-americana. Nenhum produto fabricado legalmente na história do mundo havia matado tantas pessoas quanto o cigarro. E seus fabricantes tinham bolsos tão fundos que o dinheiro mofava lá dentro.

Rohr investiu o primeiro milhão e, posteriormente, outros sete se juntaram a ele. Sem esforço, o grupo rapidamente arregimentou ajuda da Força-Tarefa do Tabaco, da Coalizão por um Mundo Sem Cigarro e do Fundo de Responsabilidade do Tabaco, além de um punhado de outros grupos de defesa do consumidor e de justiceiros da indústria. Foi organizado um comitê de atuação jurídica, e não era surpresa nenhuma que Wendall Rohr fosse o presidente e o encarregado das atividades no tribunal. Em meio ao máximo de barulho que foi capaz de gerar, o grupo de Rohr entrara com uma ação quatro anos antes no Tribunal do Circuito do Condado de Harrison, Mississippi.

De acordo com a pesquisa de Fitch, o caso de Wood contra a Pynex era o 55º do gênero. Trinta e seis não haviam sequer chegado a julgamento, por uma infinidade de motivos. Dezesseis tinham ido a tribunal e terminado com vereditos favoráveis aos fabricantes de cigarro. Dois julgamentos tinham sido anulados. Nunca tinha sido feito nenhum acordo. Nenhum centavo jamais havia sido pago a um reclamante em processos contra a indústria tabagista.

Segundo a tese de Rohr, nenhum dos outros 54 processos havia sido apresentado por um comitê tão competente. E nunca os reclamantes haviam sido representados por advogados com dinheiro suficiente para jogar de igual para igual.

Fitch concordaria com essa tese.

A estratégia de longo prazo de Rohr era simples e brilhante. Havia centenas de milhões de fumantes por aí, nem todos com câncer de pulmão, mas certamente o número era suficiente para mantê-lo ocupado até a aposentadoria. Ganhe o primeiro caso, depois é só sentar e esperar o efeito manada. Qualquer advogado mequetrefe que topasse com uma viúva enlutada ligaria para eles oferecendo um processo de câncer de pulmão. Rohr e seu grupo poderiam escolher à vontade.

Sua base de operações era um complexo de salas que ocupava os três últimos andares da antiga sede de um banco, não muito longe do tribunal. Tarde da noite de sexta-feira, ele abriu a porta de uma sala às escuras e parou junto à parede enquanto Jonathan Kotlack, de San Diego, operava o projetor. Kotlack estava encarregado da pesquisa e seleção do júri, embora Rohr fosse fazer a maior parte das perguntas. A comprida mesa no meio da sala estava cheia de copos de café e papéis amassados. As pessoas sentadas à mesa assistiam com olhos embaçados enquanto mais um rosto se iluminava contra a parede.

Nelle Robert (pronuncia-se Rô-bér), 46 anos, divorciada, uma vez vítima de estupro, bancária, não fumante, muito acima do peso e, portanto, desclassificada, segundo a filosofia de Rohr de seleção de júri. Nunca escolha mulheres gordas. Ele não se importava com o que os especialistas em júri lhe diziam. Não se importava com o que Kotlack achava. Rohr nunca escolhia mulheres gordas. Principalmente as solteiras. Elas tendiam a ser mão-fechada e a não ter empatia.

Já tinha decorado os nomes e os rostos; não aguentava mais. Havia estudado aquelas pessoas até enjoar delas. Saiu da sala, esfregou os olhos no corredor e desceu as escadas de seu opulento complexo até a sala de reunião, onde o Comitê de Documentos estava ocupado organizando milhares de papéis sob a supervisão de André Durond, de Nova Orleans. Naquele momento, quase dez da noite de sexta-feira, mais de quarenta pessoas estavam trabalhando duro no escritório de advocacia de Wendall H. Rohr.

Ele falou com Durond enquanto, juntos, observavam os assistentes por alguns minutos. Em seguida, saiu da sala e se dirigiu a outra, agora com o passo ainda mais apertado. A adrenalina estava a mil.

Os advogados da indústria tabagista estavam trabalhando duro bem ali perto.

Nada se comparava à emoção de um grande julgamento.

3

A sala de audiências principal do tribunal de Biloxi ficava no segundo andar, após uma escada de ladrilhos que dava em um átrio banhado pela luz do sol. Uma nova camada de tinta branca tinha acabado de ser aplicada nas paredes, e o chão recém-encerado brilhava.

Às oito da manhã de segunda-feira uma multidão começava a se reunir no átrio, junto às enormes portas de madeira que davam acesso à sala de audiências. Um pequeno grupo, composto por jovens em ternos escuros, todos extremamente parecidos entre si, estava aglomerado em um dos cantos. Estavam bem penteados, com o cabelo aparado e engomado, e a maioria usava óculos de casco de tartaruga ou deixava transparecer suspensórios por debaixo dos paletós de alfaiataria. Eram analistas financeiros de Wall Street, especialistas em ações do tabaco, enviados ao Sul para acompanhar os primeiros desdobramentos do caso *Wood contra Pynex*.

Outro grupo, maior e crescendo a cada minuto, formava-se mais dispersamente no meio do átrio. Cada integrante segurava sem jeito um pedaço de papel, uma intimação para comparecer ao júri. Poucos se conheciam, mas os papéis os aproximavam e a conversa vinha fácil. Um falatório tenso foi lentamente se estabelecendo à entrada da sala de audiências. Os engravatados de terno escuro do primeiro grupo estavam imóveis, observando os jurados em potencial.

O terceiro grupo estava de uniforme e cara amarrada e tomava conta das portas. Nada menos que sete oficiais tinham sido destacados para cuidar da segurança naquele primeiro dia. Dois operavam o detector de metais na entrada. Mais dois se ocupavam da papelada atrás de uma mesa improvisada. Estavam esperando a casa cheia. Os outros três tomavam café em copos de papel enquanto observavam a multidão crescer cada vez mais.

Os oficiais abriram as portas da sala de audiências exatamente às oito e meia, conferiram a intimação de cada jurado, fizeram um por um passar pelo detector de metais e disseram aos demais espectadores que teriam de esperar um pouco. O mesmo foi dito aos analistas e aos repórteres.

Com uma bem-ordenada fileira de cadeiras dobráveis nos corredores que circundavam os bancos acolchoados, a sala de audiências podia acomodar cerca de trezentas pessoas. Na área reservada, outras trinta ou mais em breve se aglomerariam em torno das mesas dos advogados. A escrivã do tribunal, eleita por voto popular, conferia cada intimação, sorria e até mesmo abraçava alguns dos jurados que conhecia e, com muita experiência, os conduzia a seus lugares nos bancos. Seu nome era Gloria Lane, escrivã do tribunal do condado de Harrison nos últimos onze anos. Ela não ousaria perder a oportunidade de apontar e encaminhar, de saber quem era quem, trocar apertos de mão, fazer política, desfrutar de um breve momento sob os holofotes de seu mais notável julgamento até então. Ela era assessorada por três mulheres mais jovens de seu gabinete, e às nove horas os jurados estavam todos devidamente sentados por número, ocupados com o preenchimento de uma nova rodada de questionários.

Apenas dois estavam ausentes. Havia rumores de que Ernest Duly se mudara para a Flórida, onde supostamente tinha morrido, e não havia nenhuma pista do paradeiro da Sra. Tella Gail Ridehouser, que se registrara para votar em 1959, mas que não comparecia às urnas desde que Carter havia derrotado Ford. Gloria Lane declarou, então, que os dois não existiam. À sua esquerda, as fileiras de 1 a 12 acomodavam 144 candidatos ao júri, e, à direita, as de 13 a 16 acomodavam os outros 50. Gloria falou com um oficial armado e, seguindo as orientações por escrito do juiz Harkin, foi permitida a entrada de quarenta espectadores, que se sentaram nos fundos da sala.

Os questionários foram rapidamente preenchidos, recolhidos pelas escrivãs auxiliares e, às dez horas, o primeiro de muitos advogados entrou na sala de audiências. Eles não vinham da porta da frente, mas de algum outro lugar, detrás da tribuna, onde havia uma porta dupla que conduzia a um labirinto de salinhas e gabinetes. Todos, sem exceção, vestiam terno

escuro, tinham um ar de esperteza e tentavam a impossível façanha de observar os jurados e ao mesmo tempo demonstrar indiferença. Todos procuravam inutilmente parecer preocupados com assuntos mais importantes
enquanto dossiês eram examinados e faziam-se pequenas reuniões aos
sussurros. Os advogados entraram e assumiram seus lugares ao redor das
mesas. À direita estava a mesa da reclamante. A defesa estava do outro lado.
Cadeiras tinham sido espremidas em cada centímetro possível no espaço
entre as mesas e a divisória de madeira que as separava dos espectadores.

A fileira número 17 estava vazia, também por determinação de Harkin,
e, na 18ª, os rapazes de Wall Street sentavam-se empertigados e estudavam
as costas dos jurados. Atrás deles estavam alguns repórteres, depois havia
uma fileira de advogados da região e outros tipos curiosos. Rankin Fitch
fingia ler um jornal na última fileira.

Mais advogados continuaram a chegar. Em seguida, os consultores de
júri de ambas as partes tomaram suas posições nas cadeiras apertadas entre
a divisória e as mesas dos advogados. Eles começaram a incômoda tarefa de
encarar os rostos inquisitivos de 194 estranhos. Os consultores estudavam
os jurados porque, primeiro, era para isso que recebiam enormes quantias
de dinheiro, e, segundo, porque afirmavam ser capazes de analisar profundamente uma pessoa pelas pistas reveladoras de sua linguagem corporal.
Eles ficavam olhando e esperando com ansiedade que braços se cruzas-
sem, dedos batessem nervosamente nos dentes, cabeças se inclinassem em
desconfiança e uma centena de outros gestos que, em tese, deixariam uma
pessoa exposta e mostrariam suas mais íntimas convicções.

Eles tomavam notas e analisavam silenciosamente os semblantes. O jurado número 56, Nicholas Easter, recebeu uma cota adicional de olhares
preocupados. Estava sentado no meio da quinta fileira, vestido com calça
cáqui engomada e camisa de botão, um jovem de boa aparência. O rapaz
olhava ao redor de vez em quando, mas sua atenção estava voltada para um
livro que havia levado. Ninguém mais tinha pensado em levar um livro.

Mais cadeiras foram sendo ocupadas junto à divisória. A defesa tinha
nada menos que seis especialistas em júri examinando contrações faciais e
cerrar de punhos. A reclamante contava com apenas quatro.

Na maioria das vezes, os jurados em potencial não gostavam de ser
estudados daquela forma e, por quinze constrangedores minutos, eles re-
tribuíam com olhares igualmente fulminantes. Um advogado que estava

próximo à tribuna fez uma piada, e as risadas aliviaram a tensão. Os advogados fofocavam e sussurravam, mas os jurados tinham medo de dizer qualquer coisa.

O último advogado a entrar no tribunal foi, naturalmente, Wendall Rohr, e, como de costume, ele pôde ser ouvido antes de ser visto. Como não tinha nenhum terno escuro, estava vestindo sua indumentária preferida para primeiros dias: um paletó esporte cinza xadrez, uma calça cinza que não combinava, colete branco, camisa azul com gravata-borboleta vermelha e amarela estampada. Ele estava aos berros com um assistente quando passou pelos advogados da defesa, ignorando-os como se tivessem acabado de ter uma desavença acalorada em algum lugar nos fundos da sala. Rohr falou alguma coisa em voz alta para o advogado de sua equipe e, assim que conseguiu a atenção da sala, olhou para os jurados em potencial. Aquele era o seu povo. Aquele era o seu caso, no qual havia dado entrada em sua cidade natal, para que um dia pudesse estar naquela sala, a sua sala de audiências, e fazer justiça com a ajuda de seus pares. Ele cumprimentou com a cabeça um casal e piscou para outro. Ele conhecia aquelas pessoas. Juntos, alcançariam a verdade.

Sua entrada mexeu com os especialistas em júri da defesa, que nunca tinham visto de fato Wendall Rohr antes, apenas sido amplamente informados sobre sua reputação. Eles viram o sorriso no rosto de alguns dos jurados, pessoas que o conheciam de verdade. Eles leram a linguagem corporal quando todos os jurados em potencial pareceram relaxar e reagir a um rosto familiar. Rohr era uma lenda local. Da última fileira, Fitch praguejou.

Por fim, às dez e meia, um oficial irrompeu pela porta atrás da tribuna e gritou:

– Todos de pé para receber o juiz!

Trezentas pessoas se levantaram enquanto o Excelentíssimo Frederick Harkin se dirigiu à tribuna e pediu a todos que se sentassem.

Para um juiz, ele era bastante jovem, 50 anos, um democrata primeiramente nomeado pelo governador para dar conclusão a um mandato a meio-termo e, a seguir, eleito pelo povo. Como já fora um advogado dedicado a casos de responsabilidade civil, circulavam rumores de que era um juiz sensível às causas dos reclamantes, embora isso não fosse verdade. Era apenas uma fofoca espalhada com prazer pelos integrantes da defesa. Ele tinha atuado com competência em diferentes áreas em um pequeno escritório sem grande histórico de vitórias nos tribunais. Trabalhava duro, mas sua paixão sempre foi a política local, um jogo que jogava com habilidade. A recompensa tinha vindo com a nomeação para o cargo, em que agora ganhava 80 mil dólares por ano, mais do que já havia conseguido até então como advogado.

O vislumbre de um tribunal lotado de eleitores aqueceria o coração de qualquer ocupante de um cargo eletivo, e Sua Excelência não conseguiu conter um amplo sorriso ao dar as boas-vindas aos jurados em potencial, como se eles estivessem ali por vontade própria. O sorriso foi desaparecendo aos poucos, conforme proferia um breve discurso de acolhimento, enfatizando a importância da presença deles ali. Harkin não era famoso nem pelo afeto, nem pelo bom humor, e rapidamente assumiu um ar sério.

E por um bom motivo. Sentados diante dele havia mais advogados do que cabia nas mesas. Os autos elencavam oito advogados para a reclamante e nove para o reclamado. Quatro dias antes, em uma sessão fechada naquela mesma sala, Harkin havia designado os assentos de ambos os lados. Depois de escolhido o júri e iniciado o julgamento, apenas seis advogados poderiam se sentar propriamente à mesa em cada um dos lados. Para os demais, haveria uma fileira de cadeiras, onde agora já se aglomeravam os consultores de júri, atentos. Ele também estabelecera os assentos das partes – de Celeste Wood, a viúva, e do representante da Pynex. A disposição dos assentos foi posta por escrito e incluída em um pequeno livro de regras que Sua Excelência havia preparado exclusivamente para aquela ocasião.

A ação tinha sido movida quatro anos antes; desde o primeiro momento, tanto a defesa quanto a acusação trabalharam ativamente no caso. Àquela altura, a papelada ocupava onze caixas. Cada um dos lados já havia gastado milhões para chegar àquele ponto. O julgamento levaria, no mínimo, um mês. Reunidas nesse momento em seu tribunal estavam algumas das mentes jurídicas mais brilhantes e alguns dos maiores egos do país. Fred Harkin estava determinado a atuar com mão de ferro.

Falando ao microfone da tribuna, ele fez um breve resumo do julgamento, mas apenas para fins informativos. Era bom que aquelas pessoas soubessem por que estavam ali. Ele disse que o julgamento estava programado para durar várias semanas e que os jurados não ficariam confinados. Havia algumas justificativas legais específicas para a dispensa, explicou, e perguntou se alguém com mais de 65 anos tinha escapado ao controle do computador. Seis mãos se levantaram. Ele pareceu surpreso e olhou perplexo para Gloria Lane, que deu de ombros, como se aquilo acontecesse o tempo todo. Os seis tiveram a opção de ir embora imediatamente, e cinco optaram por fazê-lo. Agora eram 189. Os consultores de júri rabiscaram e marcaram os nomes com um "X". Os advogados fizeram anotações com ar solene.

– Agora, temos alguma pessoa cega aqui? – perguntou o juiz.

– Quer dizer, legalmente cega?

Era uma pergunta leve e despertou alguns sorrisos. Por que uma pessoa cega compareceria a uma seleção de júri? Era algo inédito.

Lentamente, uma mão se ergueu do meio dos candidatos, fileira sete, mais ou menos a meio caminho. O jurado número 63, um tal de Sr. Herman Grimes, 59 anos, programador de computador, branco, casado, sem filhos. Que diabos era aquilo? Alguém sabia que aquele homem era cego? Os especialistas em júri de ambos os lados se amontoaram. As fotos de Herman Grimes eram de sua casa e uma ou duas dele na varanda da frente. Ele morava na região havia cerca de três anos. Os questionários não indicavam qualquer deficiência.

– Por favor, fique de pé, senhor – disse o juiz.

O Sr. Herman Grimes se levantou devagar, as mãos nos bolsos, vestido casualmente, óculos de aparência normal. Ele não parecia ser cego.

– Seu número, por favor – perguntou o juiz.

Ele, ao contrário dos advogados e seus consultores, não era obrigado a decorar todas as informações à disposição sobre cada jurado.

– É... 63.

– E o seu nome? – Harkin estava folheando suas páginas impressas.

– Herman Grimes.

Harkin encontrou o nome e depois olhou para o mar de rostos.

– E o senhor é legalmente cego?

– Sim, senhor.

– Bem, Sr. Grimes, segundo a legislação, o senhor está dispensado do serviço de júri. Pode ir embora.

Herman Grimes não se mexeu, nem mesmo pestanejou. Ele apenas continuou ali parado e perguntou:

– Por quê?

– Por que o quê?

– Por que eu tenho que ir embora?

– Porque o senhor é cego.

– Eu sei disso.

– E, bem, pessoas cegas não podem integrar um júri – disse Harkin, olhando para a direita e depois para a esquerda enquanto suas palavras se desvaneciam. – O senhor pode ir embora, Sr. Grimes.

Herman Grimes hesitou enquanto pensava no que dizer. Ninguém se mexeu na sala de audiências.

– Quem disse que pessoas cegas não podem integrar um júri? – perguntou ele por fim.

Harkin já estava esticando a mão para pegar um compêndio. Sua Excelência estava meticulosamente preparado para aquele julgamento. Tinha parado de cuidar de outros assuntos um mês antes e se isolado em seu gabinete, onde se debruçou sobre as alegações, as evidências, a legislação aplicável e as últimas novidades sobre os estatutos do tribunal. Havia selecionado dezenas de júris durante sua carreira de juiz, todo tipo de júri para todo tipo de caso, e achava que já tivesse visto de tudo. Portanto, é claro que haveria uma armadilha logo nos primeiros dez minutos da seleção. E, claro também, a sala de audiências estaria lotada.

– O senhor quer integrar o júri, Sr. Grimes? – perguntou ele, tentando forçar um momento de leveza enquanto passava as páginas e olhava para a miríade de talentos jurídicos reunidos à sua frente.

O Sr. Grimes começou a ficar antipático.

– Vossa Excelência me diga por que uma pessoa cega não pode fazer parte do júri. Se isso estiver na lei, então a lei é discriminatória, e eu vou entrar com um processo. Se não estiver na lei e for apenas uma questão de hábito, aí eu vou entrar com um processo mais rápido ainda.

Havia poucas dúvidas de que o Sr. Grimes estava familiarizado com a Justiça.

De um lado da divisória, havia duzentas pessoas simples, arrastadas para aquele tribunal pelo poder da lei. Do outro lado, estava a própria lei – o juiz, pairando acima de todos, os bandos de advogados enfadonhos e asquerosos ostentando superioridade, os escrivães, os policiais, os oficiais de justiça. Em nome dos convocados, o Sr. Herman Grimes desferiu um golpe poderoso no establishment e foi recompensado com risadinhas da parte dos colegas. Ele não ligou.

32

Do outro lado da divisória, os advogados sorriram, porque os candidatos ao júri sorriram, se remexeram em suas cadeiras e coçaram a cabeça, na medida em que ninguém sabia o que fazer.

– Nunca vi isso antes – sussurraram.

A lei dizia que uma pessoa cega *poderia* ser dispensada de integrar o júri, e, quando o juiz viu a palavra *poderia*, rapidamente decidiu acalmar os ânimos do Sr. Grimes e lidar com ele mais tarde. Não fazia sentido ser processado em seu próprio tribunal. Havia outras formas de dispensá-lo do júri. Ele trataria daquilo com os advogados.

– Pensando bem, Sr. Grimes, acho que o senhor seria um excelente jurado. Pode se sentar.

Herman Grimes deu um meneio, sorriu e disse educadamente:

– Obrigado, Excelência.

De que forma enquadrar um jurado cego? Os especialistas ficaram meditando sobre essa questão enquanto o observavam se curvar e se sentar. Quais são os preconceitos dele? Que lado ele vai favorecer? Em um jogo sem regras, era um axioma amplamente difundido que pessoas com algum tipo de deficiência beneficiavam majoritariamente os reclamantes, porque compreendiam melhor o significado do sofrimento. Mas tinha havido inúmeras exceções.

Na última fileira, Rankin Fitch se esticou para a direita em um esforço vão de fazer contato visual com Carl Nussman, o homem que havia recebido 1,2 milhão para selecionar o júri perfeito. Nussman estava sentado em meio aos consultores de júri, segurando um bloco de notas e estudando os rostos como se já soubesse com perfeita antecedência que Herman Grimes era cego. Ele não sabia, e Fitch sabia que ele não sabia. Era uma coisa pequena que havia escapado de sua vasta rede de inteligência. O que mais eles teriam deixado passar?, Fitch perguntou a si mesmo. Arrancaria a pele de Nussman assim que começasse o recesso.

– Agora, senhoras e senhores – continuou o juiz, com a voz repentinamente mais determinada e ansiosa para seguir em frente, depois de ter evitado um processo de discriminação *in loco* –, vamos entrar em uma fase da seleção que será um tanto demorada. Diz respeito a enfermidades físicas que podem impedi-los de integrar o júri. Não vamos constranger ninguém, mas, caso tenham algum problema físico, precisaremos falar sobre isso. Comecemos com a primeira fileira.

Enquanto Gloria Lane se postava no corredor junto à fileira 1, um homem de cerca de 60 anos levantou a mão, ficou de pé e passou pela portinha vaivém da divisória. Um oficial de justiça o conduziu até o banco das testemunhas e afastou o microfone. O juiz foi até a ponta da tribuna e se inclinou para poder sussurrar algo para o sujeito. Dois advogados, um de cada lado, tomaram seus lugares bem em frente ao banco das testemunhas e bloquearam a visão dos espectadores. A taquígrafa chegou para completar a pequena aglomeração e, quando todos estavam a postos, o juiz perguntou baixinho sobre a doença do homem.

Era uma hérnia de disco, e ele trazia uma carta de seu médico. O homem foi dispensado e saiu do tribunal às pressas.

Quando Harkin determinou um intervalo para o almoço ao meio-dia, já havia dispensado treze pessoas por razões médicas. O tédio se instalara. Eles recomeçariam à uma e meia, para muito mais do mesmo.

NICHOLAS EASTER SAIU DO TRIBUNAL sozinho e andou seis quarteirões até um Burger King, onde pediu um Whopper e uma Coca-Cola. Ele se sentou a uma mesa perto da janela e ficou observando as crianças no balanço do pequeno parquinho enquanto passava os olhos pelo *USA Today* e comia devagar, já que tinha uma hora e meia.

A mesma loura que havia estado na Computer Hut usando um jeans justinho agora vestia um short folgado da Umbro, uma camiseta larga, tênis Nike novos e trazia uma pequena bolsa de ginástica pendurada no ombro. Esse segundo encontro se deu quando ela passou pela mesa dele carregando uma bandeja e parou ao reconhecê-lo.

– Nicholas – disse ela, fingindo hesitação.

Ele olhou para a mulher e, por um estranho segundo, sabia que já haviam se encontrado em algum lugar antes. O nome dela lhe escapou.

– Você não se lembra de mim – disse ela com um sorriso simpático. – Eu estive na Computer Hut há duas semanas, procurando por...

– Sim, eu me lembro – disse ele com um rápido olhar para as pernas bronzeadas dela. – Você comprou um rádio digital.

– Isso. Meu nome é Amanda. Se eu bem me lembro, te dei meu telefone. Acho que você perdeu.

– Você quer se sentar comigo?

34

– Obrigada. – Ela se sentou rapidamente e pegou uma batata frita.

– Ainda tenho seu número – disse ele. – Na verdade...

– Tudo bem. Tenho certeza que você ligou várias vezes. Minha secretária eletrônica está quebrada.

– Não. Eu não liguei, não ainda. Mas estava pensando em ligar.

– Claro – disse ela quase rindo. Tinha dentes perfeitos, que adorava exibir para ele, e usava um rabo de cavalo. Estava muito bonita e muito bem-arrumada para quem praticava corrida. E não havia nenhum sinal de suor em seu rosto.

– Então, o que você está fazendo aqui? – perguntou ele.

– Estou a caminho da academia.

– Você tá comendo batata frita antes de ir à academia?

– Por que não?

– Não sei. Parece meio estranho.

– Eu preciso dos carboidratos.

– Entendi. Você fuma antes da academia?

– Às vezes. Foi por isso que você não ligou? Porque eu fumo?

– Na verdade, não.

– Pode falar, Nicholas. Eu aguento. – Ela ainda estava sorrindo e tentando parecer tímida.

– Ok, isso passou pela minha cabeça.

– Sabia. Você já saiu com uma fumante?

– Não que eu me lembre.

– Por que não?

– Acho que porque eu não quero fumar por tabela. Não sei. Não é nada que eu fique pensando o tempo todo.

– Você já fumou alguma vez? – Ela mordiscou outra batata frita e ficou olhando para ele atentamente.

– Claro. Todo mundo experimenta quando é novo. Quando eu tinha 10 anos, roubei um maço de Camel de um encanador que estava fazendo um reparo na nossa casa. Fumei tudo em dois dias, passei mal e achei que estava morrendo de câncer. – Ele deu uma mordida no hambúrguer.

– E foi só essa vez?

Ele mastigou e ficou pensativo antes de dizer:

– Acho que foi. Não me lembro. Por que você começou?

– Por burrice. Estou tentando parar.

– Faz bem. Você é muito nova.

– Obrigada. E deixe eu adivinhar. Quando eu parar, você vai me ligar, certo?

– Pode ser que eu te ligue de qualquer jeito.

– Já ouvi isso antes – disse ela, toda sorridente e provocadora. Deu um longo gole no refrigerante e disse: – Posso perguntar o que você está fazendo por aqui?

– Comendo um Whopper. E você?

– Eu já disse. Estou indo para a academia.

– Certo. Eu estava passando, tinha umas coisas pra resolver no centro da cidade, senti fome.

– Por que você trabalha em uma Computer Hut?

– Você está querendo saber por que eu estou jogando minha vida fora trabalhando por um salário mínimo em um shopping?

– Não, mas quase isso.

– Eu estudo.

– Onde?

– Em lugar nenhum no momento. Estou trocando de universidade.

– Qual foi a última em que você estudou?

– Estadual do Norte do Texas.

– Qual vai ser a próxima?

– Provavelmente a do Sul do Mississippi.

– O que você estuda?

– Computação. Você faz muita pergunta.

– Mas são perguntas fáceis, né?

– Acho que sim. Onde você trabalha?

– Não trabalho. Acabei de me divorciar de um cara rico. Sem filhos. Tenho 28 anos, sou solteira e pretendo continuar assim, mas sair com alguém de vez em quando seria bom. Por que você não me liga?

– Rico quanto?

Ela riu da pergunta e olhou para o relógio.

– Tenho que ir. Minha aula começa daqui a dez minutos. – Ela ficou de pé, pegou a bolsa, mas deixou a bandeja. – A gente se vê.

Ela partiu em um pequeno BMW.

O RESTANTE DOS ENFERMOS foi limado às pressas, e por volta das três da tarde o número de candidatos tinha caído para 159. O juiz Harkin determinou uma pausa de quinze minutos e, quando voltou à tribuna, anunciou que teria início uma nova fase da seleção do júri. Ele fez um imponente discurso sobre responsabilidade cívica e praticamente desafiou qualquer um ali a reivindicar uma licença que não fosse por fins médicos. A primeira tentativa foi feita por um executivo apressado, que se sentou no banco das testemunhas e explicou delicadamente ao juiz, aos dois advogados e à taquígrafa que trabalhava oitenta horas por semana para uma grande empresa que estava perdendo muito dinheiro e, em vista disso, cada segundo longe do escritório seria um desastre. O juiz orientou que ele retornasse a seu lugar e aguardasse novas instruções.

A segunda tentativa foi feita por uma mulher de meia-idade que mantinha uma creche sem licença em sua casa.

– Eu tomo conta de crianças, Excelência – sussurrou ela, lutando contra as lágrimas. – É a única coisa que eu sei fazer. Ganho duzentos dólares por semana e mal consigo sobreviver. Se eu tiver que integrar este júri, aí vou ter que contratar um estranho para ficar com as crianças. Os pais delas não vão gostar nada disso, e, além do mais, não tenho dinheiro para contratar ninguém. Eu vou à falência.

Os candidatos prestaram atenção com grande interesse conforme ela atravessou o corredor, passou por sua fileira e deixou a sala de audiências. A história dela provavelmente tinha sido boa. O executivo estressado espumou de raiva.

Às cinco e meia, onze pessoas haviam sido dispensadas e outras dezesseis mandadas de volta a seus lugares depois de não terem soado suficientemente dignas de compaixão. O juiz orientou Gloria Lane a distribuir outro questionário, dessa vez mais extenso, e disse aos candidatos restantes que o preenchessem até as nove da manhã. Ele os dispensou, com a advertência explícita de não discutirem o caso com estranhos.

Rankin Fitch não estava na sala de audiências quando a sessão foi encerrada na tarde de segunda-feira. Estava em seu escritório, ali perto. Não havia registro de nenhum Nicholas Easter na Universidade Estadual do Norte do Texas. A loura havia gravado a conversa com ele no Burger King e Fitch a ouviu duas vezes. Tinha sido decisão dele enviá-la para um encontro casual. Era arriscado, mas deu certo. Ela agora estava em um avião, voltando para Washington. A secretária eletrônica dela em Biloxi estava ligada e assim permaneceria até que o júri fosse escolhido. Se Easter decidisse ligar, algo com que Fitch não contava, ele não conseguiria falar diretamente com ela.

4

O questionário continha perguntas como: Você fuma atualmente? Em caso positivo, quantos maços por dia? Em caso positivo, há quanto tempo você fuma? Em caso positivo, você planeja parar? Você já foi fumante? Algum membro de sua família, ou alguém que você conheça bem, sofreu de alguma doença ou enfermidade diretamente associada ao consumo de cigarros? Se sim, quem? (Espaço fornecido abaixo. Por favor, informe o nome da pessoa, a natureza da doença ou enfermidade e ainda se a pessoa se curou ou não.) Você acredita que fumar causa (a) câncer de pulmão; (b) doença cardíaca; (c) pressão alta; (d) nenhuma das opções acima; (e) todas as opções acima?

A página 3 abordava as questões mais importantes: Dê sua opinião sobre o uso do dinheiro proveniente dos impostos para financiar cuidados médicos decorrentes de problemas de saúde relacionados ao tabagismo. Dê sua opinião sobre o uso do dinheiro dos impostos para subsidiar a produção de tabaco. Dê a sua opinião sobre a proibição de fumar em todos os edifícios governamentais. Que direitos você acha que os fumantes deveriam ter? Havia grandes espaços para essas respostas.

A página 4 listava os nomes dos dezessete advogados oficialmente ligados ao caso e, a seguir, os nomes de mais oitenta que estavam correlacionados a eles de alguma forma. Você conhece pessoalmente algum desses advogados? Você já foi representado por algum desses advogados? Você já esteve envolvido em alguma questão jurídica com algum desses advogados?

Não. Não. Não. Nicholas era rápido em marcar as caixinhas.

A página 5 listava os nomes de testemunhas em potencial, 62 pessoas, incluindo Celeste Wood, a viúva e reclamante. Você conhece alguma dessas pessoas? Não.

Ele preparou mais uma xícara de café instantâneo e acrescentou dois sachês de açúcar. Havia passado uma hora diante daquelas perguntas na noite anterior, e outra hora já se passara naquela manhã. O sol mal havia nascido. O café da manhã tinha sido uma banana e um bagel velho. Ele mordiscou o bagel, refletiu sobre a última pergunta, então respondeu a lápis em uma caligrafia organizada, quase tediosa – todas as letras em maiúscula, porque sua letra cursiva era irregular e praticamente ilegível. E ele sabia que, antes do final do dia, um comitê inteiro de especialistas em caligrafia de ambos os lados estaria se debruçando sobre suas palavras, não se importando muito com o que ele dizia, mas sim com o traço de suas letras. Ele queria parecer organizado e atencioso, inteligente e cabeça aberta, capaz de ouvir os dois lados e tomar decisões com justiça, um árbitro que todos desejariam.

Nicholas tinha lido três livros sobre os prós e os contras da análise de caligrafia.

Ele voltou à pergunta sobre o subsídio à produção de tabaco, porque era uma questão difícil. Tinha uma resposta pronta, porque já havia pensado muito sobre o assunto, e queria escrevê-la de forma clara. Ou, talvez, ambígua. Quem sabe de uma forma que ele não traísse seus sentimentos, mas não assustasse nenhum dos lados.

Muitas daquelas mesmas perguntas foram feitas no caso Cimmino no ano anterior em Allentown, Pensilvânia. Nicholas era David nessa época, David Lancaster, um estudante de cinema de barba escura legítima e óculos aro de tartaruga falsos que trabalhava em uma videolocadora. Ele tinha feito uma cópia do questionário antes de entregá-lo no segundo dia de seleção do júri. Havia sido um caso semelhante, mas com outra viúva e uma companhia tabagista diferente, e, embora uma centena de advogados estivesse envolvida, nenhum deles fazia parte desse grupo. Apenas Fitch se mantinha.

Nicholas/David havia permanecido após os dois primeiros cortes naquele caso, mas estava a quatro fileiras de distância quando o júri foi formado. Ele raspou a barba, abandonou os óculos de farmácia e deixou a cidade um mês depois.

A mesa dobrável sacudia ligeiramente enquanto ele escrevia. Aquela era sua copa – uma mesa e três cadeiras que não combinavam. A saleta à sua direita estava mobiliada com uma cadeira de balanço bamba, uma TV apoiada em um caixote de madeira e um sofá empoeirado que ele tinha comprado em um mercado de pulgas por 15 dólares. Ele provavelmente poderia pagar pelo aluguel de algumas peças melhores, mas alugar exigia preencher formulários, e isso deixava rastros. Havia pessoas lá fora praticamente vasculhando seu lixo para descobrir quem ele era.

Ele pensou na loura e se perguntou onde ela poderia aparecer naquele dia, sem dúvida com um cigarro na mão e determinada a conduzi-lo para outra conversa banal sobre fumar. A ideia de ligar para ela não havia passado por sua cabeça, mas a dúvida sobre para qual dos lados a mulher trabalhava era bastante intrigante. Possivelmente para a indústria tabagista, porque ela era o tipo exato de espiã que Fitch gostava de usar.

Nicholas sabia, graças a seu conhecimento jurídico, que era extremamente antiético que a loura, ou qualquer outro profissional contratado, abordasse um jurado em potencial. Ele também sabia que Fitch tinha dinheiro suficiente para fazer a loura desaparecer dali sem deixar vestígios, para então reaparecer no julgamento seguinte como uma ruiva com uma imagem diferente e um interesse por jardinagem. Algumas coisas eram impossíveis de serem descobertas.

O único quarto estava ocupado quase por inteiro por um colchão king-size colocado diretamente no chão, sem nada embaixo dele, outra aquisição do mercado de pulgas. Uma série de caixas de papelão servia de cômoda. Roupas espalhadas cobriam o chão.

Era um lar provisório, com o aspecto de um lugar que alguém usaria por um ou dois meses antes de sair da cidade no meio da noite; justo o que ele tinha em mente. Morava ali já havia seis meses, e esse apartamento era o seu endereço oficial, pelo menos o que ele tinha fornecido quando se registrou para votar e tirou sua carteira de motorista do Mississippi. Ele tinha um lugar mais agradável a 6 quilômetros de distância, mas não podia correr o risco de ser visto lá.

Então, ele vivia feliz na pobreza, apenas mais um estudante sem dinheiro, sem bens e com poucas responsabilidades. Tinha quase certeza de que os espiões de Fitch não haviam entrado em seu apartamento, mas ele não se arriscava. O lugar era tosco, mas cuidadosamente organizado. Não havia nada revelador ali dentro.

Às oito ele terminou o questionário e o revisou uma última vez. O do caso Cimmino fora respondido à mão, em um estilo totalmente diferente. Depois de meses praticando sua caligrafia, ele tinha certeza de que não seria detectado. Na época, havia trezentos jurados em potencial, e eram quase duzentos agora; por que alguém suspeitaria de que ele estava em ambas as seleções?

Por detrás de uma fronha de travesseiro esticada sobre a janela da cozinha, ele rapidamente espreitou o estacionamento lá embaixo em busca de fotógrafos ou outros intrusos. Tinha visto um três semanas antes, sentado ao volante de uma picape.

Nada de espiões agora. Ele trancou a porta do apartamento e saiu a pé.

GLORIA LANE FOI muito mais eficiente em orientar a multidão no segundo dia. Os 148 candidatos ao júri que restaram estavam sentados do lado direito, apertados em doze fileiras com doze integrantes cada, e mais quatro deles se sentaram junto ao corredor. Era mais fácil lidar com eles quando estavam acomodados de um só lado da sala de audiências. Os questionários foram recolhidos assim que eles entraram, e rapidamente foram feitas cópias, entregues a cada uma das partes. Por volta das dez, as respostas estavam sendo analisadas por consultores de júri trancafiados em salas sem janelas.

Do outro lado do corredor, um grupo bem-educado de agentes do mercado financeiro, repórteres, curiosos e outros espectadores de todo tipo se acomodou e ficou olhando para a aglomeração de advogados sentados, os quais, por sua vez, estudavam o rosto dos jurados. Fitch havia se mudado discretamente para a primeira fileira, mais perto de sua equipe da defesa, com dois assistentes bem-vestidos, um de cada lado, aguardando suas ordens.

O juiz Harkin estava concentrado em seu trabalho na terça-feira e levou menos de uma hora para concluir as dispensas por razões não médicas. Mais seis pessoas foram liberadas, restando, assim, 142 candidatos.

Finalmente, era hora do show. Wendall Rohr, aparentemente vestindo o mesmo paletó esporte cinza xadrez, colete branco e gravata-borboleta vermelha e amarela, levantou-se e caminhou até a divisória para se dirigir ao público. Ele estalou os dedos ruidosamente, espalmou as mãos e deu um amplo e sombrio sorriso.

– Sejam bem-vindos – disse ele, teatral, como se o que estivesse por vir fosse um acontecimento cuja lembrança todos guardariam para sempre.

Ele se apresentou assim como os membros da equipe que iam participar do julgamento e, então, pediu à reclamante, Celeste Wood, que ficasse de pé. Rohr conseguiu usar a palavra "viúva" duas vezes ao apresentá-la aos jurados em potencial. Mulher pequena de 55 anos, ela usava um vestido preto simples, meias escuras e sapatos escuros, que não podiam ser vistos de trás da divisória. Ela deu um sorrisinho dolorosamente adequado, como se ainda não tivesse superado o luto, embora seu marido estivesse morto havia quatro anos. Na verdade, ela quase tinha se casado novamente, um evento que Wendall cancelou no último minuto, assim que tomou conhecimento. "Tudo bem amar outro cara", disse a ela, "mas faça isso discretamente, e você não pode se casar com ele até que o julgamento acabe. Fator empatia. Você precisa estar em sofrimento", explicou.

Fitch sabia das núpcias adiadas e sabia também que havia poucas chances de abordar o assunto com o júri.

Com todos os membros de seu grupo no tribunal oficialmente apresentados, Rohr fez um breve resumo do caso, uma narração que atraiu todas as atenções dos advogados de defesa e do juiz. Eles pareciam prontos para atacar se Rohr ultrapassasse a barreira invisível entre fato e argumento. Ele não ultrapassou, mas gostava de provocá-los.

A seguir, fez um longo apelo para que os jurados em potencial fossem honestos, francos e não tivessem medo de levantar suas tímidas mãozinhas se algo os incomodasse, o mínimo que fosse. De que outra forma eles, os advogados, poderiam explorar seus pensamentos e sentimentos se os candidatos ao júri não falassem?

– Sem dúvida não podemos fazer isso simplesmente olhando para vocês – disse ele, exibindo os dentes mais uma vez.

No momento, havia pelo menos oito pessoas dentro da sala de audiências tentando desesperadamente ler cada sobrancelha arqueada e cada lábio retorcido. Dando continuidade, Rohr pegou um bloco de notas, olhou para o objeto e disse:

– Agora, temos várias pessoas que já serviram em júris de casos cíveis anteriormente. Por favor, levantem a mão. – Uma dúzia de mãos se ergueram obedientemente. Rohr examinou o público e escolheu a mais próxima, uma senhora na primeira fileira. – Sra. Millwood, correto? – As bochechas dela ficaram vermelhas enquanto ela assentia. Todas as pessoas na sala estavam ou olhando ou se esforçando para olhar a Sra. Millwood. – A senhora fez parte de um júri em um caso cível há alguns anos, se não me engano – disse Rohr afetuosamente.

– Sim – respondeu ela, dando um pigarro e tentando falar mais alto.

– Que tipo de caso foi? – perguntou ele, embora soubesse praticamente de todos os detalhes: sete anos antes, naquele mesmo tribunal, juiz diferente, o reclamante saíra sem nada.

Havia sido feita uma cópia dos autos semanas antes. Rohr tinha conversado até mesmo com o advogado do reclamante, um amigo seu. Ele começou com aquela pergunta e aquela candidata porque era um modo fácil de pegar ritmo, uma conversa descontraída para mostrar aos outros como era indolor levantar a mão e falar sobre as coisas.

– Um acidente de carro – respondeu ela.

– Onde foi o julgamento? – perguntou ele.

– Aqui mesmo.

– Ah, neste tribunal. – Ele pareceu bastante surpreso, mas os advogados de defesa sabiam que estava fingindo.

– O júri chegou a um veredito nesse caso?

– Sim.

– E qual foi o veredito?

– Não demos nada a ele.

– Ele, a senhora quer dizer, o reclamante?

– Sim. Não achamos que ele tivesse se machucado de fato.

– Entendi. Integrar esse júri foi uma experiência agradável para a senhora?

– Foi normal – respondeu ela depois de pensar um pouco. – Mas houve muita perda de tempo, sabe, quando os advogados ficavam discutindo sobre uma coisa ou outra.

Um grande sorriso.

– Sim, temos a tendência de fazer isso. Alguma coisa naquele caso influenciaria sua capacidade de participar deste?

– Não, acho que não.

– Obrigado, Sra. Millwood.

O marido dela tinha trabalhado como contador em um pequeno hospital do condado que fora obrigado a fechar depois de ser condenado em um caso de negligência médica. Secretamente ela abominava veredictos com grandes cifras, e não sem razão. Jonathan Kotlack, o advogado da reclamante encarregado da seleção final do júri, havia muito riscara o nome dela da lista.

No entanto, a menos de 3 metros de distância de Kotlack, os advogados da defesa a tinham em alta conta. JoAnn Millwood seria um verdadeiro prêmio.

Rohr fez as mesmas perguntas aos outros ex-participantes de júris, e as coisas rapidamente ficaram monótonas. Ele então abordou a espinhosa questão da reforma das leis de responsabilidade civil e fez uma série de perguntas desconexas sobre os direitos das vítimas, ações judiciais desnecessárias e o valor dos seguros. Algumas de suas perguntas giravam em torno de pequenos argumentos, mas ele se manteve longe de problemas. Era quase hora do almoço, e os candidatos já haviam perdido o interesse fazia tempo. O juiz Harkin determinou uma hora de recesso, e os oficiais conduziram todos para fora da sala de audiências.

Os advogados, porém, permaneceram. Lancheiras contendo sanduíches empapados e maçãs foram distribuídas por Gloria Lane e sua equipe. Aquele seria um almoço de trabalho. Petições de uma dezena de variedades aguardavam despacho, e Sua Excelência estava pronto para debatê-las. Foram servidos café e chá gelado.

O USO DE QUESTIONÁRIOS agilizava bastante o processo de seleção do júri. Enquanto Rohr fazia perguntas dentro da sala de audiências, dezenas de pessoas em outros lugares examinavam as respostas por escrito e riscavam nomes de suas listas. A irmã de um dos homens havia morrido de câncer de pulmão. Outras sete pessoas tinham amigos ou parentes próximos com graves problemas de saúde atribuídos ao tabagismo. Pelo menos metade dos candidatos fumava ou tinha fumado regularmente no passado. A maioria dos fumantes admitiu ter vontade de parar.

Os dados foram analisados, lançados nos computadores e, no meio da tarde do segundo dia, as impressões estavam sendo distribuídas e editadas. Depois que o juiz Harkin determinou um novo recesso às quatro e meia de terça-feira, mais uma vez a sala de audiências foi esvaziada para tratar de assuntos legais. Por quase três horas, as respostas por escrito foram discutidas e debatidas e, ao final, mais 31 nomes foram eliminados. Gloria Lane

recebeu instruções para telefonar imediatamente aos candidatos recém-
-excluídos e lhes dar as boas notícias.

Harkin estava determinado a concluir a seleção do júri na quarta-feira. As alegações iniciais foram agendadas para a manhã de quinta. Ele sugeriu até mesmo que houvesse algum expediente no sábado.

Às oito da noite de terça-feira, ele ouviu uma última petição, uma rapidinha, e dispensou os advogados. Os advogados da Pynex se reuniram com Fitch no escritório da Whitney & Cable & White, onde outro delicioso banquete de sanduíches frios e batatas fritas gordurosas esperava por eles. Fitch queria trabalhar, e, enquanto os cansados advogados enchiam lentamente seus pratos de papel, dois assistentes distribuíam cópias das últimas análises de caligrafia. "Comam rápido", ordenou Fitch, como se fosse possível saborear aquela comida. O número de candidatos tinha caído para 111, e o processo de escolha começaria no dia seguinte.

A MANHÃ PERTENCIA a Durwood Cable, ou Durr, como era conhecido em toda a Costa do Golfo, de onde ele jamais havia saído em seus 61 anos. Como sócio sênior da Whitney & Cable & White, Sir Durr tinha sido cuidadosamente escolhido por Fitch para lidar com a maior parte da atividade de tribunal ligada à Pynex. Como advogado, depois juiz e agora novamente advogado, Durr passara a maior parte dos últimos trinta anos examinando júris e falando com eles. Achava os tribunais lugares relaxantes porque eram palcos – sem telefones, sem entra e sai, sem secretárias apressadas –, todos representando um papel, seguindo um roteiro, com os advogados como protagonistas. Ele falava e gesticulava de forma totalmente despojada, mas entre os passos e as frases seus olhos cinza não deixavam passar nada. Enquanto seu adversário, Wendall Rohr, era barulhento, simpático e espalhafatoso, Durr era alinhado e um tanto contido. Usava o obrigatório terno escuro, uma gravata dourada bastante ousada e a camisa branca de sempre, que fazia um bom contraste com seu rosto extremamente bronzeado. Durr tinha paixão pela pesca em alto-mar e passava muitas horas em seu barco, debaixo de sol. Ele era calvo, e o topo de sua cabeça estava bastante corado.

Certa vez, após ter passado seis anos sem perder um caso, Rohr, seu adversário e amigo ocasional, arrancou 2 milhões de dólares dele num caso envolvendo um triciclo motorizado.

Cable se aproximou da divisória e olhou severamente para o rosto das 111 pessoas. Sabia onde cada uma morava e o número de filhos e netos, se houvesse. Cruzou os braços, pôs a mão no queixo, como um professor pensativo, e disse com uma voz agradavelmente ressonante:

– Meu nome é Durwood Cable e eu represento a Pynex, uma antiga empresa que fabrica cigarros há noventa anos.

Ele não tinha vergonha daquilo! Falou sobre a Pynex por dez minutos e fez um trabalho magistral em suavizar a empresa, tornando seu cliente caloroso e simpático, quase sedutor.

Terminada essa parte, ele mergulhou sem medo na questão da escolha. Enquanto Rohr tinha se concentrado no vício, Cable dedicou seu tempo à liberdade de escolha.

– Estamos todos de acordo que cigarros em excesso são potencialmente perigosos? – perguntou ele, observando, então, a maioria das cabeças assentir em concordância. Quem seria capaz de negar isso? – Ótimo! Agora, uma vez que isso é do conhecimento geral, estamos todos de acordo que uma pessoa que fuma deve estar ciente dos riscos?

Mais acenos, nenhuma mão levantada ainda. Ele estudou os rostos, especialmente um sem expressão nenhuma pertencente a Nicholas Easter, agora sentado na terceira fileira, o oitavo a contar do corredor. Por conta das dispensas, Easter não era mais o jurado 56. Ele agora era o número 32 e avançava a cada sessão. Seu rosto não revelava nada além de atenção plena.

– Essa é uma pergunta muito importante – disse Cable lentamente, suas palavras ecoando em meio ao silêncio.

Com o dedo em riste, ele delicadamente os provocou e disse:

– Há alguma pessoa nesta seleção que não acredite que uma pessoa que escolha fumar deva estar ciente dos riscos?

Ele aguardou, observando e testando um pouco a corda, e finalmente fisgou. Uma mão se levantou lentamente na quarta fileira. Cable sorriu, deu um passo à frente e disse:

– Sim, creio que a senhora seja a Sra. Tutwiler. Por favor, fique de pé.

Se ele estava realmente ansioso por ter um voluntário, sua alegria durou pouco. A Sra. Tutwiler era uma senhorinha frágil de 60 anos, com um rosto carrancudo. Ela se endireitou, levantou o queixo e disse:

– Eu tenho uma pergunta para lhe fazer, Dr. Cable.

– Pois não.

– Se todo mundo sabe que cigarros são perigosos, então por que o seu cliente continua a fabricá-los?

Alguns dos colegas de júri dela abriram um sorrisinho. Todos os olhos estavam voltados para Durwood Cable, enquanto ele continuava a sorrir, sem hesitar nem um segundo.

– Excelente pergunta – disse ele em voz alta. Ele não iria respondê-la ainda. – A senhora acha que a fabricação de todo tipo de cigarro deveria ser proibida, Sra. Tutwiler?

– Acho.

– Mesmo que as pessoas queiram exercer o direito delas de optar por fumar?

– Cigarros viciam, Dr. Cable, o senhor sabe disso.

– Obrigado, Sra. Tutwiler.

– Os fabricantes carregam na nicotina, deixam as pessoas viciadas e depois fazem publicidade como loucos para continuar vendendo.

– Obrigado, Sra. Tutwiler.

– Eu não terminei – disse ela em voz alta, agarrando-se ao banco à sua frente e ficando cada vez mais ereta. – Os fabricantes sempre negaram que o cigarro vicia. Isso é mentira, e o senhor sabe disso. Por que eles não dizem isso nos maços?

A expressão no rosto de Durr nunca mudava. Ele esperou pacientemente, então perguntou com bastante cordialidade:

– Já terminou, Sra. Tutwiler?

Havia outras coisas que ela queria dizer, mas percebeu que talvez aquele não fosse o lugar.

– Sim – disse ela quase num sussurro.

– Obrigado. Respostas como a sua são vitais para o processo de seleção do júri. Muito obrigado mesmo. Agora, a senhora pode se sentar.

Ela olhou ao redor, como se alguns dos demais devessem se levantar e se juntar a ela naquele embate, mas, deixada sozinha, acomodou-se de volta em seu assento. Ela poderia muito bem ter ido embora do tribunal.

Cable rapidamente enveredou por assuntos menos delicados. Fez muitas perguntas, provocou algumas respostas e deu a seus especialistas em linguagem corporal muito com o que trabalhar. Ele terminou ao meio-dia, bem a tempo de um almoço rápido. Harkin pediu aos candidatos

48

que retornassem às três, mas disse aos advogados que comessem rápido e estivessem de volta em quarenta e cinco minutos.

À uma da tarde, com a sala de audiências vazia e trancada e os advogados amontoados ao redor das respectivas mesas, Jonathan Kotlack se levantou e informou ao tribunal que "a reclamante aceita a jurada número 1". Ninguém pareceu surpreso. Todo mundo escreveu alguma coisa em uma impressão, inclusive Sua Excelência, que, depois de uma pequena pausa, perguntou:

– A defesa?

– A defesa aceita a número 1. – Não era uma grande surpresa. A número 1 era Rikki Coleman, uma jovem esposa e mãe de dois filhos que nunca havia fumado e trabalhava como administradora de prontuários em um hospital. Kotlack e sua equipe a classificaram como nota 7 de 10 graças a suas respostas por escrito, a sua formação em saúde, a seu diploma universitário e a seu grande interesse por tudo o que havia sido dito até o momento. A defesa a avaliava como um 6, e a teria vetado não fosse por uma série de indesejáveis mais preocupantes logo adiante na primeira fileira.

– Essa foi fácil – murmurou baixinho o juiz Harkin. – Seguindo em frente. Jurado número 2, Raymond C. LaMonette.

O Sr. LaMonette era a primeira escaramuça estratégica da seleção do júri. Nenhum dos lados o queria; ambos o haviam avaliado como um 4,5. Ele fumava muito, mas estava desesperado para parar. Suas respostas aos questionários eram completamente indecifráveis e totalmente inúteis. Os especialistas em linguagem corporal de ambos os lados tinham relatado que o Sr. LaMonette odiava todos os advogados e tudo a eles relacionado. Quase havia sido morto anos antes por um motorista embriagado. Seu processo não tinha lhe rendido nada.

De acordo com as regras de seleção do júri, cada lado tinha direito a uma série de recusas peremptórias, ou vetos, como eram chamadas, as quais poderiam ser usadas para eliminar jurados em potencial sem nenhuma justificativa. Em razão da importância daquele caso, o juiz Harkin tinha concedido a cada um dos lados dez vetos, quatro a mais que o de costume. Ambos queriam cortar LaMonette, mas ambos precisavam guardar seus vetos para nomes mais censuráveis.

A reclamante era obrigada a se manifestar primeiro e, após alguma demora, Kotlack disse:

– A reclamante veta o número 2.

– Esta é a recusa peremptória número um da reclamante – anunciou Harkin enquanto fazia uma anotação.

Uma pequena vitória para a defesa. Com base em uma decisão de último minuto, Durr Cable estava pronto para vetá-lo também.

A reclamante usou um veto na candidata número 3, a esposa de um executivo, e também no número 4. Os vetos estratégicos continuaram a ser feitos e praticamente dizimaram a primeira fileira. Apenas dois jurados sobreviveram. A carnificina abrandou na segunda fileira, com cinco dos doze tendo sobrevivido a diversos vetos, dois deles dados pelo próprio juiz. Sete jurados já estavam escolhidos quando a seleção chegou à terceira fileira. No oitavo lugar dela estava o grande desconhecido, Nicholas Easter, jurado número 32, que até então tinha prestado bastante atenção a tudo e parecia ser relativamente palatável, embora provocasse apreensão em ambos os lados.

Wendall Rohr, falando em nome da reclamante enquanto Kotlack estava mergulhado em uma conversa aos sussurros com um especialista sobre dois dos nomes da quarta fileira, usou um veto no número 25. Era o nono veto da reclamante. O último deles estava reservado para um notório republicano bastante temido na quarta fileira, caso eles chegassem até lá. A defesa rejeitou o número 26, queimando assim seu oitavo veto. Os jurados número 27, 28 e 29 foram aceitos. A defesa apresentou uma justificativa para a dispensa do jurado número 30, um pedido para que o tribunal o vetasse por razões mútuas, de forma que nenhum dos dois lados gastasse uma recusa peremptória. Durr Cable pediu ao juiz para discutir um assunto particular em off. Rohr ficou um pouco perplexo, mas não se opôs. A taquígrafa suspendeu as notas. Cable entregou uma pasta fina a Rohr e outra idêntica ao juiz.

– Excelência – disse ele em um tom de voz baixo –, ficamos sabendo, por meio de algumas fontes, que a jurada número 30, Bonnie Tyus, é viciada em lorazepam. Ela nunca passou por tratamento, nunca foi detida, nunca admitiu seu problema. Obviamente, não mencionou isso nos questionários nem durante nossa sessão de perguntas e respostas. Ela consegue viver tranquilamente, manter um emprego e um marido, embora este seja o terceiro casamento.

– Como o senhor descobriu isso? – perguntou Harkin.

– Por meio da nossa extensa investigação de todos os jurados em potencial. Eu lhe garanto, Excelência, que não houve nenhum contato não autorizado com a Sra. Tyus.

Fitch tinha feito a descoberta. O segundo marido dela morava em Nashville, onde lavava caminhões em uma parada de motoristas. Por 100 dólares em espécie, ele alegremente contou tudo de que conseguia se lembrar sobre sua ex.

– E a sua posição, Dr. Rohr? – perguntou Sua Excelência.

Sem hesitar, Rohr disse, mentindo:

– Temos a mesma informação, Excelência.

Ele lançou um olhar simpático para Jonathan Kotlack, que por sua vez olhou para outro advogado, o que era responsável pelo grupo que incluía Bonnie Tyus. Eles tinham gastado mais de 1 milhão de dólares até agora na seleção do júri e, mesmo assim, deixado passar aquela informação crucial!

– Está bem. A jurada número 30 está dispensada por essa razão. Podemos retomar os registros. Jurado número 31?

– Podemos dispor de alguns minutos, Excelência? – pediu Rohr.

– Podem. Mas sejam rápidos.

Depois de trinta nomes, dez haviam sido selecionados; nove tinham sido vetados pela reclamante, oito, pela defesa, e três, dispensados pelo tribunal. Era improvável que a seleção chegasse à quarta fileira, então Rohr, com um último veto, olhou para os jurados 31 a 36 e sussurrou para o seu grupinho amontoado:

– Qual deles fede mais?

Os dedos apontaram unanimemente para a número 34, uma mulher branca grande e antipática que os assombrava desde o primeiro dia. Wilda Haney era o nome dela, e já fazia um mês que todos haviam se comprometido a evitá-la. Eles estudaram a listagem por mais alguns minutos e concordaram em ficar com os números 31, 32, 33 e 35, nem todos lá muito atraentes, mas muito mais do que Wilda.

Em um amontoado ainda mais denso a poucos metros de distância, Cable e sua tropa tinham acordado em vetar o 31, ficar com o 32, vetar o 33 – porque o 33 era o Sr. Herman Grimes, o cego –, então ficar com a 34, Wilda Haney, e vetar, se necessário, o número 35.

NICHOLAS EASTER TORNOU-SE, assim, o décimo primeiro jurado selecionado para integrar o júri de *Wood contra Pynex*. Quando a sala de audiências foi reaberta às três da tarde e os candidatos estavam acomodados, o juiz Harkin começou a chamar os nomes dos doze escolhidos. Eles cruzaram a porta da divisória e tomaram seus respectivos assentos na bancada do júri. Nicholas tinha ficado com a cadeira número dois, na primeira fileira. Aos 27 anos, era o segundo jurado mais jovem. Eram nove brancos e três negros; sete mulheres e cinco homens; uma pessoa cega. Três suplentes estavam sentados em cadeiras dobráveis acolchoadas espremidas em um dos cantos da bancada. Às quatro e meia, os quinze se levantaram e repetiram seus juramentos. Então ficaram ouvindo, por meia hora, o juiz Harkin proferir uma série de advertências severas a eles, aos advogados e às partes. Qualquer tipo de contato com os jurados resultaria em pesadas sanções, multas em dinheiro, possível anulação do julgamento, expulsão da ordem dos advogados e morte. Ele proibiu os jurados de discutir o caso com qualquer pessoa, até mesmo com cônjuges e companheiros, e com um sorriso alegre se despediu deles, com um boa-noite e até amanhã às nove em ponto.

Os advogados ficaram assistindo e desejaram poder ir embora também. Mas havia trabalho a fazer. Quando a sala de audiências se esvaziou e restaram apenas os advogados e as escrivãs, Sua Excelência disse:

– Os senhores apresentaram algumas petições. Vamos tratar delas.

5

Em parte por um misto de ansiedade e tédio, em parte pelo pressentimento de que alguém estaria esperando, Nicholas Easter se infiltrou pela porta traseira do tribunal, que não estava trancada, às oito e meia, subiu a escadaria dos fundos, raramente usada, e entrou no estreito corredor que dava na parte de trás da sala de audiências. A maioria das repartições públicas do condado abria às oito, então havia movimento e barulho no primeiro andar. Mas pouco no segundo. Ele deu uma espiada na sala de audiências e viu que estava vazia. Havia pastas espalhadas desordenadamente sobre as mesas. Era provável que os advogados estivessem nos fundos, junto à máquina de café, contando piadas e se preparando para a batalha.

Ele conhecia bem o terreno. Três semanas antes, um dia depois de receber sua preciosa intimação para comparecer à seleção do júri, tinha ido bisbilhotar a sala de audiências. Como estava sem uso e vazia, ele havia explorado os cantos e os espaços abertos; o acanhado gabinete do juiz; a sala de café, onde os advogados fofocavam sentados a mesas antigas cheias de revistas velhas e jornais recentes; as improvisadas salas das testemunhas, com cadeiras dobráveis e sem janelas; a sala de espera, onde os algemados e perigosos aguardavam por sua punição; e, claro, a sala do júri.

Naquela manhã, seu palpite estava correto. O nome dela era Lou Dell, uma mulher baixinha e encorpada, de 60 anos, vestindo calça de poliéster e tênis velhos e com uma franja grisalha batendo na altura dos olhos. Ela estava sentada no corredor, junto à porta da sala do júri, lendo um livro surrado e esperando que alguém adentrasse os seus domínios. Ela se levantou de um salto, tirou uma folha de papel de debaixo de si e disse:

– Bom dia. Posso ajudar? – Seu rosto inteiro era um enorme sorriso. Seus olhos brilhavam de malícia.

– Nicholas Easter – disse ele enquanto estendia a mão para apertar a dela.

Ela apertou com força, sacudiu sem dó e encontrou o nome dele na papelada que segurava. Outro sorriso ainda maior, e então:

– Bem-vindo à sala do júri. Este é o seu primeiro julgamento?

– Sim.

– Vamos lá – disse ela, praticamente empurrando-o pela porta em direção à sala. – Ali tem café e roscas. – Puxando o braço dele, apontou para um canto. – Eu mesma fiz – comentou orgulhosa, exibindo uma cesta de muffins pretos e gordurosos. – É uma espécie de tradição. Eu sempre trago eles no primeiro dia, chamo de "muffins do júri". Pegue um.

A mesa estava repleta de roscas variadas e ordenadamente dispostas em bandejas. Duas cafeteiras estavam cheias e fumegantes. Pratos e xícaras, colheres e garfos, açúcar, creme, vários tipos de adoçantes. E, bem no centro da mesa, os muffins do júri. Sem ter muita escolha, Nicholas pegou um.

– Faço eles há dezoito anos – disse ela. – Costumava colocar passas, mas tive que parar. – Revirou os olhos para ele, como se o resto da história fosse polêmico demais.

– Por quê? – perguntou ele, sentindo-se compelido a isso.

– Dava gases. Às vezes, dava para ouvir o barulho na sala de audiências. Você entende?

– Acho que sim.

– Café?

– Pode deixar que eu me sirvo.

– Tudo bem, então. – Ela se virou e apontou para uma pilha de papéis no meio da mesa comprida. – Há uma lista de instruções do juiz Harkin. Ele quer que cada jurado pegue uma, leia com atenção e assine na parte de baixo. Eu venho buscar mais tarde.

– Obrigado.

– Vou estar no corredor, aqui na porta, caso precise de mim. É onde eu fico. Eles vão colocar um maldito policial do meu lado dessa vez, dá pra acreditar? Só de pensar fico enojada. Provavelmente algum idiota que não consegue acertar nem um celeiro com uma espingarda. Mas, de qualquer forma, acho que este é o maior caso que já tivemos. Civil, quero dizer. Você não acreditaria nos casos penais que já aconteceram aqui. – Ela segurou a maçaneta e a puxou na própria direção. – Vou estar aqui, querido, se precisar de mim.

A porta se fechou e Nicholas olhou para o muffin. Devagar, deu uma pequena mordida. Era principalmente farelo de trigo e açúcar, e ele pensou por um segundo nos sons ouvidos na sala de audiências. Jogou-o na lixeira e se serviu de café em um copo de plástico. Os copos de plástico teriam que ir embora. Se planejavam que ele acampasse ali por quatro a seis semanas, teriam que providenciar xícaras de verdade. E se o condado podia arcar com roscas tão bonitas, sem dúvida poderia pagar por bagels e croissants.

Não havia café descafeinado. Ele registrou. E nada de água quente para um chá, caso alguns de seus novos amigos não tomassem café. Tomara que o almoço fosse bom. Ele não ia comer sanduíche de salada de atum por seis semanas seguidas.

Havia doze cadeiras ordenadamente dispostas em torno da mesa, que ficava bem no meio da sala. A espessa camada de poeira que ele notara três semanas antes havia desaparecido; o lugar estava muito mais arrumado e pronto para uso. Em uma parede havia um grande quadro-negro, com apagadores e giz novo. Do outro lado da mesa, na parede oposta, três grandes janelas, que iam do chão ao teto, davam para o gramado do tribunal, ainda verde e fresco, embora o verão tivesse terminado havia mais de um mês. Nicholas olhou por uma das janelas e observou os pedestres transitando pela calçada.

A última lista do juiz Harkin incluía algumas poucas coisas a serem feitas e inúmeras a serem evitadas: Organizem-se. Elejam um porta-voz, e, se não conseguirem fazê-lo, notifiquem Sua Excelência, que ele designará um com prazer. Usem sempre os broches vermelho e branco de jurado. Lou Dell vai distribuí-los. Tragam algo para ler durante os períodos de descanso. Não hesitem em pedir qualquer coisa. Não discutam o caso entre vocês até que sejam instruídos por Sua Excelência a fazê-lo. Não discutam o caso com ninguém, ponto final. Não saiam do tribunal sem permissão. Não usem o telefone sem permissão. O almoço será servido e comido na sala do júri. Um menu diário será fornecido todos os dias, antes de o julgamento recomeçar, às nove. Notifiquem o tribunal imediatamente se vocês ou alguém que conheçam for, de alguma forma, contactado em relação a seu envolvimento neste julgamento. Notifiquem o tribunal imediatamente caso vejam, ouçam ou notem qualquer coisa suspeita que possa ou não estar relacionada à sua participação como jurados neste caso.

Recomendações esquisitas, aquelas duas últimas. Mas Nicholas conhecia os detalhes de um julgamento envolvendo a indústria tabagista no leste do Texas, um julgamento que foi para os ares depois de apenas uma semana, quando descobriram que agentes misteriosos estavam circulando pela cidadezinha e oferecendo enormes quantias de dinheiro aos parentes dos jurados. Os agentes desapareceram antes de serem pegos, e nunca se soube para que lado trabalhavam, embora tenha acontecido uma acalorada troca de acusações. Cabeças mais frias apostavam fortemente que era obra da indústria tabagista. O júri parecia ter uma forte inclinação para o outro lado, e a defesa ficou em êxtase quando foi determinada a anulação do julgamento.

Embora não houvesse como provar, Nicholas tinha certeza de que Rankin Fitch era o fantasma por trás dos subornos. E ele sabia que em pouco tempo Fitch ia começar a atuar com seu novo grupo de amigos.

Ele assinou na parte inferior da folha e a deixou sobre a mesa. Ouviu vozes no corredor; Lou Dell estava recebendo outro jurado. A porta se abriu com um chute e um baque, e o Sr. Herman Grimes entrou primeiro, com sua bengala quicando à frente. Sua esposa vinha logo atrás, sem tocá-lo, mas imediatamente inspecionando a sala e descrevendo-a baixinho. – Sala retangular, 7,5 metros por 4,5 metros, comprimento à sua frente, largura da esquerda para a direita, mesa comprida em sentido longitudinal no centro, com cadeiras ao redor, a cadeira mais próxima a você está a 2,5 metros.

Ele ficou imóvel enquanto absorvia aquelas informações, sua cabeça se movendo sempre em direção ao que ela estivesse descrevendo. Atrás dela, Lou Dell estava na porta com as mãos nos quadris e morrendo de vontade de oferecer um muffin ao Sr. Grimes.

Nicholas deu alguns passos e se apresentou. Ele apertou a mão de Herman e eles trocaram gentilezas. Cumprimentou a Sra. Grimes, então conduziu Herman até a comida e o café, onde lhe serviu um copo e misturou açúcar e creme. Ele descreveu as roscas e os muffins, antes de Lou Dell, que permaneceu junto à porta. Herman não estava com fome.

– Meu tio preferido é cego – disse Nicholas dirigindo-se a todos os três. – Eu ficaria honrado se o senhor me permitisse ajudá-lo durante o julgamento.

56

– Sou perfeitamente capaz de me cuidar sozinho – disse Herman com um traço de indignação, mas sua esposa não disfarçou um sorriso afetuoso. Ela deu uma piscadinha e assentiu.

– Tenho certeza de que é – disse Nicholas. – Mas sei que há muitos detalhes. Quero apenas ajudar.

– Obrigado – disse ele após uma breve pausa.

– Obrigada, senhor – reforçou a esposa.

– Vou estar lá fora, no corredor, se precisarem de alguma coisa – disse Lou Dell.

– A que horas devo vir buscá-lo? – perguntou a Sra. Grimes.

– Às cinco. Se for antes disso, eu ligo – respondeu Lou Dell já fechando a porta.

Os olhos de Herman estavam ocultos por óculos escuros. Seu cabelo era castanho, espesso, bastante engomado e começava a ceder ao grisalho.

– Tem uma papelada pra assinar – disse Nicholas quando eles ficaram a sós. – Puxe a cadeira bem em frente ao senhor, que eu leio.

Herman apalpou a mesa, pousou o café e procurou pela cadeira. Ele a apalpou com a ponta dos dedos, orientou-se e sentou-se. Nicholas pegou uma folha de instruções e começou a ler.

APÓS UMA FORTUNA TER SIDO GASTA na seleção, as opiniões saíam de graça. Todo mundo tinha uma para dar. Os especialistas da defesa se parabenizaram por terem escolhido um júri tão bom, embora a maior parte da festa tivesse sido feita em torno da legião de advogados que havia trabalhado dia e noite. Durr Cable já vira júris piores, mas também vira júris muito mais amigáveis. Ele tinha aprendido, ainda, muitos anos atrás, que era praticamente impossível prever o que um júri faria. Fitch estava feliz, ou tão feliz quanto se permitia estar, embora isso não o impedisse de reclamar e rosnar para tudo. Havia quatro fumantes no júri. Fitch estava apegado à crença velada de que a Costa do Golfo, com seus clubes de striptease, seus cassinos e sua proximidade de Nova Orleans, não era um lugar tão ruim de se estar, considerando-se a sua tolerância com os maus hábitos.

Do outro lado da rua, Wendall Rohr e seu advogado de tribunal se declararam satisfeitos com a composição do júri. Eles estavam especialmente encantados com a inesperada inclusão do Sr. Herman Grimes, o primeiro jurado cego de que qualquer um conseguia se lembrar. O Sr. Grimes insistiu em ser avaliado da mesma forma que aqueles "com visão" e ameaçou entrar com uma ação caso fosse tratado de forma diferente. Sua confiança nas ações judiciais aqueceu bastante os corações de Rohr e companhia, e sua deficiência era o sonho de todo advogado de um reclamante. A defesa havia apresentado todos os motivos imagináveis para que ele fosse dispensado, até mesmo a impossibilidade de ver as evidências que seriam apresentadas. O juiz Harkin permitiu que os advogados questionassem o Sr. Grimes discretamente sobre essa questão, e ele os assegurou de que poderia visualizar as evidências caso pudessem ser detalhadas por escrito a contento. Sua Excelência decidiu, então, que uma taquígrafa ficaria reservada exclusivamente para registrar as descrições das evidências. Daí um disquete poderia ser inserido no computador em braille do Sr. Grimes, que poderia fazer a leitura à noite. Isso o deixou tão contente que ele parou de falar sobre processos por discriminação. A defesa se compadeceu um pouco, principalmente quando ficou sabendo que ele havia fumado por muitos anos e que não tinha problema nenhum em estar perto de pessoas que mantinham aquele hábito.

Assim, ambos os lados estavam moderadamente satisfeitos com o júri. Nenhum radical havia sido selecionado. Nenhuma animosidade fora identificada. Todos os doze tinham concluído o ensino médio, dois tinham diploma e outros três frequentavam a universidade. As respostas de Easter aos questionários falavam da conclusão do ensino médio, mas seus estudos universitários ainda eram um mistério.

E, enquanto os dois lados se preparavam para o primeiro dia integral de julgamento de fato, eles refletiam em silêncio sobre a grande questão, aquela sobre a qual todo mundo adorava dar palpite. Ao olharem para a disposição dos assentos e estudarem os rostos pela milionésima vez, perguntavam-se repetidamente: "Quem vai ser o líder?"

Todo júri tinha um líder, e era ali que estava o veredito. Será que ele ia despontar rapidamente? Ou se manteria discreto e assumiria a frente durante as deliberações? Nem mesmo os jurados sabiam dizer naquele momento.

ÀS DEZ EM PONTO, o juiz Harkin estudou o tribunal lotado e chegou à conclusão de que todos estavam em seus lugares. Ele deu uma leve batida com o martelo, e o burburinho cessou. Todos estavam a postos. Fez um sinal para Pete, seu velho oficial de justiça que vestia uniforme marrom desbotado, e disse simplesmente:

– Mande entrar o júri.

Todos os olhos se voltaram para a porta ao lado da bancada do júri. Lou Dell apareceu primeiro, conduzindo sua ninhada como uma mamãe ganso, e a seguir entraram os doze escolhidos, em fila, dirigindo-se aos lugares marcados. Os três suplentes tomaram suas posições nas cadeiras dobráveis. Após um momento de acomodação, de ajuste das almofadas dos assentos e das barras dos vestidos, de bolsas e livros serem pousados no chão, os jurados se aquietaram e, é claro, perceberam que estavam sendo observados.

– Bom dia – disse Sua Excelência em voz alta e com um enorme sorriso.

A maioria dos jurados assentiu em resposta.

– Acredito que tenham encontrado a sala do júri e se organizado.

Uma pausa, enquanto ele levantava por algum motivo os quinze formulários assinados que Lou Dell havia distribuído e depois recolhido.

– Temos um porta-voz? – perguntou ele.

Os doze assentiram em uníssono.

– Bom. E quem é?

– Sou eu, Excelência – anunciou Herman Grimes da primeira fileira, e por um breve segundo a defesa, incluindo todos os seus advogados, consultores de júri e representantes corporativos, sentiu uma dor no peito coletiva.

Então, eles respiraram fundo, devagar, mas sem deixar transparecer o menor indício de que sentiam qualquer coisa além do maior amor e afeição pelo jurado cego que agora era o porta-voz. Talvez os outros onze apenas tivessem sentido pena daquele senhor.

– Muito bem – disse Sua Excelência, aliviado por seu júri ter conseguido tomar aquela decisão rotineira sem aparente desavença.

Ele tinha visto coisas muito piores. Um júri, metade branco e metade negro, não conseguia eleger um porta-voz. Horas depois, começaram a brigar por causa das escolhas para o almoço.

– Acredito que os senhores tenham lido minhas instruções – prosseguiu; depois deu início a um discurso detalhado no qual repetiu tudo o que já havia colocado no papel.

Nicholas Easter estava sentado na primeira fileira, no segundo lugar a partir da esquerda. Ele manteve um semblante de indiferença e, enquanto Harkin falava, começou a observar o resto dos personagens. Com um leve movimento de cabeça, passou os olhos ao redor de toda a sala. Os advogados, amontoados em torno de suas mesas como abutres prontos para atacar um bicho atropelado, estavam, sem exceção, encarando sem constrangimento os jurados. Com certeza iam se cansar daquilo, e não levaria muito tempo.

Na segunda fileira atrás da defesa estava Rankin Fitch, seu rosto rechonchudo e seu cavanhaque sinistro voltados diretamente para os ombros do sujeito à frente dele. Estava tentando ignorar as advertências de Harkin e se fingia totalmente despreocupado com o júri, mas Nicholas sabia das coisas. Fitch não deixava passar nada.

Catorze meses antes, Nicholas o tinha visto no tribunal de Cimmino, em Allentown, Pensilvânia, com a mesma aparência de agora – grandalhão e sombrio. Também o vira na calçada do tribunal em Broken Arrow, Oklahoma, durante o julgamento do caso Glavine. Dois vislumbres de Fitch bastavam. Nicholas sabia que, àquela altura, Fitch sabia que ele nunca tinha frequentado a Universidade Estadual do Norte do Texas. Nicholas sabia que Fitch estava mais preocupado com ele do que com qualquer um dos outros jurados, e com razão.

Atrás de Fitch havia duas fileiras de engravatados, clones bem-vestidos com expressões carrancudas, e Nicholas sabia que eram os garotões de Wall Street, apreensivos. Segundo o jornal daquela manhã, o mercado tinha decidido não reagir à composição do júri. As ações da Pynex estavam se mantendo firme nos 80 dólares. Ele não pôde deixar de sorrir. Se, de repente, ele se levantasse e gritasse "Acho que a reclamante deveria receber milhões de dólares!", os engravatados sairiam correndo porta afora, e a Pynex já teria perdido dez pontos antes da hora do almoço.

As outras três – Trellco, Smith Greer e ConPack – também estavam sendo negociadas a preços estáveis.

Nas primeiras fileiras, havia pequenos ajuntamentos de almas aflitas que Nicholas tinha certeza de que eram os especialistas em júri. Agora que a seleção estava feita, eles haviam passado para a fase seguinte: a observação. Cabia-lhes ouvir cada palavra de cada testemunha e prever como o júri assimilaria o depoimento. A estratégia era que, se uma testemunha em particular provocasse um impacto desfavorável no júri, ainda que leve, ela fosse arrancada do banco e mandada embora. Talvez outra testemunha mais forte pudesse ser usada para reparar o estrago. Nicholas não confiava muito naquilo. Tinha lido muita coisa sobre consultores de júri, até mesmo participado de um seminário em St. Louis no qual advogados contaram histórias épicas sobre grandes julgamentos, mas achava que aqueles especialistas "de ponta" não eram nada além de meros vigaristas.

Diziam ser capazes de avaliar os jurados observando apenas a reação corporal deles, por mais ligeira que fosse, às coisas que eram ditas. Nicholas sorriu novamente. E se ele enfiasse o dedo no nariz e ficasse assim por cinco minutos? Como aquela pequena expressão de linguagem corporal seria interpretada?

Ele não conseguiu classificar o resto dos espectadores. Sem dúvida, havia vários repórteres e o grupo de sempre de advogados da cidade entediados e outros frequentadores do tribunal. A esposa de Herman Grimes estava a meio caminho dos fundos, radiante de orgulho pelo fato de seu marido ter sido escolhido para um posto tão elevado. O juiz Harkin parou de divagar e apontou para Wendall Rohr, que se levantou devagar, abotoou o paletó xadrez enquanto exibia sua dentadura postiça para os jurados e caminhava a passos largos até o púlpito. Aquelas seriam as suas alegações iniciais, explicou ele, em que resumiria seus argumentos para o júri. A sala de audiências ficou em completo silêncio.

Eles provariam que o cigarro provoca câncer de pulmão e, mais precisamente, que o falecido, o Sr. Jacob Wood, um bom sujeito, tinha desenvolvido câncer de pulmão depois de fumar a marca Bristol por quase trinta anos. Os cigarros o haviam matado, anunciou Rohr solenemente, cutucando uma mecha pontiaguda de barba grisalha abaixo do queixo. Sua voz era rouca mas firme, capaz de modular para cima e para baixo até atingir o tom dramático certo. Rohr era um artista, um ator experiente cuja dentadura estalando, gravata-borboleta torta e roupas descombinadas haviam sido projetadas para conquistar a simpatia do homem comum. Ele não era perfeito. Que os advogados de defesa, em seus impecáveis ternos escuros e suas ricas gravatas de seda, falassem com ar de superioridade com aqueles jurados. Mas Rohr, não. Aquele era o seu pessoal.

Mas como eles provariam que os cigarros causam câncer de pulmão? Haveria muitas provas, claro. Primeiro, eles trariam alguns dos mais ilustres especialistas e pesquisadores em câncer do país. Sim, isso mesmo, esses grandes sujeitos estavam a caminho de Biloxi para se sentar e conversar com aquele júri e explicar, inequivocamente e com uma montanha de estatísticas, que cigarros de fato são cancerígenos.

Então Rohr não conseguiu conter um sorriso malicioso enquanto se preparava para revelar isto: a reclamante apresentaria ao júri pessoas que já haviam trabalhado para a indústria do tabaco. A roupa suja seria lavada bem ali, naquele tribunal. Evidências incriminadoras estavam a caminho.

Em suma, a reclamante provaria que, como a fumaça do cigarro contém substâncias naturalmente cancerígenas, pesticidas, partículas radioativas e fibras semelhantes ao amianto, ela provoca câncer de pulmão.

Àquela altura, havia pouca dúvida na sala de que Wendall Rohr seria capaz não apenas de provar isso, mas de fazê-lo sem grande dificuldade. Ele se deteve, puxou as pontas de sua gravata-borboleta com todos os dez dedos gorduchos, olhou para suas anotações e, então, muito solenemente, começou a falar sobre Jacob Wood, o falecido. Um amado pai e chefe de família, trabalhador, católico devoto, membro do time de softball da igreja, veterano. Começou a fumar quando era apenas um garoto, que, como todo mundo naquela época, não estava ciente dos riscos. Um avô. E assim por diante.

Rohr adotou um tom excessivamente dramático por um instante, mas parecia estar ciente disso. Ele falou um pouco sobre a questão dos danos. Aquele era um grande julgamento, anunciou, de ampla importância. A reclamante esperava receber muito dinheiro, e pediria isso. Não apenas danos materiais e morais – o valor econômico da vida de Jacob Wood, mais a perda de seu amor e afeto por parte da família –, mas também danos punitivos.

Rohr falou um pouco sobre danos punitivos, pareceu perder o fio da meada algumas vezes, e ficou claro para a maioria dos jurados que ele estava tão inspirado pela perspectiva de conquistar valores tão altos que se desconcentrou.

O juiz Harkin, por escrito, havia concedido uma hora para as alegações iniciais de cada um dos lados. E tinha prometido, por escrito, interromper qualquer advogado que a extrapolasse. Embora sofresse da tendência ao exagero comum aos advogados, Rohr sabia que não deveria brincar com o relógio de Sua Excelência. Ele finalizou aos cinquenta minutos com um apelo solene por justiça, agradeceu aos jurados pela atenção, deu um sorriso, estalou a dentadura e se sentou.

Cinquenta minutos sentado em uma cadeira sem poder falar nem se mexer muito parecem horas, e o juiz Harkin sabia disso. Ele determinou um intervalo de quinze minutos, seguido das alegações iniciais da defesa.

DURWOOD CABLE CONCLUIU suas alegações em menos de trinta minutos. Ele assegurou fria e deliberadamente aos jurados que a Pynex tinha seus próprios especialistas, cientistas e pesquisadores que explicariam claramente que os cigarros não provocam câncer de pulmão. O ceticismo dos jurados era esperado, e Cable pediu apenas paciência e mente aberta. Sir Durr falava sem recorrer a anotações, e cada palavra era dita olhando no fundo dos olhos de um jurado. Seu olhar descia até a primeira fileira, depois subia ligeiramente para a segunda, observando uma por uma as expressões de curiosidade. Sua voz e seu olhar eram quase hipnóticos, mas honestos. Dava vontade de acreditar naquele homem.

6

A primeira crise aconteceu na hora do almoço. O juiz Harkin deu início ao intervalo ao meio-dia e dez, e a sala de audiências ficou em silêncio enquanto os jurados saíam. Lou Dell os recebeu no corredor estreito e mal podia esperar para arrastá-los até a sala do júri.

– Sentem-se – disse ela. – O almoço vai chegar em instantes. O café está fresquinho.

Uma vez que todos os doze estavam na sala, ela os trancou e saiu para verificar os três suplentes, que eram mantidos separados em uma sala menor no mesmo corredor. Com todos os quinze nos devidos lugares, ela voltou a seu posto e olhou para Willis, o policial psicologicamente comprometido que havia sido destacado para ficar por ali com uma arma carregada na cintura e supostamente proteger as pessoas.

Os jurados se espalharam com lentidão pela sala do júri, alguns se espreguiçando ou bocejando, outros dando sequência às apresentações formais, mas a maioria falando sobre o tempo. Para alguns, a movimentação e a conversa fiada pareciam desconfortáveis – a atitude esperada de pessoas subitamente jogadas em uma sala com completos estranhos. Sem nada para fazer além de comer, a refeição do meio-dia pareceu um grande acontecimento. O que seria servido? A comida deveria ser boa, claro.

Herman Grimes se sentou à cabeceira da mesa, como convinha ao porta-voz, pensou ele, e logo estava jogando conversa fora com Millie Dupree, uma alma caridosa de 50 anos que conhecia outra pessoa cega.

Nicholas Easter se apresentou a Lonnie Shaver, o único homem negro no júri, um sujeito que visivelmente não queria estar ali. Shaver era gerente de um mercado de uma grande rede regional e era o negro mais bem colocado da empresa. Ele estava tenso, preocupado e tinha dificuldade em relaxar. A ideia de passar as quatro semanas seguintes longe do trabalho era apavorante.

Vinte minutos se passaram e nenhum almoço apareceu. Exatamente ao meio-dia e meia, Nicholas perguntou, do outro lado da sala:

– Ei, Herman, cadê o nosso almoço?

– Eu sou só o porta-voz – respondeu Herman com um sorriso, e a sala ficou subitamente em silêncio.

Nicholas foi até a porta, abriu-a e chamou por Lou Dell.

– Estamos com fome – disse ele.

Ela baixou lentamente o livro, olhou para os outros onze rostos e disse:

– Já está a caminho.

– De onde está vindo? – inquiriu ele.

– Da O'Reilly's Deli. Logo ali na esquina. – Lou Dell não gostou das perguntas.

– Olha, estamos presos aqui como um bando de animais de estimação – disse Nicholas. – Não podemos sair para comer como pessoas normais. Não entendo por que não podem confiar na gente para andar na rua e desfrutar de um bom almoço, mas se o juiz falou... – Nicholas deu um passo para a frente e encarou a franja grisalha que pairava sobre os olhos de Lou Dell. – O almoço não pode ser essa aporrinhação todos os dias, combinado?

– Combinado.

– Sugiro que você pegue o telefone e descubra onde está o nosso almoço, senão vou ter que falar com o juiz Harkin.

– Está bem.

A porta se fechou e Nicholas foi até a cafeteira.

– Isso foi um pouco rude, não acha? – observou Millie Dupree.

Os outros estavam prestando atenção.

– Talvez. E, se tiver sido, eu peço desculpa depois. Mas se não acertarmos os ponteiros logo de cara, eles vão se esquecer da gente.

– Não é culpa dela – disse Herman.

– O trabalho dela é cuidar da gente. – Nicholas foi até a mesa e sentou-se ao lado de Herman. – Você sabia que, em praticamente todos os outros julgamentos, eles permitem que os jurados saiam como pessoas normais pra almoçar? Por que você acha que eles deram esses broches de jurado pra gente?

Os outros se aproximaram da mesa.

– Como você sabe disso? – perguntou Millie Dupree da outra ponta da mesa.

Nicholas deu de ombros, como se soubesse de muita coisa, mas talvez não pudesse falar sobre elas.

– Eu entendo um pouco do sistema.

– E como você aprendeu? – perguntou Herman.

Nicholas fez uma pausa, para efeito dramático, e depois disse:

– Fiz dois anos de faculdade de Direito. – Ele deu um longo gole no café enquanto os outros processavam aquela interessante pitada de informação.

O conceito de Easter entre seus pares cresceu de imediato. Ele já havia provado ser amigável e prestativo, cortês e esperto. Agora, porém, tinha sido silenciosamente elevado por conhecer as leis.

Nenhuma comida havia chegado ao meio-dia e quarenta e cinco. Nicholas interrompeu abruptamente uma conversa e abriu a porta. Lou Dell estava olhando para seu relógio de pulso no corredor.

– Eu mandei o Willis lá – disse ela, nervosa. – Deve estar aqui a qualquer minuto. Sinto muito mesmo.

– Onde fica o banheiro masculino? – perguntou Nicholas.

– Virando o corredor, à direita – respondeu aliviada, apontando.

Easter não parou no banheiro masculino. Em vez disso, desceu a escada dos fundos sem fazer barulho, saiu do tribunal e caminhou pela rua Lamuese por dois quarteirões até chegar ao Vieux Marché, um calçadão repleto de lojas que se estendia pelo que outrora tinha sido o distrito comercial de Biloxi. Ele conhecia bem a área porque ficava a apenas 400 metros de seu prédio. Gostava dos cafés e das delicatéssens ao longo do Vieux Marché. Havia também uma boa livraria. Ele virou à esquerda e a seguir entrou em um grande e antigo edifício branco que abrigava o Mary Mahoney, um restaurante famoso na cidade onde a maioria da comunidade jurídica local costumava se reunir para almoçar quando havia sessões no tribunal. Tinha ensaiado aquela caminhada uma semana antes e, até mesmo, almoçado em uma mesa perto do Excelentíssimo Frederick Harkin.

Nicholas entrou no restaurante e perguntou à primeira garçonete que viu se o juiz Harkin estava almoçando ali. Está, sim. E onde ele está? Ela apontou, e Nicholas atravessou rapidamente o bar, passou por um pequeno vestíbulo e entrou em um amplo salão com janelas, sol e muitas flores frescas. Estava lotado, mas ele viu Sua Excelência em uma mesa com outras três pessoas. Harkin o viu chegar, e seu garfo parou a meio caminho com um carnudo camarão grelhado espetado na ponta. Ele reconheceu aquele rosto como o de um de seus jurados e viu o broche vermelho e branco.

– Peço desculpa pela interrupção, senhor – disse Nicholas, parando junto à borda da mesa, que tinha pão quente, salada de folhas e grandes copos de chá gelado.

Gloria Lane, a escrivã, também ficou momentaneamente sem palavras. Uma segunda mulher era a taquígrafa, e uma terceira, a assessora de Harkin.

– O que o senhor está fazendo aqui? – perguntou Harkin, um pedaço de queijo de cabra grudado no lábio inferior.

– Estou aqui em nome do seu júri.

– Qual é o problema?

Nicholas se aproximou um pouco mais, para não chamar atenção.

– Estamos com fome – disse ele, sua raiva transparecendo através dos dentes cerrados e claramente percebida pelos quatro rostos constritos. – Enquanto vocês estão sentados aqui comendo muito bem, nós estamos lá sentados em uma sala apertada, esperando a comida da delicatéssen que, por algum motivo, não consegue chegar até a gente. Estamos com fome, senhor, com todo o respeito. E mal-humorados.

Harkin pousou o garfo no prato com força; o camarão quicou e caiu no chão. Ele jogou o guardanapo na mesa enquanto murmurava algo completamente indecifrável. Olhou para as três mulheres, arqueou as sobrancelhas e disse:

– Bem, vamos lá ver. – Ele se levantou, seguido pelas mulheres, e os cinco saíram do restaurante.

Nem Lou Dell, nem Willis estavam à vista quando Nicholas, o juiz Harkin e as três mulheres entraram no corredor e abriram a porta da sala do júri. A mesa estava vazia – nada de comida. Era uma e cinco. Os jurados interromperam as conversas e olharam para Sua Excelência.

– Já faz quase uma hora – disse Nicholas, apontando para a mesa vazia.

67

Se os outros jurados tinham ficado espantados em ver o juiz, a surpresa deles rapidamente se transformou em raiva.

– Temos o direito de ser tratados com dignidade – retrucou Lonnie Shaver, e com isso Harkin foi completamente derrotado.

– Onde está Lou Dell? – perguntou ele se dirigindo às três mulheres.

Todas olharam para a porta e, de repente, Lou Dell apareceu correndo. Ela congelou quando viu Sua Excelência. Harkin a encarou com firmeza.

– O que está havendo? – perguntou com determinação, mas sem perder a cabeça.

– Acabei de falar com a delicatéssen – disse ela, sem fôlego e assustada, gotas de suor escorrendo pelas bochechas. – Houve uma confusão. Eles disseram que alguém ligou pra lá dizendo que o almoço não precisava chegar antes de uma e meia.

– Essas pessoas estão morrendo de fome – disse Harkin, como se até agora Lou Dell não soubesse daquilo. – Uma e meia?

– Foi só uma confusão na delicatéssen. Alguém trocou as bolas.

– Qual delicatéssen?

– O'Reilly.

– Me lembre de falar com o dono de lá.

– Sim, senhor.

O juiz voltou sua atenção para o júri.

– Sinto muito. Isso não vai se repetir.

Então, fez uma pausa por um segundo, olhou para o relógio e abriu um sorriso simpático.

– Convido todos a me acompanharem até o Mary Mahoney para almoçar comigo.

Ele se virou para a assessora e disse:

– Ligue para Bob Mahoney e peça a ele para preparar a sala dos fundos.

Eles almoçaram bolinhos de caranguejo e pargo grelhado, ostras frescas e o famoso gumbo do Mahoney. Nicholas Easter era o homem do momento. Quando acabaram a sobremesa, alguns minutos depois das duas e meia, seguiram o juiz Harkin, em ritmo vagaroso, de volta ao tribunal. Quando o júri se sentou para a sessão da tarde, todos os presentes já estavam sabendo da história de seu esplêndido almoço.

Neal O'Reilly, o dono da delicatéssen, encontrou-se mais tarde com o juiz Harkin e jurou por tudo o que havia de mais sagrado que tinha falado com uma pessoa, uma jovem que dizia trabalhar no gabinete da escrivã, e que ela lhe passara instruções bastante claras de entregar o almoço exatamente à uma e meia.

A PRIMEIRA TESTEMUNHA DO JULGAMENTO foi o falecido Jacob Wood, que tinha deixado um depoimento em vídeo gravado alguns meses antes de morrer. Dois monitores de vinte polegadas foram colocados diante do júri, e outros seis foram espalhados pela sala de audiências. Os cabos tinham sido conectados enquanto o júri se refastelava no Mary Mahoney.

Jacob Wood estava apoiado em travesseiros no que parecia ser uma cama de hospital. Ele usava uma camiseta branca simples, com um lençol cobrindo-o da cintura para baixo. Estava magro, esquelético, pálido e recebia oxigênio de um pequeno tubo que passava por trás de seu pescoço ossudo até o nariz. Ele recebeu instruções para começar, olhou para a câmera e falou seu nome e endereço. Sua voz estava rouca e malsã. Ele também sofria de enfisema.

Embora estivesse cercado de advogados, o rosto de Jacob era o único que aparecia. De vez em quando, um pequeno conflito surgia fora de quadro, entre os advogados, mas Jacob não parecia se importar. Ele tinha 51 anos, parecia vinte anos mais velho e estava claramente batendo às portas do Céu.

A pedido de seu advogado, Wendall Rohr, compartilhou sua biografia, começando pelo nascimento, e isso levou quase uma hora. Infância, primeiros estudos, amigos, casas, Marinha, casamento, empregos, filhos, hábitos, hobbies, amigos adultos, viagens, férias, netos, projetos de aposentadoria. Assistir a um morto falar foi bastante comovente de início, mas os jurados logo perceberam que sua vida tinha sido tão chata quanto a deles. O peso do almoço se instalou, e eles começaram a se remexer e a se inquietar. Cérebros e pálpebras ficaram mais lentos. Até Herman, que só podia ouvir a voz e imaginar o rosto, ficou entediado. Felizmente, Sua Excelência também foi acometido pela mesma letargia pós-almoço e, depois de uma hora e vinte, determinou um rápido intervalo.

Os quatro fumantes do júri precisavam de uma pausa, e Lou Dell os conduziu alegremente até uma sala com uma janela aberta, ao lado do banheiro masculino; um cubículo em geral usado por delinquentes juvenis que aguardavam julgamento.

– Se vocês não conseguirem parar de fumar depois desse julgamento, tem alguma coisa errada – disse ela, num esforço muito sem graça de fazer piada. Nem um sorriso dos quatro. – Desculpe. – E fechou a porta ao sair.

Jerry Fernandez, 38 anos, vendedor de carros com pesadas dívidas de jogo e um casamento em crise, acendeu o primeiro, depois balançou o isqueiro na cara das três mulheres. Eles deram baforadas pesadas e sopraram grandes nuvens de fumaça pela janela.

– A Jacob Wood – disse Jerry como se fizesse um brinde.

Nenhuma reação das três mulheres. Elas estavam muito ocupadas fumando.

O Sr. Herman "Porta-Voz" Grimes, o porta-voz, já havia proferido um breve sermão sobre as ilegalidades de falar sobre o caso; ele simplesmente não toleraria aquilo, porque era algo sobre o qual o juiz Harkin insistia bastante. Mas Herman estava na outra sala, e Jerry estava curioso.

– Será que o velho Jacob tentou parar alguma vez? – perguntou ele para ninguém em particular.

Sylvia Taylor-Tatum, tragando ferozmente um cigarro fino e libertador, respondeu:

– Tenho certeza de que estamos prestes a descobrir. – E então soltou uma impressionante torrente de fumaça azulada de seu nariz comprido e pontudo.

Jerry adorava apelidos e já a havia apelidado secretamente de Poodle, por causa de seu rosto estreito, de seu nariz protuberante e afilado e de seus cabelos desgrenhados grisalhos e grossos que se repartiam perfeitamente no meio e caíam em camadas pesadas até os ombros. Ela tinha, pelo menos, 1,80 metro de altura, ossos grandes e uma carranca permanente que mantinha as pessoas afastadas. Poodle queria ser deixada em paz.

– Fico me perguntando quem vai ser o próximo – disse Jerry, tentando puxar conversa.

– Acho que todos aqueles médicos – disse Poodle, olhando pela janela.

As outras duas mulheres simplesmente continuaram a fumar, e Jerry desistiu.

O NOME DA MULHER era Marlee, ou pelo menos era esse o pseudônimo que ela havia escolhido usar naquela fase de sua vida. Tinha 30 anos, cabelo castanho curto, olhos castanhos, estatura mediana, compleição esbelta e usava roupas simples cuidadosamente escolhidas para evitar chamar atenção. Ela ficava ótima de calça jeans justa e saia curta; ficava ótima em qualquer coisa e sem coisa alguma, na verdade, mas no momento não queria que ninguém reparasse nela. Tinha estado no tribunal em duas ocasiões anteriores – a primeira, duas semanas antes, quando assistira a um outro julgamento; a segunda, durante a seleção do júri no caso da indústria tabagista. Ela sabia se orientar. Sabia onde ficava o gabinete do juiz e onde ele almoçava. Sabia os nomes dos advogados da reclamante e dos da defesa – uma tarefa nada fácil. Tinha lido os autos do processo. Sabia em que hotel Rankin Fitch estava se escondendo durante o julgamento.

Durante o recesso, ela passou pelo detector de metais na entrada e se sentou na última fileira da sala de audiências. Os espectadores estavam se espreguiçando, e os advogados se amontoavam e faziam reuniões. Viu Fitch de pé em um dos cantos, conversando com duas pessoas que ela supunha serem consultores de júri. Ele não reparou em sua presença. Havia cerca de cem pessoas ali.

Alguns minutos se passaram. Marlee ficou observando atentamente a porta detrás da tribuna e, quando a taquígrafa a atravessou com uma xícara de café, soube que o juiz não deveria estar muito atrás. Tirou um envelope da bolsa, esperou um segundo, então andou alguns metros até um dos policiais que faziam a segurança da porta da sala. Abriu um sorriso encantador e disse:

– Você poderia me fazer um favor?

Ele quase sorriu de volta e reparou no envelope.

– Vou tentar.

– Eu estou com pressa. Você poderia entregar isso para aquele cavalheiro ali no canto? Não quero interrompê-lo.

O policial espremeu os olhos para a direção que ela estava apontando, do outro lado da sala de audiências.

– Qual deles?

– O cara grandalhão ali no meio, de cavanhaque, terno escuro.

Nesse momento, o oficial de justiça surgiu por detrás da tribuna e gritou:

– Ordem no tribunal!

– Qual o nome dele? – perguntou o policial, a voz mais baixa.

Ela lhe entregou o envelope e apontou para o nome escrito.

– Rankin Fitch. Obrigada. – Deu um tapinha no braço dele e desapareceu.

Fitch se curvou junto a um dos bancos e sussurrou algo para um dos advogados, depois se dirigiu aos fundos da sala de audiências enquanto o júri retornava. Ele já tinha visto o bastante para um dia. Normalmente passava pouco tempo no tribunal depois de escolhido o júri. Poderia monitorar o julgamento de outras maneiras.

O policial o parou na porta e lhe entregou o envelope. Fitch ficou surpreso ao ver o próprio nome escrito. Ele era um desconhecido, uma sombra sem nome que não se apresentava a ninguém e vivia sob uma identidade falsa. Seu escritório em Washington chamava-se Arlington West & Associados, o mais sem graça e vazio que ele conseguiu imaginar. Ninguém sabia seu nome, exceto, claro, seus funcionários, clientes e alguns dos advogados que contratava. Olhou para o policial sem murmurar um "obrigado" e então foi até o átrio, olhando ainda incrédulo para o envelope. A escrita era sem dúvida de uma mão feminina. Ele o abriu lentamente e tirou uma única folha de papel branco. Escrito com capricho no meio havia um recado: "Prezado Sr. Fitch, amanhã o jurado número 2, Easter, estará vestindo um pulôver cinza com detalhes vermelhos, calça cáqui engomada, meias brancas e sapatos de couro marrom com cadarço."

José, seu motorista, apareceu de trás de um bebedouro e se postou como um cão de guarda obediente ao lado do chefe. Fitch releu o bilhete, então olhou para José sem expressão. Andou até a porta, abriu uma fresta e pediu ao policial que saísse da sala de audiências.

– O que houve? – perguntou o policial.

Sua posição era dentro da sala, junto à porta, e ele era um homem que cumpria ordens.

– Quem te entregou isso? – perguntou Fitch da maneira mais gentil que conseguiu.

Os dois policiais que comandavam o detector de metais ficaram observando com curiosidade.

– Uma mulher. Não sei como se chama.

– Quando ela entregou?

– Pouco antes de o senhor sair. Faz um minuto só.

Diante daquela resposta, Fitch olhou rapidamente ao redor.

– Ela ainda está aqui?

– Não – respondeu ele depois de uma olhada superficial.

– Você pode descrever essa mulher pra mim?

Ele era um policial, e os policiais são treinados para perceber as coisas.

– Claro. Vinte e poucos anos. Com 1,65 metro de altura; 1,70 metro, talvez. Cabelo castanho curto. Olhos castanhos. Bonita pra cacete. Magra.

– Como ela estava vestida?

Ele não tinha reparado, mas não podia admitir isso.

– É... com um vestido claro, meio bege, de algodão, com uns botões na frente.

Fitch assimilou aquilo, pensou um pouco e perguntou:

– O que ela te disse?

– Não muita coisa. Só me pediu pra entregar isso ao senhor. E foi embora.

– Alguma coisa estranha no jeito como ela falou?

– Não. Olha, eu preciso voltar lá pra dentro.

– Claro. Obrigado.

Fitch e José desceram os degraus e percorreram os corredores do primeiro andar. Eles saíram e deram a volta no tribunal, ambos fumando e agindo como se estivessem apenas pegando um pouco de ar fresco.

A GRAVAÇÃO DO DEPOIMENTO de Jacob Wood tinha levado dois dias e meio para ser concluída quando ele estava vivo. O juiz Harkin, depois de editar as brigas entre os advogados, as interrupções das enfermeiras e as partes irrelevantes, o reduzira consideravelmente para apenas duas horas e trinta e um minutos.

Pareceu levar dias. Ouvir o pobre homem contar sua relação pessoal com o cigarro era interessante, até certo ponto, mas em pouco tempo os jurados desejaram que Harkin tivesse cortado mais. Jacob começou a fumar Redtop aos 16 anos porque todos os seus amigos fumavam Redtop. Ele logo adquiriu o hábito e chegava a dois maços por dia. Ele trocou o Redtop quando deixou a Marinha, porque tinha se casado e a esposa o convencera a fumar cigarro com filtro. Ela queria que ele parasse. Ele não conseguia, então passou a fumar Bristol, porque os anúncios diziam que tinha menos alcatrão e menos nicotina. Aos 25 anos, fumava três maços por dia. Ele se lembrava bem disso porque o primeiro filho do casal nasceu quando Jacob tinha 25 anos, e Celeste Wood o alertara de que ele não viveria o suficiente para ver os netos se não parasse de fumar. Ela se recusava a comprar cigarros quando ia às compras, então Jacob mesmo os comprava. Ele consumia em média duas embalagens de vinte maços por semana e, geralmente, comprava mais um ou dois maços até conseguir comprar outra embalagem.

Ele estava desesperado para parar. Certa vez, ficou sem fumar por duas semanas e, então, levantou da cama no meio da madrugada para recomeçar. Tinha reduzido a média algumas vezes; para dois maços por dia, depois para um maço por dia e, quando menos percebia, havia voltado a três. Recorrera a médicos e a hipnotistas. Tentara acupuntura e chiclete de nicotina. Mas simplesmente não conseguia parar. Não conseguiu depois que foi diagnosticado com enfisema e não conseguiu depois que lhe disseram que estava com câncer de pulmão.

Era a coisa mais estúpida que já tinha feito e, agora, aos 51 anos, estava morrendo por causa disso. "Por favor", implorou ele entre tossidas, "se você for fumante, pare".

Jerry Fernandez e Poodle se entreolharam.

Jacob ficou melancólico quando falou sobre as coisas de que sentiria falta. Esposa, filhos, netos, amigos, pescar em Ship Island, e assim por diante. Celeste começou a chorar baixinho ao lado de Rohr, e, em pouco tempo, Millie Dupree, a jurada número 3, ao lado de Nicholas Easter, estava enxugando os olhos com um lenço de papel.

Por fim, a primeira testemunha proferiu suas últimas palavras, e as telas dos monitores ficaram pretas. Sua Excelência agradeceu ao júri por um bom primeiro dia e prometeu mais do mesmo para o seguinte. Ele ficou sério e emitiu uma advertência severa contra discutir esse caso com qualquer pessoa, até mesmo um cônjuge. Além disso, e mais importante, se alguém de alguma forma tentasse fazer contato com um jurado, ele pediu que, por favor, isso fosse imediatamente comunicado. Insistiu nesse ponto por uns bons dez minutos, depois os dispensou até as nove da manhã do dia seguinte.

FITCH JÁ TINHA FANTASIADO a ideia de entrar no apartamento de Easter antes, mas agora era necessário. E foi fácil. Mandou José e um agente chamado Doyle para o prédio onde o rapaz morava. Easter, é claro, estava confinado com o júri, sofrendo junto com Jacob Wood. Ele estava sendo observado de perto por dois dos homens de Fitch, para o caso de o julgamento ser subitamente suspenso.

José ficou no carro, próximo ao telefone, e vigiava a entrada do edifício enquanto Doyle se metia lá dentro. Após subir um lance de escadas, encontrou o apartamento 312 no final de um corredor mal iluminado. Não havia um único som vindo dos apartamentos vizinhos. Todo mundo estava no trabalho.

Doyle sacudiu a maçaneta frouxa, depois a segurou com firmeza enquanto deslizava um cartão de 20 centímetros pelo vão. A fechadura fez um clique, a maçaneta girou. Ele abriu lentamente a porta apenas 5 centímetros e ficou esperando que algum alarme apitasse. Nada. O prédio era velho e barato, e o fato de Easter não ter um sistema de alarme não deixou Doyle surpreso.

Em um segundo, estava lá dentro. Usando uma pequena câmera com flash, ele rapidamente fotografou a cozinha, a sala, o banheiro e o quarto. Tirou fotos das revistas na mesa de centro barata, dos livros empilhados no chão, dos CDs em cima do aparelho de som e dos softwares espalhados por cima do computador um tanto sofisticado. Tomando cuidado com o que tocava, encontrou um pulôver cinza com detalhes em vermelho pendurado no armário e tirou uma foto dele. Abriu a geladeira e fotografou o que havia dentro, depois fez o mesmo com os armários e embaixo da pia.

O apartamento era pequeno e mobiliado de forma barata, mas estava sendo feito um esforço para ser mantido limpo. O ar-condicionado estava ou desligado, ou com defeito. Doyle fotografou o termostato. O homem estava no apartamento havia menos de dez minutos, tempo suficiente para tirar muitas fotos e chegar à conclusão de que Easter de fato morava sozinho. Claramente não havia vestígios de outra pessoa, muito menos de uma mulher.

Trancou a porta com cuidado e saiu do apartamento sem fazer barulho. Dez minutos depois, estava sentado no escritório de Fitch.

Nicholas saiu do tribunal a pé e, por coincidência, parou na O'Reilly's Deli, no Vieux Marché, onde comprou um pouco de peru defumado e um pote de salada de macarrão. Caminhou de volta para casa sem pressa, aproveitando o sol depois de um dia inteiro trancado. Comprou uma garrafa de água mineral gelada em uma mercearia de esquina e bebeu enquanto andava. Viu alguns garotos negros jogando uma partida feroz de basquete no estacionamento de uma igreja. Fez um desvio por dentro de um pequeno parque e, por alguns segundos, quase o despistou. Mas saiu do outro lado, ainda bebendo água e agora certo de que estava sendo seguido. Um dos capangas de Fitch, Pang, um asiático baixinho de boné, quase entrou em pânico no parque: Nicholas o vira por detrás de uma fileira alta de ciprestes.

Na porta de seu apartamento, ele puxou um pequeno teclado e digitou o código de quatro dígitos. A luzinha vermelha ficou verde, e a porta se destrancou.

A câmera de vigilância estava escondida em uma abertura da ventilação bem acima da geladeira e, de seu abrigo silencioso, tinha uma visão completa da cozinha, do escritório e da porta do quarto. Nicholas foi direto para o computador e, em segundos, concluiu que, antes de tudo, ninguém havia tentado ligá-lo e que, além disso, uma ENAA – entrada não autorizada no apartamento – havia ocorrido exatamente às quatro e cinquenta e dois da tarde.

Ele respirou fundo, olhou ao redor e decidiu inspecionar o lugar. Não esperava encontrar nenhuma evidência de entrada. A porta não parecia diferente, a maçaneta frouxa era fácil de abrir à força. A cozinha e o escritório estavam exatamente como ele os havia deixado. Seus únicos bens – o aparelho de som e os CDs, a TV, o computador – pareciam intocados. No quarto, ele não achou evidências de roubo nem de um crime. De volta ao computador, prendeu a respiração e aguardou pelo espetáculo. Vasculhou uma série de arquivos, encontrou o programa certo e, então, interrompeu as imagens de segurança. Apertou duas teclas para rebobiná-lo e, em seguida, enviou para quatro e cinquenta e dois. *Voilà!* Em preto e branco, no monitor de 16 polegadas, a porta do apartamento se abriu e a câmera virou diretamente para ela. Uma pequena fresta, enquanto o visitante esperava pelo alarme. Na ausência de um, a porta, então, se abriu e um homem entrou. Nicholas pausou o vídeo e olhou para o rosto no monitor. Nunca tinha visto aquele sujeito antes.

As imagens prosseguiam, enquanto o homem rapidamente sacava uma câmera do bolso e os flashes começavam a espocar. Ele vasculhou o apartamento, desapareceu por um momento no quarto, onde não parou de fotografar. Estudou o computador por um instante, mas não tocou nele.

Nicholas sorriu diante disso. Era impossível entrar em seu computador. Aquele delinquente não seria capaz de achar nem mesmo o botão de ligar.

Ele ficou no apartamento por nove minutos e treze segundos, e Nicholas não tinha como saber por que escolhera aquele dia. Seu melhor palpite era de que Fitch sabia que o apartamento estaria vazio até o fim da sessão.

A visita não tinha sido assustadora, já era esperada. Nicholas assistiu ao vídeo mais uma vez, riu sozinho, então o guardou para uso futuro.

7

Fitch em pessoa estava sentado na traseira de uma van de vigilância às oito horas da manhã seguinte quando Nicholas Easter apareceu ao ar livre e olhou ao redor do estacionamento. A van tinha o logotipo de um serviço de encanador na porta e um número de telefone falso pintado em verde.

– Olha ele lá – anunciou Doyle e todos se endireitaram.

Fitch pegou a luneta, posicionou-a rapidamente por detrás de uma janelinha redonda escurecida com filme e disse:

– Droga.

– O que foi? – perguntou Pang, o técnico coreano que tinha perseguido Nicholas na véspera.

Fitch se inclinou na direção da janela, a boca aberta, o lábio superior curvado para cima.

– Maldito seja. Pulôver cinza, calça cáqui, meia branca, sapato marrom de couro.

– O mesmo pulôver da foto? – perguntou Doyle.

– Sim.

Pang apertou um botão em um rádio portátil e alertou outro vigia a dois quarteirões de distância. Easter estava a pé, provavelmente indo em direção ao tribunal.

Ele comprou um café preto grande e um jornal na mesma mercearia de esquina do dia anterior e ficou sentado no mesmo parque por vinte minutos lendo as notícias. Estava de óculos escuros e prestou atenção em todas as pessoas que passavam por perto.

Fitch foi direto a seu escritório, na rua do tribunal, e se reuniu com Doyle, Pang e um ex-agente do FBI chamado Swanson. "A gente precisa encontrar a garota", disse Fitch diversas vezes. Eles elaboraram um plano para manter uma pessoa na fileira de trás da sala de audiências, uma do lado de fora, perto do final da escada, uma perto da máquina de refrigerantes, no primeiro andar, e outra no exterior do tribunal, com um rádio. Trocariam de posto a cada intervalo. A descrição pobre dela passou de mão em mão. Fitch decidiu se sentar exatamente onde estava sentado na véspera e repetir os mesmos passos.

Swanson, um especialista em vigilância, não confiava muito em todo esse aparato.

– Não vai dar certo – disse ele.

– Por que não? – retrucou Fitch.

– Porque é ela que vai te encontrar. Ela tem algo a falar, então é ela quem vai dar o próximo passo.

– Pode ser. Mas eu quero saber quem ela é.

– Relaxa. Ela vai te encontrar.

Fitch ficou discutindo com ele até quase nove horas, depois se dirigiu rapidamente ao tribunal. Doyle falou mais uma vez com o policial e o convenceu a lhe apontar a garota, caso ela voltasse a aparecer.

NA MANHÃ DE SEXTA-FEIRA, Nicholas escolhera Rikki Coleman para conversar, acompanhados de café e croissant. Era uma mulher de 30 anos, bonita, casada e com dois filhos pequenos; trabalhava como administradora de prontuários em um hospital particular em Gulfport. Era fissurada por hábitos saudáveis e evitava cafeína, álcool e, claro, nicotina. Seu cabelo louro era bem curtinho, e seus lindos olhos azuis pareciam ainda mais bonitos por trás dos óculos de marca. Estava sentada em um dos cantos, tomando um suco de laranja e lendo o *USA Today*, quando Nicholas se dirigiu a ela e disse:

– Bom dia. Acho que não fomos oficialmente apresentados ontem.

Ela deu um sorriso, o que fazia com facilidade, e estendeu a mão.

– Rikki Coleman.

– Nicholas Easter. Muito prazer.

– Obrigada pelo almoço de ontem – disse ela com uma risadinha.

– Não precisa agradecer. Posso me sentar? – perguntou ele, apontando para uma cadeira dobrável ao lado dela.

– Claro – respondeu Coleman, pousando o jornal no colo.

Todos os doze jurados já haviam chegado, e a maioria estava envolvida em grupinhos de conversa fiada matinal. Herman Grimes estava sentado sozinho à mesa, em sua adorada cadeira, segurando o café com as duas mãos e, sem dúvida, à espera de ouvir palavras de contrariedade sobre o julgamento. Lonnie Shaver também estava sozinho à mesa, debruçado sobre páginas impressas com informações de seu mercado. Jerry Fernandez tinha ido à sala ao lado para fumar um cigarro rápido com Poodle.

– Então, o que está achando de fazer parte de um júri? – perguntou Nicholas.

– Superestimado.

– Alguém tentou te subornar ontem à noite?

– Não. E você?

– Não. É uma pena, porque o juiz Harkin vai ficar extremamente decepcionado se ninguém tentar subornar a gente.

– Por que ele não para de falar sobre esse tal contato não autorizado?

Nicholas se inclinou um pouco para a frente, mas sem chegar muito perto. Ela se inclinou também e lançou um olhar cauteloso para o porta-voz, como se ele pudesse vê-los. Eles estavam gostando da proximidade e da privacidade daquele papo, daquela forma como duas pessoas fisicamente atraentes às vezes se ligam uma à outra. Um pouco de flerte inofensivo, apenas.

– Isso já aconteceu antes. Várias vezes – disse ele, quase sussurrando. Risadas irromperam de perto das cafeteiras quando a Sra. Gladys Card e a Sra. Stella Hulic encontraram uma coisa engraçada no jornal local.

– O que é que já aconteceu antes? – perguntou Rikki.

– Interferência no júri em casos contra a indústria tabagista. Na verdade, quase sempre acontece, geralmente por parte da defesa.

– Não entendi – disse ela, acreditando em tudo e querendo saber muito mais informações do cara que tinha dois anos de faculdade de Direito no currículo.

– Já houve vários casos como esse no país todo, e a indústria tabagista até hoje não perdeu nenhum. Eles gastam milhões com a defesa porque não podem se dar ao luxo de perder uma primeira vez. Basta um reclamante conseguir uma grande indenização, e as porteiras vão se abrir. – Ele fez uma pausa, olhou em volta e deu um gole no café. – Então, usam todo tipo de trapaça.

– Tipo?

– Tipo oferecer dinheiro a parentes dos jurados. Tipo espalhar boatos na comunidade de que o falecido, quem quer que fosse, tinha quatro namoradas, batia na esposa, roubava dinheiro dos amigos, só ia à igreja quando alguém morria e tinha um filho que era homossexual.

Ela franziu a testa em descrença, então ele continuou:

– É verdade, e é tudo bem conhecido no meio jurídico. O juiz Harkin sabe disso, tenho certeza, é por isso que ele faz essas advertências todas.

– Não tem como fazer eles pararem?

– Ainda não. Eles são muito espertos, ousados e evasivos e não deixam rastro. Além disso, têm milhões no bolso. – Ele fez uma pausa enquanto ela o estudava. – Eles vigiam a gente antes mesmo da seleção do júri.

– Não!

– Pode acreditar. É procedimento-padrão em grandes julgamentos. A lei proíbe eles de fazer contato direto com qualquer jurado em potencial antes da seleção, então fazem todo o resto. Eles provavelmente fotografaram sua casa, seu carro, seus filhos, seu marido, o lugar onde você trabalha. Pode ser que tenham falado com seus colegas, escutado conversas no seu escritório ou no lugar onde você almoça. Não dá pra saber.

Ela apoiou o suco de laranja no parapeito da janela.

– Isso me parece ilegal, ou antiético, ou algo assim.

– Algo assim. Mas eles conseguem, porque você não tinha ideia de que eles estavam fazendo aquilo.

– Mas você tinha?

– Tinha. Eu vi um fotógrafo dentro de um carro na saída do meu prédio. E eles mandaram uma mulher na loja onde eu trabalho para provocar uma briga por causa da nossa política de proibido fumar. Eu sabia exatamente o que eles estavam fazendo.

– Mas você disse que era proibido fazer contato direto.

– Sim, mas eu não disse que eles jogam limpo. Pelo contrário. Eles quebram qualquer regra pra ganhar.

– Por que você não contou isso ao juiz?

– Porque era inofensivo, e porque eu sabia o que eles estavam fazendo. Agora que estou no júri, estou atento a cada passo deles.

Tendo atiçado a curiosidade dela, Nicholas achou melhor guardar mais sujeiras para outra hora. Ele olhou para o relógio e se levantou abruptamente.

– Acho que vou dar um pulinho no banheiro antes de voltarmos para a bancada.

Lou Dell irrompeu na sala, fazendo a porta vibrar.

– Hora de ir – disse ela com uma firmeza não muito diferente de um coordenador de acampamento de férias com muito menos autoridade do que supunha.

A multidão havia caído para cerca de metade do número da véspera. Nicholas examinou os espectadores, enquanto os jurados se sentavam e se acomodavam nas almofadas gastas dos assentos. Fitch, como era de se imaginar, estava sentado no mesmo lugar, agora com a cabeça parcialmente escondida por um jornal, como se não desse importância para o júri; não dava a mínima para o que Easter estava vestindo. Ele espiaria mais tarde. Os repórteres tinham praticamente desaparecido, embora fossem chegando ao longo do dia. Os tipinhos de Wall Street pareciam já estar entediados por completo; eram todos jovens, recém-formados na faculdade, enviados para o Sul porque eram novatos e seus chefes tinham coisa melhor para fazer. A Sra. Herman Grimes manteve sua mesma localização, e Nicholas se perguntou se ela iria comparecer todos os dias, para ouvir tudo, e se sempre estaria pronta para ajudar o marido a encarar sua sorte.

Nicholas esperava ver o homem que havia entrado em seu apartamento, talvez não nesse mesmo dia, mas em algum momento durante o julgamento. O homem não estava na sala de audiências naquele instante.

– Bom dia – disse o juiz Harkin calorosamente ao júri quando todos estavam acomodados.

Sorrisos por todo canto: do juiz, dos escriturários, até mesmo dos advogados, que tinham parado de se aglomerar e sussurrar por tempo suficiente de modo a olhar para o júri com sorrisos falsos.

– Imagino que todos estejam bem hoje.

Ele fez uma pausa e esperou que os quinze rostos assentissem desajeitadamente.

– Muito bem. A Ilustríssima Escrivã me informou que todos estão prontos para um dia inteiro de trabalho.

Era difícil imaginar que Lou Dell fosse ilustre em alguma coisa.

Sua Excelência então ergueu uma folha de papel que continha uma lista de perguntas que os jurados logo aprenderiam a odiar. Ele limpou a garganta e parou de sorrir.

– Agora, senhoras e senhores do júri, vou fazer uma série de perguntas, todas muito importantes, e quero que vocês respondam caso sintam a menor das necessidades. Além disso, gostaria de lembrá-los de que a ausência de resposta, no caso de ela ser necessária, pode ser considerada por mim um ato de desacato, passível de prisão.

Ele deixou que a gravidade daquela advertência ecoasse pela sala do tribunal; os jurados se sentiram culpados pelo mero fato de ouvi-la. Convencido de que havia atingido seu alvo, o juiz deu início às perguntas: Alguém tentou falar sobre o presente julgamento com você? Você recebeu algum telefonema incomum desde o encerramento de ontem? Viu algum estranho observando você ou algum membro de sua família? Ouviu rumores ou fofocas sobre alguma das partes envolvidas? Sobre algum dos advogados? Sobre alguma das testemunhas? Alguém entrou em contato com algum de seus amigos ou familiares em uma tentativa de falar sobre o presente julgamento? Algum amigo ou familiar tentou falar sobre o presente julgamento com você desde o encerramento de ontem? Você viu ou recebeu algum material escrito que, de alguma forma, mencionasse qualquer coisa relacionada ao presente julgamento?

Entre cada uma das perguntas desse roteiro, o juiz fazia uma pausa, olhava esperançoso para cada jurado e então, aparentemente decepcionado, retornava à sua lista.

O que surpreendeu os jurados foi o ar de expectativa em torno das perguntas. Os advogados se contorciam a cada palavra, convictos de que os jurados dariam uma resposta condenatória. As escrivãs, geralmente ocupadas remexendo papéis ou evidências, ou fazendo uma dúzia de coisas não relacionadas ao julgamento, estavam completamente imóveis, atentas para ver qual dos jurados faria uma admissão. O rosto carrancudo e as sobrancelhas arqueadas do juiz após cada pergunta desafiavam a integridade de todo o júri, e ele interpretou o silêncio deles como nada menos que um engodo.

Ao concluir, ele agradeceu baixinho, e o tribunal pareceu voltar a conseguir respirar. Os jurados se sentiram agredidos. Sua Excelência tomou um gole de café de uma xícara alta e sorriu para Wendall Rohr.

– Doutor, queira chamar sua próxima testemunha.

Rohr se levantou, uma grande mancha marrom bem no meio de sua camisa branca amassada, a gravata-borboleta torta como sempre, os sapatos gastos ficando mais sujos a cada dia. Ele assentiu e sorriu calorosamente para os jurados, que não conseguiram evitar sorrir de volta.

Rohr tinha um consultor de júri dedicado a registrar tudo o que os jurados vestiam. Se um dos cinco homens usasse botas de caubói um dia, então Rohr teria um velho par de botas à mão. Dois pares, na verdade: bico fino ou regular. Ele estava preparado para usar até mesmo tênis se parecesse apropriado. Já fizera isso uma vez antes, quando um par de tênis apareceu na bancada do júri. O juiz, não Harkin, o havia chamado a seu gabinete para reclamar. Rohr explicou que tinha uma doença nos pés e apresentou um atestado médico. Ele podia usar calças cáqui engomadas, gravatas de tricô, paletós casuais de poliéster, cintos de caubói, meias brancas, mocassins (novos em folha ou surrados). Seu guarda-roupa eclético tinha sido projetado para se conectar com aqueles que estavam sendo forçados a se sentar e a ouvi-lo falar seis horas por dia.

– Gostaríamos de chamar o Dr. Milton Fricke – anunciou Rohr.

O Dr. Fricke prestou juramento e se sentou, e o oficial de justiça ajustou o microfone. Logo se soube que seu currículo valia o peso em ouro: dezenas de diplomas de dezenas de instituições, centenas de artigos publicados, dezessete livros, anos de experiência como professor, décadas de pesquisa sobre os efeitos da fumaça do cigarro. Era um homem baixo, de rosto perfeitamente redondo com óculos pretos aro de tartaruga; tinha a aparência de um gênio. Levou quase uma hora para Rohr arrolar sua espantosa coleção de credenciais. Quando Fricke foi finalmente apresentado como especialista, Durr Cable não quis se meter com ele.

– Aceitamos o fato de que o Dr. Fricke é qualificado em seu campo – disse Cable, no que soou uma enorme subestimação.

Seu campo de estudo tinha se tornado mais específico ao longo dos anos, de modo que o Dr. Fricke agora passava dez horas por dia estudando os efeitos da fumaça do cigarro no corpo humano. Era o diretor do Instituto de Pesquisa para o Fim do Cigarro em Rochester, Nova York. O júri logo soube que ele havia sido contratado por Rohr antes da morte de Jacob Wood e estado presente em uma autópsia realizada em Wood quatro horas após sua morte. E que ele havia tirado algumas fotos da autópsia.

Rohr insistiu na existência das fotos, não deixando dúvidas de que eventualmente seriam apresentadas aos jurados. Mas ainda não era a hora. Ele precisava passar um tempo com aquele extraordinário especialista na química e na farmacologia do cigarro. Fricke provou ser um grande professor. Ele repassou cuidadosamente densos estudos médicos e científicos, deixando de lado o jargão e oferecendo aos jurados algo que eles eram capazes de entender. Estava relaxado e completamente confiante.

Quando Sua Excelência determinou o intervalo para o almoço, Rohr informou ao tribunal que o Dr. Fricke prestaria depoimento pelo resto do dia.

O almoço estava esperando na sala do júri, com o próprio Sr. O'Reilly encarregado de sua apresentação e prontamente pedindo desculpa pelo ocorrido na véspera.

– São pratos de papel e garfos de plástico – disse Nicholas enquanto todos se sentavam à mesa. Ele continuou de pé.

O Sr. O'Reilly olhou para Lou Dell, que disse:

– E?

– E daí que dissemos especificamente que queríamos comer em pratos de verdade com garfos de verdade. Não dissemos?

Sua voz estava subindo de tom, e alguns dos jurados desviaram o olhar. Eles só queriam comer.

– O que tem de errado com prato de papel? – perguntou Lou Dell angustiada, sua franja tremendo.

– Eles enchem de gordura, né? Eles ficam esponjosos e mancham a mesa, entende? Foi por isso que pedi especificamente pratos de verdade. E garfos de verdade.

Ele pegou um garfo de plástico branco, partiu-o ao meio e o jogou em uma lata de lixo.

– E o que realmente me deixa maluco, Lou Dell, é que agora o juiz, todos os advogados, os seus clientes, as testemunhas, os funcionários, os espectadores e todos os outros envolvidos neste julgamento estão sentados para um belo almoço em um belo restaurante com pratos, copos e garfos de verdade que não partem ao meio. E eles estão escolhendo boa comida em um extenso cardápio. Isso é o que me deixa maluco. E nós, os jurados, as pessoas mais importantes de todo esse maldito julgamento, estamos presos aqui como crianças de escola esperando para receber biscoitos e limonada.

– A comida está muito boa – disse o Sr. O'Reilly em legítima defesa.

– Acho que você está exagerando um pouco – disse a Sra. Gladys Card, uma senhorinha recatada de cabelos brancos e voz doce.

– Então coma o seu sanduíche empapado e não se meta – retrucou Nicholas um tanto agressivo.

– Você vai dar um espetáculo todo dia no almoço? – perguntou Frank Herrera, um coronel aposentado de algum lugar do Norte.

Herrera era baixo e corpulento, com mãos pequenas e opinião, até aquele momento, sobre quase tudo. Foi o único que ficou verdadeiramente decepcionado por não ter sido eleito porta-voz.

Jerry Fernandez já o havia apelidado de Napoleão. Ou apenas "Nap". Ou "Coronel Retardado", para não faltar opção.

– Ninguém reclamou ontem – retrucou Nicholas.

– Vamos comer. Estou morrendo de fome – disse Herrera, desembrulhando um sanduíche. Alguns outros fizeram o mesmo.

O cheiro de frango assado e batata frita subiu da mesa. Quando o Sr. O'Reilly terminou de desembrulhar um recipiente com salada de macarrão, disse:

– Terei prazer em trazer alguns pratos e garfos na segunda-feira. Não é problema algum.

– Obrigado – disse Nicholas baixinho, e se sentou.

FAZER O ACORDO foi fácil. Os detalhes foram acertados entre dois velhos amigos durante um almoço de três horas no 21 Club, na Rua 52. Luther Vandemeer, CEO da Trellco, e seu antigo protegido, Larry Zell, agora CEO da Listing Foods, haviam discutido o básico por telefone, mas precisavam se encontrar pessoalmente, com comida e vinho, para que ninguém pudesse escutá-los. Vandemeer o atualizou sobre a mais recente ameaça grave em Biloxi e não escondeu o fato de que estava preocupado. Claro, a Trellco não estava sendo processada em si, mas a indústria inteira estava na mira, e as Quatro Grandes se mantinham firmes. Zell sabia disso. Ele tinha trabalhado na Trellco por dezessete anos e aprendido a odiar advogados de tribunal fazia muito tempo.

Havia uma pequena cadeia regional de mercados, a Hadley Brothers, de Pensacola, que por acaso possuía algumas lojas ao longo da Costa do Mississippi. Uma dessas lojas ficava em Biloxi, e seu gerente era um jovem negro bastante esperto chamado Lonnie Shaver. Ele fazia parte lá do júri. Vandemeer queria que a SuperHouse, uma cadeia de mercados muito maior na Geórgia e nas Carolinas, comprasse, pelo valor que fosse necessário, a Hadley Brothers. A SuperHouse era uma das cerca de vinte divisões da Listing Foods. Seria uma transação pequena – o pessoal de Vandemeer já havia feito as contas – e custaria à Listing não mais que 6 milhões de dólares. A Hadley Brothers era de propriedade privada, de modo que o negócio praticamente não chamaria a atenção. A Listing Foods tinha faturado 2 bilhões no ano anterior, logo 6 milhões não seriam um problema. A empresa tinha 80 milhões em caixa e poucas dívidas. E, para adoçar o negócio, Vandemeer prometeu que a Trellco compraria discretamente a Hadley Brothers em dois anos caso Zell quisesse se livrar dela.

Não tinha como dar errado. A Listing e a Trellco eram totalmente independentes uma da outra. A Listing já estava no ramo das redes de mercados. A Trellco não estava diretamente envolvida no processo em Biloxi. Era um simples aperto de mão entre dois velhos amigos.

Mais tarde, claro, seria preciso haver uma mudança de pessoal dentro da Hadley Brothers, uma das reestruturações típicas inerentes a qualquer compra, fusão ou como quer que se chamasse aquilo. Vandemeer precisaria dar algumas instruções a Zell, que seriam repassadas adiante até que o volume exato de pressão pudesse ser exercido sobre Lonnie Shaver.

E isso precisava ser feito rapidamente. O julgamento estava programado para durar mais quatro semanas. A primeira delas terminaria em algumas horas.

Depois de um breve cochilo em seu escritório no distrito comercial de Manhattan, Luther Vandemeer ligou para um telefone em Biloxi e deixou recado para que Rankin Fitch ligasse para a casa dele em Hamptons no fim de semana.

O ESCRITÓRIO DE FITCH ficava nos fundos de um espaço comercial vazio, uma loja de bugigangas que tinha fechado anos atrás. O aluguel era baixo, não faltavam vagas para estacionar, ninguém reparava no lugar e ficava a uma curta caminhada de distância do tribunal. Havia cinco grandes salas, todas construídas às pressas, com paredes de compensado sem pintura; ainda se via serragem pelo chão. A mobília era barata, alugada, e consistia principalmente em mesas dobráveis e cadeiras de plástico. As lâmpadas eram fluorescentes e abundantes. As portas de acesso estavam fortemente protegidas. Dois homens armados guardavam o complexo o tempo todo.

Se, por um lado, a montagem do espaço fora feita contando moedas, por outro, nada tinha sido poupado na hora de conectá-lo. Havia computadores e monitores por toda parte. Cabos de aparelhos de fax, copiadoras e telefones se estendiam pelo chão sem nenhuma organização aparente. Fitch contava com a tecnologia mais recente e pessoas para operá-la.

As paredes de uma das salas estavam cobertas com grandes fotos dos quinze jurados. Impressões de computador estavam pregadas em outra parede. Em uma outra havia um esquema dos assentos, e um funcionário estava acrescentando dados ao bloco referente ao nome de Gladys Card.

A sala dos fundos era a menor e de acesso estritamente proibido para os funcionários regulares, embora todos soubessem o que acontecia lá dentro. A porta trancava automaticamente por dentro, e Fitch tinha a única chave. Era uma sala de projeção, sem janelas, com uma grande tela em uma das paredes e meia dúzia de cadeiras confortáveis. Na tarde de sexta-feira, Fitch e dois especialistas em júri sentaram-se no escuro e ficaram olhando para a tela. Os especialistas preferiam não puxar conversa fiada com Fitch, e Fitch não estava disposto a entretê-los. Silêncio.

A câmera era uma Yumara XLT-2, um pequeno dispositivo capaz de caber em quase qualquer lugar. A lente tinha pouco mais de 1 centímetro de diâmetro, e a câmera em si pesava menos de meio quilo. Ela havia sido meticulosamente instalada por um dos rapazes de Fitch, e agora estava dentro de uma pasta de couro marrom bem gasta pousada no chão da sala de audiências, debaixo da mesa da defesa, sendo secretamente vigiada por Oliver McAdoo, um advogado de Washington, o único de fora do estado selecionado por Fitch para se sentar junto de Cable e dos demais. O trabalho de McAdoo era pensar em estratégia, sorrir para os jurados e prover documentos a Cable. Seu verdadeiro trabalho, conhecido apenas por Fitch e mais alguns outros, era entrar na sala de audiências todos os dias carregando as pesadas ferramentas de guerra, incluindo duas grandes pastas marrons idênticas, uma das quais com a câmera embutida, e se sentar à mesa da defesa mais ou menos no mesmo lugar de sempre. Era o primeiro advogado da defesa a chegar ao tribunal todas as manhãs: colocava a pasta em posição vertical, apontava para a bancada do júri e então ligava rapidamente para Fitch do celular para ajustar tudo.

Durante o julgamento, costumava haver sempre cerca de vinte pastas espalhadas pela sala de audiências, a maioria sobre as mesas dos advogados ou debaixo delas, mas algumas ficavam empilhadas perto da mesa da escrivã; outras, debaixo das cadeiras onde os advogados de menor grau trabalhavam; e outras ainda, encostadas na divisória, como se tivessem sido abandonadas. Embora variassem em tamanho e cor, todas pareciam praticamente idênticas no geral, incluindo a de McAdoo. Ele abria uma delas de vez em quando para pegar algum papel, mas a outra, a que carregava a câmera, estava fechada de tal modo que seria preciso usar explosivos para abri-la. A estratégia de Fitch era simples: se, por alguma razão inimaginável, a câmera chamasse a atenção, então, na confusão que se seguisse, McAdoo simplesmente trocaria de pasta e torceria pelo melhor.

As chances de que ela fosse percebida eram extremamente remotas. A câmera não fazia barulho e enviava sinais que nenhum ser humano podia ouvir. A pasta estava perto de várias outras e, às vezes, era empurrada ou até mesmo chutada, mas era fácil reposicioná-la. McAdoo apenas achava um lugar resguardado e ligava para Fitch. Eles tinham aperfeiçoado o sistema durante o julgamento do caso Cimmino no ano anterior, em Allentown.

A tecnologia era incrível. A pequena lente capturava toda a largura e a profundidade da bancada do júri e enviava todos os quinze rostos, em cores, pela rua até a pequena sala de projeção de Fitch, onde dois consultores de júri ficavam sentados o dia inteiro estudando cada leve contração e bocejo.

Dependendo do que estivesse acontecendo na bancada do júri, Fitch conversava com Durr Cable e lhe dizia que seu pessoal na sala de audiências tinha reparado nisso e naquilo. Nem Cable, nem nenhum dos advogados de defesa locais jamais ficariam sabendo da câmera.

A câmera tinha captado reações dramáticas na tarde de sexta-feira. Infelizmente, estava apontada apenas para a bancada do júri. Os japoneses ainda não tinham desenvolvido uma que pudesse fazer uma varredura a partir de uma pasta fechada e focar em outros pontos de interesse. Dessa forma, a câmera não pôde ver as fotos ampliadas dos pulmões murchos e pretos de Jacob Wood, mas os jurados certamente as viram. Enquanto Rohr e o Dr. Fricke avançavam por seu roteiro, os jurados, sem exceção, olhavam com pavor explícito para as medonhas lesões infligidas lentamente ao longo de trinta e cinco anos.

O timing de Rohr era perfeito. As duas fotos tinham sido montadas em um grande tripé diante do banco das testemunhas, e, quando o Dr. Fricke terminou seu depoimento às cinco e quinze, era hora de dar início ao recesso de fim de semana. A última imagem que os jurados veriam, aquela sobre a qual ficariam pensando nos dois dias seguintes e que se mostraria impossível de tirar da cabeça, seria a daqueles pulmões carbonizados, retirados do corpo, repousando sobre um lençol branco.

8

Easter traçou uma trilha fácil de ser seguida durante todo o fim de semana. Ele deixou o tribunal na sexta-feira e caminhou novamente até a O'Reilly's Deli, onde teve uma conversa tranquila com o Sr. O'Reilly. Eles puderam ser vistos sorrindo. Easter comprou uma sacola cheia de comida e uma bebida grande. Então foi direto a seu apartamento e ficou por lá. Às oito da manhã de sábado, foi ao shopping de carro, onde trabalhou um turno de doze horas vendendo computadores e gadgets. Comeu tacos e feijão na praça de alimentação com um adolescente chamado Kevin, um colega de trabalho. Não houve comunicação visível com qualquer mulher que se parecesse remotamente com a garota que eles procuravam. Ele voltou ao apartamento depois do trabalho e não saiu mais.

O domingo trouxe uma agradável surpresa. Às 8 da manhã, ele deixou seu apartamento e foi de carro até a marina de Biloxi, onde se encontrou com ninguém menos que Jerry Fernandez. Os dois foram vistos pela última vez saindo do píer em um barco de pesca de 10 metros com outras duas pessoas, supostamente amigos de Jerry. Voltaram oito horas e meia depois, com o rosto vermelho, um isopor grande repleto de espécies variadas de peixes e um barco cheio de latas de cerveja vazias.

Pescar tinha sido o primeiro hobby identificável de Nicholas Easter. E Jerry, o primeiro amigo que haviam conseguido descobrir.

Nem sinal da garota; não que Fitch realmente esperasse encontrá-la. Ela estava provando ser bastante paciente, e isso por si só era enlouquecedor.

Aquela primeira pequena pista que deixara era sem dúvida um preparativo para a segunda e a terceira. A espera era um tormento.

No entanto, Swanson, o ex-agente do FBI, estava agora convencido de que ela reapareceria para eles dentro de uma semana. O esquema dela, qualquer que fosse, era baseado em novos contatos.

A mulher esperou só até a manhã de segunda-feira, trinta minutos antes de o julgamento recomeçar. Os advogados já estavam a postos, confabulando em grupinhos espalhados pela sala de audiências. O juiz Harkin estava em seu gabinete, tratando de uma questão de emergência sobre um caso penal. Os jurados estavam reunidos na sala do júri. Fitch estava em seu escritório a poucos passos dali, em seu bunker de comando. Um assistente, um jovem chamado Konrad que era um gênio com telefones, cabos, fitas e aparelhos de vigilância de alta tecnologia, entrou pela porta aberta e disse:

– Tem um telefonema que talvez você queira atender.

Fitch, como sempre, olhou para Konrad e instantaneamente analisou a situação. Todos os seus telefonemas, mesmo os de sua secretária de confiança em Washington, eram atendidos na recepção e repassados a ele por meio de um sistema de interfone embutido nos telefones. Era sempre feito assim.

– Por quê? – perguntou ele com uma boa dose de desconfiança.

– Ela disse que tem uma nova mensagem pra você.

– Qual o nome dela?

– Não quis dizer. Ela é muito tímida, mas insiste que é importante.

Outra longa pausa enquanto Fitch olhava para a luz piscando em um dos telefones.

– Alguma ideia de como ela conseguiu o número?

– Não.

– Você está rastreando?

– Sim. Me dê um minuto. Mantenha ela na linha.

Fitch apertou o botão e tirou o fone do gancho.

– Sim – disse ele com o máximo de gentileza possível.

– É o Sr. Fitch quem está falando? – perguntou ela, bastante simpática.

– É, sim. E quem fala?

– Marlee.

Um nome! Ele parou por um segundo. Todos os telefonemas eram gravados automaticamente, para que ele pudesse analisá-los mais tarde.

– Bom dia, Marlee. E você tem sobrenome?

– Tenho. O jurado número 12, Fernandez, vai entrar na sala de audiências daqui a cerca de vinte minutos carregando uma cópia da *Sports Illustrated*. É a edição de 12 de outubro, com o Dan Marino na capa.

– Entendi – disse ele como se estivesse fazendo anotações. – Algo mais?

– Não. Por enquanto, não.

– E quando você deve ligar de novo?

– Não sei.

– Como você conseguiu esse número de telefone?

– Fácil. Lembre-se, número 12, Fernandez. – Houve um clique, e ela tinha sumido. Fitch apertou outro botão, depois um código de dois dígitos. A conversa inteira foi repetida em um alto-falante acima do fone do aparelho.

Konrad entrou correndo com um papel impresso na mão.

– Veio de um telefone público de Gulfport, numa loja de conveniência.

– Que surpresa – disse Fitch enquanto pegava o paletó e começava a endireitar a gravata. – Acho que vou ter que correr pro tribunal.

NICHOLAS ESPEROU ATÉ QUE a maioria dos colegas estivesse sentada à mesa ou de pé junto dela e até que houvesse uma pausa na conversa. Então, disse em voz alta:

– Bem, alguém foi subornado ou seguido no fim de semana?

Houve alguns sorrisos e risadinhas, mas nenhuma confissão.

– Meu voto não está à venda, mas sem dúvida pode ser alugado – disse Jerry Fernandez, repetindo uma piada que tinha ouvido de Nicholas no barco, na véspera.

Todos acharam graça, exceto Herman Grimes.

– Por que ele continua fazendo essas advertências assim? – perguntou Millie Dupree, obviamente encantada por alguém ter quebrado o gelo e ansiosa para começar a fofocar.

Outros se aproximaram e se abaixaram para ouvir o que o ex-estudante de Direito achava daquilo. Rikki Coleman ficou em um canto, lendo o jornal. Ela já tinha escutado aquela conversa.

– Casos como esse já foram a julgamento antes – explicou Nicholas com relutância. – E foram feitas algumas travessuras com os júris.

– Acho que não deveríamos falar sobre isso – disse Herman.

– Por que não? É inofensivo. Não estamos falando sobre provas nem testemunhos – disse Nicholas em tom autoritário.

Herman não tinha a mesma certeza.

– O juiz disse pra não falarmos sobre o julgamento – protestou ele, esperando que alguém viesse em seu auxílio. Não houve voluntários.

Nicholas tomou a palavra e disse:

– Relaxa, Herman. Não tem a ver com provas nem com as coisas sobre as quais eventualmente vamos ter que deliberar. Tem a ver com...

Ele hesitou um segundo para fins dramáticos, depois continuou:

– Tem a ver com interferir no júri.

Lonnie Shaver baixou a página impressa com o estoque do mercado e se aproximou da mesa. Rikki agora estava prestando atenção. Jerry Fernandez tinha ouvido tudo no barco no dia anterior, mas era irresistível.

– Houve um julgamento envolvendo a indústria tabagista muito semelhante a este no condado de Quitman, Mississippi, cerca de sete anos atrás, lá no Delta. Alguns de vocês talvez se lembrem. Era uma outra empresa de tabaco, mas alguns dos personagens são os mesmos, em ambos os lados. E houve um comportamento bastante ultrajante, antes de o júri ser selecionado e depois do início do julgamento. O juiz Harkin, é claro, ficou sabendo de todas essas histórias e está nos vigiando atentamente. Muitas pessoas estão vigiando a gente.

Millie olhou ao redor da mesa por um segundo.

– Que pessoas? – perguntou ela.

– Gente de ambos os lados. – Nicholas decidiu jogar limpo, porque ambos os lados tinham tido má conduta nos outros julgamentos. – Ambos os lados contratam esses caras chamados consultores de júri, e eles vêm de todos os cantos do país pra ajudar a escolher o júri perfeito. O júri perfeito, claro, não é aquele que vai ser justo, mas aquele que vai dar o veredito que eles querem. Eles estudam a gente antes de sermos escolhidos. Eles...

– Como eles fazem isso? – interrompeu a Sra. Gladys Card.

– Bem, eles tiram foto de nossas casas e de nossos apartamentos, de nossos carros, nossos bairros, nossos locais de trabalho, nossos filhos e das bicicletas deles, até mesmo da gente. Tudo isso é legal e ético, mas eles chegam perto de passar do limite. Conferem documentos públicos, coisas como autos processuais e declarações de impostos, em uma estratégia pra ficar sabendo quem nós somos. Podem até conversar com nossos amigos, colegas de trabalho e vizinhos. Isso acontece em todos os grandes julgamentos hoje em dia.

Todos os onze estavam ouvindo e prestando atenção, aproximando-se cada vez mais e tentando lembrar se tinham visto algum estranho à espreita na esquina com uma câmera. Nicholas deu um gole no café e continuou:

– Depois que o júri é escolhido, eles mudam um pouco a estratégia. A lista foi reduzida de duzentos nomes pra quinze, e por isso é muito mais fácil que sejamos vigiados. Durante todo o julgamento, ambos os lados vão manter um grupo de consultores de júri na sala de audiências, observando a gente e tentando interpretar nossas reações. Eles costumam se sentar nas duas primeiras fileiras, mas se movimentam bastante.

– Você sabe quem são eles? – perguntou Millie, incrédula.

– Não sei o nome deles, mas são muito fáceis de identificar. Estão bem-vestidos e ficam nos encarando o tempo todo.

– Achei que aquelas pessoas fossem repórteres – disse o coronel aposentado Frank Herrera, incapaz de ignorar a conversa.

– Eu não tinha reparado – disse Herman Grimes, e todos sorriram, até mesmo Poodle.

– Prestem atenção neles hoje – disse Nicholas. – Geralmente começam logo atrás dos respectivos advogados. Na verdade, eu tenho uma ótima ideia. Tem uma mulher que tenho quase certeza de que é consultora de júri da defesa. Ela tem cerca de 40 anos, é corpulenta, com cabelos curtos e volumosos. Todas as manhãs até hoje ela ficou na primeira fila, atrás de Durwood Cable. Quando entrarmos lá agora de manhã, vamos olhar bem na cara dela. Nós doze juntos, só encarando ela de verdade, e vamos ver o que acontece.

– Até eu? – perguntou Hermann.

– Sim, Herm, até você. Basta se virar para as dez horas e encarar junto com a gente.

– Por que fazer esse joguinho? – perguntou Sylvia "Poodle" Taylor-Tatum.

– Por que não? O que mais a gente tem pra fazer pelas próximas oito horas?

– Gostei – disse Jerry Fernandez. – Talvez faça eles pararem de encarar a gente.

– Por quanto tempo a gente fica encarando? – perguntou Millie.

95

– Vamos ficar encarando pelo tempo que o juiz Harkin estiver lendo as advertências ao júri dessa manhã. Vai levar uns dez minutos.

Todos, mais ou menos, concordaram com Nicholas.

Lou Dell apareceu para buscá-los às nove em ponto e eles deixaram a sala do júri. Nicholas estava levando duas revistas – uma delas era a edição de 12 de outubro da *Sports Illustrated*. Ele caminhou ao lado de Jerry Fernandez até chegarem à porta que dava para a sala de audiências e, quando estavam entrando, ele se virou casualmente para o novo amigo e disse:

– Quer ler alguma coisa?

Nicholas estava encostando a revista de leve contra a barriga dele, então Jerry, com a mesma naturalidade, pegou-a e disse:

– Claro, obrigado.

Eles cruzaram a porta em direção à sala.

Fitch sabia que Fernandez, o número 12, estaria com a revista, mas mesmo assim a visão foi um choque. Ele o observou se arrastar pela fileira de trás e se sentar. Fitch tinha visto a capa em uma banca de jornal a quatro quarteirões do tribunal e sabia que era Marino com a camisa verde-água, número 13, o braço levantado e prestes a marcar.

A surpresa rapidamente deu lugar à empolgação. Marlee estava trabalhando do lado de fora, enquanto alguém do júri estava trabalhando de dentro. Talvez houvesse dois, três ou quatro no júri que estivessem conspirando com ela. Para Fitch, não importava. Quanto mais, melhor. Aquelas pessoas estavam arrumando a mesa, e Fitch estava pronto para se sentar e negociar.

O nome da consultora de júri era Ginger, e ela trabalhava para o escritório de Carl Nussman em Chicago. Tinha superado dezenas de provações. Geralmente passava metade de cada dia na sala de audiências, trocando de lugar entre os intervalos, tirando o terno, tirando os óculos. Era uma antiga profissional da avaliação de júris e já tinha visto de tudo. Estava na primeira fileira atrás dos advogados da defesa; um colega dela sentava-se a apenas alguns metros de distância, lendo um jornal, enquanto o júri se acomodava.

Ginger olhou para o júri e esperou que Sua Excelência os cumprimentasse, o que ele fez. A maioria dos jurados respondeu com um aceno de cabeça e sorriu para o juiz, então todos, incluindo o cego, viraram-se e ficaram olhando diretamente para ela. Alguns sorriam, mas a maioria parecia bastante perturbada com alguma coisa.

Ela desviou o olhar.

O juiz Harkin se arrastou pelo roteiro – uma pergunta sinistra após a outra – e rapidamente percebeu que seu júri estava preocupado com um dos espectadores.

Eles continuaram a olhar, em perfeita sincronia.

Nicholas teve que se esforçar para não dar um uivo. Sua sorte tinha sido incrível. Havia cerca de vinte pessoas sentadas no lado esquerdo da sala de audiências, atrás dos advogados da defesa, e duas fileiras atrás de Ginger estava a figura corpulenta de Rankin Fitch. Da bancada do júri, Fitch estava na mesma linha de visão de Ginger, e a 15 metros de distância era difícil dizer exatamente quem os jurados estavam encarando, se Ginger ou Fitch.

Ginger sem dúvida achou que fosse ela. Encontrou algumas anotações para estudar, enquanto seu colega se afastou.

Fitch se sentiu nu enquanto os doze rostos da bancada do júri o estudavam. Surgiram pequenas gotas de suor acima de suas sobrancelhas. O juiz fez mais perguntas. Alguns advogados se viraram sem jeito para olhar para trás.

– Continuem encarando – disse Nicholas baixinho sem mexer os lábios.

Wendall Rohr olhou por cima do ombro para ver quem estava sentado ali. Ginger ficou olhando para os pés. Eles continuaram a encarar.

Era inédito que um juiz tivesse que pedir a um júri para prestar atenção. Harkin já havia quase feito isso antes, mas geralmente era um jurado que estava tão entediado com um testemunho que adormecia a ponto de roncar. E, assim, ele seguiu adiante com o resto de suas perguntas sobre interferência, depois disse em voz alta:

– Obrigado, senhoras e senhores. Agora, vamos continuar com o Dr. Milton Fricke.

Ginger sentiu uma vontade súbita de ir ao banheiro e saiu correndo da sala assim que o Dr. Fricke entrou por uma porta lateral e retomou seu lugar no banco das testemunhas.

Por parte da defesa, Cable tinha apenas algumas perguntas, disse ele educadamente, com grande deferência ao Dr. Fricke. Não estava disposto a debater ciência com um cientista, mas esperava marcar pequenos pontos com o júri. Fricke admitiu que nem todos os danos aos pulmões do Sr. Wood poderiam ser atribuídos ao fumo de cigarros Bristol por quase trinta anos. Jacob Wood tinha trabalhado em um escritório por muitos anos com outros fumantes e, sim, é verdade que parte da destruição de seus pulmões pode ter sido causada pela exposição a outros fumantes.

– Mas ainda assim é fumaça de cigarro – lembrou o Dr. Fricke a Cable, que concordou de pronto.

E a poluição atmosférica? É possível que respirar ar poluído tenha contribuído para a condição dos pulmões? O Dr. Fricke admitiu que essa era, sem dúvida, uma possibilidade.

Cable fez uma pergunta perigosa e se saiu bem.

– Dr. Fricke, se forem observadas todas as causas possíveis, como fumaça direta de cigarro, fumaça indireta de cigarro, poluição e quaisquer outras que não mencionamos, é possível dizer quanto do dano aos pulmões foi causado por fumar Bristol?

O Dr. Fricke se concentrou naquilo por um momento e, depois, disse:

– A maior parte dos danos.

– Quanto? Sessenta por cento, oitenta por cento? É possível que um médico e cientista como o senhor nos dê uma porcentagem aproximada?

Não era possível, e Cable sabia disso. Ele tinha dois especialistas prontos para refutá-lo no caso de Fricke ultrapassar os limites e fazer especulações demais.

– Infelizmente, não tenho como fazer isso – disse Fricke.

– Obrigado. Uma última pergunta, doutor. Que porcentagem de fumantes sofre de câncer de pulmão?

– Depende de em qual estudo você acredita.

– O senhor não sabe?

– Eu tenho uma boa ideia.

– Então responda à pergunta.

– Cerca de dez por cento.

– Sem mais perguntas.

– Dr. Fricke, está dispensado – disse Sua Excelência. – Dr. Rohr, por favor, chame sua próxima testemunha.

– O Dr. Robert Bronsky.

Enquanto as testemunhas se cruzavam diante do banco, Ginger voltou à sala de audiências e se sentou na última fileira, o mais longe possível dos jurados. Fitch aproveitou a breve pausa para sair. Ele fez sinal para José no átrio, e ambos saíram do tribunal e voltaram correndo para a loja de bugigangas.

BRONSKY TAMBÉM ERA médico e pesquisador com uma formação estupenda, detendo quase tantos diplomas e tendo publicado quase tantos artigos quanto o Dr. Fricke. Eles se conheciam bem, porque trabalhavam juntos no centro de pesquisa em Rochester. Rohr teve grande prazer em apresentar Bronsky e seu maravilhoso currículo. Uma vez que ele havia sido qualificado como especialista, deram início a uma aula sobre o básico:

A fumaça do tabaco é extremamente complexa em termos de composição, com mais de quatro mil compostos identificados. Um total de dezesseis substâncias cancerígenas conhecidas, catorze álcalis e vários outros compostos com atividade biológica conhecida estão incluídos nos mais de quatro mil compostos. A fumaça do tabaco é uma mistura de gases em gotículas minúsculas e, quando uma pessoa a inala, cerca de cinquenta por cento da fumaça fica retida nos pulmões, e algumas dessas gotículas são depositadas diretamente nas paredes dos brônquios.

Dois advogados da equipe de Rohr montaram rapidamente um grande tripé no centro da sala, e o Dr. Bronsky deixou o banco das testemunhas para dar uma breve palestra. O primeiro gráfico era uma lista de todos os compostos conhecidos presentes na fumaça do tabaco. Ele não nomeou todos, porque não era necessário. Todos os nomes soavam ameaçadores e, quando vistos como grupo, pareciam absolutamente letais.

O gráfico seguinte era uma lista das substâncias cancerígenas conhecidas, e Bronsky fez um breve resumo de cada uma. Além daquelas dezesseis, disse ele batendo com a vareta em sua mão esquerda, pode haver outras, ainda não detectadas, presentes na fumaça do cigarro. E é bastante possível que duas ou mais delas atuem em conjunto potencializando uma à outra no aspecto cancerígeno.

Eles se detiveram nas substâncias cancerígenas a manhã inteira. A cada novo gráfico, Jerry Fernandez e os outros fumantes se sentiam cada vez mais enjoados, até que Sylvia, a Poodle, estava quase tonta quando o júri deixou a bancada para o almoço. Sem causar surpresa alguma, os quatro passaram primeiro no "cantinho da fumaça", como Lou Dell chamava, para um cigarro rápido antes de se juntarem aos outros para comer.

O almoço estava à espera e, visivelmente, as arestas haviam sido aparadas. A mesa estava posta com louça, e o chá gelado foi servido em copos de verdade. O Sr. O'Reilly preparava sanduíches conforme os pedidos e abria grandes tigelas fumegantes de legumes e de macarrão para os outros. Nicholas não poupou elogios.

FITCH ESTAVA NA SALA DE PROJEÇÃO com dois especialistas em júri quando o telefonema chegou. Konrad bateu nervosamente à porta. Havia ordens estritas contra se aproximar daquela sala sem autorização de Fitch.

– É a Marlee, linha 4 – sussurrou Konrad, e Fitch congelou com a notícia. Então caminhou rapidamente até a porta de seu escritório por um corredor improvisado.

– Rastreie – ordenou ele.

– Já estamos fazendo isso.

– Tenho certeza de que ela está em um telefone público.

Fitch apertou o botão 4 do telefone e disse:

– Alô.

– Sr. Fitch? – disse a voz familiar.

– Sim.

– Você sabe por que eles estavam olhando pra você?

– Não.

– Te falo amanhã.

– Me fale agora.

– Não, pois você está rastreando a chamada. E, se você continuar rastreando as ligações, eu paro de ligar.

– Ok. Vou parar de rastrear.

– E espera que eu acredite em você?

– O que você quer?

– Até mais, Fitch.

Ela desligou. Fitch escutou de novo a conversa enquanto esperava que o telefone dela fosse localizado. Konrad apareceu com a esperada notícia de que era de fato um telefone público, agora em um centro comercial em Gautier, a trinta minutos de distância.

Fitch se jogou em uma grande cadeira giratória alugada e ficou estudando a parede por um momento.

– Ela não estava no tribunal hoje de manhã – disse ele baixinho, pensando alto, enquanto alisava a ponta de seu cavanhaque. – Então, como sabia que eles estavam me encarando?

– Quem estava encarando? – perguntou Konrad. As obrigações dele não incluíam o trabalho de sentinela no tribunal. Ele nunca saía da loja de bugigangas. Fitch explicou o curioso incidente de ser encarado pelo júri.

– Então quem está falando com ela? – perguntou Konrad.

– Essa é a questão.

A TARDE FOI dedicada à nicotina. De uma e meia às três, depois das três e meia até o recesso, às cinco, os jurados aprenderam mais do que queriam sobre a nicotina: é um veneno contido na fumaça do cigarro. Cada cigarro contém de 1mg a 3mg de nicotina, e para os fumantes que tragam, como Jacob Wood, até noventa por cento dela é absorvida pelos pulmões. O Dr. Bronsky passou a maior parte do tempo de pé, apontando para várias partes do corpo humano em um desenho em tamanho real de cores vivas montado no tripé. Ele explicou em detalhes como a nicotina provoca a constrição dos vasos superficiais nos membros; aumenta a pressão arterial; acelera os batimentos cardíacos; faz o coração trabalhar mais. Seus efeitos no trato digestivo eram insidiosos e complexos. Pode provocar náusea e vômito, principalmente quando se está começando a fumar. As secreções de saliva e o movimento do intestino são primeiramente estimulados, depois suprimidos. Ela atua como estimulante do sistema nervoso central. Bronsky era metódico, mas convincente; fazia um único cigarro soar como uma dose letal de veneno.

E a pior coisa sobre a nicotina é que ela era viciante. A última hora, mais uma vez cronometrada perfeitamente por Rohr, foi dedicada a convencer os jurados de que a nicotina era extremamente viciante e de que havia conhecimento daquele fato havia, pelo menos, quatro décadas.

O teor de nicotina podia ser facilmente manipulado durante o processo de fabricação.

Se, e Bronsky enfatizou a palavra "se", o teor de nicotina fosse artificialmente aumentado, então os fumantes naturalmente ficariam viciados com muito mais rapidez. Mais fumantes viciados significava mais cigarros vendidos.

Era o ponto perfeito para encerrar o dia.

9

N a manhã de terça-feira, Nicholas chegou cedo à sala do júri, quando Lou Dell estava passando o primeiro bule de descafeinado e arrumando cuidadosamente a travessa diária de pãezinhos e roscas frescas. Um jogo de xícaras e pires novos em folha estava junto da comida. Nicholas tinha dito que odiava tomar café em copo de plástico e, por sorte, dois de seus colegas compartilhavam o mesmo incômodo. Uma lista de exigências foi rapidamente aceita por Sua Excelência.

Lou Dell terminou seus afazeres depressa depois que Nicholas entrou na sala. Ele sorriu e a cumprimentou com simpatia, mas ela guardava rancor de suas desavenças anteriores. O rapaz se serviu de café e abriu um jornal.

Como Nicholas esperava, o coronel aposentado Frank Herrera chegou pouco depois das oito, quase uma hora antes do horário marcado, trazendo dois jornais, um deles o *Wall Street Journal*. Ele esperava ter a sala só para si, mas conseguiu dar um sorriso a Easter.

– Bom dia, coronel – disse Nicholas calorosamente. – Chegou cedo.

– Você também.

– Sim, eu não conseguia dormir. Me peguei sonhando com nicotina e pulmões pretos. – Nicholas estudava a página de esportes.

Herrera mexeu o café e se sentou do outro lado da mesa.

– Fumei por dez anos no Exército – disse ele, aprumado, ombros retos, queixo erguido, sempre pronto para prestar atenção. – Mas tive o bom senso de parar.

– Algumas pessoas não conseguem, eu acho. Como Jacob Wood.

O coronel deu um grunhido de desgosto e abriu o jornal. Para ele, largar um hábito ruim não passava de um simples ato de força de vontade. Se a cabeça quiser, o corpo é capaz de fazer qualquer coisa.

Nicholas virou uma página e disse:

– Por que você parou?

– Porque faz mal. Não é preciso ser um gênio, né. Cigarros são mortais. Todo mundo sabe disso.

Se Herrera tivesse sido tão direto em, pelo menos, dois dos questionários pré-julgamento, não estaria sentado onde estava agora. Nicholas se lembrava bem das perguntas. O fato de Herrera ter sentimentos tão fortes provavelmente significava apenas uma coisa: ele queria estar no júri. Era militar aposentado, boas chances de estar entediado de jogar golfe, cansado da esposa, em busca do que fazer e, era óbvio, guardando rancor por alguma coisa.

– Então você acha que os cigarros deveriam ser proibidos? – perguntou Nicholas.

Era uma pergunta que ele havia feito diante do espelho milhares de vezes e sabia todas as reações certas para todas as respostas possíveis.

Herrera pousou lentamente o jornal sobre a mesa e deu um longo gole no café.

– Não. Acho que as pessoas deveriam ter mais juízo do que fumar três maços por dia por quase trinta anos. Que diabos elas esperam? Uma saúde perfeita?

Seu tom era sarcástico e não deixava dúvidas de que ele tinha ingressado no júri com a decisão já tomada.

– Quando você se convenceu disso?

– Você é estúpido? Não é tão difícil de entender.

– Talvez essa seja a sua opinião. Mas você certamente deveria ter se expressado durante o *voir dire*.

– O que é *voir dire*?

– O processo de seleção do júri. Eles nos fizeram perguntas sobre esses mesmos assuntos. Não me lembro de você dizer nada disso.

– Não tive vontade.

– Devia ter tido.

As bochechas de Herrera ficaram vermelhas, mas ele hesitou por um segundo. Aquele tal de Easter, afinal, entendia da lei, ou pelo menos entendia mais do que o resto deles. Talvez tivesse feito algo errado. Talvez houvesse uma forma de Easter denunciá-lo e tirá-lo do júri. Talvez fosse detido por desacato, preso ou multado.

E então lhe veio outro pensamento. Eles não deveriam estar falando sobre o caso, certo? Sendo assim, como Easter poderia reportar qualquer coisa ao juiz? Easter correria o risco de se meter em encrenca caso repetisse qualquer assunto que tivesse ouvido na sala do júri. Herrera relaxou um pouco.

– Deixe eu adivinhar. Você vai lutar muito por uma grande quantia no veredito, danos punitivos e coisas do tipo.

– Não, Sr. Herrera. Ao contrário do senhor, eu ainda não me decidi. Acho que só ouvimos três testemunhas, todas da reclamante, então ainda há muitas por vir. Acho que vou esperar até que todas as evidências tenham sido apresentadas, de ambos os lados, então vou tentar equacionar tudo. Pensava que era isso que tínhamos nos comprometido a fazer.

– Sim, bem, eu também. Eu posso ser convencido, sabe.

Subitamente, ele mergulhou na leitura do jornal. A porta se abriu e o Sr. Herman Grimes entrou com a bengala batendo à sua frente. Lou Dell e a Sra. Grimes vinham atrás. Nicholas, como sempre, se levantou para preparar o café de seu porta-voz, o que já tinha virado um ritual.

FITCH FICOU OLHANDO para o telefone até as nove. Ela tinha mencionado uma possível ligação ainda naquele dia.

Ela não apenas fazia joguinhos, como também, evidentemente, não estava livre de mentir. Fitch não queria ficar sendo encarado novamente, então trancou a porta e andou até a sala de projeção, onde dois de seus especialistas em júri estavam sentados, no escuro, olhando para um enquadramento torto na parede, esperando que a sala de audiências ajustasse. Alguém havia chutado a maleta de McAdoo, e a câmera estava desajustada por três metros. Os jurados 1, 2, 7 e 8 estavam fora de quadro, e apenas metade de Millie Dupree e de Rikki Coleman, atrás dela, era visível.

O júri estava sentado havia dois minutos e, por essa razão, McAdoo ficou "preso" a seu assento, sem poder usar o celular. Ele não sabia que algum pé-grande debaixo da mesa havia chutado a maleta errada. Fitch praguejou ao olhar para a tela, depois voltou à sua sala, onde rabiscou um bilhete. Ele o entregou a um bem-vestido mensageiro, que correu pela rua, entrou na sala de audiências como se fosse uma das centenas de jovens advogados ou assistentes paralegais e colocou o bilhete na mesa da defesa.

A câmera se moveu para a esquerda e todo o júri entrou em cena. McAdoo empurrou um pouco além da conta e cortou metade de Jerry Fernandez e de Angel Weese, a jurada número 6. Fitch praguejou mais uma vez. Ele esperaria até o intervalo da manhã e ligaria para McAdoo.

O DR. BRONSKY ESTAVA descansado e preparado para mais um dia inspirado de palestra sobre os males da fumaça do cigarro. Tendo falado já das substâncias cancerígenas contidas na fumaça e da nicotina, estava pronto para passar aos próximos compostos de interesse médico: as substâncias irritantes.

Rohr levantou várias bolas, Bronsky aproveitou todas. A fumaça do cigarro continha uma variedade de compostos, como amônia, ácidos voláteis, aldeídos, fenóis e cetonas, e todos esses têm um efeito irritante na membrana mucosa. Bronsky mais uma vez deixou o banco das testemunhas e andou até um novo diagrama em corte da parte superior do tronco e da cabeça de um ser humano. Ele mostrava ao júri o trato respiratório, a garganta, os brônquios e os pulmões. Naquela região do corpo, a fumaça do cigarro estimulava a secreção de muco. Ao mesmo tempo, postergava sua expectoração, ao retardar a ação do revestimento ciliado dos brônquios.

Bronsky tinha sido extremamente habilidoso em manter o jargão médico em nível acessível aos leigos e explicou mais devagar o que acontecia com os brônquios quando a fumaça era inalada. Dois outros diagramas grandes e coloridos foram montados diante do júri, e Bronsky começou a trabalhar com sua vareta. Ele explicou que os brônquios eram revestidos por uma membrana equipada com fibras muito finas, semelhantes a fios de cabelos, chamadas de cílios, que se movem em conjunto, em ondas, e controlam o movimento do muco na superfície da membrana. Esse movimento dos cílios age para libertar os pulmões de praticamente toda poeira e germes inalados.

O fumo, claro, provocava prejuízos nesse processo. Uma vez que Bronsky e Rohr estavam o mais seguros possível de que os jurados entendiam como as coisas deveriam funcionar, rapidamente passaram para a explicação detalhada de como o hábito de fumar irritava o processo de filtragem e provocava todo tipo de dano ao sistema respiratório.

Eles falaram sobre muco, membranas e cílios.

O primeiro bocejo visível veio de Jerry Fernandez, na última fileira. Ele tinha passado a noite de segunda-feira em um dos cassinos, assistindo a uma partida de futebol americano e bebendo mais do que o planejado. Jerry fumava dois maços por dia e sabia muito bem que o hábito não era saudável. Ainda assim, naquele momento, ele precisava de um cigarro.

Mais bocejos se seguiram e, às onze e meia, o juiz Harkin liberou todo mundo para um extremamente necessário almoço de duas horas.

O passeio pelo centro de Biloxi tinha sido ideia de Nicholas, expressa por carta ao juiz na véspera. Parecia absurdo mantê-los confinados em uma salinha o dia inteiro, sem nenhuma esperança de respirar ar fresco. A vida deles não estava em perigo nem nada do tipo. Não havia nenhum conspirador desconhecido esperando para atacá-los assim que pisassem na calçada. Bastava colocar a Ilustríssima Lou Dell e Willis de guarda, com mais um oficial letárgico, dar a eles uma rota, digamos, seis ou oito quarteirões, proibir os jurados de falar com qualquer pessoa, como de costume, e liberá-los por trinta minutos depois do almoço, para que a comida fosse digerida. Parecia uma ideia inofensiva e, de fato, após uma reflexão mais aprofundada, o juiz Harkin a abraçou como se fosse sua.

Nicholas, no entanto, tinha mostrado a carta a Lou Dell e, assim, quando o almoço estava terminando, ela começou a explicar que uma caminhada tinha sido planejada, graças ao Sr. Easter, que escrevera ao juiz. Parecia uma ideia simples demais para receber uma gratidão tão desmedida.

A temperatura estava na casa dos 26 graus, o tempo estava claro e fresco, as árvores tentando ao máximo mudar de cor. Lou Dell e Willis lideraram o caminho, enquanto os quatro fumantes – Fernandez, Poodle, Stella Hulic e Angel Weese – ficaram na parte de trás, aproveitando a profunda inspiração e a longa expiração. Que Bronsky, com seu muco e suas membranas, fosse para o inferno, e que Fricke, com suas fotos grosseiras dos pulmões pretos e pegajosos do Sr. Wood, também. Eles estavam ao ar livre agora. A luz, o ar salino e o tempo eram perfeitos para um cigarro.

Fitch mandou Doyle e um espião local chamado Joe Boy para tirar fotos à distância.

BRONSKY SE DESGASTOU à medida que a tarde avançava. Ele perdeu a capacidade de explicar de forma simples, e os jurados já não conseguiam manter a atenção. As tabelas e os diagramas extravagantes e visivelmente caros se desgastaram também, assim como as partes do corpo, os compostos e os venenos. Não era preciso ouvir a opinião de consultores de júri soberbamente treinados e absurdamente caros para saber que os jurados estavam entediados, que Rohr tinha enveredado por um comportamento que os advogados simplesmente não podem evitar – o do excesso. Sua Excelência encerrou a sessão mais cedo, às quatro, dando como justificativa que eram necessárias duas horas para tratar de petições e outros assuntos que não envolviam o júri. Ele dispensou os jurados com as mesmas advertências assustadoras de sempre, as quais, àquela altura, todos já tinham decorado e mal ouviam. Apenas se deleitaram com a ideia de poder sair de lá.

Lonnie Shaver ficou particularmente emocionado por sair mais cedo. Ele foi direto ao mercado, a dez minutos de distância, estacionou em sua vaga especial nos fundos e fez uma entrada rápida pelo almoxarifado, desejando em seu íntimo pegar um empacotador rebelde cochilando do lado da alface. Seu escritório ficava no segundo andar, acima do setor de laticínios e das carnes, e, por trás de um vidro espelhado, ele podia ver a maior parte do chão.

Lonnie era o único gerente negro em uma cadeia de dezessete lojas. Ganhava 40 mil dólares por ano, com assistência médica e plano de previdência, e deveria receber um aumento dali a três meses. Também tinha sido levado a acreditar que seria promovido a supervisor distrital, se seu período como gerente produzisse resultados satisfatórios. A empresa estava ansiosa para promover um negro, tinham lhe dito, mas, é lógico, nenhum desses compromissos estava registrado por escrito.

Seu escritório estava sempre aberto e geralmente ocupado por um de sua meia dúzia de subordinados. Um subgerente o cumprimentou, depois indicou uma porta com a cabeça.

– Temos visita – disse ele, franzindo a sobrancelha.

Lonnie hesitou e olhou para a porta fechada, que dava para uma grande sala usada para tudo: festas de aniversário, reuniões de equipe, visitas dos chefes.

– Quem é? – perguntou ele.

– Da matriz. Querem falar com você.

Lonnie bateu na porta, mas foi logo entrando. Afinal, era o escritório dele. Três homens com as mangas arregaçadas até os cotovelos estavam sentados na ponta da mesa, em meio a uma pilha de papéis e impressões. Eles pareceram ficar constrangidos.

– Lonnie, que bom te ver – disse Troy Hadley, filho de um dos sócios, e o único rosto que Lonnie reconheceu.

Apertaram as mãos enquanto Hadley fez apresentações apressadas. Os outros dois homens eram Ken e Ben; Lonnie só se lembraria de seus sobrenomes bem depois. Tinha sido combinado que Lonnie se sentaria à cabeceira da mesa, na cadeira rapidamente desocupada pelo jovem Hadley, com Ken de um lado e Ben do outro.

Troy deu início à conversa e parecia um pouco nervoso.

– Como está o trabalho no júri?

– Um porre.

– Puxa. Olha, Lonnie, o motivo pelo qual a gente está aqui é que o Ken e o Ben são de uma empresa chamada SuperHouse, uma grande rede de Charlotte, e, bem, por inúmeras razões, meu pai e meu tio decidiram vender o negócio para a SuperHouse. A cadeia inteira. Todas as dezessete lojas e os três armazéns.

Lonnie percebeu que Ken e Ben observavam cada respiração sua, então recebeu a notícia com um semblante vazio, até deu de ombros muito levemente, como se dissesse "E daí?". No entanto, estava achando aquilo difícil de engolir.

– Por quê? – conseguiu perguntar.

– Por muitas razões, mas vou te dizer as duas primeiras. Meu pai tem 68 anos, e o Al, como você sabe, acabou de passar por uma cirurgia. Essa é a número um. A número dois é o fato de que a SuperHouse está oferecendo um valor muito bom. – Ele esfregou as mãos, como se não pudesse esperar para gastar o dinheiro novo. – É hora de vender, Lonnie, pura e simplesmente.

– Estou surpreso, eu nunca…

– Você tem razão. Quarenta anos no negócio, de uma barraquinha de hortifrúti para uma empresa com presença em cinco estados e 60 milhões em vendas no ano passado. Difícil acreditar que eles estão jogando a toalha.

Troy não foi nem um pouco convincente em sua tentativa de parecer sentimental. Lonnie sabia por quê. Porque ele era um imbecil, um riquinho que jogava golfe todos os dias enquanto tentava passar uma imagem de um corporativo exigente que botava ordem em tudo. Seu pai e seu tio estavam vendendo todos os negócios agora porque, em poucos anos, Troy tomaria as rédeas, e quarenta anos de labuta e prudência seriam gastos em lanchas de corrida e casas de praia.

Houve uma pausa enquanto Ben e Ken continuavam olhando para Lonnie. Um estava na casa dos 40 e poucos, com um corte de cabelo ruim e o bolso cheio de esferográficas baratas. Talvez aquele fosse o Ben. O outro era um pouco mais novo, de rosto fino, fazendo o tipo executivo com roupas melhores e um olhar severo. Lonnie olhou para os dois; era óbvio que era sua vez de falar alguma coisa.

– Vocês vão fechar essa loja? – perguntou ele quase derrotado.

Troy se apressou em responder:

– Em outras palavras, quer saber o que vai acontecer com você? Bem, deixe eu te garantir, Lonnie, que falei o melhor de você, contei toda a verdade e recomendei que fosse mantido aqui, no mesmo cargo. – Tanto Ben quanto Ken assentiram levemente. Troy estava pegando seu casaco. – Mas isso não é mais da minha conta. Vou dar uma volta enquanto vocês conversam um pouco. – Como um raio, Troy saiu da sala.

Por algum motivo, sua saída fez Ken e Ben sorrirem.

– Vocês têm um cartão de visita? – perguntou Lonnie.

– Claro – responderam os dois, tirando os cartões do bolso e deslizando-os até a ponta da mesa. Ben era o mais velho; Ken, o mais novo.

Ken era também quem estava a cargo daquela reunião.

– Vou falar um pouco sobre a nossa empresa – começou ele. – Atuamos além de Charlotte, com oitenta lojas nas Carolinas e na Geórgia. A SuperHouse é uma divisão da Listing Foods, um conglomerado com sede em Scarsdale que teve faturamento de cerca de 2 bilhões de dólares no ano passado. Uma empresa de capital aberto, negociada na NASDAQ. Você provavelmente já ouviu falar dela. Sou vice-presidente de operações da SuperHouse, e Ben é vice-presidente regional. Estamos expandindo para o sul e o oeste, e a Hadley Brothers pareceu atraente. É por isso que estamos aqui.

– Então vocês vão manter a loja?

– Sim, pelo menos por enquanto. – Ele olhou para Ben, como se houvesse algo oculto na resposta.

– E quanto a mim? – perguntou Lonnie.

Eles literalmente se contorceram, quase em sincronia, e Ben pegou uma esferográfica de sua coleção.

– Bem, é preciso entender, Sr. Shaver... – disse Ken.

– Por favor, pode me chamar de Lonnie.

– Claro, Lonnie. Sempre há mudanças ao longo do processo quando ocorrem aquisições. Faz parte do negócio. Empregos são perdidos, empregos são criados, funcionários são transferidos.

– E o meu emprego? – insistiu Lonnie. Ele pressentiu o pior e estava ansioso para acabar logo com aquilo.

Ken deliberadamente pegou uma folha de papel e deu a impressão de estar lendo alguma coisa.

– Bem – disse ele agitando a folha –, você tem um ótimo histórico.

– E recomendações muito boas – acrescentou Ben gentilmente.

– Gostaríamos de mantê-lo no lugar, pelo menos por enquanto.

– Por enquanto? O que isso significa?

Ken devolveu lentamente o papel à mesa e se inclinou para a frente apoiado nos cotovelos.

– Sejamos perfeitamente sinceros, Lonnie. Vemos um futuro pra você na nossa empresa.

– E é uma empresa muito melhor do que a sua atual – acrescentou Ben, em perfeita sincronia. – Oferecemos salários mais altos, benefícios melhores, opções de ações, tudo o que se tem direito.

– Lonnie, Ben e eu temos vergonha de admitir que nossa empresa não tem um afro-americano em um cargo de gestão. Nós e nossos chefes gostaríamos que isso mudasse imediatamente. Queremos que essa mudança venha com você.

Lonnie estudou seus rostos e suprimiu milhares de perguntas. No intervalo de um minuto, ele tinha passado da beira do desemprego para a perspectiva de promoção.

– Eu não tenho formação universitária. Tem um limite pra...

– Não tem limite nenhum – disse Ken. – Você cursou dois anos de faculdade e, se necessário, pode concluir seus estudos. Nossa empresa vai cobrir os custos.

Lonnie deu um sorriso, sentindo-se aliviado e com sorte. Ele decidiu avançar com cautela. Estava lidando com estranhos.

– Me fale mais – pediu ele.

Ken tinha todas as respostas.

– Analisamos o pessoal da Hadley Brothers e, bem, digamos que a maioria das pessoas de alta e média gerência em breve vai procurar emprego em outro lugar. Você e outro jovem gerente de Mobile chamaram a nossa atenção. Gostaríamos que vocês dois fossem a Charlotte o mais rápido possível para passar alguns dias com a gente. Você vai conhecer a nossa equipe, aprender sobre a nossa empresa e vamos conversar sobre o futuro. Tenho que avisar, porém, que você não pode passar o resto da sua vida aqui em Biloxi se quiser progredir. Precisa estar disposto a circular por aí.

– Eu estou disposto.

– Era o que a gente pensava. Pra quando podemos agendar seu voo?

A imagem de Lou Dell fechando a porta da sala do júri passou diante de seus olhos e ele franziu a testa. Respirou fundo e disse com grande frustração:

– Bem, estou preso no tribunal agora. Fazendo parte de um júri. Tenho certeza que o Troy contou a vocês.

Ken e Ben pareceram ficar confusos.

– São só alguns dias, não são?

– Não. O julgamento está previsto para durar um mês, e estamos na segunda semana.

– Um mês? – perguntou Ben aproveitando a deixa. – Que tipo de julgamento é?

– A viúva de um fumante morto está processando um fabricante de cigarros.

A reação dos dois foi quase idêntica e não deixou dúvidas sobre como eles se sentiam pessoalmente em relação àquele tipo de processo.

– Eu tentei me livrar – disse Lonnie em um esforço para suavizar as coisas.

– Um processo de responsabilidade civil contra um fabricante? – perguntou Ken, completamente consternado.

– Sim, algo assim.

– Por mais três semanas? – perguntou Ben.

– É o que eles estão dizendo. Não consigo acreditar que fiquei preso nisso – disse Lonnie, suas palavras quase desaparecendo.

Houve uma longa pausa, durante a qual Ben abriu um novo maço de Bristol e acendeu um.

– Processos – disse ele amargamente. – A gente é processado toda semana por algum pobre coitado que tropeça e cai e depois culpa o vinagre ou as uvas. No mês passado, uma garrafa de água gaseificada explodiu em uma festa particular em Rocky Mount. Adivinha quem tinha vendido a água? Adivinha quem processaram na semana passada pedindo 10 milhões? Nós e o engarrafador. Responsabilidade civil do fabricante. – Uma longa baforada, depois uma mordida rápida na unha do polegar. Ben estava espumando. – Teve uma senhora de 70 anos em Atenas que alegou ter dado um mau jeito nas costas supostamente ao estender a mão para pegar uma lata de lustra-móveis. O advogado dela diz que ela tem direito a uns 2 milhões.

Ken olhou para Ben como se quisesse que ele calasse a boca, mas Ben evidentemente explodia com facilidade quando o assunto entrava em pauta.

– Malditos advogados – disse ele, a fumaça saindo pelas narinas. – Pagamos mais de 3 milhões pelo seguro de responsabilidade civil ano passado, dinheiro jogado fora por causa de todos os advogados famintos que ficam urubuzando.

– Já chega – disse Ken.

– Desculpe.

– E os fins de semana? – perguntou Lonnie, ansioso. – Estou livre de sexta à tarde até domingo à noite.

– Estava pensando nisso. Vou te dizer o que a gente vai fazer. Vamos mandar um avião nosso pra te buscar no sábado de manhã. Levaremos você e sua esposa para Charlotte de avião, para fazer um grande tour pelo escritório da matriz e te apresentar a nossos chefes. A maioria desses caras trabalha sábado mesmo. Você pode fazer isso nesse fim de semana?

– Claro.

– Combinado. Vou providenciar o avião.

– Tem certeza de que não vai haver conflito com o julgamento? – perguntou Ben.

– Não que eu consiga imaginar.

10

Depois de ter avançado com uma pontualidade impressionante, o julgamento esbarrou em um obstáculo na manhã de quarta-feira. A defesa deu entrada em uma petição para a suspensão do testemunho do Dr. Hilo Kilvan, um especialista de Montreal em estatísticas sobre o câncer de pulmão, e eclodiu uma pequena batalha em torno do pedido. Wendall Rohr e sua equipe ficaram particularmente furiosos com a tática da defesa; até então, eles haviam tentado barrar o testemunho de todos os especialistas da reclamante. De fato, a defesa tinha provado ser bastante eficaz em retardar e embargar tudo ao longo de quatro anos. Rohr insistiu que Cable e seu cliente estavam, mais uma vez, tentando ganhar tempo e fez um apelo furioso ao juiz Harkin para que fossem impostas sanções à defesa. A guerra em relação às sanções, com cada um dos lados exigindo a aplicação de multas, todas negadas pelo juiz até aquele momento, vinha acontecendo quase desde que a petição inicial havia sido protocolada. Como na maioria dos grandes casos cíveis, a trama paralela das sanções geralmente consumia tanto tempo quanto as questões de fato.

Rohr vociferou e bateu o pé diante da bancada vazia do júri enquanto explicava que aquela última petição da defesa era a septuagésima primeira – "Pode contar, setenta e uma!" – a ser apresentada pela empresa na tentativa de anular evidências.

– Houve petições para anular provas sobre outras doenças causadas pelo tabagismo, petições para impedir a apresentação de avisos como prova, a apresentação de peças de publicidade como prova, petições para excluir evidências de estudos epidemiológicos e teorias estatísticas, petições para impedir referência a patentes não usadas pela defesa, petições para excluir provas de medidas subsequentes ou corretivas tomadas pela empresa, petições para impedir o uso de nossas provas de testes de cigarros, petições para anular partes do relatório da autópsia, petições para excluir evidência de vício, petições...

– Eu analisei essas petições, Dr. Rohr – interrompeu Sua Excelência quando pareceu que Rohr estava disposto a listar todas elas.

Rohr quase não perdeu o ritmo.

– E, Excelência, além das setenta e uma (pode contar, setenta e uma!) petições para anular provas, eles apresentaram exatamente dezoito petições solicitando adiamento.

– Estou bem ciente disso, Dr. Rohr. Por favor, prossiga.

Rohr caminhou até sua mesa desordenada e pegou um calhamaço com um dos advogados.

– E, claro, cada vez que os advogados da defesa se manifestam, apresentam petições gigantescas – disse em voz alta enquanto deixava a papelada cair sobre a mesa. – Não temos tempo para ler, como Vossa Excelência sabe, porque estamos ocupados nos preparando para o julgamento. Eles, por outro lado, têm mil advogados recebendo por hora, que, enquanto estamos aqui falando, estão trabalhando em outra petição sem sentido, a qual, sem dúvida, vai pesar três quilos e que, com certeza, vai tomar mais de nosso tempo.

– Podemos tratar do mérito, Dr. Rohr?

Rohr não o escutou.

– Como não temos tempo de ler tudo, Excelência, nós simplesmente pesamos todas elas, e a resposta mais concisa que podemos dar é mais ou menos esta: "Por favor, permita que este memorando sirva de resposta à, como sempre, exagerada petição de mais de 2 quilos apresentada pela defesa, com os argumentos do mais recente de seus pedidos sem cabimento."

Com o júri fora da sala, os sorrisos, os bons modos e o comportamento agradável tinham sido esquecidos por todo mundo. A tensão era evidente no rosto de todos os personagens. Até mesmo as escrivãs e a taquígrafa pareciam nervosas.

O lendário destempero de Rohr estava no pico, mas havia muito ele tinha aprendido a usá-lo a seu favor. Seu amigo ocasional Cable se manteve à distância sem medir palavras. Os espectadores foram presenteados com uma briga apenas ligeiramente sob controle.

Às nove e meia, Sua Excelência mandou um recado a Lou Dell para informar aos jurados que estava terminando de analisar uma petição e que o julgamento começaria em alguns instantes, com sorte às dez. Como era a primeira vez que os jurados recebiam instrução para esperar depois de já estarem prontos, reagiram bem. Os grupinhos se reuniram novamente, e a conversa fiada comum entre pessoas esperando contra a própria vontade continuou. As divisões se formavam de acordo com o gênero, não com a cor da pele. Os homens tendiam a se juntar em um dos cantos da sala, as mulheres no outro. Os fumantes entravam e saíam. Apenas Herman Grimes manteve a mesma posição, na cabeceira da mesa, onde "catava milho" em um laptop com teclado em braille. Ele explicou que tinha ficado acordado até altas horas da madrugada repassando as descrições narrativas dos diagramas de Bronsky.

Um outro laptop estava ligado a uma tomada em um canto, onde Lonnie Shaver havia instalado um escritório improvisado com três cadeiras dobráveis. Ele analisava impressões do estoque do supermercado, estudava os inventários, verificava uma centena de outros detalhes e, geralmente, ficava feliz em ser ignorado. Não era antipático, só estava preocupado.

Frank Herrera estava sentado perto do computador braille, debruçado sobre as cotações da bolsa no *Wall Street Journal*, e de vez em quando falava com Jerry Fernandez, que estava sentado do outro lado da mesa lutando com as estatísticas de apostas mais recentes dos jogos universitários dos sábados. O único homem que gostava de conversar com as mulheres era Nicholas Easter, e nesse dia estava discutindo o caso discretamente com Loreen Duke, uma mulher negra grandalhona e jovial que trabalhava como secretária na Base Aérea de Keesler. Como jurada número 1, ela ficava sentada ao lado de Nicholas, e os dois desenvolveram o hábito de cochichar durante o julgamento, debochando de quase todo mundo. Loreen tinha 35 anos, dois filhos, nenhum marido e um bom emprego público do qual não sentia falta alguma. Ela havia confessado a Nicholas que poderia se ausentar do escritório por um ano e ninguém se importaria. Easter lhe contou histórias bizarras sobre péssimos comportamentos dos fabricantes de cigarro em julgamentos anteriores e comentou que tinha estudado bastantes casos daquela indústria durante seus dois anos de faculdade de Direito.

Disse que havia largado os estudos por razões financeiras. Suas vozes baixas eram cuidadosamente calibradas para não chegar aos ouvidos de Herman Grimes, que, no momento, estava batendo em seu laptop.

O tempo passou, e, às dez, Nicholas foi até a porta e arrancou Lou Dell de sua leitura. Ela não fazia ideia de quando o juiz mandaria buscá-los e simplesmente não havia nada que pudesse fazer.

Nicholas se sentou à mesa e começou a discutir uma estratégia com Herman. Não era justo mantê-los presos durante atrasos como aquele, e Nicholas era da opinião de que deveriam poder sair do prédio, com escolta, e fazer caminhadas matinais, diferentemente do que era praxe no horário de almoço. Ficou combinado que Nicholas faria esse pedido por escrito, como de costume, e que o apresentaria ao juiz Harkin durante o intervalo de meio-dia.

ÀS DEZ E MEIA, finalmente entraram na sala de audiências, o ar ainda pesado pelo calor da batalha, e a primeira pessoa que Nicholas viu foi o homem que tinha invadido seu apartamento. Estava na terceira fileira do lado da reclamante, de camisa social e gravata com um jornal aberto apoiado no banco à frente dele. Estava sozinho e mal olhou para os jurados enquanto eles se sentavam. Nicholas não o encarou; bastariam dois olhares mais prolongados e a identificação estaria feita.

Apesar de toda a sua astúcia e toda a sua sagacidade, Fitch era capaz de fazer algumas coisas estúpidas. E enviar aquele capanga para o tribunal era uma jogada arriscada, com pouco benefício em potencial. O que ele deveria ver ou ouvir que não seria visto ou ouvido por um dos doze advogados, ou por meia dúzia de consultores de júri, ou por um punhado de outros lacaios que Fitch mantinha na sala de audiências?

Embora tivesse ficado surpreso ao ver o sujeito, Nicholas já havia pensado no que fazer. Ele tinha vários planos, para cada local em que o homem aparecesse. O tribunal era uma surpresa, mas levou apenas um minuto para que Nicholas tomasse uma decisão: era imperativo que o juiz Harkin ficasse ciente de que um dos bandidos com quem ele se preocupava tanto estava sentado naquele momento na sala de audiências, fingindo ser apenas mais um espectador casual. Harkin precisava ver o rosto dele, porque mais tarde o veria em vídeo.

A primeira testemunha foi o Dr. Bronsky, agora em seu terceiro dia, mas o primeiro de interrogação por parte da defesa. Sir Durr começou devagar, educadamente, como se admirasse aquele grande especialista, e fez algumas perguntas que a maioria dos jurados poderia ter respondido. Então as coisas mudaram rápido. Se, por um lado, Cable tinha sido respeitoso com o Dr. Milton Fricke, por outro, com Bronsky, ele estava preparado para ir à luta. Começou com os mais de quatro mil compostos identificados na fumaça do cigarro, escolheu um, aparentemente ao acaso, e perguntou que efeito o benzopireno teria nos pulmões. Bronsky disse que não sabia e tentou explicar que era impossível medir o mal provocado por um único composto. E os brônquios, as membranas e os cílios? O que o benzopireno lhes causava? Bronsky mais uma vez tentou explicar que as pesquisas não tinham como determinar o efeito de um único composto presente na fumaça do cigarro.

Cable atacou pesado. Ele escolheu outro composto e forçou Bronsky a admitir que não poderia dizer ao júri o que ele causava aos pulmões, aos brônquios nem às membranas. Não de maneira específica, pelo menos.

Rohr apresentou uma objeção, mas Sua Excelência a rejeitou, alegando que se tratava do interrogatório da defesa. Praticamente qualquer coisa, relevante ou apenas relevante em parte, poderia ser disparada contra a testemunha.

Doyle permaneceu em seu lugar, na terceira fileira, com aparência entediada e esperando uma chance de escapar. Sua tarefa de fato era procurar a garota, algo que vinha fazendo havia quatro dias. Tinha ficado horas no corredor do primeiro andar. Tinha passado uma tarde inteira sentado em um engradado de refrigerante perto das máquinas de venda, conversando com um faxineiro, enquanto vigiava a entrada. Tinha bebido litros de café nas cafeterias e delicatéssens das proximidades. Ele, Pang e outros dois estavam trabalhando duro, desperdiçando o tempo, mas deixando o chefe satisfeito.

Depois de quatro dias sentado no mesmo lugar por seis horas diárias, Nicholas teve uma noção da rotina de Fitch. Seu pessoal, fossem consultores de júri ou funcionários sem nada de especial, estava sempre em movimento. Eles ocupavam toda a sala de audiências. Sentavam-se em grupos e também sozinhos. Iam e vinham discretamente quando havia pequenas pausas na ação. Era raro que falassem uns com os outros. Prestavam muita atenção às testemunhas e aos jurados e, no minuto seguinte, faziam palavras cruzadas e olhavam para as janelas.

Ele sabia que o sujeito ia sair dali a pouco tempo.

Escreveu um bilhete, dobrou-o e convenceu Loreen Duke a segurá-lo sem ler. Então, convenceu-a a se esticar para a frente durante uma pausa na interrogação, quando Cable estava consultando suas anotações, e entregá-lo a Willis, o oficial, que estava encostado na parede guardando a bandeira. Willis, subitamente desperto, parou um segundo para se recompor, então entendeu que deveria entregar o bilhete ao juiz.

Doyle viu Loreen entregar o bilhete, mas não viu que tinha partido de Nicholas.

O juiz Harkin pegou o bilhete sem dar muita atenção e o deslizou até si pela tribuna, junto a sua toga, enquanto Cable fazia mais uma pergunta. Ele o desdobrou lentamente. Era de Nicholas Easter, o número 2, e dizia:

Vossa Excelência,

Aquele homem do lado esquerdo, terceira fileira a contar da frente, no corredor, de camisa branca, gravata azul e verde, estava me seguindo ontem. É a segunda vez que o vejo. Será que podemos descobrir quem ele é?

Nicholas Easter

Sua Excelência olhou para Durr Cable antes de olhar para os espectadores. O homem em questão estava sentado sozinho, encarando a tribuna como se soubesse que alguém o estava observando.

Aquele era um novo desafio para Frederick Harkin. Na verdade, no momento ele não conseguia se lembrar de um incidente nem remotamente semelhante. Suas opções eram limitadas, e quanto mais refletia sobre a situação, menos opções restavam. Ele também sabia que ambos os lados tinham muitos consultores, advogados e espiões à espreita na sala de audiências ou nos arredores. Vasculhou a sala com atenção e reparou em muitos movimentos discretos de pessoas que tinham experiência em julgamentos como aquele e que não queriam ser notadas. Sabia que o sujeito era capaz de sumir em um instante.

Se Harkin determinasse uma breve pausa de súbito, o homem provavelmente desapareceria.

Aquele era um momento incrivelmente emocionante para o juiz. Depois de todas as histórias, os rumores e os causos de outros julgamentos e de todas as advertências aparentemente vazias ao júri, lá no tribunal, naquele exato momento, havia um dos tais espiões, um detetive contratado por algum dos lados para monitorar seus jurados.

Os policiais de serviço do tribunal, via de regra, estão uniformizados, armados e normalmente são bastante inofensivos. Os mais jovens são mantidos nas ruas, faça chuva ou faça sol, e o serviço nos julgamentos tende a atrair os mais velhos, já à beira da aposentadoria. O juiz Harkin olhou ao redor e suas opções mais uma vez se reduziram.

Lá estava Willis, encostado na parede perto da bandeira, e parecia que ele já havia caído em seu estado habitual semiadormecido, com a boca meio aberta no canto direito e a saliva escorrendo. No corredor, bem em frente a Harkin, mas a pelo menos 30 metros de distância, Jip e Rasco guardavam a porta principal. Jip, no momento, estava sentado no banco dos fundos, junto à porta, com os óculos de leitura na ponta do nariz carnudo, folheando o jornal local. Ele havia feito uma cirurgia no quadril dois meses antes, achava difícil ficar em pé por muito tempo e tinha recebido permissão para se sentar durante o julgamento. Rasco tinha quase 50 anos, o mais jovem do efetivo, e movimentos rápidos não eram seu forte. Um outro policial mais novo geralmente era destacado para guardar a porta principal, mas no momento estava no lado do átrio, controlando o detector de metais.

Durante o *voir dire*, Harkin havia solicitado a presença de oficiais em todos os lugares, mas após uma semana de depoimentos a empolgação inicial desaparecera. Agora era apenas mais um tedioso julgamento cível, embora com muita coisa em jogo.

Harkin avaliou a força disponível e decidiu não se aproximar do alvo. Rapidamente escreveu um bilhete, segurou-o por um momento, enquanto ignorava o sujeito, então o deslizou para Gloria Lane, a escrivã, que estava em sua mesinha logo abaixo da tribuna, do lado oposto ao do banco das testemunhas. O bilhete indicava o homem, instruía Gloria a dar uma boa olhada nele sem ser indiscreta e, depois, a sair por uma porta lateral em busca do xerife. Havia outras instruções para o xerife, mas, infelizmente, elas não chegaram a ser necessárias.

Depois de mais de uma hora assistindo ao interrogatório impiedoso do Dr. Bronsky por parte da defesa, Doyle estava pronto para se movimentar. A garota não estava à vista; não que ele esperasse encontrá-la. Estava apenas cumprindo ordens. Além disso, não tinha gostado do bilhete indo

119

e voltando da tribuna. Calmamente pegou seu jornal e saiu da sala de audiências sem ser perturbado. Harkin observou, incrédulo. Ele até mesmo agarrou seu microfone com a mão direita, como se fosse gritar para que o homem parasse, sentasse e respondesse a algumas perguntas. Mas manteve a calma. Havia grandes chances de que o homem voltasse.

Nicholas olhou para Sua Excelência, e ambos estavam frustrados. Cable fez uma pausa entre as perguntas, e o juiz de repente bateu o martelo.

– Intervalo de dez minutos. Acho que os jurados precisam de uma pequena pausa.

WILLIS REPASSOU A MENSAGEM para Lou Dell, que enfiou a cabeça por uma fresta da porta e disse:

– Sr. Easter, posso falar com o senhor um minuto?

Nicholas seguiu Willis por um labirinto de corredores estreitos até chegarem à porta lateral do gabinete de Harkin. O juiz estava sozinho, sem toga, café na mão. Ele pediu licença a Willis e fechou a porta.

– Por favor, sente-se, Sr. Easter – disse ele, apontando para uma cadeira em frente a sua mesa bagunçada. Aquele não era o seu gabinete exclusivo; ele o dividia com dois outros juízes que usavam a sala de audiências. – Café?

– Não, obrigado.

Harkin deixou-se cair na cadeira e se apoiou sobre os cotovelos.

– Agora, me diga, onde foi que o senhor viu aquele sujeito?

Nicholas guardaria o vídeo para um momento mais crucial. Ele já havia planejado cuidadosamente o próximo capítulo.

– Ontem, depois do encerramento, eu estava voltando para o meu apartamento quando parei pra tomar um sorvete no Mike's, ali na esquina. Entrei, depois olhei pra fora, pra calçada, e vi um cara me observando. Ele não me viu, mas reparei que já tinha visto ele em algum lugar antes. Peguei o sorvete e comecei a andar pra casa. Achei que o cara estivesse me seguindo, então voltei e fiz desvios estranhos, e aí tive certeza de que ele estava mesmo me seguindo.

– E o senhor já o tinha visto antes?

– Sim, senhor. Eu trabalho em uma loja de informática no shopping, e uma noite esse cara, o mesmo cara, com certeza, ficou andando de um lado para outro na porta da loja e olhando lá pra dentro. Um tempo depois, fiz uma pausa e ele apareceu do outro lado do shopping, quando eu estava tomando uma Coca-Cola.

O juiz relaxou um pouco e ajeitou o cabelo.

– Seja honesto comigo, Sr. Easter. Algum de seus colegas comentou algo semelhante?

– Não, senhor.

– O senhor vai me contar se eles comentarem?

– Sem dúvida.

– Não há nada de errado com essa pequena conversa que estamos tendo, mas, se algo acontecer lá dentro, eu preciso saber.

– Como devo contatá-lo?

– Basta mandar um bilhete por Lou Dell. Basta dizer que precisamos conversar, sem dar mais detalhes, porque não há dúvidas de que ela vai ler.

– Ok.

– Estamos combinados?

– Claro.

Harkin respirou fundo e começou a vasculhar uma maleta aberta. Ele encontrou um jornal e o deslizou sobre a mesa.

– O senhor viu isso? É o *Wall Street Journal* de hoje.

– Não. Eu não leio ele.

– Ótimo. Tem uma reportagem enorme sobre esse julgamento e sobre o impacto que um veredito a favor da reclamante pode ter na indústria tabagista.

Nicholas não podia deixar passar a oportunidade.

– Só tem uma pessoa que lê o *Wall Street Journal*.

– E quem é?

– Frank Herrera. Ele lê todo dia de manhã, de ponta a ponta.

– Ele leu hoje de manhã?

– Sim. Enquanto estávamos esperando, ele leu cada palavra duas vezes.

– Ele comentou alguma coisa?

– Não que eu saiba.

– Droga.

– Mas não importa – disse Nicholas olhando para a parede.

– Por que não?

– A decisão dele já está tomada.

Harkin se inclinou para a frente de novo e apertou os olhos com força.

– Como assim?

– Ele nunca deveria ter sido escolhido para compor o júri, na minha opinião. Não sei como ele respondeu às perguntas por escrito, mas ele não falou a verdade, senão não estaria aqui. E me lembro claramente de que houve perguntas durante o *voir dire* às quais ele deveria ter respondido.

– Prossiga.

– Ok, senhor, mas não se aborreça. Conversamos ontem de manhã cedo. Éramos os únicos na sala do júri e, juro, não estávamos falando sobre esse caso em particular. Mas de alguma forma chegamos aos cigarros, e Frank parou de fumar anos atrás e não tem empatia nenhuma com quem não consegue parar. Ele é militar aposentado, sabe, bastante rígido e intransigente sobre...

– Eu fui fuzileiro naval.

– Desculpe. É melhor eu parar?

– Não. Continue.

– Ok, mas estou nervoso com essa questão e terei prazer em parar a qualquer momento.

– Eu digo quando parar.

– Claro. Bem, de qualquer forma, Frank é da opinião de que quem fuma três maços por dia por quase trinta anos merece o que recebe. Nenhuma empatia. Rebati um pouco do que ele disse, só por falar, e ele me acusou de querer dar à reclamante uma enorme compensação por danos punitivos.

Sua Excelência absorveu aquilo com gravidade, afundando um pouco na cadeira, fechando e esfregando os olhos enquanto seus ombros caíam.

– Que maravilha – murmurou ele.

– Peço desculpa, Excelência.

– Não, não, fui eu quem lhe pedi isso.

Ele se endireitou na cadeira novamente, ajeitou o cabelo com os dedos, forçou um sorriso e disse:

– Olhe, Sr. Easter. Não vou pedir que o senhor se torne um informante. Mas estou preocupado com esse júri por causa das pressões externas. Este tipo de caso tem um histórico sórdido. Se vir ou ouvir qualquer coisa remotamente relacionada a um contato não autorizado, me avise, que então a gente vê o que faz.

– Pois não, senhor.

A REPORTAGEM, NA PRIMEIRA PÁGINA do *Wall Street Journal*, era assinada por Agner Layson, um repórter experiente que tinha assistido à maior parte da seleção do júri e a todos os depoimentos. Layson tinha exercido a advocacia por dez anos e estado em muitos tribunais. Sua reportagem, a primeira de uma série, resumia a questão e as características de cada personagem. Não havia uma opinião sobre como o julgamento estava avançando, nem palpite sobre quem estava ganhando ou perdendo, apenas um resumo imparcial das evidências médicas bastante convincentes apresentadas até então pela reclamante.

Em reação à reportagem, as ações da Pynex caíram 1 dólar na abertura do pregão, mas, ao meio-dia, já tinham se recuperado adequadamente e considerou-se que estavam resistindo a uma breve tempestade.

A reportagem provocou uma enxurrada de telefonemas dos corretores de ação de Nova York a seus analistas em Biloxi. Minutos de fofocas sem sentido se somaram a horas de especulação desesperada, enquanto as almas atormentadas na Big Apple questionavam, refletiam e ponderavam em torno da única pergunta que importava: "O que o júri vai fazer?"

Os homens e mulheres designados a monitorar o julgamento e prever o que o júri faria não tinham pista alguma.

11

O interrogatório de Bronsky por parte da defesa terminou no final da tarde de quinta-feira, e Marlee atacou com fúria na manhã de sexta. Konrad atendeu a primeira ligação às 7h25, encaminhou-a imediatamente para Fitch, que estava no telefone com Washington, e então escutou pelo viva-voz:

– Bom dia, Fitch – disse ela carinhosamente.

– Bom dia, Marlee – respondeu Fitch com uma voz feliz, seu melhor esforço para agradar. – Como você está?

– Maravilhosa. O número 2, Easter, vai usar uma camisa jeans azul-clara, jeans desbotados, meias brancas, tênis de corrida velhos, Nike, eu acho. E vai levar com ele uma edição de outubro da *Rolling Stone*, com o Meat Loaf na capa. Entendeu?

– Sim. Quando podemos nos encontrar e conversar?

– Quando eu estiver pronta. *Adiós*.

Ela desligou. A ligação foi rastreada e indicou o lobby de um hotel de beira de estrada em Hattiesburg, Mississippi, a pelo menos noventa minutos de carro.

Pang estava sentado em uma cafeteria a três quarteirões do apartamento de Easter e, em poucos minutos, estava perambulando sob a sombra de uma árvore frondosa a 50 metros do velho Fusca. Como previsto, Easter saiu pela porta do prédio às 7h45 e começou sua caminhada habitual de vinte minutos até o tribunal. Ele parou na mesma mercearia de esquina para comprar os mesmos jornais e o mesmo café.

E, claro, estava vestindo exatamente o que ela havia informado.

A segunda ligação dela também veio de Hattiesburg, embora de um número diferente.

– Tenho mais uma surpresa pra você, Fitch. E você vai adorar.

Fitch, mal conseguindo respirar, disse:

– Estou ouvindo.

– Quando os jurados chegarem à sala de audiências hoje, em vez de se sentar, adivinha o que vão fazer?

O cérebro de Fitch travou. Ele não conseguia mover os lábios. Sabia que ela não esperava que desse um palpite inteligente.

– Desisto – disse ele.

– Eles vão fazer o juramento à bandeira. – Fitch lançou um olhar perplexo na direção de Konrad. – Entendeu, Fitch? – perguntou ela, quase zombando.

– Sim.

Ela desligou.

A TERCEIRA LIGAÇÃO DELA foi para o escritório de Wendall Rohr, que, segundo uma secretária, estava ocupado demais e não podia atender. Marlee disse que entendia perfeitamente, mas explicou que tinha uma mensagem importante para o Dr. Rohr. A mensagem chegaria em cerca de cinco minutos no aparelho de fax, então será que a secretária faria a gentileza de recebê-la e levá-la diretamente ao Dr. Rohr antes que ele saísse para o tribunal? A secretária concordou com relutância e, cinco minutos depois, encontrou uma folha de papel na bandeja de recebimento do aparelho. Não havia número de origem, nenhuma indicação de onde vinha nem de quem tinha enviado o fax. Digitado em espaçamento simples bem no centro da folha, a mensagem dizia:

WR: O jurado número 2, Easter, vai usar hoje uma camisa jeans azul, jeans desbotados, meias brancas, um Nike velho. Ele gosta da Rolling Stone *e vai provar ser bastante patriota.*
MM

A secretária correu para a sala de Rohr, onde ele estava arrumando uma pasta volumosa para a batalha do dia. Rohr leu, fez várias perguntas à secretária, depois ligou para seu parceiro advogado para uma reunião de emergência.

O CLIMA NÃO PODERIA ser descrito como festivo, principalmente para as doze pessoas presas contra a própria vontade, mas era sexta-feira, e a conversa estava visivelmente mais leve enquanto eles iam chegando e se cumprimentando. Nicholas se sentou à mesa, perto de Herman Grimes e de frente para Frank Herrera, e esperou pelo que pareceu ser uma pausa na conversa fiada. Olhou para Herman, que estava trabalhando duro em seu laptop.

– Ei, Herman – disse ele. – Tenho uma ideia.

Àquela altura, Herman tinha as onze vozes gravadas na memória, e sua esposa havia passado horas lhe fornecendo as descrições correspondentes. Ele conhecia principalmente o tom de voz de Easter.

– Qual, Nicholas?

Nicholas levantou a voz, em uma tentativa de chamar a atenção de todos.

– Bem, quando eu era criança, estudei em uma escola particular, e fomos treinados para começar cada dia com o juramento à bandeira. Toda vez que vejo uma bandeira de manhã cedo, tenho esse desejo de fazer o juramento.

A maioria dos jurados estava ouvindo. Poodle tinha saído para fumar, e Nicholas continuou:

– E, lá na sala de audiências, tem aquela linda bandeira atrás do juiz, e tudo o que a gente faz é ficar parado olhando pra ela.

– Eu não tinha reparado – disse Herman.

– Você quer fazer o juramento à bandeira, lá na sala de audiências, pra todo o tribunal? – perguntou Herrera, Napoleão, o coronel aposentado.

– Sim. Por que não fazer isso uma vez por semana?

– Não vejo nada de errado – disse Jerry Fernandez, que havia sido recrutado secretamente para a missão.

– Mas e o juiz? – perguntou a Sra. Gladys Card.

– Por que ele iria se importar? Na verdade, por que alguém vai se incomodar se ficarmos de pé por um instante e honrarmos nossa bandeira?

– Isso não é nenhum joguinho, é? – perguntou o coronel.

Nicholas ficou subitamente magoado. Olhou ao longo da mesa com olhos marejados e disse:

126

– Meu pai morreu no Vietnã, ok? Ele foi condecorado. Essa bandeira significa muito pra mim.

E, com isso, o acordo foi fechado.

O juiz Harkin os cumprimentou com um sorriso caloroso de sexta-feira quando eles passaram pela porta, um por um. Ele estava preparado para repetir sua advertência de rotina sobre contatos não autorizados e dar sequência ao depoimento da testemunha. Levou um segundo para perceber que não iriam se sentar, como de costume. Eles permaneceram de pé até que todos os doze estivessem em seus lugares, então olharam para a parede à esquerda, atrás do banco das testemunhas, e puseram a mão sobre o coração. Easter abriu a boca primeiro e os conduziu em uma vigorosa declamação do juramento à bandeira.

A reação inicial de Harkin foi de total descrença; sem dúvida aquela era uma cerimônia que ele nunca havia testemunhado, não em uma sala de audiências, não realizada por um grupo de jurados. Ele nem mesmo tinha *ouvido* falar de tal coisa, e achava que já ouvira ou vira de tudo. Não fazia parte do ritual diário, não havia sido aprovado por ele, na verdade não constava em nenhum regimento ou manual. De modo que seu primeiro impulso, depois do choque, foi mandá-los se sentar, fazê-los parar; e eles teriam uma conversa sobre aquilo mais tarde. Então, imediatamente percebeu que soaria terrivelmente antipatriótico, talvez até mesmo pecaminoso, interromper um grupo de cidadãos bem-intencionados enquanto tiravam um momento para honrar sua bandeira. Olhou para Rohr e Cable e não viu nada além de bocas abertas e queixos caídos.

Então ele se levantou. Mais ou menos na metade do juramento, cambaleou para a frente, sua toga esvoaçando, virou-se para a parede, pôs a mão sobre o peito e se juntou à declamação.

Com o júri e o juiz homenageando a bandeira estadunidense, de repente parecia imperativo que todos os outros fizessem o mesmo, principalmente os advogados, que não podiam demonstrar o menor sinal de reprovação nem deslealdade. Eles se levantaram em um pulo, chutando pastas e derrubando cadeiras. Gloria Lane, suas assistentes, a taquígrafa e Lou Dell, sentadas na primeira fila, do outro lado, também se levantaram, se viraram e se juntaram. O fervor perdeu o ímpeto, porém, em algum ponto além da terceira fileira de espectadores, e assim Fitch foi felizmente salvo de ter que fazer pose de escoteiro e murmurar palavras das quais mal se lembrava.

Ele estava na última fileira com José de um lado e Holly, uma jovem e encantadora advogada, do outro. Pang estava no átrio. Doyle estava de volta em seu engradado de refrigerante no primeiro andar, perto das máquinas de Coca-Cola, vestido como um operário, brincando com os faxineiros e vigiando o saguão principal.

Fitch viu e ouviu em completa perplexidade. A imagem de um júri assumindo o controle de um tribunal daquela forma, por iniciativa própria e trabalhando em conjunto, era simplesmente difícil de acreditar. O fato de Marlee saber que aquilo ia acontecer era desconcertante. E o fato de ela estar fazendo joguinhos com ele era emocionante.

Fitch, pelo menos, tinha recebido alguma pista do que estava por vir. Wendall Rohr se sentiu completamente emboscado. Ele ficou tão surpreso ao ver Easter vestido exatamente como o informado e segurando aquela exata revista, que tinha colocado debaixo da cadeira, e depois liderando seus colegas jurados no juramento, que só conseguiu pronunciar as últimas palavras. E o fez sem olhar para a bandeira. Ele ficou olhando para o júri, principalmente para Easter, e se perguntou que diabos estava acontecendo.

Quando a frase final "... e justiça para todos" ecoou até o teto, os jurados se acomodaram em seus assentos e todos, ao mesmo tempo, olharam rapidamente ao redor do tribunal para conferir as reações. O juiz Harkin ajeitou a toga enquanto remexia alguns papéis e parecia determinado a agir como se todos os júris fizessem sempre aquilo. O que ele ia dizer? Tinha levado trinta segundos.

A maioria dos advogados estava intimamente constrangida pela demonstração brega de patriotismo, mas, ei!, se os jurados estavam felizes, então eles também estavam. Apenas Wendall Rohr não parou de olhar, aparentemente sem palavras. Um advogado o cutucou e eles emendaram uma conversa baixinho enquanto Sua Excelência repetia os comentários e as perguntas de praxe ao júri.

– Acredito que estejamos prontos para uma nova testemunha – disse o juiz, ansioso por acelerar as coisas.

Rohr se levantou, ainda atordoado, e disse:

– A reclamante chama o Dr. Hilo Kilvan.

Quando o próximo especialista surgiu, vindo de uma sala de espera de testemunhas nos fundos, Fitch saiu discretamente da sala de audiências, com José logo atrás. Eles desceram a rua e entraram na velha loja de bugigangas.

Os dois magos de júri na sala de projeção estavam em silêncio. Na tela principal, um deles assistia ao começo do interrogatório do Dr. Kilvan. Em um monitor menor, o outro assistia novamente ao juramento à bandeira. Fitch pairou sobre o monitor e perguntou:

– Quando foi a última vez que você viu uma coisa dessas?

– Foi o Easter – disse o especialista mais próximo. – Ele que convenceu os outros.

– Claro que foi o Easter – retrucou Fitch. – Deu pra ver isso da última fileira da sala.

Fitch, como sempre, não estava jogando limpo. Nenhum daqueles consultores sabia dos telefonemas de Marlee, porque Fitch ainda não havia compartilhado as informações com ninguém além de seus agentes: Swanson, Doyle, Pang, Konrad e Holly.

– Então, qual a implicação disso para a sua análise computadorizada? – perguntou Fitch cheio de sarcasmo.

– Ela vai pelos ares.

– Era o que eu pensava. Continue assistindo.

Ele bateu a porta e seguiu para sua sala.

O INTERROGATÓRIO DO DR. HILO KILVAN foi feito por outro advogado da equipe da reclamante, Scotty Mangrum, de Dallas. Mangrum tinha feito fortuna processando empresas petroquímicas em casos de dejetos tóxicos e agora, aos 42 anos, estava extremamente preocupado com produtos que provocavam danos e morte. Depois de Rohr, ele foi o primeiro advogado a desembolsar seu milhão de dólares para financiar o caso Wood, e ficou decidido que ele se tornaria fluente em resumos estatísticos sobre câncer de pulmão. Nos quatro anos anteriores, passara incontáveis horas lendo todos os estudos e relatórios possíveis sobre o assunto e viajara bastante para se encontrar com especialistas. Com muito cuidado e sem poupar nas despesas, ele decidiu que o Dr. Kilvan era o homem certo para ir a Biloxi e compartilhar seu conhecimento com o júri.

O Dr. Kilvan falava um inglês perfeito e sem pressa, com um toque de sotaque que impressionou instantaneamente o júri. Poucas coisas podiam ser mais persuasivas no tribunal do que um especialista que tivesse viajado uma grande distância para estar lá, com um nome e um sotaque exóticos.

O Dr. Kilvan era de Montreal, onde havia morado pelos últimos quarenta anos, e o fato de ser de outro país só aumentava sua credibilidade. O júri tinha sido cativado muito antes de ele dar início ao seu depoimento. Ele e Mangrum repassaram em conjunto um currículo intimidador, com ênfase particular no volume de livros que o Dr. Kilvan havia publicado sobre as probabilidades estatísticas do câncer de pulmão.

Quando finalmente lhe foi perguntado, Durr Cable admitiu que o Dr. Kilvan estava qualificado como testemunha em seu campo. Scotty Mangrum agradeceu e começou com o primeiro estudo, um que comparava as taxas de mortalidade por câncer de pulmão entre fumantes e não fumantes. O Dr. Kilvan vinha estudando aquilo pelos últimos vinte anos na Universidade de Montreal e estava relaxado em sua cadeira enquanto explicava os fundamentos da pesquisa ao júri. Entre homens americanos – e ele tinha estudado grupos de homens e mulheres de todo o mundo, mas principalmente canadenses e americanos –, o risco de quem fuma quinze cigarros por dia por dez anos desenvolver câncer de pulmão é dez vezes maior do que de quem não fuma nada. Aumentando para dois maços por dia, o risco é vinte vezes maior. Aumentando para três maços por dia, o volume fumado por Jacob Wood, o risco é vinte e cinco vezes maior do que para um não fumante.

Tabelas de cores vivas foram levadas e montadas em três tripés, e o Dr. Kilvan, com cuidado e sem nenhum sinal de pressa, explicou suas constatações para os jurados.

O estudo seguinte era uma comparação das taxas de mortalidade por câncer de pulmão em homens de acordo com o tipo de fumo. O Dr. Kilvan explicou as diferenças básicas na fumaça do cachimbo e do charuto e apresentou as taxas de câncer entre homens americanos que fumavam cada um. Ele tinha publicado dois livros sobre essas comparações e estava pronto para mostrar ao júri a próxima sequência de tabelas e gráficos. Os números foram se sobrepondo e começaram a se embaralhar.

LOREEN DUKE FOI a primeira pessoa a ter coragem de tirar o prato da mesa e levá-lo para um canto, onde o equilibrou sobre os joelhos e comeu sozinha. Como o almoço era pedido de acordo com o cardápio às nove da manhã, e como Lou Dell e Willis, o oficial, e o pessoal da O'Reilly's Deli e todos os demais envolvidos no serviço da comida estavam determinados a deixar a refeição na mesa ao meio-dia em ponto, alguma ordem era necessária. Foi estabelecida uma disposição dos assentos. O de Loreen ficava na ponta oposta ao de Stella Hulic, que fazia barulho enquanto mastigava e ficava com grandes pedaços de pão presos nos dentes. Stella era uma alpinista social malvestida que passava a maior parte do tempo do intervalo tentando, desesperadamente, convencer os outros onze jurados de que ela e o marido, um executivo aposentado do ramo de encanamentos chamado Cal, tinham mais posses do que qualquer um deles. Cal era dono de um hotel, e Cal era dono de um condomínio, e Cal era dono de um lava-jato. Havia ainda outros investimentos, a maioria dos quais tinha escapado de sua boca junto com a comida, como se ambas as coisas fossem acidentais. Eles faziam viagens, viajavam o tempo todo. A Grécia era o lugar preferido. Cal era dono de um avião e de várias embarcações.

Segundo a história amplamente aceita ao longo da Costa do Golfo, Cal, alguns anos antes, usava um velho barco de pesca de camarão para trazer maconha do México. Verdade ou não, os Hulic estavam agora cheios da grana, e o dever de Stella era falar sobre o assunto com quem quisesse ouvir. Ela tagarelava com um sotaque nasalado desagradável, que não era da região, e esperava até que todo mundo estivesse de boca cheia e que um profundo silêncio tivesse se instalado à mesa.

– Espero que hoje acabe cedo – disse ela. – Eu e o Cal vamos pra Miami no fim de semana. Tem umas lojas novas fabulosas por lá.

Todas as cabeças estavam baixadas, porque ninguém aguentava a visão de metade de um pãozinho preso bem junto à mandíbula e claramente visível. Cada sílaba vinha acompanhada dos sons de comida grudada nos dentes.

Loreen saiu da mesa antes de dar a primeira mordida. A ela se seguiu Rikki Coleman, que deu a desculpa esfarrapada de que precisava se sentar perto da janela. Lonnie Shaver subitamente precisou trabalhar durante o almoço. Ele se desculpou e se ajeitou com seu computador enquanto mastigava um sanduíche de frango.

– O Dr. Kilvan é uma testemunha impressionante, não é mesmo? – perguntou Nicholas aos jurados que haviam restado à mesa.

Alguns olharam para Herman, que comia seu habitual sanduíche de peru no pão branco sem maionese, mostarda ou qualquer condimento capaz de ficar grudado na boca ou nos lábios. Um sanduíche de peru fatiado e uma bela porção de batatas fritas podem ser facilmente manuseados e consumidos sem o auxílio da visão. As mandíbulas de Herman desaceleraram por um segundo, mas ele não disse nada.

– É difícil ignorar aquelas estatísticas – disse Nicholas enquanto sorria para Jerry Fernandez. Era uma tentativa deliberada de provocar o porta-voz.

– Já chega – disse Herman.

– Chega de quê, Herm?

– Chega de falar sobre o julgamento. Você conhece as regras do juiz.

– Sim, mas o juiz não está aqui, Herm, está? E ele não tem como saber o que a gente fala, não é? A menos, claro, que você conte pra ele.

– Talvez eu conte, sim.

– Muito bem, Herm. Sobre o que você gostaria de conversar?

– Sobre qualquer coisa, menos o julgamento.

– Escolhe um tópico. Futebol, o tempo…

– Eu não vejo futebol.

– Rá, rá.

Houve uma longa pausa, um silêncio quebrado apenas pelo barulho da comida ao redor da boca de Stella Hulic. Visivelmente, o breve diálogo entre os dois homens havia abalado os nervos de todo mundo, e Stella começou a mastigar ainda mais rápido.

Mas Jerry Fernandez estava farto.

– Você poderia, por favor, parar de fazer barulho assim enquanto come! – disparou ele, irritado.

Ele a pegou no meio da mordida, a boca aberta, a comida à vista. Ficou encarando-a como se fosse lhe dar um tapa, então disse, depois de respirar fundo:

– Desculpe, está bem? É só que você tem esses modos horríveis à mesa.

Ela ficou atordoada por um segundo, depois envergonhada. Então, atacou. Suas bochechas ficaram vermelhas, ela conseguiu engolir um enorme pedaço que já estava em sua boca.

– Talvez eu também não goste dos seus – disse ela, empertigada enquanto as outras cabeças baixavam. Todo mundo queria que aquilo acabasse.

– Pelo menos como em silêncio e mantenho a comida dentro da boca – respondeu Jerry, bastante consciente de como soava infantil.

– Eu também – retrucou Stella.

132

– Não come, não – disse Napoleão, que tinha tido a infelicidade de se sentar ao lado de Loreen Duke e de frente para Stella. – Você faz mais barulho do que uma criança de 3 anos.

Herman pigarreou alto e ponderou:

– Vamos todos respirar fundo agora. E vamos terminar nosso almoço em paz.

Nenhuma outra palavra foi dita enquanto se esforçavam para terminar o que faltava do almoço em paz. Jerry e Poodle saíram primeiro para a sala do cigarro, seguidos por Nicholas Easter, que não fumava, mas precisava de uma mudança de cenário. Caía uma chuva fina, e o passeio diário pela cidade teria que ser cancelado.

Eles se encontraram na pequena sala quadrada, com cadeiras dobráveis e uma janela que abria de verdade. Angel Weese, a mais quieta de todos os jurados, logo se juntou a eles. Stella, a quarta fumante, estava ofendida e preferiu esperar.

Poodle não se importou em falar sobre o julgamento. Nem Angel. O que mais elas tinham em comum? Eles pareciam concordar com Jerry sobre o fato de que todo mundo sabia que cigarros provocam câncer. Então, se você fuma, é por sua conta e risco. Por que dar milhões aos herdeiros de um morto que tinha fumado por trinta e cinco anos? As pessoas deviam saber o que fazem.

12

Por mais que os Hulic ansiassem por comprar um jato pequeno e bonitinho, com poltronas de couro e dois pilotos, eles estavam temporariamente presos a um velho bimotor Cessna, que Cal era capaz de pilotar apenas se o sol estivesse alto e não houvesse nuvens. Ele não ousaria voar à noite, especialmente para um lugar lotado como Miami, então embarcaram em uma ponte aérea no Aeroporto Municipal de Gulfport com direção a Atlanta. De lá, voaram para o Aeroporto Internacional de Miami, de primeira classe, com Stella tendo virado dois martínis e uma taça de vinho em menos de uma hora. Tinha sido uma longa semana. Seus nervos estavam em frangalhos por conta do estresse do dever cívico.

Eles colocaram as malas em um táxi e foram para Miami Beach, onde fizeram check-in em um Sheraton novo.

Marlee os seguiu. Ela se sentou atrás deles na ponte aérea e voou de econômica para Atlanta. Seu táxi ficou esperando enquanto ela perambulava pelo lobby do hotel, para se certificar de que tinham feito o check-in. Então, encontrou um quarto a um quilômetro e meio de distância, em um resort. Esperou até quase onze da noite de sexta-feira para ligar.

Stella estava cansada e queria apenas um drinque e um jantar no quarto. Vários drinques. Ela iria às compras no dia seguinte, mas por enquanto precisava de bebidas. Quando o telefone tocou, ela estava deitada na cama, quase inconsciente. Cal, usando apenas uma cueca samba-canção caída, atendeu.

– Alô.

– Alô, Sr. Hulic – disse a voz muito nítida e profissional de uma mulher jovem. – Você precisa ser cuidadoso.

– O quê?

– Você está sendo seguido.

Cal esfregou os olhos vermelhos.

– Quem está falando?

– Escute com atenção, por favor. Tem uns homens vigiando sua esposa. Eles estão aqui em Miami. Sabem que vocês pegaram o voo 4476 de Biloxi para Atlanta, o voo 533 da Delta para Miami e sabem exatamente em qual quarto vocês estão agora. Eles estão observando cada passo.

Cal olhou para o telefone e deu um tapa de leve na testa.

– Espere um minuto. Eu...

– E eles provavelmente vão grampear seus telefones amanhã – acrescentou ela prestativa. – Então, por favor, tenha muito cuidado.

– Quem são esses caras? – perguntou ele em voz alta, e Stella se animou um pouco.

Ela conseguiu apoiar os pés descalços no chão e se concentrar em seu marido com os olhos embaçados.

– São espiões contratados pelos fabricantes de cigarro. – Foi a resposta. – E eles são insanos.

A jovem desligou. Cal olhou novamente para o fone, depois para a esposa, uma visão patética. Ela estava pegando os cigarros.

– O que foi isso? – inquiriu ela com a voz arrastada, e Cal repetiu cada palavra.

– Ah, meu deus! – gritou Stella e foi até a mesa ao lado da TV, onde pegou uma garrafa de vinho e se serviu de uma taça. – Por que eles estão atrás de mim? – perguntou, deixando-se cair em uma cadeira e derramando vinho barato no roupão do hotel. – Por que eu?

– Ninguém está querendo te matar – explicou ele, com um leve traço de arrependimento.

– Por que estão me seguindo? – Ela estava à beira das lágrimas.

– Não sei, oras – rosnou Cal enquanto pegava mais uma cerveja no frigobar.

Ficaram bebendo em silêncio por alguns minutos, nenhum dos dois querendo olhar para o outro, ambos estupefatos.

135

Então, o telefone tocou novamente e ela deu um grito. Cal pegou o fone e disse devagar:

– Alô.

– Oi, sou eu de novo – disse a mesma voz, desta vez bastante alegre. – Tem uma coisa que esqueci de mencionar. Não chame a polícia nem nada assim. Esses caras não estão fazendo nada ilegal. É melhor apenas fingir que não tem nada de errado, ok?

– Quem é você? – perguntou ele.

– Tchau – disse ela, e desligou.

A LISTING FOODS possuía não apenas um, mas três jatos, dos quais um foi despachado no início da manhã de sábado para buscar o Sr. Lonnie Shaver e levá-lo a Charlotte, sozinho. Sua esposa não tinha conseguido encontrar uma babá para os três filhos. Os pilotos o receberam calorosamente e lhe ofereceram café e frutas antes da decolagem.

Ken o recebeu no aeroporto, em uma van da empresa com um motorista da empresa, e quinze minutos depois chegaram à sede da SuperHouse, na área residencial de Charlotte. Lonnie foi cumprimentado por Ben, o outro amigo da primeira reunião em Biloxi, e juntos Ben e Ken fizeram um rápido tour pela sede da empresa com Lonnie. Era uma construção nova, de um pavimento, tijolo aparente, com muito vidro e completamente indistinguível de uma dúzia de outras pelas quais haviam passado no caminho do aeroporto. Os corredores eram largos, azulejados e impecáveis; os escritórios eram minimalistas e de alta tecnologia. Lonnie quase podia ouvir o som de dinheiro sendo impresso.

Eles tomaram um café com George Teaker, CEO, em seu grande escritório com vista para um pequeno pátio coberto de vegetação sintética. Teaker era jovem, cheio de energia e usava jeans (sua indumentária de trabalho de sábado, ele explicou). Aos domingos, usava roupas de corrida. Ele repetiu para Lonnie o mesmo discurso – de que a empresa estava crescendo loucamente e que eles o queriam a bordo. Então Teaker saiu para uma reunião.

Em uma pequena sala de reuniões branca sem janelas, Lonnie foi acomodado diante de uma mesa com café e roscas. Ben desapareceu, mas Ken estava com ele quando as luzes baixaram e uma imagem apareceu na parede. Era um vídeo de trinta minutos sobre a SuperHouse: sua breve história, sua posição atual no mercado, seus ambiciosos planos de crescimento. E seus funcionários, os "verdadeiros ativos".

De acordo com o roteiro, a SuperHouse planejava aumentar o faturamento bruto e o número de lojas em quinze por cento ao ano nos próximos seis anos. Os lucros seriam impressionantes.

As luzes se acenderam e um jovem sério com um nome que foi rapidamente esquecido apareceu e se postou do outro lado da mesa. Era especialista em benefícios e tinha todas as respostas para todas as perguntas sobre assistência médica, planos de previdência, férias, feriados, licenças, opções de ações para funcionários. Todas as informações estavam em um dos envelopes sobre a mesa diante de Lonnie, para que ele pudesse refletir sobre aquilo mais tarde.

Depois de um almoço demorado com Ben e Ken em um requintado restaurante local, Lonnie voltou à mesma sala para mais algumas reuniões. Uma delas foi sobre o programa de treinamento que estavam planejando para ele. Em seguida, foi apresentado um vídeo que delineava a estrutura da empresa em relação a sua controladora e a seus concorrentes. O tédio bateu com força. Para um homem que tinha passado a semana inteira sentado ouvindo advogados fofocando com especialistas, aquilo não era a melhor forma de curtir uma tarde de sábado. Por mais animado que ele estivesse com a visita e as perspectivas, de repente precisou de ar fresco.

Ken, é claro, sabia disso e, no momento em que o vídeo acabou, sugeriu que fossem jogar golfe, esporte que Lonnie ainda não havia experimentado. Ken, é claro, sabia disso também, então sugeriu que pegassem um pouco de sol, de qualquer maneira. O BMW de Ken era azul e impecável, e ele o conduziu com muito cuidado pela zona rural, passando por fazendas e propriedades bem-cuidadas e por estradas arborizadas até chegarem ao clube.

Para um sujeito negro de uma família de classe média baixa de Gulfport, a ideia de pisar em um country club era intimidadora. Lonnie, a princípio, ficou pouco à vontade com isso e prometeu ir embora caso não visse outros negros. Ao refletir melhor, no entanto, sentiu-se até lisonjeado pelo fato de seus novos empregadores o terem em tão alta conta. Eram caras muito legais, sinceros e, aparentemente, estavam ansiosos para que ele se alinhasse à cultura corporativa deles. Ainda não tinha sido feita nenhuma menção a dinheiro, mas como poderia ser menos do que ele ganhava agora?

Eles entraram na sala de estar, um cômodo amplo com cadeiras de couro, animais empalhados nas paredes e uma nuvem azulada de fumaça de charuto pairando junto ao teto. Um verdadeiro salão de cavalheiros. Em uma grande mesa próxima à janela, com o décimo oitavo *green* logo abaixo, estava George Teaker, agora em trajes de golfe, tomando um drinque com dois homens negros, igualmente bem-vestidos e aparentemente recém-saídos de uma partida. Todos os três se levantaram e cumprimentaram calorosamente Lonnie, que ficou aliviado ao ver sujeitos como ele. Na verdade, um peso enorme saiu de seu peito, o que subitamente o fez sentir vontade de beber, embora tomasse cuidado com o álcool. O homem negro mais corpulento era Morris Peel, uma alma barulhenta e afetuosa que sorria o tempo todo e que apresentou o outro, Percy Kellum, de Atlanta. Os dois estavam na casa dos 40 e poucos e, depois que Peel pediu a primeira rodada, explicou que era vice-presidente da Listing Foods, na sede em Nova York, e que Kellum era alguma-coisa-regional da Listing.

Nenhuma hierarquia foi estabelecida; não era necessário. Tinha ficado óbvio que Peel, da sede em Nova York, estava acima de Teaker, que carregava o título de CEO, mas comandava apenas uma divisão. Kellum estava em algum lugar mais abaixo. Ken, ainda mais. E Lonnie estava contente por estar ali. No segundo drinque, passadas as formalidades e a polidez, Peel, com grande prazer e bom humor, apresentou sua biografia. Dezesseis anos antes, ele havia sido o primeiro gerente negro de nível médio a adentrar o universo da Listing Foods, o que fora um estorvo. Tinha sido contratado pela imagem, não pelo talento, e teve que se esforçar para crescer. Por duas vezes, havia processado a empresa, e ganhou nas duas. Assim que os caras lá do alto perceberam que estava determinado a se juntar a eles e que tinha cabeça para isso, o aceitaram. Ainda não era fácil, mas conquistara o respeito deles. Teaker, já no terceiro uísque, chegou mais perto e comentou, confidencialmente, é claro, que Peel estava sendo preparado para o grande trabalho.

– Você pode estar falando com o futuro CEO – disse ele a Lonnie. – Um dos primeiros CEOs negros de uma empresa da Fortune 500.

Graças a Peel, a Listing Foods havia implementado um programa agressivo de recrutamento e promoção de gerentes negros. Era aí que Lonnie se encaixava. A Hadley Brothers era uma boa empresa, mas bastante antiquada e um tanto sulista, e a Listing não ficou surpresa ao encontrar poucas pessoas negras com mais autoridade do que para varrer o chão.

Por duas horas, enquanto a escuridão caía sobre o campo de golfe e um pianista tocava e cantava no salão, eles beberam, conversaram e fizeram planos para o futuro. O jantar foi servido em uma sala de jantar privativa, ao lado, na qual uma cabeça de alce pendia sobre a lareira. Comeram bifes grossos, com molho e cogumelos. Naquela noite, Lonnie dormiu em uma suíte no terceiro andar do clube e acordou com uma esplêndida vista do gramado e uma leve ressaca.

Havia apenas duas breves reuniões agendadas para o final da manhã de domingo. A primeira, mais uma vez com a presença de Ken, foi uma sessão de planejamento com George Teaker, que vestia roupa de exercício, recém-chegado de uma corrida de 8 quilômetros. "A melhor coisa do mundo pra ressaca", disse. Ele queria que Lonnie administrasse a loja de Biloxi sob um novo contrato por um período de noventa dias, após o qual avaliariam seu desempenho. Supondo que todos estivessem satisfeitos, e sem dúvida esperavam estar, ele então seria transferido para uma loja maior, provavelmente na região de Atlanta. Uma loja maior significava maiores responsabilidades e maiores rendimentos. Depois de um ano lá, seria reavaliado e provavelmente transferido mais uma vez. Durante esse período de quinze meses, seria obrigado a passar, pelo menos, um fim de semana por mês em Charlotte em um programa de formação de gerentes, detalhado à exaustão em um dossiê que estava na mesa.

Teaker finalmente acabou e pediu mais café.

O último convidado foi um jovem negro, magro e careca, com terno e gravata impecáveis. Seu nome era Taunton, um advogado de Nova York, mais precisamente de Wall Street. Seu escritório representava a Listing Foods, explicou com seriedade, e, na verdade, ele trabalhava exclusivamente nos negócios da Listing. Estava ali para apresentar uma proposta de contrato de trabalho, um assunto bastante rotineiro, mas importante. Entregou a Lonnie um documento, de apenas três ou quatro páginas, mas que parecia muito mais por ter vindo lá de Wall Street. Lonnie não tinha palavras para expressar o quanto estava impressionado.

– Dê uma olhada – disse Taunton, batendo no queixo com uma caneta de luxo. – E conversamos na semana que vem. É um contrato-padrão, basicamente. O parágrafo que trata do salário tem vários espaços em branco. Vamos preenchê-los mais tarde.

Lonnie deu uma olhada na primeira página, depois colocou o contrato junto com os outros papéis, dossiês e memorandos em uma pilha que crescia a cada segundo. Taunton sacou um bloco de notas e pareceu se preparar para dar início a um interrogatório implacável.

– Só mais algumas perguntas – disse ele.

Lonnie teve um flashback doloroso do tribunal em Biloxi, onde os advogados tinham sempre "só mais algumas perguntas".

– Claro – disse Lonnie, sem conseguir evitar olhar para o relógio.

– Nenhum antecedente criminal de nenhuma natureza?

– Não. Só umas multas por excesso de velocidade.

– Nenhum processo em curso contra você, individualmente?

– Não.

– Algum contra a sua esposa?

– Não.

– Já entrou alguma vez com um pedido de falência?

– Não.

– Já foi preso?

– Não.

– Indiciado?

– Não.

Taunton virou uma página.

– Você, na qualidade de gerente de loja, já esteve envolvido em algum processo?

– Sim, deixa eu ver. Uns quatro anos atrás, um senhor escorregou no chão molhado e caiu. Ele entrou com um processo. Eu prestei depoimento.

– Foi a tribunal? – perguntou Taunton com grande interesse.

Ele tinha revisado os autos do processo, tinha uma cópia deles em sua pasta grossa, e sabia de todos os detalhes da queixa do sujeito.

– Não. A seguradora fez um acordo. Acho que pagaram 20 mil dólares pra ele, mais ou menos.

Tinha sido 25 mil, e Taunton escreveu esse número em seu bloco de notas. O roteiro mandava que Teaker falasse naquele momento.

– Malditos advogados de tribunal. Eles são uma praga da sociedade.

Taunton olhou para Lonnie, para Teaker, e depois disse, em defesa própria:

– Eu não sou advogado de tribunal.

– Ah, eu sei – disse Teaker. – Você está do lado certo. São esses advogados de porta de cadeia gananciosos que eu detesto.

– Sabe quanto a gente pagou no ano passado pelo seguro de responsabilidade civil? – perguntou Taunton a Lonnie, como se este pudesse dar algum palpite razoável. Ele apenas fez que não com a cabeça. – A Listing pagou mais de 20 milhões de dólares.

– Só pra manter os tubarões afastados – acrescentou Teaker.

Houve uma pausa dramática na conversa, ou pelo menos uma pausa para fins dramáticos, quando Taunton e Teaker morderam os lábios, manifestaram seu desgosto, e pareciam contemplar o dinheiro desperdiçado em proteção contra ações judiciais. Então Taunton olhou para alguma coisa no bloco de notas, olhou para Teaker e perguntou:

– Suponho que o senhor não tenha falado sobre o julgamento, não é?

Teaker pareceu surpreso.

– Não acho que seja necessário. O Lonnie está dentro. Ele é dos nossos.

Taunton pareceu ignorar aquilo.

– Esse julgamento em Biloxi envolvendo a indústria tabagista tem sérias implicações para a economia como um todo, principalmente para empresas como a nossa – disse ele a Lonnie, que assentiu polidamente e ficou tentando entender como um julgamento poderia afetar qualquer um além da Pynex.

– Acho que você não deveria falar sobre esse assunto – disse Teaker para Taunton.

– Não tem problema – continuou Taunton. – Eu conheço os meandros do tribunal. Você não se importa, não é, Lonnie? Quer dizer, podemos confiar em você nessa questão, não podemos?

– Claro. Não vou comentar nada.

– Se o veredito for a favor da reclamante e a cifra for alta, isso vai abrir as portas dos processos contra a indústria tabagista. Os advogados vão atacar com tudo. Vão levar os fabricantes de cigarro à falência.

– Ganhamos muito dinheiro com a venda de cigarros, Lonnie – disse Teaker com um timing perfeito.

– Então eles provavelmente vão processar os fabricantes de laticínios, alegando que o colesterol mata as pessoas. – Taunton estava subindo o tom de voz e se inclinando cada vez mais sobre a mesa. A questão tinha lhe tocado em um ponto sensível. – Esses processos precisam acabar. A indústria tabagista nunca perdeu nenhum. Acho que o recorde deles é algo como 55 vitórias, nenhuma derrota. O pessoal do júri sempre entendeu que quem fuma faz isso por sua conta e risco.

– O Lonnie sabe disso – disse Teaker, quase na defensiva.

Taunton respirou fundo.

– Claro. Desculpe se falei demais. É só que tem muita coisa em jogo nesse julgamento em Biloxi.

– Sem problemas – disse Lonnie.

E ele de fato não tinha se incomodado com a conversa. Afinal de contas, Taunton era advogado e, sem dúvida, conhecia a lei, então talvez estivesse tudo bem falar do julgamento em termos amplos, sem entrar em detalhes. Lonnie estava satisfeito. Estava dentro. Da parte dele, nenhum problema.

Taunton de repente era todo sorriso enquanto guardava o bloco de notas e prometia ligar para Lonnie no meio da semana. A reunião acabou, e Lonnie era um homem livre. Ken o levou ao aeroporto, onde o mesmo jatinho, com os mesmos pilotos simpáticos, aguardava pacatamente, pronto para voar.

A PREVISÃO DISSE que havia probabilidade de pancadas de chuva à tarde, e isso era tudo o que Stella queria ouvir. Cal insistiu que não havia nenhuma nuvem à vista, mas ela não quis conferir. Fechou as cortinas e ficou assistindo a filmes até meio-dia. Pediu um queijo quente e dois bloody marys, depois dormiu um pouco, com o trinco passado na porta e uma cadeira encostada nela. Cal foi à praia, uma de topless da qual havia ouvido falar, mas que nunca tinha tido a chance de visitar por causa da esposa. Com ela trancada em segurança dentro do quarto no décimo andar, estava livre para vagar pelas areias e admirar as jovens. Ele tomou uma cerveja em um bar com telhado de palha e pensou em como a viagem havia se tornado maravilhosa. Stella estava com medo de ser vista, então os cartões de crédito estavam a salvo naquele fim de semana.

Pegaram um voo no domingo de manhã e voltaram a Biloxi. Stella estava de ressaca e cansada de passar o fim de semana sendo vigiada. Ela se sentia apreensiva em relação à segunda-feira e ao tribunal.

142

13

A troca de cumprimentos foi apática na manhã de segunda-feira. A rotina de se reunir ao lado da cafeteira para inspecionar as roscas e os pãezinhos estava se tornando cansativa, não tanto pela repetição, mas sim pela desconfortável incógnita de não saber quanto tempo tudo aquilo ainda ia durar. Eles se dividiram em grupinhos e contaram o que tinha acontecido durante a liberdade do fim de semana. A maioria havia resolvido pendências, feito compras, visitado a família e ido à igreja, e a monotonia passara a assumir nova importância para pessoas prestes a serem confinadas. Herman estava atrasado, então falou-se um pouco sobre o julgamento; nada relevante, apenas um consenso geral de que o caso da reclamante estava afundando em um atoleiro de tabelas, gráficos e estatísticas. Todo mundo ali acreditava que fumar causava câncer de pulmão. Eles queriam informações novas.

Nicholas deu um jeito de isolar Angel Weese desde cedo. Eles tinham trocado breves gentilezas durante todo o julgamento, mas sem falar nada de substancial. Loreen Duke e ela eram as duas únicas mulheres negras no júri, e estranhamente mantinham distância uma da outra. Angel era magra e calada, solteira e trabalhava em uma distribuidora de cervejas. Estava sempre com um olhar de dor silenciosa e tinha se mostrado difícil na hora de puxar conversa.

Stella chegou atrasada e parecia um cadáver; seus olhos estavam vermelhos e inchados, sua pele, pálida. Ela se serviu de café com as mãos trêmulas e foi direto para a salinha da fumaça, onde Jerry Fernandez e Poodle estavam conversando e flertando, algo que tinha se tornado hábito.

Nicholas estava ansioso para ouvir o relato de Stella sobre o fim de semana.

– Que tal um cigarro? – disse ele a Angel, a quarta fumante oficial do júri.

– Quando você começou? – perguntou ela com um raro sorriso.

– Semana passada. Vou parar quando o julgamento acabar.

Eles saíram da sala do júri sob o olhar indiscreto de Lou Dell e se juntaram aos outros: Jerry e Poodle, ainda conversando; Stella com a expressão impassível, cambaleando à beira do precipício.

Nicholas filou um Camel de Jerry e o acendeu com um fósforo.

– E aí, como foi em Miami? – perguntou ele a Stella.

Ela sacudiu a cabeça na direção dele, assustada.

– Choveu – respondeu ela, depois mordeu o filtro e tragou com força.

Stella não queria falar. A conversa morreu conforme se concentravam nos respectivos cigarros. Faltavam dez para as nove, hora da última dose de nicotina.

– Acho que fui seguido esse fim de semana – disse Nicholas após um minuto de silêncio.

Os cigarros continuaram, sem interrupção, mas as mentes estavam trabalhando.

– Como assim? – perguntou Jerry.

– Eles me seguiram – repetiu Nicholas e olhou para Stella, cujos olhos estavam arregalados e cheios de medo.

– Quem? – perguntou Poodle.

– Eu não sei. Foi no sábado, quando saí de casa para ir trabalhar. Tinha um cara espreitando perto do meu carro, e eu o vi de novo mais tarde no shopping. Provavelmente algum espião contratado pelo pessoal do tabaco.

A boca de Stella se abriu e seu queixo tremeu. A fumaça cinzenta saiu por suas narinas.

– Você vai contar ao juiz? – perguntou ela, prendendo a respiração.

Era uma pergunta que tinha gerado briga entre ela e Cal.

– Não.

– Por que não? – perguntou Poodle, levemente curiosa.

– Não tenho certeza, sabe. Quer dizer, tenho certeza de que fui seguido, mas não tenho certeza de quem foi. O que vou falar ao juiz?

– Fale que você foi seguido – disse Jerry.

144

– Por que eles seguiriam você? – perguntou Angel.

– Pela mesma razão que estão seguindo todos nós.

– Não acredito nisso – disse Poodle.

Stella sem dúvida acreditava, mas se Nicholas, o ex-estudante de Direito, planejava esconder isso do juiz, então ela também esconderia.

– Por que estão seguindo a gente? – perguntou Angel mais uma vez, nervosa.

– Porque é isso o que eles fazem. Os fabricantes de cigarro gastaram milhões na nossa seleção e agora estão gastando ainda mais pra nos vigiar.

– Eles estão atrás de quê?

– De formas de chegar até a gente. Amigos com quem a gente talvez fale. Lugares aos quais talvez a gente vá. Geralmente começam a lançar fofocas nos lugares em que a gente vive, rumores sobre o falecido, coisas ruins que ele fez enquanto estava vivo. Estão sempre em busca de um ponto fraco. É por isso que nunca perderam um julgamento com júri.

– Como você sabe que é o fabricante de cigarro? – perguntou Poodle, acendendo outro.

– Não sei. Mas eles têm mais dinheiro do que a reclamante. Na verdade, têm um financiamento ilimitado para disputar casos como esse.

Jerry Fernandez, sempre pronto para ajudar com uma gracinha ou uma piada, disse:

– Sabe, pensando bem, lembro de ter visto um cara estranho me espiando de uma esquina nesse fim de semana. Eu o vi mais de uma vez.

Ele olhou para Nicholas em busca de aprovação, mas Nicholas estava olhando para Stella. Jerry piscou para Poodle, mas ela não viu.

Lou Dell bateu à porta.

NÃO HOUVE JURAMENTOS nem hinos na manhã de segunda-feira. O juiz Harkin e os advogados esperaram, prontos para se juntar ao patriotismo descarado ao menor indício de que os jurados pudessem estar no clima, mas nada aconteceu. Os jurados se sentaram, já um pouco cansados, aparentemente, e resignados diante de mais uma longa semana de depoimentos. Harkin deu um sorriso caloroso de boas-vindas, depois prosseguiu com seu monólogo registrado sobre contatos não autorizados. Stella olhou para o chão e não disse uma palavra. Cal estava assistindo da terceira fileira, para dar apoio a ela.

Scotty Mangrum ficou de pé e informou ao tribunal que a reclamante gostaria de retomar o depoimento do Dr. Hilo Kilvan, o qual foi trazido de algum lugar nos fundos e levado até o banco das testemunhas. Ele cumprimentou educadamente o júri com um aceno de cabeça. Ninguém retribuiu.

Para Wendall Rohr e a equipe de advogados da reclamante, o fim de semana não tinha representado nenhuma interrupção no trabalho. O julgamento em si já apresentava desafios suficientes, mas a distração do fax enviado por MM na sexta tinha acabado com qualquer fantasia de organização. Eles rastrearam a ligação, vinda de uma parada de caminhões perto de Hattiesburg, e depois de aceitar algum dinheiro um funcionário fez uma ligeira descrição de uma jovem, 20 e muitos anos, talvez 30, de cabelos escuros enfiados sob um chapéu marrom de pesca e o rosto parcialmente escondido atrás de grandes óculos escuros. Ela era baixa, ou talvez tivesse estatura mediana. Talvez tivesse 1,67 metro ou 1,70 metro. Era magra, sem dúvida, mas de todo modo tinha sido antes das nove da manhã de uma sexta-feira, um dos períodos mais movimentados. Ela tinha pagado 5 dólares por um fax de uma página para um número em Biloxi, um escritório de advocacia, o que por si só parecia estranho e, portanto, o funcionário se lembrava. A maioria dos faxes tratava de licenças de rodagem e cargas especiais.

Nenhum sinal do veículo dela, mas o lugar estava lotado, então...

A opinião coletiva dos oito principais advogados da reclamante, um grupo que somava 150 anos de experiência em julgamentos, era de que aquilo era um fato novo. Ninguém conseguia se lembrar de um único julgamento em que uma pessoa de fora tivesse contactado os advogados dando pistas do que o júri poderia fazer. Foram unânimes em acreditar que MM voltaria a fazer contato. E, embora a princípio tivessem negado, ao longo do fim de semana chegaram, a contragosto, à conclusão de que provavelmente pediria dinheiro. Uma proposta. Dinheiro em troca de um veredito. No entanto, não conseguiram reunir coragem para traçar uma estratégia para quando ela quisesse negociar. Talvez mais tarde, mas não naquele momento.

Já Fitch não pensava em quase nada além disso. O Fundo tinha atualmente um saldo de 6,5 milhões de dólares, com 2 milhões alocados para as despesas restantes do julgamento. O dinheiro era bastante líquido e bastante móvel. Ele passou o fim de semana monitorando os jurados, fazendo reuniões com advogados, ouvindo os resumos dos especialistas em júri, e ficou um tempo ao telefone com o D. Martin Jankle, da Pynex. Estava satisfeito com os resultados da exibição de Ken e Ben em Charlotte, e George Teaker havia lhe garantido que Lonnie Shaver era um homem em quem podiam confiar. Ele até assistiu a um vídeo secreto da última reunião em que Taunton e Teaker quase convenceram Shaver a assinar um termo de compromisso.

Fitch dormiu quatro horas no sábado e cinco no domingo, mais ou menos dentro da média dele, embora o sono tivesse sido ruim. Ele sonhou com Marlee e com o que ela poderia lhe proporcionar. Aquele poderia ser o veredito mais fácil de todos.

Ele assistiu à abertura dos trabalhos de segunda-feira da sala de projeção, acompanhado de um consultor de júri. A câmera escondida estava funcionando tão bem que eles tinham decidido tentar uma melhor, com uma lente maior e uma imagem mais nítida. Estava embutida na mesma pasta e colocada debaixo da mesma mesa, e ninguém na movimentada sala de audiências percebeu nada.

Nenhum juramento à bandeira, nada fora do comum, mas Fitch esperava por isso. Sem dúvida Marlee teria ligado caso houvesse algo especial planejado.

Ele ouviu o Dr. Hilo Kilvan retomar seu depoimento e quase sorriu sozinho, pois os jurados pareciam temer por aquilo. Seus consultores e advogados eram unânimes na crença de que as testemunhas da reclamante ainda não haviam cativado o júri. Os especialistas eram convincentes, cheios de credenciais e recursos visuais, mas a defesa já tinha visto tudo aquilo antes.

A defesa seria simples e sutil. Seus médicos argumentariam veementemente que fumar não provoca câncer de pulmão. Outros especialistas convincentes argumentariam que as pessoas estão cientes das informações quando escolhem fumar. Seus advogados argumentariam que, se os cigarros são supostamente tão perigosos, então você fuma por sua conta e risco.

Fitch tinha passado por aquilo muitas vezes antes. Havia decorado o depoimento. Havia aturado os argumentos dos advogados. Havia suado frio enquanto os júris deliberavam. Havia celebrado silenciosamente os veredictos, mas nunca tinha tido a chance de comprar um.

O CIGARRO MATA quatrocentos mil americanos a cada ano, de acordo com o Dr. Kilvan, e ele tinha quatro grandes tabelas para provar isso. É o produto mais fatal do mercado, nada chega nem perto. Exceto as armas, e elas, claro, não são projetadas para serem apontadas e disparadas contra pessoas. Cigarros são projetados para serem acesos e fumados; esse é seu uso correto. São fatais se usados justamente como planejado.

Esse ponto marcou o júri significativamente, e não seria esquecido. Mas às dez e meia os jurados estavam prontos para a pausa do café e do banheiro. O juiz Harkin determinou um intervalo de quinze minutos. Nicholas passou um bilhete para Lou Dell, que o entregou a Willis, que estava acordado na hora. Ele levou a nota ao juiz. Easter queria uma reunião em particular ao meio-dia, se possível. Era urgente.

NICHOLAS SE AUSENTOU do almoço com a desculpa de que estava com o estômago embrulhado e que havia perdido o apetite. Precisava ir ao banheiro masculino, disse, e estaria de volta em um segundo. Ninguém se importou. A maioria estava evitando se sentar à mesa, de qualquer forma, para não ficar perto de Stella Hulic.

Ele atravessou os estreitos corredores nos fundos e entrou no gabinete onde o juiz o aguardava, sozinho, com um sanduíche frio. Eles se cumprimentaram, tensos. Nicholas carregava uma pequena bolsa de couro marrom.

– Precisamos conversar – disse ele, sentando-se.

– Os outros sabem que o senhor está aqui? – perguntou Harkin.

– Não. Mas preciso ser rápido.

– Vá em frente. – Harkin comeu uma tortilha de milho e afastou o prato.

– Três coisas. Stella Hulic, número 4, primeira fileira, esteve em Miami nesse fim de semana e foi seguida por desconhecidos que, provavelmente, trabalham para os fabricantes de cigarro.

Sua Excelência parou de mastigar.

– Como o senhor sabe?

– Entreouvi uma conversa esta manhã. Ela estava tentando cochichar sobre isso com outro jurado. Não me pergunte como ela sabia que estava sendo seguida. Eu não ouvi tudo. Mas a pobre mulher está um caco. Francamente, acho que ela tomou alguns drinques antes de vir para o tribunal hoje de manhã. Vodca, eu diria. Provavelmente bloody mary.

– Continue.

– Em segundo lugar, Frank Herrera, número 7. Falamos sobre ele da última vez. Bem, ele está decidido, e temo que esteja tentando influenciar outras pessoas.

– Estou ouvindo.

– Ele veio para o julgamento com uma opinião formada. Acho que queria participar; é militar aposentado ou algo assim, deve estar entediado até a morte, mas é extremamente pró-defesa e, bem, isso me preocupa. Não sei o que se faz com jurados assim.

– Ele está falando sobre o caso?

– Uma vez, comigo. O Herman tem bastante orgulho de seu título de porta-voz e não tolera nenhuma conversa sobre o julgamento.

– Muito bem.

– Mas ele não tem como monitorar tudo. E, como o senhor sabe, bem, fofocar é da natureza humana. De qualquer forma, o Herrera é venenoso.

– Ok. E o terceiro?

Nicholas abriu a bolsa de couro e tirou uma fita de vídeo.

– Essa coisa funciona? – perguntou, apontando para uma pequena televisão com videocassete embutido em um carrinho no canto.

– Acho que sim. Funcionou na semana passada.

– Posso?

– Por favor.

Nicholas apertou o botão de ligar e inseriu a fita.

– O senhor se lembra do cara que eu vi no tribunal na semana passada? Aquele que estava me seguindo?

– Sim. – Harkin se levantou e caminhou até ficar a meio metro da tela do aparelho. – Eu lembro.

– Bem, aqui está ele. – Em preto e branco, um pouco confuso, mas sem dúvida claro o suficiente para distinguir, a porta se abriu e o sujeito entrou no apartamento de Easter.

Ele olhou em volta tenso e, por um longo segundo, pareceu olhar na direção exata da câmera, escondida em uma grade de ventilação acima da geladeira. Nicholas parou a fita deixando a imagem congelada no rosto do homem, de frente, e disse:

– É ele.

– Sim, é ele – repetiu o juiz Harkin sem nem respirar.

O vídeo continuou, com o homem (Doyle) indo e vindo, tirando fotos, se debruçando perto do computador e saindo em menos de dez minutos. A tela ficou preta.

– Quando foi...? – perguntou Harkin devagar, ainda olhando para a tela.

– Sábado à tarde. Trabalhei em um turno de oito horas, e esse cara entrou enquanto eu estava no trabalho.

Não era totalmente verdade, mas Harkin jamais saberia. Nicholas tinha reprogramado o vídeo para exibir a hora e a data do último sábado no canto inferior direito.

– Por que o senhor...

– Fui assaltado e espancado cinco anos atrás, quando morava em Mobile, e quase morri. Foi durante uma invasão de meu apartamento. Sou cuidadoso com a segurança, só isso.

E isso tornou tudo perfeitamente plausível; a existência de um sofisticado equipamento de vigilância em um apartamento degradado; os computadores e as câmeras apesar do salário mínimo. O sujeito tinha pavor de violência. Qualquer um podia entender aquilo.

– O senhor quer ver de novo?

– Não. É ele.

Nicholas tirou a fita e a entregou ao juiz.

– Pode ficar. Eu tenho uma cópia.

O SANDUÍCHE DE CARNE ASSADA DE FITCH foi interrompido quando Konrad bateu à porta e pronunciou as palavras que Fitch ansiava por ouvir:

– A garota está na linha.

Ele limpou a boca e o cavanhaque com as costas da mão e pegou o fone.

– Alô.

– Fitch, meu anjo – disse ela. – Sou eu, Marlee.

– Sim, querida.

– Não sei o nome do cara, mas é o capanga que você mandou pro apartamento do Easter na quinta-feira, 19, onze dias atrás, às 16h52, para ser mais exata.

Fitch respirou fundo e tossiu pedaços de sanduíche. Xingou baixinho e se endireitou. Ela continuou:

– Foi logo depois que eu te passei a informação sobre o Nicholas estar vestindo um pulôver cinza e uma calça cáqui engomada, lembra?

– Sim – disse ele com a voz rouca.

– Bem, depois você mandou o capanga no tribunal, provavelmente pra ir atrás de mim. Foi na quarta-feira passada, dia 25. Uma jogada bastante estúpida, porque o Easter reconheceu o sujeito e passou uma nota pro juiz, que também reparou. Você está ouvindo, Fitch?

Ouvindo, mas não respirando.

– Sim! – disparou ele.

– Bem, agora o juiz sabe quem é o cara que invadiu o apartamento do Easter, e ele emitiu um mandado de prisão contra o cara. Então, tire ele da cidade imediatamente, senão você vai passar vergonha. Quem sabe até ser preso também.

Centenas de perguntas vieram desesperadamente à cabeça de Fitch, mas ele sabia que não seriam respondidas. Se Doyle de alguma forma fosse reconhecido e detido e se abrisse a boca, então, bem, era melhor nem pensar naquilo. Arrombamento e invasão eram crimes em qualquer lugar do planeta, e Fitch tinha que agir rápido.

– Mais alguma coisa? – perguntou ele.

– Não. Por enquanto, isso é tudo.

Doyle supostamente estaria comendo em uma mesa junto à janela em um restaurante vietnamita a quatro quarteirões do tribunal, mas, na verdade, estava jogando vinte e um no Lucy Luck quando o bipe em seu cinto apitou. Era Fitch, no escritório. Três minutos depois, Doyle estava na Autoestrada 90 em sentido leste, porque a fronteira do estado do Alabama era mais perto do que a da Louisiana. Duas horas depois, ele estava em um voo para Chicago.

Fitch levou uma hora para investigar até concluir que nenhum mandado de prisão havia sido emitido contra Doyle Dunlap, nem contra qualquer indivíduo que se parecesse com ele. Isso não era alívio nenhum. O fato era que Marlee sabia que eles haviam entrado no apartamento de Easter.

Mas como ela sabia? Essa era a grande e preocupante pergunta. Fitch gritou para Konrad e Pang por trás da porta trancada. Levaria três horas até que eles descobrissem a resposta.

ÀS TRÊS E MEIA de segunda-feira, o juiz Harkin suspendeu o depoimento do Dr. Kilvan e o dispensou até o dia seguinte. Ele surpreendeu os advogados ao anunciar que havia alguns assuntos graves relacionados ao júri que precisavam ser tratados imediatamente. Mandou os jurados de volta para a sala e ordenou que todos os espectadores deixassem o tribunal. Jip e Rasco os conduziram para fora e trancaram a sala de audiências.

Oliver McAdoo gentilmente deslizou a maleta debaixo da mesa com seu comprido pé esquerdo até que a câmera ficasse apontada para a tribuna. Ao lado dela havia quatro outras pastas e maletas variadas, junto a duas grandes caixas de papelão cheias de calhamaços de depoimentos e de outros refugos jurídicos. McAdoo não sabia ao certo o que estava prestes a acontecer, mas presumiu, corretamente, que Fitch gostaria de assistir.

O juiz Harkin pigarreou e se dirigiu à horda de advogados, que o observavam atentamente:

– Doutores, chegou ao meu conhecimento que alguns, se não todos os nossos jurados, têm a sensação de que estão sendo observados e seguidos. Tenho provas claras de que, pelo menos, um de nossos jurados foi vítima de invasão de domicílio.

Ele deixou que aquela informação fosse lentamente absorvida, e assim aconteceu. Os advogados ficaram atordoados, ambos os lados cheios de certeza de que eram inocentes de qualquer irregularidade e imediatamente colocando a culpa no lugar devido: a outra mesa. O juiz continuou:

– Agora, tenho duas opções. Posso determinar a anulação do julgamento ou confinar o júri. Estou tendendo à segunda opção, por mais desagradável que seja. Dr. Rohr?

Rohr demorou a se levantar e, por um raro momento, não conseguiu pensar em nada o que dizer.

– É... Uau, Excelência, com certeza odiaríamos ver o julgamento ser anulado! Quer dizer, tenho certeza de que não fizemos nada de errado.

Ele olhou para a mesa da defesa ao dizer aquilo e perguntou:

– A casa de um jurado foi invadida?

– Foi o que eu disse. Vou apresentar a prova daqui a pouco. Dr. Cable?

Sir Durr se levantou e abotoou o paletó.

– Isso é extremamente chocante, Excelência.

– Extremamente.

– De fato, não estou em condições de me pronunciar até saber mais detalhes – disse ele, devolvendo o olhar de total suspeita aos advogados que obviamente eram culpados, os da reclamante.

– Muito bem. Traga a jurada número 4, Stella Hulic – ordenou Sua Excelência a Willis. Stella estava dura de medo e já pálida quando retornou à sala de audiências. – Por favor, sente-se no banco das testemunhas, Sra. Hulic. Não vai levar mais de um minuto.

O juiz sorriu, demonstrando segurança, e fez um gesto em direção ao assento no banco das testemunhas. Stella lançou um olhar ensandecido em todas as direções enquanto se sentava.

– Obrigado. Agora, Sra. Hulic, quero lhe fazer apenas algumas perguntas.

A sala de audiências estava no mais profundo silêncio enquanto os advogados mantinham suas canetas em suspenso, ignorando seus sagrados blocos de anotação, à medida que esperavam pela revelação de um grande segredo. Após quatro anos de guerra preliminar ao julgamento, eles sabiam de antemão praticamente tudo o que cada testemunha diria. A perspectiva de ouvir um depoimento não ensaiado vindo do banco das testemunhas era fascinante.

Stella, claramente, estava prestes a revelar algum pecado hediondo cometido pelo outro lado. Ela olhou compungida para o juiz. Alguém devia ter percebido seu hálito e a dedurado.

– A senhora foi a Miami no fim de semana?

– Sim, Excelência – respondeu ela devagar.

– Com seu marido?

– Sim.

Cal havia ido embora do tribunal antes do almoço. Tinha assuntos para resolver.

– E qual era o objetivo dessa viagem?

– Compras.

– Aconteceu alguma coisa estranha enquanto a senhora estava lá?

Ela respirou fundo e olhou para os advogados ansiosos, aglomerados ao redor de suas compridas mesas. Então, virou-se para o juiz Harkin e disse:

– Sim, Excelência.

– Por favor, conte para nós o que aconteceu.

Seus olhos se encheram d'água, e a pobre mulher estava prestes a ter um colapso. O juiz Harkin aproveitou o momento e disse:

– Está tudo bem, Sra. Hulic. A senhora não fez nada de errado. Apenas nos conte o que aconteceu.

Ela mordeu o lábio e cerrou os dentes.

– Chegamos na sexta à noite ao hotel, e umas duas, talvez três horas depois, o telefone tocou, e era uma mulher dizendo que uns homens dos fabricantes de cigarro estavam nos seguindo. Ela disse que tinham seguido a gente desde Biloxi, que sabiam os números de nossos voos e tudo o mais. Disse, também, que eles iam nos seguir durante todo o fim de semana, que poderiam até mesmo tentar grampear nossos telefones.

Rohr e seu pelotão respiraram aliviados. Um ou dois lançaram olhares provocadores para a outra mesa, onde Cable e companhia estavam paralisados.

– A senhora viu alguém a seguindo?

– Bem, francamente, eu não saí mais do quarto. Aquilo mexeu muito comigo. Meu marido, Cal, se aventurou a sair algumas vezes e ele viu um cara, um sujeito que parecia cubano, com uma câmera na praia, e depois viu o mesmo cara no domingo, quando estávamos fazendo check-out.

De repente, Stella percebeu que aquela era a sua saída, o único momento em que poderia parecer tão abalada que simplesmente não seria capaz de continuar. Sem muito esforço, as lágrimas começaram a escorrer.

– Mais alguma coisa, Sra. Hulic?

– Não – disse ela, soluçando. – É simplesmente terrível. Eu não tenho como... – E as palavras se perderam em meio ao desespero.

Sua Excelência olhou para os advogados.

– Vou dispensar a Sra. Hulic e substituí-la pelo suplente número um.

Stella deu um leve gemido, e com a pobre mulher em tal estado era impossível argumentar que ela deveria ser mantida. O confinamento era iminente, e não teria como ela acompanhar o ritmo.

– A senhora pode voltar à sala do júri, pegar suas coisas e ir para casa. Obrigado pelo seu tempo, e lamento que isso tenha acontecido.

– Eu sinto muito – conseguiu sussurrar, então se levantou do banco das testemunhas e deixou a sala.

Sua saída foi um golpe na defesa. Ela tinha recebido uma ótima nota durante a seleção e, após duas semanas de observação ininterrupta, os especialistas em júri de ambos os lados eram da opinião quase unânime de que não era simpática à reclamante. Ela fumava havia vinte e quatro anos, sem tentar parar uma única vez.

Seu substituto era uma incógnita, temido por ambos os lados, mas principalmente pela defesa.

– Traga o jurado número 2, Nicholas Easter – disse Harkin a Willis, que estava de pé, com a porta aberta.

Quando Easter foi chamado, Gloria Lane e uma assistente levaram um grande aparelho de TV com videocassete embutido para o meio da sala de audiências. Os advogados começaram a mastigar suas canetas, sobretudo os da defesa.

Durwood Cable fingiu estar preocupado com outros assuntos, mas a única pergunta em sua cabeça era: "O que foi que Fitch aprontou dessa vez?" Antes do julgamento, Fitch comandava tudo: a composição da equipe de defesa, a seleção dos especialistas, a contratação de consultores de júri, a investigação efetiva de todos os jurados em potencial. Ele lidava com as delicadas comunicações com o cliente, a Pynex, e vigiava os advogados da reclamante como um falcão. Mas a maior parte do que Fitch fazia depois do início do julgamento era um tanto misteriosa. Cable não queria saber. Ele ia agir da forma correta e encarar o tribunal. Se Fitch queria jogar sujo para ganhar, problema dele.

Easter se sentou no banco das testemunhas e cruzou as pernas. Se ele estava com medo ou nervoso, não transparecia. O juiz perguntou-lhe sobre o homem misterioso que o havia seguido, e Easter informou horários e lugares específicos onde tinha visto o sujeito. Explicou nos mínimos detalhes o que havia acontecido na última quarta-feira, quando olhara para os espectadores na sala de audiências e vira o mesmo sujeito sentado lá, na terceira fileira.

Ele então descreveu as medidas de segurança que havia tomado no próprio apartamento, e pegou a fita de vídeo com o juiz Harkin e a inseriu no videocassete. Os advogados ficaram na ponta das cadeiras. Ele reproduziu a fita – todos os nove minutos e meio dela – e, quando parou, sentou-se novamente no banco das testemunhas e confirmou a identidade do intruso: era o mesmo homem que o estava seguindo, o mesmo cara que tinha aparecido no tribunal na última quarta-feira.

Fitch não conseguia enxergar a maldita tela através da câmera escondida, porque o pé grande do McAdoo ou algum outro desastrado havia chutado a maleta para debaixo da mesa. Mas Fitch ouviu cada palavra que Easter disse e, se fechasse os olhos, podia ver precisamente o que estava acontecendo no tribunal. Uma forte dor de cabeça começou na base de seu crânio. Pegou uma aspirina e a engoliu com água mineral. Adoraria fazer uma simples pergunta a Easter: "Para alguém tão preocupado com a segurança a ponto de instalar uma câmera escondida, por que você não instalou um sistema de alarme na sua porta?" Mas essa pergunta não ocorreu a ninguém além dele mesmo.

– Também confirmo que o homem que aparece nas imagens esteve neste tribunal na quarta-feira passada – disse Sua Excelência.

Mas o sujeito já estava longe havia muito tempo. Doyle estava a salvo em Chicago quando o tribunal o viu entrar no apartamento e fuçá-lo como se jamais pudesse ser pego.

– Pode voltar à sala do júri, Sr. Easter – completou Sua Excelência.

UMA HORA SE PASSOU enquanto os advogados apresentavam seus argumentos, bastante fracos e improvisados, a favor e contra o confinamento. Assim que as coisas esquentaram, as alegações de irregularidade começaram a voar para todos os lados, sendo a maior parte delas dirigida à defesa. Ambos os lados sabiam de coisas que não tinham como provar e que, portanto, não podiam dizer, de modo que as acusações eram um tanto vagas.

Os jurados ouviram um relatório completo de Nicholas, uma narrativa embelezada de tudo o que tinha acontecido tanto no tribunal quanto nas imagens de vídeo. Na pressa, o juiz Harkin não havia proibido Nicholas de comentar o assunto com os colegas. Foi um esquecimento que Nicholas percebeu de imediato, e ele mal pôde esperar para estruturar a história da forma que melhor lhe conviesse. Ele também tomou a liberdade de explicar a súbita partida de Stella, que tinha ido embora aos prantos.

Fitch escapou por pouco de dois pequenos infartos enquanto marchava pelo escritório, esfregando o pescoço e as têmporas, alisando o cavanhaque e exigindo respostas impossíveis de Konrad, Swanson e Pang. Além desses três, havia a jovem Holly, Joe Boy – um detetive particular absurdamente discreto da região –, Dante – um ex-policial negro de Washington – e Dubaz, outro garoto da Costa do Golfo com um extenso currículo. E havia quatro pessoas no escritório de Konrad, outra dezena a três horas de distância que ele poderia mandar que fosse até Biloxi e um monte de advogados e de consultores de júri. Fitch contava com muitas pessoas à sua disposição, e elas custavam muito dinheiro, mas ele, com certeza, não tinha mandado ninguém a Miami no fim de semana para vigiar Stella e Cal fazendo compras.

Um cubano? Com uma câmera? Fitch arremessou uma lista telefônica contra a parede enquanto repetia essas palavras.

– E se foi a garota? – perguntou Pang, levantando a cabeça lentamente depois de ter que se abaixar para desviar da lista telefônica.

– Que garota?

– A Marlee. A Sra. Hulic disse que o telefonema veio de uma garota.

A compostura de Pang era um nítido contraste com a explosão de seu chefe.

Fitch congelou a meio passo, então se sentou por um instante em sua cadeira. Tomou outra aspirina com mais um pouco de água mineral e, por fim, disse:

– Acho que você tem razão.

E tinha mesmo. O cubano era um "consultor de segurança" barato que Marlee tinha encontrado nas Páginas Amarelas. Ela havia pagado 200 dólares para que ele parecesse suspeito e para que fosse flagrado com uma câmera quando os Hulic estivessem saindo do hotel.

OS ONZE JURADOS e os três suplentes foram chamados de volta à sala de audiências. A cadeira vazia de Stella na primeira fileira foi ocupada por Phillip Savelle, um desajustado de 48 anos que nenhum dos lados tinha conseguido decifrar. Ele tinha descrito a si mesmo como um arborista autônomo, mas nenhum registro dessa profissão foi encontrado na Costa do Golfo nos cinco anos anteriores. Também era um soprador de vidro de vanguarda, cujo forte eram criações de cores vivas e disformes, às quais dava nomes aquáticos e marinhos obscuros e que, ocasionalmente, fazia exposições em galerias minúsculas e malcuidadas de Greenwich Village. Ele se gabava de ser marinheiro experiente e, de fato, uma vez construiu seu próprio veleiro, no qual viajou até Honduras, onde afundou em águas calmas. Às vezes se apresentava como arqueólogo e, depois que o barco afundou, passou onze meses em uma prisão hondurenha por escavações ilegais.

Era solteiro, agnóstico, formado pelo Grinnell College, não fumante. Savelle assustava todos os advogados na sala.

O juiz Harkin pediu desculpa pelo que estava prestes a fazer. O confinamento de um júri era um evento raro e radical, tornado necessário por circunstâncias extraordinárias e quase sempre aplicado em casos sensacionalistas de assassinato. Mas ele não tinha alternativa. Havia ocorrido um contato não autorizado. Não havia motivo para ele acreditar que pararia por ali, independentemente de suas advertências. Ele não gostava nem um pouco daquilo e lamentava bastante as dificuldades que isso provocaria, mas seu dever naquele momento era garantir um julgamento justo. Explicou que, meses antes, havia desenvolvido um plano de contingência para aquele exato momento. O condado havia reservado um conjunto de quartos em um hotel de beira de estrada próximo sem nome. A segurança seria reforçada. Ele tinha uma lista de regras que repassaria com todos. O julgamento estava agora entrando em sua segunda semana completa de depoimentos, e ele pressionaria os advogados para que terminassem o mais rápido possível.

Os catorze jurados deveriam sair, ir para casa, fazer as malas, deixar tudo em ordem e se apresentar ao tribunal na manhã seguinte, preparados para passar as próximas duas semanas em isolamento.

Não houve nenhuma reação imediata do júri; estavam todos muito atordoados. Apenas Nicholas Easter achou graça naquilo.

14

Por causa do apreço de Jerry por cerveja, jogos de azar, futebol e badernas em geral, Nicholas sugeriu que eles fossem a um cassino na noite de segunda-feira, para aproveitar suas últimas horas de liberdade. Jerry achou a ideia maravilhosa. Quando os dois deixaram o tribunal, cogitaram a hipótese de convidar alguns de seus colegas. Parecia uma boa ideia, mas não deu certo. Herman estava fora de questão. Lonnie Shaver saiu apressado, meio perturbado, sem falar com ninguém. Savelle era novo e desconhecido, e aparentemente o tipo de cara do qual era melhor manter distância. Tinha sobrado apenas Herrera, o Coronel Nap, mas eles simplesmente não queriam sua companhia. Estavam prestes a passar duas semanas trancados com ele.

Jerry convidou Sylvia Taylor-Tatum, a Poodle. Os dois estavam se tornando mais ou menos amigos. Ela era divorciada pela segunda vez, e Jerry estava prestes a se divorciar pela primeira. Como ele conhecia todos os cassinos ao longo da Costa, sugeriu que se encontrassem em um novo, chamado The Diplomat. Tinha um bar com uma televisão enorme que passava esportes, bebida barata, um pouco de privacidade e garçonetes de pernas compridas e roupas curtas.

Quando Nicholas chegou, às oito, Poodle já estava lá, guardando uma mesa no bar lotado, tomando um chope e com um sorriso simpático, algo que ela nunca fazia dentro do tribunal. Seu cabelo encaracolado esvoaçante estava puxado para trás. Ela usava uma calça jeans apertada e desbotada, um suéter grandalhão e botas de caubói vermelhas. Ainda que não fosse propriamente bonita, ela ficava muito melhor em um bar do que na bancada do júri.

Sylvia tinha os olhos escuros, tristes e mundanos de uma mulher maltratada pela vida, e Nicholas estava determinado a cavar o mais rápido e fundo possível antes que Fernandez chegasse. Ele pediu mais uma rodada e pulou a parte do papo furado.

– Você é casada? – perguntou, sabendo que não era.

Ela tinha 19 anos quando se casou pela primeira vez, teve gêmeos, hoje com 20 anos. Um trabalhava embarcado, em uma plataforma de petróleo, o outro estava no terceiro ano da faculdade. Bastante diferentes. O Marido Um foi embora depois de cinco anos, e ela mesma criou os meninos.

– E você? – perguntou ela.

– Não. Tecnicamente ainda sou estudante, mas estou trabalhando agora.

O Marido Dois era um homem mais velho e, felizmente, não tinham tido filhos. O casamento durou sete anos, quando ele então a trocou por uma mulher mais nova. Ela jurou nunca mais se casar. A partida do Bears contra o Packers teve início, e Sylvia assistia ao jogo com interesse. Ela adorava futebol americano, porque seus filhos tinham estado entre os melhores jogadores no ensino médio.

Jerry chegou apressado, lançando olhares cautelosos para trás antes de se desculpar pelo atraso. Engoliu a primeira cerveja em questão de segundos e explicou que achava que estava sendo seguido. Poodle zombou disso e disse que agora todos os membros do júri estavam desconfiados, certos de que havia espiões atrás deles.

– Não é nada do júri – disse Jerry. – Acho que é a minha esposa.

– Sua esposa? – perguntou Nicholas.

– É. Acho que ela botou algum detetive particular na minha cola.

– Você deve estar ansioso pelo confinamento – disse Nicholas.

– Ah, e como – disse Jerry, dando uma piscadinha para Poodle.

Ele tinha apostado 500 dólares no Packers, *spread* de seis pontos, mas a aposta era apenas no placar da primeira metade. Ele faria outra no intervalo. Qualquer jogo profissional ou universitário oferecia uma variedade incrível de apostas, explicou ele aos dois novatos sentados ali, das quais praticamente nenhuma tinha a ver com o vencedor. Jerry às vezes apostava em quem faria o primeiro *fumble*, quem faria o primeiro *field goal*, quem faria mais interceptações. Ele assistiu ao jogo com o nervosismo de um homem que tinha apostado um dinheiro que não podia se dar ao luxo de perder. Tomou quatro chopes só no primeiro quarto. Nicholas e Sylvia ficaram rapidamente para trás.

Nos intervalos da conversa incessante de Jerry sobre futebol e a arte de apostar com sucesso, Nicholas fez algumas incursões desajeitadas no tema do julgamento, sem êxito. O confinamento era um assunto delicado e, como ainda não tinha começado, pouco havia a ser dito. Tinha sido bastante sofrido assistir ao depoimento aquele dia, e a ideia de repassar as opiniões do Dr. Kilvan durante o momento de lazer parecia cruel. Tampouco havia interesse na perspectiva mais ampla. Sylvia, em particular, se sentia indisposta diante de uma simples pergunta sobre o conceito geral de responsabilidade.

A SRA. GRIMES havia sido retirada da sala de audiências e estava no átrio quando o juiz Harkin anunciou as regras para o confinamento. Enquanto ela levava Herman para casa, ele explicou que passaria as duas semanas seguintes em um quarto de hotel, em território estranho, sem ela por perto. Pouco depois de chegarem à casa deles, ela ligou para o juiz Harkin e encheu os ouvidos dele com suas impressões sobre aqueles últimos acontecimentos. Seu marido era cego, ela o lembrou mais de uma vez, e ele precisava de assistência especial. Herman estava sentado no sofá, tomando sua única cerveja do dia, e espumando de raiva com a intromissão da esposa.

O juiz Harkin rapidamente encontrou um meio-termo. Ele permitiria que a Sra. Grimes ficasse com Herman em seu quarto no hotel. Eles poderiam tomar café da manhã e jantar juntos, e ela poderia cuidar dele, mas tinha que evitar contato com os outros jurados. Além disso, ela não podia mais assistir ao julgamento, porque era imperativo que ela não falasse sobre ele com Herman. Isso não caiu bem para a Sra. Grimes, uma das poucas pessoas que tinham ouvido cada palavra do caso até o momento. E, embora ela não tivesse revelado nada a Sua Excelência nem a Herman, já havia desenvolvido algumas convicções bastante fortes sobre o caso. O juiz foi firme. Herman ficou furioso. Mas a Sra. Grimes venceu, e foi para o quarto para começar a fazer as malas.

LONNIE SHAVER FEZ o trabalho de uma semana inteira em seu escritório na noite de segunda-feira. Após inúmeras tentativas, encontrou George Teaker em casa em Charlotte e explicou-lhe que o júri estava prestes a entrar em confinamento. Estava combinado que se encontraria com Taunton naquela semana e ele tinha receio de ficar inacessível. Explicou que o juiz estava proibindo que qualquer telefonema fosse feito ou recebido no quarto, e que seria impossível eles se falarem novamente até o fim do julgamento. Teaker foi solidário e, à medida que a conversa avançava, expressou seu pessimismo sobre o desfecho do caso.

– Nosso pessoal em Nova York acha que um veredito adverso pode provocar um efeito cascata no setor do varejo, principalmente nos nossos negócios. Sabe-se lá pra quanto vão subir os seguros.

– Farei o que for possível – prometeu Lonnie.

– Imagino que o júri não esteja cogitando pra valer uma grande indenização, não é?

– É difícil saber por enquanto. Estamos na metade do caso da reclamante, é muito cedo ainda.

– Você tem que proteger a gente, Lonnie. Sei que isso coloca uma responsabilidade nas suas costas, mas, caramba, é você que está lá dentro, entende o que quero dizer?

– Sim, entendo. Vou fazer o possível.

– Contamos com você. Aguenta firme.

O CONFRONTO COM FITCH foi breve e não deu em nada. Durwood Cable esperou até quase nove da noite de segunda-feira, quando os escritórios ainda estavam atolados com os preparativos do julgamento e um jantar tardio estava sendo concluído na sala de reuniões. Cable pediu a Fitch para ir até o seu escritório. Ele assentiu, embora quisesse sair dali e voltar à loja de bugigangas.

– Eu queria falar sobre uma coisa – disse Durr severamente, de pé ao lado da mesa.

– Sobre o quê? – disparou Fitch, optando também por ficar de pé com as mãos na cintura.

Ele sabia exatamente o que Cable tinha em mente.

– Passamos por um constrangimento no tribunal hoje à tarde.

– Você não ficou constrangido. Até onde eu lembro, o júri não estava presente. Então, o que quer que tenha acontecido não vai ter consequência nenhuma para o veredito.

– Você foi pego, e nós que passamos pelo constrangimento.

– Eu não fui pego.

– Então como você chama aquilo?

– Eu chamo aquilo de mentira. Não mandamos ninguém seguir Stella Hulic. Por que faríamos isso?

– Então quem ligou pra ela?

– Não sei, mas certamente não foi nenhum dos nossos. Mais alguma pergunta?

– Sim, quem era o cara no apartamento?

– Não era nenhum dos meus homens. Não consegui ver o vídeo, você sabe. Então não vi o rosto dele, mas temos motivos pra acreditar que era um capanga contratado por Rohr e pelos rapazes dele.

– Você tem como provar isso?

– Eu não tenho que provar porra nenhuma. E não tenho que responder mais nenhuma pergunta. Seu trabalho é lidar com o processo, deixe que com a segurança me preocupo eu.

– Não me faça passar vergonha, Fitch.

– Não me faça você passar vergonha perdendo esse julgamento.

– Eu raramente perco.

Fitch deu as costas e se encaminhou para a porta.

– Eu sei. E você está fazendo um bom trabalho, Cable. Só precisa de um empurrãozinho do lado de fora.

NICHOLAS FOI O PRIMEIRO A CHEGAR, com duas bolsas de ginástica cheias de roupas e itens de toalete. Lou Dell, Willis e outro oficial, novo, estavam esperando no corredor de acesso à sala do júri para recolher as malas e guardá-las por um tempo em uma sala de testemunhas vazia. Eram 8h20, terça-feira.

– Como as malas vão daqui até o hotel? – perguntou Nicholas, ainda segurando as suas e bastante desconfiado.

– Vamos levá-las em algum momento ao longo do dia – disse Willis. – Mas temos que inspecioná-las primeiro.

– De jeito nenhum.

– Como?

– Ninguém vai inspecionar essas bolsas – determinou Nicholas e entrou na sala do júri vazia.

– Ordens do juiz – disse Lou Dell, indo atrás dele.

– Não me importa o que o juiz ordenou. Ninguém vai inspecionar minhas bolsas. – Ele as colocou em um canto, foi até a cafeteira e disse para Willis e Lou Dell, que estavam na porta: – Saiam, por favor. Aqui é a sala do júri.

Eles saíram a passos curtos, sem se virar, e Lou Dell fechou a porta. Levou um minuto até que fossem ouvidas vozes no corredor. Nicholas abriu a porta e viu Millie Dupree, a testa ensopada de suor, confrontando Lou Dell e Willis com duas enormes malas Samsonite.

– Eles acham que vão inspecionar nossas malas, mas não vão, não – explicou Nicholas. – Vamos colocá-las aqui.

Ele pegou a que estava mais perto e, com grande esforço, levantou-a e arrastou-a para o mesmo canto da sala em que estavam as suas.

– Ordens do juiz – murmurou Lou Dell.

– Nós não somos terroristas – retrucou Nicholas, arfando. – O que ele acha que a gente vai fazer, contrabandear armas, drogas ou coisa do gênero?

Millie pegou uma rosca e expressou sua gratidão a Nicholas por proteger sua privacidade. Havia coisas lá que, bem, ela simplesmente não gostaria que homens como Willis ou qualquer outra pessoa tocassem ou sentissem.

– Saiam – gritou Nicholas, apontando para Lou Dell e Willis, que novamente recuaram para o corredor.

Às 8h45, os doze jurados estavam presentes, e a sala estava abarrotada com as malas que Nicholas tinha resgatado e acondicionado. Ele protestou, esbravejou, foi ficando mais irritado a cada nova carga e fez um ótimo trabalho em transformar o júri em um bando enfurecido e pronto para a briga. Às nove, Lou Dell bateu à porta, depois girou a maçaneta para entrar.

A porta estava trancada por dentro. Ela bateu de novo.

Na sala do júri, ninguém se mexeu a não ser Nicholas. Ele foi até a porta e perguntou:

– Quem é?

– Lou Dell. É hora de ir. O juiz está aguardando vocês.

– Manda o juiz ir pro inferno.

164

Lou Dell se virou para Willis, que estava com os olhos arregalados e a mão indo em direção ao seu revólver enferrujado. A dureza da resposta surpreendeu até mesmo alguns dos jurados mais exaltados, mas não houve nenhuma ruptura na união deles.

– O que foi que você disse? – perguntou Lou Dell.

Houve um clique alto, então a maçaneta girou. Nicholas saiu para o corredor e fechou a porta.

– Fala pro juiz que a gente não vai sair – respondeu ele, olhando para Lou Dell e sua franja grisalha.

– Vocês não podem fazer isso – disse Willis o mais agressivamente possível, o que não era nada agressivo, mas sim hesitante.

– Cala a boca, Willis.

A EXALTAÇÃO DAS QUESTÕES com o júri atraiu as pessoas de volta ao tribunal na manhã de terça-feira. Rapidamente se espalhou a notícia de que um jurado havia sido expulso, que o apartamento de um outro tinha sido invadido, e que o juiz estava irritado e dera ordens para que todos os jurados fossem confinados. Os boatos correram soltos, sendo o mais popular o de um espião dos fabricantes de cigarro sendo pego ao entrar no apartamento de um jurado e tendo um mandado de prisão emitido contra ele. A polícia e o FBI estavam à procura do sujeito por todo lado.

Os matutinos de Biloxi, Nova Orleans, Mobile e Jackson publicaram extensas matérias de primeira página ou do jornal ou do caderno de notícias locais.

Os frequentadores do tribunal voltaram em massa. A maior parte dos advogados da região subitamente tinha negócios urgentes a tratar por lá e ficou vagando pelas redondezas. Meia dúzia de repórteres de diferentes jornais ocupava a primeira fileira do lado da reclamante. Os rapazes de Wall Street, um grupo que vinha diminuindo à medida que seus integrantes descobriam os cassinos, a pesca em alto-mar e as longas noites em Nova Orleans, estavam de volta com força total.

E, assim, muita gente testemunhou Lou Dell abalada, entrando na ponta dos pés pela porta do júri, atravessando a frente da sala de audiências até a tribuna, na qual se esticou enquanto Harkin se inclinava, e eles confabularam. A cabeça de Harkin se inclinou para o lado, como se, a princípio, ele não estivesse entendendo, depois ele olhou inexpressivamente para a porta do júri, onde Willis estava parado de pé, num dar de ombros interminável.

Lou Dell terminou de entregar sua mensagem e voltou rapidamente para onde Willis estava à espera. O juiz Harkin estudou os rostos curiosos dos advogados, depois olhou para todos os espectadores presentes. Rabiscou algo que nem mesmo ele conseguiu ler. Ficou refletindo sobre o que fazer.

Seu júri estava em greve!

E o que seu manual de juiz dizia sobre isso, afinal de contas?

Ele se aproximou do microfone.

– Senhores, há um pequeno problema com o júri. Preciso ir falar com eles. Vou pedir ao Dr. Rohr e ao Dr. Cable que me ajudem. Todos os outros devem permanecer nos devidos lugares.

A porta estava trancada de novo. O juiz bateu educadamente, três batidas leves seguidas de um giro da maçaneta. Não abriu.

– Quem é? – perguntou uma voz masculina lá de dentro.

– É o juiz Harkin – respondeu ele em voz alta.

Nicholas estava parado junto à porta. Ele se virou e sorriu para os colegas. Millie Dupree e a Sra. Gladys Card estavam paradas em um canto, perto de um amontoado de malas, se remexendo ansiosas, com medo de serem presas ou do que quer que o juiz pudesse fazer a elas. Mas os outros jurados continuavam indignados.

Nicholas destrancou a porta e a abriu. Ele deu um sorriso simpático, como se não houvesse nada de errado, como se as greves fossem parte da rotina dos julgamentos.

– Entre – disse ele.

Harkin, de terno cinza, sem toga, entrou com Rohr e Cable a reboque.

– Qual é o problema aqui? – perguntou ele enquanto examinava a sala.

A maioria dos jurados estava sentada à mesa, com xícaras de café, pratos vazios e jornais espalhados por cima. Phillip Savelle estava sozinho em uma das janelas. Lonnie Shaver estava sentado em um canto, com um laptop no colo. Easter sem dúvida estava à frente das demandas e, provavelmente, era o responsável por instigá-las.

– Não achamos justo que os oficiais revistem nossas malas.

– E por que não?

– Me parece óbvio. São os nossos objetos pessoais. Não somos terroristas nem traficantes de drogas, e o senhor não é um fiscal da alfândega.

166

O tom de Easter era autoritário, e o fato de ele ter falado com tanta ousadia com um ilustre juiz deixou a maioria dos jurados bastante orgulhosos. Ele era um deles, era sem dúvida seu líder, independentemente do que Herman achasse, e havia lhes dito mais de uma vez que eram eles, os jurados, não o juiz, nem os advogados, nem as partes, as pessoas mais importantes naquele julgamento.

– É o procedimento em todos os casos de confinamento – disse Sua Excelência, dando um passo em direção a Easter, que era dez centímetros mais alto e não estava disposto a se acovardar.

– Mas não é preto no branco, é? Na verdade, aposto que é uma simples questão de interpretação do juiz-presidente. Não é verdade?

– Existem algumas boas razões para se fazer isso.

– Não basta. Não vamos sair, Excelência, até que o senhor prometa que nossas malas serão deixadas em paz.

Easter disse isso com a mandíbula trincada e meio que rosnando, e ficou evidente para o juiz e os advogados que ele estava falando sério. Ele também estava falando para o grupo. Ninguém tinha se mexido.

Harkin cometeu o erro de virar o pescoço e olhar para trás, em direção a Rohr, que mal podia esperar para dar seus palpites.

– Ah, Excelência, qual é o problema? – deixou escapar o advogado de acusação. – Essas pessoas não estão carregando explosivos.

– Já chega – disse Harkin, mas Rohr tinha conseguido marcar um pequeno ponto com o júri.

Cable, é claro, achava o mesmo e queria manifestar sua sincera confiança no que quer que os jurados tivessem colocado em suas malas, mas Harkin não lhe deu a oportunidade de falar.

– Muito bem – disse Sua Excelência. – As malas não serão revistadas. Mas, se chegar ao meu conhecimento que algum jurado está de posse de qualquer item proibido pela lista que distribuí ontem, esse jurado estará desrespeitando o tribunal e estará sujeito à prisão. Estamos entendidos?

Easter olhou ao redor da sala, avaliou cada um de seus colegas jurados, a maioria dos quais parecia aliviada, e alguns até mesmo assentiram com a cabeça.

– Está bem, Excelência – disse ele.

– Bom. Agora, podemos continuar com o julgamento?

– Bem, tem outro problema.

– E qual é?

Nicholas pegou uma folha de papel na mesa, leu alguma coisa e disse:

– De acordo com suas regras aqui, temos direito a uma visita conjugal por semana. Achamos que deveríamos ter mais.

– Quantas?

– O máximo possível.

Aquilo era novidade para a maioria dos jurados. Tinha havido algumas reclamações por parte dos homens, Easter, Fernandez e Lonnie Shaver em particular, sobre o número de visitas conjugais, mas as mulheres não haviam dito nada. Em particular, a Sra. Gladys Card e Millie Dupree ficaram completamente envergonhadas com o fato de Sua Excelência achar que elas estavam insistindo em fazer sexo o máximo possível. O Sr. Card tinha tido problemas de próstata anos antes, e, bem, a Sra. Gladys Card estava pensando em expor isso para limpar seu bom nome, quando Herman Grimes disse:

– Duas me bastam.

Foi impossível evitar a imagem do velho Herm tateando debaixo das cobertas com a Sra. Grimes, e isso provocou risos que quebraram a tensão.

– Não acho que precise de uma enquete – disse o juiz Harkin. – Podemos fechar em duas? Estamos falando apenas de algumas semanas, pessoal.

– Duas, com a possibilidade de uma terceira – contrapôs Nicholas.

– Tudo bem. Estão todos de acordo?

Sua Excelência olhou ao redor da sala. Loreen Duke estava rindo sozinha na mesa. A Sra. Gladys Card e Millie estavam tentando com todas as forças ficar invisíveis e, em circunstância alguma, olhariam nos olhos do juiz.

– Sim, tudo bem – disse Jerry Fernandez, de olhos vermelhos e ressacados.

Se Jerry passasse um dia sem sexo, ficava com dores de cabeça, mas sabia de duas coisas: sua esposa estava encantada por tê-lo fora de casa pelas próximas duas semanas, e ele e Poodle arquitetariam um acordo.

– Eu me oponho à redação disso – disse Phillip Savelle da janela, suas primeiras palavras do julgamento. Ele estava segurando o papel com as regras. – A definição das pessoas elegíveis para as visitas conjugais deixa a desejar.

Em linguagem clara, a seção controversa dizia: "Durante cada visita conjugal, cada jurado pode passar duas horas, sozinho e em seu quarto, com seu cônjuge, namorada ou namorado."

O juiz Harkin, juntamente com os dois advogados atrás dele e todos os jurados na sala, ouviram atentamente aquelas palavras e ficaram se perguntando que diabos aquele esquisito tinha em mente. Mas Harkin não estava a fim de descobrir.

– Eu lhes asseguro, Sr. Savelle e membros do júri, que não pretendo restringir nenhum de vocês de forma alguma em relação às visitas conjugais. Sinceramente, não me importa o que vocês fazem, nem com quem vocês fazem.

Isso pareceu satisfazer Savelle da mesma maneira que constrangeu a Sra. Gladys Card.

– Então, mais alguma coisa?

– Isso é tudo, Excelência, e obrigado – disse Herman em voz alta, reafirmando-se como líder.

– Obrigado – disse Nicholas.

SCOTTY MANGRUM ANUNCIOU ao tribunal, assim que o júri estava acomodado e satisfeito, que ele havia terminado com o Dr. Kilvan. Durr Cable deu início a um interrogatório tão delicado que o fez parecer completamente intimidado pelo grande especialista. Eles concordaram com algumas estatísticas que eram, sem dúvida, irrelevantes. O Dr. Kilvan afirmou que, por meio de sua infinidade de números, acreditava que cerca de dez por cento dos fumantes desenvolviam de fato câncer de pulmão.

Cable reforçou aquele ponto, algo que ele vinha fazendo desde o princípio e que faria até o fim.

– Então, Dr. Kilvan, se fumar causa câncer de pulmão, então por que tão poucos fumantes têm câncer de pulmão?

– Fumar aumenta muito o risco de desenvolver câncer de pulmão.

– Mas não provoca câncer em todos os casos, não é?

– Não. Nem todos os fumantes têm câncer de pulmão.

– Obrigado.

– Mas, para quem fuma, o risco de câncer de pulmão é muito maior.

Cable tinha pegado ritmo e deu início ao ataque. Perguntou ao Dr. Kilvan se ele estava familiarizado com um estudo de vinte anos atrás da Universidade de Chicago, no qual os pesquisadores encontraram uma incidência maior de câncer de pulmão em fumantes que viviam em áreas metropolitanas do que em fumantes que viviam em áreas rurais. Kilvan estava bastante familiarizado com o estudo, embora não tivesse nada a ver com ele.

– O senhor pode explicar isso? – perguntou Cable.

– Não.

– Pode arriscar um palpite?

– Posso. O estudo gerou controvérsias quando foi lançado porque indicava que outros fatores além da fumaça do cigarro podem provocar câncer de pulmão.

– Como a poluição?

– Sim.

– O senhor acredita nisso?

– É possível.

– Então o senhor admite que a poluição do ar provoca câncer de pulmão.

– Ela pode provocar. Mas defendo a minha pesquisa. Fumantes em áreas rurais têm câncer de pulmão com mais frequência do que não fumantes em áreas rurais, e fumantes em áreas urbanas têm câncer com mais frequência do que não fumantes em áreas urbanas.

Cable pegou outro grosso relatório e fez um teatro enquanto o folheava. Ele perguntou ao Dr. Kilvan se ele estava familiarizado com um estudo de 1989 da Universidade de Estocolmo no qual pesquisadores determinaram que havia uma ligação entre hereditariedade, tabagismo e câncer de pulmão.

– Li esse estudo – disse o Dr. Kilvan.

– O senhor tem uma opinião sobre ele?

– Não. Hereditariedade não é minha especialidade.

– Então o senhor não pode dizer nem afirmar nem negar que a hereditariedade esteja relacionada ao tabagismo e ao câncer de pulmão.

– Não posso.

– Mas o senhor não contesta esse estudo, não é?

– Não tenho uma opinião sobre o estudo.

– O senhor conhece os especialistas que conduziram a pesquisa?

– Não.

– Então o senhor não tem como nos dizer se eles são qualificados ou não?

– Não. Tenho certeza de que o senhor conversou com eles.

Cable foi até a mesa, pegou outro relatório e voltou para o púlpito.

APÓS DUAS SEMANAS de rigoroso escrutínio, mas pouco movimento, as ações da Pynex subitamente tiveram um motivo para se mexer. Além do inesperado juramento à bandeira, um fenômeno que desconcertou tanto o tribunal que ninguém conseguiu decifrar seu significado, o julgamento não tinha produzido praticamente nenhum drama até o final da tarde de segunda-feira, quando o júri sofreu um abalo. Um dos muitos advogados de defesa deixou escapar para um dos muitos analistas financeiros que Stella Hulic era vista, de modo geral, como uma jurada simpática à defesa. Isso foi sendo repetido diversas vezes, e a cada uma delas a importância de Stella para a indústria tabagista atingia um novo patamar. Quando as ligações para Nova York foram feitas, a defesa havia perdido a joia da coroa: Stella Hulic, que estava em casa, no sofá, em um coma induzido por martínis.

Somada ao boato, havia a deliciosa história sobre a invasão ao apartamento do jurado Easter. Era fácil presumir que o intruso tinha sido pago pela indústria tabagista, e, como eles tinham sido descobertos, ou pelo menos eram altamente suspeitos, as coisas pareciam estar indo mal para a defesa. Eles haviam perdido um jurado. Sido pegos trapaceando. Tudo estava desmoronando.

A Pynex abriu na terça-feira de manhã em 79,50 e, rapidamente, caiu para 78 em negociações que foram se tornando mais pesadas à medida que a manhã avançava e os boatos se multiplicavam. Estava em 76,25 no meio da manhã, quando chegou um novo relatório vindo de Biloxi. Um analista que estava *de fato na sala de audiências* ligou para seu escritório com a notícia de que os jurados haviam se recusado a se apresentar naquela manhã, que haviam efetivamente entrado em greve, porque estavam de saco cheio do depoimento enfadonho oferecido pelos especialistas da reclamante.

Em questão de segundos, o relatório foi repetido uma centena de vezes, e se tornou uma verdade incontestável que o júri estava se revoltando contra a reclamante. O preço saltou para 77, passou de 78, atingiu 79 e estava perto dos 80 na hora do almoço.

15

Das seis mulheres restantes no júri, a que Fitch mais queria converter era Rikki Coleman, de 30 anos, a saudável e bela mãe de duas crianças. Ela ganhava 21 mil dólares por ano como administradora de prontuários em um hospital da região. Seu marido ganhava 36 mil dólares como piloto particular. Eles moravam em um belo bairro exclusivamente residencial, com um gramado bem cuidado e uma hipoteca de 90 mil dólares, e ambos dirigiam carros japoneses, os dois quitados. O casal economizava frugalmente e investia de forma conservadora: 8 mil dólares no ano anterior, em fundos. Eles eram bastante ativos em uma igreja do bairro: ela dava aula para crianças pequenas na Escola Dominical e ele cantava no coral.

Aparentemente, os Coleman não tinham maus hábitos. Nenhum dos dois fumava e não havia evidências de que bebessem. Ele gostava de correr e jogar tênis, ela passava uma hora por dia em uma academia. Em razão de sua vida saudável e de sua experiência na área hospitalar, Fitch a temia como jurada.

Os históricos médicos obtidos com seu obstetra não revelaram nada de notável. Duas gestações, com partos e recuperações perfeitos. Os check-ups anuais estavam em dia. Uma mamografia de dois anos atrás não tinha mostrado nada de anormal. Ela tinha 1,65 metro e pesava 52 quilos.

Fitch tinha os históricos médicos de sete dos doze jurados. O de Easter não havia sido encontrado, por razões óbvias. Herman Grimes era cego e não tinha nada a esconder. Savelle era novo, e Fitch estava fuçando. Lonnie Shaver não ia ao médico havia, pelo menos, vinte anos. O médico de Sylvia Taylor-Tatum tinha morrido meses antes em um acidente de barco, e seu sucessor era um novato que não sabia como o "jogo era jogado".

O jogo era duro e sério, e Fitch havia escrito a maior parte das regras. A cada ano, o Fundo contribuía com 1 milhão de dólares para uma organização conhecida como Aliança pela Reforma Judicial, uma presença barulhenta em Washington, financiada principalmente por companhias de seguros, associações médicas e grupos industriais. E fabricantes de cigarro. As Quatro Grandes tinham reportado contribuições anuais de 100 mil cada, com Fitch e o Fundo deslizando outro milhão por debaixo do pano. O objetivo da ARJ era fazer lobby por leis para restringir o valor dos prêmios em ações de danos. Mais especificamente, para extinguir a dor de cabeça que eram os danos punitivos.

Luther Vandemeer, CEO da Trellco, era membro ativo do conselho da ARJ, e, com Fitch dando as ordens discretamente, Vandemeer muitas vezes atropelava os membros da organização. Fitch não era visto, mas conseguia o que queria. Por meio de Vandemeer e da ARJ, exerceu enorme pressão sobre as seguradoras, que, por sua vez, pressionaram vários médicos locais, que, por sua vez, vazaram históricos sensíveis e inteiramente confidenciais dos pacientes selecionados. Desse modo, quando Fitch quis que o Dr. Dow, de Biloxi, enviasse "acidentalmente" o histórico médico da Sra. Gladys Card para uma caixa postal anônima em Baltimore, ele disse a Vandemeer para recorrer a contatos da St. Louis Mutual, a seguradora do Dr. Dow para erros médicos. O Dr. Dow foi informado pela St. Louis Mutual que sua cobertura poderia ser cancelada caso ele não jogasse o jogo, e ele se mostrou bastante contente em colaborar.

Fitch tinha uma enorme coleção de históricos médicos, mas nada até agora que pudesse determinar o veredito. Sua sorte mudou no almoço de terça-feira.

Quando ainda era Rikki Weld, Rikki Coleman tinha frequentado um pequeno seminário em Montgomery, Alabama, em que era muito popular. As garotas mais bonitas costumavam namorar garotos da cidade de Auburn. À medida que a investigação de rotina sobre seu passado progredia, o investigador de Fitch em Montgomery deu o palpite de que Rikki provavelmente havia tido muitos namorados. Fitch buscou confirmar o palpite com sérias ameaças por meio da ARJ, e depois de duas semanas de sondagens infrutíferas eles finalmente encontraram a clínica certa.

Era um pequeno hospital feminino particular no centro de Montgomery, um dos três únicos locais onde eram realizados abortos na cidade naquela época. Durante o terceiro ano de estudos, uma semana depois de seu 20º aniversário, Rikki Weld tinha feito um aborto.

E Fitch estava de posse dos registros. Ele recebeu um telefonema avisando que os relatórios estavam a caminho e riu sozinho enquanto pegava as folhas no aparelho de fax. Sem nome do pai, mas tudo bem. Rikki conheceu Rhea, seu marido, um ano depois de concluir a faculdade. Na época do aborto, Rhea estava no último ano da Texas A&M, e era improvável que os dois já tivessem se conhecido.

Fitch estava disposto a apostar muito dinheiro que o aborto era um segredo obscuro, quase esquecido por Rikki, e sem dúvida jamais revelado ao marido.

O HOTEL ERA um Siesta Inn em Pass Christian, trinta minutos a oeste margeando a Costa. A viagem foi feita em ônibus fretado com Lou Dell e Willis na frente com o motorista, e os catorze jurados espalhados pelos assentos. Não havia ninguém sentado em dupla. Não havia conversa. Eles estavam cansados e desanimados, já isolados e confinados, embora ainda não tivessem visto seu novo lar temporário. Nas primeiras duas semanas do julgamento, o recesso às cinco era sinônimo de escape; eles saíam apressados e corriam de volta para a realidade, de volta para casa, para os filhos e refeições quentes, de volta para as tarefas do dia a dia e talvez para o trabalho. Recesso, agora, era sinônimo de passeio fretado a uma outra prisão, onde seriam vigiados, monitorados e protegidos das sombras malignas em algum lugar lá fora.

Apenas Nicholas Easter estava feliz com o confinamento, mas conseguiu aparentar estar tão desanimado quanto os demais.

O condado de Harrison havia alugado para eles todo o primeiro andar de uma ala, vinte quartos ao todo, embora fossem necessários apenas dezenove. Lou Dell e Willis tinham quartos separados junto à porta que dava para o prédio principal, onde ficavam a recepção e o restaurante. Um oficial jovem e grandalhão chamado Chuck tinha um quarto no outro extremo do corredor, para vigiar ostensivamente o portão que dava para o estacionamento.

Os quartos foram atribuídos pelo próprio juiz Harkin. As malas já haviam sido levadas e colocadas nos respectivos lugares, sem serem abertas, definitivamente não inspecionadas. As chaves foram distribuídas como balas por Lou Dell, cuja autoestima crescia a cada minuto. As camas, de casal em todos os quartos, foram afastadas e inspecionadas. As TVs foram ligadas, mas sem sucesso. Nada de programas, nada de notícias durante o confinamento. Apenas filmes do canal do hotel. Banheiros foram examinados, torneiras verificadas, descargas testadas. Duas semanas ali pareceriam um ano.

O ônibus, claro, foi seguido pelos rapazes de Fitch. O veículo saiu do tribunal com escolta de policiais na frente e atrás em motocicletas. Foi fácil rastrear os policiais. Dois detetives que trabalhavam para Rohr também o seguiram. Ninguém esperava que a localização do hotel permanecesse em segredo.

Nicholas tinha Savelle de um lado e o Coronel Herrera do outro. Os quartos dos homens ficavam lado a lado; as mulheres estavam na parede oposta do corredor, como se a segregação fosse necessária para evitar brincadeiras não autorizadas. Cinco minutos depois de entrar no quarto, as paredes já pareciam ter começado a encolher, e dez minutos depois Willis bateu à porta e perguntou se estava tudo bem.

– Tudo maravilhoso – disse Nicholas sem abrir a porta.

Os telefones haviam sido removidos, assim como os minibares. Um quarto no final do corredor tinha sido desprovido de camas e mobiliado com duas mesas redondas, telefones, cadeiras confortáveis, uma TV de tela grande e um bar repleto de todas as bebidas não alcoólicas possíveis. Alguém o apelidou de Salão de Festas, e o nome pegou. Todo telefonema tinha que ser aprovado por um dos responsáveis, e não era permitido receber nenhuma chamada. Emergências seriam resolvidas pela recepção. No Quarto 40, bem em frente ao Salão de Festas, as camas também haviam sido retiradas e uma mesa de jantar improvisada tinha sido montada.

Nenhum jurado podia deixar a ala sem a aprovação prévia do juiz Harkin ou a aprovação imediata de Lou Dell ou de um dos oficiais. Não havia toque de recolher, porque não havia nenhum lugar para onde ir, mas o Salão de Festas fechava às dez.

O jantar era das seis às sete, o café da manhã, das seis às oito e meia, e eles não deveriam comer todos ao mesmo tempo. Podiam ir e vir. Podiam fazer um prato e voltar a seus quartos. O juiz Harkin estava extremamente preocupado com a qualidade da comida e queria ser informado toda manhã caso houvesse reclamações.

O banquete servido na terça-feira foi frango frito ou pargo grelhado, com saladas e muitos vegetais. Eles ficaram espantados com seus próprios apetites. Para pessoas que não faziam nada o dia inteiro além de ficar sentadas e ouvindo, a maioria estava morta de fome quando a comida chegou, às seis. Nicholas preparou o primeiro prato e se sentou à ponta da mesa, onde entabulou conversa com todo mundo e insistiu que comessem em grupo. Ele estava vibrante e animado e agia como se o confinamento não passasse de uma aventura. Seu entusiasmo era ligeiramente contagiante.

Apenas Herman Grimes comeu no quarto. A Sra. Grimes preparou dois pratos e saiu apressada. O juiz Harkin tinha deixado rígidas orientações por escrito proibindo-a de comer com o júri. O mesmo valia para Lou Dell, Willis e Chuck. Assim, quando Lou Dell entrou na sala pensando no jantar e deu de cara com Nicholas no meio de uma história, a conversa parou de súbito. Ela jogou algumas vagens ao lado de um peito de frango e de um pãozinho e foi embora.

Eles eram um grupo agora, isolado e exilado, foram apartados da realidade e banidos a contragosto para um Siesta Inn. Não tinham ninguém além de si próprios. Easter estava determinado a mantê-los felizes. Seriam uma fraternidade, se não uma família. Ele agiria para evitar divisões e panelinhas.

Eles assistiram a dois filmes no Salão de Festas. Às dez, estavam todos dormindo.

– ESTOU PRONTO PRA minha visita conjugal – anunciou Jerry Fernandez durante o café da manhã, olhando vagamente para a Sra. Gladys Card, que corou.

– Sério? – disse ela, revirando os olhos.

Jerry sorriu para ela, como se ela pudesse ser o objeto de seu desejo. O café da manhã era um verdadeiro banquete, contendo de tudo, desde presunto frito a flocos de milho.

Nicholas chegou no meio da refeição dando um olá desanimado e com um semblante perturbado.

– Não entendo por que não podemos ter telefones – foram as primeiras palavras a sair de sua boca, e o clima agradável da manhã de repente azedou.

Ele se sentou em frente a Jerry, que leu sua expressão e embarcou imediatamente.

– Por que não podemos tomar uma cerveja gelada? – perguntou Jerry. – Tomo uma cerveja gelada toda noite quando estou em casa, às vezes duas. Quem tem o direito de ditar o que a gente pode beber aqui?

– O juiz Harkin – disse Millie Dupree, uma mulher que evitava o álcool.

– Que inferno.

– E a televisão? – perguntou Nicholas. – Por que não podemos ver televisão? Tenho visto televisão desde o início do julgamento e não me lembro de ver nenhuma empolgação.

Ele se virou, então, para Loreen Duke, uma mulher grande com um prato cheio de ovos mexidos, e perguntou:

– Você viu a programação ser interrompida alguma vez para dar as últimas notícias do julgamento?

– Não.

Ele olhou para Rikki Coleman, que estava sentada atrás de uma pequena tigela inofensiva de cereal.

– E que tal uma academia, um lugar para suar depois de oito horas no tribunal? Eles com certeza podiam ter encontrado um hotel com academia.

Rikki fez que sim com a cabeça, concordando plenamente.

Loreen deu uma garfada nos ovos e disse:

– O que eu não entendo é por que não podem confiar no nosso uso do telefone. Meus filhos podem precisar me ligar. Não é como se algum capanga fosse ligar pro meu quarto pra me ameaçar.

– Eu só queria uma cerveja gelada, ou duas – disse Jerry. – E talvez algumas visitas conjugais extras – acrescentou, olhando novamente para a Sra. Gladys Card.

Os resmungos ganharam impulso ao redor da mesa, e dez minutos depois da chegada de Easter os jurados estavam à beira da revolta. Incômodos aleatórios eram agora uma lista completa de abusos. Nem mesmo Herrera, o coronel aposentado que acampara até na selva, estava satisfeito com a seleção de bebidas oferecidas no Salão de Festas. Millie Dupree se opôs à ausência de jornais. Lonnie Shaver tinha negócios urgentes a tratar e, acima de tudo, se ressentia profundamente da noção de confinamento.

– Posso pensar por mim mesmo – disse ele. – Ninguém pode me influenciar. – No mínimo, ele precisava de ligações irrestritas.

Phillip Savelle praticava ioga na mata todo dia ao amanhecer, sozinho, apenas ele em comunhão com a natureza, e não havia nenhuma árvore em um raio de 200 metros do hotel. E o que dizer da igreja? A Sra. Card era uma batista devota que nunca perdia as reuniões de oração nas noites de quarta-feira, as visitas às terças, a reunião das missionárias às sextas e, claro, o sábado era repleto de encontros.

– É melhor acertarmos as coisas logo – disse Nicholas solenemente. – Vamos ficar aqui por duas semanas, talvez três. Temos que chamar a atenção do juiz Harkin.

O juiz Harkin tinha nove advogados amontoados em seu gabinete debatendo as questões diárias que tinham que ser mantidas longe do júri. Ele exigia que os advogados comparecessem todo dia às oito da manhã para as sessões de aquecimento e, muitas vezes, fazia-os ficar por mais uma ou duas horas depois que o júri era dispensado. Uma batida pesada à porta interrompeu um debate acalorado entre Rohr e Cable. Gloria Lane a abriu até tocar uma cadeira ocupada por Oliver McAdoo.

– Temos um problema com o júri – disse ela solenemente.

Harkin ficou de pé em um pulo.

– O quê?!

– Eles querem falar com o senhor. Isso é tudo o que eu sei.

Harkin olhou para o relógio.

– Onde eles estão?

– No hotel.

– Não podemos trazê-los até aqui?

– Não. Já tentamos. Eles não vão sair até falar com o senhor.

Harkin deixou os ombros caírem e sua boca ficou aberta.

– Isso está ficando ridículo – disse Wendall Rohr a ninguém em particular.

Os advogados ficaram olhando o juiz, que olhou distraído para a pilha de papéis em sua mesa e organizou seus pensamentos. Então, esfregou as mãos e deu a todos um largo sorriso falso.

– Vamos até lá.

KONRAD ATENDEU A PRIMEIRA LIGAÇÃO às 8h02. Ela não queria falar com Fitch, só queria deixar o recado de que o júri estava mais uma vez inquieto e não sairia até que Harkin se deslocasse até o Siesta Inn para acalmar os ânimos. Konrad correu até a sala de Fitch e repassou o recado.

Às 8h09, ela ligou novamente e passou a Konrad a informação de que Easter estaria vestindo uma camisa jeans escura sobre uma camiseta bege, com meias vermelhas e a habitual calça cáqui engomada. Meias vermelhas, ela repetiu.

Às 8h12, ela ligou pela terceira vez e pediu para falar com Fitch, que estava dando voltas em torno da mesa e alisando o cavanhaque. Ele agarrou o fone.

– Alô.

– Bom dia, Fitch – disse ela.

– Bom dia, Marlee.

– Você já esteve no St. Regis Hotel, em Nova Orleans?

– Não.

– Fica na Canal Street, no French Quarter. Tem um bar ao ar livre no topo. O nome é Terrace Grill. Pegue uma mesa com vista para o centro histórico. Esteja lá às sete da noite. Eu chego depois. Está combinado?

– Sim.

– E vá sozinho, Fitch. Eu vou ver você entrar no hotel, e, se levar algum amigo, o encontro está cancelado. Ok?

– Ok.

– E, se você tentar me seguir, eu nunca mais apareço.

– Você tem a minha palavra.

– Por que eu não confio na sua palavra, Fitch? – disse ela e desligou.

CABLE, ROHR E O JUIZ HARKIN foram recebidos na entrada por Lou Dell, que estava confusa e assustada, tagarelando sobre como aquilo nunca tinha acontecido com ela, que sempre mantinha seus júris sob controle. Dell os levou ao Salão de Festas, onde treze dos catorze jurados estavam enfurnados. Herman Grimes era o único dissidente. Ele se desentendeu com o grupo em relação às táticas deles e deixou Jerry Fernandez irritado a ponto de insultá-lo. Jerry frisou que Herman estava com a esposa, que não precisava nem de televisão, nem de jornal, que não bebia mais e que provavelmente não precisava de uma academia. Jerry se desculpou depois que Millie Dupree pediu que o fizesse.

Se Sua Excelência tinha algum rancor, ele não durou muito. Depois de alguns ois e bons-dias hesitantes, ele disse, começando mal:

– Estou um pouco incomodado com isso.

Ao que Nicholas Easter respondeu:

– Não estamos a fim de passar por nenhum abuso.

Rohr e Cable tinham sido expressamente proibidos de falar e ficaram parados perto da porta, assistindo com enorme prazer. Ambos sabiam que aquela era uma cena improvável de se repetir em suas carreiras.

Nicholas tinha feito uma lista com as queixas do júri por escrito. O juiz Harkin tirou o paletó, sentou-se e logo foi atacado por todas as direções. Ele estava lamentavelmente em menor número e quase indefeso.

Cerveja não era problema. Os jornais poderiam ser censurados pela recepção. Chamadas telefônicas irrestritas faziam todo o sentido. O mesmo para as televisões, mas apenas se prometessem não assistir ao noticiário local. A academia poderia ser um problema, mas ele ia analisar. Visitas à igreja poderiam ser organizadas.

Na verdade, tudo era flexível.

– O senhor pode explicar por que estamos aqui? – indagou Lonnie Shaver.

Ele tentou. Deu um pigarro e relutantemente tentou justificar suas razões para confiná-los. Divagou um pouco sobre um contato não autorizado, sobre o que havia acontecido até então com aquele júri e fez algumas referências vagas a eventos ocorridos em outros julgamentos da indústria tabagista.

A má conduta estava bem documentada, e ambos os lados haviam tido culpa no passado. Fitch deixara um enorme rastro no panorama dos processos contra os fabricantes de cigarro. Espiões de alguns dos advogados dos reclamantes cometeram irregularidades em outros casos. Mas o juiz Harkin não podia falar sobre aquilo na frente de seu júri. Ele tinha que ser cuidadoso e não podia prejudicar nenhum dos lados.

A reunião durou uma hora. Harkin pediu uma garantia de que não haveria mais greves no futuro, mas Easter não se comprometeu.

A PYNEX ABRIU dois pontos em queda com a notícia de uma segunda greve, que, segundo um analista que aguardava no tribunal, havia sido causada por uma reação negativa não muito bem definida dos jurados a certas táticas empregadas no dia anterior pela equipe de defesa. As táticas também não tinham sido bem definidas. Um segundo boato vindo de outro analista em Biloxi esclareceu um pouco as coisas ao sugerir que ninguém no tribunal sabia ao certo por que o júri estava em greve. A ação caiu meio ponto antes de se recuperar e começar a subir no pregão do início da manhã.

O ALCATRÃO NO CIGARRO provoca câncer, pelo menos em roedores de laboratório. O Dr. James Ueuker, de Palo Alto, tinha feito pesquisas em ratos e camundongos nos últimos quinze anos. Ele próprio tinha conduzido muitos estudos e analisado exaustivamente o trabalho de pesquisadores do mundo todo. Pelo menos seis grandes estudos, na opinião dele, vinculavam, de forma conclusiva, o tabagismo ao câncer de pulmão. Em profundos detalhes, explicou ao júri exatamente como ele e sua equipe tinham pegado condensados de fumaça de tabaco, geralmente chamados simplesmente de "alcatrões", e os esfregado diretamente na pele do que parecia ser um milhão de camundongos brancos. As fotos eram grandes e coloridas. Os ratos sortudos tinham recebido apenas um toque de alcatrão, os outros foram bastante pintados. Sem nenhuma surpresa, quanto mais alcatrão, mais rápido se desenvolveu um câncer de pele.

Um longo caminho separava os tumores superficiais em roedores do câncer de pulmão em humanos, e o Dr. Ueuker, sob a direção de Rohr, mal podia esperar para juntar os dois. A história da medicina era repleta de casos nos quais os resultados de laboratório tinham se mostrado aplicáveis aos seres humanos. As exceções eram raras. Embora camundongos e humanos vivam em ambientes muito diferentes, os resultados de alguns testes em animais são totalmente consistentes com os achados epidemiológicos em humanos.

Todos os consultores de júri à disposição estavam no tribunal durante o depoimento de Ueuker. Pequenos roedores nojentos eram uma coisa, mas coelhos e beagles podiam ser animais de estimação fofinhos. O estudo seguinte de Ueuker envolvia uma aplicação semelhante de alcatrão em coelhos, com praticamente os mesmos resultados. Seu último teste envolvia trinta beagles, os quais ele havia forçado a fumar por meio de tubos em suas traqueias. Os fumantes pesados chegaram a nove cigarros por dia, o equivalente a cerca de quarenta cigarros para um homem de 70 quilos. Nesses cães, danos pulmonares graves na forma de tumores invasivos foram detectados após 875 dias consecutivos de tabagismo. Ueuker tinha usado cães porque exibiam a mesma reação ao consumo de cigarros que os humanos. Ele não pretendia, no entanto, contar àquele júri sobre seus coelhos e seus beagles.

Mesmo um amador, sem formação, seria capaz de observar a expressão de Millie Dupree e dizer que ela sentia muito pelos ratos e que guardava rancor de Ueuker por tê-los matado. Sylvia Taylor-Tatum e Angel Weese também expressaram sinais evidentes de desagrado. A Sra. Gladys Card e Phillip Savelle deram evidências sutis de desaprovação. Os outros homens ficaram impassíveis.

Durante o almoço, Rohr e companhia tomaram a decisão de abrir mão do restante do depoimento de James Ueuker.

16

J umper, o oficial de serviço no tribunal que tinha pegado o bilhete de Marlee treze dias antes e o entregado a Fitch, foi abordado durante o almoço com uma oferta de 5 mil dólares em espécie para alegar estar com cólicas, diarreia ou qualquer mal-estar parecido e viajar à paisana com Pang para Nova Orleans, a fim de ter uma noite divertida, com comida e, talvez, uma garota de programa, caso Jumper estivesse a fim. Pang precisava apenas de algumas horas de um trabalho simples dele. Jumper precisava do dinheiro.

Eles deixaram Biloxi por volta de meio-dia e meia em uma van alugada. Quando chegaram a Nova Orleans, duas horas depois, Jumper tinha sido convencido a aposentar momentaneamente seu uniforme e a trabalhar para a Arlington West & Associados por um tempo. Pang lhe ofereceu 25 mil dólares por seis meses de trabalho, 9 mil a mais do que ele ganhava em um ano inteiro.

Fizeram check-in no St. Regis, dois quartos individuais, um de cada lado do de Fitch, que só tinha conseguido arrancar quatro aposentos do hotel. O quarto de Holly ficava no final do corredor. Dubaz, Joe Boy e Dante estavam a quatro quarteirões de distância, no Royal Sonesta. Jumper ficou de guarda no balcão do bar, no saguão, de onde tinha vista para a entrada do hotel.

A espera começou. Não houve sinal dela conforme a tarde se arrastou rumo à escuridão, e ninguém ficou surpreso. Jumper mudou de lugar por quatro vezes e, rapidamente, se cansou do trabalho de espionagem.

183

Fitch saiu do quarto alguns minutos antes das sete e pegou o elevador até o terraço. Sua mesa ficava em um canto, com uma bela vista do French Quarter. Holly e Dubaz estavam em uma mesa a três metros de distância, ambos bem-vestidos e aparentemente alheios a tudo o mais. Dante e uma acompanhante paga de minissaia preta estavam em outra mesa. Joe Boy tiraria as fotos.

Às sete e meia, ela surgiu do nada. Nem Jumper, nem Pang relataram tê-la visto passar pelo saguão de entrada. Simplesmente emergiu pelas portas de ferro e vidro do terraço e em um instante estava na mesa de Fitch. Mais tarde, ele imaginou que ela tinha feito o mesmo que eles: reservado um quarto no hotel com um nome falso e usado as escadas. Estava vestida de calça e blazer e era muito bonita: cabelo preto curto, olhos castanhos, queixo e bochechas marcantes, muito pouca maquiagem, mas era necessário pouca. Ele chutava que ela estivesse entre os 28 e os 32 anos. Ela se sentou rapidamente, tão rápido que Fitch não teve a chance de levantar para puxar a cadeira. Ficou bem em frente a ele, de costas para as outras mesas.

– É um prazer conhecê-la – disse ele delicadamente, olhando para as outras mesas para ver se alguém estava ouvindo.

– Sim, um verdadeiro prazer – respondeu ela, apoiando-se nos cotovelos.

O garçom apareceu com rápida eficiência e perguntou se ela queria algo para beber. Não, ela não queria. O garçom havia sido subornado com dinheiro vivo para separar cuidadosamente qualquer coisa que ela tocasse com os dedos: copos, pratos, talheres, cinzeiros, qualquer coisa. Ele não chegaria a ter oportunidade.

– Você está com fome? – perguntou Fitch, dando um gole em sua água mineral.

– Não. Estou com pressa.

– Por quê?

– Porque quanto mais tempo fico aqui, mais fotos seus capangas podem tirar.

– Eu vim sozinho.

– Claro que veio. Gostou das meias vermelhas?

Uma banda de jazz começou a tocar do outro lado do terraço, mas ela ignorou. Seus olhos não saíam dos olhos de Fitch.

Fitch virou a cabeça para trás e bufou. Ainda era difícil de acreditar que estava conversando com a amante de um de seus jurados. Ele tinha tido contatos indiretos com jurados antes, várias vezes, de diferentes formas, mas nunca um tão próximo.

E ela é que o tinha procurado!

– De onde ele é? – perguntou Fitch.

– Que diferença faz? Ele está aqui.

– Ele é seu marido?

– Não.

– Namorado?

– Você faz muitas perguntas.

– Você gera muitas perguntas, mocinha. E espera que eu expresse todas elas.

– Ele é um conhecido.

– Quando foi que ele adotou o nome Nicholas Easter?

– Que diferença faz? Esse é o nome legal dele. É um residente legal do Mississippi, um eleitor registrado. Pode mudar de nome uma vez por mês, se quiser.

Ela manteve as mãos dobradas sob o queixo. Ele sabia que ela não cometeria o erro de deixar impressões digitais.

– E você? – perguntou Fitch.

– Eu?

– Sim, você não está registrada para votar no Mississippi.

– Como você sabe?

– Porque a gente conferiu. Presumindo, é claro, que Marlee seja seu verdadeiro nome, e que eu tenha soletrado certo.

– Você está presumindo muita coisa.

– É o meu trabalho. Você é da Costa do Golfo?

– Não.

Joe Boy se agachou entre duas plantas de plástico apenas por tempo suficiente para tirar seis fotos de perfil do rosto dela. Um ângulo decente exigiria fazer equilibrismo sobre o parapeito de tijolos a dezoito andares de altura. Ele ficaria em meio ao verde e torceria por algo melhor quando ela estivesse indo embora.

Fitch sacudiu o gelo em seu copo.

– Então, por que estamos aqui? – perguntou ele.

– Um encontro leva a outro.

– E aonde todos os encontros nos levam?

– Ao veredito.

– Mediante uma taxa, é óbvio.

– Taxa tem um toque terrivelmente mesquinho. Você está gravando essa conversa?

Ela sabia perfeitamente que Fitch estava gravando cada ruído.

– Claro que não.

Por ela, Fitch podia passar o resto da vida ouvindo aquela gravação, se quisesse. Ele não ganharia nada compartilhando aquilo com alguém. Tinha muita coisa nas costas para recorrer à polícia ou ao juiz, e de todo modo isso não se encaixava em seu *modus operandi*. A ideia de chantageá-la ameaçando expô-la às autoridades nunca passou pela cabeça de Fitch, e ela também sabia disso.

Ele podia tirar todas as fotos que quisesse, e ele e seus capangas espalhados pelo hotel poderiam segui-la, vigiá-la e espioná-la. Ela faria o jogo deles por um tempo, ziguezagueando e fazendo valer o dinheiro que recebiam. Eles não iam achar nada.

– Não vamos falar de dinheiro agora, ok, Fitch?

– Vamos falar sobre o que você quiser. O palco é seu.

– Por que você invadiu o apartamento dele?

– Porque é isso que a gente faz.

– O que você acha do Herman Grimes? – perguntou ela.

– Por que você está me perguntando? Você sabe exatamente o que acontece na sala do júri.

– Quero ver quão inteligente você é. Quero saber se todo o dinheiro que você gasta com aqueles especialistas em júri e advogados está valendo a pena.

– Eu nunca perdi um caso, então meu dinheiro sempre é bem gasto.

– E o Herman, então?

Fitch pensou por um segundo e fez sinal pedindo outro copo d'água.

– Ele vai influenciar muito o veredito porque é um homem de opiniões fortes. No momento, está de cabeça aberta. Ele absorve cada palavra no tribunal e, provavelmente, sabe mais do que qualquer outro jurado, com exceção, é claro, do seu amigo. Estou certo?

– Está bem perto.

– É bom ouvir isso. Com que frequência você conversa com o seu amigo?

– De vez em quando. O Herman se opôs à greve hoje de manhã, você sabia?

– Não.

– Foi o único dos catorze.

– Por que eles entraram em greve?

– Condições. Telefone, TV, cerveja, sexo, igreja, os desejos de sempre da humanidade.

– Quem liderou a greve?

– O mesmo que está liderando desde o primeiro dia.

– Entendi.

– É por isso que estou aqui, Fitch. Se o meu amigo não estivesse no controle, eu não teria nada a oferecer.

– E o que você está oferecendo?

– Eu disse que a gente não vai falar sobre dinheiro agora.

O garçom colocou o novo copo diante de Fitch e, novamente, perguntou a Marlee se ela queria beber alguma coisa.

– Sim, uma coca diet em um copo de plástico, por favor.

– Nós, é, bem, nós não temos copos de plástico – disse o garçom, olhando perplexo para Fitch.

– Então deixa pra lá – disse ela, sorrindo para Fitch.

Fitch decidiu insistir.

– Qual é o clima do júri nesse momento?

– De tédio. O Herrera adora. Acha que advogado de tribunal é mau-caráter e que deveriam ser impostas severas restrições a processos irrelevantes.

– Meu herói. Ele tem como convencer os amigos?

– Não. Ele não tem amigos. É desprezado por todo mundo, é definitivamente o integrante mais odiado do júri.

– Quem é a garota mais amistosa?

– A Millie é como uma mãezona, mas não tem influência. A Rikki é fofa, popular e bastante preocupada com a saúde. Ela é um problema pra você.

– Não é surpresa.

– Você quer uma surpresa, Fitch?

– Sim, me surpreenda.

– Que jurado começou a fumar recentemente, desde o início do julgamento?

Fitch apertou os olhos e inclinou a cabeça um pouco para a esquerda. Ele tinha escutado direito?

– Começou a fumar?

– Sim.

– Não faço ideia.

– Easter. Surpreso?

– Seu amigo.

– Sim. Olha, Fitch, tenho que ir. Te ligo amanhã.

Ela se levantou e saiu, desaparecendo com a mesma rapidez com que havia chegado.

Dante, o que estava com a acompanhante, reagiu antes de Fitch, que ficou atordoado por um instante com a velocidade de sua partida. Ele telefonou para Pang, no saguão, que a viu sair do elevador e deixar o hotel. Jumper a seguiu a pé por dois quarteirões antes de perdê-la de vista em uma rua movimentada.

Por uma hora, vasculharam as ruas e os estacionamentos, os saguões de hotel e os bares, mas não a viram. Fitch estava em seu quarto no St. Regis quando recebeu a ligação de Dubaz, que tinha sido despachado para o aeroporto. Ela estava esperando por um voo comercial que sairia dali a uma hora e meia e chegaria a Mobile às 10h50. Fitch o orientou a não a seguir, depois ligou para dois assistentes em Biloxi, que correram para o aeroporto de Mobile.

Marlee morava em um apartamento alugado de frente para a baía de Back, em Biloxi. Quando estava a vinte minutos de casa, discou 911 em seu celular para falar com a polícia e explicou ao atendente que estava sendo seguida por um Ford Taurus com dois bandidos dentro desde que tinha saído de Mobile, inclusive, e que eles eram algum tipo de espião sem escrúpulos e ela temia pela própria vida. Com o atendente coordenando os movimentos, Marlee fez uma série de desvios em um bairro tranquilo e parou abruptamente em um posto de gasolina vinte e quatro horas. Enquanto ela enchia o tanque, um carro de polícia parou atrás do Taurus, que estava tentando se manter escondido em uma esquina onde havia uma lavanderia fechada. Os dois bandidos receberam ordens para sair do carro, depois cruzaram o estacionamento para ficar cara a cara com a mulher que estavam perseguindo.

Marlee teve uma performance soberba como a vítima aterrorizada. Quanto mais ela chorava, mais os policiais ficavam irritados. Os capangas de Fitch foram levados para a cadeia.

ÀS DEZ, CHUCK, o oficial grandalhão de aparência taciturna, abriu uma cadeira dobrável no final do corredor, próximo de seu quarto, e montou guarda para a noite. Era quarta-feira, a segunda noite de confinamento, e hora de escapar à vigilância. Conforme planejado, Nicholas ligou para o quarto de Chuck às onze e quinze. No instante em que ele deixou seu posto para atender, Jerry e Nicholas saíram de seus quartos e atravessaram casualmente a saída, perto do quarto de Lou Dell, que estava na cama, dormindo um sono profundo. E, embora Willis tivesse dormido durante a maior parte do dia no tribunal, ele também estava debaixo das cobertas, roncando furiosamente.

Evitando o saguão principal, eles se esgueiraram pelas sombras e encontraram o táxi esperando exatamente no local combinado. Quinze minutos depois, estavam entrando no Nugget Casino, na praia de Biloxi. Tomaram três cervejas no bar enquanto Jerry perdia 100 dólares em uma partida de hóquei. Flertaram com duas mulheres casadas cujos maridos estavam ganhando ou perdendo uma fortuna no jogo de dados. O flerte ficou sério e, à uma da manhã, Nicholas deixou o bar para jogar vinte e um e tomar café descafeinado. Ele jogou, aguardou e prestou atenção conforme a multidão minguava.

Marlee se sentou discretamente na cadeira ao lado e não disse nada. Nicholas empurrou uma pequena pilha de fichas até a frente dela. Um universitário bêbado era o único outro jogador.

– Lá em cima – sussurrou ela entre as mãos enquanto o crupiê se virava para falar com o gerente.

Eles se encontraram em um mezanino ao ar livre, com vista para o estacionamento e o mar ao longe. Novembro tinha chegado, e o ar estava leve e fresco. Não havia mais ninguém por perto. Eles se beijaram e se aconchegaram em um banco. Ela se lembrou de sua viagem a Nova Orleans; cada detalhe, cada palavra. Eles riram dos dois caras de Mobile que agora estavam na cadeia do condado. Ela ligaria para Fitch quando amanhecesse e soltaria os homens dele.

Conversaram rapidamente sobre negócios, porque Nicholas queria voltar ao bar e carregar Jerry de volta antes que ele bebesse demais e/ou perdesse todo o dinheiro, ou fosse pego com a esposa de alguém.

Os dois usavam celulares supercompactos que não tinham como ser integralmente protegidos. Eles estabeleceram novos códigos e novas senhas.

Nicholas lhe deu um beijo de despedida e a deixou sozinha no mezanino.

WENDALL ROHR DESCONFIOU de que o júri já estava cansado de ouvir os pesquisadores divulgando suas descobertas e dando aulas com seus gráficos e diagramas. Seus consultores lhe diziam que os jurados tinham ouvido o suficiente sobre câncer de pulmão e tabagismo; que, provavelmente, estavam convencidos desde antes do início do julgamento de que os cigarros eram viciantes e perigosos. Ele estava confiante de ter estabelecido uma forte relação causal entre os cigarros Bristol e os tumores que mataram Jacob Wood, e agora era hora de garantir o veredito. Na manhã de quinta-feira, anunciou que a reclamante gostaria de chamar Lawrence Krigler como sua próxima testemunha. Uma tensão visível tomou conta da mesa de defesa até que o Sr. Krigler fosse trazido de algum lugar nos fundos. Outro advogado da reclamante, John Riley Milton, de Denver, levantou-se e deu um sorriso simpático para o júri.

Lawrence Krigler estava na casa dos 60 e muitos, bronzeado e em forma, bem-vestido e vivaz. Era a primeira testemunha que não trazia "Doutor" à frente do nome desde o vídeo de Jacob Wood. Morava na Flórida atualmente, para onde tinha ido depois de deixar a Pynex e se aposentar. John Riley Milton correu com as preliminares, porque a melhor parte do material suculento viria na sequência.

Formado em engenharia pela Universidade Estadual da Carolina do Norte, ele tinha trabalhado para a Pynex por trinta anos e saíra em meio a uma ação judicial treze anos antes. Ele tinha processado a Pynex. A empresa o processou de volta. Eles puseram fim às ações com um acordo, cujos termos eram sigilosos.

Quando foi contratado, a empresa, à época chamada Union Tobacco, ou simplesmente U-Tab, o enviou a Cuba para estudar produção de tabaco. Ele trabalhou na área de produção desde então, ou pelo menos até o dia em que saiu. Tinha estudado a folha do tabaco e milhares de formas de cultivá-la com mais eficiência. Ele se considerava um especialista nesse campo, embora não estivesse testemunhando como um especialista e não emitisse opiniões. Apenas fatos.

Em 1969, concluiu um estudo interno de três anos sobre a viabilidade do cultivo de uma variedade experimental de tabaco conhecida como Raleigh 4. Ela tinha um terço da nicotina do tabaco comum. Krigler concluiu – e havia um grande volume de pesquisas que sustentava a sua conclusão – que a Raleigh 4 poderia ser cultivada e produzida de forma tão eficiente quanto todas as outras variedades de tabaco cultivadas e produzidas pela U-Tab.

Era um trabalho monumental, do qual ele se orgulhava bastante, e ficou arrasado quando o estudo foi, a princípio, ignorado pelo alto escalão da empresa. Ele abriu caminho pela burocracia entrincheirada acima dele, com resultados desanimadores. Ninguém parecia ligar para aquela nova variedade de tabaco com teor muito menor de nicotina.

Então ele descobriu que estava completamente enganado. Seus chefes se preocupavam, sim, e muito, com os teores de nicotina. No verão de 1971, teve acesso a um memorando instruindo a diretoria a, discretamente, fazer o possível para desacreditar o trabalho de Krigler com a Raleigh 4. Seu próprio pessoal o apunhalou silenciosamente pelas costas. Ele manteve a calma, não contou a ninguém que tinha visto o memorando, e deu início a um projeto clandestino para descobrir os motivos da conspiração contra ele.

Naquele ponto do depoimento, John Riley Milton apresentou duas provas: o volumoso estudo que Krigler concluiu em 1969 e o memorando de 1971.

A resposta ficou clara como água, e era algo de que ele já suspeitava. A U-Tab não podia produzir uma folha com teor notavelmente menor de nicotina, porque nicotina era sinônimo de lucro. A indústria sabia, desde o final dos anos 1930, que a nicotina era fisicamente viciante.

– Como o senhor sabe que a indústria sabia? – perguntou Milton deliberadamente.

Com exceção dos advogados de defesa, que faziam o máximo possível para parecer entediados e indiferentes, toda a sala de audiências estava ouvindo com bastante atenção.

– Isso é de conhecimento geral na indústria – respondeu Krigler. – Houve um estudo secreto no final da década de 1930, financiado por um fabricante de cigarros, e a conclusão foi a confirmação indiscutível de que a nicotina presente no cigarro vicia.

– O senhor já viu esse estudo?

– Não. Como o senhor pode imaginar, ele foi muito bem escondido. – Krigler fez uma pausa e olhou para a mesa da defesa. A bomba estava chegando, e ele estava aproveitando o momento. – Mas eu vi um memorando...

– Protesto! – gritou Cable enquanto se levantava. – A testemunha não pode fazer afirmações sobre o que talvez tenha ou não visto em um documento. As razões são inúmeras e estão expostas em detalhes na petição que apresentamos sobre essa questão.

A petição tinha oitenta páginas e fora debatida por um mês. O juiz Harkin já havia proferido sua decisão.

– Sua objeção foi registrada, Dr. Cable. Sr. Krigler, pode continuar.

– No inverno de 1973, vi um memorando de uma página resumindo o estudo da década de 1930 sobre a nicotina. O memorando tinha sido copiado muitas vezes, era muito antigo, e havia sido ligeiramente alterado.

– Alterado de que forma?

– A data estava apagada, assim como o nome da pessoa que o tinha enviado.

– Para quem ele havia sido enviado?

– O destinatário era Sander S. Fraley, que na época era presidente da Allegheny Growers, antecessora de uma empresa agora chamada ConPack.

– Um fabricante de cigarros.

– Sim, basicamente. Ela se autodenomina uma empresa de produtos de consumo, mas o grosso de seus negócios é a fabricação de cigarros.

– Em que período ele foi presidente da empresa?

– De 1931 a 1942.

– É razoável presumir que o memorando foi enviado antes de 1942?

– Sim. O Sr. Fraley morreu em 1942.

– Onde o senhor estava quando viu esse memorando?

– Em uma instalação da Pynex em Richmond. Quando a Pynex ainda se chamava Union Tobacco, sua sede corporativa ficava em Richmond. Em 1979, ela mudou de nome e se sediou em Nova Jersey. Mas as instalações de Richmond ainda estão em atividade, e foi lá que eu trabalhei até minha saída. A maioria dos registros antigos da empresa está lá, e uma pessoa que conheço me mostrou o memorando.

– Quem era essa pessoa?

– Era um amigo que já morreu. Prometi a ele que nunca revelaria sua identidade.

– O senhor teve o memorando efetivamente em mãos?

– Sim. Na verdade, eu fiz uma cópia dele.

– E onde está a cópia?

– Não durou muito. Um dia depois de guardá-la na gaveta da minha mesa, fui mandado para uma viagem de negócios. Enquanto estava fora, alguém vasculhou minha mesa e tirou várias coisas de lá, inclusive a cópia do memorando.

– O senhor se lembra do que dizia o memorando?

– Lembro muito bem. Tenha em mente que, por muito tempo, estive em busca de alguma confirmação das minhas suspeitas. Ver o memorando foi um momento inesquecível.

– O que ele dizia?

– Eram três parágrafos, talvez quatro, breves e objetivos. O remetente explicava que tinha acabado de ler o estudo sobre a nicotina que lhe havia sido mostrado secretamente pelo diretor de pesquisas da Allegheny Growers, uma pessoa que não era identificada no memorando. Na opinião do remetente, o estudo trazia provas conclusivas e indiscutíveis de que a nicotina era viciante. Pelo que me lembro, essa era a essência dos dois primeiros parágrafos.

– E o parágrafo seguinte?

– O remetente sugeria a Fraley que a empresa avaliasse seriamente o aumento do teor de nicotina em seus cigarros. Mais nicotina significava mais fumantes, o que significava mais vendas e mais lucros.

Krigler pronunciou aquelas palavras com um talento notável para a dramatização, e todos os ouvidos absorveram cada sílaba. Os jurados, pela primeira vez em dias, estavam prestando atenção a cada movimento da testemunha. A palavra "lucros" alçou voo sobre a sala de audiências e ficou pairando como uma nuvem de fumaça.

John Riley Milton esperou por alguns instantes e então falou:

– Agora, vamos deixar uma coisa clara. O memorando foi redigido por alguém de outra empresa e enviado ao presidente da empresa em questão, certo?

– Certo.

– Uma empresa que era, e ainda é, concorrente da Pynex?

– Certo.

– Como foi que o memorando chegou à Pynex em 1973?

– Nunca descobri. Mas a Pynex certamente tinha conhecimento do estudo. Na verdade, toda a indústria do tabaco tinha conhecimento do estudo no início dos anos 1970, se não antes.

– Como o senhor sabe disso?

– Trabalhei na indústria durante trinta anos, não se esqueça. E passei minha carreira toda no setor de produção. Conversei com muitas pessoas, principalmente com meus equivalentes de outras empresas. Digamos apenas que, às vezes, os fabricantes de cigarro sabem jogar juntos.

– O senhor já tentou obter outra cópia do memorando de seu amigo?

– Tentei. Não deu em nada, por assim dizer.

COM EXCEÇÃO DO HABITUAL INTERVALO de quinze minutos para o café às dez e meia, Krigler testemunhou ininterruptamente durante as três horas da sessão matinal. Seu depoimento pareceu ter levado apenas minutos e foi um momento crucial do julgamento. O drama do ex-funcionário revelando segredos podres foi encenado com perfeição. Os jurados ignoraram até mesmo a ansiedade típica de sair para almoçar. Os advogados observavam os jurados mais de perto do que nunca, e o juiz parecia anotar cada palavra que a testemunha dizia.

Os repórteres ficaram excepcionalmente reverentes; os consultores de júri, extraordinariamente atentos. Os cães de guarda de Wall Street contavam os minutos para poder sair correndo da sala e dar telefonemas para Nova York de tirar o fôlego. Os entediados advogados locais que circulavam pelo tribunal falariam sobre aquele depoimento por anos. Até mesmo Lou Dell, na primeira fileira, tinha parado de tricotar.

Fitch assistiu e ouviu da sala de projeção colada ao seu escritório. O depoimento de Krigler tinha sido agendado para o início da semana seguinte, com o risco de ele nem sequer comparecer para testemunhar. Fitch era uma das poucas pessoas ainda vivas que tinham efetivamente visto o memorando, e Krigler o descreveu com uma perfeição incrível. Ficou claro para todo mundo, até mesmo para Fitch, que a testemunha estava falando a verdade.

Uma das primeiras tarefas de Fitch, nove anos antes, quando fora contratado pelas Quatro Grandes, tinha sido rastrear *todas* as cópias do memorando e destruir cada uma delas. Ele ainda não tinha concluído a tarefa.

Nem Cable, nem qualquer advogado de defesa contratado por Fitch até o momento haviam visto o memorando.

A admissibilidade de sua existência no tribunal havia provocado uma pequena guerra. A lei normalmente impede descrições verbais de documentos perdidos como prova, por razões óbvias. A melhor evidência é o documento em si. Mas, como em todas as áreas do Direito, existem exceções e exceções às exceções, e Rohr e companhia tinham feito um trabalho magistral ao convencer o juiz Harkin de que o júri deveria ouvir a descrição de Krigler do que era, no fim das contas, um documento perdido.

O interrogatório por parte de Cable naquela tarde seria brutal, mas o estrago estava feito. Fitch pulou o almoço e se trancou em seu escritório.

NA SALA DO JÚRI, a atmosfera durante o almoço era notavelmente diferente. As bobagens comuns sobre futebol e receitas foram substituídas pelo silêncio. Como órgão deliberativo, o júri tinha sido levado ao estupor com duas semanas de tediosos depoimentos científicos de especialistas que recebiam enormes quantias de dinheiro para ir até Biloxi discursar. Agora o júri tinha sido trazido de volta à vida de súbito, graças às sensacionais sujeiras de bastidores de Krigler.

Eles mais se encararam do que comeram. A maioria queria ir para a outra sala com o melhor amigo e repassar tudo o que tinham acabado de ouvir. Será que eles haviam escutado direito? Será que todo mundo tinha entendido o que aquele sujeito acabara de dizer? Eles mantiveram o teor de nicotina alto de propósito, para que as pessoas se viciassem! E tinham conseguido fazer justamente aquilo.

Os fumantes – reduzidos a três desde a saída de Stella, embora Easter fosse um fumante ocasional por gostar de passar o tempo com Jerry, Poodle e Angel Weese – tinham comido rápido e pedido licença. Estavam todos sentados em cadeiras dobráveis, olhando para a janela aberta e soprando fumaça. Depois da história da nicotina, os cigarros pareciam um pouco mais pesados. No entanto, quando Nicholas verbalizou aquilo, ninguém achou graça. A Sra. Gladys Card e Millie Dupree conseguiram ir ao banheiro ao mesmo tempo. Elas fizeram um longo xixi e depois passaram quinze minutos lavando as mãos e falando uma com a outra diante do espelho. No meio da conversa, quem se juntou a elas foi Loreen Duke, que se apoiou ao lado do toalheiro e rapidamente manifestou seu espanto e seu desgosto com os fabricantes de cigarro.

Depois que a mesa foi retirada, Lonnie Shaver abriu seu laptop a duas cadeiras de distância de Herman, que estava com a máquina braille ligada, digitando.

– Acho que você não precisa de intérprete pra esse depoimento, né? – perguntou o Coronel para Herman.

– Um bocado impressionante, eu diria – respondeu Herman precedido de um grunhido.

Esse foi o mais perto que Herman Grimes chegou de discutir qualquer aspecto do caso.

Lonnie Shaver não estava impressionado nem encantado com nada. Phillip Savelle pediu educadamente e recebeu permissão do juiz Harkin para passar parte de seu horário de almoço fazendo ioga debaixo de um grande carvalho nos fundos do tribunal. Ele foi escoltado por um oficial até a árvore, onde tirou a camisa, as meias e os sapatos, depois se sentou na grama fofa e se enrolou como um pretzel. Quando começou a cantar, o oficial se afastou para um banco de concreto próximo e baixou o rosto, para que ninguém o reconhecesse.

CABLE CUMPRIMENTOU KRIGLER como se os dois fossem velhos amigos. Krigler sorriu e disse "Boa tarde, Dr. Cable" com bastante autoconfiança. Sete meses antes, no escritório de Rohr, Cable e companhia tinham passado três dias gravando um depoimento em vídeo de Krigler. O vídeo foi assistido e estudado por nada menos que duas dúzias de advogados, vários especialistas em júri e até mesmo dois psiquiatras. Krigler estava dizendo a verdade, mas a verdade precisava ser embaçada naquele ponto. Aquele era um interrogatório crucial por parte da defesa, então que se danasse a verdade. A testemunha tinha que ser desacreditada!

Depois de centenas de horas arquitetando, uma estratégia havia sido desenvolvida. Cable começou perguntando a Krigler se ele sentia raiva de seu antigo empregador.

– Sim – respondeu ele.

– O senhor odeia a empresa?

– A empresa é uma entidade. Como é possível odiar algo assim?

– O senhor odeia a guerra?

– Nunca fui a uma.

– O senhor odeia o abuso infantil?

– Tenho certeza de que é algo doentio, mas felizmente nunca tive nenhuma conexão com isso.

– O senhor odeia a violência?

– Tenho certeza de que é horrível, porém, mais uma vez, tive sorte.

– Então o senhor não odeia nada?

– Brócolis.

Uma leve risada veio de todos os cantos da sala, e Cable soube que ia ter bastante trabalho.

– O senhor não odeia a Pynex?

– Não.

– O senhor odeia alguém que trabalha lá?

– Não. Eu só não gosto de algumas pessoas.

– O senhor odiava alguém que trabalhava lá na sua época?

– Não. Eu tinha alguns inimigos, mas não me lembro de ter odiado ninguém.

– E as pessoas contra as quais o senhor dirigiu seu processo?

– Não. Mais uma vez, eles eram inimigos, mas estavam apenas fazendo o trabalho deles.

– Então o senhor ama os seus inimigos?

– Não propriamente. Eu sei que deveria tentar, mas é muito difícil. Não me lembro de ter dito que amava nenhum deles.

Cable esperava marcar um pequeno ponto introduzindo a hipótese de troco ou vingança por parte de Krigler. Talvez, se ele usasse a palavra "ódio" o suficiente, ela poderia ficar marcada em alguns dos jurados.

– Qual sua motivação para depor aqui?

– Essa é uma pergunta complicada.

– É o dinheiro?

– Não.

– O senhor está sendo pago pelo Dr. Rohr ou por alguém que trabalha para a reclamante para vir aqui dar seu depoimento?

– Não. Eles combinaram de me reembolsar pelas despesas da viagem, mas só isso.

A última coisa que Cable queria era deixar uma porta aberta para Krigler expor suas razões para testemunhar. Tinha falado rapidamente sobre elas durante o interrogatório da reclamante e passado cinco horas detalhando--as durante o depoimento em vídeo. Era crucial mantê-lo ocupado com outros assuntos.

– O senhor já foi fumante, Sr. Krigler?

– Sim. Infelizmente, fumei por vinte anos.

– Então o senhor desejaria nunca ter fumado?

– Claro.

– Quando o senhor começou?

– Quando fui trabalhar na empresa, em 1952. Naquela época, incentivavam todos os funcionários a fumar. Eles fazem isso até hoje.

– O senhor acredita que prejudicou sua saúde por ter fumado durante vinte anos?

– Claro. Eu me sinto com sorte por não ter morrido, como o Sr. Wood.

– Quando o senhor parou?

– Em 1973. Depois que descobri a verdade sobre a nicotina.

– O senhor acredita que o seu estado atual de saúde foi comprometido de alguma forma por você ter fumado durante vinte anos?

– Claro.

– Na sua opinião, a empresa foi responsável, de alguma forma, pela sua decisão de fumar?

– Sim. Como eu disse, havia um incentivo. Todo mundo fumava. Podíamos comprar cigarros pela metade do preço na loja da empresa. Toda reunião começava com uma tigela de cigarros passando de mão em mão. Era uma parte muito forte da cultura.

– As salas tinham ventilação?

– Não.

– O fumo passivo era desagradável?

– Muito desagradável. Havia sempre uma névoa azulada pairando não muito acima da nossa cabeça.

– Então o senhor culpa a empresa hoje por não ser tão saudável quanto acha que deveria ser?

– A empresa teve muito a ver com isso. Felizmente, consegui deixar o hábito. Não foi fácil.

– E o senhor guarda rancor da empresa por causa disso?

– Vamos apenas dizer que eu gostaria de ter ido trabalhar em outra indústria quando me formei na faculdade.

– Indústria? Você guarda rancor de toda a indústria?

– Não sou fã da indústria do tabaco.

– É por isso que o senhor está aqui?

– Não.

Cable repassou suas anotações e mudou rapidamente de direção.

– O senhor tinha uma irmã, não é, Sr. Krigler?

198

– Tinha.

– O que aconteceu com ela?

– Ela morreu em 1970.

– Como ela morreu?

– Câncer de pulmão. Ela fumou dois maços por dia por cerca de vinte e três anos. O cigarro a matou, Dr. Cable, se é isso o que o senhor quer saber.

– O senhor era próximo dela? – perguntou Cable com compaixão suficiente para disfarçar um pouco a má-fé de trazer à tona aquela tragédia.

– Éramos muito próximos. Era minha única irmã.

– E o senhor sofreu muito com a morte dela?

– Sofri. Ela era uma pessoa muito especial, sinto falta dela até hoje.

– Lamento trazer isso à tona, Sr. Krigler, mas é relevante.

– Sua consternação é impressionante, Dr. Cable, mas não tem nada de relevante nesse assunto.

– O que ela achava sobre o senhor fumar?

– Ela não gostava. Como estava morrendo, ela me implorou pra parar. É isso o que o senhor quer ouvir, Dr. Cable?

– Só se for a verdade.

– Ah, é verdade, Dr. Cable. Um dia antes de minha irmã morrer, eu prometi a ela que pararia de fumar. E parei, embora tenha levado três longos anos para conseguir. Eu era viciado, sabe, Dr. Cable, assim como a minha irmã, porque a empresa que fabricava os cigarros que a mataram, e poderiam ter me matado, manteve intencionalmente os altos teores de nicotina.

– Agora…

– Não me interrompa, Dr. Cable. A nicotina em si não provoca câncer, o senhor sabe disso, é apenas um veneno, um veneno que te deixa viciado para que as substâncias cancerígenas um dia deem cabo de você. É por isso que os cigarros são particularmente perigosos.

Cable ficou escutando com total compostura.

– O senhor terminou?

– Estou pronto para a próxima pergunta. Mas não me interrompa de novo.

– É claro, e peço desculpa. Agora, quando o senhor se convenceu de que os cigarros eram particularmente perigosos?

– Não sei direito. Isso já é conhecido há algum tempo, sabe. Não era preciso ser um gênio na época, nem hoje, pra entender isso. Mas eu diria que em algum momento no início dos anos setenta, depois que concluí os meus estudos, depois que a minha irmã morreu, e pouco antes de eu ver o infame memorando.

– Em 1973?

– Em torno disso.

– Quando foi que o seu vínculo empregatício com a Pynex teve fim? Em que ano?

– Em 1982.

– Então continuou trabalhando para uma empresa que fabricava produtos que o senhor considerava particularmente perigosos?

– Continuei.

– Qual era o seu salário em 1982?

– Noventa mil dólares por ano.

Cable fez uma pausa e caminhou até sua mesa, onde alguém lhe entregou outro bloco de notas amarelo, que ele estudou por um segundo enquanto mordia a haste dos óculos de leitura, então voltou ao púlpito e perguntou a Krigler por que ele havia processado a empresa em 1982. Krigler não gostou da pergunta e olhou para Rohr e Milton em busca de ajuda. Cable estava atrás dos detalhes dos eventos que tinham dado origem ao processo, um processo extremamente complicado e pessoal, e o testemunho perdeu força até praticamente parar. Rohr e Milton protestaram, e Cable agiu como se não estivesse entendendo por que diabos estavam protestando. Os advogados aglomeraram diante da tribuna para falar em particular na presença do juiz Harkin, e Krigler começou a se cansar do banco das testemunhas.

Cable insistiu em falar sobre o histórico de desempenho de Krigler durante seus últimos dez anos na Pynex e deu fortes indícios de que outras testemunhas poderiam ser chamadas para contradizê-lo.

A jogada quase funcionou. Incapaz de desacreditar os aspectos prejudiciais do testemunho de Krigler, a defesa optou por confundir a cabeça do júri. Se uma testemunha for inabalável, ataque-a com coisas insignificantes.

Entretanto, a manobra foi explicada ao júri pelo jovem Nicholas Easter, que tinha dois anos de faculdade de Direito e decidiu lembrar seus colegas dessa experiência durante uma pausa para o café no final da tarde. Apesar dos protestos de Herman, Nicholas expressou seu ressentimento contra Cable por ter jogado lama e tentado confundir o júri.

– Ele acha que somos idiotas – disse Easter amargamente.

17

Em resposta às ligações frenéticas feitas de Biloxi, o preço das ações da Pynex caiu para 75,5 no fechamento de quinta-feira, uma forte queda de quase quatro pontos devida aos dramáticos eventos ocorridos no tribunal.

Em outros casos envolvendo a indústria tabagista, ex-funcionários haviam deposto sobre pesticidas e inseticidas pulverizados nas plantações, e especialistas haviam relacionado essas substâncias químicas ao câncer. Os júris não tinham ficado impressionados. Em um dos julgamentos, um ex-funcionário expôs que seu antigo empregador tinha como alvo jovens adolescentes, atraindo-os com anúncios mostrando idiotas magros e glamourosos, com rostos e dentes perfeitos, divertindo-se de todas as formas possíveis com o cigarro. O mesmo empregador tinha, ainda, como alvo adolescentes mais velhos, com anúncios que mostravam caubóis e pilotos de *stock car* vivendo intensamente a vida com cigarros pendurados na boca.

Mas os júris desses julgamentos não deram nada aos reclamantes.

Nenhum ex-funcionário, porém, tinha provocado tantos estragos quanto Lawrence Krigler. O infame memorando da década de 1930 fora visto por meia dúzia de pessoas, mas nunca havia integrado um processo. A versão que Krigler apresentou ao júri foi o mais próximo que o advogado de qualquer reclamante tinha conseguido chegar do documento em si. O fato de o juiz Harkin ter dado autorização para que o memorando fosse descrito ao júri seria contestado com ferocidade no recurso, independentemente de quem saísse vitorioso do tribunal.

Krigler foi rapidamente escoltado para fora da cidade pelos seguranças de Rohr e, uma hora depois de concluir seu depoimento, estava em um avião particular rumando de volta à Flórida. Várias vezes, desde que deixara a Pynex, tinha se sentido tentado a entrar em contato com o advogado de um reclamante em um processo contra os fabricantes de cigarro, mas nunca havia reunido coragem.

A Pynex lhe pagara 300 mil dólares em um acordo, apenas para se livrar dele. A empresa insistira em que concordasse em jamais testemunhar em julgamentos semelhantes ao do caso Wood, mas ele se recusou. E, com essa recusa, tornou-se um homem marcado.

Eles, quem quer que eles fossem, disseram que o matariam. As ameaças foram poucas e esparsas ao longo dos anos, sempre de vozes desconhecidas e sempre chegando quando menos se esperava. Krigler não era de se esconder. Havia escrito um livro, uma delação que, conforme disse, seria publicada no caso de sua morte prematura. Um advogado amigo seu tinha uma cópia em Melbourne Beach. Esse advogado é que marcara o primeiro encontro com Rohr. Ele também mantinha um canal aberto com o FBI, caso algo acontecesse com o Sr. Krigler.

O MARIDO DE MILLIE DUPREE, Hoppy, era dono de uma imobiliária em dificuldades em Biloxi. Não era um profissional do tipo agressivo, tinha poucas propriedades anunciadas e poucas pistas, mas se dedicava com afinco a qualquer negócio que surgisse em seu caminho, por menor que fosse. Uma parede da sala principal tinha fotos de OPORTUNIDADES disponíveis presas com tachinhas em um quadro de cortiça, majoritariamente casinhas de tijolos com gramados limpos e alguns apartamentos degradados.

A febre do cassino tinha atraído à Costa do Golfo uma nova horda de corretores de imóveis arrojados, sem medo de contrair empréstimos pesados para poder crescer. Hoppy e outros pequenos negócios mantiveram a postura conservadora e foram sendo cada vez mais relegados aos mercados que já conheciam bem: adoráveis CASINHAS para os recém-casados, REFORMADOS baratos para os desesperados e NEGÓCIOS IMPERDÍVEIS para aqueles que não tinham como conseguir um financiamento bancário.

Mas ele pagava as contas e, de alguma forma, sustentava a família: a esposa, Millie, e os cinco filhos, três na faculdade e dois no ensino médio. A imobiliária tinha sempre meia dúzia de corretores certificados de meio período, em sua maioria um bando de fracassados desanimados que compartilhavam de sua aversão a dívidas e a atitudes ousadas. Hoppy adorava pinocle, e muitas horas eram passadas em sua mesa, nos fundos, jogando cartas, enquanto novos empreendimentos surgiam ao redor. Corretores de imóveis, independentemente do talento, adoram sonhar com o grande negócio. Hoppy e sua gangue não fugiam à regra de beber alguma coisa no final da tarde para falar de grandes negociações com um baralho sobre a mesa.

Pouco antes das seis da tarde de quinta-feira, quando o pinocle estava chegando ao fim e estavam sendo feitos os preparativos para encerrar mais um dia de improdutividade, um jovem empresário bem-vestido com uma pasta reluzente de couro preto entrou no escritório e perguntou pelo Sr. Dupree. Hoppy estava nos fundos, lavando a boca com enxaguante bucal e apressado para chegar em casa, já que Millie estava confinada. As apresentações foram feitas. O jovem lhe entregou um cartão de visita que o identificava como Todd Ringwald, do KLX Property Group, de Las Vegas, Nevada. O cartão deixou Hoppy impressionado o suficiente para enxotar o último dos vendedores remanescentes e trancar a porta do escritório. A mera presença de um sujeito tão bem-vestido e que havia percorrido uma distância tão grande só podia significar que havia assuntos sérios à vista.

Hoppy lhe ofereceu uma bebida, depois café, que poderia ser passado em um instante. O Sr. Ringwald recusou e perguntou se tinha chegado em má hora.

– Não, de jeito nenhum. Trabalhamos em horários atípicos, você sabe. É uma profissão maluca.

O Sr. Ringwald sorriu e concordou, porque também já havia trabalhado por conta própria, não muitos anos antes. Primeiro, falou um pouco sobre a empresa. O KLX era uma companhia privada, com presença em uma dezena de estados. Embora não possuísse cassinos e não tivesse planos de adquiri-los, havia desenvolvido uma habilidade relacionada a eles, e bastante lucrativa. O KLX monitorava o crescimento de cassinos. Hoppy assentiu com convicção, como se aquele tipo de empreendimento lhe fosse completamente familiar.

Em geral, quando um cassino é inaugurado, o mercado imobiliário da região muda drasticamente. Ringwald tinha certeza de que Hoppy entendia tudo sobre aquilo, e Hoppy concordou com entusiasmo, como se tivesse feito uma fortuna recentemente. O KLX atuava com discrição, e Ringwald enfatizou o quanto a empresa era integralmente secreta, sempre na esteira dos cassinos, investindo em áreas comerciais, prédios de luxo, condomínios e empreendimentos de alta categoria. Cassinos pagam bem, geram muitos empregos, o cenário da economia local muda, e, bem, tem muito dinheiro circulando, e o KLX quer a fatia dele.

– Nossa empresa é como um abutre – explicou Ringwald, com um sorriso malicioso. – Ficamos de guarda, observando os cassinos. Quando aparecem, saímos à caça.

– Brilhante – deixou escapar Hoppy, incapaz de se conter.

No entanto, o KLX tinha demorado a chegar à Costa do Golfo, e Ringwald confidenciou que isso havia custado alguns empregos em Las Vegas. No entanto, ainda existiam oportunidades incríveis, ao que Hoppy respondeu:

– Existem, sem dúvida.

Ringwald abriu sua pasta e tirou um mapa de propriedades dobrado, que apoiou no joelho. No papel de vice-presidente de empreendimentos, preferia lidar com pequenos corretores. As grandes imobiliárias tinham pessoas demais circulando, muitas donas de casa desocupadas lendo jornal e ansiosas pelo menor sinal de fofoca.

– É bem isso! – disse Hoppy, olhando para o mapa de propriedades. – Além do mais, você recebe um serviço melhor de uma imobiliária pequena, como a minha.

– Você foi altamente recomendado – disse Ringwald, e Hoppy não conseguiu conter um sorriso.

O telefone tocou. Era um dos filhos que ainda estava no ensino médio querendo saber o que tinha para o jantar e quando a mãe voltaria para casa. Hoppy foi simpático, mas apressado. Estava muito ocupado, explicou, e talvez houvesse alguma lasanha velha no freezer.

O mapa de propriedades foi desdobrado na mesa de Hoppy. Ringwald apontou para um grande terreno pintado de vermelho no condado de Hancock, ao lado do condado de Harrison, o mais ocidental dos três condados costeiros. Os dois homens pairavam sobre a mesa, cada um de um lado.

– O MGM Grand está vindo pra cá – disse Ringwald, apontando para uma grande baía. – Mas ninguém sabe ainda. Você não pode contar pra ninguém, sob nenhuma hipótese. – A cabeça de Hoppy estava balançando como quem dizia "De jeito nenhum!" antes mesmo de Ringwald acabar de falar. – Eles vão construir o maior cassino da Costa do Golfo, provavelmente no meio do ano que vem. Vão fazer o anúncio daqui a três meses e comprar uns 400 mil metros quadrados deste terreno aqui.

– Uma área fabulosa. Praticamente intocada.

Hoppy nunca tinha passado nem perto da propriedade, embora morasse na Costa do Golfo havia quarenta anos.

– Queremos esta daqui – disse Ringwald, apontando novamente para o pedaço pintado de vermelho. Era a área adjacente ao terreno da MGM a norte e a oeste. – Dois milhões de metros quadrados, pra que a gente possa fazer isto aqui.

Ele levantou a folha de cima para revelar uma arte que ilustrava um esplêndido Empreendimento de Unidade Planejada. Estava rotulado como Stillwater Bay com letras azuis em negrito no topo. Condomínios, prédios de escritórios, casas grandes, casas pequenas, playgrounds, igrejas, uma praça central, um shopping center, um calçadão, um píer, uma marina, um quarteirão comercial, parques, pistas de *jogging*, ciclovias, havia até mesmo a proposta para uma escola de ensino médio. Era um sonho, tudo planejado para o condado de Hancock por algumas pessoas incrivelmente visionárias de Las Vegas.

– Uau! – exclamou Hoppy.

Havia uma baita de uma fortuna sobre sua mesa.

– Quatro fases diferentes, ao longo de cinco anos. A coisa toda vai custar 30 milhões de dólares. É, de longe, o maior empreendimento imobiliário já visto por esses lados.

– Nada chega nem perto.

Ringwald virou mais uma página e revelou mais um desenho da área do píer, depois outra para um close da zona residencial.

– Estes são só os desenhos preliminares. Vou lhe mostrar ainda mais se você puder ir à nossa matriz.

– Las Vegas?

– Sim. Se chegarmos a um acordo, você será nosso representante. Gostaríamos de levá-lo pra lá por alguns dias, sabe como é, para conhecer o nosso pessoal, ver todo o projeto desde a concepção.

Os joelhos de Hoppy bambearam e ele respirou fundo. "Devagar", pensou.

– Sim, e que tipo de representação você tem em mente?

– Inicialmente, precisamos de um corretor pra tratar da compra do terreno. Depois de comprá-lo, temos que convencer as autoridades locais a aprovar o empreendimento. Isso, como você sabe, pode levar tempo e gerar controvérsias. Gastamos muito tempo lidando com as comissões de planejamento e com os conselhos de zoneamento. Recorremos até mesmo à Justiça, quando necessário. Mas faz parte do nosso negócio. Você vai estar envolvido até um determinado ponto nessa fase. Assim que sair a aprovação, vamos precisar de uma imobiliária para lidar com o marketing do Stillwater Bay.

Hoppy se recostou na cadeira e ponderou sobre as cifras por um momento.

– Quanto vai custar o terreno? – perguntou.

– É caro, caro demais pra essa área. Dois e quinhentos cada mil metros quadrados, pra uma terra que vale cerca de metade disso.

Um valor de 2.500 dólares para cada 1.000 metros quadrados multiplicados por 2 milhões de metros quadrados dava 5 milhões de dólares, dos quais 6% davam 300 mil dólares de comissão para Hoppy, supondo, claro, que não houvesse nenhum outro corretor envolvido. Ringwald assistiu impassível enquanto Hoppy fazia a conta de cabeça.

– Dois mil e quinhentos é muito – disse Hoppy com autoridade.

– Sim, mas o terreno não está à venda. Os vendedores não querem se desfazer dele, então temos que atacar rapidamente, antes que a história da MGM vaze, e arrebatá-lo. É por isso que precisamos de uma imobiliária da região. Se vier à tona a notícia de que uma grande empreiteira de Las Vegas está de olho no terreno, vai chegar a 5 mil. Acontece o tempo todo.

O fato de o terreno não estar à venda fez o coração de Hoppy pular uma batida. Nenhum outro corretor de imóveis estava envolvido! Só ele. Apenas o pequeno Hoppy e sua comissão integral de 6%. Sua hora finalmente tinha chegado. Ele, Hoppy Dupree, depois de décadas vendendo apartamentinhos para aposentados, estava prestes a fazer a festa.

Isso sem falar no "marketing do Stillwater Bay". Todas aquelas casas, apartamentos e lojas, caramba, 30 milhões de dólares em imóveis quentíssimos com placas da sua imobiliária penduradas por toda parte. Hoppy percebeu de imediato que poderia ficar milionário em cinco anos.

Ringwald continuou:

206

– Suponho que a sua comissão seja de 8%. É o que pagamos geralmente.

– Claro – respondeu Hoppy, as palavras escorrendo de sua boca um tanto seca. De 300 para 400 mil, simples assim. – Quem são os donos do terreno? – perguntou, mudando rapidamente de assunto agora que haviam acordado 8%.

Ringwald deu um suspiro notável e deixou caírem os ombros, mas ficou assim apenas por um instante.

– É aqui que a coisa complica.

O coração de Hoppy quase parou.

– A propriedade fica no 6º distrito do condado de Hancock – disse Ringwald bem devagar. – E o 6º distrito é território de um supervisor de condado chamado...

– Jimmy Hull Moke – completou Hoppy, com grande pesar.

– Você o conhece?

– Todo mundo conhece o Jimmy Hull. Ele está no cargo há trinta anos. O patife mais esperto da Costa.

– Você o conhece pessoalmente?

– Não. Só a reputação dele.

– Ouvimos falar que ele é bastante controverso.

– Controverso é um elogio pro Jimmy Hull. Em nível local, o sujeito controla tudo naquelas bandas do condado.

Ringwald lançou um olhar confuso, como se ele e sua empresa não fizessem nenhuma ideia de como proceder. Hoppy esfregou os olhos, tristes, e começou a pensar em como manter sua fortuna. Eles não fizeram contato visual por um minuto inteiro, então Ringwald disse:

– Não é muito inteligente comprar o terreno a menos que consigamos obter alguma garantia do Sr. Moke e dos moradores da região. Como você sabe, vai ter um monte de aprovações regulatórias para o projeto.

– Planejamento, zoneamento, análise de projeto, impacto ambiental, é só escolher – disse Hoppy, como se encarasse aquelas batalhas todo dia.

– Ficamos sabendo que o Sr. Moke controla tudo isso.

– Com mãos de ferro.

Outra pausa.

– Talvez a gente devesse marcar uma reunião com o Sr. Moke – disse Ringwald.

– Acho que não.

– Por que não?

– Reuniões não funcionam.

– Não estou entendendo.

– Dinheiro. Puro e simples. O Jimmy Hull gosta de receber dinheiro por debaixo da mesa, grandes pacotes cheios de notas não seriadas.

Ringwald assentiu com um sorriso solene, como se aquilo fosse lamentável, mas não inesperado.

– Foi o que a gente ouviu – disse, quase para si mesmo. – Na verdade, isso não é raro, principalmente nas áreas onde os cassinos são construídos. Tem muito dinheiro fresco vindo de fora; as pessoas ficam gananciosas.

– Jimmy Hull nasceu ganancioso. Ele já estava roubando trinta anos antes de os cassinos aparecerem aqui.

– Ele nunca foi pego?

– Não. Para um supervisor local, é bastante talentoso. Tudo sempre em espécie, sem deixar rastros, ele sabe se proteger. De qualquer forma, não precisa ser nenhum gênio.

Hoppy bateu levemente na testa com um lenço. Inclinou-se e pegou dois copos de uma gaveta inferior, depois uma garrafa de vodca, serviu duas grandes doses e colocou uma delas na mesa, diante de Ringwald.

– Saúde – disse antes mesmo de Ringwald tocar o copo.

– Então, o que fazemos? – perguntou Ringwald.

– O que você costuma fazer em situações como essa?

– Costumamos achar uma forma de trabalhar em conjunto com as autoridades locais. Tem muito dinheiro em jogo pra gente simplesmente deixar tudo pra trás.

– Como você trabalha com as autoridades locais?

– De várias formas. Contribuímos com dinheiro pra campanhas de reeleição. Agradecemos pela amizade com férias caras. Pagamos serviços de consultoria aos cônjuges e filhos.

– Você já pagou propina em dinheiro vivo?

– Bem, prefiro não dizer.

– É isso que precisa. Jimmy Hull é um homem simples. Dinheiro vivo, só isso.

Hoppy deu um longo gole e estalou os lábios.

– Quanto?

– Ninguém sabe. Mas é bom ser bastante. Se você baixa o preço, ele acaba com o seu projeto lá na frente. E ainda fica com o dinheiro. Jimmy Hull não trabalha com devolução.

– Parece que você o conhece muito bem.

– Todo mundo que anda por aí e faz negócios ao longo da Costa sabe como Jimmy Hull joga o jogo. Ele é uma espécie de lenda da região.

Ringwald balançou a cabeça em descrença.

– Bem-vindo ao Mississippi – disse Hoppy, então deu outro gole.

Ringwald não tocou em sua bebida.

Há 25 anos que Hoppy jogava limpo, e ele não tinha planos de se comprometer agora. O dinheiro não valia o risco. Ele tinha filhos, família, uma reputação, destaque na comunidade. Ia à igreja de vez em quando. Fazia parte do Rotary Club. E, afinal de contas, quem era aquele estranho sentado à sua mesa de terno chique e sapato de grife, oferecendo o mundo se um mísero acordo fosse alcançado? Era certo que ele, Hoppy, ia pegar o telefone e checar o KLX Property Group e o Sr. Todd Ringwald assim que ele fosse embora.

– Isso não é incomum – disse Ringwald. – A gente vê o tempo todo.

– E o que você faz nesses casos?

– Bem, acho que nosso primeiro passo é abordar o Sr. Moke e avaliar a possibilidade de fazer um acordo.

– Ele vai estar pronto pra fazer um.

– Aí, então, estabelecemos os termos do acordo. Como você falou, vamos combinar a quantia.

Ringwald fez uma pausa e deu um pequeno gole de sua bebida.

– Você está disposto a participar disso?

– Não sei. De que forma?

– Não conhecemos ninguém no condado de Hancock. Tentamos manter a discrição. Somos de Las Vegas. Se começarmos a fazer perguntas por aí, todo o projeto vai por água abaixo.

– Você quer que eu fale com Jimmy Hull?

– Só se você quiser participar. Senão, então vamos ter que achar outra pessoa.

– Eu tenho uma reputação honesta – disse Hoppy com espantosa firmeza, depois engoliu em seco ao imaginar um concorrente seu embolsando os 400 mil.

– Não esperamos que você a manche. – Ringwald fez uma pausa e bus-

209

cou as palavras certas. Hoppy o encorajou. – Vamos só dizer que temos formas de dar ao Sr. Moke o que ele quer. Você não precisa tocar nisso. Na verdade, não vai nem saber quando acontecer.

Hoppy se endireitou como se um fardo tivesse sido tirado de seus ombros. Talvez houvesse algum meio-termo ali. Ringwald e a empresa dele faziam isso o tempo todo. Provavelmente lidavam com bandidos muito mais sofisticados do que Jimmy Hull Moke.

– Estou ouvindo – disse.

– Você está a par de todas as coisas aqui. Somos forasteiros, isso é óbvio, então precisamos contar com você. Deixe eu lhe dar uma sugestão e você me diz se funciona. E se você se encontrasse com o Sr. Moke, sozinhos, e comentasse com ele em linhas gerais sobre o empreendimento? Nossos nomes não seriam mencionados, você simplesmente teria um cliente que gostaria de trabalhar com ele. Ele vai dar um preço. Se estiver dentro da nossa margem, você poderia fechar acordo. Nós cuidaríamos da entrega, e você nunca saberia com certeza se o dinheiro mudou mesmo de mãos. Você não teria feito nada de errado. Ele ficaria feliz. Nós ficaríamos felizes, porque estaríamos prestes a ganhar uma fortuna, assim como você, devo acrescentar.

Hoppy gostou daquilo! Nenhuma sujeira ficaria em suas mãos. Que o seu cliente e Jimmy Hull fizessem o trabalho sujo. Ele ia ficar de fora dessa parte e olhar para o outro lado. Mesmo assim, foi tomado pela preocupação. Disse que gostaria de refletir sobre o assunto.

Os dois conversaram mais um pouco, examinaram mais uma vez os projetos e se despediram às oito. Ringwald combinou de ligar na manhã de sexta-feira.

Antes de voltar para casa, Hoppy discou o número no cartão de visita de Ringwald. Uma recepcionista eficiente em Las Vegas atendeu.

– Boa tarde, KLX Property Group.

Hoppy sorriu, então pediu para falar com Todd Ringwald. A chamada foi transferida, com um *soft rock* ao fundo, para a sala do Sr. Ringwald, e Madeline, uma espécie de secretária, explicou-lhe que o Sr. Ringwald estava fora da cidade e não deveria voltar até segunda-feira. Ela perguntou quem estava ligando, e Hoppy desligou no mesmo instante.

Ainda bem. O KLX era de fato legítimo.

AS CHAMADAS TELEFÔNICAS RECEBIDAS eram interceptadas na recepção e registradas em papéis amarelos, os quais, depois, eram encaminhados para Lou Dell, que então os entregava, como o coelhinho da Páscoa distribuindo ovos de chocolate. A ligação de George Teaker chegou às sete e quarenta da noite de quinta-feira e foi repassada a Lonnie Shaver, que tinha pulado o filme e estava trabalhando em seu computador. Ele ligou para Teaker imediatamente e, nos primeiros dez minutos, não respondeu a nada além de perguntas sobre o julgamento. Lonnie confessou que tinha sido um dia ruim para a defesa. Lawrence Krigler havia provocado um impacto significativo nos jurados, exceto nele próprio, é claro. Lonnie não tinha ficado impressionado, ele garantiu a Teaker. O pessoal de Nova York estava preocupado, disse Teaker mais de uma vez. Estavam bastante aliviados pelo fato de Lonnie estar no júri e de poderem contar com ele, independentemente de qualquer coisa, mas as coisas pareciam estar indo mal. Não estavam?

Lonnie respondeu que era muito cedo para saber.

Teaker disse que eles precisavam amarrar as pontas soltas do contrato de trabalho. Lonnie só conseguia pensar em uma única ponta solta, a de quanto seria seu novo salário. Atualmente ganhava 40 mil dólares por ano. Teaker disse que a SuperHouse passaria para 50 mil, com opções de ações e um bônus vinculado ao desempenho que poderia chegar a 20 mil.

Queriam que ele começasse um curso de treinamento de gerentes em Charlotte assim que o julgamento acabasse. A menção ao julgamento trouxe outra rodada de perguntas sobre o humor do júri.

Uma hora depois, Lonnie estava na janela, olhando para o estacionamento e tentando acreditar que estava prestes a ganhar 70 mil dólares por ano. Três anos antes, fizera 25 mil.

Nada mal para um garoto cujo pai dirigia um caminhão de leite por 3 dólares a hora.

18

Na manhã de sexta-feira, o *Wall Street Journal* publicou uma matéria de primeira página sobre Lawrence Krigler e seu depoimento do dia anterior. Assinada por Agner Layson, que até então não havia perdido uma só palavra do julgamento, a reportagem era competente em descrever o que o júri tinha escutado. A seguir, Layson fazia especulações sobre o impacto que Krigler tivera no júri. A segunda metade do texto tentava arranhar a imagem de Krigler com citações da velha guarda da ConPack, antiga Allegheny Growers. Não surpreendentemente, negavam de forma veemente quase tudo o que Krigler disse. A empresa não tinha realizado um estudo sobre a nicotina na década de 1930, ou pelo menos ninguém sabia de tal estudo hoje em dia. Isso fazia muito tempo. Ninguém na ConPack jamais havia visto o infame memorando. Provavelmente era apenas imaginação de Krigler. Não era de conhecimento geral na indústria tabagista que a nicotina viciava. Os teores da substância não haviam sido mantidos artificialmente altos pela ConPack, nem por qualquer outro fabricante. A empresa não admitia, na verdade ela negava mais uma vez, agora à imprensa, que a nicotina era viciante, antes de qualquer coisa.

A Pynex também fez algumas investidas, todas partindo de fontes não identificadas. Krigler era um maluco sem profissionalismo. Ele se achava um pesquisador sério, quando na verdade era um mero engenheiro. Seu trabalho com a Raleigh 4 estava repleto de falhas. A produção daquela variedade era completamente inviável. A morte de sua irmã havia afetado profundamente seu trabalho e sua conduta. Ele não tardou em ameaçar entrar na Justiça. Havia fortes indícios de que o acordo extrajudicial, feito treze anos antes, tinha sido favorável ao extremo à Pynex.

Um artigo curto, relacionado ao assunto, acompanhava a movimentação das ações da Pynex, que abriram em alta, mas tinham fechado em 75,5, uma queda de três pontos, consequência de um dia de fortes negociações.

O juiz Harkin leu a reportagem uma hora antes da chegada do júri. Ligou para Lou Dell, no Siesta Inn, para se certificar de que nenhum dos jurados a lesse. Ela lhe assegurou que eles receberiam apenas os jornais locais, todos censurados de acordo com as instruções. Ela até gostava de recortar as matérias sobre o julgamento. De vez em quando, recortava uma não relacionada, só por diversão, para fazer os jurados se perguntarem o que é que estavam perdendo. Eles jamais saberiam.

HOPPY DUPREE DORMIU pouco. Depois de lavar a louça e passar o aspirador na sala, falou com Millie pelo telefone por quase uma hora. Ela estava de bom humor.

Ele levantou da cama à meia-noite, sentou-se na varanda e ficou refletindo sobre o KLX, Jimmy Hull Moke e a fortuna envolvida nessa história, bem perto das mãos dele. O dinheiro seria usado para os filhos, decidira antes de sair do escritório. Nada de faculdades baratas. Nada de empregos de meio período. Eles estudariam nas melhores universidades. Uma casa maior seria bom, mas só porque os filhos tinham pouco espaço. Millie e ele poderiam morar em qualquer lugar; não eram exigentes.

Nada de dívidas. Depois de pagar os impostos, colocaria o dinheiro em dois lugares: fundos de investimento e imóveis. Compraria pequenas propriedades comerciais com aluguéis sólidos. Já conseguia pensar em meia dúzia de opções.

O acordo com Jimmy Hull Moke o deixou extremamente preocupado. Ele simplesmente nunca tinha estado envolvido com corrupção, nunca, que ele soubesse, chegara nem perto disso. Um primo seu que vendia carros usados pegara três anos de cadeia por hipotecar em dobro e em triplo o inventário. Aquilo destruiu seu casamento. Devastou os filhos.

Em algum momento antes do amanhecer, curiosamente se sentiu reconfortado pela reputação de Jimmy Hull Moke. O sujeito tinha aprimorado a prática da corrupção e a transformado em uma espécie de arte. Enriquecera absurdamente apesar de receber um parco salário como funcionário público. E todo mundo sabia!

Sem dúvida, Moke saberia exatamente como manejar o acordo sem ser pego. Hoppy não chegaria perto do dinheiro, nem saberia ao certo se, nem quando, teria sido entregue.

Ele comeu uns biscoitos no café da manhã e chegou à conclusão de que o risco era mínimo. Teria uma conversa tranquila com Jimmy Hull, deixaria o papo tomar o rumo que Jimmy Hull quisesse, porque logo chegariam à questão do dinheiro, e aí então Jimmy falaria com Ringwald. Descongelou rolinhos de canela para os filhos, deixou o dinheiro do almoço na bancada da cozinha e, às oito, saiu para o escritório.

NO DIA SEGUINTE ao depoimento de Krigler, a defesa adotou um estilo mais brando. Era fundamental que parecessem relaxados, sem dar importância ao duro golpe que a reclamante havia desferido no dia anterior. Os advogados se vestiram com tons mais leves, cinza e azul-claros, até mesmo um cáqui. O preto e o azul-marinho, pesados, tinham ficado para trás, assim como as carrancas típicas de quem se achava importante demais. No instante em que a porta se abriu e o primeiro jurado apareceu, largos sorrisos cheios de dentes se abriram na mesa da defesa. Houve até mesmo algumas risadas. Que pessoal descontraído.

O juiz Harkin cumprimentou a todos, mas havia poucos sorrisos na bancada do júri. Era sexta-feira, o que significava que o fim de semana começaria em breve, um fim de semana que seria passado em confinamento no Siesta Inn. Durante o café da manhã, fora decidido que Nicholas entregaria um bilhete ao juiz pedindo-lhe que avaliasse a possibilidade de haver sessão aos sábados. Os jurados preferiam estar no tribunal, tentando encerrar aquele calvário, do que ficar em seus quartos sem fazer nada além de pensar sobre o julgamento.

A maioria deles reparou nos sorrisos estúpidos de Cable e companhia. Repararam nos ternos de verão, no ar jovial, nos cochichos bem-humorados.

– Por que eles estão tão felizes? – sussurrou Loreen Duke baixinho, enquanto Harkin recitava sua lista de perguntas de sempre.

– Eles querem que a gente pense que está tudo sob controle – sussurrou Nicholas de volta. – Apenas fique olhando pra eles.

Wendall Rohr se levantou e chamou a testemunha seguinte.

– Dr. Roger Bunch – disse ele, com ar de grandeza e olhando o júri em busca de reações àquele nome.

Era sexta-feira. Não haveria nenhuma reação do júri. Bunch tinha ganhado fama uma década antes, quando, no cargo de cirurgião-geral dos Estados Unidos, havia sido um crítico ferrenho da indústria tabagista. Em seus seis anos de mandato, ele incentivara inúmeros estudos, dirigira ataques frontais, proferira milhares de discursos antitabagismo, escrevera três livros sobre o assunto e pressionara as agências regulatórias para que exercessem um controle mais rígido. Suas vitórias foram poucas e esparsas. Depois que deixou o cargo, continuou sua cruzada, valendo-se do talento que tinha para a autopromoção.

Era um homem de muitas opiniões e estava ansioso para compartilhá-las com o júri. As evidências eram conclusivas: cigarros provocam câncer de pulmão. Todas as organizações médicas profissionais do mundo que abordaram o assunto tinham concluído que fumar provocava câncer de pulmão. As únicas organizações com opiniões contrárias eram os próprios fabricantes e seus porta-vozes contratados, como lobistas e afins.

Cigarros viciavam. Bastava perguntar a qualquer fumante que já tivesse tentado parar. A indústria insistia que fumar era uma questão de livre escolha. "Típica baboseira dos fabricantes de cigarro", dizia com desgosto. De fato, durante seus seis anos como cirurgião-geral, ele divulgara três estudos distintos, cada um deles provando de maneira indiscutível que o cigarro viciava.

Os fabricantes gastavam bilhões enganando o público. Patrocinavam estudos que diziam provar que fumar era praticamente inofensivo. Desembolsavam 2 bilhões por ano apenas em publicidade, depois afirmavam que as pessoas faziam escolhas independentes sobre fumar ou não. Não era verdade, simplesmente. As pessoas, sobretudo os adolescentes, recebiam sinais contraditórios. Fumar parecia ser divertido, sofisticado, até mesmo saudável.

Eles gastavam rios de dinheiro em todo tipo de estudo maluco que provasse o que quer que quisessem dizer. A indústria, como um todo, era famosa pelas mentiras e omissões. As empresas se recusavam a responder por seus produtos. Investiam desesperadamente em publicidade, mas quando um de seus clientes morria de câncer de pulmão, diziam que a pessoa tinha que saber o que estava fazendo.

Bunch havia feito um estudo provando que os cigarros continham resíduos de inseticidas e pesticidas, fibras de amianto, dejetos não identificados e lixo varrido do chão. Embora não economizassem gastos com propaganda, as empresas não queriam o trabalho, nem a despesa, de eliminar adequadamente os resíduos de veneno do tabaco. Ele comandara um projeto que mostrou como os fabricantes de cigarro tinham os jovens como alvo; como visavam aos mais pobres; como desenvolviam novas marcas para atingir determinado gênero ou classe social.

Pelo fato de ter sido cirurgião-geral, o Dr. Bunch teve autorização para compartilhar suas opiniões sobre uma ampla gama de assuntos. Por vezes, ao longo da manhã, não foi capaz de disfarçar seu ódio pela indústria tabagista, e, quando esse rancor transbordava, sua credibilidade era afetada. Mas conseguiu estabelecer uma conexão com o júri. Não houve nenhum bocejo nem olhares vazios.

TODD RINGWALD ERA da opinião convicta de que a reunião deveria ocorrer no escritório de Hoppy, em seu território, onde Jimmy Hull Moke seria pego de surpresa. Hoppy supôs que aquilo fazia sentido. Estava totalmente perdido quanto ao protocolo em questões como aquela. Teve sorte e encontrou Moke em casa, distraindo-se com o cortador de grama e com planos mesmo de ir a Biloxi no final do dia. Moke falou que conhecia Hoppy, que já tinha ouvido falar dele. Hoppy disse que era um assunto muito importante envolvendo um empreendimento de grande potencial no condado de Hancock. Combinaram de almoçar, um sanduíche rápido no escritório de Hoppy. Moke disse que sabia exatamente onde Hoppy ficava.

Por alguma razão, três corretores de meio período estavam inertes no escritório quando era quase meio-dia. Uma conversava com o namorado ao telefone. Um folheava os classificados. Um estava aparentemente esperando pelo carteado. Com grande dificuldade, Hoppy os despachou para a rua, onde os imóveis estavam à espera. Ele não queria ninguém por perto quando Moke chegasse.

O escritório estava deserto quando Jimmy Hull passou pela porta, de calça jeans e botas de caubói. Hoppy o cumprimentou com um aperto de mão nervoso e a voz trêmula e o levou até sua sala, nos fundos, onde a mesa estava posta com dois sanduíches e dois chás gelados. Falaram sobre política local, cassinos e pesca enquanto comiam, embora o apetite de Hoppy fosse zero. Seu estômago dava cambalhotas de medo, e suas mãos não paravam de tremer. Então limpou a mesa e pegou os desenhos do Stillwater Bay. Ringwald os havia deixado lá mais cedo, e eles não tinham nenhuma pista sobre quem estava por trás do projeto. Hoppy fez um breve resumo de dez minutos sobre o empreendimento e percebeu que foi ficando cada vez mais seguro. Disse a si mesmo que tinha feito uma belíssima apresentação.

Jimmy Hull olhou para a arte, coçou o queixo e disse:

– Trinta milhões de dólares, hein?

– No mínimo – respondeu Hoppy.

Seu intestino começou subitamente a se revirar.

– E quem vai executar?

Hoppy tinha ensaiado sua resposta e a proferiu com propriedade convincente. Simplesmente não podia revelar o nome, não naquele momento. Jimmy Hull gostou da confidencialidade. Ele fez perguntas, todas relacionadas a dinheiro e financiamento. Hoppy respondeu a maioria.

– O zoneamento pode ser um problema – disse Jimmy Hull franzindo a testa.

– Sem dúvida.

– E a comissão de planejamento vai arrumar uma briga feia.

– Já esperamos por isso.

– Claro, a decisão final cabe aos supervisores. Como você sabe, as recomendações de zoneamento e planejamento são meramente consultivas. No fim das contas, nós seis fazemos o que a gente quiser.

Ele riu e Hoppy riu junto. No Mississippi, os seis supervisores de condado governavam intocáveis.

– Meu cliente está ciente de como as coisas funcionam. E está ansioso pra trabalhar em conjunto com você.

Jimmy Hull tirou os cotovelos da mesa e se recostou na cadeira. Franziu as sobrancelhas. Rugas se formaram na testa. Acariciou o queixo, e seus olhos pretos e redondos pareceram disparar um laser e atingir o pobre Hoppy como um tiro no peito. Hoppy apertou todos os dez dedos contra mesa para que as mãos não tremessem.

Quantas vezes Jimmy Hull estivera diante de momentos como aquele, analisando a presa antes de partir para cima dela?

– Você sabe que eu controlo tudo no meu distrito – insinuou, os lábios mal se mexendo.

– Sei exatamente como as coisas funcionam – respondeu Hoppy, com o máximo de frieza possível.

– Se eu quiser que isso seja aprovado, vai passar direto. Se eu não gostar, já está morto.

Hoppy apenas assentiu.

Jimmy Hull estava curioso sobre quais outros moradores estavam envolvidos nesse momento, quem sabia o quê, quão secreto era o projeto àquela altura.

– Ninguém além de mim – assegurou Hoppy.

– O seu cliente é um cassino?

– Não. Mas eles são de Las Vegas. Sabem como fazer as coisas em nível local. E estão ansiosos para agilizar o negócio.

Las Vegas era a senha ali, e Jimmy Hull a saboreou. Olhou ao redor do pequeno escritório surrado. Era simples e espartano e passava certa inocência, como se não acontecesse muita coisa ali nem se esperasse que acontecesse. Ele tinha ligado para dois amigos em Biloxi, e ambos contaram que Dupree era um tipo inofensivo que vendia bolos no Natal para ajudar o Rotary Club. Tinha uma família grande e conseguia evitar tanto controvérsias quanto polêmicas de modo geral. A pergunta óbvia era: por que os rapazes por trás do Stillwater Bay tinham se associado a uma empresa familiar como a imobiliária de Dupree?

Ele decidiu não perguntar. Em vez disso, disse:

– Sabe, meu filho é um consultor muito bom pra projetos como esse.

– Não sabia. Meu cliente ia adorar trabalhar com o seu filho.

– Ele mora em Bay St. Louis.

– Ligo pra ele?

– Não. Eu cuido disso.

Randy Moke era dono de dois caminhões basculantes e passava a maior parte do tempo zanzando em um barco de pesca que oferecia para passeios. Tinha largado o ensino médio dois meses antes de sua primeira condenação por posse de drogas.

Hoppy pressionou. Ringwald tinha insistido para que tentasse fechar com Moke o mais rápido possível. Se não chegassem a um acordo logo de cara, Moke poderia voltar correndo para o condado de Hancock e começar a falar sobre o empreendimento.

– Meu cliente está ansioso pra calcular as despesas preliminares antes de adquirir o terreno. Quanto seu filho deve cobrar pelo serviço?

– Cem mil.

Hoppy não moveu um músculo e ficou bastante orgulhoso de sua frieza. Ringwald tinha previsto uma extorsão, na casa dos 100 a 200 mil. O KLX pagaria com prazer. Francamente, era até barato em comparação com Nova Jersey.

– Entendo. A ser pago...

– Em espécie.

– Meu cliente está disposto a conversar.

– Sem conversa. Adiantado, em espécie, ou nada de acordo.

– E o acordo é?

– Cem mil em espécie agora, e o projeto é aprovado. Eu dou garantia. Um centavo a menos, e acabo com ele com um único telefonema.

Admiravelmente, não havia o menor traço de ameaça em sua voz ou expressão. Mais tarde, Hoppy diria a Ringwald que Jimmy Hull tinha apresentado os termos do acordo com a naturalidade de quem está vendendo um pneu velho em um mercado de pulgas.

– Preciso fazer uma ligação – disse Hoppy. – Espere um minuto.

Ele foi até a sala da frente, que felizmente ainda estava deserta, e ligou para Ringwald, que estava sentado ao lado do telefone no hotel. Os termos foram repassados, debatidos apenas por alguns segundos, e Hoppy voltou à própria sala.

– Fechado. Meu cliente vai pagar.

Ele disse aquilo devagar e, com toda a sinceridade, era uma sensação boa intermediar um acordo que renderia milhões. O KLX de um lado, Moke do outro, e Hoppy no meio de tudo aquilo, mas ao mesmo tempo totalmente imune à parte suja do trabalho.

O rosto de Jimmy Hull relaxou e ele até abriu um sorriso.

– Quando?

– Eu ligo pra você na segunda.

19

Fitch ignorou o julgamento na tarde de sexta-feira. Havia assuntos mais urgentes relacionados a um de seus jurados. Pang, Carl Nussman e ele se trancaram em uma sala de reuniões no escritório de Cable e ficaram olhando para a parede por uma hora.

A ideia tinha sido de Fitch, e só dele. Era um tiro no escuro, uma de suas ideias mais audaciosas até o momento, mas ele recebia para explorar territórios que ninguém mais era capaz de explorar. O dinheiro lhe dava o privilégio de poder sonhar com o impossível.

Quatro dias antes, dera ordens a Nussman para enviar a Biloxi rapidamente todos os arquivos sobre o júri do caso Cimmino, de um ano antes, em Allentown, Pensilvânia. O júri do caso Cimmino tinha ouvido quatro semanas de depoimentos e, então, dera mais um veredito favorável aos fabricantes de cigarro. Trezentos jurados em potencial haviam sido intimados a comparecer à seleção em Allentown. Um deles era um jovem chamado David Lancaster.

O dossiê sobre Lancaster era fino. Ele trabalhava em uma videolocadora e dizia ser estudante. Morava em um apartamento acima de uma mercearia coreana em dificuldades e aparentemente usava uma bicicleta para se locomover. Não havia evidência de nenhum outro automóvel, e os registros do condado não indicavam cobrança de impostos sobre qualquer veículo, leve ou pesado, em seu nome. Seu formulário do júri dizia que tinha nascido na Filadélfia, em 8 de maio de 1967, embora isso não houvesse sido confirmado na época do julgamento. Não havia nenhuma razão para suspeitar que estava mentindo. O pessoal de Nussman tinha acabado de descobrir que a data de nascimento era inventada, no fim das contas. O formulário também dizia que ele nunca havia sido condenado por nenhum crime, que não havia participado de nenhum júri no condado no ano anterior, que não tinha nenhum motivo médico que o dispensasse e que era um eleitor devidamente qualificado. Ele se registrara para votar cinco meses antes do início do julgamento.

Não havia nada de estranho no dossiê, exceto pelo memorando escrito por um consultor que dizia que, quando Lancaster apareceu, no primeiro dia de seleção do júri, o escrivão não encontrou o nome dele na lista de intimados. Então o jovem apresentou o que parecia ser uma intimação válida e se sentou com os demais candidatos. Um dos consultores de Nussman observou que Lancaster parecia ávido por integrar o júri.

A única foto do jovem havia sido tirada à distância, enquanto ele ia de bicicleta para o trabalho. Usava boné e óculos escuros e tinha cabelos compridos e uma barba cheia. Uma das espiãs de Nussman conversou com Lancaster enquanto alugava uma fita de vídeo e relatou que ele estava vestido com uma calça jeans desbotada, sandálias Birkenstock, meias de lã e camisa de flanela. Os cabelos estavam amarrados em um rabo de cavalo bem puxado e enfiados debaixo do colarinho da camisa. Tinha sido educado, mas não muito falante.

Lancaster recebeu um número alto quando foi feito o sorteio, mas sobreviveu às duas eliminações preliminares e estava a quatro fileiras de distância quando a seleção do júri foi concluída.

Seu dossiê foi arquivado de imediato.

Agora estava reaberto. Nas últimas vinte e quatro horas, descobrira-se que David Lancaster tinha simplesmente desaparecido de Allentown um mês depois do fim do julgamento. Seu locador coreano não sabia de nada. Seu chefe na locadora disse que um dia ele não apareceu para trabalhar e, depois, nunca mais ouviu falar dele. Não havia nenhuma outra pessoa na cidade que pudesse dizer que Lancaster existia. O pessoal de Fitch ainda estava checando, mas ninguém esperava encontrar nada. Ainda estava registrado para votar, mas as listas só seriam revisadas dali a cinco anos, de acordo com o responsável pelas eleições no condado.

Na noite de quarta-feira, Fitch tinha quase certeza de que David Lancaster era Nicholas Easter.

Na manhã de quinta, Nussman recebeu de seu escritório em Chicago duas caixas grandes que continham os arquivos do júri do caso Glavine, em Broken Arrow, Oklahoma. O caso Glavine tinha rendido uma briga no tribunal com a Trellco dois anos antes, com Fitch garantindo o veredito desejado muito antes de os advogados pararem de discutir. Nussman passou a noite de quinta para sexta em claro examinando os arquivos do júri do caso Glavine.

Havia um moço branco em Broken Arrow chamado Perry Hirsch, com 25 anos na época, supostamente nascido em St. Louis em uma data que acabou sendo descoberta como falsa. Dissera que trabalhava em uma fábrica de luminárias e que entregava pizzas nos fins de semana. Solteiro, católico, tinha largado a faculdade, nunca participara de um júri antes, tudo segundo suas próprias palavras, registradas em um breve questionário que foi entregue aos advogados com antecedência. Ele havia se registrado para votar quatro meses antes do julgamento e, supostamente, morava com uma tia em um camping de trailers. Tinha sido uma das duzentas pessoas que havia respondido à intimação para comparecer à seleção do júri.

Havia duas fotos de Hirsch. Em uma delas, estava levando uma pilha de caixas de pizzas para o carro – um Ford Pinto caindo aos pedaços –, com uma chamativa camiseta azul e vermelha da pizzaria Rizzo's e um boné combinando. Usava óculos de armação de metal fina e tinha barba. Na outra foto, estava parado ao lado do trailer onde morava, mas mal dava para ver seu rosto.

Hirsch quase fez parte do júri do caso Glavine, mas foi vetado pela reclamante por razões que não ficaram claras na época. Evidentemente, tinha deixado a cidade pouco após o julgamento. A fábrica em que trabalhava empregava um homem chamado Terry Hurtz, mas nenhum Perry Hirsch.

Fitch tinha contratado um detetive local para investigar freneticamente. A tia sem nome não foi encontrada; não havia nenhum registro no camping de trailers. Ninguém na Rizzo's se lembrava de nenhum Perry Hirsch.

Fitch, Pang e Nussman se sentaram no escuro e ficaram olhando para a parede na tarde de sexta-feira. As fotos de Hirsch, Lancaster e Easter estavam ampliadas e o mais focadas possível. Easter, claro, estava agora sem barba. Sua foto tinha sido tirada enquanto trabalhava, então não estava de óculos escuros nem de boné.

Os três rostos eram da mesma pessoa.

O perito em caligrafia de Nussman chegou depois do almoço. Tinha sido trazido de Washington em um jato da Pynex. Levou menos de trinta minutos para formular algumas opiniões. As únicas amostras de caligrafia disponíveis eram os formulários do júri dos casos Cimmino e Wood e o pequeno questionário do caso Glavine. Era mais do que suficiente. O perito não teve dúvidas de que Perry Hirsch e David Lancaster eram a mesma pessoa. A caligrafia de Easter era bem diferente da de Lancaster, mas ele cometeu um erro ao tentar se diferenciar de Hirsch. A letra de forma cuidadosamente desenhada que Easter tinha usado obviamente havia sido projetada para se distinguir das anteriores. Ele havia trabalhado duro para criar um estilo de escrita inteiramente novo, que não pudesse ser ligado ao seu passado. O erro ocorreu na parte inferior do formulário, quando Easter assinou seu nome. O "t" estava cruzado baixo e inclinado da esquerda para a direita, de forma muito distinta. Hirsch tinha usado uma letra cursiva desleixada, sem dúvida destinada a retratar a carência de estudos. O "t" em "St. Louis", seu suposto local de nascimento, era idêntico ao "t" em "Easter", embora, para o olhar leigo, nada neles parecesse nem de longe semelhante.

– Hirsch e Lancaster são a mesma pessoa. Hirsch e Easter são a mesma pessoa. Logo, Lancaster e Easter só podem ser a mesma pessoa – anunciou o perito sem a menor sombra de dúvida.

– Todos os três são o mesmo – disse Fitch lentamente enquanto afundava em sua cadeira.

– Isso mesmo. E ele é muito, muito esperto.

O perito em caligrafia foi embora. Fitch voltou ao seu escritório, onde ficou em reunião com Pang e Konrad pelo resto da tarde de sexta e noite adentro. Ele tinha pessoas *in loco* em Allentown e Broken Arrow fuçando e subornando na esperança de conseguir os registros dos empregos temporários e as declarações de impostos de Hirsch e Lancaster.

– Você já tinha visto alguém perseguir julgamentos? – perguntou Konrad.

– Nunca – rosnou Fitch.

AS REGRAS PARA VISITAS CONJUGAIS eram simples. Entre as sete e as nove horas das noites de sexta-feira, cada jurado poderia se divertir com cônjuges, companheiros ou quem quer que estivesse em seus respectivos quartos. Os convidados podiam entrar e sair a qualquer momento, mas primeiro precisavam ser registrados por Lou Dell, que os avaliava de cima a baixo como se ela, e somente ela, detivesse o poder de aprovar o que estavam prestes a fazer.

O primeiro a chegar, às sete em ponto, foi Derrick Maples, o belo namorado da jovem Angel Weese. Lou Dell anotou seu nome e apontou para o fim do corredor, dizendo:

– Quarto 55.

Ele não foi visto até as nove, quando saiu para tomar um ar.

Nicholas não receberia ninguém na noite de sexta. Nem Jerry Fernandez; ele e sua esposa vinham dormindo em quartos separados havia um mês, e ela não estava disposta a perder seu tempo fazendo visitas a um homem que desprezava. Além disso, Jerry e Poodle praticavam privilégios conjugais todas as noites. A esposa do coronel Herrera estava viajando. A esposa de Lonnie Shaver não tinha conseguido arrumar uma babá. Portanto, os quatro homens ficaram vendo um filme de John Wayne no Salão de Festas e lamentaram o estado deplorável de suas vidas afetivas. Até mesmo o velho e cego Herman estava tendo alguma sorte, mas eles, não.

Phillip Savelle recebeu uma pessoa, mas Lou Dell se recusou a divulgar ao resto dos homens gênero, cor da pele, idade ou qualquer outra coisa sobre ela. Era uma moça muito simpática, que parecia ser indiana ou paquistanesa.

A Sra. Gladys Card ficou vendo TV no quarto com o Sr. Nelson Card. Loreen Duke, que era divorciada, recebeu suas duas filhas adolescentes. Rikki Coleman teve relações conjugais com o marido, Rhea, e depois falou sobre os filhos durante uma hora e quarenta e cinco minutos, o tempo restante. E Hoppy Dupree levou para Millie flores e uma caixa de bombons, cuja maior parte ela comeu enquanto ele quicava pelo quarto em um estado de empolgação que ela poucas vezes tinha visto. Os filhos estavam bem, todos namorando, e os negócios iam a toda a velocidade. Na verdade, os negócios estavam indo muito bem. Tinha um segredo, um grande segredo incrível e delicioso sobre um acordo que estava mediando, mas que não podia contar a ela ainda. Talvez na segunda. Talvez depois. Mas agora simplesmente não podia. Ficou lá por uma hora e correu de volta ao escritório para dar continuidade ao trabalho.

O Sr. Nelson Card foi embora às nove, e Gladys cometeu o erro de ir ao Salão de Festas, onde os homens estavam tomando cerveja, comendo pipoca e agora assistindo a lutas de boxe. Ela pegou um refrigerante e se sentou à mesa. Jerry a olhou, desconfiado.

– Sua safadinha – disse ele. – Vamos lá, conte pra gente.

Sua boca se abriu e suas bochechas coraram. Ela não conseguia falar.

– Vamos lá, Gladys. A gente ficou aqui sem fazer nada.

Ela pegou sua Coca-Cola e se levantou em um pulo.

– Talvez tenha uma boa razão pra vocês não terem feito nada – retrucou ela com raiva, depois saiu da sala marchando.

Jerry ainda conseguiu dar uma risada. Os outros estavam cansados e desanimados demais para se importar.

O CARRO DE MARLEE era um Lexus alugado de um revendedor em Biloxi, um contrato de três anos a 600 dólares por mês, cuja locatária era a Rochelle Group, uma empresa novinha em folha sobre a qual Fitch não tinha conseguido descobrir nada. Um transmissor de quase meio quilo com ímã havia sido acoplado na carroceria acima do pneu traseiro esquerdo, de forma que Marlee agora podia ser rastreada a partir da mesa de Konrad. Joe Boy o havia instalado algumas horas depois que eles a seguiram desde Mobile e anotaram a placa dela.

Seu apartamento, grande e novo, tinha sido alugado pela mesma empresa. Quase 2 mil dólares por mês. Marlee tinha despesas gerais bem altas, mas Fitch e companhia não conseguiram encontrar nenhum sinal de emprego.

Ela ligou tarde da noite de sexta-feira, poucos minutos depois de Fitch se despir e ficar só de cueca samba-canção GG e meias, esparramado na cama. Por algum tempo, ele seria dono da suíte presidencial no último andar do Colonial Hotel, em Biloxi, na Rodovia 90, a 100 metros do Golfo do Mississippi. Quando se dava ao trabalho de olhar, tinha uma bela vista da praia. Ninguém de fora de seu pequeno círculo sabia onde ele estava hospedado.

A ligação caiu na recepção, uma mensagem urgente para o Sr. Fitch, e deixou o concierge da noite diante de um dilema: o hotel estava recebendo uma quantia enorme para preservar a privacidade e a identidade do Sr. Fitch. O concierge não podia admitir que ele era um hóspede. A moça tinha planejado tudo.

Quando Marlee ligou de volta, dez minutos depois, a ligação foi transferida, de acordo com as ordens do Sr. Fitch. Estava de pé agora, com a cueca puxada quase até o peito, mas ainda caindo pelas coxas roliças, coçando a testa e se perguntando como foi que ela o havia encontrado.

– Boa noite – disse ele.

– Oi, Fitch. Lamento estar ligando tão tarde. – Ela não lamentava nada.

O "i" do "Oi" tinha sido propositalmente pronunciado de modo articulado, algo que Marlee fazia de vez em quando. Era uma tentativa de soar um pouco sulista. As gravações de todas as oito conversas telefônicas, por mais breves que fossem, juntamente com a gravação do encontro em Nova Orleans, foram examinadas por especialistas nova-iorquinos em vozes e sotaques. Marlee era do Meio-Oeste, do leste do Kansas ou do oeste do Missouri, provavelmente de algum lugar a menos de 150 quilômetros de Kansas City.

– Sem problemas – disse, conferindo se o gravador em uma mesinha dobrável perto da cama estava funcionando. – Como vai o seu amigo?

– Solitário. Hoje foi a noite de visita conjugal, sabia?

– Fiquei sabendo. Todo mundo recebeu visita?

– Nem todo mundo. É muito triste, no fundo. Os homens ficaram vendo filmes do John Wayne enquanto as mulheres faziam tricô.

– Ninguém transou?

– Muito pouco. A Angel Weese, mas ela está no meio de um romance apimentado. Rikki Coleman. O marido da Millie Dupree apareceu, mas não ficou muito tempo. Os Card ficaram juntos. Sobre o Herman, não sei. E o Savelle recebeu uma convidada.

– Que tipo de criatura o Savelle atraiu?

– Não sei. Ninguém viu.

Fitch arrastou o traseiro largo até a beirada da cama e coçou a ponte do nariz.

– Por que você não foi visitar seu namorado? – perguntou.

– Quem disse que somos namorados?

– O que vocês são?

– Amigos. Adivinha que jurados estão dormindo juntos!

– Ora, como é que vou saber?

– Chuta.

Fitch sorriu para si mesmo no espelho e ficou fascinado por ter tanta sorte.

– Jerry Fernandez e alguém.

– Belo chute. O Jerry está prestes a se divorciar, e a Sylvia está sozinha também. Seus quartos ficam um de frente pro outro no corredor e, bem, não tem muita coisa pra fazer no Siesta Inn.

– O amor é lindo, não é?

– Preciso lhe dizer, Fitch, Krigler ajudou muito a reclamante.

– Eles prestaram atenção nele, não foi?

– Em cada sílaba. Prestaram atenção e acreditaram. Ele conquistou o júri, Fitch.

– Me dê uma notícia boa.

– O Rohr tá preocupado.

Fitch se empertigou.

– O que está preocupando o Rohr? – perguntou ele, estudando o próprio rosto perplexo no espelho.

Ele não deveria ficar surpreso por ela estar falando com Rohr, então por que diabos tinha ficado chocado ao ouvir aquilo? Porque se sentiu traído.

– Você. Ele sabe que você está à solta por aí arrumando todo tipo de estratégia pra chegar ao júri. Você não ficaria preocupado, Fitch, se um cara como você estivesse trabalhando duro a favor da reclamante?

– Eu estaria apavorado.

– Rohr não está apavorado. Está só preocupado.

– Você costuma falar muito com ele?

– Bastante. Rohr é mais simpático que você, Fitch. É muito agradável conversar com ele, além de ele não gravar minhas ligações, não mandar capangas seguirem meu carro. Nada desse tipo.

– Ele sabe mesmo como conquistar uma garota, hein?

– Sabe. Mas tem um ponto fraco.

– Que é?…

– O bolso. Ele não tem como se equiparar aos seus recursos.

– Quanto dos meus recursos você quer?

– Outra hora, Fitch. Preciso ir. Tem um carro de aparência suspeita parado do outro lado da rua. Deve ser algum dos seus palhaços.

Ela desligou.

Fitch tomou banho e tentou dormir. Às duas da manhã, pegou o carro e foi até o Lucy Luck, onde jogou vinte e um apostando 500 dólares por rodada e tomou Sprite até o dia clarear, quando foi embora, com quase 20 mil dólares de lucro.

20

O primeiro sábado de novembro chegou com temperaturas na casa dos 15ºC, excepcionalmente baixas para a Costa do Golfo e seu clima quase tropical. Uma brisa suave vinda do norte sacudia as árvores, espalhando folhas pelas ruas e calçadas. O outono geralmente demorava a chegar e durava até o fim do primeiro trimestre, quando dava lugar à primavera. A Costa do Golfo não sabia o que era inverno.

Algumas pessoas tinham saído para correr assim que amanhecera. Ninguém reparou no Chrysler preto quando parou junto à entrada de uma modesta casa de tijolos de dois andares. Era muito cedo para que os vizinhos vissem os dois jovens de ternos escuros idênticos descendo do carro, andando até a porta da frente, tocando a campainha e aguardando pacientemente. Apesar de muito cedo, dali a menos de uma hora os gramados estariam cheios de gente varrendo as folhas, e as calçadas ficariam repletas de crianças.

Hoppy tinha acabado de despejar a água na cafeteira elétrica quando ouviu a campainha. Apertou a faixa de seu velho roupão atoalhado e procurou ajeitar os cabelos despenteados com os dedos. Só podiam ser os escoteiros, vendendo roscas àquela maldita hora. Porque não podiam ser as Testemunhas de Jeová de novo. Eles iam ver só dessa vez. Aquilo era uma seita! Ele se apressou, porque o segundo andar estava cheio de adolescentes desmaiados. Seis, da última vez que contara: seus cinco filhos e mais um colega de faculdade que alguém tinha arrastado para casa. Apenas uma noite de sexta-feira comum na família Dupree.

Abriu a porta e deu de cara com dois jovens sisudos, que instantaneamente enfiaram as mãos nos bolsos e sacaram distintivos dourados com fundos de couro preto. Na rápida apresentação que fizeram, Hoppy ouviu "FBI" pelo menos duas vezes e quase desmaiou.

– O senhor é o Sr. Dupree? – perguntou o agente Nitchman.

– Sim, mas… – gaguejou Hoppy.

– Gostaríamos de lhe fazer algumas perguntas – disse o agente Napier, enquanto se aproximava ainda mais.

– Sobre o quê? – perguntou Hoppy, com a boca seca.

Ele tentou olhar entre eles, para o outro lado da rua, onde Mildred Yancy com certeza estava assistindo a tudo aquilo.

Nitchman e Napier trocaram um olhar severo de cumplicidade.

– Pode ser aqui ou, se preferir, em outro lugar – propôs Napier.

– Perguntas sobre Stillwater Bay, Jimmy Hull Moke, esses assuntos – disse Nitchman apenas para esclarecer, e Hoppy se agarrou ao batente da porta.

– Ai, meu Deus – balbuciou ele, enquanto o ar escapava de seus pulmões e quase todos os seus órgãos vitais paralisavam.

– Podemos entrar? – perguntou Napier.

Hoppy baixou a cabeça e esfregou os olhos como se fosse chorar.

– Não, por favor, não aqui. – Os filhos! Geralmente eles dormiam até as nove ou dez horas, até o meio-dia se Millie deixasse, mas, com o vozerio lá embaixo, acordariam em um minuto. – Meu escritório – conseguiu dizer.

– A gente espera – concordou Napier.

– Seja rápido – disse Nitchman.

Hoppy agradeceu e, rapidamente, fechou e trancou a porta.

Tão logo se viu sozinho, deixou-se cair em um sofá na sala e ficou olhando para o teto, que estava girando em sentido horário. Nenhum barulho no andar de cima. Os filhos ainda estavam dormindo. Seu coração batia ferozmente e, por um minuto inteiro, achou uma boa ideia simplesmente ficar parado ali e morrer. A morte seria bem-vinda. Ele podia fechar os olhos e desencarnar; dali a algumas horas, o primeiro a descer o veria e ligaria para o 911. Hoppy estava com 53 anos, e sua família por parte de mãe tinha histórico de problemas cardíacos. Millie receberia 100 mil de seguro de vida.

Quando percebeu que seu coração estava determinado a continuar batendo, levantou-se devagar. Ainda zonzo, tateou até a cozinha e se serviu de uma xícara de café. Eram 7h05, de acordo com o relógio digital do forno.

Quatro de novembro. Sem dúvida, um dos piores dias de sua vida. Como ele podia ter sido tão idiota?

Pensou em ligar para Todd Ringwald e para Millard Putt, seu advogado. Mas achou melhor esperar. Subitamente, estava com pressa. Queria sair de casa antes que os filhos acordassem, e que aqueles dois agentes saíssem da porta de sua casa antes que os vizinhos começassem a reparar. Além disso, Millard Putt não entendia nada além de Direito Imobiliário, e olhe lá. Aquela era uma questão penal.

Uma questão penal! Ele deixou o banho para lá e se vestiu em segundos. Estava escovando os dentes quando então se olhou no espelho. A palavra "vigarista" estava escrita em seu rosto, estampada em seus olhos de modo que todo mundo pudesse ver. Ele não sabia mentir. Não tinha talento para falcatruas. Era apenas Hoppy Dupree, um sujeito honesto com uma família linda, uma boa reputação e tudo o mais. Ele nunca tinha sonegado nem mesmo o imposto de renda!

Então por que, Hoppy, havia dois agentes do FBI esperando na porta da sua casa para um passeio pelo centro da cidade, não para a cadeia, ainda, embora isso certamente estivesse no horizonte, mas sim para um lugar em particular, onde pudessem comê-lo no café da manhã e desmascarar sua fraude? Ele decidiu não fazer a barba. Talvez devesse ligar para o reverendo. Ele penteou os cabelos esvoaçantes e pensou em Millie, na humilhação pública, nos filhos, no que todo mundo ia pensar.

Antes de sair do banheiro, Hoppy vomitou.

Já do lado de fora, Napier insistiu em ir no carro de Hoppy. Nitchman os seguiu no Chrysler preto. Ninguém disse nada.

A IMOBILIÁRIA DE DUPREE não era o tipo de empreendimento comercial que atraía gente à primeira hora. Isso valia tanto para os sábados quanto para os dias de semana. Hoppy sabia que o lugar ficaria deserto até pelo menos nove, quem sabe dez. Ele abriu a porta, acendeu a luz, não disse nada até a hora de perguntar se queriam um café. Ambos recusaram e pareciam bastante ansiosos para dar início à carnificina. Hoppy se sentou à mesa. Os agentes se apertaram em sua frente. Ele era incapaz de encará-los.

Nitchman começou:

– O senhor sabe o que é o Stillwater Bay?

– Sim.

– O senhor conhece um homem chamado Todd Ringwald?

– Sim.

– O senhor assinou algum tipo de contrato com ele?

– Não.

Napier e Nitchman se entreolharam como se soubessem que aquilo era mentira.

– Olhe, Sr. Dupree, isso vai ser muito mais tranquilo se o senhor disser a verdade – disse Napier com antipatia.

– Juro que estou falando a verdade.

– Quando o senhor conheceu Todd Ringwald? – perguntou Nitchman, enquanto tirava um pequeno bloco do bolso e começava a fazer anotações.

– Quinta-feira.

– O senhor conhece Jimmy Hull Moke?

– Sim.

– Quando o senhor o conheceu?

– Ontem.

– Onde?

– Bem aqui.

– Qual foi o objetivo da reunião?

– Falar sobre o empreendimento do Stillwater Bay. Eu supostamente deveria representar o KLX Properties Group. Essa empresa quer construir o Stillwater Bay num terreno que fica no distrito do qual o Sr. Moke é supervisor, no condado de Hancock.

Napier e Nitchman olharam para Hoppy e ficaram refletindo pelo que pareceu uma hora. Hoppy repetiu aquelas palavras para si mesmo em sua cabeça. O que ele tinha dito? Algo que pudesse acelerar sua viagem rumo à prisão? Talvez devesse parar com aquilo imediatamente e procurar um advogado.

Napier pigarreou.

– Vínhamos investigando o Sr. Moke há seis meses, e duas semanas atrás ele assentiu em fazer um acordo de delação premiada em troca de uma pena mais branda por sua colaboração.

Essa baboseira jurídica não significava nada para Hoppy. Ele ouvia, mas as coisas não estavam sendo processadas com clareza naquele momento.

– O senhor ofereceu dinheiro ao Sr. Moke? – perguntou Napier.

– Não – respondeu Hoppy rapidamente, sem força nem convicção, simplesmente saiu. – Não – disse ele mais uma vez, pois jamais diria que sim.

E de fato não tinha oferecido dinheiro. Ele havia aberto o caminho para que o seu cliente o oferecesse. Pelo menos, era essa sua interpretação do que fizera.

Nitchman enfiou lentamente a mão no bolso do paletó, tateou devagar até que seus dedos o encontrassem e, então, sacou uma espécie de aparelho fino que pousou suavemente no centro da mesa.

– Tem certeza? – perguntou, provocativo.

– Claro que tenho – respondeu Hoppy, olhando boquiaberto para o maldito aparelhinho.

Nitchman apertou delicadamente um botão. Hoppy prendeu a respiração e cerrou os punhos. Então, sua voz emergiu, tagarelando nervosamente sobre política local, cassinos, pesca, com uma intervenção ou outra de Moke.

– Havia uma escuta! – exclamou Hoppy sem fôlego, totalmente derrotado.

– Sim – disse um deles solenemente.

Hoppy não conseguia parar de encarar o gravador.

– Ah, não – murmurou.

Aquelas palavras tinham sido proferidas e gravadas menos de vinte e quatro horas antes, bem ali, naquela mesa, em meio a sanduíches de frango e chá gelado. Jimmy Hull tinha se sentado bem onde Nitchman estava e combinado um suborno de 100 mil dólares, e o fez com um dispositivo de escuta do FBI escondido em algum lugar do corpo.

A fita se arrastou dolorosamente até que o estrago estivesse feito e Hoppy e Jimmy Hull se despedissem apressados.

– Quer que a gente escute de novo? – perguntou Nitchman apertando um botão.

– Não, por favor – implorou Hoppy, beliscando a ponte do nariz. – Devo falar com um advogado? – perguntou sem levantar a cabeça.

– Não é uma má ideia – disse Napier fingindo camaradagem.

Quando por fim conseguiu encarar os agentes, seus olhos estavam vermelhos e cheios d'água. Sua boca tremia, mas ele projetou a mandíbula e tentou soar ousado.

– Então, quais são as minhas perspectivas? – perguntou.

Napier e Nitchman relaxaram em sincronia. Napier se levantou e andou até uma estante.

– É difícil dizer – disse Nitchman, como se a questão tivesse que ser determinada por outra pessoa. – Prendemos uma dezena de supervisores no ano passado. Os juízes estão de saco cheio disso. As penas estão ficando cada vez maiores.

– Mas não sou supervisor!

– Bem lembrado. Eu diria de três a cinco anos, federal, não estadual.

– Tentativa de suborno de funcionário público – acrescentou Napier, solícito.

Napier então voltou a se sentar ao lado de Nitchman.

Os dois estavam sentados na beirada de suas cadeiras, como se estivessem prestes a pular sobre a mesa e açoitar Hoppy por seus pecados.

O microfone era a tampa de uma caneta Bic descartável, inofensiva, com uma dúzia de outros lápis e canetas baratos dentro de um pote de geleia empoeirado na mesa de Hoppy. Ringwald a havia deixado lá na manhã de sexta-feira, quando Hoppy foi ao banheiro. As canetas e os lápis davam a impressão de nunca terem sido usados, o tipo de coleção que ficava intocada por meses antes que alguém mexesse nela. Caso Hoppy ou outra pessoa decidisse usar a caneta, ela estaria sem tinta e seria imediatamente jogada no lixo. Somente um técnico seria capaz de desmontá-la e descobrir a escuta.

Da mesa, as palavras eram encaminhadas a um pequeno e poderoso transmissor escondido atrás do desinfetante e do purificador de ar debaixo da pia do banheiro, ao lado do escritório de Hoppy. Do transmissor, as palavras eram enviadas a uma van do outro lado da rua, em um shopping center. No veículo, as palavras foram gravadas em fita e entregues ao escritório de Fitch.

Jimmy Hull não tinha uma escuta nem estava trabalhando com o FBI. Na verdade, estava fazendo o que fazia de melhor: coletar propina.

Ringwald, Napier e Nitchman eram todos ex-policiais que agora trabalhavam como agentes particulares para uma empresa de segurança internacional com sede em Bethesda e que Fitch usava com frequência. A arapuca de Hoppy custaria ao Fundo 80 mil dólares.

Uma ninharia.

HOPPY MENCIONOU MAIS UMA VEZ a possibilidade de recorrer a um advogado. Napier o deteve ao recitar, demoradamente, os esforços do FBI para travar a corrupção desenfreada na Costa do Golfo. Ele culpou a indústria do jogo por todas aquelas mazelas.

Era imperativo manter Hoppy longe de um advogado. Um advogado ia querer saber nomes, telefones, autorizações e outros documentos. Napier e Nitchman tinham credenciais falsas convincentes e sabiam mentir com agilidade suficiente para enganar o pobre Hoppy, mas um bom advogado os obrigaria a sumir dali.

O que havia começado como uma operação de rotina sobre corrupção visando a Jimmy Hull e à escumalha local tinha se transformado em uma investigação muito mais ampla envolvendo os cassinos e – as palavras mágicas – o "crime organizado", de acordo com a longa narrativa de Napier. Hoppy ouviu o máximo que conseguiu. Mas era difícil. Sua cabeça rodopiava, tomada de preocupação com Millie e os filhos e com como iam sobreviver pelos três a cinco anos em que ele estivesse preso.

– Então, não estávamos de olho no senhor – disse Napier, em tom de conclusão.

– E, sinceramente, nunca tínhamos ouvido falar do KLX Properties – acrescentou Nitchman. – Meio que tropeçamos nisso tudo.

– Vocês não podem simplesmente "destropeçar"? – perguntou Hoppy, que conseguiu até dar um sorriso fraco de desespero.

– Talvez – disse Napier com segurança, olhando depois para Nitchman, como se tivessem algo ainda mais dramático para oferecer a Hoppy.

– Talvez o quê? – perguntou Hoppy.

Os dois se afastaram da mesa ao mesmo tempo, em sincronia perfeita, como se tivessem ensaiado por horas ou feito aquilo uma centena de vezes. Ambos olharam de forma severa para Hoppy, que murchou e baixou os olhos para a mesa.

– Sabemos que o senhor não é um vigarista, Sr. Dupree – disse Nitchman baixinho.

– O senhor só cometeu um erro – acrescentou Napier.

– Foi isso mesmo – murmurou Hoppy.

– O senhor está sendo usado por alguns bandidos extremamente sofisticados. Eles chegam aqui com muitos planos e muito dinheiro, e, bem, vemos isso o tempo todo nos casos de tráfico de drogas.

Drogas! Hoppy ficou chocado, mas não disse nada. Houve outra pausa enquanto os olhares repreensivos perduraram.

– Podemos lhe propor um acordo? – perguntou Napier.

– E eu tenho como recusar?

– Vamos manter isso em sigilo por vinte e quatro horas. O senhor não conta a ninguém, nós também não. Não fala com seu advogado, nós não vamos atrás do senhor. Por vinte e quatro horas.

– Não entendi.

– Não podemos explicar tudo agora. Precisamos de algum tempo para avaliar sua situação.

Nitchman se inclinou para a frente mais uma vez, os cotovelos sobre a mesa.

– Pode haver uma saída, Sr. Dupree.

Hoppy estava se recuperando, ainda que ligeiramente.

– Pode falar.

– O senhor é um peixe pequeno, insignificante, preso em uma rede muito grande – explicou Napier. – Podemos abrir mão do senhor.

Hoppy gostou de ouvir aquilo.

– O que acontece depois das vinte e quatro horas?

– Nos encontramos novamente aqui, às nove da manhã.

– Fechado.

– Uma palavra pro Ringwald, uma palavra pra qualquer um, até mesmo pra sua esposa, e o seu futuro está em sério risco.

– Vocês têm a minha palavra.

O ÔNIBUS CHEIO deixou o Siesta Inn às dez com os catorze jurados, a Sra. Grimes, Lou Dell e o marido, Benton, Willis e a esposa, Ruby, cinco oficiais à paisana, Earl Hutto, xerife do condado de Harrison, e a esposa, Claudelle, e duas escrivãs-assistentes do gabinete de Gloria Lane. Vinte e oito pessoas ao todo, mais o motorista. Tudo aprovado pelo juiz Harkin. Duas horas depois, todos estavam na Canal Street, em Nova Orleans, e desceram do ônibus na esquina com a Magazine Street. O almoço foi em um salão reservado nos fundos de um antigo bar de ostras na Decatur Street, no French Quarter, pago pelos contribuintes do condado de Harrison.

Eles tinham recebido autorização para percorrer todo o French Quarter. Fizeram compras em feiras ao ar livre; passearam com os turistas pela Jackson Square; observaram boquiabertos os corpos nus nos bares infames da Bourbon Street; compraram camisetas e outras lembrancinhas. Alguns descansaram em bancos ao longo do Riverwalk. Outros se sentaram em bares para ver futebol. Às quatro, eles se reuniram à beira do rio e subiram em um barco a vapor para um passeio turístico. Às seis, jantaram em uma delicatéssen que servia pizzas e sanduíches na baguete na Canal Street.

Às dez, estavam trancados em seus quartos em Pass Christian, cansados e prontos para dormir. Um jurado ocupado é um jurado feliz.

21

Com o esquema de Hoppy fluindo perfeitamente, Fitch tomou a decisão, no sábado à noite, de lançar o próximo ataque contra o júri. Seria um golpe desferido sem a vantagem do planejamento meticuloso e teria de forte aquilo que o golpe em Hoppy tinha de traiçoeiro.

Domingo de manhãzinha, Pang e Dubaz, ambos vestidos de camisa bege com o logotipo de uma firma de encanamento no bolso, arrombaram a porta do apartamento de Easter. Nenhum alarme soou. Dubaz foi direto para a abertura acima da geladeira, removeu a tela, arrancou a câmera escondida que tinha filmado Doyle da outra vez e colocou-a em uma grande caixa de ferramentas que levara para carregar o espólio.

Pang foi para o computador. Ele tinha estudado as fotos apressadas tiradas por Doyle durante a primeira visita e treinado em uma máquina idêntica que havia sido instalada em uma sala próxima à de Fitch. Afrouxou os parafusos e tirou a tampa do painel traseiro. O disco rígido ficava exatamente onde esperava. Em menos de um minuto, desconectou-o. Em seguida, encontrou duas pilhas de disquetes de três polegadas e meia, dezesseis ao todo, em um rack ao lado do monitor.

Enquanto Pang fazia a delicada retirada do disco rígido, Dubaz abria gavetas e revirava silenciosamente os móveis baratos em busca de mais discos. O apartamento era tão pequeno e tinha tão poucos lugares para esconder qualquer coisa que sua tarefa foi fácil. Ele vasculhou as gavetas e os armários da cozinha, o guarda-roupa, as caixas de papelão que Easter usava para colocar meias e cuecas. Não achou nada. Toda a parafernália relacionada ao computador aparentemente ficava ao lado do computador.

– Vamos embora – disse Pang, arrancando os fios do computador, do monitor e da impressora.

O computador foi arremessado no sofá esfarrapado, juntamente com almofadas e roupas, sobre os quais Dubaz despejou um frasco de fluido de isqueiro. Quando o sofá, a cadeira, o computador, os tapetes baratos e as roupas diversas estavam suficientemente encharcados, os dois andaram até a porta e Dubaz riscou um fósforo. A combustão foi rápida e praticamente silenciosa, pelo menos para alguém que pudesse estar ouvindo do lado de fora. Eles esperaram até que as chamas chegassem ao teto e a fumaça preta estivesse se espalhando por todo o apartamento, então partiram apressados, trancando a porta ao sair. Descendo as escadas, no primeiro andar, acionaram o alarme de incêndio. Dubaz correu de volta para cima, onde a fumaça já estava saindo do apartamento, e começou a gritar e bater às portas. Pang fez o mesmo no primeiro andar. Gritos se seguiram rapidamente, enquanto os corredores se enchiam de pessoas em pânico em roupões de banho e moletons. O som estridente dos antigos alarmes de incêndio fez aumentar a histeria.

"Tomem cuidado pra não matar ninguém", Fitch havia ordenado. Dubaz batia às portas enquanto a fumaça ficava cada vez mais espessa. Ele se certificou de que todos os apartamentos perto de Easter estivessem vazios. Puxou as pessoas pelo braço, perguntou se ainda tinha alguém dentro e indicou o caminho das saídas.

Enquanto as pessoas iam se aglomerando no estacionamento, Pang e Dubaz se separaram e se afastaram lentamente. Era possível ouvir as sirenes. A fumaça saía das janelas de dois apartamentos do segundo andar, o de Easter e um ao lado. Mais pessoas saíram correndo, algumas enroladas em cobertores e segurando bebês e crianças pequenas. Elas se juntaram à multidão e esperaram ansiosas pelo caminhão de bombeiros.

Quando os bombeiros chegaram, Pang e Dubaz se afastaram ainda mais e desapareceram.

NINGUÉM MORREU. NINGUÉM ficou ferido. Quatro apartamentos foram completamente destruídos, onze gravemente danificados, quase trinta famílias desabrigadas até que fosse feita uma limpeza e uma reforma.

O disco rígido de Easter se mostrou impenetrável. Ele tinha colocado tantas senhas, códigos secretos, barreiras anti-invasão e antivírus que os especialistas em informática ficaram perplexos. Fitch os trouxera de avião no sábado, vindos de Washington. Eram sujeitos honestos, sem nenhuma noção da origem do disco rígido e dos disquetes. Fitch simplesmente os trancou em uma sala com um computador idêntico ao de Easter e disse--lhes o que queria. A maioria dos disquetes tinha proteções semelhantes. Mais ou menos na metade da pilha, porém, a tensão foi quebrada ao conseguirem decifrar as senhas de um disquete mais antigo que Easter tinha deixado de proteger adequadamente. Havia dezesseis documentos, cujos nomes não revelavam nada. Fitch foi avisado quando o primeiro começou a ser impresso. Era um clipping de seis páginas com notícias recentes sobre a indústria tabagista, datado de 11 de outubro de 1994. Havia reportagens da *Time*, do *Wall Street Journal* e da *Forbes*. O segundo era uma narrativa desconexa de duas páginas que descrevia um documentário sobre processos judiciais em torno de implantes mamários ao qual Easter tinha assistido. O terceiro era um poema ruim sobre rios que ele escrevera. O quarto era outra compilação de notícias recentes sobre processos relativos ao câncer de pulmão.

Fitch e Konrad leram cada página com atenção. O estilo era claro e direto, mas obviamente os textos tinham sido escritos às pressas, porque os erros de digitação os tornavam quase ininteligíveis. Ele escrevia como um repórter imparcial. Era impossível saber se Easter simpatizava com os fumantes ou se apenas tinha um interesse profundo por casos de responsabilidade civil de grandes proporções.

Havia outros poemas ainda mais sofríveis. Um conto abandonado na metade. E, por fim, informação sobre dinheiro sujo. O documento número quinze era uma carta de duas páginas para a mãe, uma tal Sra. Pamela Blanchard, que vivia em Gardner, Texas. Datada de 20 de abril de 1995, começava com "Querida mamãe, agora estou morando em Biloxi, Mississippi, na Costa do Golfo" e continuava explicando o quanto adorava o mar e as praias e como nunca mais seria capaz de viver no interior. Ele se desculpava longamente por não ter escrito antes, e, em dois grandes parágrafos, falava sobre sua dificuldade de criar raízes e prometia melhorar a frequência das cartas. Perguntava sobre Alex, dizia que não falava com ele havia três meses e que não conseguia acreditar que finalmente tinha chegado ao Alasca e arrumado emprego como guia de pesca. Alex parecia ser um irmão. Não havia menção a nenhum pai. Tampouco a alguma garota, pelo menos não uma chamada Marlee.

Ele contou que conseguira emprego em um cassino e que era divertido por enquanto, mas sem muito futuro. Ainda pensava em ser advogado e lamentava pela faculdade de Direito, mas duvidava de que algum dia fosse voltar. Confessou que estava feliz, vivendo de maneira simples, com pouco dinheiro e ainda menos responsabilidades. Ah, bem, precisava correr agora. Muito amor. Pedia que mandasse um oi para a tia Sammie, e dizia que ligaria qualquer dia.

Assinava apenas "Jeff". "Com amor, Jeff". Não havia um sobrenome em nenhum lugar da carta.

Dante e Joe Boy embarcaram em um jatinho uma hora depois de a carta ter sido lida pela primeira vez. Fitch os instruiu a ir a Gardner e contratar todos os detetives particulares da cidade.

Os caras da informática quebraram a defesa de mais um disquete, o penúltimo da pilha. Mais uma vez, tinham conseguido contornar as barreiras com uma série complicada de pistas de senha. Estavam bastante impressionados com a habilidade de Easter como hacker.

O disco continha parte de um documento: os cadernos eleitorais do condado de Harrison. Começando na letra A e indo até a K, imprimiram mais de 16 mil nomes e endereços. Fitch os conferia de tempos em tempos conforme eram impressos. Também continha a lista completa de todos os eleitores registrados no condado. Não eram informações secretas; na verdade, podiam ser compradas de Gloria Lane por 35 dólares. A maioria dos candidatos políticos as comprava nos anos de eleição.

Mas havia duas coisas estranhas sobre a lista de Easter. Primeiro, estava em um disquete, o que significava que, de alguma forma, ele conseguira invadir o computador de Gloria Lane e roubar as informações. Segundo: o que um hacker em meio período/estudante em meio período queria com uma lista daquelas?

Se Easter tinha invadido o computador da escrivã, sem dúvida era capaz de falsificar o que fosse preciso para que seu próprio nome constasse como jurado em potencial no caso Wood.

Quanto mais Fitch pensava sobre aquilo, mais sentido tudo ia fazendo.

OS OLHOS DE HOPPY estavam vermelhos e inchados enquanto ele tomava um café forte em sua mesa, na manhã de domingo, esperando dar nove horas. Não tinha comido nada além de uma banana desde a manhã de sábado, quando passava um café na cozinha de casa minutos antes de a campainha tocar e Napier e Nitchman entrarem em sua vida. Seu sistema gastrointestinal estava arrasado. Seus nervos estavam em frangalhos. Ele tinha bebido vodca demais na noite de sábado, dentro de casa, algo que Millie proibia.

As crianças haviam passado o dia inteiro dormindo. Ele não tinha contado a ninguém, nem mesmo tido a chance, na verdade. A humilhação o ajudava a guardar aquele segredo repulsivo.

Exatamente às nove, Napier e Nitchman entraram com um terceiro homem, mais velho, vestindo também um terno escuro sério e com uma expressão sisuda, como se tivesse ido lá pessoalmente para açoitar e esfolar o pobre Hoppy. Nitchman o apresentou como George Cristano. De Washington! Departamento de Justiça!

O aperto de mão de Cristano foi frio. Ele não puxou conversa fiada.

– Diga, Hoppy, você se importa se essa conversinha for em outro lugar? – perguntou Napier enquanto olhava com desdém ao redor do escritório.

– Por questão de segurança – acrescentou Nitchman para complementar.

– Nunca se sabe de onde as escutas podem surgir – disse Cristano.

– Eu que o diga – ironizou Hoppy, mas ninguém achou graça. Por acaso ele estava em posição de dizer não ao que quer que fosse? – Claro – assentiu ele.

Os quatro partiram em um Lincoln Town Car preto impecável, Nitchman e Napier na frente, Hoppy na parte de trás com Cristano, que, com naturalidade, começou a explicar que ele era algum tipo de assistente da procuradoria-geral do alto escalão das profundezas do judiciário.

Quanto mais perto chegavam do Golfo, mais detestável era estar naquela posição. Portanto, Hoppy ficou em silêncio.

– Você é democrata ou republicano, Hoppy? – perguntou Cristano baixinho depois de uma pausa particularmente longa na conversa.

Napier pegou o litoral e seguiu em sentido oeste ao longo da Costa do Golfo.

A última coisa que Hoppy queria era ofender alguém.

– Ah, não sei. Sempre voto na pessoa, sabe. Não me apego aos partidos, você me entende?

Cristano olhou para fora do carro, através da janela, como se não fosse aquela a resposta que quisesse.

– Eu achava que você era um bom republicano – disse ele, sem tirar os olhos do mar.

Hoppy poderia ser qualquer coisa que aqueles caras quisessem. Absolutamente qualquer coisa. Um comunista fanático de carteirinha, se isso agradasse o Sr. Cristano.

– Eu votei no Reagan e no Bush – confessou orgulhoso. – E no Nixon. Até no Goldwater.

Cristano assentiu ligeiramente, e Hoppy pôde voltar a respirar.

O carro voltou a ficar em silêncio. Napier estacionou em uma marina perto de Bay St. Louis, a quarenta minutos de Biloxi. Hoppy acompanhou Cristano por um píer e entrou em uma lancha alugada de 60 pés chamada *Afternoon Delight*. Nitchman e Napier ficaram esperando perto do carro, fora de vista.

– Sente-se, Sr. Hoppy – disse Cristano, apontando para um banco acolchoado no convés.

Hoppy obedeceu. A lancha balançava de leve. A água estava calma. Cristano se sentou de frente para ele e se inclinou, de modo que suas cabeças ficaram a um metro de distância.

– Belo barco – disse Hoppy, esfregando o assento de couro falso.

– Não é meu. Escute, Hoppy, você não está com uma escuta, não é?

Ele ficou de pé instintivamente, chocado com a desconfiança.

– Claro que não!

– Desculpe, mas esse tipo de coisa acontece. Estou pensando em revistá-lo.

Cristano o olhou de cima a baixo rapidamente. Hoppy ficou apavorado com a ideia de ser acariciado por aquele estranho, sozinho, em uma lancha.

– Eu juro que não estou grampeado, ok? – disse Hoppy, com tanta firmeza que sentiu orgulho de si mesmo.

Cristano relaxou o semblante.

– Quer me revistar?

Hoppy olhou ao redor, para ver se alguém estava à vista. Parecia meio estranho, não? Dois homens adultos se alisando em plena luz do dia em uma lancha ancorada?

– Você está com uma escuta? – perguntou Hoppy.

– Não.

– Jura?

– Juro.

– Ótimo. – Hoppy ficou aliviado e bastante ansioso para acreditar no sujeito.

A outra opção era simplesmente impensável.

Cristano sorriu e então franziu a testa abruptamente. Aproximou-se. Fim da conversa fiada.

– Vou ser breve, Hoppy. Temos um acordo para lhe oferecer, um acordo que vai permitir que você saia dessa sem nenhum arranhão. Nadinha. Sem detenção, sem indiciamento, sem julgamento, sem prisão. Sem foto no jornal. Na verdade, Hoppy, ninguém nunca nem vai saber do que aconteceu.

Ele fez uma pausa para recuperar o fôlego, e Hoppy se manifestou:

– Até aqui, tudo bem. Pode continuar.

– É um acordo bizarro, que nós nunca tentamos. Não tem nada a ver com lei, justiça, punição, nada disso. É um acordo político, Hoppy. Puramente político. Não vai ter nenhum registro disso em Washington. Ninguém nunca vai saber, exceto eu, você, aqueles dois caras esperando no carro e menos de dez pessoas nas profundezas do judiciário. Nós selamos o acordo, você faz a sua parte e tudo será esquecido.

– Tá certo. Só me coloque na direção certa.

– Você se preocupa com crime, drogas, lei e ordem, Hoppy?

– Claro.

– Você está cansado dos subornos e da corrupção?

Que pergunta inusitada. Naquele exato momento, Hoppy se sentia o garoto-propaganda da campanha contra a corrupção.

– Sim!

– Existem mocinhos e bandidos em Washington, Hoppy. Tem pessoas como nós, do Departamento de Justiça, que dedicam a vida a combater o crime. Crimes graves, eu quero dizer, Hoppy. Juízes que aceitam dinheiro do tráfico, congressistas que recebem dinheiro de inimigos estrangeiros, atividades criminosas que podem ameaçar a nossa democracia. Entende o que quero dizer?

Se Hoppy não entendia totalmente, não havia dúvida de que simpatizava com Cristano e seus bons amigos de Washington.

– Sim, sim – disse ele, prestando atenção em cada palavra.

– Mas tudo é política hoje em dia, Sr. Hoppy. Estamos constantemente em luta com o Congresso e com o presidente. Sabe do que a gente precisa em Washington, Sr. Hoppy?

Fosse o que fosse, Hoppy queria que eles conseguissem.

Cristano não lhe deu a chance de responder.

– A gente precisa de mais republicanos, mais republicanos dos bons, conservadores, que nos deem nossa verba e saiam do nosso caminho. Os democratas estão sempre se intrometendo, sempre ameaçando fazer cortes no orçamento, reestruturações, sempre preocupados com os direitos dos pobres criminosos que nós estamos perseguindo. Tem uma guerra acontecendo por lá, Hoppy. Lutamos nela todos os dias.

Ele olhou para Hoppy como se ele devesse dizer alguma coisa, mas Hoppy estava ainda tentando se ajustar à guerra. Assim, assentiu solenemente, depois olhou para os pés.

– Temos que proteger os nossos amigos, Hoppy, e é aí que você entra.

– Ok.

– Mais uma vez: este é um acordo inusitado. Se aceitar, nossa fita com você oferecendo suborno ao Sr. Moke será destruída.

– Eu aceito. Só me diz o que é.

Cristano parou e olhou para todos os lados no píer. Alguns pescadores faziam barulho ao longe. Ele chegou mais perto de Hoppy e tocou em seu joelho.

– Tem a ver com a sua esposa – disse, quase sussurrando, depois recuou para deixar que Hoppy processasse.

– Minha esposa?

– Sim. Sua esposa.

– A Millie?

– Ela mesma.

– Como assim?…

– Eu explico.

– A Millie? – Hoppy estava boquiaberto.

De que forma sua querida Millie poderia estar envolvida numa confusão daquelas?

– É o julgamento, Hoppy – disse Cristano, e a primeira peça do quebra-cabeça se encaixou. – Adivinhe quem mais contribui financeiramente com os candidatos republicanos ao Congresso?

244

Hoppy estava atordoado e confuso demais para dar um chute inteligente.

– Isso mesmo. Os fabricantes de cigarro. Eles despejam milhões nas disputas eleitorais porque têm medo da FDA e estão fartos das regulamentações governamentais. São pessoas de livre iniciativa, Hoppy, como você. Eles acreditam que as pessoas fumam porque querem fumar e estão cansados do governo e dos advogados tentando acabar com o negócio deles.

– É política – concluiu Hoppy, olhando para o Golfo, incrédulo.

– Nada além de política. Se a indústria tabagista perder esse julgamento, vai haver uma avalanche de processos, como o país nunca viu. As empresas vão perder bilhões, e nós vamos perder milhões em Washington. Você pode nos ajudar, Hoppy?

De volta à realidade, Hoppy só conseguiu dizer:

– O que você disse mesmo?

– Você pode nos ajudar?

– Claro, eu acho... Mas como?

– A Millie. Fale com a sua esposa, se certifique de que ela saiba como esse caso é sem sentido e perigoso. Ela precisa assumir o comando da sala do júri, Hoppy. Precisa se posicionar contra os liberais do júri, que podem querer determinar uma indenização gigantesca. Você pode fazer isso?

– Claro que eu posso.

– Mas você vai, Hoppy? Não queremos usar a fita, ok? Você nos ajuda, e a fita some pelo ralo.

Hoppy de repente se lembrou da fita.

– Vou, sim, negócio fechado. Eu vou me encontrar com ela hoje à noite, inclusive.

– Mãos à obra, então. É extremamente importante! Pra nós, no Departamento de Justiça, pro bem do país e, claro, pra fazer você se livrar de cinco anos de cadeia.

Cristano pronunciou essa última frase acompanhada de uma gargalhada e um tapinha no joelho. Hoppy riu também.

Os dois conversaram sobre a estratégia por meia hora. Quanto mais tempo passavam na lancha, mais Hoppy tinha dúvidas. E se Millie votasse pelos fabricantes de cigarro, mas o restante do júri discordasse e houvesse uma grande indenização? O que aconteceria com Hoppy nesse caso?

Cristano prometeu manter sua parte no acordo independentemente do veredito, desde que Millie votasse da maneira correta.

245

Hoppy estava praticamente saltitando pelo píer enquanto voltavam para o carro. Ele se sentia um novo homem quando avistou Napier e Nitchman.

APÓS REFLETIR SOBRE A PRÓPRIA DECISÃO por três dias, o juiz Harkin voltou atrás no sábado e decidiu que os jurados não teriam permissão para frequentar a igreja aos domingos. Estava convencido de que todos os catorze teriam de súbito um desejo incrível de entrar em comunhão com o Espírito Santo, e a imagem deles se espalhando por toda parte do condado era simplesmente inviável. Ele ligou para um reverendo conhecido, que por sua vez fez mais ligações, até encontrarem um jovem seminarista. Foi agendado um culto às onze da manhã de domingo no Salão de Festas do Siesta Inn.

O juiz Harkin enviou uma mensagem privada a cada jurado. Elas foram passadas por debaixo de suas portas antes de eles retornarem de Nova Orleans, no sábado à noite.

Seis pessoas compareceram ao culto, uma atividade um tanto monótona. A Sra. Gladys Card estava lá, ironicamente sem nenhuma disposição para o Dia Santo. Ela nunca tinha faltado à Escola Dominical da Igreja Batista do Calvário em dezesseis anos, a última ausência fora provocada pela morte da irmã em Baton Rouge. Dezesseis anos ininterruptos de comparecimento. Suas Medalhas da Assiduidade Perfeita encontravam-se alinhadas em sua cômoda. Esther Knoblach, do grupo das missionárias, contava 22 anos, o atual recorde na igreja, mas tinha 79 anos de idade e sofria de hipertensão. Gladys tinha 63, estava bem de saúde e, portanto, achava possível alcançar Esther. Ela não podia admitir isso a ninguém, mas todo mundo na igreja desconfiava. No entanto, tudo tinha ido pelos ares graças ao juiz Harkin, um homem do qual não gostou desde o começo e que agora desprezava. E ela também não tinha gostado do seminarista.

Rikki Coleman chegou em trajes de corrida. Millie Dupree levou a própria Bíblia. Loreen Duke era uma devota frequentadora da igreja, mas ficou chocada com a rapidez do culto. Começou às onze e terminou às onze e meia, o típico estilo apressado dos brancos. Ela já ouvira falar daquilo, mas nunca tinha participado de um. Seu pastor jamais subia ao púlpito antes da uma hora e, muitas vezes, não saía até as três, quando paravam para o almoço, que comiam por lá mesmo se o tempo estivesse bom, depois voltavam para dentro para a segunda dose. Ela mordiscou um pão doce e lamentou em silêncio.

Herman Grimes e a esposa compareceram, não por nenhuma vocação de fé, mas porque as paredes do Quarto 58 pareciam cada vez mais apertadas. Herman, em particular, não ia à igreja por vontade própria desde a infância.

Ao longo da manhã, tornou-se público que Phillip Savelle estava irritado com a ideia do culto. Ele disse a alguém que era ateu, e essa notícia se espalhou rapidamente. Como forma de protesto, postou-se em sua cama, aparentemente nu, ou quase, dobrou e encaixou as pernas e os braços em algum tipo de posição de ioga e entoou cânticos no volume máximo. Fez isso com a porta do quarto aberta.

Sua voz pôde ser ouvida levemente no Salão de Festas, durante o culto, e isso sem dúvida contribuiu para o encerramento e a bênção apressados do jovem seminarista.

Lou Dell foi a primeira a aparecer para mandar Savelle calar a boca, mas recuou rapidamente quando percebeu a nudez dele. Willis tentou em seguida, mas Savelle manteve os olhos fechados e a boca aberta e simplesmente ignorou o oficial. Willis não se aproximou.

Os jurados que não foram ao culto se enfiaram em seus quartos, com as portas trancadas, e ficaram vendo televisão em volume alto.

Às duas, os primeiros parentes começaram a chegar com roupas limpas e suprimentos para a semana. Nicholas Easter era o único jurado sem contato próximo do lado de fora. O juiz Harkin tinha estabelecido que Willis levaria Easter até seu apartamento em uma viatura.

O fogo fora apagado havia várias horas. Os caminhões e os bombeiros tinham desaparecido muito tempo antes. O estreito gramado e a calçada em frente ao prédio estavam cobertos de detritos carbonizados e pilhas de roupas molhadas. Os vizinhos andavam de um lado a outro, atordoados, mas ocupados com a limpeza.

– Qual é o seu? – perguntou Willis enquanto estacionava a viatura e olhava boquiaberto para o buraco carbonizado no meio do prédio.

– Aquele ali – disse Nicholas, tentando apontar e assentir ao mesmo tempo. Seus joelhos bambearam quando ele saiu do carro e caminhou até o primeiro grupo de pessoas, uma família de vietnamitas que estudava silenciosamente um abajur de plástico derretido. – Quando foi que isso aconteceu? – perguntou.

247

O ar estava pesado, com o cheiro azedo de madeira, tinta e carpete recém-queimados.

Ninguém da família disse nada.

– Hoje de manhã, por volta das oito – respondeu uma mulher ao passar com uma caixa de papelão pesada.

Nicholas olhou para as pessoas e percebeu que não sabia o nome de nenhuma delas. No pequeno vestíbulo, uma senhora segurando uma prancheta fazia anotações enquanto falava ao celular, atarefada. A escada principal para o segundo andar estava sendo guardada por um segurança particular, que no momento ajudava uma idosa a arrastar um tapete molhado escada abaixo.

– Você mora aqui? – perguntou a mulher ao desligar o celular.

– Sim. Easter, do 312.

– Uau. Totalmente destruído. Provavelmente foi lá que começou.

– Eu gostaria de dar uma olhada.

O segurança levou Nicholas e a mulher escada acima, até o segundo andar, onde o estrago estava bastante visível. Ambos pararam diante de uma fita amarela de advertência na beirada da cratera. O fogo havia subido, atravessado os tetos de gesso e as vigas baratas e conseguira abrir dois grandes buracos no teto, bem em cima de onde ficava seu quarto, pelo que conseguia se lembrar. E descido também, danificando severamente o apartamento bem abaixo do dele. Não tinha restado nada do número 312, exceto pela parede da cozinha, onde a pia estava pendurada, prestes a cair. Nada. Nenhum sinal da mobília barata da sala, nenhum sinal da própria sala. Nada do quarto, exceto pelas paredes enegrecidas.

E, para seu desespero, nada do computador.

Praticamente todo o piso, o teto e as paredes do apartamento haviam desaparecido, deixando apenas um buraco.

– Alguém se machucou? – perguntou Nicholas baixinho.

– Não. Você estava em casa?

– Não. Quem é você?

– Sou da administradora. Tenho alguns formulários pra você preencher.

Eles voltaram para o vestíbulo, onde Nicholas preencheu apressadamente a papelada e foi embora com Willis.

22

Phillip Savelle comunicou ao juiz Harkin, em uma mensagem concisa e praticamente ilegível, que a palavra "conjugal", conforme definida pelo Webster, incluía apenas a relação entre marido e mulher, e ele se opunha àquele termo. Como não tinha esposa nem apreço pela instituição do casamento, sua sugestão era o uso da expressão "interlúdios comunitários". Na sequência, reclamava do culto realizado naquela manhã. Savelle enviou a carta por fax a Harkin, que a recebeu em casa, durante o último quarto da partida do New Orleans Saints. Lou Dell se ocupara do envio na recepção. Vinte minutos depois, ela recebeu uma resposta de retorno de Sua Excelência também por fax, mudando a palavra "conjugal" para "pessoal" e renomeando a coisa toda para "Visitas Pessoais". Ele a orientou a distribuir cópias para todos os jurados. Como era domingo, incluiu uma hora a mais, das seis da tarde às dez da noite, em vez de nove. Mais tarde ligou para ela a fim de perguntar o que mais o Sr. Savelle poderia querer e para se informar do humor do júri como um todo.

Lou Dell simplesmente não podia lhe contar sobre ter visto o Sr. Savelle todo nu e empoleirado na cama daquele jeito. Achou que o juiz já tinha coisas suficientes para se preocupar. Estava tudo bem, assegurou-lhe.

Hoppy foi a primeira visita a chegar, e Lou Dell o levou rapidamente ao quarto de Millie, onde ele mais uma vez entregou à esposa chocolates e um pequeno buquê de flores. Eles se beijaram rapidamente na bochecha, sem nunca cogitar fazer nada de conjugal, e se deitaram nas camas enquanto

249

assistiam a *60 Minutes*. Hoppy lentamente conduziu a conversa até o julgamento e se esforçou para mantê-la ali por algum tempo.

– Simplesmente não faz sentido, sabe, as pessoas entrarem com processos assim. Quer dizer, é uma idiotice, na verdade. Todo mundo sabe que o cigarro vicia e é perigoso, então por que elas fumam? Você se lembra do Boyd Dogan, que passou vinte e cinco anos fumando Salem? Parou assim, ó – relembrou, estalando os dedos.

– Sim, ele parou cinco minutos depois que o médico achou aquele tumor na língua dele – recordou Millie, acrescentando um estalar de dedos debochado.

– Sim, mas muita gente para de fumar. A mente é mais forte que o corpo. Não é certo continuar a fumar e aí pedir milhões num processo depois que essa merda te matou.

– Hoppy, olhe a boca.

– Desculpe.

Hoppy perguntou sobre os outros jurados e as reações deles até agora em relação à reclamante. O Sr. Cristano achava que seria melhor tentar conquistar Millie falando do mérito, em vez de aterrorizá-la com a verdade. Eles haviam conversado sobre aquilo durante o almoço. Hoppy se sentia desleal conspirando contra a própria esposa, mas cada vez que era acometido pela culpa também o era pela perspectiva de passar cinco anos na cadeia.

Nicholas saiu de seu quarto no intervalo do jogo de domingo à noite. O corredor estava vazio, sem jurados nem seguranças. Havia vozes no Salão de Festas, basicamente masculinas, ao que parecia. Mais uma vez os homens estavam tomando cerveja e vendo futebol enquanto as mulheres aproveitavam ao máximo suas visitas pessoais e seus interlúdios comunitários.

Easter passou silenciosamente pelas portas duplas de vidro ao final do corredor, virou, passou pelas máquinas de refrigerantes e então subiu as escadas em direção ao segundo andar. Marlee o aguardava em um quarto pelo qual havia pagado em dinheiro e feito check-in com o nome de Elsa Broome, um de seus muitos pseudônimos.

Foram direto para a cama, com o mínimo de palavras e preliminares. Os dois achavam que as oito noites consecutivas separados era não apenas um recorde para eles, como também fazia mal à saúde.

MARLEE CONHECEU NICHOLAS quando ambos tinham outros nomes. O ponto de contato havia sido um bar em Lawrence, Kansas, onde ela trabalhava como garçonete e que ele frequentava com os colegas da faculdade de Direito. Ela já tinha dois diplomas quando se mudou para Lawrence, mas, como não morria de vontade de dar início a uma carreira, estava cogitando a hipótese de cursar a faculdade de Direito, o grande curinga americano dos graduados sem rumo nenhum. Ela não tinha pressa. Sua mãe havia falecido alguns anos antes de ela conhecer Nicholas, e Marlee herdara quase 200 mil dólares. Servia bebidas porque trabalhar lá era legal e porque teria ficado entediada sem fazer nada. Aquilo a mantinha em forma. Marlee dirigia um Jaguar velho, administrava o dinheiro com afinco e só saía com estudantes de Direito.

Eles se estudaram bastante antes do primeiro contato. Easter chegou tarde da noite, com um grupinho, as mesmas caras de sempre, sentou-se a uma mesa de canto e ficou debatendo teorias jurídicas abstratas e absurdamente chatas. Ela levava as jarras de cerveja e tentava flertar, mas o resultado variava muito. Durante o primeiro ano, ele se apaixonou pela lei e tinha dado pouca atenção às garotas. Ela fuçou e descobriu que ele era bom aluno, o terceiro melhor da turma, mas nada de excepcional. Ele sobreviveu ao primeiro ano e voltou para dar início ao segundo. Ela cortou o cabelo e perdeu cinco quilos, embora não precisasse.

Easter tinha se candidatado a trinta faculdades de Direito. Onze o aceitaram, embora nenhuma delas estivesse entre suas dez primeiras opções. Ele tirou no cara e coroa e foi de carro até Lawrence, um lugar que nunca tinha visto. Achou um apartamento de dois cômodos contíguos à casa caindo aos pedaços de uma solteirona. Estudava muito e tinha pouco tempo para a vida social, pelo menos ao longo dos dois primeiros semestres.

No verão depois do primeiro ano, estagiou em um grande escritório em Kansas City, onde distribuía a correspondência interna de andar em andar com um carrinho. O escritório tinha trezentos advogados debaixo do mesmo teto, e às vezes parecia que todos estavam trabalhando em um único julgamento – a defesa da Smith Greer em um caso de câncer de pulmão/tabagismo em Joplin. O julgamento durou cinco semanas e terminou com um veredito a favor da defesa. A empresa deu uma festa para mil pessoas. O boato era de que a festa completa tinha custado 80 mil à Smith Greer. Quem ligava para aquilo? O verão foi uma experiência terrível.

Ele odiara o escritório e, no meio do segundo ano, estava farto do Direito de maneira geral. De jeito nenhum ia passar cinco anos preso em um cubículo escrevendo e reescrevendo as mesmas petições para que clientes corporativos cheios da grana fossem ludibriados.

O primeiro encontro deles foi em uma chopada da faculdade de Direito depois de uma partida de futebol americano. A música estava alta, a cerveja era abundante, os baseados circulavam livremente. Eles saíram cedo porque Easter não gostava de barulho e Marlee não gostava do cheiro de maconha. Alugaram filmes e fizeram espaguete no apartamento dela, que era bastante espaçoso e bem mobiliado. Ele dormiu no sofá.

Um mês depois, Easter foi morar com Marlee e falou pela primeira vez sobre a ideia de abandonar a faculdade de Direito. Ela, por sua vez, estava pensando em se matricular. À medida que o romance florescia, o interesse dele por questões acadêmicas diminuiu a ponto de mal ter conseguido terminar as provas de outono. Ambos estavam perdidamente apaixonados, e nada mais importava. Além disso, ela tinha a vantagem de ter algum dinheiro, então não havia pressão. Eles passaram o Natal na Jamaica, entre os semestres de seu segundo, e último, ano.

Quando Easter largou a faculdade, Marlee estava em Lawrence havia três anos e se sentia pronta para seguir em frente. Ele iria com ela para qualquer lugar.

MARLEE TINHA CONSEGUIDO descobrir pouca coisa sobre o incêndio da manhã de domingo. Ambos suspeitavam de Fitch, mas não conseguiam encontrar uma razão. O único bem de valor era o computador, e Nicholas tinha certeza de que ninguém seria capaz de driblar seu sistema de segurança. Os disquetes importantes estavam trancados em um cofre no apartamento de Marlee. O que Fitch teria a ganhar colocando fogo em um apartamento decadente? Intimidação, talvez, mas não fazia sentido. Os bombeiros estavam fazendo uma investigação de rotina. Parecia improvável ter sido um incêndio criminoso.

Os dois já haviam dormido em lugares melhores do que o Siesta Inn, e em lugares piores também. Em quatro anos, moraram em quatro cidades, viajaram para meia dúzia de países, viram a maior parte da América do Norte, fizeram mochilão no Alasca e no México, andaram de barco duas vezes no rio Colorado e uma no rio Amazonas. Também tinham ido atrás de casos contra a indústria tabagista, e essa jornada os obrigou a montar acampamento em lugares como Broken Arrow, Allentown e agora Biloxi. Juntos, sabiam mais sobre teores de nicotina, substâncias cancerígenas, probabilidades estatísticas de desenvolvimento de câncer de pulmão, seleção de júri, táticas de tribunal e Rankin Fitch do que qualquer grupo de especialistas de renome.

Depois de uma hora debaixo das cobertas, uma luz se acendeu ao lado da cama e Nicholas emergiu, os cabelos despenteados, procurando suas roupas. Marlee se vestiu e espiou o estacionamento pelas tiras da persiana.

Bem abaixo deles, Hoppy estava tentando a todo custo minimizar as escandalosas revelações de Lawrence Krigler, cujo testemunho parecia ter deixado Millie bastante impressionada. Ela o contara a Hoppy em doses cavalares e tinha ficado intrigada com o ímpeto dele em falar tanto sobre o assunto.

Só por diversão, Marlee tinha deixado seu carro estacionado a meio quarteirão de distância do escritório de Wendall Rohr. Nicholas e ela estavam trabalhando com a suposição de que Fitch acompanhava cada passo que ela dava. Era divertido imaginá-lo se contorcendo com a hipótese de que ela estava no escritório de Rohr, falando com o advogado cara a cara e combinando sabe-se lá o quê. Para a visita pessoal, ela havia ido em um carro alugado, um dos muitos que usara no mês anterior.

Subitamente, Nicholas se sentiu cansado do quarto, uma réplica exata daquele onde estava confinado. Ambos deram um longo passeio ao longo da Costa do Golfo; ela dirigia, ele tomava cerveja. Caminharam pelo píer e se beijaram enquanto a água balançava suavemente debaixo deles. Falaram pouco do julgamento.

Às dez e meia, Marlee saiu do carro a dois quarteirões de distância do escritório de Rohr. Enquanto ela caminhava apressadamente pela calçada, Nicholas a seguiu de perto. O carro dela estava parado sozinho. Joe Boy a viu entrar no veículo e avisou Konrad pelo rádio. Depois que ela foi embora, Nicholas voltou correndo para o hotel no carro alugado.

Rohr estava no meio de uma acalorada reunião do conselho, o encontro diário dos oito advogados que haviam doado 1 milhão de dólares cada. A questão da noite de domingo era o número de testemunhas que faltavam ser convocadas pela reclamante, e, como de costume, havia oito opiniões distintas sobre o que fazer. Duas escolas de pensamento, mas oito posições bastante firmes e diferentes sobre o que seria de fato eficaz.

Incluindo os três dias gastos com a seleção do júri, o julgamento já somava três semanas. A quarta começaria no dia seguinte, e a reclamante tinha especialistas e outras testemunhas suficientes para prosseguir por, pelo menos, mais duas. Cable tinha seu próprio exército de especialistas, embora normalmente a defesa, naqueles casos, usasse menos da metade do tempo da reclamante. Seis semanas era uma previsão realista, o que significava que o júri ficaria confinado por quase quatro semanas, cenário que incomodava todo mundo. Em algum momento, o júri ia se revoltar, e, como a reclamante ocupava a maior parte do tempo do tribunal, eram eles que mais tinham a perder. Por outro lado, como a defesa é que ocuparia a última parte, e o júri se esgotaria já perto do final, talvez o veneno fosse direcionado a Cable e à Pynex. Essa discussão durou uma hora.

O caso *Wood contra Pynex* era único por ser o primeiro envolvendo a indústria tabagista em que o júri fora confinado. Na história do estado, era, de fato, o primeiro júri de um caso cível a ser isolado. Rohr era da opinião de que os jurados já tinham ouvido o suficiente, por isso queria chamar apenas mais duas testemunhas, concluir a parte deles até o meio-dia de terça-feira e então esperar por Cable. Rohr teve o apoio de Scotty Mangrum, de Dallas, e de André Durond, de Nova Orleans. Jonathan Kotlack, de San Diego, queria chamar mais três testemunhas.

O ponto de vista contrário foi vigorosamente defendido por John Riley Milton, de Denver, e Rayner Lovelady, de Savannah. Já que haviam gastado tanto dinheiro com a maior congregação de especialistas do mundo, por que a pressa?, argumentaram. Restavam alguns depoimentos cruciais de testemunhas notáveis. O júri não ia a lugar nenhum. Claro que ficaria cansado, mas que júri não ficava? Era muito mais seguro se manter fiel à estratégia inicial e apresentar o caso por completo do que pular do barco no meio do caminho apenas porque alguns jurados estavam ficando entediados.

Carney Morrison, de Boston, falou insistentemente sobre os relatórios semanais dos consultores de júri. O júri não estava convencido! De acordo com a lei do Mississippi, seriam necessários nove dos doze para se obter um veredito. Morrison estava certo de que não tinham nove. Rohr fazia questão de dar pouca atenção às análises de como Jerry Fernandez esfregava os olhos, de como Loreen Duke ajeitava o corpo ou de como o pobre Herman tinha torcido o pescoço enquanto o Dr. Fulano dava o seu depoimento. Francamente, Rohr estava farto dos especialistas em júri e mais farto ainda das somas obscenas que estavam recebendo. Uma coisa era ter a ajuda deles enquanto investigavam os jurados em potencial; outra muito diferente era tê-los à espreita em tudo durante o julgamento, sempre prontos para escrever um relatório diário contando aos advogados como o caso estava indo. Rohr sabia ler um júri muito melhor do que qualquer consultor.

Arnold Levine, de Miami, falou pouco porque o grupo sabia o que ele achava. Levine já tinha enfrentado a General Motors em um julgamento que levara onze meses, de modo que, para ele, seis semanas era só um aquecimento.

Não houve cara e coroa quando a votação ficou empatada. Muito antes da escolha do júri, tinha sido acordado que aquele caso seria de Wendall Rohr, protocolado em sua cidade natal, disputado em sua comarca, diante do seu juiz e dos seus jurados. Aquele conselho era um órgão democrático, mas Rohr tinha um poder de veto que não podia ser anulado.

Rohr tomou sua decisão no final do domingo, e alguns egos ficaram feridos, mas isso não seria eterno. Havia muita coisa em jogo para briguinhas e hesitações.

23

A primeira ordem do dia na manhã de segunda-feira era uma reunião particular entre o juiz Harkin e Nicholas, sendo o assunto o incêndio e o bem-estar deste. Encontraram-se sozinhos no gabinete. Nicholas assegurou ao juiz que estava bem e que tinha roupas suficientes no hotel, bastava lavá-las com frequência. Era apenas um estudante com pouca coisa a perder, exceto um bom computador e alguns equipamentos de vigilância caros, todos, é claro, sem seguro, assim como todo o resto.

O assunto incêndio foi logo deixado de lado, e, como estavam a sós, Harkin perguntou:

– Então, como vai o resto dos nossos amigos?

Uma conversa extraoficial como aquela com um jurado não era imprópria, mas certamente estava na área cinzenta do estatuto do tribunal. O mais correto era que os advogados estivessem presentes e que cada palavra fosse registrada por um taquígrafo. Mas Harkin queria só fofocar por alguns minutos. Ele podia confiar naquele rapaz.

– Está tudo bem – disse Nicholas.

– Nada de anormal?

– Não que eu me lembre.

– Vocês falam sobre o caso?

– Não. Na verdade, quando estamos juntos, tentamos evitar.

– Bom. Alguma briga ou desentendimento?

– Ainda não.

– A comida é razoável?

– A comida é boa.

– As visitas pessoais são suficientes?

– Acredito que sim. Não vi ninguém reclamar.

Harkin adoraria saber se havia algum tipo de rala e rola entre os jurados, não que isso tivesse qualquer implicância legal. Ele tinha uma mente suja, apenas.

– Bom. Me avise se houver algum problema. E vamos manter o sigilo sobre essa conversa.

– Claro – disse Nicholas.

Os dois trocaram um aperto de mão, e Nicholas saiu.

Harkin cumprimentou os jurados calorosamente e lhes deu as boas-vindas para mais uma semana. Todos pareciam ansiosos para dar início aos trabalhos e terminar logo aquela provação.

Rohr se levantou e chamou Leon Robilio como próxima testemunha, e todo mundo se pôs a trabalhar. Leon surgiu na sala de audiências vindo de uma porta lateral e se arrastou cautelosamente pela frente da tribuna em direção ao banco das testemunhas, no qual o oficial o ajudou a se sentar. Era velho e pálido, vestido de terno escuro e camisa branca sem gravata. Tinha um buraco na garganta, uma abertura coberta por um fino curativo branco e camuflado com um lenço de linho também branco. Quando prestou juramento, ele o fez segurando um microfone semelhante a um lápis encostado ao pescoço. As palavras saíam com o tom monocórdio e uniforme de uma vítima de câncer de laringe que havia perdido as cordas vocais.

Mas eram audíveis e compreensíveis. O Sr. Robilio segurou o microfone perto da garganta e sua voz ecoou pela sala de audiências. Era assim que ele falava, caramba, e fazia isso todos os dias. O importante era ser ouvido.

Rohr foi rapidamente ao ponto. O Sr. Robilio tinha 64 anos, um sobrevivente de câncer que havia perdido a laringe oito anos antes e que aprendera a falar pelo esôfago. Havia fumado bastante por quase quarenta anos, e seus hábitos quase o mataram. Agora, além dos efeitos colaterais do câncer, sofria de doenças cardíacas e enfisema. Tudo por causa do cigarro.

A audiência se acostumou rápido à sua voz amplificada e robótica. Ele conquistou a atenção de todos definitivamente quando disse que tinha ganhado a vida por duas décadas como lobista da indústria do tabaco. Largou o emprego quando teve câncer e percebeu que, mesmo com a doença, não conseguia parar de fumar. Era viciado, física e psicologicamente viciado na nicotina do cigarro. Ele continuou a fumar por dois anos depois de a laringe ter sido removida e a quimioterapia ter devastado seu corpo. Só parou de vez após um ataque cardíaco quase fatal.

Embora com óbvios problemas de saúde, ainda trabalhava em tempo integral em Washington, mas agora do outro lado do tabuleiro. Era tido como um ativista antitabagismo ferozmente comprometido. Um guerrilheiro, alguns diziam.

Em um período de sua vida, trabalhara no Conselho Focal do Tabaco.

– Que nada mais era do que um lobby habilidosamente financiado em sua totalidade pela indústria – disse com desdém. – Nossa missão era assessorar os fabricantes de cigarro sobre a legislação vigente e as tentativas de regulamentá-la. Tínhamos um orçamento gordo, com verba ilimitada para beber e comer com políticos influentes. Jogávamos duro, e mostramos a outros agentes da indústria tabagista os meandros da arena política.

No Conselho, Robilio tinha tido acesso a inúmeros estudos sobre o cigarro e a indústria tabagista. Inclusive, parte da incumbência do Conselho era absorver meticulosamente todos os estudos, projetos e experimentos conhecidos. Sim, Robilio havia visto o infame memorando sobre a nicotina que Krigler descrevera. Ele o havia visto muitas vezes, embora não tivesse uma cópia. Era de conhecimento geral no Conselho que todos os fabricantes de cigarro mantinham níveis de nicotina elevados para garantir o vício.

"Vício" era uma palavra que Robilio usava repetidas vezes. Ele analisara estudos pagos pelas empresas em que todo tipo de animal ficara rapidamente viciado em cigarros por causa da nicotina. Tinha visto e ajudado a ocultar estudos que provavam, sem sombra de dúvida, que uma vez que os jovens adolescentes ficavam viciados, os percentuais de quem conseguia parar de fumar eram muito menores. Eles viravam clientes pela vida inteira.

Rohr apresentou uma enorme caixa cheia de relatórios para que Robilio os identificasse. Os estudos foram aceitos como prova, como se os jurados fossem ter tempo para vasculhar dez mil páginas de documentos antes de tomar suas decisões.

Robilio se arrependia de muitas coisas que havia feito como lobista, mas seu maior pecado, com o qual lutava diariamente, tinha sido as negativas habilmente redigidas que publicara, alegando que a indústria não visava aos adolescentes por meio da publicidade.

– A nicotina vicia. Vício é sinônimo de lucro. A sobrevivência da indústria depende de que cada nova geração adquira o hábito de fumar. Os jovens recebem mensagens contraditórias por meio da publicidade. A indústria gasta bilhões retratando os cigarros como legais e glamourosos, até mesmo inofensivos. Como são mais facilmente fisgados e permanecem fisgados por mais tempo, é imperativo seduzir os jovens.

Robilio conseguiu transmitir a amargura mesmo por meio de sua voz artificial. E conseguiu zombar da mesa da defesa, enquanto olhava com simpatia para os jurados.

– Gastamos milhões estudando os jovens. Sabíamos que eles eram capazes de dizer as três marcas de cigarros mais anunciadas. Sabíamos que quase 90% dos jovens com menos de 18 anos que fumavam preferiam as três principais marcas anunciadas. Então, o que as empresas fizeram? Aumentaram a publicidade.

– O senhor sabia quanto dinheiro os fabricantes de cigarro estavam ganhando com as vendas para os jovens? – perguntou Rohr, já sabendo a resposta.

– Cerca de 200 milhões por ano. E isso em vendas para jovens de 18 anos ou menos. Claro que a gente sabia. Estudávamos esse valor todo ano, mantínhamos nossos computadores cheios de dados. A gente sabia de tudo. – Ele fez uma pausa e acenou com a mão direita para a mesa da defesa, zombando, como se estivesse repleta de leprosos. – Sabem até hoje. Sabem que três mil jovens começam a fumar a cada dia e podem dar um detalhamento preciso das marcas que fumam. Sabem que praticamente todos os fumantes adultos começaram na adolescência. Como eu já disse, eles têm que fisgar a geração seguinte. Sabem que um terço dos três mil jovens que começaram a fumar hoje vai morrer por causa do vício.

Robilio tinha cativado o júri. Rohr passou um tempo virando páginas, sem pressa para que a tensão dramática não fosse embora. O advogado deu alguns passos para a frente e para trás diante do púlpito, como se suas pernas precisassem de alongamento. Alisou o queixo, olhou para o teto e perguntou:

– Quando o senhor fazia parte do Conselho Focal do Tabaco, como rebatiam os argumentos de que a nicotina viciava?

– Os fabricantes de tabaco repetem todos o mesmo discurso; eu que ajudei a formular. É mais ou menos assim: "Os fumantes é que escolhem fumar. Logo, é uma questão de escolha. Cigarros não são viciantes, mas, bem, mesmo que sejam, ninguém obriga ninguém a fumar. É tudo uma questão de escolha." Eu sabia fazer isso soar muito bem naquela época. E eles fazem isso soar bem até hoje. O problema é que não é verdade.

– Por que não é verdade?

– Porque a questão é o vício, e o viciado não tem como fazer escolhas. E os jovens ficam viciados muito mais rápido do que os adultos.

Rohr conseguiu, extraordinariamente, conter a compulsão típica dos advogados pelo exagero. Robilio era eficaz com as palavras, e o esforço para ser claro e ser ouvido o havia deixado exausto depois de uma hora e meia. Rohr passou a palavra a Cable, para o interrogatório por parte da defesa, e o juiz Harkin, que precisava de um café, decretou um intervalo.

Hoppy Dupree fez sua primeira visita ao tribunal na segunda-feira de manhã, entrando na sala de audiências no meio do depoimento de Robilio. Millie reparou nele durante uma pausa e ficou animada de vê-lo ali. Seu súbito interesse no julgamento era algo inusitado, no entanto. Ele não tinha falado de outra coisa por quatro horas na noite anterior.

Após um intervalo de vinte minutos, Cable foi até o púlpito e atacou Robilio. Seu tom era estridente, quase hostil, como se visse a testemunha como um traidor da causa, um vira-casaca. Cable marcou pontos de imediato com a revelação de que Robilio estava recebendo para testemunhar e de que havia procurado os advogados da reclamante. Ele também estava escalado para depor em dois outros casos contra a indústria tabagista.

– Sim, estou sendo pago pra estar aqui, Dr. Cable, assim como o senhor – disse Robilio, dando a típica resposta do especialista.

Mas a mancha do dinheiro maculou ligeiramente o seu caráter.

Cable o fez confessar que começara a fumar quando tinha quase 25 anos, era casado, com dois filhos, nada perto de um adolescente que poderia ter sido seduzido pelo trabalho ardiloso dos publicitários da Madison Avenue. Robilio tinha a cabeça quente, fato comprovado por todos os advogados durante uma maratona de dois dias de depoimentos preliminares cinco meses antes, e Cable estava determinado a explorar isso. Suas perguntas eram afiadas, rápidas, destinadas a provocar.

– Quantos filhos o senhor tem? – perguntou Cable.

– Três.

– Algum deles já fumou regularmente?

– Sim.

– Quantos?

– Três.

– Quantos anos eles tinham quando começaram?

– Varia.

– Em média?

– Final da adolescência.

– Quais propagandas o senhor culpa por deixá-los viciados?

– Não sei dizer, exatamente.

– O senhor não sabe dizer ao júri quais propagandas foram responsáveis por deixar seus próprios filhos viciados em fumar?

– Eram muitas propagandas. Ainda são. Seria impossível identificar só uma, duas ou cinco que tenham sido determinantes.

– Então foram as propagandas?

– Tenho certeza de que as propagandas foram eficazes. Ainda são.

– Então foi culpa de outra pessoa?

– Eu não incentivei nenhum deles a fumar.

– Tem certeza? O senhor está dizendo a este júri que seus filhos, filhos de um homem cujo trabalho, por vinte anos, foi incentivar o mundo a fumar, começaram a fumar por causa dos ardis da publicidade?

– Tenho certeza de que as propagandas ajudaram. Elas são feitas pra isso.

– O senhor fumava em casa, na frente de seus filhos?

– Sim.

– Da sua esposa?

– Sim.

– O senhor alguma vez disse a uma visita que ela não podia fumar na sua casa?

– Não. Não naquela época.

– É correto dizer, então, que o ambiente da sua casa era receptivo ao cigarro?

– Sim. Naquela época.

– Mas seus filhos começaram a fumar por causa de propagandas engano-sas? É isso que o senhor está dizendo a este júri?

Robilio respirou fundo, contou devagar até cinco, depois disse:

– Eu gostaria de ter feito muita coisa diferente, Dr. Cable. Eu gostaria de nunca ter acendido o primeiro cigarro.

– Seus filhos pararam de fumar?

– Dois deles pararam. Com muito custo. O terceiro está tentando parar já faz dez anos.

Cable fez aquela última pergunta por impulso, e por um segundo desejou que não a tivesse feito. Era hora de seguir em frente. Ele mudou de marcha.

– Sr. Robilio, o senhor está ciente dos esforços da indústria para coibir o tabagismo entre adolescentes?

Robilio deu uma risadinha, que soou como um gargarejo quando amplificado por seu pequeno microfone.

– Não houve nenhum esforço sério – provocou.

– Quarenta milhões de dólares no ano passado para a Juventude Sem Cigarro não parece sério?

– Parece algo que os fabricantes fariam. Faz com que pareçam compreensivos e acolhedores, não faz?

– O senhor está ciente de que a indústria apoia abertamente a legislação que restringe as máquinas de venda automática em locais onde existe aglomeração de jovens?

– Acho que já ouvi falar disso. Soa incrível, não soa?

– O senhor está ciente de que, no ano passado, a indústria doou 10 milhões de dólares ao governo da Califórnia para financiar um programa estadual destinado a alertar as crianças, desde o jardim de infância, dos males de fumar antes da idade adulta?

– Não. E quanto ao tabagismo depois da idade adulta? Eles disseram pros nossos amiguinhos que não havia problema em fumar depois que completassem 18 anos? Provavelmente disseram.

Cable tinha uma lista a cumprir e parecia estar satisfeito em ficar disparando perguntas enquanto ignorava as respostas.

– O senhor está ciente de que a indústria apoia um projeto de lei no Texas para proibir o fumo em todos os estabelecimentos de fast-food, lugares frequentados por adolescentes?

– Sim, e o senhor sabe por que eles fazem coisas assim? Eu vou lhe dizer por quê. Porque assim podem contratar pessoas como o senhor para ficar falando pros jurados coisas desse tipo. Essa é a única razão. Soa bem no tribunal.

– O senhor está ciente de que a indústria apoia abertamente leis que imponham penas a lojas de conveniência que vendam produtos de tabaco a menores de idade?

– Sim, acho que ouvi falar dessa também. É uma vitrine. Eles vão gastar alguns dólares aqui e ali para se pavonear, se exibir e comprar respeitabilidade. Vão fazer isso porque sabem a verdade, e a verdade é que 2 bilhões de dólares por ano em publicidade vão garantir o vício da próxima geração. E quem não acredita nisso é um babaca.

O juiz Harkin projetou o tronco para a frente.

– Sr. Robilio, isso é desnecessário. Que não se repita e que não conste dos autos.

– Peço desculpa, Vossa Excelência. E ao senhor também, Dr. Cable. O senhor está apenas fazendo o seu trabalho. É o seu cliente que eu não suporto.

Cable tinha sido puxado para fora de seu roteiro. Ele proferiu um "Por quê?" sem convicção, e, na mesma hora, desejou ter ficado de boca fechada.

– Porque são extremamente desonestos. As pessoas da indústria tabagista são brilhantes, inteligentes, educadas, implacáveis e vão olhar na sua cara e dizer, com toda a sinceridade, que os cigarros não viciam. E elas sabem que é mentira.

– Sem mais perguntas – concluiu Cable, a meio caminho de sua mesa.

GARDNER ERA UMA CIDADE de 18 mil habitantes a uma hora de Lubbock. Pamela Blanchard morava na parte antiga da cidade, a dois quarteirões da rua principal, em uma casa reformada construída na virada do século. Reluzentes bordos vermelhos e dourados cobriam o gramado da frente. As crianças zanzavam pela rua em bicicletas e skates.

Às dez da manhã da segunda-feira, Fitch já sabia o seguinte: era casada com o presidente de um banco local, um homem que já se casara uma vez antes e cuja esposa tinha morrido havia dez anos. Ele não era o pai de Nicholas Easter, Jeff ou quem diabos ele fosse. O banco quase faliu durante a crise do petróleo no início dos anos 1980, e muitos moradores ainda receavam fazer negócios lá. O marido de Pamela era nascido na cidade. Ela, não. Ela poderia ter vindo de Lubbock, ou talvez fosse de Amarillo. Os dois se casaram no México oito anos antes, e a imprensa local mal repercutiu. Nenhuma foto do casamento. Apenas um anúncio, ao lado dos obituários, de que N. Forrest Blanchard Júnior havia se casado com Pamela Kerr. Depois de uma breve lua de mel em Cozumel, foram morar em Gardner.

A melhor fonte da cidade era um detetive particular chamado Rafe, que fora policial por vinte anos e dizia conhecer todo mundo. Rafe, após receber uma quantia considerável em espécie, trabalhou sem dormir no domingo à noite. Sem dormir, mas com bastante bourbon, e ao raiar do dia fedia a mosto fermentado. Dante e Joe Boy trabalharam ao lado dele, em seu escritório sujo na rua principal, e recusaram a bebida diversas vezes.

Rafe entrou em contato com todos os policiais de Gardner e finalmente encontrou um disposto a ir falar com uma senhora que morava do outro lado da rua dos Blanchard. Bingo. Pamela tinha tido dois filhos de um casamento anterior, que terminou em divórcio. Ela não falava muito sobre eles, mas um estava no Alasca, e o outro era advogado ou estava estudando para se tornar advogado. Algo assim.

Como nenhum dos filhos tinha crescido em Gardner, a pista logo esfriou. Ninguém os conhecia. Na verdade, Rafe não conseguiu encontrar ninguém que sequer tivesse visto os filhos de Pamela. Então, ligou para o advogado dela, um desprezível especialista em divórcios que usava com frequência seus primitivos serviços de vigilância e conhecia uma secretária do banco do Sr. Blanchard. A secretária falou com a secretária particular do Sr. Blanchard e descobriu-se que Pamela não era de Lubbock nem de Amarillo, mas de Austin. Lá, ela havia trabalhado para uma associação de banqueiros, e foi assim que conheceu o Sr. Blanchard. A secretária sabia do casamento anterior e era da opinião de que terminara havia muitos anos. Não, ela nunca tinha visto os filhos de Pamela. O Sr. Blanchard nunca falava deles. O casal vivia tranquilamente e quase nunca recebia visitas.

Fitch recebia relatórios de Dante e Joe Boy de hora em hora. No final da manhã de segunda-feira, ligou para um conhecido em Austin, um homem com quem havia trabalhado seis anos antes em um caso da indústria tabagista em Marshall, Texas. Era uma emergência, explicou Fitch. Em poucos minutos, uma dúzia de detetives estava vasculhando listas telefônicas e fazendo ligações. Não levou muito tempo até que os cães de caça farejassem uma pista.

Pamela Kerr tinha sido secretária executiva da Associação de Banqueiros do Texas, em Austin. Um telefonema levou a outro, e uma ex-colega de trabalho foi localizada atuando como monitora em uma escola particular. Usando o ardil de que Pamela era jurada em potencial em um caso passível de pena de morte em Lubbock, o detetive se apresentou como um assistente da promotoria que estava tentando reunir informações legítimas sobre os jurados. A colega de trabalho se sentiu obrigada a responder a algumas perguntas, embora não visse Pamela nem falasse com ela havia anos.

Pamela tinha dois filhos, Jeff e Alex. Este era dois anos mais velho que Jeff e havia concluído o ensino médio em Austin, depois se mudado para o Oregon. Jeff também tinha terminado o ensino médio em Austin, com honras, e depois se matriculado na Universidade Rice. O pai dos meninos abandonou a família quando eram pequenos, e Pamela tinha feito um excelente trabalho como mãe solo.

Dante, recém-saído do jato particular, acompanhou um dos detetives até a escola, onde receberam autorização para vasculhar antigos anuários na biblioteca. A foto do último ano de Jeff Kerr, 1985, era colorida: smoking azul, uma grande gravata-borboleta azul, cabelos curtos, rosto sério olhando diretamente para a câmera; o mesmo rosto que Dante tinha estudado por horas em Biloxi.

– Este é o nosso homem – disse sem hesitar e, depois, calmamente arrancou a página do anuário.

Dante ligou para Fitch do celular na mesma hora, em meio às pilhas de livros.

Três telefonemas para a Universidade Rice revelaram que Jeff Kerr tinha se formado em psicologia lá em 1989. Fazendo-se passar pelo representante de um possível empregador, o interlocutor encontrou um professor de ciência política da universidade que havia dado aulas a Kerr e se lembrava dele. Ele informou que o jovem tinha ido fazer faculdade de Direito no Kansas.

Com a ajuda de uma bela quantia, Fitch encontrou, por telefone, uma empresa de segurança disposta a deixar tudo de lado e começar a vasculhar a cidade de Lawrence, no Kansas, em busca de qualquer vestígio de Jeff Kerr.

PARA QUEM COSTUMAVA ser tão animado, Nicholas estava muito reservado durante o almoço. Não disse uma única palavra enquanto comia uma batata assada bastante recheada do O'Reilly's. Evitou olhares e parecia verdadeiramente triste.

O sentimento era comum a todos. A voz de Leon Robilio tinha ficado dentro dos jurados, uma voz robótica em substituição à verdadeira, perdida por causa dos males do tabaco, uma voz robótica que expunha a sujeira repugnante que em outros tempos ajudara a esconder. Ela ainda ecoava nos ouvidos dos jurados. Três mil crianças por dia, das quais um terço morreria graças ao vício. É preciso fisgar a próxima geração!

Loreen Duke se cansou de mordiscar seu sanduíche. Ela olhou para o outro lado da mesa, em direção a Jerry Fernandez, e disse:

– Posso lhe perguntar uma coisa? – A voz dela quebrou o silêncio extenuado.

– Claro.

– Quantos anos você tinha quando começou a fumar?

– Catorze.

– Por que você começou?

– O Marlboro Man. Todo garoto com quem eu andava fumava Marlboro. Éramos crianças do interior, gostávamos de cavalos e rodeios. O Marlboro Man era bacana demais, não tinha como resistir.

Naquele momento, todos os jurados podiam ver os outdoors: o rosto bruto, o queixo, o chapéu, o cavalo, o couro gasto, talvez as montanhas e um pouco de neve, a independência de acender um Marlboro enquanto o mundo o deixava em paz. Qual menino de 14 anos não ia querer ser o Marlboro Man?

– Você é viciado? – perguntou Rikki Coleman, brincando com seu habitual prato light de alface e peru cozido.

O "viciado" escorreu de sua boca como se estivessem falando sobre heroína.

Jerry pensou por um momento e percebeu que seus amigos estavam prestando atenção nele. Queriam saber que poderosos impulsos mantinham uma pessoa fisgada.

– Não sei. Acho que posso parar. Tentei algumas vezes. Claro que seria bom parar. É um hábito muito desagradável.

– Você não gosta? – perguntou Rikki.

– Ah, tem horas em que um cigarro cai bem, mas estou fumando dois maços por dia agora, e isso é muita coisa.

– E você, Angel? – perguntou Loreen a Angel Weese, que estava sentada ao lado dela e geralmente falava o mínimo possível. – Quantos anos você tinha quando começou?

– Treze – respondeu Angel, constrangida.

– Eu tinha 16 – admitiu Sylvia Taylor-Tatum antes mesmo que alguém perguntasse.

– Comecei aos 14 – disse Herman da cabeceira da mesa, em uma tentativa de participar da conversa. – Parei quando eu tinha 40.

– Alguém mais? – perguntou Rikki, encerrando a sessão confidencial.

– Comecei aos 17 – disse o Coronel. – Quando entrei pro Exército. Mas parei trinta anos atrás. – Como sempre, estava orgulhoso de sua autodisciplina.

– Alguém mais? – perguntou Rikki ainda uma vez, após uma longa e silenciosa pausa.

– Eu. Comecei aos 17 anos e parei dois anos depois – disse Nicholas, embora não fosse verdade.

– Alguém aqui começou a fumar depois dos 18 anos? – perguntou Loreen. Ninguém respondeu.

NITCHMAN, À PAISANA, encontrou Hoppy para comer um sanduíche rápido. Hoppy estava nervoso porque seria visto em público com um agente do FBI e ficou bastante aliviado quando Nitchman apareceu de calça jeans e camisa xadrez. Não era como se os amigos e conhecidos de Hoppy na cidade fossem capazes de identificar instantaneamente um agente do FBI, mas mesmo assim estava nervoso. Além disso, Nitchman e Napier eram de uma unidade especial em Atlanta, conforme tinham lhe dito.

Hoppy repetiu o que ouvira no tribunal naquela manhã, disse que Robilio, o sem voz, tinha deixado uma boa impressão e parecia ter o júri no bolso. Nitchman, não pela primeira vez, demonstrou pouco interesse no julgamento e explicou mais uma vez que estava apenas fazendo o que seus chefes em Washington lhe mandavam fazer. Entregou a Hoppy uma folha de papel dobrada, branca, com números e palavras minúsculos espalhados nas partes de cima e de baixo e disse que aquilo havia acabado de ser enviado por Cristano, do Departamento de Justiça. Eles queriam que Hoppy visse.

O papel era, na verdade, obra do pessoal de Fitch que cuidava dos documentos, dois agentes aposentados da CIA que vagavam por Washington fazendo travessuras.

Era uma cópia enviada por fax de um relatório de aparência sinistra sobre Leon Robilio. Sem fonte, sem data, apenas quatro parágrafos sob o sinistro título MEMORANDO CONFIDENCIAL. Hoppy leu rapidamente enquanto mastigava uma batata frita. Robilio tinha recebido meio milhão de dólares para ser testemunha. Robilio havia sido demitido do Conselho Focal do Tabaco por desvio de fundos e chegado a ser indiciado, mas as acusações foram retiradas mais tarde. Robilio tinha um histórico de problemas psiquiátricos. Havia assediado sexualmente duas secretárias do Conselho. O câncer de laringe de Robilio provavelmente fora causado pelo alcoolismo, não pelo cigarro. Robilio era um mentiroso notório que odiava o Conselho e estava em missão de vingança.

– Uau – disse Hoppy, mostrando a boca cheia de batatas.

– O Sr. Cristano achou que você deveria entregar isso discretamente pra sua esposa – disse Nitchman. – Ela deve mostrar apenas para os jurados em quem possa confiar.

– Pode deixar – disse Hoppy, dobrando rapidamente o papel e enfiando-o no bolso.

Ele olhou ao redor do salão lotado como se fosse plenamente culpado de alguma coisa.

TRABALHANDO COM OS ANUÁRIOS da faculdade de Direito e com os registros a que a secretária permitiu acesso, descobriu-se que Jeff Kerr tinha se matriculado no primeiro ano da faculdade de Direito no Kansas no outono de 1989. Seu rosto carrancudo aparecia com a turma do segundo ano, em 1991, mas não havia nenhum vestígio dele depois disso. Ele não tinha obtido o diploma.

Fizera parte do time de rúgbi da faculdade de Direito durante o segundo ano. Uma foto da equipe o mostrava de braços dados com dois amigos, Michael Dale e Tom Ratliff, ambos formados em Direito no ano seguinte. Dale estava trabalhando para a Legal Services em Des Moines. Ratliff era advogado em um escritório de Wichita. Foram enviados detetives para ambos os lugares.

Dante chegou a Lawrence e foi levado à faculdade de Direito, onde confirmou a identidade de Kerr nos anuários. Passou uma hora olhando para rostos de 1985 a 1994 e não viu nenhuma mulher que se parecesse com a que conheciam como Marlee. Era um tiro no escuro. Muitos estudantes de Direito não saíam nas fotos. Anuários eram coisa de calouro. Aqueles ali eram jovens adultos sérios. O trabalho de Dante não passava de uma série de tiros no escuro.

Na segunda-feira, um detetive chamado Small encontrou Tom Ratliff trabalhando duro em sua pequena sala sem janelas na Wise & Watkins, um grande escritório no centro de Wichita. Os dois combinaram de se encontrar em um bar uma hora depois.

Small falou com Fitch e reuniu o máximo de informações que pôde, ou o máximo que Fitch lhe deu. Small era um ex-policial com duas ex-mulheres. Seu cargo era de especialista em segurança, o que em Lawrence significava que ele fazia de tudo, desde vigiar hotéis de beira de estrada até comandar testes de polígrafo. Não era muito esperto, e Fitch percebeu isso de imediato.

Ratliff chegou atrasado e ambos pediram bebidas. Small fez o melhor possível para blefar e parecer seguro. Ratliff estava desconfiado. Falou pouco a princípio, o que era de se esperar de uma pessoa inesperadamente convidada por um estranho para falar sobre um velho conhecido.

– Não o vejo há quatro anos – disse Ratliff.

– Você falou com ele nesse tempo?

– Não. Nem uma palavra. Ele largou a faculdade depois do nosso segundo ano.

– Você era próximo dele?

– Eu me dava bem com ele no nosso primeiro ano, mas não éramos melhores amigos. Depois disso, ele saiu. Ele está com algum problema?

– Não. De jeito nenhum.

– Talvez você devesse me dizer por que está tão interessado nele.

Small recitou em termos gerais o que Fitch lhe mandara dizer, acertou a maior parte e era próximo da verdade. Jeff Kerr era jurado em potencial em um grande julgamento em algum lugar, e ele, Small, tinha sido contratado por uma das partes para investigar seus antecedentes.

– Onde é o julgamento? – perguntou Ratliff.

– Não posso dizer. Mas lhe garanto que nada disso aqui é ilegal. Você é advogado. Você sabe.

Ele sabia, de fato. Ratliff tinha passado a maior parte de sua breve carreira sendo explorado pelo chefe, um advogado audiencista. A pesquisa do júri era uma tarefa que já tinha aprendido a odiar.

– Como posso confirmar isso? – perguntou como um advogado de verdade.

– Não tenho permissão para divulgar detalhes sobre o julgamento. Vamos fazer assim: se eu perguntar algo que você ache que possa ser prejudicial para o Kerr, não responda. É justo?

– Vamos tentar, ok? Mas, se eu me irritar, vou meter o pé daqui.

– Combinado. Por que ele largou a faculdade de Direito?

Ratliff deu um gole em sua cerveja e tentou se lembrar.

– Ele era um bom aluno, muito inteligente. Mas, depois do primeiro ano, subitamente começou a odiar a ideia de ser advogado. Ele trabalhou em um escritório naquele verão, um dos grandes em Kansas City, e isso o deixou amargurado. Além disso, se apaixonou.

Fitch queria desesperadamente saber se havia uma garota na história.

– Quem era a mulher? – perguntou Small.

– Claire.

– Claire do quê?

Outro gole.

– Não me lembro agora.

– Você conhece ela?

– Eu sabia quem ela era. Claire trabalhava em um bar no centro de Lawrence, um ponto de encontro dos estudantes de Direito. Acho que foi lá que ela conheceu o Jeff.

– Você poderia descrever ela?

– Por quê? Achei que isso aqui fosse sobre o Jeff.

– Me pediram para obter uma descrição da namorada dele na faculdade. É tudo o que eu sei. – Small deu de ombros, como se não tivesse escolha.

Ambos ficaram se estudando por alguns instantes. Dane-se, pensou Ratliff. Ele nunca mais ia ver aquelas pessoas. Jeff e Claire eram lembranças distantes, de todo jeito.

– Estatura mediana, pouco menos de 1,70, esguia. Cabelos pretos, olhos castanhos, bonita, corpo bonito.

– Ela estudava também?

– Não sei direito. Acho que talvez já tivesse se formado. Talvez fizesse pós-graduação.

– Na Universidade do Kansas?

– Não sei.

– Qual era o nome do bar?

– Mulligan's, no centro da cidade.

Small conhecia muito bem o lugar. Às vezes ele mesmo ia lá para afogar as mágoas e admirar as universitárias.

– Já tomei algumas no Mulligan's – disse.

– É. Eu sinto saudade de lá – confessou Ratliff, melancólico.

– O que Jeff fez depois que largou os estudos?

– Não sei bem. Ouvi falar que ele e Claire saíram da cidade, mas nunca mais tive notícias dele.

Small agradeceu e perguntou se poderia ligar para seu escritório se tivesse mais perguntas. Ratliff respondeu que estava muito ocupado, mas que podia tentar.

O chefe de Small em Lawrence tinha um amigo que conhecia o sujeito que era dono do Mulligan's havia quinze anos. As vantagens de uma cidade pequena. As fichas dos funcionários não eram propriamente confidenciais, sobretudo para o dono de um bar que declarava menos da metade dos seus rendimentos em espécie. O nome dela era Claire Clement.

FITCH ESFREGOU AS mãos carnudas, alegre, enquanto recebia a notícia. Ele adorava uma perseguição. Marlee agora era Claire, uma mulher que tinha dado duro para encobrir o passado.

– Conheça o seu inimigo – disse em voz alta para as paredes.

A regra número um da guerra.

24

O s números voltaram com força na tarde de segunda-feira. O mensageiro era um economista, um homem escalado para analisar a vida de Jacob Wood e colocar nela uma cifra concisa em dólares. Seu nome era Dr. Art Kallison, um professor aposentado de uma escola particular no Oregon de quem ninguém nunca tinha ouvido falar. As contas não eram complicadas, e o Dr. Kallison claramente já tinha visto um tribunal antes. Sabia testemunhar, como manter simples os números. Ele os escreveu em um quadro-negro de forma organizada.

Quando morreu, aos 51 anos, o salário-base de Jacob Wood era de 40 mil dólares por ano, mais um plano de aposentadoria bancado pelo empregador, além de outros benefícios. Presumindo que viveria e trabalharia até os 65 anos, Kallison estabeleceu seus ganhos futuros perdidos em 720.000 dólares. A lei também permitia a correção da inflação nessa projeção, e isso aumentava o total para 1.180.000 dólares. A seguir, a lei exigia que esse total fosse reduzido ao seu valor presente, um conceito que complicava um pouco as coisas. Nesse ponto, Kallison deu uma aula rápida e simpática ao júri sobre valor presente. O montante poderia somar 1.180.000 dólares se pago ao longo de quinze anos, mas, para fins do processo, era preciso determinar o valor naquele momento. Logo, tinha que haver uma redução. O novo valor era de 835.000 dólares.

Kallison fez um excelente trabalho ao garantir ao júri que esse número tratava apenas dos salários não recebidos. Ele era um economista, sem competência para atribuir valor ao valor não monetário da vida de qualquer pessoa. Seu trabalho não tinha nada a ver com a dor e o sofrimento que o Sr. Wood atravessou antes da morte; não tinha nada a ver com a perda que sua família havia sofrido.

Um jovem advogado de defesa chamado Felix Mason proferiu sua primeira palavra no julgamento. Era um dos associados de Cable, especialista em previsões econômicas, e, infelizmente para ele, sua única aparição seria breve. Mason deu início ao interrogatório do Dr. Kallison perguntando quantas vezes por ano ele costumava depor.

– Isso é tudo o que eu faço hoje em dia. Eu me aposentei do magistério – respondeu Kallison.

Ele ouvia essa pergunta em todos os julgamentos.

– O senhor está sendo pago para depor? – perguntou Mason.

A pergunta estava tão gasta quanto a resposta.

– Sim. Eu recebi pra estar aqui. Assim como o senhor.

– Quanto?

– Cinco mil dólares pela consultoria e pelo depoimento.

Entre os advogados, não havia dúvidas de que Kallison tinha sido, de longe, o especialista mais barato do julgamento.

Mason tinha um problema com a taxa de inflação que Kallison usara em seus cálculos, e os dois discutiram sobre a curva histórica do índice de preços ao consumidor por trinta minutos. Se Mason marcara um ponto, ninguém reparou. Sua intenção era que Kallison concordasse que um valor mais razoável para os salários não recebidos de Wood seria de 680 mil dólares.

Não importava, no fim das contas. Rohr e seu bando de advogados aceitariam qualquer uma das cifras. Os salários não recebidos eram apenas o ponto de partida. Rohr acrescentaria a isso a dor e o sofrimento, a perda da alegria de viver, a perda da companhia e outros aspectos secundários, como o preço dos cuidados médicos do Sr. Wood e o custo de seu enterro. Só então Rohr ia partir para cima. Ia mostrar ao júri quanto dinheiro a Pynex tinha, e pediria uma grande parte dele na condição de danos punitivos.

Faltando uma hora para o fim do dia, Rohr orgulhosamente anunciou ao tribunal:

– A reclamante chama sua última testemunha, a Sra. Celeste Wood.

O júri não tinha recebido nenhum aviso de que a reclamante estava prestes a encerrar sua parte. Um fardo foi subitamente tirado de seus ombros.

O clima moroso do fim da tarde ficou imediatamente mais descontraído. Vários jurados não conseguiram esconder um sorriso. Vários outros pararam de fazer cara feia. Suas cadeiras balançaram conforme retomaram a vida.

Aquela noite seria a sétima em confinamento. De acordo com a hipótese mais recente de Nicholas, a defesa não levaria mais de três dias. Eles fizeram as contas. Talvez estivessem de volta em casa no fim de semana!

Nas três semanas em que estivera sentada em silêncio à mesa, com hordas de advogados ao seu redor, Celeste Wood mal havia dado um pio. Tinha demonstrado uma incrível capacidade de ignorar os advogados, ignorar as expressões dos jurados e de olhar para a frente, para as testemunhas, com o semblante neutro. Usara vestidos em todos os tons de preto e cinza, sempre com meias e sapatos pretos.

Jerry a apelidara de Viúva Wood na primeira semana. Tinha 55 anos – a mesma idade que o marido teria, não fosse pelo câncer de pulmão –, era muito magra, mirrada, com cabelos grisalhos curtos. Trabalhava em uma biblioteca pública e tinha criado três filhos. Fotos de família foram entregues ao júri.

Celeste dera seu depoimento preliminar um ano antes e tinha sido ensaiada pelos profissionais contratados por Rohr. Estava sob controle, nervosa mas não inquieta, e determinada a não demonstrar nenhuma emoção. Afinal de contas, seu marido estava morto havia quatro anos.

Rohr e ela seguiram o script com precisão. Ela falou de sua vida com Jacob, do quanto eram felizes, dos primeiros anos, dos filhos, depois dos netos, dos sonhos de aposentadoria. Alguns solavancos pelo caminho, mas nada sério, nada até ele ficar doente. Jacob queria muito ter parado de fumar, tentara muitas vezes, sem grande êxito. O vício era poderoso demais.

Celeste despertou empatia sem precisar se esforçar. Sua voz não vacilou nunca. Rohr tinha pressuposto, de maneira acertada, que lágrimas falsas poderiam não ser bem recebidas pelo júri. Ela não era de chorar fácil, de todo jeito.

Cable dispensou o interrogatório por parte da defesa. O que poderia perguntar a Celeste? Então, levantou-se e, com o semblante triste e um ar compungido, disse simplesmente:

– Excelência, não temos perguntas para a testemunha.

Fitch tinha um monte de perguntas para a testemunha, mas não conseguiria fazê-las em pleno tribunal. Depois de um período de luto apropriado, mais de um ano após o enterro, inclusive, Celeste começara a namorar um homem divorciado sete anos mais novo. De acordo com boas fontes, planejavam se casar discretamente assim que o julgamento acabasse. Fitch sabia que o próprio Rohr tinha dado ordens para que ela não se casasse antes do julgamento.

O júri não ouviria aquilo no tribunal, mas Fitch estava trabalhando em um plano para que essa informação chegasse pela porta dos fundos.

– A reclamante terminou – anunciou Rohr depois de ajudar Celeste a se sentar.

Os advogados de ambas as partes se aglomeraram em grupinhos e começaram a cochichar com ar sério.

O juiz Harkin examinou um pouco da bagunça em sua tribuna, depois olhou para o exaurido júri.

– Senhoras e senhores, tenho boas e más notícias. A boa notícia é óbvia. A reclamante terminou, portanto já passamos da metade do caminho. A defesa deve chamar menos testemunhas. A má notícia é que, a esta altura do julgamento, somos obrigados a analisar um monte de petições. Faremos isso amanhã, provavelmente durante o dia inteiro. Sinto muito, mas não temos escolha.

Nicholas levantou a mão. Harkin o olhou por alguns segundos e só então disse:

– Sim, Sr. Easter?

– Quer dizer que vamos ter que ficar presos no hotel amanhã o dia todo?

– Infelizmente, sim.

– Não entendo o porquê.

Os advogados se afastaram, interrompendo suas pequenas reuniões, e olharam boquiabertos para Easter. Era raro um jurado falar em pleno tribunal.

– Porque temos uma série de coisas para fazer sem a presença do júri.

– Ah, isso eu compreendo. Mas por que temos que ficar presos?

– O que o senhor quer fazer?

– Posso pensar em muitas coisas. Poderíamos alugar um barco grande, fazer um passeio pelo Golfo, pescar, talvez.

– Não posso pedir aos contribuintes deste condado que arquem com essa despesa, Sr. Easter.

– Achei que fôssemos contribuintes também.

– A resposta é não. Sinto muito.

– Esqueça os contribuintes. Tenho certeza de que estes advogados aqui não se importariam de fazer uma vaquinha. Veja, é só pedir a cada um dos lados para contribuir com mil dólares. Podemos alugar um barco enorme e passar momentos maravilhosos.

Embora Cable e Rohr tivessem reagido no mesmo instante, Rohr conseguiu falar primeiro, enquanto se levantava em um pulo.

– Ficaríamos mais do que satisfeitos em pagar metade, Excelência.

– É uma ótima ideia, Excelência! – acrescentou Cable rápido e em voz alta. Harkin levantou as duas mãos, com as palmas para a frente.

– Calma – disse ele.

Depois, esfregou as têmporas e procurou em seu cérebro por algum precedente. Claro que não havia nenhuma lei ou regimento que proibisse aquilo. Nenhum conflito de interesses.

Loreen Duke deu um tapinha no braço de Nicholas e sussurrou algo em seu ouvido.

– Bem, eu nunca ouvi falar disso antes – disse o juiz. – Pelo visto, fica a nosso critério. Dr. Rohr?

– Não há mal nenhum, Excelência. Cada lado paga metade. Sem problemas.

– Dr. Cable?

– Não consigo pensar em nenhum estatuto ou norma que impeça isso. Concordo com o Dr. Rohr. Se ambos os lados dividirem o custo, que mal há?

Nicholas levantou a mão novamente.

– Com licença, Excelência. Chegou ao meu conhecimento que talvez alguns dos jurados prefiram fazer compras em Nova Orleans em vez de um passeio de barco no Golfo.

Mais uma vez, Rohr foi um pouco mais rápido.

– Ficaremos felizes em dividir o custo do ônibus, Excelência. E do almoço.

– O mesmo de nossa parte – disse Cable. – O jantar também.

Gloria Lane correu para a bancada do júri com uma prancheta. Nicholas, Jerry Fernandez, Lonnie Shaver, Rikki Coleman, Angel Weese e o Coronel Herrera optaram pelo barco. O resto escolheu o French Quarter.

CONTANDO COM O VÍDEO de Jacob Wood, Rohr e companhia tinham apresentado dez testemunhas ao júri e levado treze dias para fazê-lo. Um caso sólido havia sido montado; agora cabia ao júri determinar não se os cigarros eram perigosos, mas se era a hora de punir seus fabricantes.

Se o júri não tivesse sido isolado, Rohr teria chamado pelo menos mais três especialistas: um para debater a psicologia da publicidade; um especialista em vício; e um para descrever, em detalhes, a aplicação de inseticidas e pesticidas na lavoura do tabaco.

Mas o júri estava confinado, e Rohr sabia que era hora de parar. Tinha ficado claro que aquele não era um júri comum. Uma pessoa cega. Um maluco que fazia ioga no almoço. Pelo menos duas greves até o momento. Listas de exigências o tempo todo. Louça e talheres para o almoço. Cerveja depois do trabalho, paga pelos contribuintes. Interlúdios comunitários e visitas pessoais. Não estava sendo fácil para o juiz Harkin.

Sem dúvida aquele não era um júri comum tampouco para Fitch, um homem que havia sabotado mais júris do que qualquer pessoa na história da jurisprudência americana. Ele armava as armadilhas de sempre e descobria os podres de sempre. Seus golpes estavam funcionando perfeitamente. Apenas um incêndio até o momento. Nenhuma fratura. Mas a garota Marlee havia mudado tudo. Por meio dela, seria capaz de comprar um veredito, uma vitória de lavada da defesa que deixaria Rohr humilhado e espantaria a legião de advogados famintos espreitando como abutres, à espera da carcaça.

Naquele julgamento, o maior contra a indústria tabagista até então, com os advogados da maior reclamante alinhados tendo apostado milhões, sua pequena e amada Marlee lhe garantiria o veredito. Fitch acreditava nisso, e isso o consumia. Ele pensava nela a cada minuto, e ela aparecia em seus sonhos.

Não fosse por Marlee, Fitch teria perdido o sono. Era o momento ideal para um veredito a favor da reclamante; o tribunal ideal, o juiz ideal, o clima ideal. Os especialistas eram, de longe, os melhores que Fitch havia visto em seus nove anos de direção da defesa. Nove anos, oito julgamentos, oito veredito a favor da defesa. Por mais que odiasse Rohr, era capaz de admitir, apenas para si mesmo, que era o advogado certo para acabar com a indústria.

Uma vitória sobre Rohr em Biloxi seria uma enorme barricada contra futuros processos relacionados ao cigarro. Uma que poderia muito bem salvar toda a indústria.

Quando Fitch computava os votos do júri, começava sempre por Rikki Coleman, por causa do aborto. Tinha o voto dela no bolso, ela só não sabia ainda. Depois, ele somava Lonnie Shaver. Em seguida, o Coronel Herrera. Millie Dupree seria fácil. Seus especialistas em júri estavam convencidos de que Sylvia Taylor-Tatum era praticamente incapaz de ter empatia, e, além disso, ela fumava. Mas seus especialistas não sabiam que ela estava dormindo com Jerry Fernandez. Jerry e Easter eram amigos. Fitch estava prevendo que os três, Sylvia, Jerry e Nicholas, votariam da mesma forma. Loreen Duke se sentava ao lado de Nicholas, e os dois tinham sido vistos sussurrando durante o julgamento. Fitch achava que ela acompanharia o voto de Easter. E se Loreen fizesse isso, Angel Weese também faria, a única outra mulher negra. Weese era impossível de ser decifrada.

Ninguém duvidava de que Easter dominaria a deliberação. Agora que Fitch sabia que Easter tinha dois anos de faculdade de Direito, seria capaz de apostar que essa informação havia sido compartilhada com todo o júri.

Era impossível prever como Herman Grimes votaria. Mas Fitch não contava com ele. Nem com Phillip Savelle. Fitch tinha um bom pressentimento em relação à Sra. Gladys Card. Era idosa e conservadora, e, provavelmente, ficaria decepcionada quando Rohr lhes pedisse cerca de 20 milhões.

De modo que Fitch tinha quatro no bolso, com a Sra. Gladys Card sendo uma possível quinta. Herman Grimes podia ir para qualquer lado. Savelle era um caso perdido, partindo do pressuposto de que qualquer pessoa tão em sintonia com a natureza deveria odiar os fabricantes de cigarro. Restava Easter e os cinco de sua gangue. Eram necessários nove votos a favor de uma das duas partes para se chegar a um veredito. Qualquer coisa diferente disso representaria um impasse e forçaria Harkin a determinar a anulação do julgamento. Julgamentos anulados viravam novos julgamentos, algo que Fitch não queria naquele caso.

A horda de analistas jurídicos e acadêmicos que acompanhavam de perto o julgamento concordava em poucos aspectos, mas era coesa na previsão de que um veredito unânime, de doze votos a favor da Pynex, esfriaria, se não congelasse completamente, os casos relacionados ao cigarro por uma década.

Fitch estava determinado a conseguir um veredito unânime, e a qualquer custo.

O CLIMA NO ESCRITÓRIO de Rohr estava muito mais leve na noite de se-gunda-feira. Sem mais testemunhas para serem chamadas, a pressão dimi-nuiu momentaneamente. Um bom uísque foi servido na sala de reuniões. Rohr tomou um gole de água mineral e mordiscou queijos e bolachas.

A bola estava agora nas mãos de Cable. Que ele e sua equipe passassem alguns dias preparando testemunhas e identificando documentos. Rohr só precisava reagir, interrogar as testemunhas da defesa, e ele tinha assistido a cada depoimento preliminar gravado em vídeo de cada uma delas uma dúzia de vezes.

Jonathan Kotlack, o advogado encarregado da pesquisa do júri, também estava bebendo apenas água e ficou confabulando com Rohr sobre Herman Grimes. Ambos achavam que o haviam conquistado. E tinham um bom pressentimento em relação a Millie Dupree e Savelle, o esquisitão. Herrera os deixava preocupados. Os três jurados negros, Lonnie, Angel e Loreen, estavam solidamente a bordo. Afinal de contas, era um caso envolvendo uma simples pessoa contra uma empresa grande e poderosa. Os negros sem dúvida iam votar com eles. Sempre votavam.

Easter era fundamental porque era o líder, todo mundo sabia. Rikki o acompanharia. Jerry era amigo dele. Sylvia Taylor-Tatum era passiva e iria com a multidão. Assim como a Sra. Gladys Card.

Eles só precisavam de nove, e Rohr estava convencido de que os tinha.

25

De volta a Lawrence, Small, o investigador, trabalhou diligentemente em suas pistas, mas sem chegar a lugar algum. Circulou pelo Mulligan's na noite de segunda-feira, bebendo contra as ordens, conversando de vez em quando com as garçonetes e os estudantes de Direito e não conseguindo nada além de despertar suspeitas entre os jovens.

Na manhã de terça, fez mais uma visita. O nome da mulher era Rebecca e, alguns anos antes, quando era estudante de pós-graduação na Universidade do Kansas, trabalhara no Mulligan's com Claire Clement. Eram amigas, de acordo com uma fonte descoberta pelo chefe de Small. Ele se encontrou com Rebecca em uma agência bancária no centro da cidade, onde trabalhava como gerente. Apresentou-se de forma desajeitada, e ela ficou desconfiada imediatamente.

– Você trabalhou com Claire Clement alguns anos atrás? – perguntou ele olhando para um bloco de notas, de pé diante da mesa dela, porque ela estava de pé.

Ele não tinha sido convidado, e ela estava atarefada.

– Talvez. Quem quer saber? – perguntou Rebecca de braços cruzados, cabeça inclinada para o lado, um telefone tocando em algum lugar atrás dela.

Em contraste marcante com Small, Rebecca estava bem-vestida e não deixava passar nada.

– Você sabe onde ela está morando?

– Não. Por que você está perguntando?

Small repetiu a narrativa que havia decorado. Era a única coisa que ele tinha.

– Bem, veja, ela é jurada em potencial em um grande julgamento, e minha empresa foi contratada para fazer uma investigação completa sobre os antecedentes dela.

– Onde vai ser o julgamento?

– Não posso falar. Vocês trabalharam juntas no Mulligan's, certo?

– Sim. Há muito tempo.

– De onde ela era?

– Que importância tem isso?

– Bem, pra ser sincero, é que está na minha lista de perguntas. Estamos apenas fazendo uma pesquisa sobre ela, ok? Você sabe de onde ela era?

– Não.

Aquela era uma pergunta importante, porque a trilha de Claire começava e acabava em Lawrence.

– Tem certeza?

Rebecca inclinou a cabeça para o outro lado e fez cara de quem achava Small um palhaço.

– Não sei de onde Claire era. Quando a conheci, ela estava trabalhando no Mulligan's. Na última vez que a vi, estava trabalhando no Mulligan's.

– Você falou com ela recentemente?

– Não nos últimos quatro anos.

– Você conheceu algum Jeff Kerr?

– Não.

– Quem eram os amigos dela aqui em Lawrence?

– Não sei. Olha, estou muito ocupada e você está perdendo seu tempo. Eu não conhecia Claire tão bem assim. Garota legal e tudo o mais, mas não éramos amigas. Agora, por favor, tenho trabalho a fazer. – Ela estava apontando para a porta quando terminou, e Small saiu relutante da sala.

Depois que Small saiu do banco, Rebecca fechou a porta da sala e discou o número de um apartamento em St. Louis. A voz gravada do outro lado pertencia a sua amiga Claire. As duas se falavam pelo menos uma vez por mês, embora não se vissem havia um ano. Claire e Jeff viviam uma vida estranha, sem raízes, sem nunca ficar muito tempo em um mesmo lugar, sem muita vontade de revelar seu paradeiro. Só o apartamento em St. Louis continuava o mesmo. Claire tinha avisado que poderiam aparecer pessoas com perguntas estranhas. Deu a entender mais de uma vez que ela e Jeff estavam trabalhando para o governo em alguma atribuição misteriosa.

Depois do bipe, Rebecca deixou uma breve mensagem sobre a visita de Small.

MARLEE VERIFICAVA SUA CAIXA POSTAL de voz todas as manhãs, e a mensagem vinda de Lawrence fez seu sangue gelar. Enxugou o rosto com um pano úmido e tentou se acalmar. Ligou para Rebecca e conseguiu soar perfeitamente tranquila, embora sua boca estivesse seca e seu coração estivesse disparado. Sim, o homem chamado Small perguntara especificamente sobre Claire Clement. E havia mencionado Jeff Kerr. A pedido de Marlee, Rebecca conseguiu repetir a conversa inteira.

Rebecca sabia que não devia fazer muitas perguntas.

– Você está bem? – Foi o máximo que conseguiu se aprofundar em seu questionamento.

– Ah, estamos bem – assegurou Marlee. – Morando na praia por um tempo.

Seria legal saber o nome da praia, mas Rebecca deixou passar. Ninguém ia fundo demais com Claire. Despediram-se com a costumeira promessa de manter contato.

Nem ela nem Nicholas tinham acreditado que algum dia seriam rastreados até Lawrence. Agora que isso havia acontecido, choveram perguntas ao redor dela como um temporal. Quem o tinha encontrado? De que lado, Fitch ou Rohr? Muito provavelmente Fitch, simplesmente porque tinha mais dinheiro e mais astúcia. Qual fora o erro deles? Como as pistas levaram para além de Biloxi? Quanto eles sabiam? E até onde iriam?

Ela precisava falar com Nicholas, mas, naquela hora, ele estava em um barco em algum lugar do Golfo, pescando cavalas e estreitando os vínculos com seus colegas de júri.

FITCH, É CLARO, não estava pescando. Na verdade, não tinha um único dia de folga ou lazer há três meses. Ele estava em sua mesa, arrumando ordenadamente pilhas de papéis, quando o telefonema chegou.

– Alô, Marlee – disse ele ao telefone para a garota dos seus sonhos.

– Ei, Fitch. Você perdeu outro.

– Outro o quê? – perguntou ele, mordendo a língua para não chamá-la de Claire.

– Outro jurado. Loreen Duke ficou encantada com o Sr. Robilio, e agora está à frente da campanha para favorecer a reclamante.

– Mas ela ainda nem ouviu nosso caso.

– Verdade. Você tem quatro fumantes agora, Weese, Fernandez, Taylor-Tatum e Easter. Adivinhe quantos deles começaram a fumar depois dos 18 anos.

– Não sei.

– Nenhum. Todos começaram na adolescência. Herman e Herrera já foram fumantes. Adivinhe quantos anos tinham quando começaram.

– Não sei.

– Tinham 14 e 17 anos. Isso é metade do seu júri, Fitch, e todos eles começaram a fumar quando eram menores de idade.

– O que eu deveria fazer a respeito?

– Continuar mentindo, eu acho. Olha, Fitch, qual é a possibilidade de a gente se encontrar pra ter uma conversinha, em particular, você sabe, sem todos os seus capangas se escondendo atrás dos arbustos?

– A possibilidade é enorme.

– Outra mentira. Vamos fazer assim. Vamos nos encontrar e conversar, e se meu pessoal vir o seu pessoal em qualquer lugar por perto, então vai ser nossa última conversa.

– Seu pessoal?

– Qualquer um pode contratar capangas, Fitch. Você deveria saber disso.

– Está combinado.

– Você conhece o Casella's, um restaurantezinho de frutos do mar com mesas ao ar livre no final do píer de Biloxi?

– Eu consigo achar.

– É onde estou agora. Então, quando você descer o píer, vou estar de olho. E se eu vir alguma figura que me pareça um pouco suspeita, nosso acordo está suspenso.

– Quando?

– Agora mesmo. Estou esperando.

JOSÉ REDUZIU A VELOCIDADE por um segundo no estacionamento perto do cais para pequenas embarcações e Fitch praticamente pulou do Suburban. O carro se afastou, e Fitch, legitimamente a sós e sem escutas, desceu o píer com as pesadas tábuas de madeira balançando suavemente com a maré. Marlee estava sentada a uma mesa de madeira com um guarda-sol, de costas para o Golfo, o rosto voltado para o píer. Faltava uma hora para o almoço, e o lugar estava deserto.

– Olá, Marlee – disse Fitch enquanto se aproximava, parava e se sentava de frente para ela.

Ela estava de calça jeans, camisa de brim, chapéu de pesca e óculos de sol.

– Que prazer, Fitch – disse ela com ironia.

– Você é sempre tão mal-humorada? – perguntou ele, acomodando seu corpo atarracado em uma cadeira estreita, tentando ao máximo sorrir e parecer simpático.

– Você está com uma escuta, Fitch?

– Não, claro que não.

Lentamente, ela tirou de sua volumosa bolsa um fino dispositivo preto que lembrava um pequeno ditafone. Marlee apertou um botão e o colocou sobre a mesa, apontando para o amplo intestino de Fitch.

– Não me leva a mal, Fitch, estou só conferindo se você teve tempo de colocar uma escuta aqui ou ali.

– Eu disse que não estava grampeado, está bem? – disse Fitch, um tanto aliviado.

Konrad tinha sugerido um microfone pequeno transmitindo para uma van estacionada nas proximidades, mas Fitch disse que não.

Ela olhou para o pequeno monitor digital na ponta do sensor de leitura, depois o guardou de volta em sua bolsa. Fitch sorriu, mas apenas por um segundo.

– Recebi uma ligação de Lawrence hoje de manhã – disse ela, e Fitch engoliu em seco. – Evidentemente você tem alguns tontos por lá batendo em algumas portas e revirando as latas de lixo.

– Não sei do que você está falando – rebateu Fitch, meio vacilante e sem muita convicção.

Era Fitch! Seus olhos o traíram; eles se reviraram, baixaram e se desviaram rapidamente antes de voltar a encará-la, depois baixaram de novo, tudo em um instante, mas era prova suficiente de que ela o pegara. A respiração dele ficou ofegante por um segundo e seus ombros tremeram de leve. Ele tinha sido desmascarado.

– Claro. Mais uma ligação de alguma amiga dos velhos tempos e você nunca mais vai ouvir a minha voz.

Ele se recuperou adequadamente, no entanto.

– O que foi que aconteceu em Lawrence? – perguntou ele, como se sua integridade tivesse sido posta em causa.

– Para com isso, Fitch. E dispensa os detetives.

Fitch respirou pesado enquanto dava de ombros em completa perplexidade.

– Tudo bem. Tanto faz. Eu só queria saber do que você está falando.

– Você sabe. Mais uma ligação e acabou, tá bem?

– Tá bem. Como quiser.

Embora Fitch não pudesse ver os olhos dela, podia senti-los sorrindo para ele por detrás dos grossos óculos. Ela não disse nada por um minuto. Um garçom estava atendendo uma mesa próxima, mas não fez nenhum esforço para servi-los.

Finalmente, Fitch se aproximou dela e perguntou:

– Quando vamos parar com os joguinhos?

– Agora.

– Maravilha. O que você quer?

– Dinheiro.

– Imaginei. Quanto?

– O preço eu dou mais tarde. Presumo que você esteja pronto pra negociar.

– Estou sempre pronto pra negociar. Mas preciso saber o que vou receber em troca.

– É muito simples, Fitch. Depende do que você quer. No que lhe diz respeito, esse júri pode fazer uma destas quatro coisas: dar um veredito a favor da reclamante, se dividir, ficar num impasse ou ser dispensado, e você vai estar de volta daqui a um ano ou mais fazendo isso tudo de novo. O Rohr não vai embora. O júri pode ficar nove a três pra defesa, e você vai ter uma grande vitória. E pode ficar doze a zero, e seus clientes ficam relaxados por muitos anos.

– Eu sei disso tudo.

– Claro que sabe. Descartando o veredito a favor da reclamante, temos três opções.

285

– O que você consegue?

– Qualquer coisa que eu quiser. Incluindo o veredito a favor da reclamante.

– Então o outro lado está disposto a pagar.

– Temos conversado, vamos colocar desta forma.

– Isso é um leilão? O veredito vai pra quem der o maior lance?

– É o que eu quiser que seja.

– Eu ia me sentir melhor se você ficasse longe do Rohr.

– Não ligo muito pros seus sentimentos.

Outro garçom apareceu e reparou neles. O garçom perguntou a contragosto se queriam algo para beber. Fitch quis um chá gelado. Marlee pediu uma Coca Diet em lata.

– Me diz como funciona o negócio – disse ele quando o garçom saiu.

– É muito simples. Combinamos o veredito que você quiser, basta olhar o cardápio e fazer seu pedido. Depois, acertamos o preço. Você prepara seu dinheiro. Esperamos até o final, até que os advogados terminem as alegações finais e o júri se reúna para deliberar. Nessa hora, eu te passo os dados pra transferência, e o dinheiro é imediatamente enviado para um banco, digamos, na Suíça. Assim que eu tiver a confirmação de que o dinheiro foi recebido, o júri vai voltar com o seu veredito.

Fitch tinha passado horas prevendo um cenário notavelmente parecido com aquele, mas ouvi-lo sair dos lábios de Marlee com uma precisão tão fria fez seu coração disparar e sua cabeça rodar. Aquele podia ser o mais fácil de todos!

– Não vai dar certo – disse ele, presunçoso, como um homem que já tinha negociado muitos acordos de veredito como aquele.

– Ah, é mesmo? O Rohr acha que vai.

Porra, ela era rápida! Sabia exatamente onde enfiar a faca.

– Mas não tem garantia – protestou ele.

Ela ajustou os óculos escuros e se inclinou para a frente sobre os cotovelos.

– Então você duvida de mim, Fitch?

– Não é essa a questão. Você está me pedindo pra transferir o que tenho certeza que será uma grande soma na esperança cega de que o seu amigo esteja no controle da deliberação. Júris são muito imprevisíveis.

– Fitch, meu amigo está no controle das deliberações enquanto a gente conversa aqui. Ele vai ter os votos que quiser muito antes de os advogados pararem de falar.

Fitch ia pagar. Uma semana antes, tinha tomado a decisão de pagar o que Marlee quisesse e sabia que, quando o dinheiro saísse do Fundo, não haveria nenhuma garantia. Ele não se importava. Confiava na sua Marlee. Ela e seu amigo, Easter, ou seja lá qual fosse o nome dele, pacientemente perseguiram a indústria para chegar até aquele ponto e entregariam o veredito pelo preço certo. Os dois tinham vivido para aquele momento.

Ah, as perguntas que queria fazer! Ele adoraria começar com pelo menos duas e perguntar de quem tinha sido a ideia, um plano tão engenhoso, tão obsceno, de estudar os processos, acompanhá-los por todo o país, depois se infiltrar no júri para que pudesse ser feito um acordo em nome de um veredito. Era simplesmente brilhante. Poderia interrogá-la por horas, talvez dias, sobre os detalhes, mas sabia que não receberia resposta.

Fitch sabia, também, que Marlee conseguiria. Ela tinha trabalhado muito duro e ido longe demais com aquele plano para deixá-lo fracassar.

– Não estou totalmente desesperado com isso, você sabe – disse ele, procurando marcar posição.

– Claro que não, Fitch. Tenho certeza que você preparou armadilhas suficientes pra garantir, pelo menos, quatro jurados. Quer que eu liste os nomes deles?

As bebidas chegaram e Fitch engoliu o chá. Não, ele não queria que ela os listasse. Ele não ia brincar de adivinhação com uma pessoa que tinha os fatos concretos em mãos. Falar com Marlee era como falar com o líder do júri, e, embora Fitch estivesse apreciando o momento, isso deixava a conversa um tanto unilateral. Como ia saber se ela estava blefando ou falando a verdade? Simplesmente não era justo.

– Tenho a sensação de que você duvida que eu esteja no controle – disse ela.

– Eu duvido de tudo.

– E se eu despachar um jurado?

– Você já despachou a Stella Hulic – disse Fitch, arrancando o primeiro e único sorriso dela.

– Eu posso despachar outro. E se, digamos, eu decidisse mandar o Lonnie Shaver pra casa? Você ia ficar impressionado?

Fitch quase se engasgou com o chá. Ele limpou a boca com as costas da mão.

– Tenho certeza que o Lonnie ficaria feliz – disse ele. – É provavelmente o mais entediado dos doze.

– Quer que eu o despache?

– Não. Ele é inofensivo. Além disso, já que vamos trabalhar juntos, acho que deveríamos manter o Lonnie.

– Ele e o Nicholas conversam muito, sabia?

– O Nicholas fala com todo mundo?

– Sim, em vários graus. Dê tempo pra ele.

– Você parece confiante.

– Não estou confiante na capacidade dos seus advogados, mas estou confiante no Nicholas, e é só isso que importa.

Eles ficaram em silêncio e esperaram que dois garçons arrumassem a mesa ao lado. O almoço começava às onze e meia, e o café estava ganhando vida.

Quando os garçons terminaram e foram embora, Fitch disse:

– Não posso fechar negócio sem conhecer os termos.

– E não vou fechar negócio enquanto você estiver vasculhando meu passado – rebateu ela sem a menor hesitação.

– Você tem alguma coisa a esconder?

– Não. Mas tenho amigos, e não gosto de receber ligações deles. Pare com isso agora, e essa reunião vai levar a outra. Mais uma ligação, no entanto, e nunca mais falo com você.

– Não diz isso.

– Tô falando sério, Fitch. Dispense os detetives.

– Eles não são meus detetives, eu juro.

– Dispense-os mesmo assim, caso contrário, vou passar mais tempo com o Rohr. Ele pode querer fazer um acordo, e um veredito pra ele significa que você vai perder seu emprego e os seus clientes vão perder bilhões. Você não tem como arcar com isso, Fitch.

Ela estava coberta de razão nesse ponto. O que quer que ela planejasse pedir seria insignificante se comparado ao custo total de um veredito a favor da reclamante.

– É melhor a gente se apressar – disse ele. – O julgamento não vai durar muito mais tempo.

– Quanto deve levar?

– Três ou quatro dias para a defesa.

– Fitch, eu tô com fome. Por que você não vai embora e refaz seus passos? Eu te ligo daqui a alguns dias.

– Que coincidência. Eu também estou com fome.

– Não, obrigada. Eu vou comer sozinha. Além disso, quero você longe daqui.

Ele se levantou e disse:

– Claro, Marlee. Como você quiser. Tenha um bom dia.

Ela ficou olhando-o descer o píer até o estacionamento próximo à praia. Fitch parou lá e ligou para alguém do celular.

APÓS REPETIDAS TENTATIVAS de falar com Hoppy por telefone, Jimmy Hull Moke apareceu sem avisar na imobiliária na tarde de terça-feira e foi informado por uma recepcionista sonolenta de que o Sr. Dupree estava em algum lugar nos fundos. Ela saiu para chamá-lo e voltou quinze minutos depois com o pedido de desculpa por estar errada, que o Sr. Dupree não estava em seu escritório, que, na verdade, havia saído para uma reunião importante.

– Eu estou vendo o carro dele lá fora – disse Jimmy Hull, agitado, apontando para o pequeno estacionamento do lado de fora.

Sem dúvida, lá estava a velha perua de Hoppy.

– Ele foi com outra pessoa – mentiu ela.

– Pra onde ele foi? – perguntou Jimmy Hull como se pretendesse ir atrás dele.

– Pra algum lugar perto de Pass Christian. É tudo o que sei.

– Por que ele não retorna as minhas ligações?

– Não faço ideia. O Sr. Dupree é um homem muito ocupado.

Jimmy Hull enfiou as duas mãos nos bolsos da calça e olhou para a mulher.

– Diga a ele que eu passei aqui, que estou muito irritado e que é melhor ele me ligar. Você entendeu?

– Sim, senhor.

Ele saiu do escritório, entrou em sua picape Ford e foi embora. Ela ficou observando, para garantir, depois correu em direção aos fundos para tirar Hoppy do armário das vassouras.

O BARCO DE 60 PÉS, com o capitão Theo no leme, penetrou 80 quilômetros no Golfo, onde, debaixo de um céu sem nuvens e em meio a uma brisa suave do mar, metade do júri estava pescando cavalas, pargos e peixes-vermelhos.

Angel Weese nunca tinha andado de barco, não sabia nadar e passou mal após a embarcação se afastar apenas 200 metros, mas, com a ajuda de um marinheiro experiente e de uma cartela de Dramin, recuperou-se e acabou por ser a primeira a pegar um peixe. Rikki estava esplendidamente linda, de short e tênis Reebok, as pernas bronzeadas. O Coronel e o Capitão eram inevitavelmente almas gêmeas, e não demorou muito para que Nap estivesse no passadiço falando de estratégias navais e compartilhando histórias de guerra.

Dois marinheiros prepararam um bom almoço, com camarão cozido, sanduíches de ostra frita, pata de caranguejo e ensopado de marisco. A primeira rodada de cerveja foi servida com o almoço. Apenas Rikki se absteve e bebeu água.

A cerveja continuou durante toda a tarde, enquanto a pesca se alternava entre o frenesi e o tédio e o sol ficava mais quente no convés. O barco era grande o suficiente para reservar alguma privacidade. Nicholas e Jerry se asseguraram de que Lonnie Shaver tivesse sempre uma cerveja gelada na mão. Os dois estavam determinados a conversar com ele pela primeira vez.

Lonnie tinha um tio que havia trabalhado em um barco de pesca de camarão por muitos anos, até que um dia naufragou em uma tempestade, e ninguém da tripulação jamais tinha sido encontrado. Quando era criança, pescava naquelas águas com o tio e, francamente, já tinha pescado o suficiente. Ele detestava pescar, na verdade, e não fazia isso havia anos. Ainda assim, a viagem de barco pareceu um pouco mais tolerável do que a viagem de ônibus para Nova Orleans.

Foram necessárias quatro cervejas para fazê-lo relaxar e soltar a língua. Os três ficaram descansando em uma pequena cabine no convés superior, aberta de todos os lados. No convés principal, abaixo deles, Rikki e Angel estavam observando os marinheiros limparem os peixes.

– Fico me perguntando quantos especialistas a defesa vai chamar – disse Nicholas, mudando de assunto com uma exasperação quase total.

Jerry estava deitado em uma espreguiçadeira, sem meias nem sapatos, olhos fechados, cerveja gelada na mão.

– Eles não precisam chamar ninguém, no que depender de mim – disse Lonnie, olhando para o mar.

– Você já está de saco cheio, né? – disse Nicholas.

– É tudo tão ridículo. O sujeito fuma por trinta e cinco anos, aí quer milhões pros herdeiros dele depois de se matar.

– Eu não disse? – comentou Jerry sem abrir os olhos.

– O quê? – perguntou Lonnie.

– Jerry e eu apostamos que você ia ficar do lado da defesa – explicou Nicholas. – Mas foi difícil, porque você quase nunca disse nada.

– E de que lado você tá? – perguntou Lonnie.

– Eu ainda estou de cabeça aberta. O Jerry está tendendo pra defesa, não é, Jerry?

– Não falei sobre o caso com ninguém. Não tive nenhum contato não autorizado. Não recebi nenhum suborno. Sou um jurado de dar orgulho ao juiz Harkin.

– Ele está tendendo pra defesa – disse Nicholas para Lonnie. – Porque é viciado em nicotina, não consegue largar o vício, mas está convencido de que pode parar quando quiser. Ele não pode, porque é um frouxo. Mas quer ser um homem de verdade, como o Coronel Herrera.

– Quem não quer? – disse Lonnie.

– Jerry acha que, como ele pode parar se quiser de verdade, então qualquer um deveria conseguir parar, algo que ele mesmo não consegue fazer, e que, portanto, Jacob Wood deveria ter parado muito antes de ter câncer.

– Isso mesmo – disse Jerry. – Mas discordo da parte sobre ser frouxo.

– Faz sentido pra mim – disse Lonnie. – Como você pode estar de cabeça aberta?

– Ah, não sei. Talvez seja porque ainda não ouvi todas as testemunhas. É, é isso. A lei diz que devemos nos abster de chegar a um veredito até que todas as provas tenham sido apresentadas. Desculpe.

– Está desculpado – disse Jerry. – Agora é sua vez de buscar outra rodada.

Nicholas esvaziou a lata e desceu a escadinha até o *cooler* no convés principal.

– Não se preocupe com ele – disse Jerry. – Ele vai estar do nosso lado na hora certa.

26

O barco chegou de volta alguns minutos depois das cinco. O exuberante bando de pescadores cambaleou do convés para o píer, onde posaram para fotos com o capitão Theo e seus troféus, o maior dos quais um cação de 40 quilos fisgado por Rikki e desembarcado por um marinheiro. O grupo foi recebido por dois policiais e conduzido píer afora, deixando para trás os peixes, porque certamente não havia utilidade para eles no hotel.

O ônibus com os que tinham ido às compras demoraria mais uma hora. Sua chegada, assim como a do barco, foi devidamente observada, registrada e retransmitida para Fitch, mas com que propósito ninguém sabia ao certo. Fitch só queria estar ciente, por isso tinham que ficar observando alguma coisa. O dia havia sido lento, sem muito o que fazer além de ficar sentado esperando o retorno do júri.

Fitch estava trancado em seu escritório com Swanson, que passara a maior parte da tarde ao telefone. Os "tontos", como Marlee tinha chamado, haviam sido dispensados. No lugar deles, Fitch estava enviando os profissionais da mesma empresa de Bethesda contratada para a operação Hoppy. Swanson já havia trabalhado nela, e muitos dos agentes tinham passagem pelo FBI ou pela CIA.

Os resultados eram garantidos. Estava longe de ser um trabalho que os empolgasse: descobrir o passado de uma jovem. Swanson sairia em uma hora e pegaria um voo para Kansas City, de onde monitoraria as coisas.

Havia também a garantia de que não seriam pegos. Fitch estava diante de um dilema: tinha que agradar Marlee, mas também precisava saber quem ela era. Dois fatores o levaram a continuar fuçando. Primeiro, era extremamente importante para Marlee que ele parasse. Logo, havia algo crucial escondido lá atrás. E, segundo, ela tinha ido longe demais para não deixar nenhum rastro.

Marlee tinha saído de Lawrence, no Kansas, quatro anos antes, depois de morar lá por três. Ela não era Claire Clement antes de chegar lá, e certamente não era quando partiu. Nesse meio-tempo, conheceu e recrutou Jeff Kerr – agora Nicholas Easter –, que estava fazendo sabe-se lá o que com o júri.

ANGEL WEESE ESTAVA apaixonada e planejava se casar com Derrick Maples, um moço forte e saudável de 24 anos que havia acabado de sair de um emprego e de um casamento. Maples fora demitido do emprego de vendedor de telefones para carros quando a empresa se fundiu, e agora estava no processo de separação de sua primeira esposa, fruto de um romance adolescente que dera errado. Eles tinham dois filhos pequenos. A esposa e o advogado dela queriam 600 dólares por mês em pensão alimentícia. Derrick e seu advogado exibiram o desemprego dele como uma bandeira em chamas. As negociações ficaram tensas, e o divórcio definitivo estava longe de sair.

Angel estava grávida de dois meses, embora não tivesse contado nada a ninguém além de Derrick.

O irmão de Derrick, Marvis, já tinha sido xerife adjunto e agora era reverendo e ativista comunitário. Marvis foi abordado por um homem chamado Cleve, que disse que gostaria de conhecer Derrick. As apresentações foram feitas.

Por falta de uma descrição melhor do trabalho, Cleve era chamado de arranjador. Ele arranjava casos para Wendall Rohr. A tarefa de Cleve era encontrar queixas boas e sólidas envolvendo morte ou lesão e garantir que elas chegassem até o escritório de Rohr. Bons arranjos eram uma espécie de arte e, claro, Cleve era um ótimo arranjador, porque Rohr não tinha nada além do melhor. Como todos os bons arranjadores, Cleve operava em círculos obscuros, porque a abordagem ativa de clientes ainda era tecnicamente uma prática antiética, apesar do fato de qualquer acidente de carro mais sério atrair mais arranjadores do que paramédicos. Na prática, seu cartão de visita informava que ele era "Investigador".

Cleve também transportava documentos para Rohr, entregava intimações, investigava testemunhas e jurados em potencial e espionava outros advogados, as típicas funções de um arranjador quando não estava atrás de um caso. Ele recebia um salário pelas investigações, e Rohr lhe pagava um bônus em dinheiro quando conseguia um caso particularmente bom.

Tomando uma cerveja em uma taverna, Cleve conversou com Derrick e percebeu rapidamente que o sujeito estava em dificuldades financeiras. Então direcionou a conversa para Angel, perguntando se alguém o havia procurado. Não, disse Derrick, ninguém tinha aparecido perguntando sobre o julgamento. Mas, de todo modo, Derrick estava morando com um irmão, meio que se escondendo e tentando evitar o advogado ganancioso da esposa.

Ótimo, disse Cleve, porque ele tinha sido contratado como consultor por alguns dos advogados e, bem, o julgamento era extremamente importante. Cleve pediu uma segunda rodada e falou um pouco sobre a importância do julgamento.

Derrick era esperto, tinha feito um ano de faculdade, e, como queria muito ganhar um trocado, entendeu tudo rapidamente.

– Por que você não vai direto ao ponto? – desafiou ele.

Cleve estava pronto para fazer exatamente isso.

– Meu cliente está disposto a comprar influência. Por dinheiro. Sem deixar rastros.

– Influência – repetiu Derrick, depois deu um longo gole.

O sorriso em seu rosto encorajou Cleve a fazer uma proposta.

– Cinco mil em espécie – disse Cleve, olhando ao redor. – Metade agora, metade quando o julgamento acabar.

O sorriso se alargou com outro gole.

– E eu faço o quê?

– Você conversa com a Angel quando se encontrar com ela durante as visitas pessoais e se certifica de que ela entenda a importância desse caso pra reclamante. Só não lhe conte sobre o dinheiro, sobre mim nem nada disso aqui. Não agora. Depois, quem sabe.

– Por que não?

– Porque isso é ilegal pra caramba, ok? Se o juiz de alguma forma descobre que eu estava falando com você, oferecendo dinheiro pra você falar com a Angel, então nós dois vamos presos. Compreendido?

– Sim.

– É importante que você perceba que isso é arriscado. Se você não quiser ir em frente, então agora é a hora de falar.

– Dez mil.

– O quê?

– Dez. Cinco agora, cinco quando o julgamento acabar.

Cleve grunhiu como se estivesse ligeiramente contrariado. Imagina se Derrick soubesse o que estava em jogo.

– Ok, dez.

– Quando eu pego?

– Amanhã.

Eles pediram sanduíches e ficaram conversando por mais uma hora sobre o julgamento, o veredito e a melhor forma de persuadir Angel.

A TAREFA DE MANTER D. Martin Jankle longe de sua querida vodca coube a Durwood Cable. Fitch e Jankle tiveram uma discussão séria sobre Jankle poder ou não beber na noite de terça-feira, véspera de seu depoimento. Fitch, ex-alcoólatra, acusou Jankle de ter um problema. Jankle xingou Fitch com fúria por tentar dizer a ele, o CEO da Pynex, uma empresa da Fortune 500, se, quando e quanto ele poderia beber.

Cable, arrastado para o imbróglio por Fitch, insistiu que Jankle fosse ao escritório dele à noite para se preparar para o depoimento. Ele passou pela simulação de um interrogatório direto e demorado por parte da reclamante, e Jankle teve um desempenho razoável. Nada de espetacular. Cable o fez assistir ao vídeo com uma equipe de especialistas em júri.

Quando finalmente foi levado a seu quarto de hotel, depois das dez, Jankle descobriu que Fitch tinha retirado todas as bebidas do frigobar e as substituído por refrigerantes e sucos de frutas.

Jankle xingou e foi até a sua mala, onde mantinha uma frasqueira escondida em uma bolsa de couro. Mas não havia nenhuma frasqueira. Fitch tinha desaparecido com ela também.

À UMA DA MANHÃ, Nicholas abriu a porta sem fazer barulho e olhou para os dois lados do corredor. O segurança tinha ido embora, sem dúvida dormia no quarto.

Marlee estava esperando em um quarto no andar de cima. Abraçaram-se e beijaram-se, mas nada além disso. Ela havia insinuado ao telefone que havia problemas e contou a história às pressas, começando pelo telefonema de Rebecca, de Lawrence, bem cedo. Nicholas escutou tudo.

Além da paixão natural de dois jovens amantes, o relacionamento deles raramente continha emoções. E, quando vinham à tona, quase sempre partiam de Nicholas, que tinha um certo gênio, que, por mais que fosse leve, era sem dúvida mais difícil do que o dela. Ele talvez levantasse a voz quando ficasse com raiva, mas isso quase nunca acontecia. Marlee não era fria, apenas calculista. Ele nunca a vira chorar, exceto no final de um filme que ele detestara. Nunca haviam passado por um desentendimento sério, e as briguinhas eram rapidamente esquecidas, porque Marlee o ensinara a se conter. Ela não tolerava o desperdício de sentimento, não fazia beicinho nem guardava ressentimentos mesquinhos e não suportava quando ele tentava fazer alguma dessas coisas.

Marlee repassou sua conversa com Rebecca e tentou se lembrar de cada palavra de seu encontro com Fitch.

A sensação de terem sido parcialmente descobertos bateu forte. Tinham certeza de que era Fitch e ficaram se perguntando quanto ele sabia. Estavam convencidos, e sempre estiveram, de que Jeff Kerr teria que ser descoberto primeiro para que Claire Clement fosse encontrada. O passado de Jeff era inofensivo. Claire tinha que ser protegida, caso contrário era melhor eles fazerem as malas agora mesmo.

Havia pouco a fazer além de esperar.

DERRICK ENTROU NO QUARTO de Angel se espremendo pela janela retrátil. Ele não a via desde domingo, um intervalo de quase quarenta e oito horas, e simplesmente não podia esperar até a noite do dia seguinte, porque a amava loucamente, estava com saudade e precisava abraçá-la. Ela reparou imediatamente que ele tinha bebido. Os dois caíram na cama, onde silenciosamente consumaram uma visita pessoal não autorizada.

Derrick rolou para o lado e pegou no sono.

Eles acordaram de madrugada, e Angel entrou em pânico porque havia um homem em seu quarto e aquilo era, claro, contra as ordens do juiz. Derrick não estava preocupado. Disse que simplesmente ia esperar até que todos fossem para o tribunal e depois sairia do cômodo, o que pouco serviu para acalmar os nervos dela. Angel tomou um longo banho.

Derrick tinha se apossado do plano de Cleve e o melhorado substancialmente. Depois de sair da taverna, comprou uma embalagem de seis cervejas e ficou dirigindo pelo Golfo por horas. Devagar, subindo e descendo a Autoestrada 90, passara por hotéis, cassinos e marinas, de Pass Christian a Pascagoula, enquanto tomava cerveja e ampliava o esquema. Cleve, depois de alguns drinques, tinha deixado escapar que os advogados da reclamante estavam pedindo milhões. Era preciso apenas nove dos doze para se ter um veredito, então Derrick imaginou que o voto de Angel valia muito mais que 10 mil dólares. Esse valor parecera ótimo na taverna, mas se estavam dispostos a pagar tanto e tinham concordado em fazê-lo com tamanha rapidez, pagariam ainda mais sob pressão. Quanto mais dirigia, mais o voto dela valia. Estava agora em 50 mil, e subia a cada hora que passava.

Derrick ficou intrigado com a noção de porcentagens. E se a indenização fosse de 10 milhões, por exemplo? Um por cento, um mísero por cento, seria 100 mil dólares. Uma indenização de 20 milhões de dólares? 200 mil. E se Derrick propusesse a Cleve um acordo pelo qual lhe pagassem um adiantamento em dinheiro e um percentual da indenização? Isso motivaria Derrick e, claro, sua namorada, a insistir com vigor durante as deliberações para que fosse atribuída uma grande indenização. A bola estava com eles. Era uma chance que jamais teriam novamente.

Angel voltou de roupão e acendeu um cigarro.

27

A defesa da reputação corporativa da Pynex começou de maneira terrível na manhã de quarta-feira, sem que a culpa fosse dos advogados. Um analista chamado Walter Barker, escrevendo na *Mogul*, uma popular revista financeira e semanal, opinara que havia uma probabilidade de dois contra um de que o júri em Biloxi iria contra a Pynex e determinaria uma grande indenização. Barker não era qualquer um. Formado em Direito, tinha conquistado um prestígio formidável em Wall Street como o sujeito a quem prestar atenção quando os processos afetavam o mercado. Sua especialidade era monitorar julgamentos, recursos e acordos e prever seus resultados antes que tudo chegasse ao fim. Ele geralmente acertava e tinha feito fortuna com sua pesquisa. Era amplamente lido, e o fato de estar apostando contra a Pynex chocou Wall Street. As ações abriram em 76, caíram para 73 e, no meio da manhã, estavam em 61,5.

A multidão na sala de audiências estava maior na quarta-feira. Os garotões de Wall Street estavam de volta com força, cada um com uma cópia do *Mogul* e todos subitamente concordando com Barker, embora no café da manhã, uma hora antes, o consenso fosse de que a Pynex havia sobrevivido bem às testemunhas da reclamante e deveria fechar o julgamento com segurança. Agora eles liam com preocupação no rosto e reviam os relatórios que haviam mandado a seus escritórios. Barker estivera em pessoa no tribunal na semana anterior. Havia se sentado sozinho na última fileira. O que foi ele viu que eles tinham deixado passar?

Os jurados entraram pontualmente às nove, com Lou Dell segurando a porta, orgulhosa, como se tivesse recolhido sua ninhada depois de ela ter se dispersado na véspera e agora estivesse entregando-a de volta ao lugar a que pertencia. Harkin os recebeu como se tivessem tirado um mês de folga, fez alguma piada sobre pescaria, depois repassou suas perguntas de sempre sobre se tinham sido abordados. Ele prometeu aos jurados um final rápido para o julgamento. Jankle foi chamado ao banco das testemunhas, e a defesa começou.

Livre dos efeitos do álcool, Jankle estava pronto e afiado. Ele sorria com facilidade e parecia contente pela oportunidade de defender a empresa. Cable passou pelas preliminares com ele sem problemas.

Sentado na segunda fileira estava D. Y. Taunton, o advogado negro do escritório de Wall Street que se encontrara com Lonnie em Charlotte. Taunton ouvia Jankle falar enquanto olhava para Lonnie e não demorou muito para estabelecer contato visual. Lonnie olhou uma vez, não pôde evitar olhar uma segunda e, no terceiro olhar, deu um meneio e sorriu, porque parecia a coisa certa a se fazer. A mensagem era clara: Taunton era uma pessoa importante que tinha ido até Biloxi porque aquele era um dia importante. A defesa estava falando agora, e era fundamental que Lonnie entendesse que ele deveria ouvir e acreditar em cada palavra que estava sendo proferida do banco das testemunhas naquele momento. Da parte de Lonnie, nenhum problema.

A primeira investida defensiva de Jankle foi a questão da escolha.

Ele admitia que muitas pessoas achavam que os cigarros viciavam, mas apenas porque ele e Cable perceberam que seu discurso soaria estúpido se não admitisse. Mas, quem sabe, talvez, não fossem viciantes. Ninguém sabia ao certo, e os pesquisadores estavam tão confusos quanto qualquer pessoa. Um estudo pendia para um lado, o seguinte se inclinava para o outro, mas ele nunca tinha visto uma prova definitiva de que fumar vicia. Particularmente, não acreditava naquilo. Jankle fumava havia vinte anos, mas só porque gostava. Fumava vinte cigarros por dia, por opção, e tinha escolhido uma marca com baixo teor de alcatrão. Não, com certeza não era viciado. Podia parar quando quisesse. Fumava porque gostava. Jogava tênis quatro vezes por semana, e seu check-up anual não tinha revelado nada digno de preocupação.

Sentado uma fileira atrás de Taunton estava Derrick Maples, fazendo sua primeira aparição no tribunal. Ele saíra do hotel poucos minutos depois do ônibus e tinha planejado passar o dia à procura de trabalho. Agora, no entanto, estava sonhando com uma grana fácil. Angel o viu, mas manteve os olhos em Jankle. O súbito interesse de Derrick pelo julgamento era desconcertante. Ele não fazia nada além de reclamar desde que ela tinha entrado em confinamento.

Jankle descreveu as várias marcas que sua empresa fabricava. Levantou--se do banco e andou até um painel colorido com cada uma das oito marcas, todas com seus níveis de alcatrão e nicotina escritos ao lado. Explicou por que alguns cigarros tinham filtro e outros, não; por que alguns tinham mais alcatrão e nicotina do que os demais. Tudo era uma questão de escolha. Ele tinha orgulho de sua linha de produtos.

Um argumento crucial estava sendo apresentado ali, e Jankle o defendeu bem. Ao oferecer uma seleção tão ampla de marcas, a Pynex permitia que cada consumidor decidisse quanto alcatrão e nicotina desejava. Escolha. Escolha. Escolha. Escolha o nível de alcatrão e nicotina. Escolha o número de cigarros que você fuma por dia. Escolha se quer ou não tragar. Faça a escolha inteligente do que você proporciona ao seu corpo com o cigarro.

Jankle apontou para um desenho chamativo de um maço vermelho de Bristol, a marca com o segundo maior nível de alcatrão e nicotina. Ele admitiu que, se o Bristol fosse consumido em "excesso", os resultados poderiam ser danosos.

Cigarros eram produtos seguros se usados com moderação. Assim como muitos outros produtos – álcool, manteiga, açúcar e armas de fogo, só para citar alguns –, poderiam se tornar perigosos em caso de excesso.

Sentado na mesma fileira de Derrick do outro lado do corredor estava Hoppy, que havia parado para se atualizar rapidamente sobre o que estava acontecendo. Além disso, queria ver Millie e dar um sorriso para ela, que estava felicíssima em vê-lo, mas também intrigada com sua obsessão repentina pelo julgamento. Naquela noite, os jurados teriam permissão para visitas pessoais, e Hoppy mal podia esperar para passar três horas no quarto de Millie, sendo sexo a última coisa que passava pela sua cabeça.

Quando o juiz Harkin determinou um intervalo para o almoço, Jankle tinha acabado de apresentar suas opiniões sobre a publicidade. Claro que sua empresa gastava muito dinheiro, mas não tanto quanto os fabricantes de cerveja, as montadoras de carros ou a Coca-Cola. A publicidade era fundamental para a sobrevivência em um mundo altamente competitivo, independentemente do produto. É claro que os jovens viam os anúncios de sua empresa. Como fazer para que um outdoor não fosse visto pelos jovens? Como evitar que os jovens vissem as revistas que os pais assinavam? Impossível. Jankle prontamente admitiu que tinha visto as estatísticas mostrando que 85% dos jovens que fumavam compravam uma das três marcas que mais faziam propaganda. Mas os adultos também! Ou seja, não havia como criar uma campanha publicitária que se dirigisse aos adultos sem afetar também os jovens.

FITCH ASSISTIU A TODO o depoimento de Jankle de um lugar quase nos fundos. À sua direita estava Luther Vandemeer, CEO da Trellco, o maior fabricante de cigarros do mundo. Vandemeer era o líder não oficial das Quatro Grandes, e o único que Fitch tolerava. Em troca, ele tinha o magnífico dom de ser capaz de tolerar Fitch.

Os dois almoçaram no Mary Mahoney's, sozinhos, em uma mesa de canto. Estavam aliviados pelo sucesso de Jankle até o momento, mas sabiam que o pior ainda estava por vir. O texto de Barker na *Mogul* tinha acabado com o apetite deles.

– Quanto de influência você tem no júri? – perguntou Vandemeer, beliscando a comida.

Fitch não estava a fim de responder com sinceridade. Ninguém esperava isso dele. Ninguém ficava sabendo de suas sujeiras, exceto seus próprios agentes.

– O de sempre – disse Fitch.

– Talvez o de sempre não seja suficiente.

– O que você está insinuando?

Vandemeer não respondeu; em vez disso, ficou estudando as pernas de uma jovem garçonete que anotava um pedido na mesa ao lado.

– Estamos fazendo todo o possível – respondeu Fitch com uma simpatia atípica.

Mas Vandemeer estava com medo, e com razão. Fitch sabia que a pressão era enorme. Uma grande indenização a favor da reclamante não levaria a Pynex nem a Trellco à falência, mas os impactos seriam incômodos e de longo alcance. Um estudo interno previa uma perda imediata de 20% no valor acionário de cada uma das quatro empresas, e isso seria só o começo. No mesmo estudo, o pior dos cenários previa que as pessoas dariam entrada em um milhão de processos por câncer de pulmão nos cinco anos seguintes a tal veredito, com o custo médio de cada processo na casa de 1 milhão de dólares só em honorários. O estudo não ousava estimar o custo de um milhão de indenizações. O cenário apocalíptico previa a apresentação de uma ação coletiva, sendo o coletivo formado por qualquer pessoa que já tivesse fumado e que se sentisse lesada por causa disso. Nesse ponto, a falência seria, sim, uma hipótese. E havia a probabilidade de que fossem feitos esforços sérios no Congresso para proibir a fabricação de cigarros.

– Você tem dinheiro suficiente? – perguntou Vandemeer.

– Acredito que sim – disse Fitch, perguntando-se pela centésima vez a cifra que sua querida Marlee teria em mente.

– O Fundo deve estar em boas condições.

– Está.

Vandemeer deu uma garfada em um pequeno pedaço de frango grelhado.

– Por que você não pega nove jurados e dá um milhão de dólares pra cada um? – perguntou ele, com uma risada tranquila, como se estivesse apenas brincando.

– Pode acreditar, já pensei nisso. É arriscado demais. Ia todo mundo parar na cadeia.

– Estou brincando.

– Temos nossos recursos.

Vandemeer parou de sorrir.

– A gente precisa vencer, Rankin, você entendeu? A gente precisa vencer. Pode gastar o que for preciso.

UMA SEMANA ANTES, o juiz Harkin, atendendo a outro pedido por escrito de Nicholas Easter, mudou um pouco a rotina do almoço e determinou que os dois jurados suplentes poderiam comer com os outros doze. Nicholas tinha argumentado que, como todos os catorze agora moravam juntos, assistiam a filmes juntos, tomavam café da manhã e jantavam juntos, então era praticamente ridículo separá-los no almoço. Os dois suplentes eram homens, Henry Vu e Shine Royce.

Henry Vu tinha sido um piloto de caça sul-vietnamita que abandonou seu avião no mar da China no dia seguinte à queda de Saigon. Ele foi resgatado por um navio americano e recebeu tratamento em um hospital em

São Francisco. Demorou um ano para conseguir levar a esposa e os filhos através do Laos e do Camboja, passando pela Tailândia, até chegar, finalmente, a São Francisco, onde a família morou por dois anos. Eles tinham se mudado para Biloxi em 1978. Vu comprou um barco de pesca de camarão e se juntou a um número crescente de pescadores vietnamitas que disputavam espaço com os americanos. No ano anterior, sua filha mais nova tinha sido oradora da turma na formatura do ensino médio. Ela conseguiu uma bolsa integral em Harvard. Henry comprou seu quarto barco de pesca.

Ele não fez esforço algum para evitar participar do júri. Era tão patriota quanto qualquer um, até mesmo o Coronel.

Nicholas, claro, fez amizade com ele de imediato. Estava determinado a fazer com que Henry Vu se sentasse com os doze escolhidos e que estivesse presente quando as deliberações começassem.

COM UM JÚRI tendo sido surpreendido pelo confinamento, a última coisa que Durwood Cable queria era prolongar o caso. Por essa razão, havia reduzido sua lista de testemunhas para cinco e planejara o depoimento delas para não mais do que quatro dias.

Era o pior momento do dia para um interrogatório direto, a primeira hora depois do almoço, quando Jankle se sentou no banco das testemunhas e retomou seu depoimento.

– O que sua empresa faz para combater o tabagismo entre menores de idade? – perguntou Cable, e Jankle ficou divagando por uma hora.

Um milhão de dólares aqui para essa boa causa, 1 milhão ali para aquela campanha publicitária. Onze milhões só no último ano.

Às vezes, Jankle soava como se quase desprezasse os cigarros.

Depois de uma longa pausa para o café, às três, Wendall Rohr teve sua primeira oportunidade com Jankle. Ele começou com uma pergunta maliciosa, e as coisas foram de mal a pior.

– Não é verdade, Sr. Jankle, que sua empresa gasta centenas de milhões tentando convencer as pessoas a fumar, mas, quando elas ficam doentes por causa dos seus cigarros, sua empresa não dá um único centavo para ajudá-las?

– Isso é uma pergunta?

– Claro que é. Agora, responda!

– Não. Isso não é verdade.

– Muito bem. Qual foi a última vez que a Pynex pagou um centavo das despesas médicas de um fumante?

Jankle deu de ombros e murmurou alguma coisa.

– Desculpe, Sr. Jankle. Não ouvi. A pergunta é: qual foi a última vez...

– Eu ouvi a pergunta.

– Então responda. Nos dê um único exemplo de quando a Pynex tenha se oferecido para ajudar com as despesas médicas de alguém que tenha fumado os seus cigarros.

– Não consigo me lembrar de nenhuma.

– Então sua empresa se recusa a assumir a responsabilidade pelos próprios produtos?

– É claro que não se recusa.

– Muito bem. Dê ao júri apenas um exemplo de quando a Pynex assumiu a responsabilidade pelos cigarros que fabrica.

– Nossos produtos não têm problema nenhum.

– Eles não causam doenças e morte? – perguntou Rohr, incrédulo, agitando os braços descontroladamente no ar.

– Não. Não causam.

– Agora, deixe-me ver se entendi. O senhor está dizendo a este júri que seus cigarros não causam doenças e morte?

– Só se houver excesso.

Rohr riu enquanto cuspia a palavra "excesso" em completo desgosto.

– Seus cigarros precisam de algum tipo de isqueiro pra serem acesos?

– Claro.

– E a fumaça produzida pelo tabaco e pelo papel deve ser sugada pela ponta oposta à que está acesa?

– Sim.

– E essa fumaça deve entrar pela boca?

– Sim.

– E deve ser tragada até o trato respiratório?

– Depende da escolha do fumante.

– O senhor traga, Sr. Jankle?

– Sim.

– O senhor está familiarizado com estudos que mostram que 98% de todos os fumantes tragam?

– Sim.

– Então é correto dizer que o senhor sabe que a fumaça dos seus cigarros será tragada?

– Suponho que sim.

– O senhor acha que as pessoas que tragam a fumaça estão, na prática, cometendo um excesso?

– Não.

– Então nos diga, por favor, Sr. Jankle, como se comete um excesso em relação ao cigarro?

– Fumando demais.

– E quanto é demais?

– Acho que depende de cada um.

– Não estou falando com cada fumante em particular, Sr. Jankle. Estou falando com o senhor, CEO da Pynex, um dos maiores fabricantes de cigarro do mundo. E estou lhe perguntando, na sua opinião, quanto é demais?

– Eu diria que mais de dois maços por dia.

– Mais de quarenta cigarros por dia?

– Sim.

– Entendi. E em que estudo o senhor se baseia?

– Nenhum. É só a minha opinião.

– Menos dos quarenta, e fumar não é nocivo. Mais de quarenta, e o produto está sendo consumido em excesso. É este o seu depoimento?

– É a minha opinião.

Jankle estava começando a se contorcer e olhou para Cable, que estava com raiva e desviando o olhar. A tese sobre o excesso era uma novidade, uma criação de Jankle. Ele tinha insistido em usá-la.

Rohr baixou a voz e estudou suas anotações. Ele não estava com pressa nos preparativos, porque não queria errar o golpe final.

– O senhor poderia descrever para o júri as medidas que tomou, como CEO, para alertar o público de que fumar mais de quarenta cigarros por dia é perigoso?

Jankle tinha dado uma resposta rápida, mas se arrependera dela. Sua boca se abriu, mas então parou no meio do raciocínio, por um tempo longo e sofrido. Depois que o estrago estava feito, ele se recompôs e disse:

– Acho que o senhor me entendeu errado.

Rohr não estava disposto a deixá-lo se explicar.

– Tenho certeza de que entendi certo. Acho que nunca vi um aviso em qualquer um de seus produtos alertando para o fato de que mais de dois maços por dia é excessivo e perigoso. Por que não?

– Não temos obrigação de fazer isso.

– Quem poderia obrigar?

– O governo.

– Então, se o governo não os obrigar a alertar as pessoas sobre o consumo excessivo dos seus produtos, os senhores jamais vão fazer isso voluntariamente, não é?

– Nós cumprimos a lei.

– A lei exigia que a Pynex gastasse 400 milhões de dólares em publicidade no ano passado?

– Não.

– Mas os senhores gastaram, não foi?

– Algo em torno disso.

– E se os senhores quisessem alertar os fumantes sobre os riscos potenciais, não há dúvida de que poderiam fazer isso, não?

– Imagino que sim.

Rohr mudou rapidamente para manteiga e açúcar, dois produtos que Jankle tinha mencionado como potencialmente perigosos. Rohr teve grande prazer em apontar as diferenças entre eles e os cigarros e fez Jankle parecer estúpido.

Ele guardou o melhor para o fim. Durante um pequeno intervalo, os videocassetes foram novamente levados para a sala de audiências. Quando o júri voltou, as luzes foram apagadas, e Jankle apareceu na tela, com a mão direita levantada, enquanto prestava juramento e se comprometia a dizer a verdade, nada além da verdade. Tinha sido em uma audiência perante um subcomitê do Congresso. Ao lado de Jankle, estavam Vandemeer e os outros dois CEOs das Quatro Grandes, todos convocados a contragosto para prestar depoimento diante de um bando de políticos. Pareciam quatro mafiosos prestes a dizer ao Congresso que não existia nada daquilo de crime organizado. O interrogatório foi brutal.

A gravação tinha sido bastante editada. Um por um, eles foram sendo questionados à queima-roupa se a nicotina viciava, e todos responderam enfaticamente que não. Jankle foi o último e, quando apresentou sua negativa raivosa, o júri, assim como o subcomitê, sabia que ele estava mentindo.

28

Durante uma tensa reunião de quarenta minutos com Cable no escritório dele, Fitch despejou a maior parte das coisas que o incomodavam sobre a forma como a defesa estava lidando com o caso. Ele começou com Jankle e sua nova e brilhante apologia ao tabaco, a estratégia do tabagismo em excesso, uma abordagem insana que poderia acabar com eles. Cable, sem paciência para ouvir sermão, principalmente de um não advogado que ele detestava, explicou repetidas vezes que haviam implorado a Jankle para que não levantasse a questão do excesso. Mas Jankle tinha sido advogado em uma outra vida e se achava um autêntico pensador que recebera a chance de ouro de salvar a indústria tabagista. Jankle estava agora em um jatinho da Pynex a caminho de Nova York.

E Fitch achava que o júri poderia estar cansado de Cable. Rohr tinha distribuído o trabalho no tribunal pelos membros de sua gangue. Por que Cable não podia deixar que outro advogado da defesa, além de Felix Mason, lidasse com algumas testemunhas? O que não faltava era advogado. O problema era ego? Eles ficaram cada um de um lado da mesa, gritando um com o outro.

O artigo na *Mogul* tinha levado os nervos à flor da pele e acrescentado uma nova camada de pressão, muito mais intensa.

Cable lembrou a Fitch que era ele o advogado e que tinha trinta anos de bastante destaque no tribunal. Sabia, portanto, ler melhor a atmosfera e o clima do julgamento.

E Fitch lembrou a Cable que aquele era o nono julgamento contra a indústria tabagista que comandava, sem mencionar as duas anulações que ele próprio havia orquestrado, e que sem dúvida já tinha visto defesas mais eficazes no tribunal do que aquela oferecida por Cable.

Quando os gritos e xingamentos pararam, e depois que os dois fizeram um esforço para se recompor, concordaram que a defesa deveria ser breve. Cable projetava mais três dias, e isso incluía o tempo do interrogatório por parte da reclamante. Três dias e nada mais, finalizou Fitch.

Ele saiu batendo a porta e encontrou José no corredor. Juntos, invadiram sala por sala, todas ainda muito vivas com advogados sem paletó, assistentes comendo pizza e secretárias atormentadas correndo de um lado para outro tentando encerrar o expediente e chegar em casa para ver os filhos. A mera visão de Fitch todo empertigado e do corpulento José pisando forte atrás dele fazia com que homens feitos se encolhessem e se escondessem atrás da porta.

No carro, José entregou a Fitch uma pilha de faxes, nos quais ele passou os olhos enquanto se dirigiam a toda a velocidade para o quartel-general. O primeiro era uma lista dos movimentos de Marlee desde a reunião da véspera, no píer. Nada fora do comum.

Em seguida havia a recapitulação do que estava acontecendo no Kansas. Uma Claire Clement tinha sido encontrada em Topeka, mas morava em uma casa de repouso. A de Des Moines atendeu o telefone em pessoa no estande de carros usados do marido. Swanson disse que estavam seguindo diversas trilhas, mas o relatório era bastante sucinto. Eles tinham localizado um dos colegas de faculdade de Kerr em Kansas City e estavam tentando marcar um encontro.

Ao passar por uma loja de conveniências, um letreiro em neon de uma marca de cerveja, no vidro da frente, chamou a atenção de Fitch. O cheiro e o gosto de uma cerveja gelada tomaram conta dos seus sentidos, e Fitch ficou louco por uma bebida. Só uma. Só uma cerveja bela e gelada em uma caneca alta. Quando tinha sido a última vez?

A vontade de parar bateu forte. Fitch fechou os olhos e tentou pensar em outra coisa. Poderia mandar José comprar uma, só uma garrafa gelada, e ia bastar. Não ia? Com certeza, depois de nove anos sóbrio, ele seria capaz de lidar com uma única garrafa. Por que não podia tomar só uma?

Porque tomaria um milhão. E, se José parasse ali, pararia de novo dois quarteirões adiante. E, quando, por fim, chegassem ao escritório, o carro estaria cheio de garrafas vazias, e Fitch estaria arremessando-as nos carros que passavam. Ele não era um bêbado bem-comportado.

Mas só uma, para acalmar os nervos, para ajudar a esquecer aquele dia terrível…

– Você está bem, chefe? – perguntou José.

Fitch resmungou alguma coisa e parou de pensar na cerveja. Onde estava Marlee, e por que não tinha ligado hoje? O julgamento estava terminando. Um acordo precisava de tempo para ser debatido e posto em prática.

Ele pensou no texto da *Mogul* e desejou Marlee. Ouviu a voz idiota de Jankle expondo uma teoria de defesa totalmente nova e desejou Marlee. Fechou os olhos e viu os rostos dos jurados e desejou Marlee.

COMO DERRICK AGORA se considerava um personagem importante, tinha escolhido um novo ponto de encontro para a noite de quarta-feira. Era um bar barra-pesada em um bairro majoritariamente negro de Biloxi, um lugar onde Cleve por acaso já estivera antes. Derrick imaginou que sairia em vantagem se o encontro ocorresse em sua área. Cleve insistiu para que se encontrassem primeiro no estacionamento, que estava quase lotado.

Cleve estava atrasado. Derrick o viu estacionando e caminhou até o lado do motorista.

– Não acho que seja uma boa ideia – disse Cleve, espiando pela fresta da janela e olhando para a construção escura de blocos de concreto com barras de aço nas janelas.

– Tá tudo bem – disse Derrick, ele mesmo um pouco preocupado, mas sem querer demonstrar. – É seguro.

– Seguro? Três pessoas foram esfaqueadas nesta área no último mês. Eu sou o único branco aqui, e você espera que eu entre lá com 5 mil dólares em dinheiro e os entregue a você. Quem será que vai levar a primeira facada? Eu ou você?

Derrick entendeu o argumento, mas não estava disposto a ceder tão rápido. Ele chegou mais perto do vidro e olhou ao redor do estacionamento, subitamente mais assustado.

– Eu acho que a gente devia entrar – disse ele, com a sua melhor fachada de durão.

– Nem pensar – disse Cleve. – Se você quiser o dinheiro, me encontre na Waffle House, na 90.

Cleve deu a partida e fechou o vidro. Derrick ficou olhando-o ir embora, com os 5 mil dólares em dinheiro ainda ao seu alcance, então correu para o carro.

ELES COMERAM PANQUECAS e tomaram café no balcão. A conversa era em voz baixa porque o cozinheiro estava fritando ovos e salsichas em uma grelha a menos de 3 metros de distância e parecia estar se esforçando para ouvir cada palavra.

Derrick estava nervoso e suas mãos tremiam. Arranjadores lidavam com pagamentos em dinheiro todos os dias. O caso era de pouca importância para Cleve.

– Então, estou achando que talvez 10 mil não seja suficiente, sabe? – disse Derrick por fim, repetindo uma frase que havia ensaiado quase que a tarde inteira.

– Achei que tivéssemos um trato – disse Cleve, impassível, mastigando a panqueca.

– Mas acho que você está tentando me ferrar.

– É esse o seu jeito de negociar?

– Você não está oferecendo o suficiente, cara. Eu fiquei pensando sobre isso. Até fui ao tribunal hoje de manhã e vi um pouco do julgamento. Eu sei o que está rolando agora. Entendi tudo.

– Entendeu?

– Sim. E vocês não estão jogando limpo.

– Você não reclamou ontem à noite quando combinamos os 10 mil.

– As coisas mudaram agora. Você me pegou desprevenido ontem à noite.

Cleve limpou a boca com um guardanapo de papel e esperou que o cozinheiro servisse alguém do outro lado do balcão.

– Então, o que você quer?

– Muito mais.

– Eu não tenho tempo pra joguinhos. Me diz o que você quer.

Derrick engoliu em seco, virou a cabeça para espiar atrás de si e disse:

– Cinquenta mil, mais uma porcentagem do veredito – disse baixinho.

– Que porcentagem?

– Acho que 10% seria justo.

– Ah, você acha? – Cleve jogou o guardanapo no prato. – Você está maluco – acrescentou, colocando uma nota de 5 dólares ao lado do prato.

Ele se levantou e concluiu:

– Fizemos um acordo por 10 mil. É isso. Qualquer coisa maior e vão pegar a gente.

Cleve saiu com pressa. Derrick vasculhou os dois bolsos e não encontrou nada além de moedas. De repente, o cozinheiro ficou zanzando ali por perto, observando sua busca desesperada por dinheiro.

– Achei que ele fosse pagar – disse Derrick, conferindo o bolso da camisa.

– Quanto você tem? – perguntou o cozinheiro, pegando a nota de 5 dólares ao lado do prato de Cleve.

– Oitenta centavos.

– Basta.

Derrick correu para o estacionamento, onde encontrou Cleve esperando com o motor ligado e o vidro baixado.

– Aposto que o outro lado vai pagar mais – disse ele se debruçando.

– Então tente a sorte. Fale com eles amanhã e diga que você quer 50 mil dólares por um voto.

– E 10%.

– Você não tem a menor noção, garoto. – Cleve desligou lentamente o carro e desceu.

Ele acendeu um cigarro.

– Você não entende nada. Um veredito a favor da defesa significa que nenhum dinheiro muda de mãos. Zero para a reclamante significa zero para a defesa. Ou seja, não tem percentual pra ninguém. Os advogados da reclamante vão receber 40% de nada. Você consegue entender?

– Consigo – disse Derrick devagar, embora obviamente ainda estivesse confuso.

– Veja, o que estou lhe oferecendo é algo ilegal à beça. Não cresça o olho. Se fizer isso, você vai acabar sendo pego.

– Dez mil parece pouco pra algo dessa dimensão.

– Não, não olhe por esse lado. Pense assim. Ela não tem direito a nada, ok? Zero. Ela está cumprindo o dever cívico dela, recebendo 15 dólares do condado por dia para ser uma boa cidadã. Os 10 mil são um suborno, um presentinho sujo que deve ser esquecido assim que for recebido.

– Mas se você oferecer um percentual, ela vai se sentir motivada a se esforçar mais na sala do júri.

Cleve deu uma longa tragada e soltou lentamente a fumaça, balançando a cabeça.

– Você simplesmente não entende. Se o veredito for a favor da reclamante, vai levar anos até que o dinheiro mude de mãos. Olhe, Derrick, você está complicando demais as coisas. Pegue o dinheiro. Fale com a Angel. Ajude a gente.

– Vinte e cinco mil.

Outra longa tragada, então o cigarro caiu no asfalto, onde Cleve o pisou com a bota.

– Vou ter que falar com o meu chefe.

– Vinte e cinco mil por voto.

– Por voto?

– Sim. A Angel pode providenciar mais de um.

– De quem?

– Não posso falar.

– Deixe eu conversar com o meu chefe.

NO QUARTO 54, Henry Vu estava lendo as cartas enviadas de Harvard pela filha, enquanto a esposa, Qui, estudava novas apólices de seguro de sua frota de barcos pesqueiros. Como Nicholas estava vendo um filme, o quarto 48 estava vazio. No 44, Lonnie e a esposa se aconchegaram debaixo das cobertas pela primeira vez em quase um mês, mas tiveram que se apressar, já que a irmã dela estava com os filhos. No 58, a Sra. Grimes ficou vendo uma série, enquanto Herman carregava as narrativas do julgamento em seu computador. O quarto 50 estava vazio, pois o Coronel estava no Salão de Festas, sozinho novamente, visto que a Sra. Herrera estava no Texas visitando um primo. E o 52 também estava vazio, porque Jerry estava tomando uma cerveja com o Coronel, esperando para se esgueirar pelo corredor até o quarto de Poodle mais tarde. No 56, Shine Royce, o suplente número dois, atacou um grande saco de pãezinhos com manteiga que ele tinha pegado na sala de jantar, ficou vendo TV e mais uma vez agradeceu a Deus por sua sorte. Royce tinha 52 anos, estava desempregado, morava em um trailer alugado com uma mulher mais nova e seus seis filhos e não fazia nada que lhe pagasse 15 dólares por dia havia anos. Agora simplesmente tinha que ficar sentado prestando atenção em um julgamento, e o condado não apenas o pagava, como também o alimentava. No 46, Phillip Savelle e seu amigo paquistanês tomaram chá de ervas e fumaram maconha com as janelas abertas.

Do outro lado do corredor, no quarto 49, Sylvia Taylor-Tatum falava com o filho ao telefone. No 45, a Sra. Gladys Card jogava *gin-rummy* com o Sr. Nelson Card, o da história da próstata. No 51, Rikki Coleman ficou esperando por Rhea, que estava atrasado e talvez não chegasse porque a babá não tinha dado notícia. No 53, Loreen Duke estava sentada em sua cama, comendo um brownie e ouvindo, com uma inveja miserável, Angel Weese e seu namorado fazerem tremer as paredes do quarto 55, ao lado.

E, no 47, Hoppy e Millie Dupree fizeram amor como nunca antes. Hoppy chegou cedo, com uma grande embalagem de comida chinesa e uma garrafa de champanhe barato, que ele não bebia havia anos. Em circunstâncias normais, Millie teria ficado preocupada com a bebida, mas aqueles dias estavam longe de serem normais. Ela tomou um gole do champanhe servido em um copo de plástico e comeu uma porção generosa de porco agridoce. Então, Hoppy a atacou.

Quando terminaram, ficaram deitados no escuro e conversaram baixinho sobre os filhos, a escola e a casa de modo geral. Ela estava bastante cansada daquela provação e ansiosa para voltar para a família. Hoppy falou com pesar da ausência dela. Os filhos estavam chatos. A casa estava um caos. Todo mundo sentia saudade de Millie.

Hoppy se vestiu e ligou a televisão. Millie encontrou seu roupão e se serviu de mais um pouquinho de champanhe.

– Você não vai acreditar nisso – disse Hoppy, vasculhando o bolso do casaco e pegando um pedaço de papel dobrado.

– O que é? – perguntou ela, pegando o papel e o desdobrando.

Era uma cópia do memorando falso de Fitch listando os inúmeros pecados de Leon Robilio. Ela leu devagar, depois olhou desconfiada para o marido.

– Onde você conseguiu isso?

– Chegou ontem por fax – disse Hoppy com convicção.

Tinha ensaiado a resposta porque não suportava a ideia de mentir para Millie. Ele se sentiu um desgraçado, mas a verdade é que Napier e Nitchman estavam lá fora, em algum lugar, sempre à espreita.

– Quem mandou? – perguntou ela.

– Não sei. Parece que veio de Washington.

– Por que você não jogou fora?

– Não sei. Eu…

– Você sabe que é errado me mostrar coisas assim, Hoppy. – Millie jogou o papel na cama e se aproximou do marido, com as mãos nos quadris. – O que você está tentando fazer?

– Nada. Isso só chegou por fax no meu escritório, só isso.

– Que coincidência! Alguém em Washington por acaso sabia o número do seu fax, por acaso sabia que sua esposa estava no júri, por acaso sabia que Leon Robilio era testemunha e por acaso suspeitou que, se eles lhe enviassem isso, você seria estúpido o suficiente para trazer até aqui e tentar me influenciar. Eu quero saber o que está acontecendo!

– Nada. Eu juro – respondeu Hoppy, acuado.

– Por que você começou a se interessar tanto por esse julgamento?

– Porque é fascinante.

– Era fascinante fazia três semanas e você mal falava dele. O que está acontecendo, Hoppy?

– Nada. Relaxa.

– Eu sei quando alguma coisa está te incomodando.

– Se controla, Millie. Olha, você está nervosa. Eu estou nervoso. Essa coisa toda deixou a gente meio fora de sintonia. Desculpa por ter te trazido isso.

Millie terminou o champanhe e se sentou na ponta da cama. Hoppy se sentou ao lado dela. O Sr. Cristano, do Departamento de Justiça, tinha insinuado de maneira um tanto direta que Hoppy convencesse Millie a mostrar o memorando para todos os amigos do júri. Ele tinha medo de dizer ao Sr. Cristano que aquilo provavelmente não ia acontecer. Mas, no fim das contas, como ele ia ficar sabendo o que tinha acontecido com o maldito memorando?

Enquanto Hoppy refletia sobre aquilo, Millie começou a chorar.

– Eu só quero ir pra casa – confessou ela, olhos vermelhos, lábios trêmulos.

Hoppy colocou o braço em volta dela e a abraçou com força.

– Sinto muito – disse ele.

Ela chorou ainda mais.

Hoppy teve vontade de chorar também. Aquele encontro tinha se mostrado inútil, apesar do sexo. Segundo o Sr. Cristano, o julgamento terminaria dali a poucos dias. Era imperativo que Millie logo se convencesse de que o único veredito possível era o a favor da defesa. Como o tempo que passavam juntos era escasso, Hoppy seria forçado a contar a terrível verdade. Não agora, não naquela noite, mas sem falta na próxima visita íntima.

29

A rotina do Coronel não mudava nunca. Como um bom soldado, levantava-se exatamente às cinco e meia todas as manhãs para fazer cinquenta flexões e abdominais antes de um banho rápido e frio. Às seis, encaminhava-se para o refeitório, onde era bom que houvesse café fresco e muitos jornais. Comia torrada com geleia e cumprimentava cada um dos colegas com um sonoro e caloroso bom-dia conforme eles chegavam e saíam. Estavam todos sonolentos e ansiosos para voltar a seus quartos, onde poderiam tomar café e assistir ao noticiário com privacidade. Era um jeito pavoroso de começar o dia, a obrigação de cumprimentar o Coronel e retribuir sua artilharia verbal. Quanto mais tempo ficavam isolados, mais ele se tornava hiperativo antes mesmo do nascer do sol. Vários dos jurados esperavam até as oito, pois sabiam ser a hora em que ele voltava prontamente para o quarto.

Às 6h15 da manhã de quinta-feira, Nicholas cumprimentou o Coronel enquanto servia uma xícara de café, e então trocaram algumas palavras sobre o tempo. Ele saiu do refeitório improvisado e atravessou sem fazer barulho o corredor vazio e escuro. Era possível ouvir várias TVs ligadas. Alguém estava falando ao telefone. Nicholas abriu a porta e rapidamente pousou o café na cômoda, tirou uma pilha de jornais da gaveta e saiu do quarto.

Usando uma chave que havia roubado do claviculário na recepção, Nicholas entrou no quarto 50, o do Coronel. O cheiro de loção pós-barba barata pairava forte no ar. Os sapatos estavam arrumados em uma linha perfeita junto à parede. As roupas no armário estavam bem penduradas e engomadas com perfeição. Nicholas se ajoelhou, levantou a ponta da colcha e enfiou os jornais e as revistas debaixo da cama. Um era uma cópia da *Mogul* do dia anterior.

Saiu do quarto em silêncio e voltou para o seu. Uma hora depois, ligou para Marlee e, presumindo que Fitch estivesse ouvindo todas as ligações dela, simplesmente disse:

– Darlene, por favor.

Ao que ela respondeu:

– Foi engano.

Ambos desligaram. Ele esperou cinco minutos e ligou para um celular que Marlee mantinha escondido no armário. Os dois presumiam que Fitch tivesse grampeado os telefones e o apartamento dela.

– A entrega foi feita – avisou ele.

Trinta minutos depois, Marlee saiu de seu apartamento e encontrou um telefone público em um restaurante drive-thru. Ligou para Fitch e esperou que sua chamada fosse transferida.

– Bom dia, Marlee.

– Ei, Fitch. Olhe, eu adoraria falar ao telefone, mas sei que tudo isso está sendo gravado.

– Não, não está. Eu juro.

– Certo. Tem um Kroger na esquina da rua 14 com o Beach Boulevard, a cinco minutos do seu escritório. Tem três telefones públicos perto da entrada, no lado direito. Vai pro do meio. Eu ligo pra você daqui a sete minutos. Corra, Fitch! – Ela desligou.

– Filha da mãe! – gritou Fitch enquanto largava o fone e disparava em direção à porta.

Ele gritou alguma coisa para José, e os dois saíram correndo pela porta dos fundos e pularam no Suburban.

Como esperado, o telefone público estava tocando quando Fitch chegou.

– Ei, Fitch. Olha só: o Herrera, número 7, tá dando nos nervos do Nick. Acho que vamos perdê-lo hoje.

– O quê?!

– Você me ouviu.

– Não faça isso, Marlee!

– O cara é um verdadeiro porre. Todo mundo tá cheio dele.

– Mas ele está do nosso lado!

– Ah, Fitch. Todo mundo vai estar do nosso lado quando isso acabar. De qualquer forma, esteja lá às nove para o desfecho.

– Não, escute, o Herrera é fundamental pra... – Fitch parou de falar no meio da frase quando ouviu o clique do outro lado.

Marlee tinha desligado. Ele agarrou o fone e começou a puxá-lo, como se quisesse arrancá-lo do aparelho e arremessá-lo pelo estacionamento. Depois, Fitch o soltou e, sem gritar nem falar nenhum palavrão, voltou calmamente para o Suburban e disse a José para ir ao escritório.

O que ela quisesse. Não importava.

O JUIZ HARKIN morava em Gulfport, a quinze minutos do tribunal. Por motivos óbvios, o telefone dele não constava na lista telefônica. Quem é que precisa de condenados ligando da cadeia no meio da noite?

Quando estava beijando a esposa e pegando sua xícara de café para a viagem, o telefone da cozinha tocou, e a Sra. Harkin atendeu.

– É pra você, querido – disse ela, entregando-o à Sua Excelência, que pousou o café e a pasta e olhou para o relógio.

– Alô.

– Senhor, desculpe incomodá-lo em casa assim – disse uma voz nervosa, quase sussurrando. – Aqui é o Nicholas Easter, e se o senhor quiser que eu desligue agora, eu desligo.

– Por enquanto, não. Qual é o problema?

– Ainda estamos no hotel, nos preparando para sair, e, bem, acho que preciso falar com o senhor com urgência.

– O que houve, Nicholas?

– Eu odeio ligar pro senhor, mas tenho medo que alguns dos outros jurados estejam desconfiados dos nossos bilhetes e das conversas no seu gabinete.

– Talvez você tenha razão.

– Então, pensei em ligar pro senhor. Dessa forma, nunca vão saber que a gente teve uma conversa.

– Vamos tentar. Se achar que devemos parar a conversa, então eu digo. – Harkin teve vontade de perguntar como é que um jurado confinado tinha conseguido o seu número de telefone, mas preferiu esperar.

– É sobre o Herrera. Acho que talvez ele esteja lendo algumas coisas que não estão na lista de itens aprovados.

– Como o quê?

– Como a *Mogul*. Entrei no refeitório hoje de manhã e ele estava lá sozinho e tentou esconder um exemplar da *Mogul* de mim. Não é uma revista de negócios, algo assim?

– É, sim. – Harkin tinha lido a coluna de Barker na véspera. Se Easter estivesse dizendo a verdade (e por que não estaria?), Herrera seria dispensado imediatamente. A leitura de qualquer material não autorizado era motivo de dispensa e, talvez, até mesmo configurasse desacato. A leitura da edição da *Mogul* da véspera por qualquer jurado dava quase margem para a anulação do julgamento. – Você acha que ele falou sobre isso com mais alguém?

– Duvido. Como disse, ele estava tentando esconder a revista de mim. Por isso desconfiei. Acho que ele não falaria sobre isso com ninguém. Mas vou ficar atento.

– Faça isso. Vou ligar para o Sr. Herrera antes de qualquer outra coisa agora de manhã e questioná-lo. Provavelmente, vamos revistar o quarto dele.

– Por favor, não fale pra ele que sou eu o delator. Eu me sinto péssimo fazendo isso.

– Está bem.

– Se os outros jurados souberem que nos falamos, minha credibilidade vai por água abaixo.

– Não se preocupe.

– Eu só estou nervoso, senhor. Estamos todos exaustos e loucos pra voltar pra casa.

– Está quase acabando, Nicholas. Estou pressionando os advogados o máximo que posso.

– Eu sei. Desculpe, senhor. Só garanta que ninguém descubra que estou fazendo o papel de informante aqui. Nem eu acredito que estou fazendo isso.

– Você está fazendo a coisa certa, Nicholas. E eu lhe agradeço por isso. Nos vemos daqui a pouco.

Harkin beijou sua esposa muito mais rapidamente pela segunda vez e saiu de casa. Do telefone do carro, ligou para o xerife e pediu-lhe que fosse ao hotel e aguardasse. Em seguida, telefonou para Lou Dell, algo que fazia quase todas as manhãs enquanto se dirigia ao tribunal, e perguntou se a

Mogul era vendida no hotel. Não, não era. Ele ligou para a escrivã, pediu-lhe que localizasse Rohr e Cable e solicitasse que estivessem à sua espera no gabinete quando chegasse. Sintonizou em uma estação de música country e ficou se perguntando como raios um jurado confinado tinha conseguido um exemplar de uma revista de negócios que não era vendida nas bancas de Biloxi.

Cable e Rohr estavam à espera com a escrivã quando o juiz Harkin entrou em seu gabinete e fechou a porta. Ele tirou o paletó, sentou-se e resumiu as acusações contra Herrera sem divulgar a fonte. Cable ficou irritado, porque Herrera era considerado por todos um sólido jurado pró-defesa. Rohr ficou irritado porque eles estavam perdendo mais um jurado, e a anulação do julgamento poderia não demorar muito tempo.

Com os dois advogados insatisfeitos, o juiz Harkin se sentiu muito melhor. Ele mandou que a escrivã fosse até a sala do júri e trouxesse o Sr. Herrera, que estava tomando sua enésima xícara de café descafeinado e conversando com Herman, o qual mexia em seu computador braille. Frank olhou ao redor intrigado depois que Lou Dell chamou seu nome e saiu da sala. Ele seguiu Willis pelos corredores nos fundos do tribunal até pararem diante de uma porta lateral, à qual o oficial bateu educadamente antes de entrar.

O Coronel foi recebido calorosamente pelo juiz e pelos advogados e lhe foi oferecida uma cadeira na salinha apertada, uma cadeira bem ao lado da ocupada pela taquígrafa, que estava a postos com sua máquina estenográfica.

O juiz Harkin explicou que tinha algumas perguntas que exigiriam respostas sob juramento, e os advogados subitamente pegaram seus blocos amarelos e começaram a fazer anotações. Herrera imediatamente se sentiu um criminoso.

– O senhor tem lido algum material não autorizado expressamente por mim? – perguntou o juiz Harkin.

Houve uma pausa enquanto os advogados olhavam para Herrera. A escrivã, a estenógrafa e o próprio juiz estavam ansiosos para ouvir a resposta dele. Até mesmo Willis, na porta, estava acordado e prestando atenção de maneira notável.

– Não. Não que eu saiba – disse o Coronel, com sinceridade.

– Pra ser mais específico: o senhor tem lido uma revista semanal de negócios chamada *Mogul*?

– Não desde que fui confinado.

– O senhor costuma ler a *Mogul*?

– Uma, talvez duas vezes por mês.

– No seu quarto no hotel, o senhor tem algum material de leitura não autorizado por mim?

– Não que eu saiba.

– O senhor autoriza que seja feita uma busca em seu quarto?

As bochechas de Frank ficaram vermelhas e seus ombros estremeceram.

– Do que Vossa Excelência está falando? – indagou ele.

– Tenho motivos para acreditar que o senhor esteja lendo materiais não autorizados nas instalações do hotel. Acho que uma busca rápida em seu quarto poderia sanar a questão.

– Vossa Excelência está questionando minha integridade! – exclamou Herrera, magoado e irritado.

Sua integridade lhe era vital. Um olhar para os outros rostos revelou que todos achavam que ele era culpado de alguma transgressão hedionda.

– Não, Sr. Herrera. Simplesmente acredito que uma busca vai nos permitir dar sequência a este julgamento.

Era apenas um quarto de hotel, não era como uma casa onde havia todo tipo de coisas particulares escondidas. E, além disso, Frank sabia muito bem que não havia nada em seu quarto que pudesse incriminá-lo.

– Então faça a busca – pronunciou ele, com os dentes cerrados.

– Obrigado.

Willis conduziu Frank para fora do gabinete, e o juiz Harkin ligou para o xerife no hotel. O gerente abriu a porta do quarto 50. O xerife e dois assistentes fizeram uma busca minuciosa no armário, nas gavetas e no banheiro. Debaixo da cama, encontraram uma pilha de exemplares do *Wall Street Journal* e da *Forbes* e também uma edição da véspera da *Mogul*. O xerife ligou para o juiz Harkin, comunicou o que havia sido encontrado e foi instruído a levar os itens não autorizados imediatamente até o seu gabinete.

Às 9h15, nada de júri. Fitch estava sentado em um banco nos fundos, tenso, olhando tudo por cima de um jornal e mirando fixamente na porta perto da bancada do júri, sabendo muito bem que, quando os jurados enfim emergissem, o número 7 não seria Herrera, mas sim Henry Vu. Esse suplente era levemente tolerável do ponto de vista da defesa, porque era asiático, e os asiáticos não costumavam atribuir grandes indenizações em casos de responsabilidade civil. Mas Vu não era nenhum

Herrera, e os consultores de júri de Fitch vinham lhe dizendo havia semanas que o Coronel estava com eles e seria uma presença forte durante a deliberação.

Se Marlee e Nicholas podiam tirar Herrera em um piscar de olhos, quem seria o próximo? Se estavam fazendo aquilo só para chamar a atenção de Fitch, então não restava dúvida de que tinham sido bem-sucedidos.

O JUIZ E OS ADVOGADOS ficaram olhando incrédulos para os jornais e as revistas ordenadamente alinhados na mesa de Harkin. O xerife prestou depoimento, fazendo um breve relato de como e onde os itens haviam sido encontrados, depois se retirou.

– Senhores, não tenho escolha a não ser dispensar o Sr. Herrera – disse Sua Excelência, e os advogados não contestaram.

Herrera foi trazido de volta à sala e encaminhado à mesma cadeira.

– Que conste dos autos – disse o juiz Harkin para a taquígrafa. – Sr. Herrera, qual é o número do seu quarto no Siesta Inn?

– Cinquenta.

– Esses itens foram encontrados debaixo da cama no quarto 50 minutos atrás. – Harkin apontou para os jornais e revistas. – Todos recentes, a maioria posterior à data do confinamento.

Herrera ficou pasmo.

– Todos, claro, não autorizados, alguns altamente prejudiciais.

– Isso não é meu – disse Herrera devagar, com uma raiva crescente.

– Compreendo.

– Alguém colocou isso lá.

– Quem poderia ter feito isso?

– Não sei. Talvez a mesma pessoa que lhe deu a informação.

Um ótimo argumento, pensou Harkin, mas que ele não analisaria naquele momento. Tanto Cable quanto Rohr olharam para o juiz como se perguntassem: "Tá bom, quem foi que lhe deu a informação?"

– Não podemos fugir ao fato de que isso foi encontrado em seu quarto, Sr. Herrera. Por essa razão, não tenho escolha a não ser dispensá-lo deste júri.

A cabeça de Frank estava funcionando a mil, e havia muitas perguntas que desejava fazer. Ele queria levantar a voz e questionar Harkin quando, de repente, percebeu que estava prestes a ser libertado. Depois de quatro semanas de julgamento e nove noites no Siesta Inn, estava prestes a sair daquele tribunal e voltar para casa. Antes da hora do almoço, já estaria jogando golfe.

– Acho que isso não está certo – argumentou ele, sem entusiasmo, tentando não soar muito falso.

– Sinto muito. Vou lidar com a questão do desacato em outro momento. Por ora, precisamos dar continuidade ao julgamento.

– O que o senhor determinar, Vossa Excelência – disse Frank.

Ele jantaria no Vrazel's naquela noite, frutos do mar frescos com direito a vinho. Poderia ver o neto no dia seguinte.

– Vou pedir a um oficial que o leve de volta ao hotel para que o senhor faça as suas malas. Minhas ordens são para que o senhor não comente nada disso com ninguém, principalmente com membros da imprensa. O senhor está sob ordem de silêncio até disposição em contrário. Entendido?

– Sim, Vossa Excelência.

O Coronel foi escoltado escada abaixo e saiu pela porta dos fundos do tribunal, onde o xerife estava à espera para conduzir Herrera em sua rápida e última passagem pelo Siesta Inn.

– Solicito a anulação do julgamento – disse Cable, dirigindo-se à taquígrafa. – Sob o argumento de que este júri pode ter sido indevidamente influenciado pelo texto publicado na *Mogul* de ontem.

– Negado – disse o juiz Harkin. – Mais alguma coisa?

Os advogados balançaram a cabeça em negativa e se levantaram.

OS ONZE JURADOS e os dois suplentes tomaram seus assentos poucos minutos depois das dez, enquanto o tribunal assistia em silêncio. O assento de Frank, na segunda fila à esquerda, estava vazio, e todo mundo reparou isso imediatamente. O juiz Harkin os cumprimentou com uma expressão séria e foi direto ao ponto. Ele levantou uma edição da *Mogul* da véspera e perguntou se alguém tinha visto ou lido aquela revista, ou se alguém tinha ouvido falar alguma coisa sobre o que estava nela. Ninguém se manifestou.

E então ele continuou:

– Por razões que foram esclarecidas no meu gabinete e que constam dos autos, o jurado número 7, Frank Herrera, foi dispensado e será agora substituído pelo próximo suplente, o Sr. Henry Vu.

Nesse momento, Willis disse algo para Henry, que deixou sua cadeira dobrável acolchoada e deu quatro passos em direção ao assento número 7, tornando-se assim um membro oficial do júri e deixando Shine Royce como o último suplente restante.

Desesperado para avançar com as coisas e tirar a atenção de cima do júri, o juiz Harkin solicitou:

– Sr. Cable, chame sua próxima testemunha.

Fitch baixou o jornal quinze centímetros, até o peito, e seu queixo caiu o mesmo tanto enquanto ele olhava para a nova composição, perplexo. Ele estava com medo, porque Herrera tinha ido embora e, ao mesmo tempo, excitado, porque sua garota, Marlee, tinha batido a varinha de condão e feito exatamente o prometido. Fitch não pôde deixar de olhar para Easter, que deve ter percebido, porque se virou ligeiramente e olhou bem nos olhos de Fitch. Por cinco ou seis segundos, uma eternidade para Fitch, encararam-se a 30 metros de distância. O rosto de Easter estava sorridente e orgulhoso, como se dissesse: "Olha só o que posso fazer. Ficou impressionado?" O rosto de Fitch dizia: "Sim. Agora, o que você quer?"

Na fase pré-julgamento, Cable havia apresentado uma lista de 22 testemunhas possíveis, praticamente todas com a palavra "Doutor" precedendo o nome e todas com credenciais sólidas. O time incluía veteranos testados com sucesso em outros julgamentos da mesma natureza, pesquisadores ardilosos financiados pela indústria tabagista e uma miríade de outros porta-vozes reunidos para contestar o que o júri havia escutado até então.

Ao longo dos últimos dois anos, todas as 22 tinham sido interrogadas por Rohr e sua gangue. Não haveria nenhuma surpresa.

O consenso era de que os golpes mais pesados da reclamante haviam sido desferidos por Leon Robilio e por suas alegações de que a indústria mirava nos jovens. Cable achou melhor atacar esse ponto primeiro.

– A defesa chama a Dra. Denise McQuade – anunciou ele.

A Dra. McQuade chegou por uma porta lateral, e a sala de audiências, fortemente dominada por homens de meia-idade, pareceu se endireitar ligeiramente conforme ela passava diante da tribuna, sorria para Sua Excelência, que estava sem dúvida sorrindo de volta, e se sentava no banco das testemunhas. Era uma mulher bonita, alta e magra, de vestido vermelho curto, apenas alguns centímetros acima do joelho, e cabelos louros bem puxados para trás e escondidos em um coque. Ela prestou juramento com um sorriso gracioso e, quando cruzou as pernas, já havia conquistado a plateia. Parecia jovem e bonita demais para estar metida em uma briga violenta como aquela.

Os seis homens do júri, especialmente Jerry Fernandez e Shine Royce, o suplente, prestaram bastante atenção enquanto ela gentilmente puxava o microfone para mais perto da boca. Batom vermelho. Unhas vermelhas compridas.

Se estavam esperando por uma mulher frágil, logo se decepcionaram. Sua voz segura descreveu sua formação, seu histórico, sua experiência e seu campo de atuação. Era psicóloga comportamental e tinha a própria empresa em Tacoma. Havia escrito quatro livros, publicado mais de três dúzias de artigos, e Wendall Rohr não fez objeção quando Cable concluiu que a Dra. McQuade podia ser declarada como uma especialista.

Ela foi direto ao ponto. A publicidade permeia nossa cultura. Anúncios direcionados a uma determinada faixa etária ou classe de pessoas são ouvidos e vistos naturalmente por aqueles que não fazem parte do público-alvo. Não há como evitar isso. Jovens veem propagandas de cigarro porque jovens veem jornais, revistas, outdoors e letreiros de neon piscando nas vitrines das lojas de conveniência, mas isso não significa que sejam o público-alvo. Jovens também veem comerciais de cerveja na TV, os quais geralmente apresentam seus atletas favoritos. Isso significa que os fabricantes de cerveja estão tentando subliminarmente fisgar a próxima geração? Claro que não. Estão simplesmente tentando vender mais cerveja para o seu mercado. Os jovens apenas estão no caminho, mas não há nada que possa ser feito a não ser proibir qualquer propaganda de produtos nocivos. Cigarros, cerveja, vinho, destilados, quem sabe café, chá, preservativos, manteiga? As propagandas das empresas de cartão de crédito incentivavam as pessoas a gastar mais e economizar menos? A Dra. McQuade frisou repetidas vezes que, em uma sociedade na qual a liberdade de expressão é tida como algo valioso, restrições às propagandas não podem ser feitas sem critério.

As propagandas de cigarros não eram diferentes das outras. O objetivo delas é reforçar o desejo de uma pessoa de comprar e usar o produto. Boas propagandas estimulam a resposta natural de sair correndo e comprar o que está sendo anunciado. Propagandas ineficazes, não, e geralmente são logo tiradas de circulação. Ela usou o exemplo do McDonald's, uma empresa que estudara e, por acaso, tinha um relatório à mão caso o júri quisesse examiná-lo. Uma criança de 3 anos é capaz de cantarolar, assobiar ou cantar qualquer que seja o jingle vigente do McDonald's. A primeira ida da criança ao McDonald's é uma ocasião importante. Isso não acontece por acaso. A empresa gasta bilhões para fisgar crianças antes que seus concorrentes o façam. As crianças americanas consomem mais gordura e colesterol do que a geração anterior. Comem mais cheeseburgers, batatas fritas e pizzas e bebem mais refrigerantes e sucos açucarados. Acusamos o McDonald's e o Pizza Hut de adotar práticas desonestas de publicidade para atingir a juventude? Nós os processamos porque nossos filhos estão mais gordos?

Não. Como consumidores, fazemos escolhas lúcidas sobre os alimentos que damos aos nossos filhos. Ninguém pode dizer que fazemos as melhores escolhas.

E, como consumidores, fazemos escolhas lúcidas sobre o cigarro. Somos bombardeados com propagandas de milhares de produtos e reagimos às que alimentam nossas necessidades e nossos desejos.

Ela cruzava e descruzava as pernas a cada vinte minutos mais ou menos, e cada cruzar era devidamente observado pelos grupos de advogados ao redor das duas mesas e pelos seis jurados homens – e pela maioria das mulheres também.

Era prazeroso olhar para a Dra. McQuade, e era fácil acreditar nela. Seu depoimento fazia todo o sentido, e ela estabeleceu uma conexão com a maioria dos jurados.

Rohr batalhou educadamente com ela por uma hora quando foi sua vez de interrogá-la, mas não conseguiu desferir nem um único golpe certeiro.

30

De acordo com Napier e Nitchman, o Sr. Cristano, do Departamento de Justiça, queria desesperadamente um relatório completo sobre o que acontecera na noite anterior, quando da mais recente visita pessoal de Hoppy a Millie.

– Tudo? – perguntou Hoppy.

Os três estavam amontoados ao redor de uma mesinha bamba em um restaurante enfumaçado, tomando café requentado em copos descartáveis e esperando por seus queijos-quentes gordurosos.

– Pode pular a parte pessoal – disse Napier, duvidando de que houvesse muita coisa pessoal a ser pulada.

"Se eles soubessem", pensou Hoppy, ainda muito orgulhoso de si.

– Bem, eu mostrei pra Millie o memorando sobre o Robilio – disse ele, sem saber quanto da verdade deveria contar.

– E?

– E, bem, ela leu.

– Claro que ela leu. E aí ela fez o quê? – perguntou Napier.

– Qual foi a reação dela? – completou Nitchman.

Claro, ele poderia mentir e dizer-lhes que ela tinha ficado chocada com o memorando, acreditado em cada palavra dele e que mal podia esperar para mostrá-lo aos colegas de júri. Era isso o que eles queriam ouvir. Mas Hoppy não sabia o que fazer. Mentir poderia piorar ainda mais as coisas.

– Ela não reagiu muito bem – confessou ele, e então lhes contou a verdade.

Quando os sanduíches chegaram, Nitchman saiu para ligar para o Sr. Cristano. Hoppy e Napier comeram sem olhar um para o outro. Hoppy se sentia um fracassado. Com certeza, estava um passo mais perto da cadeia.

– Quando você vai vê-la de novo? – perguntou Napier.

– Não sei direito. O juiz ainda não falou. Existe a possibilidade de o julgamento terminar nesse fim de semana.

Nitchman voltou e se sentou.

– O Sr. Cristano está a caminho – anunciou em tom solene, e o estômago de Hoppy começou a se revirar. – Ele chega hoje à noite e quer vê-lo amanhã de manhã logo cedo.

– Claro.

– Ele não está contente.

– Nem eu.

ROHR PASSOU A HORA do almoço trancado em sua sala com Cleve, fazendo o trabalho sujo que tinha que ficar restrito a eles. A maioria dos outros advogados usava arranjadores como Cleve para fazer entregas de dinheiro, correr atrás de casos e executar pequenas atividades obscuras não ensinadas na faculdade de Direito, mas nenhum deles jamais admitiria praticar tais ações antiéticas. Advogados não comentavam sobre o que os seus arranjadores faziam.

Rohr tinha várias opções. Poderia pedir a Cleve para dizer a Derrick Maples que fosse à merda. Poderia pagar a Derrick Maples 25 mil dólares em dinheiro e prometer outros 25 mil para cada voto a favor da reclamante no veredito final, supondo que houvesse pelo menos nove. Isso custaria no máximo 225 mil, uma quantia que Rohr estava perfeitamente disposto a pagar. Mas tinha sérias dúvidas de que Angel Weese fosse capaz de angariar mais do que dois votos: o dela própria e, talvez, o de Loreen Duke. Ela não era uma líder. Rohr poderia manipular Derrick para que ele abordasse os advogados da defesa, então tentar pegá-los em flagrante. Isso provavelmente resultaria na dispensa de Angel, algo que Rohr não queria que acontecesse.

Rohr poderia grampear Cleve, gravar palavras comprometedoras de Derrick e então ameaçar o garoto com um processo caso ele não pressionasse a namorada. Isso seria arriscado, porque a estratégia da propina havia sido tramada no próprio escritório de Rohr.

Os dois perpassaram cada cenário de forma calejada como homens que já haviam feito aquilo antes. Então, optaram por uma combinação.

– Vamos fazer o seguinte – disse Rohr. – Vamos pagar 15 mil pra ele agora, prometer os outros 10 mil após o veredito e também grampeá-lo. Vamos marcar algumas das notas, para poder pegá-lo mais tarde. A gente promete 25 pelos outros votos e, se conseguirmos o nosso veredito, acabamos com o moço quando ele pedir o restante do dinheiro. Vamos ter as gravações e, quando ele gritar, a gente ameaça chamar o FBI.

– Gostei – disse Cleve. – Ele fica com o dinheiro dele, a gente fica com o nosso veredito, ele se ferra. Me parece justo.

– Prepare o grampo e vá buscar o dinheiro. Isso precisa ser feito hoje à tarde.

MAS DERRICK TINHA outros planos. Eles se encontraram em um salão do Resort Casino, um bar escuro e deprimente cheio de fracassados curando suas perdas com bebida barata enquanto, lá fora, o sol brilhava forte e a temperatura começava a passar dos 20°C.

Derrick não estava disposto a se dar mal após o veredito. Ele queria os 25 mil de Angel em espécie, agora, adiantado, e também queria um "depósito", como ele chamava, para cada um dos outros jurados. Um depósito pré--veredito. Em espécie, também, é claro, algo razoável e justo, digamos, 5 mil por jurado. Cleve fez as contas rápido, e errou. Derrick estava projetando um veredito unânime, então o depósito de 5 mil vezes 11 outros jurados resultava em belos 55 mil dólares. Somado ao voto de Angel, o que Derrick queria de imediato eram 80 mil em espécie.

Ele conhecia uma garota que trabalhava no gabinete da escrivã, e ela havia dado uma olhada nos autos.

– Vocês estão pedindo milhões pro fabricante de cigarro – disse ele, cada palavra sendo capturada por um microfone no bolso da camisa de Cleve. – Então, 80 mil é uma gota no oceano.

– Você está maluco – disse Cleve.

– E você é um marginal.

– Não tem como a gente pagar 80 mil. Como eu disse antes, quando o valor cresce desse jeito, a gente corre o risco de ser pego.

– Tá bem. Vou falar com o fabricante de cigarro.

– Vai lá. Vou ler sobre isso depois no jornal.

Eles não terminaram suas bebidas. Cleve novamente foi o primeiro a sair, mas desta vez Derrick não correu atrás dele.

O DESFILE DE BELDADES continuou na tarde de quinta-feira, quando Cable chamou ao banco das testemunhas a Dra. Myra Sprawling-Goode, uma professora e pesquisadora negra da Universidade Rutgers, que fez todas as cabeças presentes na sala de audiências se virarem na direção dela ao se apresentar para prestar depoimento. Ela tinha quase 1,80 metro de altura e era tão atraente, esbelta e bem-vestida quanto a testemunha anterior. Sua pele negra-clara formou vincos perfeitos quando ela sorriu para os jurados, um sorriso que não saiu da cabeça de Lonnie Shaver, que inclusive sorriu de volta.

Cable tinha um orçamento ilimitado quando começou sua busca por especialistas, então não precisava recorrer a pessoas que não fossem afiadas, bem articuladas e capazes de se conectar com gente comum. Ele tinha gravado a Dra. Sprawling-Goode em vídeo duas vezes antes de contratá-la, e uma terceira vez durante seu depoimento preliminar no escritório de Rohr. Como todas as suas testemunhas, ela havia passado dois dias sendo interrogada em um julgamento simulado um mês antes do início do verdadeiro. Cruzou as pernas, e o tribunal respirou fundo em uníssono.

Era professora de marketing, com dois doutorados e credenciais impressionantes, nenhuma surpresa. Tinha trabalhado oito anos em agências da Madison Avenue após concluir os estudos, depois voltou para a academia, que era o seu lugar. Sua área de especialização era propaganda para o consumidor, um assunto que ensinava na pós-graduação e sobre o qual pesquisava continuamente. Seu propósito no julgamento logo ficou claro. Um cínico poderia ter alegado que ela estava ali só porque era bonita, para se conectar com Lonnie Shaver, Loreen Duke e Angel Weese, para deixá-los orgulhosos de que uma afro-americana fosse perfeitamente capaz de proferir opiniões especializadas em um julgamento tão importante. Mas estava lá por causa de Fitch.

Seis anos antes, após um susto em Nova Jersey quando um júri levou três dias deliberando até voltar com um veredito a favor da defesa, Fitch havia traçado o plano de encontrar uma pesquisadora atraente, de preferência de uma universidade de respeito, para receber uma bolada em financiamento e estudar a propaganda do cigarro e seu efeito sobre os adolescentes. Os parâmetros do projeto seriam ligeiramente definidos pela fonte do dinheiro, e Fitch esperava que o estudo um dia fosse útil em um julgamento.

A Dra. Sprawling-Goode nunca ouvira falar de Rankin Fitch. Ela recebera uma bolsa de 800 mil dólares do Instituto de Produtos de Consumo, um *think tank* obscuro de Ottawa, do qual nunca tinha ouvido falar e que, de acordo com a própria descrição, tinha por objetivo estudar as tendências de marketing de milhares de produtos de consumo. Sabia pouco sobre o Instituto de Produtos de Consumo. Assim como Rohr. Ele e seus investigadores estavam fuçando havia dois anos. Era muito fechado, relativamente bem protegido pela legislação canadense e aparentemente financiado por grandes empresas de produtos de consumo, nenhuma das quais parecia ser fabricante de cigarros.

Suas descobertas estavam reunidas em um lindo relatório encadernado de 5 centímetros de espessura, que Cable apresentou como prova. O relatório se juntou a uma pilha de outras peças de evidências aceitas. Era a evidência número 84, para ser mais exato, e se somava às cerca de 20 mil páginas já apresentadas e que deveriam ser analisadas pelo júri durante as deliberações.

Antecedidas de uma apresentação acurada e eficiente, suas descobertas eram sucintas e nada surpreendentes. Com algumas exceções claramente definidas e óbvias, toda propaganda de produtos de consumo mirava nos jovens adultos. Carros, pasta de dente, sabonete, cereais matinais, cerveja, refrigerante, roupas, perfumes, todos os produtos mais anunciados tinham como público-alvo jovens adultos. O mesmo era válido para o cigarro. Claro, eles são retratados como os produtos preferidos de pessoas magras e bonitas, ativas e despreocupadas, ricas e glamourosas. Mas inúmeros outros produtos faziam o mesmo.

A Dra. Sprawling-Goode então repassou uma lista de exemplos, começando pelos automóveis. Qual foi a última vez que os senhores viram na TV o anúncio de um carro esporte com um sujeito gordo de 50 anos ao volante? Ou de uma minivan dirigida por uma dona de casa obesa com seis filhos e um cachorro sujo com a cara para fora da janela? Nunca. Cerveja? Dez caras sentados em uma sala de estar assistindo ao Super Bowl: a maioria deles tem cabelos, mandíbula bem marcada, calça jeans perfeita e barriga lisa. Aquilo não era a realidade, mas publicidade de sucesso é assim.

O testemunho dela foi ficando bastante engraçado conforme avançava pela lista. Pasta de dente? Já viu uma pessoa feia com dentes feios sorrindo para os senhores na TV? Claro que não. Todas têm dentes perfeitos. Mesmo nos comerciais de remédio contra a acne, os adolescentes preocupados têm só uma ou duas espinhas.

Ela sorria com facilidade e até dava uma risadinha de vez em quando com os próprios comentários. O júri sorria também. Seu argumento pareceu se confirmar repetidas vezes. Se a publicidade precisava ter jovens adultos como público-alvo para ser bem-sucedida, por que os fabricantes de cigarro não podiam seguir essa fórmula?

Parou de sorrir, no entanto, quando Cable a conduziu à questão de ter jovens como público-alvo. Ela e sua equipe de pesquisa não haviam encontrado nenhuma evidência disso, e tinham estudado milhares de propagandas de cigarro dos últimos quarenta anos. Assistiram às propagandas de cigarro veiculadas na TV e estudaram e catalogaram cada uma delas, quando isso ainda era permitido. Sinalizou que, curiosamente, o tabagismo tinha aumentado desde que as propagandas haviam sido banidas da TV. Ela passara quase dois anos procurando evidências de que o alvo dos fabricantes de cigarro eram os adolescentes, porque havia dado início ao projeto com essa visão sem fundamento. Mas simplesmente não era verdade.

Em sua opinião, a única maneira de evitar que os jovens fossem influenciados pelos anúncios de cigarros era banir todas as propagandas: outdoors, ônibus, jornais, revistas, cupons. E, na opinião dela, isso não provocaria efeito nenhum nas vendas de cigarro. Não teria qualquer impacto no tabagismo entre menores de idade.

Cable agradeceu como se ela estivesse ali voluntariamente. No entanto, já havia recebido 60 mil dólares para prestar seu depoimento, e ainda receberia outros 15 mil. Rohr, que era tudo menos um cavalheiro, conhecia as armadilhas de atacar uma dama tão bonita no Extremo Sul. Em vez disso, fez perguntas com delicadeza. Ele tinha muitas questões sobre o Instituto de Produtos de Consumo e os 800 mil dólares que a instituição havia pagado por aquele estudo. A Dra. Sprawling-Goode contou-lhe tudo o que sabia. Era um corpo acadêmico constituído para estudar tendências e formular políticas, financiado pela indústria privada.

– Algum fabricante de cigarro?

– Não que eu saiba.

– Alguma subsidiária de fabricantes de cigarro?

– Não sei dizer.

Rohr lhe perguntou sobre empresas relacionadas aos fabricantes de cigarro, empresas-mães, empresas irmãs, divisões e conglomerados, e ela não sabia de nada.

Ela não sabia de nada porque era assim que Fitch havia planejado.

A TRILHA DE CLAIRE tomou um rumo inesperado na manhã de quinta-feira. O ex-namorado de uma amiga de Claire aceitou 1.000 dólares em espécie e disse que a ex-namorada morava atualmente no Greenwich Village, trabalhando como garçonete enquanto sonhava em seguir carreira como atriz de novela. Sua ex-namorada e Claire tinham trabalhado juntas no Mulligan's e supostamente eram amigas próximas. Swanson voou para Nova York, chegou no final da tarde de quinta e pegou um táxi até um pequeno hotel no SoHo, onde pagou à vista por uma diária e começou a dar telefonemas. Ele descobriu que Beverly trabalhava em uma pizzaria. Ela atendeu a ligação rapidamente.

– Quem fala é Beverly Monk? – perguntou Swanson, em sua melhor imitação de Nicholas Easter.

Ele tinha ouvido gravações da voz dele dezenas de vezes.

– É, sim. Quem fala?

– A Beverly Monk que já trabalhou no Mulligan's, em Lawrence?

Uma pausa, e então:

– Sim. Quem fala?

– Aqui é Jeff Kerr, Beverly. Faz muito tempo que a gente não se fala.

Swanson e Fitch estavam apostando que, depois que Claire e Jeff tinham saído de Lawrence, não haviam mantido contato com Beverly.

– Quem? – perguntou ela, e Swanson ficou aliviado.

– Jeff Kerr. Eu namorava a Claire, lembra? Era estudante de Direito.

– Ah, sim – disse ela, como se tentasse se lembrar dele, mas talvez não o conhecesse.

– Olha, eu estou na cidade e queria saber se você teve notícias de Claire recentemente.

– Não entendi – disse ela devagar, obviamente tentando associar o rosto à pessoa e compreender quem era quem e por que ele estava lá.

333

– Sim, é uma longa história, mas a Claire e eu terminamos seis meses atrás. Estou meio que procurando por ela.

– Não falo com a Claire há quatro anos.

– Ah, entendi.

– Olha, estou muito ocupada. Talvez outra hora.

– Claro.

Swanson desligou e ligou para Fitch. Os dois decidiram que valia o risco de abordar Beverly Monk, com dinheiro, e perguntar sobre Claire. Se Beverly não tivesse falado com Claire em quatro anos, seria impossível que ela encontrasse rapidamente Marlee e relatasse o ocorrido. Swanson a seguiria e esperaria até o dia seguinte.

FITCH ORDENOU QUE todos os consultores de júri preparassem um relatório de uma página ao final de cada dia de julgamento. Uma página, em espaço duplo, direto, sem palavras com mais de quatro sílabas e expondo, em linguagem clara, as impressões do especialista sobre as testemunhas do dia e como o depoimento delas tinha sido recebido pelo júri. Fitch exigia opiniões honestas e já repreendera seus especialistas antes quando a linguagem era muito floreada. Ele insistia no pessimismo. Os relatórios deveriam estar na mesa dele exatamente uma hora depois que o juiz Harkin encerrasse a sessão do dia.

Os relatórios de quarta-feira sobre Jankle variavam de neutros a negativos, mas os de quinta-feira da Dra. Denise McQuade e da Dra. Myra Sprawling-Goode foram nada menos que magníficos. Além de iluminar um tribunal monótono cheio de homens chatos em ternos sem graça, ambas haviam tido um bom desempenho com o júri. Os jurados prestaram atenção e pareciam acreditar no que ouviam. Principalmente os homens.

Ainda assim, Fitch não estava satisfeito. Ele nunca tinha se sentido tão mal àquela altura de um julgamento. Havia perdido um dos jurados mais simpáticos à defesa com a saída de Herrera. Os jornalistas econômicos de Nova York subitamente declararam que a defesa estava em perigo e que estavam abertamente preocupados com a hipótese de um veredito a favor da reclamante. O texto de Barker na *Mogul* fora o assunto mais comentado da semana. Jankle tinha sido um desastre. Luther Vandemeer, da Trellco, o mais inteligente e influente dos quatro grandes CEOs, ligou soltando os cachorros na hora do almoço. O júri estava confinado, e quanto mais o julgamento se arrastasse, mais culpa os jurados atribuiriam à parte que agora estava chamando as testemunhas.

A DÉCIMA NOITE de confinamento passou sem incidentes. Nada de amantes rebeldes. Nenhuma ida não autorizada ao cassino. Nada de ioga espontânea no volume máximo. Ninguém sentia saudade de Herrera. Ele fez as malas em minutos e foi embora dizendo repetidamente ao xerife que estava sendo vítima de uma armação e prometendo que ia descobrir tudo.

Um torneio de damas improvisado teve início no refeitório após o jantar. Herman tinha um tabuleiro em braille com espaços numerados e, na noite anterior, havia vencido Jerry onze partidas seguidas. Os desafios foram lançados, a esposa de Herman levou o tabuleiro para o refeitório e uma multidão se formou. Em menos de uma hora, ele ganhou três seguidas de Nicholas, mais três de Jerry, três de Henry Vu, que nunca tinha jogado damas, três de Willis, e estava prestes a enfrentar Jerry novamente, dessa vez apostando uma pequena quantia, quando Loreen Duke entrou no refeitório para repetir a sobremesa. Ela jogava damas com o pai quando era criança. Quando derrotou Herman na primeira partida, não houve o menor traço de piedade pelo sujeito. Eles ficaram jogando até o toque de recolher.

Phillip Savelle ficou no quarto, como sempre. Ele falava de vez em quando durante as refeições no hotel e durante as pausas para o café na sala do júri, mas ficava perfeitamente feliz em enfiar a cara em um livro e ignorar todo mundo.

Nicholas tentou duas vezes abordá-lo, sem sucesso. Ele não suportava conversa fiada e não queria que ninguém soubesse nada sobre ele.

31

Depois de quase vinte anos pescando camarão, Henry Vu raramente acordava depois das quatro e meia da manhã. Ele pegou seu chá cedo na sexta-feira e, sem o Coronel por perto, sentou-se sozinho à mesa e leu um jornal. Nicholas logo se juntou a ele. Como costumava fazer, apressou-se com as gentilezas e perguntou sobre a filha de Vu que estava em Harvard. Ela era motivo de imenso orgulho para o pai, cujos olhos brilharam quando contou sobre a última carta dela.

Outros foram chegando e saindo. A conversa se voltou para o Vietnã e a guerra. Nicholas confidenciou a Henry, pela primeira vez, que seu pai havia sido morto lá, em 1972. Não era verdade, mas Henry ficou profundamente tocado com a história. Depois, quando estavam a sós, Nicholas perguntou:

– Então, o que você está achando do julgamento?

Henry deu um longo gole no chá entupido de creme e lambeu os lábios.

– Não tem problema conversar sobre isso?

– Claro que não. Somos só nós dois. Todo mundo está falando, Henry.

Aquela era a natureza de um júri. De todo mundo, menos Herman.

– O que as outras pessoas estão achando?

– Acho que a maioria está de cabeça aberta. O mais importante é ficarmos juntos. É crucial que o júri chegue a um veredito, de preferência unânime, mas pelo menos um placar de nove a três, seja para que lado for. Um impasse seria desastroso.

Henry deu outro gole no chá e ficou refletindo. Ele entendia inglês perfeitamente, falava bem, ainda que com sotaque, mas, como a maioria dos leigos, tanto nativos quanto imigrantes, tinha pouco conhecimento da lei.

– Por quê? – perguntou ele.

Ele confiava em Nicholas, assim como praticamente todos os jurados, porque Nicholas tinha estudado Direito e parecia ter uma habilidade incrível em compreender fatos e questões que o restante desconhecia.

– Muito simples. Esse julgamento é a mãe de todos os julgamentos contra a indústria tabagista. É como Gettysburg, Iwo Jima, o Armagedom. É onde os dois lados se encontram pra descarregar a artilharia mais pesada. Tem que haver um vencedor, e tem que haver um perdedor. De maneira clara e decisiva. A questão de saber se os fabricantes devem ser responsabilizados pelos cigarros tem que ser resolvida bem aqui. Por nós. Fomos escolhidos, e cabe a nós chegar a um veredito.

– Entendi – disse Henry, assentindo, mas ainda confuso.

– A pior coisa que podemos fazer é ficar num impasse, com metade de cada lado, e o julgamento ser anulado.

– Por que isso seria tão ruim?

– Porque é se evadir da responsabilidade. Estaríamos simplesmente passando ela pro próximo júri. Se entrarmos em um impasse e terminar assim, isso vai custar milhões de dólares pra cada uma das partes, porque vão ter que voltar daqui a dois anos e passar por tudo de novo. Mesmo juiz, mesmos advogados, mesmas testemunhas, vai ser tudo igual, menos o júri. No fundo, vamos estar passando a mensagem de que não tivemos capacidade suficiente para chegar a uma decisão, mas que o próximo júri do condado de Harrison será mais competente.

Henry se inclinou um pouco para a direita, na direção de Nicholas.

– O que você vai fazer? – perguntou ele, assim que Millie Dupree e a Sra. Gladys Card entraram rindo para pegar um café.

Elas conversaram com os dois por um momento, depois saíram para assistir a Katie no *Today Show*. As duas simplesmente amavam a Katie.

– O que você vai fazer? – sussurrou Henry mais uma vez, de olho na porta.

– Não sei ainda, e não é isso que importa. O que importa é ficarmos juntos. Todos nós.

– Você tem razão – disse Henry.

337

AO LONGO DO JULGAMENTO, Fitch tinha desenvolvido o hábito de se distrair nas horas anteriores ao início de cada sessão olhando fixamente para o telefone. Seus olhos raramente se afastavam do aparelho. Sabia que ela ligaria na sexta-feira de manhã, embora não tivesse ideia de qual esquema, estratagema ou brincadeira de parar o coração ia aprontar.

Às oito em ponto, Konrad irrompeu no ramal interno com duas simples palavras.

– É ela.

Fitch correu para o telefone.

– Alô – disse ele amistoso.

– Ei, Fitch. Olha só, adivinha quem está aporrinhando o Nicholas agora?

Fitch disfarçou um gemido e fechou os olhos com força.

– Não sei.

– Quer dizer, esse cara está dando trabalho de verdade pro Nicholas. Talvez a gente tenha que despachar ele.

– Quem? – suplicou Fitch.

– Lonnie Shaver.

– Ah! Droga! Não! Você não pode fazer isso!

– Nossa, Fitch.

– Não faça isso, Marlee! Droga!

Ela fez uma pausa, para deixar que ele se desesperasse por algum tempo.

– Você deve gostar do Lonnie.

– Você tem que parar com isso, Marlee, ok? Isso não está levando a gente a lugar nenhum. – Fitch estava bastante ciente de quão desesperado tinha soado, mas não estava mais no controle.

– Nicholas precisa de harmonia no júri dele. É isso. Lonnie se tornou um estorvo.

– Não faça isso, por favor. Vamos conversar.

– Estamos conversando, Fitch, mas não por muito tempo.

Fitch respirou fundo uma vez, e mais uma.

– O jogo está quase no fim, Marlee. Você já se divertiu, agora me diz o que você quer?

– Tem uma caneta?

– Claro.

– Tem um edifício na rua Fulton, número 120. Tijolo branco, dois andares, um prédio antigo dividido em pequenos escritórios. O número 16,

338

no segundo andar, pertence a mim, por pelo menos mais um mês. Não é bonito, mas é onde a gente vai se encontrar.

– Quando?

– Daqui a uma hora. Só nós dois. Vou estar vendo você chegar e partir, e, se eu vir algum de seus capangas, nunca mais falo com você.

– Claro. Como quiser.

– E vou conferir se não tem nenhuma escuta ou microfone.

– Não vai ter nada.

TODOS OS ADVOGADOS da equipe de defesa de Cable achavam que Rohr tinha passado tempo demais com seus cientistas: nove dias inteiros, ao todo. Mas, com os primeiros sete, o júri pelo menos estava livre para voltar para casa à noite. O clima era muito diferente agora. A decisão tomada tinha sido escolher as duas melhores pesquisadoras, levá-las ao banco das testemunhas e tirá-las de lá o mais rápido possível.

Eles também tinham tomado a decisão de ignorar a questão do vício em nicotina, um desvio radical da defesa normal em casos da indústria tabagista. Cable e sua equipe estudaram cada um dos dezesseis julgamentos anteriores. Conversaram com muitos dos jurados que haviam participado desses casos e ouviram repetidamente que a parte mais fraca da defesa tinha sido quando os especialistas apresentaram todo tipo de teoria extravagante para mostrar que a nicotina não viciava, no fim das contas. Todo mundo sabia que era mentira. Simples assim.

Não tente convencer os jurados do contrário.

A decisão exigia a aprovação de Fitch, que concedeu de má vontade.

A primeira testemunha na manhã de sexta-feira foi um nerd de cabelo desgrenhado com uma barba ruiva fina e óculos bifocais pesados. O desfile de beleza aparentemente tinha acabado. Seu nome era Dr. Gunther, e a opinião dele era a de que o cigarro não provocava câncer. Só 10% dos fumantes desenvolviam câncer, então, e os outros 90%? Não surpreendentemente, Gunther tinha uma pilha de estudos e relatórios relevantes, e mal podia esperar para ficar diante do júri com um tripé e uma vareta e explicar em detalhes de tirar o fôlego suas últimas descobertas.

Gunther não estava lá para provar nada. O trabalho dele era contradizer o Dr. Hilo Kilvan e o Dr. Robert Bronsky, especialistas da reclamante, e embaçar as coisas, deixando uma dúvida considerável na cabeça dos jurados sobre quão fatal era de fato o cigarro. Ele não conseguiu provar que fumar não causava câncer de pulmão, mas argumentou que nenhuma pesquisa até então havia provado que o fumo era o responsável, em última instância.

– Mais pesquisas são necessárias – dizia ele a cada dez minutos.

DIANTE DA POSSIBILIDADE de que ela pudesse estar vendo, Fitch foi a pé pelo último quarteirão até o número 120 da rua Fulton, um passeio agradável pela calçada sombreada com folhas caindo suavemente do alto. O prédio ficava na parte antiga da cidade, a quatro quarteirões do Golfo, em uma sequência bem-ordenada de edifícios de dois andares cuidadosamente pintados, escritórios em sua maioria. José foi instruído a esperar a três ruas de distância.

Não havia hipótese de ele usar um grampo ou uma escuta. Marlee o fez largar esse hábito no último encontro deles, no píer. Fitch estava sozinho, sem grampo, sem microfone, sem escuta, sem câmera nem agentes por perto. Sentiu-se livre. Teria de sobreviver com o cérebro e a esperteza, e recebeu de braços abertos o desafio.

Ele subiu a escadaria de madeira meio solta, parou diante da porta sem identificação do escritório indicado, notou as outras portas sem identificação no corredor estreito e bateu de leve.

– Quem é? – veio a voz dela de dentro.

– Rankin Fitch – respondeu alto o suficiente para ser ouvido.

Um ferrolho estalou do lado de dentro, então Marlee apareceu com um moletom cinza e calça jeans, sem nenhum sorriso, sem nenhum tipo de saudação. Ela fechou a porta depois que Fitch entrou, trancou-a e andou até a lateral de uma mesa dobrável alugada. Fitch analisou as dimensões do local, um cubículo sem janelas, com uma porta, a pintura descascada, três cadeiras e uma mesa.

– Belo lugar – ironizou ele, olhando para as manchas amarronzadas de umidade no teto.

– É conciso, Fitch. Sem telefones pra você grampear, sem ventilação para as câmeras, sem escutas nas paredes. Vou conferir tudo todo dia de manhã e, caso encontre qualquer rastro seu, simplesmente saio por aquela porta e não volto nunca mais.

– Você tem uma péssima imagem de mim.

– É a que você merece.

Fitch olhou novamente para o teto, depois para o chão.

– Gostei daqui.

– O lugar serve ao propósito.

– E qual é o propósito?

Sua bolsa era o único item sobre a mesa. Ela tirou o mesmo sensor de antes de dentro e o apontou para Fitch da cabeça aos pés.

– Confie em mim, Marlee – protestou ele. – Eu prometi.

– Ok, tudo bem. Você está limpo. Sente-se – disse ela, apontando para uma das duas cadeiras do lado dele da mesa.

Fitch sacudiu a cadeira dobrável, tão frágil que talvez não desse conta do tamanho dele. Sentou-se nela, depois se inclinou com os cotovelos em cima da mesa, que também não era muito firme, de modo que estava precariamente apoiado em ambas as extremidades.

– Estamos prontos pra falar de dinheiro? – perguntou ele com um sorriso malicioso.

– Sim. Na verdade, é um acordo muito simples, Fitch. Você transfere um montante de dinheiro pra mim e eu prometo que lhe dou o veredito.

– Acho que devíamos esperar até depois do veredito.

– Você sabe que não sou estúpida assim.

A mesa dobrável tinha um metro de comprimento. Os dois estavam apoiados nela, seus rostos não muito distantes. Fitch costumava usar seu tamanho, seu olhar ameaçador e seu cavanhaque sinistro para intimidar fisicamente as pessoas, sobretudo os advogados mais novos dos escritórios que ele contratava. Se Marlee estava intimidada, não demonstrou nem um pouco. Fitch admirou a postura dela. Ela olhava diretamente em seus olhos, sem piscar, uma tarefa bastante difícil.

– Então, não tem garantia nenhuma – disse ele. – Júris são imprevisíveis. A gente pode lhe dar o dinheiro...

– Pare com isso, Fitch. Você e eu sabemos que o dinheiro vai ser pago antes do veredito.

– Quanto?

– Dez milhões.

Fitch soltou um som gutural, como se tivesse se engasgado com uma bola de golfe, depois tossiu alto enquanto seus cotovelos voavam para cima, seus olhos se reviravam e suas bochechas gordas tremiam em absoluta descrença.

– Você só pode estar brincando – conseguiu dizer com a voz rouca, olhando ao redor em busca de um copo d'água, um frasco de comprimidos ou qualquer coisa que o ajudasse a atravessar aquele choque terrível.

Ela assistiu calmamente ao espetáculo, sem piscar, sem tirar os olhos dele.

– Dez milhões, Fitch. É uma pechincha. E não aceito contraproposta.

Ele tossiu de novo, seu rosto um pouco mais vermelho. Então, retomou a compostura e pensou em uma resposta. Ele tinha imaginado que estaria na casa dos milhões e sabia que soaria estúpido tentar barganhar, como se o seu cliente não pudesse pagar. Ela provavelmente tinha os últimos balanços trimestrais de cada uma das Quatro Grandes.

– Quanto tem no Fundo? – perguntou ela, e Fitch apertou os olhos instintivamente.

Ela ainda não tinha piscado, não que ele houvesse visto.

– Que Fundo? – perguntou ele.

Ninguém sabia sobre o Fundo!

– O Fundo, Fitch. Não tente me enganar. Eu sei tudo sobre o seu querido caixa dois. Quero os 10 milhões transferidos da conta do Fundo para um banco em Singapura.

– Acho que não tenho como fazer isso.

– Você pode fazer o que quiser, Fitch. Pare de joguinho. Vamos fechar esse acordo logo e seguir com a nossa vida.

– E se transferirmos 5 agora e 5 depois do veredito?

– Nem pensar, Fitch. São 10 milhões de dólares agora. Não gosto da ideia de ter que correr atrás de você pra tentar receber a última parcela após o julgamento. Por alguma razão, acho que seria uma enorme perda de tempo.

– Pra quando é a transferência?

– Não importa. Certifique-se apenas de que o dinheiro chegue antes de o júri dar início à deliberação. Caso contrário, o acordo está cancelado.

– O que acontece se o acordo for cancelado?

– Das duas, uma. Ou Nicholas vai gerar um impasse, ou um placar de nove a três a favor da reclamante.

A fachada de Fitch se desfez, dois longos vincos sobrepostos se formaram bem acima das sobrancelhas, conforme assimilava aquelas previsões, comunicadas com tamanha naturalidade. Fitch não tinha dúvidas do que

Nicholas era capaz de fazer, porque Marlee não tinha dúvidas. Esfregou os olhos devagar. Fim de partida. Nada mais de reações espalhafatosas a qualquer coisa que ela dissesse. Nada mais de incredulidade simulada diante das exigências dela. Ela estava no controle.

– Negócio fechado – disse ele. – Vamos mandar o dinheiro, de acordo com as suas instruções. Devo alertá-la, porém, de que transferências podem demorar.

– Entendo mais de transferência de dinheiro do que você, Fitch. Vou explicar exatamente como quero que seja feito. Mais tarde.

– Sim, senhora.

– Então, temos um acordo?

– Temos – disse ele, estendendo a mão por cima da mesa.

Ela a apertou frouxamente. Ambos sorriram diante daquele absurdo. Dois criminosos apertando as mãos para selar um acordo que nenhum tribunal poderia fazer cumprir, porque nenhum tribunal jamais saberia de sua existência.

O APARTAMENTO DE BEVERLY MONK era um loft no quinto andar de um armazém decadente no Village. Ela o compartilhava com quatro outras atrizes mortas de fome. Swanson a seguiu até um café da esquina e esperou que ela se acomodasse em uma mesa de janela com um café expresso, um bagel e um jornal com ofertas de emprego. De costas para as outras mesas, aproximou-se dela e perguntou:

– Com licença. Você é a Beverly Monk?

Ela olhou para cima assustada e disse:

– Sim. Quem é você?

– Um amigo de Claire Clement – respondeu, enquanto se sentava rapidamente na cadeira em frente.

– Sente-se – disse ela. – O que você quer?

Ela estava nervosa, mas o café estava lotado. Estava segura, pensou. Ele parecia confiável.

– Informação.

– Foi você quem me ligou ontem, não foi?

– Sim, fui eu. Eu menti, disse que era Jeff Kerr. Não sou.

– Então quem é você?

– Jack Swanson. Trabalho para alguns advogados em Washington.

– Claire está com problemas?

– Problema nenhum.

– Então qual é a questão?

Swanson contou uma versão resumida de uma convocação de Claire para integrar o júri de um grande julgamento e do dever dele de rastrear os antecedentes de determinados jurados em potencial. Dessa vez, o caso era sobre um aterro sanitário contaminado em Houston, no qual havia bilhões em jogo, daí o orçamento para investigar tudo tão a fundo.

Swanson e Fitch estavam apostando em duas coisas. A primeira era a parca lembrança de Beverly do nome de Jeff Kerr ao telefone na véspera. A segunda era sua afirmação de que não falava com Claire havia quatro anos. Eles presumiam que ambas eram verdade.

– Vamos pagar pela informação – disse Swanson.

– Quanto?

– Mil dólares em espécie pra você me contar tudo o que sabe sobre Claire Clement.

Swanson rapidamente tirou um envelope do bolso do paletó e o colocou na mesa.

– Tem certeza de que ela não está em apuros? – perguntou Beverly, olhando para a mina de ouro à sua frente.

– Tenho certeza. Pegue o dinheiro. Se você não a vê há quatro ou cinco anos, por que a preocupação?

Bom argumento, pensou Beverly. Ela pegou o envelope e o enfiou na bolsa.

– Não tem muito o que contar.

– Quanto tempo você trabalhou com ela?

– Seis meses.

– Quanto tempo você conviveu com ela?

– Seis meses. Eu trabalhava como garçonete no Mulligan's quando ela começou. Ficamos amigas. Então eu saí da cidade, fui para o leste, sem rumo. Liguei pra ela uma ou duas vezes quando morava em Nova Jersey, depois meio que nos esquecemos uma da outra.

– Você conheceu Jeff Kerr?

– Não. Ela não estava namorando com ele na época. Ela me contou sobre ele depois, quando eu já tinha saído da cidade.

– Ela tinha outros amigos, homens e mulheres?

– Sim, claro. Mas não me peça pra listar os nomes. Saí de Lawrence há cinco, talvez seis anos. Sinceramente, nem sei direito quando saí.

– Você não consegue citar o nome de nenhum dos amigos dela?

Beverly deu um gole no expresso e pensou por um minuto. Então, recitou o nome de três pessoas que tinham trabalhado com Claire. Uma havia sido investigada, sem resultados. Uma estava sendo rastreada naquele momento. Uma não tinha sido encontrada.

– Onde foi que Claire fez faculdade?

– Em algum lugar do Meio-Oeste.

– Você não sabe o nome do lugar?

– Acho que não. Claire era muito reservada sobre o passado dela. Dava a impressão de que tinha acontecido alguma coisa de ruim lá atrás, e não falava sobre o assunto. Nunca descobri. Achava que talvez fosse um relacionamento desastroso, talvez até mesmo um casamento, ou uma família ruim, uma infância traumática ou algo assim. Mas nunca soube o que era.

– Ela falava sobre isso com alguém?

– Não que eu saiba.

– Você sabe onde ela nasceu?

– Ela disse que se mudava muito. Como falei, eu não fazia muitas perguntas.

– Ela era da região de Kansas City?

– Não sei.

– Você tem certeza que o nome verdadeiro dela é Claire Clement?

Beverly se retraiu e franziu a testa.

– Você acha que talvez não seja?

– Temos motivos para acreditar que ela era outra pessoa antes de chegar a Lawrence, Kansas. Você se lembra de alguma coisa sobre outro nome?

– Uau. Eu sempre presumi que ela fosse Claire. Por que ela mudaria de nome?

– A gente adoraria saber.

Swanson tirou um pequeno bloco de notas do bolso e estudou uma lista. Beverly era outro beco sem saída.

– Você alguma vez foi ao apartamento dela?

– Uma ou duas vezes. A gente cozinhava e ficava vendo filmes. Ela não era de sair muito, mas me convidou, com outros amigos.

– Alguma coisa estranha no apartamento dela?

– Sim. Era muito bom, um apartamento moderno, bem mobiliado. Era óbvio que ela tinha dinheiro de outras fontes além do Mulligan's. Tipo, a gente recebia 3 dólares por hora, fora as gorjetas.

– Então ela tinha dinheiro?

– Sim. Muito mais do que a gente. Mas, como disse, ela era muito reservada. Claire era uma amiga casual, uma pessoa divertida de se ter por perto. Ninguém fazia muitas perguntas.

Swanson insistiu por mais detalhes e não conseguiu nada. Ele agradeceu pela ajuda dela e Beverly agradeceu pelo dinheiro, e, quando estava saindo, ela se ofereceu para fazer alguns telefonemas. Era visivelmente uma forma de pedir mais dinheiro. Swanson aceitou, mas depois a advertiu sobre não revelar o que estava fazendo.

– Olha, eu sou atriz, ok? Isso é moleza.

Ele lhe entregou um cartão de visita com seu número do hotel em Biloxi anotado no verso.

HOPPY ACHAVA QUE o Sr. Cristano fora um pouco duro demais. Contudo, a situação estava ficando cada vez pior, de acordo com as pessoas misteriosas em Washington a quem Cristano se reportava. Tinha havido uma discussão no Departamento de Justiça sobre simplesmente abortar todo o esquema e mandar o caso de Hoppy para um grande júri federal.

Se Hoppy não conseguia convencer a própria esposa, como raios ia conseguir influenciar um júri inteiro?

Eles entraram no banco de trás do comprido Chrysler preto e dirigiram pela margem do Golfo no sentido de Mobile, mas sem se destinar a um lugar específico. Nitchman estava ao volante com Napier no lado do carona, e ambos conseguiram se manter completamente alheios ao achincalhe que Hoppy estava sofrendo no banco de trás.

– Quando você vai vê-la de novo? – perguntou Cristano.

– Hoje à noite, eu acho.

– Chegou a hora, Hoppy, de contar a verdade pra ela. Fale pra ela o que fez, conte tudo pra ela.

Os olhos de Hoppy se encheram d'água e seus lábios tremeram enquanto olhava para o vidro escuro do carro e vislumbrava os lindos olhos de sua esposa enquanto expunha a própria alma. Ele se xingou por ter sido tão estúpido. Se tivesse uma arma, talvez fosse capaz de dar um tiro em Todd Ringwald e Jimmy Hull Moke, mas sem dúvida seria capaz de dar um tiro em si mesmo. Talvez matasse aqueles três palhaços ali primeiro, mas, sem dúvida, poderia estourar os próprios miolos.

– Acho que você tem razão – murmurou ele.

– Sua esposa precisa agir como uma advogada, Hoppy. Você entende isso? Millie Dupree tem que ser uma força naquela sala do júri. Como você não conseguiu convencê-la pelos méritos, agora tem que motivá-la pelo medo de ver você passar cinco anos na cadeia. Você não tem escolha.

Naquele momento, ele preferia encarar a cadeia do que confrontar Millie com a verdade. Mas não tinha essa opção. Se não a convencesse, ela descobriria a verdade e ele *também* iria para a cadeia. Hoppy começou a chorar. Ele mordeu o lábio, cobriu os olhos e tentou conter as malditas lágrimas, mas não conseguiu. Conforme o carro avançava pacificamente pela estrada, o único som por vários quilômetros era o lamentável pranto de um homem alquebrado.

Apenas Nitchman não conseguiu disfarçar um leve sorriso.

32

A segunda reunião no escritório de Marlee começou uma hora depois do final da primeira. Fitch voltou a pé com uma maleta e um copo grande de café. Marlee examinou a pasta em busca de dispositivos ocultos, o que o divertiu.

Quando ela terminou, ele fechou a pasta e deu um gole no café.

– Tenho uma pergunta – anunciou ele.

– Qual?

– Seis meses atrás, nem você nem o Easter moravam aqui no condado, provavelmente nem aqui no estado. Você se mudou pra cá pra assistir a esse julgamento?

Ele sabia a resposta, claro, mas queria ver o quanto ela ia admitir, agora que eram parceiros de negócios e supostamente estavam trabalhando do mesmo lado.

– É uma possibilidade – respondeu ela.

Marlee e Nicholas presumiam que Fitch os havia rastreado até Lawrence, e isso não era de todo mau. Fitch seria incapaz de não admirar a inteligência deles de elaborar um plano como aquele e o comprometimento de ambos em concretizá-lo. Os dias pré-Lawrence de Marlee os faziam perder o sono.

– Vocês dois estão usando nomes falsos, não é? – perguntou ele.

– Não. Estamos usando nossos nomes de verdade. Chega de perguntas sobre a gente, Fitch. Não somos importantes. O tempo é curto e temos um trabalho a fazer.

– Talvez devêssemos começar com você me dizendo até onde foi com o outro lado. O que exatamente o Rohr sabe?

– Rohr não sabe de nada. Nós orbitamos um ao redor do outro, mas nunca nos conectamos.

– Você teria fechado acordo com ele se não tivesse fechado comigo?

– Teria. Estou nessa pela grana, Fitch. O Nicholas faz parte do júri porque assim foi planejado. Trabalhamos para chegar a esse momento. Vai dar certo porque todos os personagens são corruptos. Você é corrupto. Seus clientes são corruptos. Meu parceiro e eu somos corruptos. Corruptos, mas inteligentes. Degradamos o sistema de tal forma que não tem como sermos detectados.

– E o Rohr? Ele vai ficar desconfiado quando perder. Inclusive, vai suspeitar que você fez um acordo com o fabricante de cigarro.

– Rohr não me conhece. Nós nunca nos vimos.

– Fala sério.

– Eu juro, Fitch. Fiz você achar que tinha me encontrado com ele, mas isso nunca aconteceu. Teria acontecido, porém, se você não estivesse disposto a negociar.

– Você sabia que eu estaria disposto.

– Claro. Sabíamos que estaria mais do que ansioso pra comprar um veredito.

Ah, ele tinha tantas perguntas. Como ficaram sabendo da existência dele? Como tinham conseguido os telefones dele? Como tinham conseguido que Nicholas fosse intimado para a seleção do júri? Como o tinham colocado no júri? E como raios ficaram sabendo sobre o Fundo?

Ele lhe perguntaria um dia, quando tudo aquilo estivesse no passado e as coisas estivessem mais calmas. Adoraria conversar com Marlee e Nicholas durante um longo jantar e ver todas as suas perguntas serem respondidas. Sua admiração por eles crescia a cada minuto.

– Me prometa que vocês não vão dispensar o Lonnie Shaver – disse ele.

– Eu prometo, Fitch, se me disser por que gosta tanto do Lonnie.

– Ele está do nosso lado.

– Como você sabe disso?

– Temos nossos recursos.

– Olha, Fitch, se nós dois estamos trabalhando pelo mesmo veredito, então por que não podemos ser francos?

– Quer saber? Você tem razão. Por que vocês dispensaram o Herrera?

– Eu já disse. Ele é um porre. Não gostava do Nicholas, e o Nicholas não gostava dele. Além disso, o Henry Vu e o Nicholas são amigos. Então, não perdemos nada.

– Por que vocês dispensaram a Stella Hulic?

– Só pra tirá-la da sala do júri. Ela era extremamente desagradável. Tudo nela era assustador.

– Quem vai ser o próximo?

– Não sei. Ainda temos um sobrando. De quem a gente deveria se livrar?

– Não do Lonnie.

– Então me fala por quê.

– Digamos que Lonnie já foi comprado. O empregador dele é alguém que nos ouve.

– Quem mais você comprou?

– Ninguém mais.

– Vamos lá, Fitch. Você quer ganhar ou não?

– Claro que eu quero.

– Então joga limpo. Eu sou o seu caminho mais fácil pra um veredito rápido.

– E o mais caro.

– Você não esperava que saísse barato. O que você ganha escondendo informações de mim?

– O que eu ganho revelando pra você?

– Me parece óbvio. Você me conta. Eu conto pro Nicholas. Ele fica sabendo como cada um vai votar. Pode decidir onde gastar o tempo dele da melhor forma. E a Gladys Card?

– Ela pode ser influenciada. Não temos nada sobre ela. O que o Nicholas acha?

– A mesma coisa. E a Angel Weese?

– Ela fuma e é negra. Cara ou coroa. Também pode ser influenciada. O que o Nicholas acha?

– Ela vai votar com a Loreen Duke.

– E a Loreen Duke vai votar com quem?

– Com o Nicholas.

– Quantos influenciáveis ele tem hoje? Quantos membros fazem parte da seita dele?

– O Jerry, pra começar. Como o Jerry está dormindo com a Sylvia, então pode contar com ela. Acrescenta a Loreen, daí você tem a Angel também.

Fitch prendeu a respiração e fez uma conta rápida.

– São cinco pessoas. Só isso?

– Com o Henry Vu são seis. Seis garantidos. Faça as contas, Fitch. Seis, e aumentando. O que você tem sobre o Savelle?

Fitch olhou de fato para algumas anotações, como se não soubesse direito. Tudo o que tinha levado para aquela reunião em sua maleta havia sido lido uma dezena de vezes.

– Nada. Ele é muito esquisito – disse ele com tristeza, como se tivesse fracassado miseravelmente em seus esforços para encontrar uma forma de coagir Savelle.

– Algum podre do Herman?

– Não. O que Nicholas acha dele?

– As pessoas vão dar ouvidos ao Herman, mas não obrigatoriamente votar da mesma forma. Ele não fez muitos amigos, mas também não é odiado. O voto dele provavelmente vai ficar isolado.

– Para que lado ele está pendendo?

– É o jurado mais difícil de ser lido no momento, porque está determinado a respeitar as ordens do juiz sobre não falar do caso.

– Que decepção.

– O Nicholas vai ter nove votos antes das alegações finais, talvez mais. Ele só precisa de um pouco mais de influência com alguns dos amigos dele.

– Tipo quem?

– Rikki Coleman.

Fitch deu um gole sem olhar para o copo. Ele o colocou na mesa e apertou os bigodes em volta da boca. Ela observou cada movimento.

– Nós, bem, talvez tenhamos algo sobre ela.

– Por que está fazendo joguinho, Fitch? Ou tem alguma coisa ou não tem. Ou você me diz, pra que eu possa contar ao Nicholas e a gente possa garantir o voto dela, ou então fica aí escondendo seus memorandos e esperando que ela embarque.

– Vamos dizer apenas que é um segredo pessoal desagradável que ela prefere que o marido não saiba.

– Por que esconder o segredo de mim, Fitch? – disse Marlee, irritada. – Não estamos trabalhando juntos?

351

– Sim, mas ainda não estou certo de que preciso te contar.

– Ótimo, Fitch. Alguma coisa no passado dela, certo? Um amante, um aborto, foi pega bêbada ao volante?

– Vou refletir sobre isso.

– Faça isso, Fitch. Se continuar com os joguinhos, vou continuar com os joguinhos. E a Millie?

Fitch estava se contorcendo por dentro, apesar da aparência de calma e frieza. Quanto deveria contar a ela? Seus instintos lhe diziam para ser cauteloso. Eles se encontrariam de novo no dia seguinte, e no próximo, e se quisesse poderia falar a ela sobre Rikki, Millie e talvez até Lonnie. Vá devagar, disse ele a si mesmo.

– Nada sobre a Millie – respondeu ele, olhando para o relógio e pensando que naquele exato momento o pobre Hoppy estava metido dentro de um grande carro preto com três homens do FBI e provavelmente aos prantos.

– Tem certeza, Fitch?

Nicholas tinha encontrado Hoppy no corredor do hotel, na porta de seu quarto, uma semana antes, quando Hoppy estava chegando com flores e bombons para sua esposa. Eles conversaram rapidamente. No dia seguinte, Nicholas o viu sentado na sala de audiências, um rosto cheio de admiração, um novo rosto subitamente interessado depois de quase três semanas de julgamento.

Com Fitch no jogo, Nicholas e Marlee presumiam que qualquer jurado era um alvo potencial de influência externa. Portanto, Nicholas observava todo mundo. Ele às vezes perambulava pelo corredor enquanto as pessoas chegavam para as visitas íntimas e, às vezes, enquanto estavam indo embora. Escutava as fofocas na sala do júri. Ouvia três conversas ao mesmo tempo durante os passeios diários pela cidade depois do almoço. Tomava notas sobre cada pessoa na sala de audiências, e tinha até apelidos e codinomes para todas elas.

Era apenas suposição que Fitch estivesse atuando em Millie por meio de Hoppy. Eles pareciam uma ótima dupla, de bom coração; o tipo que Fitch poderia facilmente enredar em uma de suas tramas insidiosas.

– Claro que tenho certeza. Nada sobre a Millie.

– Ela tem andado esquisita – disse Marlee, mentindo.

"Maravilhoso", pensou Fitch. O golpe em Hoppy estava funcionando.

– O que o Nicholas acha do Royce, o último suplente? – perguntou ele.

– Escória total. Nem um pouco inteligente. Facilmente manipulável. O tipo pro qual a gente poderia dar 5 mil e tê-lo na mão. Essa é uma das razões pelas quais o Nicholas quer dispensar o Savelle. Entraria o Royce, e com ele vai ser fácil.

A casualidade dela ao falar sobre suborno acalentou o coração de Fitch. Muitas vezes, em outros julgamentos, sonhara em encontrar anjos como Marlee, pequenos redentores de mãos sujas, ansiosos para manipular o júri a favor dele. Aquilo era quase inacreditável!

– Quem mais poderia aceitar dinheiro? – perguntou ele, ansioso.

– O Jerry está falido, muitas dívidas de jogo, além de um divórcio complicado no horizonte. Ele vai precisar de 20 mil ou mais. O Nicholas ainda não fechou acordo com ele, mas vai fazer isso no fim de semana.

– Isso pode sair caro – disse Fitch, tentando soar sério.

Marlee riu alto e continuou a rir até que Fitch foi obrigado a rir de si mesmo. Ele tinha acabado de prometer 10 milhões a ela e estava prestes a gastar outros 2 milhões com a defesa. Seus clientes tinham um patrimônio líquido de cerca de 11 bilhões de dólares.

O momento passou, e eles ficaram um tempo ignorando um ao outro. Por fim, Marlee olhou para o relógio e disse:

– Anote isso, Fitch. Agora são três e meia, fuso do Leste. O dinheiro não vai para Singapura. Quero os 10 milhões transferidos para o Hanwa Bank, nas Antilhas Holandesas, e quero que isso seja feito imediatamente.

– Hanwa Bank?

– Sim. É coreano. O dinheiro não vai pra minha conta, mas pra sua.

– Eu não tenho conta lá.

– Você vai abrir uma com a transferência. – Ela puxou alguns papéis dobrados de dentro da bolsa e os deslizou sobre a mesa. – Aqui estão os formulários e as instruções.

– É tarde demais pra fazer isso – disse ele, pegando os papéis. – E amanhã é sábado.

– Cala a boca, Fitch. Só precisa ler as instruções. Tudo vai dar certo se você simplesmente fizer isso aqui. O Hanwa está sempre aberto pra clientes preferenciais. Quero o dinheiro parado lá, na sua conta, no fim de semana.

– Como você vai saber que está lá?

– Você vai me mostrar uma confirmação da transferência. O dinheiro vai fazer um pequeno desvio até que o júri se reúna pra deliberar, depois sai do Hanwa e vai pra minha conta. Isso tem que acontecer na manhã de segunda-feira.

– E se o júri voltar com o veredito antes disso?

– Fitch, eu lhe garanto, não vai ter veredito até que o dinheiro esteja na minha conta. Isso é uma promessa. E se, por algum motivo, você tentar ferrar a gente, também prometo que vai haver uma bela indenização pra reclamante. Uma indenização enorme.

– Nem me fale nisso.

– Tem razão, melhor não falar. Tudo foi cuidadosamente planejado, Fitch. Não estrague tudo. É só fazer como falei. Efetue essa transferência logo.

WENDALL ROHR GRITOU com o Dr. Gunther por uma hora e meia, e quando terminou não havia uma única pessoa na sala de audiências que não estivesse tensa. Rohr era provavelmente o mais relaxado, porque sua própria insistência não lhe incomodava nem um pouco. Todo mundo estava farto. Eram quase cinco da tarde de sexta-feira, mais uma semana terminada. Mais um fim de semana pela frente no Siesta Inn.

O juiz Harkin estava preocupado com os jurados. Estavam obviamente entediados e irritados, cansados do cativeiro e de ouvir palavras para as quais não davam mais nenhuma importância.

Os advogados também estavam preocupados. O júri não estava respondendo aos depoimentos como esperado. Quando não estavam se remexendo, estavam cochilando. Quando não estavam olhando com a expressão vazia, estavam se beliscando para ficar acordados.

Mas Nicholas não estava nem um pouco preocupado com os colegas. Ele os queria exaustos e à beira da revolta. Uma turba precisa de um líder.

Durante o intervalo ao final da tarde, escreveu uma carta ao juiz Harkin na qual pedia que o julgamento tivesse continuidade no sábado. A questão havia sido debatida durante o almoço, um debate que durou apenas alguns minutos, pois ele o havia planejado e já sabia a resposta. Por que ficar à toa em um quarto de hotel quando poderiam estar sentados na bancada do júri tentando concluir aquela maratona?

Os outros doze prontamente acrescentaram suas assinaturas, abaixo da dele, e Harkin não teve escolha. Sessões aos sábados eram raras, mas não inéditas, principalmente quando o júri estava confinado.

Sua Excelência perguntou a Cable o que poderiam esperar para o dia seguinte, e Cable previu com segurança que a defesa encerraria sua parte. Rohr disse que a reclamante não tinha nenhuma contraprova a apresentar. Uma sessão no domingo estava fora de questão.

– O julgamento deve terminar na tarde de segunda-feira – disse Harkin ao júri. – A defesa termina amanhã, depois teremos as alegações finais na segunda de manhã. Prevejo que vocês vão se reunir para deliberar antes do meio-dia. É o melhor que posso fazer, pessoal.

Subitamente, o júri todo se abriu em sorrisos. Com o final à vista, seriam capazes de suportar um último fim de semana juntos.

O jantar seria em um restaurante em Gulfport famoso pelas costeletas, seguido de quatro horas de visitas pessoais naquela noite e nas de sábado e domingo. O juiz os dispensou com um pedido de desculpa.

Depois que o júri saiu, Harkin se reuniu com os advogados para duas horas de debate sobre uma dezena de petições.

33

Ele chegou atrasado, sem flores nem chocolates, sem champanhe nem beijos, nada além de sua alma torturada, que estava escancarada. Ele a pegou pela mão na porta, levou-a para a cama, sentou-se na beirada e tentou dizer alguma coisa antes, mas engasgou. Ele enterrou a cabeça nas mãos.

– Qual é o problema, Hoppy? – perguntou ela, completamente alarmada e certa de que estava prestes a ouvir alguma confissão terrível.

Ele não tinha sido ele mesmo ultimamente. Ela se sentou ao lado dele, deu um tapinha em seu joelho e escutou. Ele começou dizendo quão estúpido tinha sido. Falou repetidas vezes que ela não acreditaria no que ele tinha feito e ficou divagando sobre quão estúpido era até que, por fim, ela disse com firmeza:

– O que foi que você fez?

De repente, ele estava sentindo raiva; raiva de si mesmo por ter feito uma coisa tão ridícula. Cerrou os dentes, franziu o lábio superior, fez uma careta e começou a atacar o Sr. Todd Ringwald, o KLX Property Group, o Stillwater Bay e Jimmy Hull Moke. Tinha sido uma armação! Ele estava tocando seu negócio, sem procurar encrenca, apenas negociando suas pequenas e tristes propriedades, tentando ajudar os recém-casados a conseguir um primeiro lar dos sonhos. Então apareceu um sujeito, vindo de Las Vegas, terno bonito, um calhamaço de projetos de arquitetura que, quando foram abertos na mesa de Hoppy, pareciam uma mina de ouro.

Ah, como podia ter sido tão estúpido? Ele perdeu o controle e começou a soluçar de tanto chorar.

Quando chegou à parte sobre o FBI batendo à porta de casa, Millie não conseguiu se conter.

– Na nossa casa?!

– Sim, sim.

– Ai, meu Deus! Onde estavam as crianças?

Então Hoppy contou-lhe como tinha acontecido, como habilmente manobrara os agentes Napier e Nitchman para longe de casa e rumo ao escritório, onde eles lhe mostraram a fita!

Foi terrível. Ele seguiu em frente.

Millie começou a chorar também, e Hoppy ficou aliviado. Talvez não o repreendesse com tanta força. Mas tinha mais coisa.

Hoppy chegou à parte em que o Sr. Cristano tinha vindo à cidade e eles se encontraram no barco. Muita gente, gente de bem mesmo, em Washington estava preocupada com o julgamento. Os republicanos e tudo o mais. O lance do crime. E, bem, eles tinham feito um acordo.

Millie enxugou as bochechas com as costas da mão e parou de chorar abruptamente.

– Mas não estou certa se quero votar a favor do fabricante de cigarros – disse ela, atordoada.

Hoppy parou de chorar rapidamente também.

– Ah, que ótimo, Millie. Me mandar pra cadeia por cinco anos só pra poder votar com a consciência tranquila. Acorda.

– Isso não é justo – disse ela, olhando-se no espelho na parede detrás da cômoda.

Ela estava atordoada.

– Claro que não é justo. Também não vai ser justo quando o banco executar a hipoteca da casa porque fui preso. E as crianças, Millie? Pense nas crianças. Temos três na faculdade e dois no ensino médio. A humilhação já vai ser ruim o bastante, mas quem vai cuidar delas?

Hoppy, é claro, tinha a seu favor muitas horas de ensaio para aquele momento. A pobre Millie se sentia como se tivesse sido atropelada por um ônibus. Ela não conseguia pensar rápido o suficiente para fazer as perguntas certas. Em outras circunstâncias, Hoppy poderia ter sentido pena dela.

– Eu simplesmente não consigo acreditar – disse ela.

– Sinto muito, Millie. Sinto muito mesmo. Eu fiz uma coisa terrível, e não é justo com você.

Estava inclinado para a frente, os cotovelos apoiados nos joelhos, a cabeça baixa em total sinal de derrota.

– Não é justo com as pessoas neste julgamento.

Hoppy não se importava muito com as outras pessoas envolvidas no julgamento, mas se conteve.

– Eu sei, querida. Eu sei. Sou um desastre total.

Ela pegou a mão dele e a apertou. Hoppy decidiu dar o golpe final.

– Eu não deveria te contar isso, Millie, mas, quando o FBI chegou lá em casa, pensei em pegar a arma e acabar com tudo ali mesmo.

– E atirar neles?

– Não, em mim mesmo. Estourar os meus miolos.

– Ah, Hoppy.

– Estou falando sério. Pensei nisso muitas vezes na última semana. Prefiro puxar o gatilho do que fazer minha família passar por essa humilhação.

– Não seja bobo – disse ela, e recomeçou a chorar.

FITCH, A PRINCÍPIO, havia pensado em falsificar a transferência, mas depois de duas ligações e dois faxes de seus falsários em Washington, não ficou convencido de que seria seguro. Marlee parecia entender tudo de transferências eletrônicas, e ele não fazia ideia do quanto ela sabia sobre o banco nas Antilhas Holandesas. Do jeito que era precisa, provavelmente tinha alguém por lá aguardando a transferência. Por que correr o risco?

Após uma enxurrada de telefonemas, ele localizou em Washington um ex-funcionário do Tesouro que agora tinha a própria empresa de consultoria e, supostamente, sabia tudo sobre transações monetárias relâmpago. Fitch explicou o mínimo essencial, mandou o contrato por fax e depois enviou uma cópia das instruções de Marlee. Ela definitivamente sabia o que estava fazendo, disse o homem, e garantiu a Fitch que seu dinheiro estaria seguro, pelo menos durante a primeira etapa. A nova conta estaria em nome de Fitch; ela não teria acesso a essa conta. Marlee estava exigindo uma cópia da confirmação, e o sujeito alertou Fitch para que não lhe mostrasse o número da conta bancária de origem nem o da conta do Hanwa Bank, no Caribe.

O Fundo tinha um saldo de 6 milhões e meio quando Fitch fechou acordo com Marlee. Durante toda a sexta-feira, ele ligou para cada um dos CEOs das Quatro Grandes e os instruiu a transferir imediatamente outros dois milhões de dólares cada um. E não havia tempo para perguntas. Ele explicaria mais tarde.

Às cinco e quinze de sexta-feira, o dinheiro saiu da conta não identificada do Fundo em um banco em Nova York e, em poucos segundos, foi parar no Hanwa Bank, nas Antilhas Holandesas, onde era esperado. A nova conta, identificada apenas por uma sequência numérica, foi criada assim que o dinheiro chegou, e a confirmação foi enviada imediatamente por fax para o banco de origem.

Marlee ligou às seis e meia e, como era de se esperar, soube que a transferência tinha sido feita. Instruiu Fitch a apagar os números da conta na confirmação, algo que ele planejava fazer de qualquer maneira, e enviá-la por fax para a recepção do Siesta Inn exatamente às 7h05.

– Isso é um pouco arriscado, não? – perguntou Fitch.

– Apenas faça o que eu disse, Fitch. Nicholas vai estar ao lado do aparelho de fax. A recepcionista acha ele uma graça.

Às 7h15, Marlee ligou de volta para informar que Nicholas havia recebido a confirmação e que parecia autêntica. Disse-lhe para estar no escritório dela às dez da manhã. Fitch concordou alegremente.

Embora nenhum dinheiro tivesse mudado de mãos ainda, Fitch estava exultante com seu sucesso. Ele chamou José e foi passear em silêncio, algo que raramente fazia. O ar estava fresco e revigorante. As ruas estavam desertas.

Naquele exato momento, havia um jurado confinado segurando um pedaço de papel com a quantia de US$ 10.000.000 impressa duas vezes nele. Esse jurado e esse júri pertenciam a Fitch. O julgamento tinha acabado. Claro que ele perderia o sono e suaria frio até que saísse o veredito, mas, para todos os efeitos práticos, o julgamento estava acabado. Fitch tinha vencido novamente. Arrebatara mais uma vitória, e de uma quase derrota. O custo fora muito mais alto dessa vez, mas havia muito mais coisa em jogo também. Seria obrigado a ouvir algumas reclamações incisivas de Jankle e dos demais sobre o preço daquela operação, mas seria apenas uma formalidade. Reclamar dos custos era o papel deles. Eles eram executivos.

Os custos reais eram aqueles que não mencionariam: o valor de uma indenização a favor da reclamante, sem dúvida com potencial para ultrapassar os 10 milhões, e o custo incalculável de uma avalanche de outros processos.

Ele merecia aquele raro momento de prazer, mas seu trabalho estava longe de terminar. Não conseguiria descansar até conhecer a verdadeira Marlee, de onde tinha vindo, o que a motivava, como e por que havia planejado aquela trama. Existia algo lá atrás que Fitch precisava descobrir, e o mistério era profundamente assustador. Quando, e se, encontrasse a verdadeira Marlee, aí então estaria tudo respondido. Até lá, seu precioso veredito não estava seguro.

Depois de quatro quarteirões de caminhada, Fitch já havia retornado ao seu eu irritado, mimado e atormentado.

DERRICK CHEGOU AO SAGUÃO e estava enfiando a cabeça por uma porta aberta quando uma jovem perguntou educadamente o que ele desejava. Ela estava segurando uma pilha de papéis e parecia bastante ocupada. Eram quase oito da noite de sexta-feira, e os escritórios de advocacia ainda estavam fervilhando.

O que ele queria era um advogado, um daqueles que tinha visto no tribunal representando o fabricante de cigarros, um com quem pudesse se sentar e fazer um acordo a portas fechadas. Tinha feito a lição de casa e aprendido os nomes de Durwood Cable e alguns de seus associados. Tinha achado aquele lugar e esperado do lado de fora em seu carro por duas horas, ensaiando as falas, acalmando os nervos, reunindo coragem para entrar lá.

Não havia outro rosto negro à vista.

Os advogados não eram todos bandidos? Ele imaginou que, se Rohr tinha lhe oferecido dinheiro, fazia sentido, então, que todos os advogados envolvidos no julgamento fossem lhe oferecer dinheiro. Ele tinha algo para vender. Havia compradores ricos por aí. Era uma oportunidade de ouro.

Mas as palavras certas lhe faltaram enquanto a secretária ficou parada, olhando, e então começou a olhar ao redor como se pudesse precisar de alguma ajuda com aquela situação. Cleve tinha dito mais de uma vez que aquilo era extremamente ilegal, que ele seria pego se fosse ganancioso demais, e o medo de repente o atingiu como uma pedra.

– É... o Dr. Gable está? – perguntou ele cheio de insegurança.

– Dr. Gable? – disse ela, sobrancelhas arqueadas.

– Sim, ele mesmo.

– Não tem nenhum Dr. Gable aqui. Quem é você?

Um grupo de jovens branquelos sem paletó passou devagar atrás dela, avaliando-o de cima a baixo, todos fazendo cara de que o lugar dele não era ali. Derrick não sabia mais o que dizer. Tinha certeza de que aquele era o escritório certo, mas o nome errado, o jogo errado, e ele não estava a fim de ir para a cadeia.

– Acho que errei de lugar – disse ele, e ela deu um sorrisinho eficiente.

Claro que errou de lugar; agora, por favor, vá embora. Ele parou diante de uma mesa no saguão e pegou cinco cartões de visita em um pequeno suporte de bronze. Ele os mostraria a Cleve como prova de sua visita.

Agradeceu e saiu apressado. Angel estava esperando por ele.

MILLIE CHOROU, ROLOU e se revirou nos lençóis até meia-noite, então vestiu sua roupa preferida, um moletom vermelho bem gasto tamanho GG, presente de Natal de um dos filhos anos antes, e abriu a porta sem fazer barulho. Chuck, o guarda na ponta do corredor, chamou baixinho a atenção dela. Estava descendo para fazer um lanche, explicou, depois cruzou o corredor mal iluminado até o Salão de Festas, onde ouviu um leve barulho. Lá dentro, Nicholas estava sentado sozinho em um sofá, comendo pipoca de micro-ondas e tomando água com gás enquanto assistia a uma partida de rúgbi na Austrália. O toque de recolher do Salão de Festas de Harkin fora esquecido havia bastante tempo.

– Por que você está acordada tão tarde? – perguntou ele, botando a TV widescreen no mudo com o controle remoto.

Millie se sentou em uma cadeira perto dele, de costas para a porta. Seus olhos estavam vermelhos e inchados. Seus cabelos grisalhos curtos, despenteados. Ela não ligava. Millie morava em uma casa que estava o tempo todo cheia de adolescentes. Entravam e saíam, ficavam, dormiam, comiam, assistiam TV, esvaziavam a geladeira, viam-na o tempo todo em seu moletom vermelho, e ela não queria outra coisa. Millie era a mãe de todo mundo.

– Não consigo dormir. Você? – perguntou ela.

– É difícil dormir aqui. Quer pipoca?

– Não, obrigada.

– Hoppy veio aqui hoje?

– Veio.

– Parece um cara legal.

Ela fez uma pausa, depois disse:

– Ele é.

Houve uma pausa mais longa enquanto ficaram ali sentados em silêncio, pensando no que deveriam dizer em seguida.

– Quer ver um filme? – perguntou ele, por fim.

– Não. Posso lhe perguntar uma coisa? – disse ela, muito séria, e Nicholas apertou o controle remoto e desligou a TV.

A sala estava agora iluminada apenas pela luz fraca de um abajur.

– Claro. Você parece preocupada.

– Estou mesmo. É uma questão jurídica.

– Vou tentar responder.

– Ok. – Ela respirou fundo e apertou as mãos. – E se uma jurada chegasse à conclusão de que não pode ser justa e imparcial? O que deveria fazer?

Ele olhou para a parede, para o teto, então deu um gole na água. Devagar, disse:

– Acho que depende das razões por trás da decisão dela.

– Não entendi, Nicholas.

Ele era um menino tão doce e tão esperto. Seu filho mais novo queria ser advogado, e ela se pegou torcendo para que se tornasse tão inteligente quanto Nicholas.

– Por uma questão de praticidade, vamos pular a parte das suposições – disse ele. – Digamos que essa jurada seja na verdade você, ok?

– Ok.

– Então, aconteceu alguma coisa após o início do julgamento que começou a afetar sua capacidade de ser justa e imparcial?

– Sim – respondeu ela, lentamente.

Ele refletiu por um instante e então disse:

– Acho que vai depender se foi algo que você ouviu no tribunal ou algo que aconteceu fora do tribunal. Como jurados, é esperado que nos tornemos tendenciosos e parciais à medida que o julgamento avança. É assim que chegamos ao nosso veredito. Não há nada de errado nisso. Faz parte do processo de tomada de decisão.

Ela esfregou o olho esquerdo e perguntou bem devagar:

– E se não for isso? E se for algo fora do tribunal?

Ele pareceu chocado.

– Uau. Isso é muito mais sério.

– Sério quanto?

Para fins dramáticos, Nicholas se levantou e deu alguns passos até uma cadeira, que puxou para perto de Millie, seus pés quase se tocando.

– Qual é o problema, Millie? – perguntou ele, baixinho.

– Eu preciso de ajuda, e não tenho a quem recorrer. Estou trancada aqui nesse lugar horroroso, longe da minha família e dos meus amigos, e não tenho pra onde ir. Você pode me ajudar, Nicholas?

– Vou tentar.

Seus olhos se encheram d'água pela enésima vez naquela noite.

– Você é um rapaz tão bacana. Conhece a lei, e é um assunto jurídico, e não tem mais ninguém com quem eu possa conversar.

Millie começou a chorar, e ele lhe estendeu um guardanapo de papel da mesa.

Ela contou tudo para ele.

LOU DELL ACORDOU sem motivo às duas da manhã e fez uma rápida patrulha no corredor em sua camisola de algodão. No Salão de Festas, encontrou Nicholas e Millie com a TV desligada, conversando, uma grande tigela de pipoca entre eles. Nicholas foi extremamente educado com ela ao explicar que não tinham conseguido dormir e estavam apenas falando sobre a família, mas estava tudo bem. Ela saiu, balançando a cabeça.

Nicholas suspeitava de um golpe, mas não disse isso a Millie. Uma vez que as lágrimas dela pararam, ele perguntou sobre detalhes e fez algumas anotações. Ela prometeu não fazer nada até que pudessem conversar novamente. Deram boa-noite um para o outro.

Ele foi para o quarto, ligou para Marlee e desligou quando ela atendeu com um alô sonolento. Esperou dois minutos, depois ligou para o mesmo número. Tocou seis vezes, sem resposta, então desligou. Depois de mais dois minutos, discou o número do celular escondido dela. Ela atendeu no armário.

Nicholas lhe contou a história completa de Hoppy. O descanso tinha acabado por aquela noite. Havia muito trabalho a ser feito, e rápido.

Combinaram de começar por Napier, Nitchman e Cristano.

34

O tribunal não mudava nada no sábado. Os mesmos funcionários usavam as mesmas roupas e se ocupavam da mesma papelada. A toga do juiz Harkin era igualmente preta. As caras dos advogados eram todas idênticas, como de segunda a sexta. Os policiais estavam igualmente entediados, talvez mais. Minutos depois que o júri se sentou e que Harkin terminou suas perguntas, a monotonia se instalou, como em todos os dias.

Após a performance entediante de Gunther na véspera, Cable e a equipe acharam melhor começar o dia com um pouco de ação. Cable chamou o Dr. Olney e apresentou suas credenciais de especialista, um pesquisador, como era de se esperar, que fazia coisas incríveis com ratos de laboratório. Ele tinha um vídeo de suas lindas cobaias, todas vivas e parecendo cheias de energia, visivelmente nem doentes, nem morrendo. Os ratos estavam divididos em vários grupos, presos em gaiolas de vidro, e a tarefa de Olney era injetar diferentes quantidades de fumaça de cigarro todos os dias em cada gaiola. Ele havia feito aquilo ao longo de anos. Doses gigantescas de fumaça de cigarro. A exposição prolongada não dera origem a um único caso de câncer de pulmão. Com exceção do sufocamento, tentou de tudo para forçar a morte de suas criaturinhas, mas simplesmente em vão. Ele tinha as estatísticas e os detalhes. E bastante convicção de que o cigarro não provocava câncer de pulmão, nem em camundongos, nem em humanos.

Hoppy estava prestando atenção, sentado no lugar de sempre na sala de audiências, que agora era seu. Ele prometera a Millie passar por lá, piscar para ela, dar-lhe apoio moral, para que mais uma vez ela soubesse o quanto estava arrependido. Era o mínimo que podia fazer. E, afinal de contas, era sábado, um dia cheio para os corretores de imóveis, mas a imobiliária dele raramente ficava cheia até o final da manhã. Desde o desastre do Stillwater Bay, Hoppy perdera o ânimo. A ideia de passar vários anos na cadeia tinha minado sua vontade de trabalhar.

Taunton estava de volta, na primeira fileira, agora atrás de Cable, ainda vestindo um terno escuro imaculado, fazendo anotações com ar importante e olhando para Lonnie, que não precisava do lembrete.

Derrick estava quase nos fundos, observando tudo e fazendo planos. O marido de Rikki, Rhea, estava sentado no último banco com os dois filhos. Eles tentaram dar tchau para a mãe quando o júri estava sentado. O Sr. Nelson Card estava sentado ao lado da Sra. Herman Grimes. As duas filhas adolescentes de Loreen estavam presentes.

As famílias estavam ali para dar apoio e matar a curiosidade. Todos tinham escutado o suficiente para formular as próprias opiniões sobre as questões, os advogados, as partes, os especialistas e o juiz. Eles queriam ouvir, para que, talvez, mais tarde pudessem compartilhar seus pontos de vista sobre o que deveria ser feito.

BEVERLY MONK ACORDOU de seu coma no meio da manhã sem conseguir enxergar direito, as reminiscências do gim, do crack e de tudo o mais de que ela não se lembrava martelando com força. Cobriu o rosto e percebeu que estava deitada no piso de madeira. Enrolou-se em um cobertor sujo, passou por cima de um homem roncando que ela não sabia quem era e encontrou seus óculos escuros em uma caixa de madeira que usava como cômoda. Com os óculos, conseguiu enxergar. O apartamento estava uma zona: corpos esparramados nas camas e no chão, garrafas de bebida vazias empoleiradas sobre cada peça de mobília barata. Quem eram aquelas pessoas? Arrastou-se em direção a uma pequena janela, passando por cima de uma colega de quarto aqui e de um estranho ali. O que foi que fizera na noite anterior?

A janela estava congelada; uma ligeira neve matinal caía na rua e os flocos derretiam ao tocar o chão. Ela apertou o cobertor em torno do corpo esguio e se sentou em um pufe perto da janela, observando a neve e se perguntando quanto dos 1.000 dólares teriam sobrado.

Respirou o ar frio perto de uma vidraça e seus olhos começaram a clarear. O latejar em suas têmporas doía, mas a tontura estava desaparecendo. Anos antes de conhecer Claire, ela fizera amizade com uma aluna da Universidade do Kansas chamada Phoebe, uma garota esquisita e viciada em drogas que tinha passado um tempo em uma clínica de reabilitação, mas que estava sempre à beira de sucumbir. Phoebe trabalhara brevemente no Mulligan's com Claire e Beverly, depois deixara o lugar de forma misteriosa. Ela era de Wichita. Uma vez lhe contara que sabia uma coisa sobre o passado de Claire que tinha descoberto por meio de um garoto que havia namorado Claire. Não era Jeff Kerr, mas um outro cara, e, se sua cabeça não estivesse latejando, talvez conseguisse se lembrar de mais detalhes.

Isso fazia muito tempo.

Alguém grunhiu debaixo de um colchão. Então o silêncio voltou. Beverly tinha passado um fim de semana com Phoebe e sua grande família católica em Wichita. Seu pai era médico lá. Devia ser fácil encontrá-la. Se aquele belo marginal do Sr. Swanson tinha desembolsado 1.000 dólares por algumas respostas inofensivas, quanto será que pagaria por um pedaço do verdadeiro passado de Claire Clement?

Ela ia atrás de Phoebe. Da última vez que tivera notícias, Phoebe estava em Los Angeles, fazendo o mesmo joguinho que Beverly fazia em Nova York. Ela arrancaria o máximo que conseguisse de Swanson, então talvez achasse outro lugar para morar, um apartamento maior, com colegas de quarto mais legais que não se envolveriam com aquela gente esquisita.

Onde é que estava o cartão do Swanson?

FITCH FALTOU AO DEPOIMENTO da manhã para participar de uma reunião inusitada, o tipo de evento que detestava. Seu convidado era importante, no entanto. O nome do sujeito era James Local, diretor da firma de investigação à qual Fitch estava pagando uma fortuna. Escondida em Bethesda, a empresa de Local contratava muitos ex-agentes federais de inteligência e, no curso normal das coisas, uma ida ao interior do país para investigar uma cidadã sem antecedentes criminais era uma inconveniência. A especialidade deles era monitorar carregamentos ilegais de armas, rastrear terroristas e coisas do gênero.

Mas Fitch tinha bastante dinheiro, e o trabalho apresentava um risco baixíssimo de levar um tiro. O trabalho fora também bastante infrutífero, e era por isso que Local tinha ido a Biloxi.

Swanson e Fitch ouviram Local, sem o menor sinal de pesar, detalhar seus esforços dos quatro dias anteriores. Claire Clement não existia antes de chegar a Lawrence no verão de 1988. Seu primeiro endereço fora um apartamento de dois quartos sem contrato, cujo aluguel pagava em espécie. As contas estavam no nome dela: água, luz, gás. Se recorrera a algum tribunal do Kansas para uma mudança legal de nome, não havia registro. O acesso a esses processos é restrito, mas conseguiram consultá-los mesmo assim. Ela não havia se registrado para votar, não comprara placas de carro nem imóveis, mas tinha um número do Seguro Social, que usara para fins empregatícios em dois lugares: no Mulligan's e em uma boutique de roupas perto do campus. Um cartão de Seguro Social é relativamente fácil de ser obtido e simplifica muito mais a vida para uma pessoa que está sempre em fuga. Conseguiram obter uma cópia do pedido dela, que não revelou nada de útil. Ela não dera entrada em um passaporte.

Na opinião de Local, ela havia mudado legalmente de nome em outro estado – que podia ser qualquer um dos outros quarenta e nove –, depois se mudado para Lawrence com uma nova identidade.

Tinham seus registros telefônicos dos três anos que ela havia morado em Lawrence. Não havia cobrança por chamadas de longa distância em nenhuma das contas. Local repetiu isso duas vezes, para ficar claro. Nenhuma chamada de longa distância em três anos. Na época, a companhia telefônica não mantinha registros das chamadas de longa distância recebidas, de modo que as contas não revelavam nada além da atividade local. Estavam verificando os números. Ela usava o telefone com moderação.

– Como uma pessoa vive sem chamadas de longa distância? E a família, os velhos amigos? – perguntou Fitch, incrédulo.

– Tem outras formas – disse Local. – Muitas outras, na verdade. Talvez usasse o telefone de um amigo emprestado. Ou então fosse a um hotelzinho uma vez por semana, algum lugar barato onde houvesse permissão para fazer as ligações do quarto e depois pagasse por elas com o resto da conta no check-out. Não tem como rastrear isso.

– Inacreditável – murmurou Fitch.

– Tenho que lhe dizer, Sr. Fitch, essa garota é boa. Se ela cometeu algum erro, ainda não conseguimos achar. – O respeito era visível na voz de Local. – Uma pessoa assim planeja cada movimento partindo do pressuposto que alguém vai vir atrás dela no futuro.

– Parece algo que a Marlee faria – disse Fitch, como se estivesse admirando uma filha.

Ela usava dois cartões de crédito em seu nome em Lawrence, um Visa e um cartão de gasolina do posto Shell. Seu histórico do cartão de crédito não mostrava nada de atípico ou de útil. Visivelmente, a maioria de seus gastos era em dinheiro. Também não havia contas de telefone em seu nome. Ela não ousaria cometer esse erro.

Jeff Kerr era outra história. A trilha dele até a faculdade de Direito na Universidade do Kansas tinha sido fácil de achar, a maior parte do trabalho realizada pelos agentes de Fitch. Só depois de conhecer Claire é que aprendera a ser discreto.

Os dois saíram de Lawrence no verão de 1991, depois do segundo ano dele na faculdade de Direito, e os homens de Local ainda não tinham encontrado ninguém que soubesse exatamente quando partiram nem para onde tinham indo. Claire pagou em dinheiro o aluguel de junho daquele ano, depois desapareceu. Verificaram uma dezena de cidades *in loco* em busca de sinais de Claire Clement posteriores a maio de 1991, mas, até então, nada de útil. Por razões óbvias, não era possível verificar todas as cidades.

– Meu palpite é que ela abandonou Claire assim que saiu da cidade e se tornou outra pessoa – disse Local.

Fitch tinha descoberto isso havia muito tempo.

– É sábado. O júri vai começar a deliberar na segunda. Vamos esquecer o que aconteceu depois de Lawrence e nos concentrar em descobrir quem ela é de verdade.

– Estamos nos dedicando a isso agora.

– Dediquem-se mais.

Fitch olhou para o relógio e disse que precisava ir. Marlee estaria à espera dele dali a alguns minutos. Local pegou um avião particular para uma rápida viagem de volta a Kansas City.

MARLEE ESTAVA EM SEU PEQUENO escritório desde as seis da manhã. Tinha dormido pouco depois que Nicholas ligou, por volta das três. Eles se falaram quatro vezes antes de ele sair para o tribunal.

O golpe em Hoppy tinha as digitais de Fitch por todo lado. Por que razão Cristano ameaçaria acabar com Hoppy se ele não pressionasse Millie a votar como ele queria? Marlee tinha rabiscado páginas e páginas de anotações e fluxogramas e fizera dezenas de ligações de seu celular. As informações estavam chegando. O único George Cristano com número de telefone listado na região metropolitana de Washington morava em Alexandria. Marlee ligou para ele por volta das quatro da manhã e explicou que era uma funcionária da Delta Airlines; um avião tinha caído perto de Tampa, uma senhora Cristano estava a bordo, e ela queria saber se era ele o George Cristano que trabalhava no Departamento de Justiça. Não, ele trabalhava na área de saúde e serviços humanos, graças a Deus. Ela pediu desculpa, desligou e riu ao imaginar o coitado do sujeito correndo para ligar a TV na CNN para ver a reportagem.

Dezenas de ligações semelhantes a levaram a acreditar que não havia nenhum agente do FBI trabalhando em Atlanta chamado Napier nem Nitchman. Nem em Biloxi, Nova Orleans, Mobile ou qualquer cidade próxima. Às oito horas, fez contato com um detetive de Atlanta, que agora estava atrás de pistas sobre Napier e Nitchman. Marlee e Nicholas tinham quase certeza de que os dois eram fantoches, mas isso precisava ser confirmado. Ela ligou para repórteres, policiais, linhas diretas do FBI, serviços de informação do governo.

Quando Fitch chegou, pontualmente às dez, a mesa estava vazia, e o celular, escondido em um pequeno armário. Mal trocaram cumprimentos. Fitch estava se perguntando quem ela era antes de ser Claire, e ela ainda estava estudando qual seria o próximo passo para desvendar o golpe aplicado em Hoppy.

– É melhor encerrar logo, Fitch. O júri está letárgico.

– Às cinco da tarde terminamos. É rápido o bastante?

– Vamos torcer. Você não está facilitando as coisas pro Nicholas.

– Eu falei pro Cable se apressar. É tudo o que posso fazer.

– Temos um problema com a Rikki Coleman. Nicholas passou um tempo com ela e disse que será difícil convencê-la. Era muito respeitada no júri, tanto pelos homens quanto pelas mulheres, e Nicholas disse que ela estava, pouco a pouco, se tornando uma figura relevante. Estava surpreso com aquilo, inclusive.

– Ela é a favor de uma grande indenização?

– Parece que sim, embora não tenham entrado em detalhes. Nicholas percebeu um ressentimento pesado em relação ao fato de os fabricantes atraírem os jovens pro vício. Ela não parece ter muita simpatia pela família Wood, está mais inclinada a punir a indústria tabagista por fisgar a geração mais nova. De qualquer forma, você disse que poderíamos ter uma surpresa pra ela.

Sem comentários nem formalidades, Fitch tirou uma única folha de papel da pasta e a deslizou sobre a mesa. Marlee a examinou rapidamente.

– Aborto, hein? – disse ela, ainda lendo, sem surpresa.

– Sim.

– Tem certeza de que é ela?

– Absoluta. Ela estava na faculdade.

– Isso deve dar.

– Ele tem coragem de mostrar isso pra ela?

Marlee soltou o papel e olhou para Fitch.

– Você teria, por 10 milhões de dólares?

– Claro. Por que não? Ela vê o papel, vota do jeito certo, isso fica pra trás, e o segredinho sujo dela continua seguro. Ela tende para o outro lado, então vêm as ameaças. É moleza.

– Exato. – Ela dobrou o papel e o tirou da mesa. – Não se preocupe com a coragem do Nick, ok? Estamos planejando isso há muito tempo.

– Quanto tempo?

– Não importa. Você não tem nada sobre o Herman Grimes?

– Nadinha. Nicholas vai ter que cuidar dele na deliberação.

– Uau, obrigada.

– Ele está recebendo pra isso, concorda? Por 10 milhões, acho que ele deveria ser capaz de conquistar alguns votos.

– Ele tem os votos, Fitch. Já estão no bolso dele. Mas quer um veredito unânime. Herman pode ser um problema.

– Então dispense aquele filho da mãe. Parece que vocês gostam dessa brincadeira.

– Estamos pensando nisso.

Fitch balançou a cabeça espantado.

– Você percebe como isso é totalmente corrupto?

370

– Acho que sim.

– Eu amo isso.

– Vá amar isso em outro lugar, Fitch. Por enquanto é tudo. Tenho trabalho a fazer.

– Sim, minha querida – disse Fitch, ficando de pé e fechando a maleta.

NO COMEÇO DA TARDE DE SÁBADO, Marlee encontrou um agente do FBI em Jackson, Mississippi, que por acaso estava no escritório botando a papelada em dia quando o telefone tocou. Ela deu um pseudônimo, disse que era empregada de uma firma imobiliária de Biloxi e que suspeitava que dois homens estavam se passando por agentes do FBI sem que o fossem. Os dois estavam assediando o chefe dela, fazendo ameaças, ostentando o distintivo, etc. Ela achava que tinham alguma relação com os cassinos e, para completar, mencionou o nome de Jimmy Hull Moke. Ele lhe passou o telefone de um jovem agente do FBI em Biloxi chamado Madden.

Madden estava de cama, gripado, mas mesmo assim queria conversar, principalmente quando Marlee lhe disse que poderia ter informações confidenciais sobre Jimmy Hull Moke. Ele nunca ouvira falar de Napier nem de Nitchman, tampouco de Cristano. Também não tinha conhecimento de nenhuma unidade especial de combate ao crime de Atlanta operando naquele momento na Costa do Golfo, e, quanto mais ela falava, mais empolgado ele ficava. Madden queria fazer algumas investigações, e ela prometeu que ligaria de volta dali a uma hora.

Sua voz soou muito mais forte quando Marlee ligou pela segunda vez. Não havia nenhum agente do FBI chamado Nitchman. Havia um Lance Napier no escritório de São Francisco, mas ele não tinha nenhum trabalho na Costa do Golfo. Cristano também era uma identidade falsa. Madden tinha conversado com o agente encarregado da investigação de Jimmy Hull Moke e confirmado que Nitchman, Napier e Cristano, quem quer que fossem, com certeza não eram agentes do FBI. Ele adoraria falar com esses garotões, e Marlee disse que tentaria marcar um encontro.

A DEFESA ENCERROU sua parte às três da tarde de sábado. O juiz Harkin anunciou, orgulhoso:

– Senhoras e senhores, vocês acabaram de ouvir a última testemunha.

Haveria algumas petições e outros assuntos de última hora para ele e os advogados tratarem, mas os jurados estavam livres para ir embora. Para o entretenimento de sábado à noite, haveria um ônibus com destino a uma partida de futebol americano da faculdade e outro, a um cinema local. Depois, visitas pessoais seriam permitidas até a meia-noite. No dia seguinte, cada jurado poderia deixar o hotel das nove até a uma para os cultos, sem supervisão, desde que prometessem não dizer uma palavra a ninguém sobre o julgamento. À noite, visitas pessoais das sete às dez. A primeira coisa que fariam na segunda-feira seria ouvir as alegações finais, e antes da hora do almoço já estariam reunidos para dar início às deliberações.

35

Tentar explicar futebol americano para Henry Vu não valia o sacrifício. Mas, no fim das contas, todo mundo parecia ser especialista. Nicholas tinha apenas jogado pelo time do colégio no ensino médio, no Texas, onde o esporte é quase uma religião. Jerry acompanhava vinte jogos por semana, inclusive com a sua carteira, e, portanto, dizia conhecer intimamente o jogo. Lonnie, sentado atrás de Henry, também jogara no ensino médio e logo estava apoiado no ombro de Henry apontando para o gramado. Poodle, sentada ao lado de Jerry, juntinhos debaixo de uma manta, aprendera tudo sobre o esporte quando seus dois filhos jogavam. Mesmo Shine Royce não hesitou em dar alguns palpites. Ele nunca tinha jogado, mas via muito na televisão.

Eles formaram um grupinho coeso do lado dos visitantes, nas arquibancadas frias de alumínio, longe do resto da multidão, assistindo a uma escola da Costa do Golfo enfrentar uma de Jackson. Era um cenário perfeito para o futebol americano – clima fresco, boa torcida para o time da casa, uma banda barulhenta nas arquibancadas, líderes de torcida bonitinhas, placar apertado.

Henry fazia só perguntas sem sentido. Por que as calças deles são tão apertadas? O que ficam falando quando se amontoam entre cada jogada e por que estão de mãos dadas? Por que se jogam um em cima do outro? Ele confessou que aquela era a primeira partida de futebol americano que ele via ao vivo.

Separados por um corredor, Chuck e outro oficial assistiam ao jogo à paisana, ignorando seis dos jurados do julgamento mais importante do país.

ERA EXPRESSAMENTE PROIBIDO que qualquer jurado tivesse contato com as visitas de outro jurado. Essa proibição fora determinada desde o início do confinamento, e o juiz Harkin insistia repetidamente nela. Mas um "oi" ocasional no corredor era inevitável, e Nicholas estava particularmente determinado a violar essa regra sempre que possível.

Millie não tinha interesse por cinema e, definitivamente, menos ainda por futebol. Hoppy chegou com uma embalagem de burritos, que comeram devagar, trocando poucas palavras. Após o jantar, tentaram assistir a um programa na TV, mas acabaram desistindo e recomeçaram a discutir a confusão em que Hoppy se encontrava. Houve mais choro, mais pedidos de desculpa, até algumas referências casuais de Hoppy ao suicídio, o que Millie achou um pouco dramático demais. Ela, por fim, confessou que tinha desabafado com Nicholas Easter, um rapaz simpático que entendia das leis e era de confiança. Hoppy, a princípio, ficou chocado e com raiva, mas depois sua curiosidade prevaleceu e ele quis saber o que uma outra pessoa achava da situação. Principalmente uma pessoa que estudara Direito, como Millie disse. Mais de uma vez, ela mencionou sua admiração pelo rapaz.

Nicholas tinha prometido dar alguns telefonemas, e isso deixou Hoppy em alerta. Ah, o quanto Nitchman, Napier e Cristano tinham lhe falado sobre a importância do sigilo! Nicholas era de confiança, repetiu Millie, e Hoppy acabou por se animar com a ideia.

O telefone tocou às dez e meia; era Nicholas, de volta do jogo, acomodado em seu quarto e ansioso para se encontrar com os Dupree. Millie abriu a porta. Willis assistiu com grande surpresa do final do corredor quando Easter entrou sorrateiramente no quarto de Millie. O marido dela ainda estava lá? Ele não conseguia se lembrar. Muitas das visitas ainda não tinham ido embora, e, de qualquer forma, ele tinha cochilado. Era óbvio que Easter e Millie não estavam tendo um caso! Willis fez uma anotação mental, depois voltou a dormir.

Hoppy e Millie estavam sentados na beirada da cama, de frente para Nicholas, que se encostara na cômoda perto da TV. Começou falando de maneira simpática sobre a importância do sigilo, como se Hoppy não tivesse ouvido aquilo na semana passada. Estavam violando as ordens de um juiz, pura e simplesmente.

Ele deu a notícia aos poucos. Napier, Nitchman e Cristano tinham sido atores menores em um grande golpe, uma conspiração orquestrada pelo fabricante de cigarros para pressionar Millie. Não eram agentes federais. Os nomes eram falsos. Hoppy tinha sido enganado.

Ele aceitou bem. No começo se sentiu ainda mais estúpido, se é que isso era possível, depois o quarto começou a girar enquanto Hoppy era puxado de um lado para outro. Aquela era uma notícia boa ou ruim? E a gravação? Qual seria o próximo passo dele? E se Nicholas estivesse errado? Centenas de pensamentos passaram por sua cabeça já sobrecarregada quando Millie apertou seu joelho e começou a chorar.

– Tem certeza? – perguntou ele com esforço, sua voz quase falhando.

– Absoluta. Eles não têm nenhuma ligação com o FBI nem com o Departamento de Justiça.

– Mas, mas eles tinham distintivos e...

Nicholas levantou as mãos, assentiu, e disse, compungido:

– Eu sei, Hoppy. Escute, isso tudo foi moleza. Foi fácil criar uma fachada.

Hoppy esfregou a testa e tentou organizar as ideias. Nicholas prosseguiu, explicando que o KLX Property Group em Las Vegas era uma farsa. Não tinham achado nenhum Sr. Todd Ringwald, que quase certamente também era um nome falso.

– Como você sabe disso tudo? – perguntou Hoppy.

– Boa pergunta. Eu tenho um amigo próximo do lado de fora que é muito bom em buscar informações. Ele é inteiramente de confiança. Levou umas três horas no telefone, o que não é ruim, levando-se em conta que é sábado.

Três horas. Em um sábado. Por que Hoppy não tinha dado alguns telefonemas? Ele tinha tido uma semana. Afundou-se até apoiar os cotovelos nos joelhos. Millie enxugou as bochechas com um lenço. Os três ficaram em silêncio por um minuto.

– E a fita? – perguntou Hoppy.

– Sua e do Moke?

– Sim. Essa fita.

– Ela não me preocupa – disse Nicholas confiante, como se agora fosse o advogado de Hoppy. – Legalmente, há muitos problemas com ela.

"Nem me fale", pensou Hoppy, mas não disse nada.

– Ela foi obtida sob falsos pretextos – continuou Nicholas. – É um caso clássico de flagrante preparado. Está na posse de homens que estão violando a lei. Não foi obtida por agentes federais. Não havia mandado de busca, nem uma ordem judicial que autorizasse a gravação de suas palavras. Sem chance.

Que doces palavras! Os ombros de Hoppy ergueram-se e ele respirou com força.

– Você tá falando sério?

– Tô, Hoppy. Essa fita nunca mais vai ser tocada.

Millie se abaixou e agarrou Hoppy, e eles se abraçaram sem vergonha nem constrangimento. Suas lágrimas eram agora de alegria desmedida. Hoppy ficou de pé e começou a pular ao redor do quarto.

– Então, qual é o plano agora? – perguntou ele estalando os dedos, pronto para a batalha.

– Precisamos ter cuidado.

– É só me dizer o que tenho que fazer. Aqueles filhos da mãe.

– Hoppy!

– Desculpe, querida. Mas é que eu tô pronto pra foder com eles.

– Olhe a boca!

O DOMINGO COMEÇOU com um bolo de aniversário. Loreen Duke tinha comentado com a Sra. Gladys Card que seu 36º aniversário estava se aproximando. A Sra. Card ligou para a irmã, e na manhã de domingo ela entregou um bolo enorme de chocolate e caramelo. Três camadas, com trinta e seis velas. Os jurados reuniram-se no refeitório às nove e comeram o bolo no café da manhã. A maioria, então, partiu às pressas para as tão esperadas quatro horas de louvor. Alguns não iam à igreja havia anos, mas se sentiram subitamente atraídos pelo Espírito Santo.

Um dos filhos de Poodle passou para buscá-la, e Jerry foi junto. Eles seguiram mais ou menos na direção de uma igreja qualquer, mas assim que perceberam que ninguém estava vendo rumaram para um cassino. Nicholas saiu com Marlee, e eles foram à missa. A Sra. Gladys Card fez uma grande entrada na Igreja Batista do Calvário. Millie foi para casa com a intenção legítima de se vestir para ir à igreja, mas ficou emocionada ao ver os filhos. Ninguém estava olhando, então ela passou aquele tempo em casa, cozinhando, limpando e mimando a sua ninhada. Phillip Savelle ficou para trás.

Hoppy foi para o escritório às dez. Ele havia ligado para Napier às oito da manhã de domingo com a notícia de que precisava falar sobre um importante desdobramento do julgamento; disse que havia feito bastante progresso com a esposa e que agora ela estava marcando pontos importantes com os outros jurados. Ele queria se encontrar com Napier e Nitchman em seu escritório para fazer um balanço completo da situação e receber novas instruções.

Napier atendeu a ligação em um apartamento de dois cômodos caindo aos pedaços que ele e Nitchman estavam usando como fachada para o golpe. Duas linhas telefônicas tinham sido instaladas temporariamente, uma como número do escritório, a outra como residência deles durante a penosa investigação dos casos de corrupção pela Costa do Golfo. Napier falou com Hoppy, depois ligou para Cristano para pedir orientação, o qual estava hospedado em um Holiday Inn perto da praia. Cristano, por sua vez, ligou para Fitch, que ficou encantado com a notícia. Finalmente Millie tinha saído de cima do muro e estava se encaminhando para o lado deles. Estava começando a achar que seu investimento seria recompensado. Ele deu sinal verde para a reunião no escritório de Hoppy.

Vestindo seus ternos pretos e os óculos escuros de sempre, Napier e Nitchman chegaram ao escritório às onze horas e deram de cara com Hoppy fazendo café e de bom humor. Acomodaram-se em torno da mesa dele e esperaram pelo café. Millie estava lá, lutando com todas as forças para salvar o marido, disse Hoppy, e bastante confiante de que já havia convencido a Sra. Gladys Card e Rikki Coleman. Millie mostrara às duas o memorando de Robilio, e elas haviam ficado chocadas com o quanto o sujeito era ardiloso.

Ele serviu café enquanto Napier e Nitchman obedientemente faziam anotações. Outro convidado entrou sem fazer barulho pela porta da frente, que Hoppy deixara destrancada. Atravessou o corredor que começava às costas da recepção, pisando leve no tapete gasto até chegar a uma porta de madeira com o nome Hoppy Dupree pintado. Ficou ouvindo por um instante, depois bateu com força.

Lá dentro, Napier deu um pulo e Nitchman apoiou o café, então Hoppy olhou para eles como se estivesse assustado.

– Quem é? – perguntou ele, rosnando.

A porta se abriu de repente, e o agente especial Alan Madden entrou gritando "FBI!", enquanto caminhava até a ponta da mesa de Hoppy e ficava encarando os três. Hoppy empurrou a cadeira para trás e se levantou, como se fosse ser revistado.

Napier teria desmaiado se estivesse em pé. Nitchman ficou de queixo caído. Ambos estavam pálidos, o coração quase sem bater.

– Agente Alan Madden, FBI – disse ele enquanto mostrava o distintivo para que todos vissem. – Você é o Sr. Dupree? – perguntou ele.

– Sim. Mas o FBI já está aqui – disse Hoppy, olhando para Madden, depois para os outros dois, depois de volta para Madden.

– Onde? – perguntou Madden, fazendo uma careta para Napier e Nitchman.

– Esses dois caras – disse Hoppy, atuando de forma brilhante. Foi o auge da encenação. – Esse é o agente Ralph Napier, e esse é o agente Dean Nitchman. Vocês não se conhecem?

– Eu posso explicar – começou Napier, balançando a cabeça confiante, como se pudesse de fato fazer com que tudo aquilo fosse plausível.

– FBI? – disse Madden. – Me mostre alguma identificação – exigiu ele, oferecendo a palma da mão vazia.

Eles hesitaram, e Hoppy partiu pra cima deles.

– Vamos lá. Mostrem pra ele os distintivos. Os mesmos que vocês me mostraram.

– Identificação, por favor – insistiu Madden, sua raiva crescendo a cada segundo.

Napier fez menção de se levantar, mas Madden o devolveu ao lugar empurrando seu ombro.

– Eu posso explicar – disse Nitchman, sua voz uma oitava acima do normal.

– Vamos lá – disse Madden.

– Bem, veja só, nós não somos agentes do FBI de verdade, na real nós...

– O quê?! – gritou Hoppy do outro lado da mesa. Ele estava de olhos arregalados e pronto para arremessar alguma coisa. – Seu mentiroso desgraçado! Vocês estão há dez dias me dizendo que são agentes do FBI!

– Isso é verdade? – questionou Madden.

– Não, não mesmo – disse Nitchman.

– Como é que é?! – gritou Hoppy mais uma vez.

– Se acalme! – disparou Madden para ele. – Agora, continue – disse a Nitchman.

Nitchman não queria continuar. Ele queria sair correndo porta afora, dar um beijo de despedida em Biloxi e nunca mais ser visto.

– Somos detetives particulares e, bem...

– Trabalhamos pra uma firma de Washington – interveio Napier prestativamente.

Ele estava prestes a acrescentar mais alguma coisa quando Hoppy pulou até uma gaveta da escrivaninha, abriu-a e tirou dois cartões de visita, um de Ralph Napier, outro de Dean Nitchman, ambos identificados como agentes do FBI, da Unidade Regional do Sudeste em Atlanta. Madden estudou os dois cartões, viu os números de telefone locais rabiscados no verso.

– O que está acontecendo aqui? – inquiriu Hoppy.

– Quem é o Nitchman? – perguntou Madden.

Não houve resposta.

– Ele – gritou Hoppy, apontando para Nitchman.

– Eu, não – defendeu-se Nitchman.

– O quê?! – exclamou Hoppy.

Madden deu dois passos em direção a Hoppy e apontou para a cadeira dele.

– Eu quero que você se sente e cale a boca, ok? Nem mais uma palavra até eu mandar.

Hoppy caiu em seu assento, seus olhos olhando com fúria para Nitchman.

– Você é o Ralph Napier? – perguntou Madden.

– Não – disse Napier, olhando para baixo, longe de Hoppy.

– Filhos da mãe – murmurou Hoppy.

– Então quem é você? – perguntou Madden.

Ele esperou, mas não houve resposta.

– Eles me deram esses cartões, ok? – disse Hoppy, que não queria ficar calado. – Eu fico diante de um grande júri e juro sobre uma pilha de Bíblias que eles me deram esses cartões. Os dois se apresentaram como agentes do FBI, e eu quero que sejam processados.

– Quem é você? – perguntou Madden ao sujeito anteriormente conhecido como Nitchman.

Nenhuma resposta. Madden então pegou o revólver de serviço, uma ação que deixou Hoppy bastante impressionado, e fez os dois ficarem de

379

pé, abrirem as pernas e se debruçarem sobre a mesa. Uma revista rápida em cada um revelou nada além de trocados, algumas chaves e um punhado de dólares. Sem carteiras. Sem distintivos falsos do FBI. Sem qualquer tipo de identificação. Eles eram muito bem treinados para cometer um erro daqueles.

Madden os algemou e os levou até a frente do prédio, onde outro agente do FBI estava tomando café em um copo de papel enquanto esperava. Juntos, colocaram Napier e Nitchman na traseira de um carro do FBI de verdade. Madden se despediu de Hoppy, prometeu ligar mais tarde e partiu com os dois patetas no banco de trás, sentados sobre as mãos. O outro agente do FBI o seguiu no carro falso do FBI que Napier dirigia sempre.

Hoppy deu tchauzinho.

Madden dirigiu pela Autoestrada 90, na direção de Mobile. Napier, o mais esperto dos dois, inventou uma história bastante razoável, à qual Nitchman deu algumas contribuições. Explicaram a Madden que a firma deles havia sido contratada em nome de um cassino não identificado para investigar vários lotes imobiliários ao longo da Costa do Golfo. Foi quando se depararam com Hoppy, que era corrupto e tentou extorqui-los. Uma coisa foi levando a outra, e o chefe deles os fez se passarem por agentes do FBI. Nenhum mal tinha sido feito, de fato.

Madden escutou quase sem dizer uma palavra. Mais tarde, ambos diriam a Fitch que ele parecia não ter a menor ideia de quem era a esposa de Hoppy, Millie, nem das atuais responsabilidades cívicas dela. Era um jovem agente, obviamente se divertindo com aquela captura, mas sem saber o que fazer com os dois.

De sua parte, Madden considerava aquilo um pequeno delito, que não valia o tempo da promotoria e definitivamente mais nenhum esforço de sua parte. Seu número de casos ativos já era enorme. A última coisa de que precisava era perder tempo tentando condenar dois mentirosos insignificantes. Quando cruzaram a fronteira com o Alabama, ele deu um sermão neles sobre a pena por se passar por oficial federal. Eles estavam arrependidos de verdade. Aquilo nunca mais aconteceria de novo.

Madden estacionou em uma parada de beira de estrada, tirou as algemas deles, devolveu o carro e disse-lhes para ficarem longe do Mississippi. Os dois agradeceram efusivamente, prometeram nunca mais voltar e saíram correndo dali.

FITCH QUEBROU UM ABAJUR com um soco quando recebeu a ligação de Napier. O sangue ficou escorrendo de sua mão enquanto ele espumava, praguejava e ouvia a história, contada de uma parada de caminhões barulhenta em algum lugar do Alabama. Ele mandou Pang ir lá buscar os dois.

Três horas depois de terem sido algemados, Napier e Nitchman estavam sentados em uma sala ao lado da de Fitch, nos fundos da velha loja. Cristano estava presente.

– Comecem pelo começo – disse Fitch. – Quero ouvir cada palavra.

Apertou um botão, e o gravador começou a rodar. Eles se ajudaram meticulosamente na narrativa até se lembrarem de praticamente tudo.

Fitch os dispensou e os mandou de volta a Washington. Sozinho, apagou as luzes em seu escritório e se afundou na escuridão. Hoppy contaria para Millie naquela noite. Eles não contariam mais com o voto dela a favor da defesa; inclusive, ela provavelmente abraçaria o outro lado com tanta força que ia querer bilhões de indenização para a pobre viúva Wood.

Marlee poderia salvá-lo daquele desastre. Apenas Marlee.

36

Foi uma coisa muito estranha, disse Phoebe não muito tempo depois da ligação surpresa de Beverly, porque, na antevéspera, um cara também ligara para ela dizendo que era Jeff Kerr e procurando por Claire. Ela soube na mesma hora que o cara estava mentindo, mas o enrolou só para saber o que ele queria. Phoebe não falava com Claire havia quatro anos.

Beverly e Phoebe compararam suas impressões sobre as ligações, embora Beverly não tivesse mencionado o encontro com Swanson nem o julgamento que estava investigando. As duas recordaram dos anos de faculdade em Lawrence, que pareciam ter sido muito tempo atrás. Mentiram sobre suas carreiras de atriz e sobre a velocidade com que cada uma estava progredindo. Prometeram se encontrar na primeira oportunidade. Então, despediram-se.

Beverly ligou de novo uma hora depois, como se tivesse esquecido alguma coisa. Estava pensando em Claire. A amizade delas estava abalada quando Claire foi embora, e isso a incomodava. Era uma questão banal que nunca tinham resolvido. Queria se encontrar com Claire, consertar as coisas, nem que fosse apenas para se redimir daquela culpa. Mas não fazia ideia de onde encontrá-la. Claire tinha desaparecido de maneira rápida e definitiva.

Nesse momento, Beverly decidiu arriscar. Como Swanson mencionara a possibilidade de haver um nome anterior, e como ela se lembrava do mistério em torno do passado de Claire, decidiu jogar a isca e ver se Phoebe mordia.

– Claire não era o nome verdadeiro dela, sabia? – disse ela, atuando com bastante talento.

– Sim, sabia – disse Phoebe.

– Ela me disse uma vez, mas não me lembro agora.

– Era um nome lindo, não que Claire fosse ruim – disse Phoebe depois de hesitar.

– Qual era mesmo?

– Gabrielle.

– Ah, isso, Gabrielle.

– Ela era de Columbia, Missouri, foi lá que se formou, na universidade de lá. Ela te contou a história?

– Acho que sim, mas não me lembro.

– Ela tinha um namorado que era abusivo e maluco. Tentou terminar com ele, e o cara começou a persegui-la. Foi por isso que ela saiu da cidade e mudou de nome.

– Nunca tinha ouvido essa história. Qual era o sobrenome dos pais dela?

– Brant. Acho que o pai dela já morreu. A mãe era professora de estudos medievais na universidade.

– Ela ainda dá aula lá?

– Não faço ideia.

– Vou tentar encontrá-la através da mãe. Obrigada, Phoebe.

Levou uma hora para que Swanson atendesse o telefone. Beverly perguntou quanto valia a informação. Swanson ligou para Fitch, que precisava de boas notícias. Ele autorizou um teto de 5 mil dólares, e Swanson ligou de volta oferecendo metade disso. Ela queria mais. Ficaram dez minutos negociando e chegaram a 4 mil, que ela queria em dinheiro e em mãos antes de dizer uma única palavra.

Todos os quatro CEOs estavam na cidade para as alegações finais e o veredito, então Fitch tinha uma pequena frota de jatinhos corporativos muito bem equipados à sua disposição. Ele mandou Swanson para Nova York no avião da Pynex.

Swanson chegou à cidade ao anoitecer e se hospedou em um pequeno hotel perto da Washington Square. De acordo com um colega de quarto, Beverly não estava em casa, também não estava no trabalho, talvez tivesse ido a uma festa. Ligou, então, para a pizzaria onde ela trabalhava e foi informado de que fora demitida. Ligou para o colega de quarto de novo, e teve que desligar quando começou a fazer muitas perguntas. Desligou o telefone e ficou dando voltas pelo quarto. Como encontrar uma pessoa nas ruas do Greenwich Village? Andou alguns quarteirões até o prédio dela, seus pés congelando na chuva fria. Tomou café no lugar onde a havia encontrado a primeira vez enquanto seus sapatos descongelavam e secavam. Usou um telefone público para ter mais um diálogo infrutífero com o mesmo colega de quarto.

MARLEE QUERIA FAZER uma última reunião antes da grande segunda-feira. Eles se encontraram em seu pequeno escritório. Fitch quase beijou os pés dela quando a viu.

Decidiu contar a ela tudo sobre Hoppy, Millie e o grande golpe que tinha dado errado. Nicholas teria que trabalhar com Millie imediatamente, para acalmá-la antes que ela contaminasse os colegas. Afinal de contas, Hoppy tinha dito a Napier e Nitchman na manhã de domingo que Millie tinha virado uma feroz partidária da defesa, que estava mostrando cópias do memorando de Robilio para seus camaradas. Isso era verdade? Se sim, o que ela faria agora quando descobrisse a verdade sobre Hoppy? Ficaria furiosa, sem dúvida. Mudaria de lado na mesma hora. Provavelmente contaria a seus amigos que coisa mais hedionda a defesa tinha feito com o marido dela na tentativa de pressioná-la.

Seria um desastre, sem nenhuma dúvida.

Marlee ouviu com a expressão séria enquanto Fitch revelava a história. Não ficou chocada, pelo contrário; divertiu-se muito ao ver Fitch suando frio.

– Acho que deveríamos dispensá-la – declarou Fitch ao terminar.

– Você tem uma cópia do memorando do Robilio? – perguntou ela, completamente impassível.

Ele pegou uma cópia da pasta e entregou-lhe.

– Alguns de seus trabalhinhos? – perguntou ela depois de ler.

– Sim. É completamente falso.

Ela o dobrou e o colocou debaixo da cadeira.

– Que belo golpe, Fitch.

– Sim, era lindo até sermos pegos.

– Você faz esse tipo de coisa em todo julgamento da indústria tabagista?

– Nós tentamos, sempre.

– Por que você escolheu o Sr. Dupree?

– Nós o estudamos cuidadosamente e chegamos à conclusão de que seria fácil. Corretor de imóveis de cidade pequena, mal pagando as contas, muito dinheiro trocando de mãos com os cassinos e tudo o mais, vários amigos dele ganhando muito dinheiro. Ele caiu na mesma hora.

– Você já foi pego antes?

– Tivemos que abortar alguns golpes, mas nunca fomos pegos em flagrante.

– Até hoje.

– Não propriamente. Hoppy e Millie podem suspeitar que era alguém que trabalhava para o fabricante de cigarro, mas não sabem quem. Então, nesse ponto, ainda existe alguma dúvida.

– Qual é a diferença?

– Nenhuma.

– Relaxa, Fitch. Acho que o marido pode estar exagerando o potencial dela. Nicholas e Millie são muito próximos, e ela não tinha virado partidária do seu cliente.

– Nosso cliente.

– Certo. Nosso cliente. Nicholas não viu o memorando.

– Você acha que o Hoppy estava mentindo?

– E ele estaria errado em mentir? Seus rapazes o convenceram de que ele estava prestes a ser indiciado.

Fitch respirou um pouco mais aliviado e quase sorriu.

– É imperativo que o Nicholas fale com a Millie hoje à noite. Hoppy vai chegar lá daqui a algumas horas e contar tudo pra ela. Nicholas tem acesso rápido a ela?

– Fitch, a Millie vai votar do jeito que ele quiser. Relaxa.

Fitch relaxou. Ele tirou os cotovelos da mesa e tentou voltar a sorrir.

– Só por curiosidade, quantos votos nós temos no momento?

– Nove.

– Quem são os três que faltam?

– Herman, Rikki e Lonnie.

– Ele ainda não falou do passado da Rikki com ela?

– Ainda não.

– Isso dá dez – disse Fitch, seus olhos dançando, seus dedos subitamente se contorcendo. – Podemos chegar a onze se conseguirmos dispensar alguém e colocar o Shine Royce, certo?

– Olha, Fitch, você se preocupa demais. Você pagou seu dinheiro, contratou os melhores, agora relaxe e espere pelo seu veredito. Ele está em muito boas mãos.

– Unânime? – perguntou Fitch, animado.

– Nicholas está determinado a conseguir o veredito unânime.

Fitch desceu as escadas do prédio decadente e sacolejou pela calçada estreita até chegar à rua. Por seis quarteirões, assobiou e quase deu saltos no ar da noite. José encontrou-se com ele a pé e tentou acompanhá-lo. Nunca tinha visto seu chefe de tão bom humor.

EM UM DOS LADOS da sala de reuniões estavam sentados sete advogados que tinham pagado 1 milhão de dólares cada pelo privilégio de participar daquele evento. Não havia mais ninguém na sala, ninguém além de Wendall Rohr, que estava além da mesa e andava devagar de um lado a outro, falando baixinho e medindo as palavras para o seu júri. Sua voz era simpática e calorosa, com palavras cheias de compaixão para os jurados em certos momentos e duras para a indústria tabagista no minuto seguinte. Ora dava sermões, ora bajulava. Ora era cômico, ora era raivoso. Exibiu fotografias e escreveu cifras num quadro-negro.

Ele terminou em cinquenta e um minutos, o ensaio mais rápido até o momento. As alegações finais deviam levar uma hora ou menos, ordens de Harkin. Os comentários de seus colegas foram rápidos e variados, alguns elogiosos, mas a maioria explorando formas de melhorar. Não havia público mais difícil que aquele. Somados, os sete já haviam assistido a centenas de alegações finais, as quais tinham dado origem a cerca de meio bilhão de dólares em indenizações. Eles sabiam como arrancar grandes cifras de um júri.

Combinaram de deixar seus egos do lado de fora. Rohr levou mais uma surra, algo que não lhe caía bem, e concordou em repetir a apresentação.

Tinha que ser perfeito. A vitória estava muito próxima.

CABLE PASSOU POR um calvário semelhante. Seu público era muito maior: uma dúzia de advogados, vários consultores de júri, muitos assistentes. O ensaio foi filmado, para que ele pudesse estudar sozinho. Estava determinado a falar tudo em meia hora. O júri agradeceria. Rohr sem dúvida ia demorar mais. O contraste seria bom: Cable, o pragmático que se apegava aos fatos, *versus* Rohr, o extravagante linguarudo que recorria ao sentimentalismo.

Apresentou suas alegações finais e, em seguida, assistiu à gravação. De novo e de novo, por toda a tarde de domingo e noite adentro.

QUANDO FITCH CHEGOU à casa de praia, já havia conseguido retornar ao seu estado habitual de pessimismo comedido. Os quatro CEOs estavam esperando por ele, depois de terem terminado uma boa refeição. Jankle estava bêbado e calado junto à lareira. Fitch tomou um café e apresentou os esforços de última hora da defesa. As perguntas rapidamente chegaram às transferências de dinheiro que ele pedira na sexta-feira: 2 milhões de cada um dos quatro.

Até sexta-feira, o Fundo tinha um saldo de 6 milhões e meio, sem dúvida mais do que o suficiente para chegar ao final do julgamento. Para que tinham servido os 8 milhões adicionais? E quanto havia no Fundo agora?

Fitch explicou que a defesa tinha tido uma despesa repentina não planejada de grandes proporções.

– Pare de enrolação, Fitch – disse Luther Vandemeer, da Trellco. – Você finalmente conseguiu comprar um veredito?

Fitch tentava não mentir para aqueles quatro. Afinal de contas, eram seus chefes. Nunca dizia as verdades completas, e eles não esperavam que ele as contasse. Mas, em resposta a uma pergunta direta, principalmente uma daquela magnitude, sentiu-se compelido a fazer algum esforço de honestidade.

– Algo assim – disse ele.

– Você tem os votos, Fitch? – perguntou outro CEO.

Fitch fez uma pausa e olhou cuidadosamente para cada um dos quatro, inclusive Jankle, que de repente saiu do alheamento.

– Acredito que sim – disse ele.

Jankle ficou de pé em um pulo, instável, mas bastante concentrado, e andou até o meio da sala.

– Repita, Fitch – exigiu ele.

– Você me ouviu – disse Fitch. – O veredito foi comprado.

Ele não pôde evitar o toque de orgulho na voz.

Os outros três também ficaram de pé. Todos os quatro se aproximaram de Fitch, formando uma espécie de semicírculo.

– Quanto? – perguntou um deles.

– Jamais direi – respondeu Fitch com frieza. – Os detalhes não importam.

– Eu exijo saber – disse Jankle.

– Nem pensar. Parte do meu trabalho é fazer a parte suja enquanto protejo vocês e as suas empresas. Se quiserem me demitir, tudo bem. Mas nunca vão saber dos detalhes.

Eles o encararam por bastante tempo. O círculo se fechou mais um pouco. Lentamente tomaram um gole de suas bebidas e admiraram seu herói. Oito vezes tinham estado à beira do desastre, e oito vezes Rankin Fitch fizera seus truques sujos e os salvara. Agora fizera aquilo pela nona vez. Ele era invencível.

E ele nunca prometera uma vitória antecipadamente, não como essa. Pelo contrário. Sempre se contorcia antes de cada veredito, sempre prevendo uma derrota e se deleitando em deixá-los desesperados. Aquilo era totalmente inusitado.

– Quanto? – insistiu Jankle.

Isso era algo que Fitch não podia esconder. Por razões óbvias, aqueles quatro tinham o direito de saber para onde o dinheiro tinha ido. Haviam definido um formato primitivo de contabilidade para o Fundo. Cada empresa contribuía com quantias iguais quando Fitch assim o determinava, e cada CEO tinha direito a um relatório mensal de todas as despesas.

– Dez milhões – disse Fitch.

O bêbado latiu primeiro.

– Você pagou 10 milhões de dólares pra um jurado!

Os outros três ficaram igualmente chocados.

– Não. Não pra um jurado. Vamos pôr dessa forma: eu comprei o veredito por 10 milhões de dólares, ok? Isso é tudo o que vou dizer. O Fundo tem agora um saldo de 4,5 milhões. E não vou responder a nenhuma pergunta sobre como o dinheiro mudou de mãos.

Talvez uma mala de dinheiro por debaixo do pano fizesse sentido. Cinco, dez mil dólares, quem sabe. Mas era impossível imaginar que algum daqueles provincianos do júri tivesse cabeça suficiente para sonhar com 10 milhões de dólares. Com certeza não estava tudo indo para uma pessoa só.

Permaneceram ao redor de Fitch, em um silêncio atordoado, todos tendo os mesmos pensamentos. Sem dúvida, Fitch havia aplicado suas mágicas em dez jurados. Isso faria sentido. Pegou dez e ofereceu 1 milhão a cada um. Isso fazia muito mais sentido. Dez novos milionários na Costa do Golfo. Mas como esconder esse tipo de dinheiro?

Fitch saboreou o momento.

– Claro, nada está garantido – disse ele. – A gente nunca sabe até o júri retornar com o veredito.

Bem, ao preço de 10 milhões de dólares, com certeza era bom que estivesse garantido. Mas eles não falaram nada. Luther Vandemeer afastou-se primeiro. Serviu um conhaque mais forte e sentou-se no banco do piano de cauda. Fitch ia ter que lhe contar tudo depois. Esperaria um ou dois meses, levaria Fitch a Nova York a trabalho e arrancaria a história dele.

Fitch disse que tinha coisas para fazer. Queria todos os quatro no tribunal no dia seguinte para as alegações finais. Não se sentem junto, instruiu ele.

37

avia um sentimento geral entre os jurados de que a noite de domingo seria a última do confinamento. Eles confabularam que, se recebessem o caso até o meio-dia de segunda-feira, sem dúvida seriam capazes de chegar a um veredito até a noite e voltar para casa. Isso não foi debatido às claras porque envolvia, inevitavelmente, especulações sobre o veredito, algo que Herman reprimiu com rapidez.

O clima estava leve, porém, e muitos dos jurados silenciosamente fizeram as malas e arrumaram seus quartos. Queriam que sua última visita ao Siesta Inn fosse rápida: uma passadinha na saída do tribunal para pegar a bagagem e a escova de dentes.

Domingo foi a terceira noite consecutiva de visitas pessoais, e no geral estavam todos fartos de seus companheiros. Principalmente os casados. Três noites seguidas de proximidade em um quartinho de hotel era difícil para a maioria dos casamentos. Até os solteiros precisavam de uma noite de folga. A amiga de Savelle não apareceu. Derrick disse a Angel que poderia passar mais tarde, mas primeiro tinha alguns negócios importantes a resolver. Loreen não tinha namorado, mas já estava farta de suas filhas adolescentes por um fim de semana. Jerry e Poodle estavam tendo sua primeira briga.

O hotel estava calmo na noite de domingo; nada de futebol nem cerveja no Salão de Festas, nada de torneios de damas. Marlee e Nicholas comeram pizza no quarto dele. Repassaram suas listas de tarefas e fizeram os últimos preparativos. Ambos estavam nervosos e ansiosos, e o máximo que conseguiram foi rir um pouco quando Marlee contou a triste história de Fitch com Hoppy.

Ela saiu às nove. Foi em seu carro alugado até seu apartamento alugado, onde terminou de colocar suas coisas nas malas.

Nicholas atravessou o saguão, onde Hoppy e Millie aguardavam como dois recém-casados. Não tinham como lhe agradecer o suficiente. Ele expusera aquela fraude terrível e os libertara. Era revoltante pensar nas coisas incabíveis que a indústria tabagista era capaz de fazer apenas para pressionar um jurado.

Millie expressou sua preocupação quanto a continuar integrando o júri. Hoppy e ela já haviam falado sobre aquilo, e ela não se achava capaz de ser justa e imparcial à luz do que haviam feito com seu marido. Nicholas tinha previsto aquilo. De sua parte, ele precisava de Millie.

E havia outro motivo mais forte. Se Millie contasse ao juiz Harkin sobre o golpe aplicado em Hoppy, ele provavelmente anularia o julgamento. E isso seria uma tragédia. Um julgamento anulado significava que, dali a um ano ou dois, outro júri seria escolhido para apreciar o mesmo caso. Ambos os lados gastariam mais uma vez uma fortuna fazendo o que estava sendo feito naquele momento.

– Depende de nós, Millie. Fomos escolhidos para decidir este caso, e é nossa responsabilidade chegar a um veredito. O próximo júri não vai ser mais competente do que nós.

– Concordo – disse Hoppy. – O julgamento termina amanhã. Seria uma pena ser anulado justamente no último minuto.

Então Millie se conteve e reencontrou sua determinação. Seu amigo Nicholas deixara tudo mais fácil.

CLEVE SE ENCONTROU COM DERRICK no bar do Nugget Casino na noite de domingo. Tomaram uma cerveja, assistiram a uma partida de futebol americano e falaram pouco, porque Derrick estava fazendo cara feia, tentando parecer zangado com a rasteira que dizia estar recebendo. Os 15 mil em dinheiro estavam em um pequeno envelope marrom que Cleve deslizou sobre a mesa e que Derrick pegou e enfiou no bolso, sem agradecer nem nada. De acordo com o último combinado deles, os outros 10 mil seriam pagos após o veredito, supondo, claro, que Angel votasse com a reclamante.

– Por que você não vai embora agora? – disse Derrick alguns minutos depois que o dinheiro pousou perto de seu coração.

– Ótima ideia – disse Cleve. – Vá falar com a sua namorada. Explique tudo com carinho.

– Eu sei como lidar com ela.

Cleve pegou sua cerveja e desapareceu. Derrick enxugou a garrafa e correu para o banheiro masculino, onde se trancou em uma cabine e contou o dinheiro: 150 notas de 100 dólares fresquinhas, novas e cuidadosamente empilhadas. Apertou o maço e ficou surpreso com o tamanho, menos de 3 centímetros de espessura. Dividiu o dinheiro em quatro e distribuiu os maços, dobrados, pelos bolsos de sua calça jeans.

O cassino estava movimentado. Ele tinha aprendido a jogar dados com um irmão mais velho que havia servido no Exército e, por algum motivo, como se atraído por um ímã, vagou pelas mesas de dados. Ficou olhando por um minuto, então decidiu resistir à tentação e ir se encontrar com Angel. Parou para uma cerveja rápida em um pequeno bar com vista para a roleta. Em todos os lugares abaixo dele, fortunas estavam sendo ganhas e perdidas. É preciso dinheiro para ganhar dinheiro. Aquela era sua noite de sorte.

Ele comprou 1.000 dólares em fichas em uma mesa de dados e deleitou-se com a atenção que todos os grandes gastadores recebiam. O gerente examinou as notas novas em folha, depois sorriu para Derrick. Uma garçonete loura apareceu do nada e ele pediu outra cerveja.

Derrick apostou pesado, mais pesado do que qualquer pessoa branca na mesa. O primeiro lote de fichas desapareceu em quinze minutos, e ele não hesitou em comprar mais mil.

Outros mil logo se seguiram, então os dados esquentaram e Derrick ganhou 1.800 dólares em cinco minutos. Comprou mais fichas. As cervejas não paravam de chegar. A garçonete começou a flertar com ele. O gerente perguntou se ele queria se tornar membro VIP do cassino.

Ele perdeu a conta do dinheiro. Pegou de todos os quatro bolsos, depois repunha um pouco. Comprou mais fichas. Passada uma hora, tinha perdido 6 mil dólares e queria desesperadamente parar. Mas sua sorte tinha que mudar. Os dados estiveram quentes antes; iam ficar quentes de novo.

Decidiu continuar a apostar pesado e, quando sua sorte mudasse, recuperaria tudo. Mais uma cerveja, e depois passou para o uísque.

Depois de uma rodada ruim, afastou-se da mesa e voltou ao banheiro masculino, mesma cabine. Ele a trancou e tirou notas soltas de todos os quatro bolsos. Tinha caído para 7 mil dólares, e ele teve vontade de chorar. Mas precisava recuperar o dinheiro. Decidiu ir lá e correr atrás dele. Tentaria uma mesa diferente. Mudaria a abordagem. E, independentemente do que acontecesse, deixaria tudo para trás e sumiria dali se – que Deus o livrasse – a grana baixasse para 5 mil. Ele não podia perder os últimos 5 mil.

Passou por uma mesa de roleta sem jogadores e, no impulso, apostou cinco fichas de 100 dólares no vermelho. O crupiê girou, deu vermelho, Derrick ganhou 500 dólares. Deixou as fichas no vermelho e ganhou outra vez. Sem hesitar, deixou as vinte fichas de 100 dólares no vermelho e ganhou pela terceira vez consecutiva. Quatro mil dólares em menos de cinco minutos. Pegou uma cerveja no bar e ficou vendo uma luta de boxe. Gritos de desespero da mesa de dados lhe disseram para ficar longe. Ele se sentiu abençoado por estar com quase 11 mil dólares no bolso.

Já tinha passado do horário de visita a Angel, mas ele precisava vê-la. Marchou determinado pelas fileiras de máquinas caça-níqueis, o mais longe possível das mesas de dados. Andou rápido, esperando chegar à porta da frente antes de mudar de ideia e correr em direção aos dados. Conseguiu.

Ele dirigiu pelo que pareceu apenas um minuto quando viu uma luz azul na traseira. Era um carro da polícia de Biloxi, grudado em seu para-choque, o giroflex piscando. Derrick não tinha nenhuma bala nem chiclete. Ele parou, desceu do carro e aguardou ordens do policial, que se aproximou e imediatamente sentiu o cheiro de álcool.

– Andou bebendo? – perguntou ele.

– Sabe como é, umas cervejas no cassino.

O policial conferiu os olhos de Derrick com uma lanterna que quase o cegou, então o fez andar em linha reta e tocar seu nariz com os dedos. Derrick estava obviamente bêbado. Foi algemado e levado para a delegacia. Consentiu em fazer o teste do bafômetro, que acusou embriaguez.

Havia muitas perguntas sobre o dinheiro metido em seus bolsos. A explicação fazia sentido: havia tido uma noite de sorte no cassino. Mas ele não tinha emprego. Morava com um irmão. Sem antecedentes criminais. O carcereiro tomou nota de seu dinheiro e de outros itens pessoais e guardou tudo em um cofre.

Derrick estava sentado na cama de cima do beliche da ala dos bêbados, com dois deles gemendo no chão. Um telefone não ajudaria porque não podia ligar diretamente para Angel. Uma permanência de cinco horas era obrigatória para motoristas alcoolizados. Ele precisava falar com Angel antes que ela saísse para o tribunal.

O TELEFONE ACORDOU Swanson às três e meia da manhã de segunda--feira. A voz do outro lado era grossa e grogue, com palavras arrastadas, mas não deixava dúvida de que era Beverly Monk.

– Bem-vindo à Grande Maçã – disse ela gritando, depois deu uma risada insana, completamente fora de si.

– Onde você está? – exigiu Swanson. – Eu estou com a grana.

– Depois – disse ela, então ele ouviu duas vozes masculinas raivosas ao fundo. – Vamos deixar isso pra depois.

Alguém aumentou a música.

– Eu preciso da informação logo.

– E eu preciso do dinheiro.

– Ótimo. Me fale quando e onde.

– Ah, não sei – disse ela, então gritou uma obscenidade para alguém a seu lado.

Swanson segurou o fone com mais força.

– Olha, Beverly, escuta. Você se lembra daquele pequeno café onde a gente se encontrou da última vez?

– Acho que sim.

– Na Rua 8, perto do Balducci's.

– Ah, lembro.

– Boa. Me encontre lá o mais rápido que você puder.

– Daqui a quanto tempo? – perguntou, então explodiu em gargalhadas.

– Que tal às sete? – respondeu Swanson com paciência.

– Que horas são agora?

– Três e meia.

– Uau.

– Olha, por que eu não vou te buscar agora? Me fala onde você está e eu pego um táxi.

– Não, eu tô bem. Só estou me divertindo um pouco.

– Você está bêbada.

– E daí?

– E daí que se você quiser esses 4 mil dólares, é melhor ficar sóbria o suficiente pra me encontrar.

– Eu vou estar lá, querido. Qual é o seu nome mesmo?

– Swanson.

– Isso, Swanson. Vou estar lá às sete, ou perto disso.

Ela estava dando uma risada quando desligou.

Swanson não se deu o trabalho de voltar a dormir.

ÀS CINCO E MEIA, Marvis Maples se apresentou ao carcereiro e perguntou se podia levar seu irmão Derrick. As cinco horas já tinham terminado. O carcereiro retirou Derrick da ala dos bêbados, depois pegou uma bandeja de metal no cofre e a colocou sobre o balcão. Derrick fez um inventário do conteúdo da bandeja – 11 mil dólares em dinheiro, chaves do carro, canivete, protetor labial –, enquanto seu irmão observava, incrédulo.

No estacionamento, Marvis perguntou sobre o dinheiro e Derrick disse que tinha tido uma noite boa nas mesas de dados. Deu 200 dólares a Marvis e perguntou se podia pegar o carro dele emprestado. Marvis aceitou o dinheiro e concordou em esperar na delegacia até que o carro de Derrick fosse levado do estacionamento da cidade.

Derrick correu para Pass Christian e estacionou nos fundos do Siesta Inn assim que o Sol começou a despontar no leste. Agachou-se para o caso de alguém estar passando e esgueirou-se pelos arbustos até chegar à janela do quarto de Angel. Estava trancada, é claro, e ele começou a bater. Como não houve resposta, pegou uma pequena pedra e bateu mais forte. O dia estava raiando por todo lado, e ele começava a entrar em pânico.

– Parado! – gritou alguém bem perto de suas costas. Derrick virou-se e viu Chuck, o policial, apontando uma pistola preta, comprida e brilhante para sua testa. Ele acenou com a arma. – Afaste-se da janela! Mãos ao alto.

Derrick levantou as mãos e caminhou pelos arbustos. "No chão" foi a ordem seguinte, e Derrick deitou-se de barriga para baixo com as pernas abertas, as mãos nas costas. Chuck pediu ajuda pelo rádio.

Marvis ainda estava a esmo na delegacia esperando o carro de Derrick quando seu irmão voltou para a segunda detenção da madrugada.

Angel estava dormindo durante todo esse tempo.

38

Era uma pena que o jurado mais diligente, que tinha ouvido com mais atenção do que os outros, lembrado mais detalhes do que havia sido dito e obedecido a cada uma das regras do juiz Harkin seria o último a ser dispensado e, assim, estaria impedido de opinar no veredito.

Mais confiável que o relógio, a Sra. Herman Grimes chegou ao refeitório pontualmente às 7h15, pegou uma bandeja e começou a juntar os mesmos itens do café da manhã que vinha juntando havia quase duas semanas. Farelo de trigo, leite desnatado e banana para Herman. Flocos de milho, leite semidesnatado, uma tira de bacon e um suco de maçã para ela. Como costumava fazer, Nicholas deparou-se com ela no bufê e se ofereceu para ajudar. Ele ainda servia o café de Herman todos os dias na sala do júri e se sentia na obrigação de ajudar pela manhã. Dois cubos de açúcar e um potinho de creme para Herman. Puro para a Sra. Grimes. Conversaram amenidades: se as malas estavam ou não feitas, se eles estavam prontos ou não para ir embora. Ela parecia genuinamente animada com a perspectiva de jantar em casa naquela noite.

O clima foi abertamente festivo ao longo da manhã toda, enquanto Nicholas e Henry Vu estavam sentados à mesa cumprimentando os retardatários. Eles iam voltar para casa!

A Sra. Grimes pegou os talheres, e Nicholas rapidamente colocou quatro comprimidos no café de Herman enquanto falava alguma coisa sobre os advogados. Aquilo não ia matá-lo. Era metilergometrina, um medicamento obscuro vendido sob receita, usado principalmente em salas de emergência para reanimar pessoas à beira da morte. Herman ficaria mal por quatro horas, depois se recuperaria completamente.

Como costumava fazer, Nicholas a seguiu pelo corredor até o quarto, carregando a bandeja e conversando sobre assuntos aleatórios. Ela lhe agradeceu generosamente; que rapaz simpático.

O tumulto começou trinta minutos depois, e Nicholas estava presente. A Sra. Grimes foi até o corredor e gritou para Chuck, que estava sentado em seu posto, tomando café e lendo o jornal. Nicholas ouviu o grito dela e saiu correndo de seu quarto. Havia algo de errado com Herman!

Lou Dell e Willis chegaram em meio a um falatório apavorado, e em pouco tempo a maioria dos jurados estava junto ao quarto dos Grimes, cuja porta estava aberta, e não parava de chegar gente. Herman estava no chão do banheiro, curvado, com as mãos na barriga e com uma dor terrível. A Sra. Grimes e Chuck estavam agachados ao lado dele. Lou Dell correu para o telefone e ligou para o 911. Nicholas disse em tom pesaroso para Rikki Coleman que eram dores no peito, talvez um ataque cardíaco. Herman já tivera um, seis anos antes.

Em poucos minutos, todo mundo sabia que Herman estava tendo uma parada cardíaca.

Os paramédicos chegaram com uma maca deslizante, e Chuck afastou os jurados que estavam no corredor. Herman foi estabilizado e recebeu oxigênio. Sua pressão arterial estava apenas um pouco acima do normal. A Sra. Grimes disse repetidamente que aquilo a fazia se lembrar do primeiro ataque cardíaco dele.

Eles o tiraram do quarto e o empurraram com pressa pelo corredor. No meio da confusão, Nicholas conseguiu derrubar a xícara de café de Herman.

As sirenes berraram quando Herman partiu em alta velocidade. Os jurados voltaram aos seus quartos para tentar acalmar os nervos em frangalhos. Lou Dell ligou para o juiz Harkin para contar que Herman tivera um grave problema de saúde. O consenso era de que havia sido outro ataque cardíaco.

– Estão todos caindo como moscas – disse ela, e então se lembrou de como nunca havia perdido tantos jurados em seus dezoito anos supervisionando um júri. Harkin a interrompeu.

ELE NÃO ESPERAVA de fato que ela chegasse pontualmente às sete ao café para pegar o dinheiro. Apenas algumas horas antes, estava embriagada e não dava nenhum sinal de que pararia, então como acreditar que ela cumpriria o horário? Swanson tomou um café da manhã demorado e leu o primeiro de muitos jornais. Deu oito horas. Ele se mudou para uma mesa melhor, perto da janela, para ver as pessoas passando apressadas na calçada.

Às nove, Swanson ligou para o apartamento dela e conseguiu arrumar outra briga com o mesmo colega de quarto. Não, ela não estava lá, não tinha estado lá a noite toda, e talvez tivesse se mudado, como ia saber.

Essa garota é filha de alguém, disse ele para si mesmo, vivendo de loft em loft, dia após dia, fuçando por comida e dinheiro suficiente para se manter viva e comprar a próxima rodada de substâncias ilícitas. Será que os pais dela sabiam o que ela estava fazendo?

Ele teve tempo de sobra para refletir sobre aquilo. Às dez, pediu uma torrada, porque o garçom já estava lhe olhando feio, visivelmente irritado por Swanson ter montado acampamento ali pelo dia inteiro.

ALIMENTADAS POR RUMORES aparentemente bem fundamentados, as ações da Pynex abriram em alta. Depois de terem fechado em 73 na sexta-feira, saltaram para 76 na abertura do pregão e chegaram a 78 em poucos minutos. Havia boas notícias vindo de Biloxi, embora ninguém parecesse saber qual era a fonte. Todas as ações dos fabricantes de cigarro subiram rapidamente após um volume intenso de negociações.

O JUIZ HARKIN não apareceu até quase nove e meia da manhã, e quando subiu à tribuna notou, sem surpresa, que a sala de audiências estava lotada. Ele acabara de ter uma discussão acalorada com Rohr e Cable, na qual Cable queria a anulação do julgamento porque mais um jurado havia sido dispensado. Não havia razões suficientes para a anulação. Harkin fizera a lição de casa. Encontrou até mesmo jurisprudência permitindo que onze jurados decidissem um caso cível, no qual a exigência dos nove votos tinha sido mantida e o veredito do júri fora confirmado pela Suprema Corte.

Como esperado, as notícias da parada cardíaca de Herman espalharam-se às pressas entre os muitos que estavam assistindo ao julgamento. Os consultores de júri contratados pela defesa afirmaram discretamente que era uma grande vitória para o lado deles, porque Herman era obviamente pró-reclamante. Os consultores de júri contratados pela reclamante garantiram a Rohr e companhia que a dispensa de Herman havia sido um golpe significativo na defesa, porque Herman era obviamente pró-indústria. Todos os especialistas em júri deram as boas-vindas à entrada de Shine Royce, apesar de a maioria ter tido dificuldades em apresentar justificativas para isso.

Fitch ficou apenas sentado, fascinado e perplexo. Como raios se provoca um ataque cardíaco em uma pessoa? Marlee tinha tanto sangue-frio a ponto de envenenar um sujeito cego? Graças a Deus ela estava do lado dele.

A porta se abriu. Os jurados entraram em fila. Todo mundo prestou atenção para se certificar de que Herman não estava mesmo entre eles. O assento dele ficou vazio.

O juiz Harkin havia conversado com um médico no hospital e começou por dizer aos jurados que Herman parecia estar reagindo bem, que talvez não fosse tão grave quanto se pensara inicialmente. Os jurados, sobretudo Nicholas, ficaram bastante aliviados. Shine Royce tornou-se o jurado número cinco e ocupou o antigo assento de Herman, na primeira fila, entre Phillip Savelle e Angel Weese.

Shine ficou cheio de orgulho.

Quando todos estavam em seus lugares, Sua Excelência instruiu Wendall Rohr a dar início às suas alegações finais. Não passe de uma hora, avisou ele. Rohr, vestindo seu paletó chamativo preferido, mas com uma camisa engomada e uma gravata-borboleta discreta, começou devagar, pedindo desculpa pela duração do julgamento e agradecendo aos integrantes por terem sido um júri tão maravilhoso. Passados os comentários simpáticos, deu início a uma descrição impiedosa "... do produto mais mortal já fabricado. O cigarro. Ele mata 400 mil americanos por ano, dez vezes mais do que as drogas ilícitas. Nenhum outro produto chega perto disso".

Repassou os melhores momentos dos depoimentos dos doutores Fricke, Bronsky e Kilvan, e fez isso sem se aprofundar no que tinham dito. Relembrou-os de Lawrence Krigler, um homem que havia trabalhado na indústria e conhecia os podres dela. Passou dez minutos falando casualmente sobre Leon Robilio, o sujeito sem voz que trabalhara por vinte anos promovendo o cigarro e que, então, percebeu o quanto a indústria era corrupta.

Rohr chegou ao ápice quando começou a falar dos jovens. Para que a indústria tabagista sobrevivesse, precisava fisgar os adolescentes e garantir que a geração seguinte comprasse seus produtos. Como se tivesse ouvido as conversas da sala do júri, Rohr pediu aos jurados que se perguntassem quantos anos tinham quando haviam começado a fumar.

Três mil jovens começam a fumar todos os dias. Um terço deles acabará por morrer em decorrência disso. O que mais precisava ser dito? Não era hora de forçar aquelas corporações milionárias a assumir a responsabilidade? Hora de chamar a atenção delas? Hora de fazê-las deixar nossos filhos em paz? Hora de fazê-las pagar pelos danos causados pelos produtos que fabricavam?

Ele pegou pesado quando falou sobre a nicotina e sobre a teimosia da indústria tabagista em dizer que não viciava. Ex-viciados em drogas tinham afirmado que era mais fácil largar a maconha e a cocaína do que o cigarro. Ficou ainda mais agressivo quando mencionou Jankle e sua teoria do excesso.

Então, em um piscar de olhos, era uma nova pessoa. Falou de sua cliente, a Sra. Celeste Wood, uma boa esposa, mãe, amiga, uma verdadeira vítima da indústria tabagista. Falou do marido dela, o falecido Sr. Jacob Wood, que ficou viciado em cigarros Bristol, a estrela da linha de produtos da Pynex, e que havia passado vinte anos tentando largar o vício. Morreu deixando filhos e netos, aos 51 anos, porque usara um produto legalizado, exatamente da forma como se esperava que fosse usado.

Foi até um quadro-branco montado em um tripé e fez algumas contas rápidas. O valor monetário da vida de Jacob Wood era, digamos, de 1 milhão de dólares. Acrescentou mais alguns danos, e o total chegou a 2 milhões. Esses eram os danos reais, valores a que a família tinha direito por causa da morte de Jacob.

Mas o caso não se resumia aos danos reais. Rohr deu uma breve aula sobre danos punitivos e sobre o papel deles em manter as empresas norte-americanas na linha. Como punir uma empresa que tem 800 milhões de dólares em caixa?

Chamando a atenção da empresa.

Rohr teve o cuidado de não sugerir uma cifra, embora legalmente pudesse fazê-lo. Simplesmente deixou "US$ 800.000.000 EM CAIXA" escrito em letras grandes no quadro, retornou ao púlpito e concluiu suas alegações. Agradeceu mais uma vez ao júri e sentou-se. Quarenta e oito minutos.

Sua Excelência determinou um intervalo de dez minutos.

ELA CHEGOU COM quatro horas de atraso, mas Swanson poderia tê-la abraçado mesmo assim. Não abraçou, contudo, porque tinha fobia de doenças e porque ela estava escoltada por um jovem sujo vestido com roupas de couro dos pés à cabeça, com os cabelos e o cavanhaque tingidos de preto. A palavra JADE estava tatuada de forma ostensiva no meio da testa dele e ele usava uma bela coleção de brincos de ambos os lados da cabeça.

Jade não falou uma única palavra enquanto puxava uma cadeira e se empoleirava em posição de guarda, como um doberman.

Beverly parecia ter sido espancada. Seu lábio inferior estava cortado e inchado. Ela tentou disfarçar um hematoma na bochecha com a maquiagem. O canto do olho direito também estava inchado. Cheirava a maconha velha e bourbon barato e estava chapada de alguma coisa, provavelmente speed.

Bastaria um leve sinal, e Swanson poderia enfiar a mão na cara de Jade bem na sua tatuagem e arrancar lentamente todos os seus brincos.

– Você está com a grana? – perguntou ela olhando para Jade, que estava encarando Swanson.

Não havia nenhuma dúvida de para onde o dinheiro iria.

– Sim. Me fale sobre a Claire.

– Deixe eu ver o dinheiro.

Swanson pegou um pequeno envelope, abriu-o ligeiramente para mostrar as notas, depois o colocou na mesa, com as duas mãos em cima.

– Quatro mil dólares. Agora fale, rápido – exigiu ele, olhando para Jade.

Beverly olhou para Jade, que assentiu como um ator canastrão e disse:

– Vai em frente.

– O nome verdadeiro dela é Gabrielle Brant. Ela é de Columbia, Missouri. Estudou na universidade de lá, onde a mãe dela dava aula de estudos medievais. Isso é tudo o que sei.

– E o pai dela?

– Acho que já morreu.

– Mais alguma coisa?

– Não. Me dê o dinheiro.

Swanson o deslizou sobre a mesa e levantou-se imediatamente.

– Obrigado – disse ele, e desapareceu.

DURWOOD CABLE LEVOU pouco mais de meia hora para habilmente desmerecer a ideia ridícula de dar milhões para a família de um homem que tinha fumado voluntariamente por trinta e cinco anos. O julgamento era pouco mais do que uma disputa nua e crua por dinheiro.

O que mais o incomodava nos argumentos apresentados pela reclamante era o fato de eles terem tentado distanciar Jacob Wood e seus hábitos da questão em si e de transformarem o julgamento em um debate sentimental sobre tabagismo na adolescência. O que Jacob Wood tinha a ver com as propagandas atuais de cigarro? Não havia uma gota de evidência de que o falecido Sr. Wood fora influenciado por uma campanha publicitária. Ele tinha começado a fumar por escolha própria.

Por que trazer os jovens para aquela disputa? Pelo sentimentalismo, só por isso. Reagimos com raiva quando achamos que jovens estão sendo prejudicados ou manipulados. E antes que os advogados da reclamante pudessem convencer os jurados a lhes proporcionar uma fortuna, primeiramente precisavam deixá-los com raiva.

Cable apelou com competência para o senso de justiça deles. Tomem uma decisão com base nos fatos, não nas emoções. Quando acabou, tinha a atenção completa de todo o júri.

Enquanto voltava para a mesa, o juiz Harkin agradeceu e disse ao júri:

– Senhoras e senhores, o caso agora está em suas mãos. Sugiro que elejam um novo porta-voz para o lugar do Sr. Grimes, que, segundo me disseram, está bem melhor. Falei com a esposa dele durante o último intervalo, e ele ainda está se sentindo mal, mas a expectativa é de que se recupere integralmente. Se, por algum motivo, vocês precisarem se comunicar comigo, por favor, falem com a escrivã. O restante das instruções lhes será entregue na sala do júri. Boa sorte.

Quando Harkin estava se despedindo, Nicholas se virou ligeiramente para o público e olhou bem nos olhos de Rankin Fitch, em uma simples demonstração do estado atual das coisas. Fitch assentiu, e Nicholas se levantou com os colegas.

Era quase meio-dia. O tribunal estava em recesso até segunda ordem do juiz, o que significava que aqueles que quisessem estavam livres para fazer o que desejassem até que o júri chegasse a um veredito. A horda de Wall Street correu para ligar para os escritórios. Os CEOs das Quatro Grandes se reuniram com seus subordinados por um momento, depois deixaram a sala de audiências.

Fitch saiu imediatamente e foi para o escritório. Konrad estava de pé ao lado de uma mesa telefônica.

– É ela – disse ansioso. – Está ligando de um telefone público.

Fitch apressou ainda mais o passo até sua sala, onde pegou fone.

– Alô.

– Fitch, escute. Novas instruções para a transferência. Me coloque em espera e vá até o fax.

Fitch olhou para o seu aparelho particular de fax, que estava recebendo um documento.

– Está bem aqui – disse ele. – Por que novas instruções?

– Cale a boca, Fitch. Só faça o que eu tô falando, e imediatamente.

Fitch arrancou o fax do aparelho e passou os olhos pela mensagem manuscrita. O dinheiro iria para o Panamá. Banco Atlántico, na Cidade do Panamá. Ela mandara os números do banco e da conta.

– Você tem vinte minutos, Fitch. O júri está almoçando. Se eu não tiver uma confirmação até meio-dia e meia, então o acordo estará suspenso, e o Nicholas vai mudar de direção. Ele tem um celular no bolso e está esperando a minha ligação.

– Me ligue de volta meio-dia e meia – disse Fitch, desligando.

Ele deu ordens a Konrad para não transferir nenhuma ligação. Sem exceções. Encaminhou, na mesma hora, a mensagem dela por fax a seu especialista em transferências em Washington, que, por sua vez, enviou por fax a autorização necessária para o Hanwa Bank, nas Antilhas Holandesas. O Hanwa tinha estado de prontidão desde cedo e, em dez minutos, o dinheiro saiu da conta de Fitch e atravessou o Caribe, aterrissando no banco indicado, na Cidade do Panamá, conforme o esperado. Uma confirmação do Hanwa foi enviada por fax a Fitch, que, nessa hora, quis muito reencaminhá-la por fax a Marlee, mas não tinha o número dela.

Ao meio-dia e vinte, Marlee ligou para o seu banco no Panamá, e o gerente confirmou o recebimento de 10 milhões de dólares.

Marlee estava em um quarto de hotel a 8 quilômetros dali, operando com um aparelho de fax portátil. Ela esperou cinco minutos, então enviou instruções ao mesmo gerente para transferir o dinheiro para um banco nas Ilhas Cayman. O valor inteiro, e, assim que estivesse concluída a transferência, a conta no Banco Atlántico deveria ser fechada.

Nicholas ligou ao meio-dia e meia em ponto. Estava escondido no banheiro masculino. O almoço tinha terminado e era hora de dar início às deliberações. Marlee disse que o dinheiro estava seguro e que ela estava partindo.

Fitch esperou até quase uma hora. Ela ligou de outro telefone público.

– O dinheiro chegou, Fitch – disse ela.

– Excelente. Que tal um almoço?

– Outra hora, quem sabe.

– Então, quando deve sair o veredito?

– Final da tarde. Espero que você não esteja preocupado, Fitch.

– Eu? Nunca.

– Relaxa. Vai ser seu momento de glória. Doze a zero, Fitch. O que você acha?

– Acho que é música para os meus ouvidos. Por que vocês chutaram o pobre Herman?

– Não sei do que você está falando.

– Tá, tudo bem. Quando podemos comemorar?

– Te ligo mais tarde.

Ela saiu em alta velocidade em um carro alugado, atenta a cada movimento em sua traseira. O outro carro, também alugado, estava estacionado na frente de seu prédio, abandonado, e ela não dava a mínima. No banco de trás havia duas malas cheias de roupas, os únicos itens pessoais que podia levar, junto com o aparelho de fax portátil. Os móveis do apartamento seriam de quem os comprasse em uma liquidação de garagem.

Ela deu uma volta em torno de um condomínio, uma incursão que praticara na véspera para o caso de alguém a estar seguindo. Os rapazes de Fitch não estavam atrás dela. Ziguezagueou por ruas laterais até chegar ao Aeroporto Municipal de Gulfport, onde o pequeno Learjet estava esperando. Ela pegou suas duas malas e trancou as chaves dentro do carro.

SWANSON LIGOU UMA VEZ, mas não conseguiu ser transferido. Ligou para o supervisor em Kansas City, e três agentes foram imediatamente despachados a Columbia, a uma hora de distância. Mais dois trabalharam nos telefones, fazendo ligações rápidas para a Universidade do Missouri, para o departamento de estudos medievais, em uma tentativa desesperada de localizar alguém que soubesse de alguma coisa e estivesse disposto a falar. Havia seis pessoas com o sobrenome Brant na lista telefônica de Columbia. Foi feita mais de uma ligação para cada uma delas, e nenhuma sabia quem era Gabrielle Brant.

Ele, por fim, ligou para Fitch, logo depois de uma da tarde. Fitch estava trancado em sua sala havia uma hora, sem atender nenhuma ligação. Swanson estava a caminho do Missouri.

39

Quando os pratos do almoço já haviam sido retirados e os fumantes tinham voltado da salinha da fumaça, ficou claro que era o momento de fazer aquilo com que vinham sonhando fazia um mês. Tomaram seus lugares ao redor da mesa e olharam para o assento vazio na ponta, aquele que Herman ocupava com tanto orgulho.

– Acho que precisamos de um novo porta-voz – disse Jerry.

– E acho que deveria ser o Nicholas – acrescentou Millie rapidamente.

Na verdade, não havia dúvidas sobre quem seria o novo porta-voz. Ninguém mais queria a função, e Nicholas parecia entender tanto do julgamento quanto os próprios advogados. Foi eleito por aclamação.

Ficou de pé ao lado da antiga cadeira de Herman e fez um resumo da lista de sugestões do juiz Harkin.

– Ele quer que pesemos cuidadosamente todas as evidências, incluindo as provas e os documentos, antes de começarmos a votar.

Nicholas se virou para a esquerda e olhou para uma mesa em um canto, empilhada com todos os relatórios e estudos maravilhosos que vinham acumulando nas últimas quatro semanas.

– Não tenho nenhuma pretensão de passar três dias aqui – disse Lonnie, enquanto todos olhavam para a mesa. – Na verdade, já estou pronto pra votar.

– Ainda não – disse Nicholas. – Este é um caso complicado e muito importante, e seria um equívoco apressar as coisas sem uma deliberação apropriada.

– Acho que a gente deveria votar – disse Lonnie.

– E eu acho que a gente deveria fazer o que o juiz mandou. Podemos chamá-lo aqui pra gente bater um papo com ele, se for necessário.

– A gente não vai ler tudo aquilo, né? – perguntou Sylvia, a Poodle.

Ler não era um de seus passatempos preferidos.

– Tenho uma ideia – disse Nicholas. – Por que cada um de nós não pega um relatório, passa os olhos nele e faz um resumo pra todo mundo? Assim, então, a gente pode dizer com sinceridade pro juiz Harkin que revisamos todas as provas e documentos.

– Você acha mesmo que ele vai querer saber? – perguntou Rikki Coleman.

– Provavelmente, sim. Nosso veredito precisa ser baseado nas evidências que temos diante de nós, que são o testemunho que ouvimos e as provas que recebemos. Temos que, pelo menos, fazer um esforço pra seguir as ordens dele.

– Concordo – disse Millie. – Todos nós queremos ir pra casa, mas nosso dever exige analisar cuidadosamente o que está diante de nós.

Com isso, os demais protestos foram extintos. Millie e Henry Vu pegaram os volumosos relatórios e os colocaram no centro da mesa, onde foram sendo pegos aos poucos pelos jurados.

– Só passem os olhos por eles – disse Nicholas, orientando-os como um professor agitado.

Ele pegou o mais grosso de todos, um estudo do Dr. Milton Fricke sobre os efeitos da fumaça do cigarro no trato respiratório, e o leu como se nunca tivesse visto uma prosa tão dinâmica.

Na sala de audiências, restavam alguns curiosos à espera de um veredito rápido. Isso acontecia com frequência: leve o júri de volta lá para dentro, sirva o almoço, deixe-os votar e você terá um veredito. O júri teria tomado uma decisão em um piscar de olhos.

Mas não aquele júri.

A QUARENTA E UM MIL PÉS de altitude e 800 quilômetros por hora, o jatinho fez a viagem de Biloxi a George Town, na Grande Cayman, em noventa minutos. Marlee passou pela alfândega com um passaporte canadense novo, emitido em nome de Lane MacRoland, uma bela jovem de Toronto que estava indo passar uma semana de lazer, nada de trabalho. Conforme exigido pela lei das Ilhas Cayman, ela também tinha uma passagem aérea de volta, que indicava reserva em um voo da Delta Airlines para Miami dali a seis dias. Os caimaneses adoravam receber turistas, mas não tinham o mesmo sentimento em relação a novos cidadãos.

O passaporte fazia parte de um conjunto perfeito de novos documentos que comprara de um famoso falsificador em Montreal. Passaporte, carteira de motorista, certidão de nascimento, título de eleitor. Preço: 3 mil dólares.

Ela pegou um táxi para George Town e foi até seu banco, o Royal Swiss Trust, que ficava em um imponente prédio antigo a um quarteirão da beira-mar. Ela nunca estivera na Grande Cayman antes, embora parecesse um segundo lar. Vinha estudando o lugar havia dois meses. Seus assuntos financeiros lá tinham sido cuidadosamente organizados por fax.

O ar tropical estava quente e pesado, mas ela mal reparou. Não tinha ido lá para aproveitar o sol e as praias. Eram três horas em George Town e em Nova York. Duas da tarde no Mississippi.

Ela foi recebida por uma recepcionista e levada a uma salinha onde outro formulário tinha que ser preenchido, um que não podia ser enviado por fax. Em poucos minutos, um jovem chamado Marcus apareceu. Eles tinham se falado muitas vezes ao telefone. Era esbelto, bem-cuidado, bem-vestido, bastante europeu, com um ligeiro sotaque em seu inglês perfeito.

O dinheiro havia chegado, ele lhe informou, e Marlee conseguiu receber a notícia e reprimir qualquer esboço de sorriso. Foi difícil. A papelada estava em ordem. Ela o seguiu escada acima, até o escritório dele. O nome do cargo que Marcus ocupava era vago, como na maioria dos bancos da Grande Cayman, mas era vice-presidente de alguma coisa, e administrava carteiras.

Uma secretária levou café, e Marlee pediu um sanduíche.

A Pynex estava em 79, com forte alta em um dia de pregão agitado, relatou Marcus enquanto catava milho no teclado do computador. A Trellco tinha subido três e um quarto, chegando a 56. A Smith Greer subira dois, para 64,5. A ConPack estava sendo negociada por volta dos 33.

Seguindo anotações que praticamente já tinha decorado, Marlee fez sua primeira negociação vendendo a descoberto 50 mil ações da Pynex a 79. Com sorte, ela as compraria de volta em um futuro muito próximo a um preço bem mais baixo. A venda a descoberto era uma manobra complicada, normalmente usada apenas pelos investidores mais sofisticados. Se o preço de uma ação estava prestes a cair, a legislação permitia que ela fosse vendida primeiro pelo preço mais alto, e depois recomprada por um preço mais baixo.

Com 10 milhões na mão, Marlee poderia vender, aproximadamente, 20 milhões de dólares em ações.

Marcus confirmou a negociação com um frenesi de digitação e pediu licença por um segundo enquanto colocava o fone de ouvido. A segunda operação dela foi a venda a descoberto da Trellco: 30 mil ações a 56,25. Ele confirmou, e então veio o frenesi. Ela vendeu 40 mil ações da Smith Greer por 64,5; depois mais 60 mil da Pynex a 79,13; mais 30 mil da Trellco a 56,13; mais 50 mil de Smith Greer a 64,37.

Fez uma pausa e deu orientação a Marcus para vigiar a Pynex de perto. Ela acabara de descarregar 110 mil cotas das ações dela e estava muito preocupada com a resposta imediata de Wall Street. Parou em 79, caiu para 78,75, depois voltou para 79.

– Acho que agora está seguro – disse Marcus, que vinha observando a ação de perto havia duas semanas.

– Venda mais 50 mil – disse ela sem hesitar.

O coração de Marcus quase parou, então, de frente para o monitor, assentiu e efetuou a transação.

A Pynex caiu para 78,5, depois desceu mais um quarto. Ela deu um gole no café e remexeu nas anotações, enquanto Marcus observava e Wall Street reagia. Ela pensou em Nicholas e no que estaria fazendo naquele momento, mas não estava preocupada. Inclusive, estava admiravelmente calma.

Marcus tirou o fone de ouvido.

– São, aproximadamente, 22 milhões de dólares, Sra. MacRoland. Acho que devíamos parar. Novas transações exigiriam a aprovação do meu superior.

– Já basta – disse ela.

– O pregão fecha em quinze minutos. Você está convidada a esperar em nossa área de clientes.

– Não, obrigada. Vou para o hotel, talvez pegar um sol.

Marcus se levantou e abotoou o paletó.

– Uma pergunta: quando a senhora imagina que vai movimentar essas ações?

– Amanhã. Cedo.

– Movimento significativo?

Marlee se levantou e segurou suas anotações.

– Sim. Se você quiser que seus outros clientes acreditem que você é um gênio, então venda a descoberto os fabricantes de cigarro agora mesmo.

Ele mandou buscar um carro da empresa, um pequeno Mercedes, e Marlee foi levada para um hotel em Seven Mile Beach, não muito longe do centro da cidade e do banco.

SE O PRESENTE DE MARLEE parecia sob controle, seu passado estava cada vez mais em seu encalço. Um agente fazendo investigações para Fitch na Universidade do Missouri encontrou uma coleção de livros de registros de funcionários na biblioteca principal. A Dra. Evelyn Y. Brant estava no de 1986 e era brevemente descrita como professora de estudos medievais, mas seu nome já não constava no livro de 1987.

Ele imediatamente ligou para um associado que estava analisando as declarações de impostos no tribunal do condado de Boone, o qual foi direto ao cartório da vara de sucessões e, em poucos minutos, encontrou o registro. O testamento de Evelyn Y. Brant tinha sido recebido, e a abertura do inventário requerida em abril de 1987. Um funcionário o ajudou a encontrar o arquivo.

Era uma grana preta. A Sra. Brant tinha morrido em 2 de março de 1987, em Columbia, aos 56 anos de idade. Não tinha marido e deixou uma filha, Gabrielle, de 21 anos, que herdou tudo do testamento que a mãe assinara três meses antes de morrer.

O arquivo tinha dois dedos de espessura, e o agente o examinou com uma velocidade impressionante. O espólio consistia em uma casa avaliada em 180 mil, com metade do valor hipotecado, um carro, uma lista inexpressiva de móveis e mobílias, um certificado de depósito em um banco local no valor de 32 mil e uma carteira de ações e títulos no valor de 202 mil. Apenas dois credores haviam dado entrada em pedidos de cobrança; era visível que a Sra. Brant sabia que a morte era iminente e tinha obtido aconselhamento jurídico. Com a aprovação de Gabrielle, a casa foi vendida, todos os bens foram transformados em dinheiro e, após pagar impostos imobiliários, honorários advocatícios e custas judiciais, a soma de 191.500 mil dólares foi depositada em um fundo fiduciário. Gabrielle era a única beneficiária.

Não houve o menor indício de remorso no trato com o testamento. O advogado se mostrou ágil e muito competente. Treze meses após a morte da Sra. Brant, estava tudo resolvido.

Ele folheou mais uma vez a papelada, fazendo anotações. Duas folhas estavam grudadas uma na outra, e ele as separou delicadamente. A de trás era uma meia folha com um timbre oficial.

Era o atestado de óbito. A Sra. Evelyn Y. Brant tinha morrido de câncer de pulmão.

Ele foi até o corredor e chamou seu supervisor.

QUANDO FOI DADO o telefonema para Fitch, mais coisas haviam sido descobertas. Uma leitura atenta do arquivo por outro agente – um ex-funcionário do FBI formado em Direito – revelou uma série de doações para entidades como a Associação Norte-Americana do Pulmão, a Coalizão por um Mundo sem Cigarro, a Força-Tarefa Antitabagismo, a Campanha pelo Ar Puro e meia dúzia de outras causas antifumo. Uma das reivindicações dos credores era uma conta de quase 20 mil dólares por sua última internação. Seu marido, o falecido Dr. Peter Brant, estava listado em uma antiga apólice de seguro. Uma rápida busca nos registros indicou a abertura de seu testamento em 1981. O arquivo dele localizava-se na extremidade oposta do cartório. Ele falecera em junho de 1981, aos 52 anos, deixando a amada esposa e a filha querida, Gabrielle, então com 15 anos. Morreu em casa, de acordo com o atestado de óbito, que foi assinado pelo mesmo médico que assinou o de Evelyn Brant. Um oncologista.

Peter Brant também sucumbira ao furor do câncer de pulmão.

Swanson fez a ligação, mas só depois de lhe confirmarem repetidamente a veracidade dos fatos.

FITCH ATENDEU A LIGAÇÃO em sua sala, sozinho, com a porta trancada, e se manteve calmo, pois estava chocado demais para ter qualquer reação. Estava sentado em sua mesa, sem paletó, a gravata afrouxada, os sapatos desamarrados. Pouco falou.

O pai e a mãe de Marlee tinham morrido de câncer de pulmão.

Rabiscou isso em um bloco amarelo, depois fez um círculo ao redor, com linhas se ramificando, como se pudesse fazer um fluxograma daquela notícia, recortá-la, analisá-la; como se, de alguma forma, pudesse fazer aquilo se encaixar na promessa dela de lhe dar um veredito.

– Você está aí, Rankin? – perguntou Swanson após um longo silêncio.

– Estou – disse Fitch, depois continuou sem dizer nada por um tempo.

O fluxograma cresceu, mas não chegava a lugar nenhum.

– Cadê a garota? – perguntou Swanson.

Ele estava parado no frio, do lado de fora do tribunal do condado em Columbia, com um telefone incrivelmente pequeno apertado contra sua mandíbula.

– Não sei. Temos que encontrá-la – disse ele sem convicção alguma, e Swanson sabia que a garota tinha desaparecido.

Outra longa pausa.

– O que eu faço? – perguntou Swanson.

– Volta pra cá, eu acho – disse Fitch, então desligou abruptamente.

Os números em seu relógio digital estavam borrados, e Fitch fechou os olhos. Massageou as têmporas latejantes, apertou o cavanhaque com força contra o queixo, visualizou um surto – a mesa voando contra a parede e os telefones sendo arrancados das tomadas –, mas pensou duas vezes. Era preciso ter cabeça fria.

Além de botar fogo no tribunal ou jogar uma granada na sala do júri, não havia nada que ele pudesse fazer para conter as deliberações. Os jurados estavam lá, os últimos doze, com policiais à porta. Talvez se o trabalho deles fosse lento e tivessem que sair para mais uma noite de confinamento, então quem sabe Fitch conseguisse tirar um coelho da cartola e provocar a anulação do julgamento.

Uma ameaça de bomba era uma possibilidade. Os jurados seriam retirados, ficariam confinados por mais algum tempo, levados a algum lugar escondido para que pudessem dar continuidade.

O fluxograma não serviu para nada e ele fez uma lista de suas opções: coisas absurdas, todas arriscadas, ilegais e fadadas ao fracasso.

O tempo estava passando.

Os doze escolhidos, onze discípulos e seu mestre.

Levantou-se devagar e pegou o abajur barato de cerâmica com as duas mãos. Era um abajur que Konrad já tinha pensado em tirar dali antes, porque estava em cima da mesa de Fitch, um lugar suscetível ao caos e à violência.

413

Konrad e Pang estavam vagando pelo corredor, aguardando instruções. Sabiam que algo dera completamente errado. O abajur bateu com grande força contra a porta. Fitch deu um grito. As paredes de compensado tremeram. Outro objeto atingiu a parede e se estilhaçou; talvez fosse um telefone. Fitch gritou alguma coisa sobre "o dinheiro!", e então a mesa bateu contra a parede fazendo um estrondo.

Recuaram, petrificados, sem nenhuma vontade de estar perto da porta quando ela se abrisse. *Bam! Bam! Bam!* Parecia uma britadeira. Fitch estava socando o compensado.

– Achem a garota! – gritou ele, desesperado. *Bam! Bam!* – Achem a garota!

40

Na sequência de um penoso momento de concentração forçada, Nicholas percebeu que seria preciso haver algum debate. Ele escolheu ser o primeiro e resumiu brevemente o relatório do Dr. Fricke sobre a condição dos pulmões de Jacob Wood. Passou de mão em mão as fotos da autópsia, das quais nenhuma atraiu muita atenção. Aquele era um território velho, e o público estava entediado.

– O relatório do Dr. Fricke diz que o fumo provoca câncer de pulmão a longo prazo – disse Nicholas diligentemente, como se aquilo fosse capaz de deixar alguém surpreso.

– Tenho uma ideia – disse Rikki Coleman. – Vamos ver se todo mundo concorda que o cigarro causa câncer de pulmão. Isso vai nos poupar bastante tempo.

Ela parecia pronta para arrumar briga, à espera apenas da menor oportunidade.

– Ótima ideia – disse Lonnie.

Ele era de longe o mais hiperativo e frustrado do grupo.

Nicholas deu de ombros em aprovação. Era o porta-voz, mas ainda tinha apenas um voto. O júri podia fazer o que quisesse.

– Por mim, tudo bem – disse ele. – Todo mundo acredita que o cigarro causa câncer de pulmão? Levantem as mãos.

Doze mãos foram levantadas, e um passo gigantesco foi dado em direção ao veredito.

– Vamos passar adiante e falar do vício – disse Rikki, passando os olhos por todo mundo sentado à mesa. – Quem acha que a nicotina vicia?

Mais um "sim" unânime.

Ela saboreou o momento e parecia prestes a se aventurar no campo minado da questão da responsabilidade.

– Vamos manter a unanimidade, pessoal – disse Nicholas. – É crucial sairmos daqui unidos. Se houver uma divisão, terá sido um fracasso.

A maioria ali já tinha ouvido aquela conversa fiada motivacional. As razões legais por trás da busca por um veredito unânime não haviam ficado muito claras, mas confiaram em Nicholas mesmo assim.

– Agora, vamos terminar com esses relatórios. Quem está pronto?

O de Loreen Duke era uma publicação em papel brilhante preparada pela Dra. Myra Sprawling-Goode. Ela lera a introdução, que afirmava que o estudo era uma revisão completa das práticas publicitárias dos fabricantes de cigarro, principalmente da forma como essas práticas se relacionavam com os menores de 18 anos, e a conclusão, que absolvia a indústria de mirar nesses menores nessas propagandas. A maioria das duzentas páginas entre uma coisa e outra permaneceu intocada.

Loreen fez um resumo do resumo.

– Aqui diz apenas que não conseguiram encontrar nenhuma evidência de publicidade dos fabricantes de cigarro para atrair os jovens.

– Você acredita nisso? – perguntou Millie.

– Não. Achei que já tínhamos concordado que a maioria das pessoas começa a fumar antes dos 18 anos. Não fizemos uma enquete aqui outro dia?

– Fizemos – respondeu Rikki. – E todos os que fumam aqui começaram na adolescência.

– E a maioria parou, pelo que eu me lembro – disse Lonnie, com bastante amargura.

– Vamos em frente – disse Nicholas. – Alguém mais?

Jerry fez um esforço desajeitado para descrever as tediosas descobertas do Dr. Hilo Kilvan, o gênio da estatística que havia comprovado o aumento do risco de câncer de pulmão entre fumantes. O resumo de Jerry não despertou nenhum interesse, nenhuma pergunta, nenhum debate, e ele saiu da sala para fumar um cigarro rápido.

Então fez-se silêncio enquanto continuavam a folhear os materiais impressos. Eles iam e vinham à vontade: fumavam, alongavam-se, usavam os banheiros.

Lou Dell, Willis e Chuck vigiavam a porta.

A SRA. GLADYS CARD já lecionara biologia para alunos do nono ano. Tinha noção do que era ciência. Por essa razão, fez um excelente trabalho dissecando o relatório do Dr. Robert Bronsky sobre a composição da fumaça do cigarro: os mais de 4 mil compostos, as 16 substâncias carcinogênicas conhecidas, os 14 álcalis, os irritantes e todas aquelas outras coisas. Usou seu melhor tom de voz de sala de aula e foi olhando nos olhos de um por um.

A maioria fez careta enquanto ela falava e falava e falava.

Quando terminou, Nicholas, ainda acordado, agradeceu calorosamente e levantou-se para pegar mais café.

– Então, o que acha disso tudo? – perguntou Lonnie.

Ele estava parado diante da janela, de costas para a sala, comendo amendoim e segurando um refrigerante.

– Pra mim, isso prova que a fumaça do cigarro é bastante nociva – respondeu ela.

Lonnie virou-se e olhou para ela.

– Certo. Achei que isso já tivesse sido acordado. – Ele, então, virou-se para Nicholas. – Eu acho que devíamos partir para a votação. Já faz quase três horas que estamos lendo, e se o juiz me perguntar se eu li essas coisas todas, vou dizer: "Claro que sim. Li cada palavra."

– Faça o que você quiser, Lonnie – retrucou Nicholas.

– Tá bem, então. Vamos votar.

– Votar em quê? – perguntou Nicholas.

Os dois estavam agora em lados opostos da mesa, com os jurados sentados entre eles.

– Vamos ver quem está em que pé. Eu vou primeiro.

– Vá em frente. Vamos ouvir.

Lonnie respirou fundo, e todo mundo se virou para olhar para ele.

– Minha posição é muito fácil. Eu acredito que os cigarros são perigosos. Que viciam. Que são fatais. É por isso que eu passo longe deles. Todo mundo sabe disso, nós já concordamos, inclusive. Acredito que cada pes-

417

soa tem o direito de fazer sua escolha. Ninguém pode obrigar ninguém a fumar, mas quem fuma vai sofrer as consequências. Não adianta ficar soprando fumaça por trinta anos, depois esperar que eu o ajude a ficar rico. Esses processos malucos precisam acabar.

Sua voz era alta, e cada palavra foi absorvida.

– Acabou? – perguntou Nicholas.

– Sim.

– Quem é o próximo?

– Eu tenho uma pergunta – disse a Sra. Gladys Card. – Quanto dinheiro a reclamante espera que a gente conceda? O Sr. Rohr meio que deixou isso vago.

– Ele quer 2 milhões em danos materiais. Os danos punitivos ficam a nosso critério – explicou Nicholas.

– Então por que ele deixou "800 milhões" escrito no quadro?

– Porque quer 800 milhões – respondeu Lonnie. – Você vai dar isso pra ele?

– Acho que não – disse ela. – Eu nem sabia que existia tanto dinheiro no mundo. Celeste Wood vai ficar com tudo?

– Você viu todos aqueles advogados lá fora? – perguntou Lonnie em tom sarcástico. – Ela vai ter sorte se ficar com alguma coisa. Este julgamento não tem a ver com ela nem com o falecido marido dela. Este julgamento é só um bando de advogados ficando ricos processando os fabricantes de cigarro. Vamos ser estúpidos se cairmos nessa.

– Você sabe quando eu comecei a fumar? – perguntou Angel Weese a Lonnie, que ainda estava de pé.

– Não. Não sei.

– Eu me lembro do dia exato. Eu tinha 13 anos e vi um grande outdoor na rua Decatur, não muito longe da minha casa. Tinha um rapaz negro alto e magro, muito bonito, com a bainha da calça jeans dobrada, a água do mar batendo nos pés, cigarro na mão e uma garota negra sexy atrás dele. Só sorrisos. Os dentes perfeitos. Salem mentolado. Que grande diversão. Eu pensei comigo mesma: "Isso é que é vida boa." Eu queria ter um pouco daquilo. Então fui pra casa, abri a minha gaveta, peguei meu dinheiro, desci a rua e comprei um maço de Salem mentolado. Meus amigos me acharam muito descolada, e eu continuo a fumar até hoje. – Ela fez uma pausa e olhou para Loreen Duke, depois de volta para Lonnie. – Não venha me dizer que qualquer um consegue largar o cigarro. Eu sou viciada, tá. Não é tão fácil assim. Tenho 20 anos, dois maços por dia, e se eu não parar não vou chegar aos 50. E não venha me dizer que eles não têm como alvo os jovens. Eles têm como alvo negros, mulheres, jovens, caubóis, caipiras, eles têm todo mundo como alvo, e você sabe disso.

Para alguém que não tinha demonstrado nenhuma emoção nas quatro semanas em que haviam estado juntos, a raiva na voz de Angel foi uma surpresa. Lonnie olhou para ela, mas não disse nada.

Loreen se manifestou em prol dela.

– Uma das minhas filhas, a de 15 anos, me disse na semana passada que começou a fumar na escola porque todos os amigos estão fumando. Essas crianças são novas demais pra entender de vício e, quando se derem conta, já terão sido fisgadas. Perguntei a ela onde comprava o cigarro. Sabe o que ela me respondeu? "Nas máquinas automáticas." Tem uma do lado do fliperama do shopping que a garotada frequenta. E tem uma na entrada do cinema que as crianças vão. Alguns restaurantes de fast-food têm máquinas. E você vai me dizer que os jovens não são alvo. Eu fico enojada. Mal posso esperar pra chegar em casa e dar uma dura nela.

– Então o que você vai fazer quando ela começar a tomar cerveja? – perguntou Jerry. – Vai processar a Budweiser pedindo 10 milhões porque todas as outras crianças estão tomando cerveja escondido?

– Não existe nenhuma prova de que a cerveja vicie fisicamente – respondeu Rikki.

– Ah, então ela não mata?

– Tem diferença.

– Por favor, explique – disse Jerry.

O debate agora tratava de dois dos seus vícios preferidos. Será que apostas e mulheres poderiam vir na sequência?

Rikki organizou as ideias por um segundo, então deu início a uma defesa desajeitada do álcool.

– Cigarros são os únicos produtos que são fatais se usados exatamente como o pretendido. O álcool é pra ser consumido, claro, mas em quantidades razoáveis. E, se for consumido com moderação, não é um produto perigoso. Claro, as pessoas ficam bêbadas e se matam de várias maneiras, mas pode-se argumentar, com razão, que o produto não está sendo consumido adequadamente nesses casos.

– Então, se uma pessoa bebe durante cinquenta anos, ela não está se matando?

– Não se ela bebe com moderação.

– Rapaz, que bom saber disso.

– E tem mais. O álcool tem um aviso natural. Você recebe um feedback imediato quando consome o produto. Não é assim com o tabaco. São necessários anos de tabagismo pra que você perceba os danos ao seu corpo. A essa altura, você está viciado e não tem como parar.

– A maioria das pessoas consegue parar – disse Lonnie da janela, sem olhar para Angel.

– E por que você acha que todo mundo está tentando parar? – perguntou Rikki calmamente. – É porque as pessoas gostam de fumar? É porque elas se sentem jovens e glamourosas? Não, elas estão tentando parar pra não ter câncer de pulmão nem doenças cardíacas.

– Então, como você vai votar? – perguntou Lonnie.

– Acho que é bem óbvio – respondeu ela. – Entrei neste julgamento com a cabeça aberta, mas percebi que a única forma de responsabilizar os fabricantes de cigarro é desse jeito.

– E você? – perguntou Lonnie a Jerry, na esperança de encontrar um amigo.

– Estou indeciso agora. Acho que vou ouvir todo mundo primeiro.

– E você? – perguntou ele a Sylvia Taylor-Tatum.

– Estou tendo dificuldade em entender por que deveríamos fazer dessa mulher uma multimilionária.

Lonnie deu a volta na mesa, olhando no olho de cada um, com a maioria tentando evitá-lo. Não havia dúvida de que estava gostando de seu papel como líder rebelde.

– E você, Sr. Savelle? Parece que você não fala muito.

Aquilo ia ser interessante. Ninguém no júri tinha a menor ideia do que Savelle estava pensando.

– Acredito na liberdade de escolha – disse ele. – Escolha absoluta. Lamento o que essas empresas fazem ao meio ambiente. Eu odeio os produtos que elas fabricam. Mas cada pessoa tem o poder de escolher.

– Sr. Vu? – disse Lonnie.

Henry deu um pigarro, refletiu por um minuto, depois disse:

– Ainda estou pensando. – Henry votaria como Nicholas, que naquele momento estava impressionantemente quieto.

– E você, Sr. Porta-Voz? – perguntou Lonnie.

– A gente consegue terminar esses relatórios em trinta minutos. Vamos fazer isso, depois começamos a votação.

Depois da primeira desavença mais séria, ficaram aliviados em voltar à leitura por mais alguns minutos. A batalha não demoraria muito para começar.

A PRINCÍPIO, ELE TEVE vontade de ficar rodando pelas ruas em seu Suburban com José ao volante, subindo e descendo a Autoestrada 90 sem rumo, sem qualquer possibilidade de alcançá-la. Pelo menos, estaria lá fora fazendo alguma coisa, tentando encontrá-la, esperando, quem sabe, esbarrar com ela.

Ele sabia que Marlee tinha desaparecido.

Então, em vez disso, ficou em sua sala, sozinho ao lado do telefone, rezando para que ela ligasse mais uma vez e lhe dissesse que o acordo seria cumprido. Ao longo de toda a tarde, Konrad foi e voltou e trouxe a notícia que Fitch já sabia: o carro dela estava parado em frente ao prédio em que ela morava e não tinha saído do lugar nas últimas oito horas. Nenhuma atividade dentro ou fora do apartamento. Nenhum sinal dela. Ela desaparecera.

Ironicamente, quanto mais tempo levava para o júri voltar com o veredito, mais esperança ele conseguia criar. Se ela planejava pegar o dinheiro e fugir e foder com Fitch com um veredito a favor da reclamante, então em que pé estava o veredito? Talvez não fosse tão fácil assim. Nicholas poderia estar tendo dificuldade para conseguir os votos.

Fitch nunca havia perdido um julgamento e ficava repetindo para si mesmo que já estivera naquela situação antes, suando sangue enquanto o júri se digladiava.

ÀS CINCO EM PONTO, o juiz Harkin retomou a sessão no tribunal e chamou o júri. Os advogados correram para os seus lugares. A maioria dos espectadores voltou.

Os jurados se sentaram. Eles pareciam cansados, mas àquela altura qualquer júri estaria.

– Apenas algumas perguntas rápidas – disse Sua Excelência. – Os senhores elegeram um novo porta-voz?

Eles assentiram, e então Nicholas levantou a mão.

– Eu tive a honra – disse ele baixinho, sem o menor traço de orgulho.

– Muito bom. Para que os senhores saibam, falei com Herman Grimes cerca de uma hora atrás e ele está indo bem. Parece que foi outra coisa, não um ataque cardíaco, e ele deve receber alta amanhã. Mandou lembranças a todos.

A maioria conseguiu fazer uma expressão simpática.

– Agora, os senhores estão deliberando há cinco horas, e gostaria de saber se estão progredindo.

Nicholas ficou de pé desajeitadamente e enfiou as mãos nos bolsos da calça cáqui.

– Acredito que sim, Vossa Excelência.

– Muito bom. Sem dar indicações de nada do que foi discutido, o senhor acha que o júri chegará a um veredito, seja para que lado for?

Nicholas olhou para os colegas e disse:

– Acho que vamos, sim, Vossa Excelência. Estou confiante de que teremos um veredito.

– Quando vocês devem ter o veredito? Vejam bem, não tenho pressa nenhuma. Podem levar o tempo que quiserem. Preciso apenas fazer planos para este tribunal se formos ficar aqui noite adentro.

– Queremos ir pra casa, Excelência. Estamos determinados a concluir tudo e ter um veredito ainda essa noite.

– Maravilha. Obrigado. O jantar está a caminho. Estarei no meu gabinete caso precisem de mim.

41

O Sr. O'Reilly apareceu pela última vez, servindo sua última refeição e se despedindo de pessoas que agora considerava amigas. Ele e três funcionários as alimentaram e serviram como se fossem parte da realeza.

O jantar terminou às seis e meia, e o júri estava pronto para voltar para casa. Concordaram em votar primeiro sobre a questão da responsabilidade. Nicholas formulou a questão em termos leigos:

– Você está disposto a responsabilizar a Pynex pela morte de Jacob Wood?

Rikki Coleman, Millie Dupree, Loreen Duke e Angel Weese disseram que sim, inequivocamente. Lonnie, Phillip Savelle e a Sra. Gladys Card disseram que não, sem sombra de dúvida. O resto estava em algum lugar no meio do caminho. Poodle estava em dúvida, mas tendendo ao não. Jerry, subitamente, estava hesitante, mas provavelmente tendendo ao não. Shine Royce, o mais novo membro do júri, não tinha dito nem três palavras o dia inteiro e estava simplesmente à deriva. Ele se juntaria à maioria, assim que conseguisse identificá-la. Henry Vu se declarou indeciso, mas estava mesmo era à espera de Nicholas, que, por sua vez, esperava até que todos terminassem. Ficou decepcionado com o fato de o júri estar tão dividido.

– Acho que está na hora de você se manifestar – disse Lonnie para Nicholas, ansioso por uma briga.

– Sim, vamos ouvir – disse Rikki, também pronta para a discussão.

Todos os olhos estavam grudados no porta-voz.

– Tudo bem – disse ele, e a sala ficou em perfeito silêncio. Depois de anos de planejamento, havia chegado a hora. Escolheu as palavras com cuidado, mas, em sua cabeça, já havia proferido aquele discurso milhares de vezes.

– Estou convencido de que os cigarros são perigosos e mortais; matam 400 mil pessoas por ano; são entupidos de nicotina pelos fabricantes, que sabem há muito tempo que a substância vicia; cigarros poderiam ser muito mais seguros se as empresas quisessem, mas o teor de nicotina seria menor e, consequentemente, as vendas seriam prejudicadas. Acho que o cigarro matou Jacob Wood, e nenhum de vocês discutiria isso. Estou convencido de que os fabricantes de cigarro são mentirosos, trapaceiros e dissimulados e fazem tudo ao alcance deles para que os jovens comecem a fumar. São um bando de incansáveis filhos da mãe, e acho que devemos dar uma bela lição neles.

– Concordo – disse Henry Vu.

Rikki e Millie tiveram vontade de aplaudir.

– Você quer conceder danos punitivos? – perguntou Jerry, incrédulo.

– O veredito não serve de nada se não for significativo, Jerry. Tem que ser enorme. Um veredito por danos reais apenas significa que não tivemos coragem de punir a indústria tabagista por seus pecados corporativos.

– Temos que fazer doer – disse Shine Royce, mas só porque queria soar inteligente.

Ele tinha achado a sua maioria.

Lonnie olhou para Shine e Vu, incrédulo. Ele fez uma conta rápida: sete votos para a reclamante.

– Você não pode falar de dinheiro, porque ainda não tem seus votos.

– Os votos não são meus – disse Nicholas.

– Como assim não são? – disse ele amargamente. – Este veredito é seu.

Eles observaram a mesa mais uma vez: sete para a reclamante, três para a defesa, Jerry e Poodle empoleirados no muro, mas procurando um lado para pular. Então a Sra. Gladys Card bagunçou a contagem, dizendo:

– Não gosto de votar a favor da indústria tabagista, mas, ao mesmo tempo, não consigo dar todo esse dinheiro para Celeste Wood.

– Quanto de dinheiro você daria pra ela? – perguntou Nicholas.

Ela estava nervosa e confusa.

– Eu simplesmente não sei. Sou a favor de dar alguma coisa, mas, bem, simplesmente não sei.

– Quanto você tem em mente? – perguntou Rikki ao porta-voz, e a sala ficou em silêncio novamente. Todos calados e imóveis.

– Um bilhão – disse Nicholas sem nenhum traço de brincadeira.

Aquilo caiu como uma bomba no centro da mesa. Queixos caíram e olhos se arregalaram.

Antes que alguém pudesse falar qualquer coisa, Nicholas se explicou:

– Se vamos levar a sério o envio de uma mensagem para a indústria tabagista, temos que provocar um choque. Nosso veredito tem que ser um marco. Tem que ficar famoso e ser conhecido, a partir de hoje, como o momento em que o povo norte-americano, agindo por meio de seu sistema de júri, finalmente enfrentou a indústria tabagista e disse "Basta".

– Você está maluco – disse Lonnie, e naquele momento a maioria achava o mesmo.

– Então você quer ficar famoso – disse Jerry, cheio de sarcasmo.

– Não eu, mas o veredito. Ninguém vai se lembrar dos nossos nomes na semana que vem, mas todo mundo vai se lembrar do nosso veredito. Se vamos fazer isso, então vamos fazer direito.

– Gostei – disse Shine Royce entrando na conversa.

A ideia de conceder tanto dinheiro o deixou com vertigem. Shine era o único jurado disposto a passar mais uma noite no hotel para poder comer de graça e receber mais 15 dólares no dia seguinte.

– Fala pra gente o que vai acontecer – pediu Millie, ainda atordoada.

– A indústria vai recorrer, e, algum dia, provavelmente daqui a uns dois anos, um bando de velhos decrépitos de toga vai reduzir o valor. Vão baixar pra algo mais razoável. Vão dizer que foi um veredito insensato de um júri insensato e vão corrigi-lo. O sistema funciona na maior parte das vezes.

– Então por que deveríamos fazer isso? – perguntou Loreen.

– Pra variar. Vamos dar início ao longo processo de responsabilização dos fabricantes de cigarro por terem matado tanta gente. Lembrem-se de que nunca perderam um julgamento como este. Eles acham que são invencíveis. Podemos provar o contrário e fazer isso de forma que outros reclamantes não tenham medo de encarar a indústria.

– Então você quer levá-los à falência – disse Lonnie.

– Não estou nem aí. A Pynex vale 1,2 bilhão de dólares, e praticamente todos os lucros dela vieram à custa de pessoas que usam seus produtos, mas que adorariam parar. Sim, pensando bem, o mundo seria um lugar melhor sem a Pynex. Quem é que ia chorar se ela quebrasse?

– Talvez os funcionários – disse Lonnie.

– Bom argumento. Mas tenho mais empatia pelos milhares de pessoas viciadas nos produtos que a Pynex fabrica.

– Quanto que o tribunal vai dar pra Celeste Wood depois do recurso? – perguntou a Sra. Gladys Card.

Ela estava incomodada com a ideia de que uma de suas vizinhas, por mais que fosse uma que nem conhecia, ia ficar rica. Claro, ela havia perdido o marido, mas o Sr. Card tinha sobrevivido ao câncer de próstata sem pensar em processar ninguém.

– Não faço ideia – disse Nicholas. – E isso não é algo com que a gente deva se preocupar. Vai ser outro dia em outro tribunal, e há diretrizes a serem seguidas na hora de reduzir grandes indenizações.

– Um bilhão de dólares – repetiu Loreen para si mesma, mas em volume suficiente para ser ouvida.

Era tão fácil quanto dizer "um milhão de dólares". A maioria dos jurados ficou encarando a mesa e repetiu a palavra "bilhão".

Não pela primeira vez, Nicholas agradeceu a si mesmo pela ausência de Herrera. Em um momento como aquele, com 1 bilhão de dólares na mesa, Herrera estaria fazendo um escândalo e, provavelmente, arremessando coisas. Mas a sala estava tranquila. Lonnie era o único partidário que restara para a defesa e estava ocupado contando e recontando os votos.

A ausência de Herman também era importante, provavelmente mais do que a do Coronel, porque as pessoas dariam ouvidos a Herman. Ele era meditativo e pragmático, não recorria às emoções e, indiscutivelmente, não estava inclinado a estabelecer uma indenização absurda.

Mas os dois não estavam mais ali.

Nicholas desviara o assunto da questão da responsabilidade para a questão dos danos, uma mudança crucial que, além dele, ninguém percebera. O bilhão de dólares os surpreendeu e os forçou a pensar em dinheiro, não em culpa.

Estava determinado a manter a cabeça deles no dinheiro.

– É só uma ideia – disse ele. – É importante chamar a atenção deles.

Nicholas deu uma piscadinha para Jerry, que entendeu perfeitamente a deixa.

– Não tenho como pedir tão alto – disse ele em sua melhor encarnação de vendedor de carros, que era bastante eficaz. – Isso é... bem... é absurdo. Eu concordo em parte com os danos, mas, caramba, isso é simplesmente loucura.

– Não é absurdo – argumentou Nicholas. – A empresa tem 800 milhões em caixa. Parece a casa da moeda. Os fabricantes de cigarro praticamente imprimem dinheiro.

Com Jerry era oito, e Lonnie se afastou para um canto, onde começou a cortar as unhas.

Com Poodle, eram nove.

– É absurdo, e eu não concordo – disse ela. – Alguma coisa menor, talvez, mas não 1 bilhão de dólares.

– Então quanto? – perguntou Rikki.

Apenas 500 milhões. Apenas 100 milhões. Era um esforço impraticável pronunciar valores tão altos como aqueles.

– Não sei – disse Sylvia. – O que você acha?

– Eu gosto da ideia de deixar esses caras na lona – disse Rikki. – Se vamos mandar uma mensagem, então não podemos ser acanhados.

– Um bilhão? – perguntou Sylvia.

– Sim, eu consigo pedir isso.

– Eu também – disse Shine, sentindo-se rico só de estar ali.

Houve uma longa pausa; o único barulho era o de Lonnie cortando as unhas.

– Quem discorda de qualquer tipo de indenização? – perguntou Nicholas por fim.

Savelle levantou a mão. Lonnie ignorou a pergunta, mas não precisava responder.

– A votação é de dez a dois – anunciou Nicholas, e anotou. – Este júri chegou a uma decisão sobre a responsabilidade. Agora, vamos resolver a questão da indenização. Nós dez estamos de acordo que os herdeiros do Wood têm direito aos 2 milhões em danos materiais?

Savelle empurrou a cadeira para trás e saiu da sala. Lonnie serviu uma xícara de café e se sentou junto à janela, de costas para o grupo, mas atento a cada palavra.

Os 2 milhões soavam como troco à luz da discussão anterior e foram aprovados pelos dez. Nicholas escreveu isso em um formulário entregue pelo juiz Harkin.

– Nós dez estamos de acordo que devem ser impostos danos punitivos, de algum valor que seja?

Ele olhou de um em um na mesa e obteve um "sim" de todos. A Sra. Gladys Card hesitou. Talvez ela mudasse de ideia, mas não teria nenhum impacto. Bastavam apenas nove votos para um veredito.

– Muito bem. Agora, quanto ao valor da indenização. Alguma sugestão?

– Eu tenho uma – disse Jerry. – Todo mundo escreve a quantia que pensa em um pedaço de papel, dobra, entrega em segredo, depois a gente soma tudo e divide por dez. Assim vamos saber qual é a média.

– Esse valor vai ser definitivo? – perguntou Nicholas.

– Não. Mas vai dar uma noção de em que pé a gente está.

A ideia de uma votação secreta era muito atraente, e eles rapidamente rabiscaram seus valores em pedaços de papel.

Nicholas desdobrou lentamente cada cédula e cantou os valores para Millie, que foi anotando: 1 bilhão, 1 milhão, 50 milhões, 10 milhões, 1 bilhão, 1 milhão, 5 milhões, 500 milhões, 1 bilhão e 2 milhões.

Millie fez as contas.

– O total é de 3.569.000.000. Dividido por dez, temos a média de 356.900.000.

Levou um tempo até que todo mundo assimilasse aquela cifra. Lonnie se levantou em um pulo e andou até a mesa.

– Vocês são malucos – disse ele alto o suficiente para ser ouvido, então saiu da sala, batendo a porta.

– Não posso fazer isso – disse a Sra. Gladys Card, visivelmente abalada. – Eu vivo de pensão, sabe? É uma boa pensão, mas não consigo ver sentido nesses números.

– Os números são reais – disse Nicholas. – A empresa tem 800 milhões em caixa, um patrimônio de mais de 1 bilhão. No ano passado, nosso país gastou 6 bilhões em despesas médicas diretamente relacionadas ao tabagismo, e o número aumenta a cada ano que passa. Os quatro maiores fabricantes de cigarro somados tiveram um faturamento de quase 16 bilhões no ano passado. E os números estão crescendo. A gente precisa pensar grande, ok? Esses caras vão rir de um veredito de 5 milhões de dólares. Eles não vão mudar nada, vão continuar fazendo a mesma coisa. As mesmas propagandas direcionadas pros jovens. As mesmas mentiras pro Congresso. O mesmo tudo, a não ser que a gente faça eles acordarem.

Rikki se apoiou nos cotovelos e olhou para a Sra. Card do outro lado da mesa.

– Se a senhora não pode fazer isso, então vá embora como os outros.

– Não me provoque.

– Não estou provocando. É preciso coragem pra fazer isso. Nicholas tem razão. Se a gente não der um tapa na cara deles e deixá-los de joelhos, nada vai mudar. Essa gente é implacável.

A Sra. Gladys Card estava nervosa e tremendo, prestes a ter um colapso.

– Eu sinto muito. Eu quero ajudar, mas não posso fazer isso.

– Está tudo bem, Sra. Card – disse Nicholas, tentando acalmá-la.

A pobre senhora estava perturbada e precisava de um amigo. Claro, estava tudo bem, desde que houvesse outros nove votos. Ele podia se dar ao luxo de ser acolhedor; o que não podia era se dar ao luxo de perder mais um voto.

Fez-se um silêncio enquanto esperavam para ver se ela ia permanecer ou se desgarrar. Ela respirou fundo, projetou o queixo para a frente e encontrou uma força interior.

– Posso fazer uma pergunta? – disse Angel na direção de Nicholas, como se ele agora fosse a única fonte de sabedoria.

– Claro – disse ele, dando de ombros.

– O que vai acontecer com a indústria tabagista se concedermos uma indenização enorme, tipo a que estamos falando?

– Legalmente, economicamente ou politicamente?

– Os três.

Ele refletiu por um ou dois segundos, mas estava ansioso para responder.

– Muito pânico, a princípio. Fortes repercussões. Muitos executivos apavorados, preocupados com o que vai vir depois disso. Eles vão ficar encolhidos, esperando pra ver se os advogados vão inundá-los de processos. Serão obrigados a repensar suas estratégias de publicidade. Não vão à falência, pelo menos não num futuro próximo, porque têm muito dinheiro. Vão recorrer ao Congresso e exigir leis específicas, mas suspeito que Washington vai tratá-los com cada vez menos complacência. Resumindo, Angel, a indústria nunca mais vai ser a mesma se a gente fizer o que precisa ser feito.

– Espero que, um dia, os cigarros sejam proibidos – acrescentou Rikki.

– Ou isso, ou que as empresas não tenham condições financeiras de fabricá-los – disse Nicholas.

– O que vai acontecer com a gente? – perguntou Angel. – Quer dizer, estaremos em perigo? Você disse que essas pessoas estão observando a gente desde antes de o julgamento começar.

– Não, estaremos seguros – disse Nicholas. – Eles não podem fazer nada com a gente. Como disse antes, semana que vem nem vão se lembrar dos nossos nomes. Mas todo mundo vai se lembrar do nosso veredito.

Phillip Savelle voltou e se sentou.

– Então, o que os Robin Hoods aí decidiram? – perguntou ele.

Nicholas o ignorou.

– Precisamos decidir um valor, pessoal, se quisermos ir pra casa.

– Achei que tínhamos tomado essa decisão – disse Rikki.

– Temos pelo menos nove votos? – perguntou Nicholas.

– Qual é o valor, se me permitem saber? – perguntou Savelle em tom debochado.

– Trezentos e cinquenta milhões, mais ou menos – respondeu Rikki.

– Ah, a velha teoria da distribuição da riqueza. Engraçado, vocês não parecem um bando de marxistas.

– Tenho uma ideia – disse Jerry. – Vamos arredondar para quatrocentos, metade do caixa deles. Isso não deve levá-los à falência. Eles podem apertar os cintos, carregar um pouco mais na nicotina, fisgar mais jovens e, pronto, vão ter o dinheiro de volta em alguns anos.

– Isso é um leilão? – perguntou Savelle, e ninguém respondeu.

– Vamos fazer isso – disse Rikki.

– Contagem de votos – disse Nicholas, e nove mãos foram levantadas.

Ele então perguntou a cada um dos outros oito se votavam a favor de um veredito de 2 milhões de dólares em danos reais e de 400 milhões em punitivos. Todos disseram que sim. Ele preencheu o formulário do veredito e pediu a cada um que assinasse.

Lonnie voltou depois de bastante tempo.

– Chegamos a um veredito, Lonnie – disse Nicholas.

– Que surpresa. Quanto?

– Quatrocentos e dois milhões de dólares – disse Savelle. – Uns milhões a mais ou a menos.

Lonnie olhou para Savelle, depois olhou para Nicholas.

– Você tá brincando? – disse ele, quase inaudível.

– Não – disse Nicholas. – É verdade, e temos nove votos. Você quer se juntar?

– De jeito nenhum.

– É incrível à beça, não é? – disse Savelle. – E pensa só, todo mundo aqui vai ficar famoso.

– Isso é inédito – disse Lonnie, apoiando-se na parede.

– Na verdade, não – respondeu Nicholas. – Impuseram uma indenização de 10 bilhões de dólares contra a Texaco alguns anos atrás.

– Ah, então esta aqui é uma pechincha? – disse Lonnie.

– Não – disse Nicholas, ficando de pé. – Isso é justiça.

Ele andou até a porta, abriu-a e pediu a Lou Dell que informasse ao juiz Harkin que o júri estava pronto.

Durante o minuto em que esperavam, Lonnie parou Nicholas em um canto e perguntou, sussurrando:

– Tem como manter meu nome fora disso?

Ele estava mais nervoso do que irritado.

– Claro. Não se preocupe. O juiz vai nos perguntar um a um quem vota com o veredito. Quando ele perguntar, é só deixar claro pra todo mundo que você não teve nada a ver com isso.

– Obrigado.

42

Lou Dell pegou o bilhete da mesma forma que havia pegado os anteriores e o entregou a Willis, que atravessou o corredor, fez uma curva e desapareceu. Ele o entregou pessoalmente à Sua Excelência, que, naquele momento, estava falando ao telefone – e ansioso para saber do veredito. Ele ouvia vereditos o tempo todo, mas tinha um palpite de que aquele poderia ter um quê de explosivo. Tinha certeza de que um dia presidiria um grande julgamento civil ainda maior, mas era difícil pensar em algo maior que aquilo naquele momento.

A nota dizia: "Juiz Harkin, Vossa Excelência poderia providenciar um policial para me escoltar à saída do tribunal assim que formos dispensados? Estou assustado. Explico depois. Nicholas Easter."

Sua Excelência deu instruções a um oficial que estava de guarda junto à porta do seu gabinete, depois caminhou resoluto porta afora e entrou na sala de audiências, onde o ar parecia pesado de tanta tensão. Advogados, dos quais a maioria estivera em seus escritórios não muito distantes aguardando a ligação, avançavam correndo pelo corredor, apressados, em direção aos seus assentos, nervosos e de olhos arregalados. Os espectadores foram chegando pouco a pouco. Eram quase oito da noite.

– Fui informado de que o júri chegou a um veredito – disse Harkin em voz alta em seu microfone, e pôde ver os advogados tremendo. – Por favor, tragam o júri.

Eles entraram com expressões solenes, algo que os jurados sempre fazem. Independentemente das boas notícias que trouxessem para um lado ou para o outro, e do quão unidos pudessem estar, suas cabeças estavam sempre baixas, fazendo com que ambos os lados se apavorassem instintivamente e começassem a pensar nos planos para recorrer do veredito.

Lou Dell pegou o formulário de Nicholas, entregou-o à Sua Excelência, que, de alguma forma, conseguiu examiná-lo e manter-se notavelmente sério. Não deixou escapar o menor indício das notícias devastadoras que tinha em mãos. O veredito o deixou absurdamente chocado, mas não havia nada que pudesse fazer em termos jurídicos. Estava tudo certo tecnicamente. Seriam apresentados recursos para reduzir a indenização mais tarde, mas estava de mãos atadas naquele momento. Dobrou-o novamente e o devolveu a Lou Dell, que o levou até Nicholas. Ele estava de pé e pronto para fazer o anúncio.

– Sr. Porta-Voz, leia o veredito.

Nicholas desdobrou sua obra-prima, deu um pigarro, olhou em volta rapidamente para ver se Fitch estava no tribunal e, quando não o viu, leu:

– Nós, o júri, decidimos a favor da reclamante, Celeste Wood, e concedemos uma indenização compensatória no valor de 2 milhões de dólares.

Isso por si só já era um precedente. Wendall Rohr e sua gangue de advogados deram um enorme suspiro de alívio. Tinham acabado de fazer história.

Mas o júri não tinha terminado.

– E nós, o júri, decidimos a favor da reclamante, Celeste Wood, e concedemos uma indenização punitiva no valor de 400 milhões de dólares.

Do ponto de vista de um advogado, ouvir um veredito é algo próximo de uma forma de arte. Não são permitidos vacilos nem contorções. Não se pode olhar ao redor em busca de consolo nem de júbilo. Não se pode agarrar o cliente para comemorar nem para consolá-lo. É preciso permanecer sentado, perfeitamente imóvel, franzir a sobrancelha em direção ao bloco de notas no qual se está escrevendo e agir como se soubesse exatamente que aquele seria o veredito.

A forma de arte foi profanada. Cable desabou como se tivesse levado um tiro no estômago. Seus camaradas olharam para a bancada do júri de queixo caído, o ar escapando dos pulmões, os olhos semicerrados em total descrença. Um "Ai, meu Deus!" foi ouvido de algum lugar em meio aos advogados de defesa de segundo escalão sentados atrás de Cable.

Rohr era só sorrisos quando rapidamente pôs o braço sobre os ombros de Celeste Wood, que começou a chorar. Os outros advogados abraçaram-se em silenciosas comemorações. Ah, a emoção da vitória, a perspectiva de dividir 40% daquela indenização.

Nicholas se sentou e deu um tapinha na perna de Loreen Duke. Estava acabado, finalmente estava acabado.

O juiz Harkin deu continuidade com toda a seriedade, como se aquele fosse apenas mais um veredito.

– Agora, senhoras e senhores, vou inquirir o júri. Isso significa que vou perguntar a cada um de vocês individualmente se votam com este veredito. Vou começar pela Sra. Loreen Duke. Por favor, diga claramente, para que conste dos autos, se a senhora votou ou não neste veredito.

– Votei – disse ela, orgulhosa.

Alguns dos advogados fizeram anotações. Alguns simplesmente ficaram olhando fixamente para o nada.

– Sr. Easter? O senhor votou a favor deste veredito?

– Votei.

– Sra. Dupree?

– Sim, Vossa Excelência. Votei.

– Sr. Savelle?

– Não votei.

– Sr. Royce? O senhor votou a favor?

– Votei.

– Sra. Weese?

– Votei.

– Sr. Vu?

– Votei.

– Sr. Lonnie Shaver?

Lonnie meio que se levantou e disse em voz alta, para todo mundo ouvir:

– Não, Vossa Excelência, eu não votei neste veredito e discordo inteiramente dele.

– Obrigado. Sra. Rikki Coleman? A senhora votou neste veredito?

– Sim, Vossa Excelência.

– Sra. Gladys Card?

– Não, Vossa Excelência.

De repente, houve um lampejo de esperança para Cable, a Pynex, Fitch e toda a indústria tabagista. Três jurados haviam se oposto ao veredito. Bastava mais um, e o júri seria mandado de volta para continuar a deliberar. Todo juiz de primeira instância tinha histórias de júris cujos veredito se desintegraram depois de proferidos. Em pleno tribunal, com advogados e clientes assistindo, um veredito soava muito diferente daquilo que havia soado minutos antes na segurança da sala do júri.

Mas a tênue perspectiva de um milagre foi eliminada por Poodle e Jerry. Ambos confirmaram o veredito.

– Parece que a votação é de nove a três – disse Sua Excelência. – Todo o resto parece estar em ordem. Algum comentário, Dr. Rohr? – Rohr simplesmente balançou a cabeça. Ele não podia agradecer ao júri naquele momento, embora sonhasse em pular a grade e beijar os pés deles. Sentou-se presunçosamente em sua cadeira, um braço pesado em torno de Celeste Wood. – Dr. Cable?

– Não, Excelência – foi o que Cable conseguiu dizer.

Ah, as coisas que ele adoraria dizer aos jurados, aqueles idiotas.

O fato de Fitch não estar no tribunal deixou Nicholas extremamente preocupado. A ausência dele significava que estava lá fora, em algum lugar no escuro, à espreita, esperando. Quanto Fitch sabia àquela altura? Provavelmente, demais. Nicholas estava ansioso para sair do tribunal e dar o fora da cidade.

Harkin então deu início a um agradecimento verborrágico, intercalado com uma dose retumbante de patriotismo e dever cívico, adicionou todos os clichês que tinha ouvido da tribuna, advertiu-os a não falar com ninguém sobre suas deliberações e seu veredito, disse que poderia deter qualquer um por desacato caso dissessem uma só palavra do que havia acontecido na sala do júri e os dispensou rumo à última passagem pelo hotel para pegar suas coisas.

Fitch estava vendo e ouvindo tudo da sala de projeção ao lado de seu escritório. E fez isso sozinho; os consultores de júri tinham sido dispensados horas antes e mandados de volta para Chicago.

Ele poderia pegar Easter, e isso havia sido longamente debatido com Swanson, que foi informado de tudo assim que chegou. Mas de que adiantaria? Easter não ia abrir a boca, e ainda correriam o risco de serem acusados de sequestro. Eles já tinham problemas suficientes sem ter que cumprir pena em Biloxi.

Decidiram segui-lo, na esperança de que ele os levasse até a garota. O que, claro, representava outro dilema: o que fariam com ela se a encontrassem? Eles não podiam denunciar Marlee à polícia. Ela tomara a magnífica decisão de roubar dinheiro sujo. O que Fitch diria ao FBI em seu depoimento? Que ele lhe dera 10 milhões de dólares para comprar veredito em um julgamento contra a indústria tabagista, e que ela havia tido a coragem de traí-lo? Quem poderia processá-la naquele momento?

O que quer que acontecesse, Fitch estava ferrado.

Ele assistiu às imagens pelas lentes da câmera escondida de Oliver McAdoo. Os jurados se levantaram, arrastaram os pés, e a bancada do júri ficou vazia.

O grupo se reuniu na sala do júri para pegar livros, revistas e apetrechos de tricô. Nicholas não estava com humor para conversa fiada. Ele passou pela porta, onde Chuck, um velho amigo agora, o parou e disse que o xerife estava esperando do lado de fora.

Sem dizer uma palavra a Lou Dell, Willis ou a qualquer uma das pessoas com quem havia passado as últimas quatro semanas, Nicholas desapareceu às pressas atrás de Chuck. Esgueiraram-se pela porta dos fundos, onde o próprio xerife estava à espera ao volante de seu grande Ford marrom.

– O juiz disse que você precisava de ajuda – disse o xerife sem sair do carro.

– Sim. Pegue a 49 sentido norte. Eu lhe indico o caminho. E confira se não estamos sendo seguidos.

– Ok. Quem pode estar seguindo você?

– Bandidos.

Chuck se sentou no lado do carona e saíram em disparada. Nicholas deu uma última olhada para a sala do júri, no segundo andar. Ele viu Millie, da cintura para cima, abraçando Rikki Coleman.

– Você não tem coisas no hotel? – perguntou o xerife.

– Deixe pra lá. Pego outra hora.

O xerife transmitiu instruções por rádio para dois carros o seguirem e se certificarem de que não estavam sendo seguidos. Vinte minutos depois, enquanto atravessavam Gulfport, Nicholas começou a apontar para um lado e para o outro, e o xerife parou na quadra de tênis de um grande condomínio a norte da cidade. Nicholas disse que estava tudo bem e desceu.

– Está tudo bem mesmo? – perguntou o xerife.

– Está, sim. Vou ficar aqui com alguns amigos. Obrigado.

– Me ligue se precisar de ajuda.

– Pode deixar.

Nicholas desapareceu em meio à noite e ficou observando de uma esquina enquanto a viatura partia. Esperou ao lado da casa da piscina, um ponto de observação que lhe permitia ver todo o movimento de entrada e saída do condomínio. Não notou nada suspeito.

Seu carro de fuga era novinho em folha, um carro alugado que Marlee havia deixado lá dois dias antes, um dos três agora abandonados em diferentes estacionamentos nos arredores de Biloxi. Ele fez a viagem de noventa minutos até Hattiesburg em segurança, enquanto observava sua retaguarda o trajeto inteiro.

O jatinho estava à espera no aeroporto de Hattiesburg. Nicholas trancou o carro com a chave dentro e caminhou com indiferença até o pequeno terminal.

PASSAVA UM POUCO DA MEIA-NOITE quando ele passou pela alfândega em George Town com documentos canadenses novos. Não havia outros passageiros; o aeroporto estava praticamente deserto. Marlee o encontrou na esteira de bagagens, e eles se abraçaram com ferocidade.

– Você ficou sabendo? – perguntou ele.

Eles saíram, e o ar úmido os atingiu com força.

– Sim, tá tudo na CNN – disse ela. – Foi o melhor que você conseguiu fazer? – perguntou ela com uma risada, e beijaram-se outra vez.

Ela dirigiu em direção a George Town, pelas ruas vazias e sinuosas, contornando os modernos edifícios bancários agrupados junto à orla.

– É o nosso – disse ela, apontando para o prédio do Royal Swiss Trust.

– Bacana.

Mais tarde, sentaram-se na areia, à beira d'água, chapinhando na espuma enquanto as ondas suaves quebravam em seus pés. Alguns barcos com luzes fracas passavam no horizonte. Hotéis e edifícios estavam em silêncio às costas deles. Eram os donos da praia no momento.

E que momento era aquele. Uma missão de quatro anos havia acabado. Seus planos finalmente tinham dado certo, e de forma perfeita. Ambos sonharam com aquela noite por muito tempo, mas acharam inúmeras vezes que jamais chegaria.

As horas passaram voando.

ELES TINHAM ACHADO MELHOR que Marcus, o corretor, jamais pusesse os olhos em Nicholas. Havia uma excelente chance de as autoridades fazerem perguntas mais tarde, e quanto menos Marcus soubesse, melhor. Marlee apresentou-se à recepcionista do Royal Swiss Trust às nove em ponto e foi escoltada até o andar de cima, onde Marcus estava esperando com muitas perguntas que não podia fazer. Ele ofereceu café e fechou a porta.

– A venda a descoberto da Pynex parece ter sido um excelente negócio – disse ele com um sorriso diante do seu próprio talento para o eufemismo.

– Parece que sim – disse ela. – Onde vai abrir?

– Boa pergunta. Estive ao telefone com Nova York, e as coisas estão bastante caóticas. O veredito surpreendeu todo mundo. Exceto você, eu acho. – Ele queria muito perguntar, mas sabia que não haveria nenhuma resposta. – Tem uma chance de não abrir. Poderiam suspender as transações por um ou dois dias.

Ela pareceu entender aquilo perfeitamente. O café chegou. Tomaram enquanto revisavam os fechamentos da véspera. Às nove e meia, Marcus colocou o fone de ouvido e se concentrou nos dois monitores em sua mesa lateral.

– O mercado está aberto – disse ele, esperando.

Marlee ouviu atentamente enquanto tentava parecer calma. Ela e Nicholas queriam fazer uma matança rápida, pá-pum, depois pegar o dinheiro e ir a algum lugar distante que nunca tivessem visto antes. Ela teria que cobrir as 160 mil ações da Pynex, ações que estava ansiosa para entregar.

– Está suspenso – disse Marcus olhando para o computador, e ela se retraiu um pouco. Ele apertou algumas teclas e deu início a uma conversa com alguém em Nova York. Murmurou números e pontos, depois disse:

– Estão oferecendo a 50, e não há compradores. Sim ou não?

– Não.

Dois minutos se passaram. Os olhos dele não se afastaram da tela.

– Está em 45. Sim ou não?

– Não. E as outras?

Os dedos dele dançaram pelo teclado.

– Uau. A Trellco caiu 13 dólares, pra 43. A Smith Greer caiu 11, pra 53,25. A ConPack caiu 8, pra 25. É um banho de sangue. Toda a indústria está sendo bombardeada.

– Veja a Pynex.

– Ainda caindo. Agora 42, com alguns poucos compradores.

– Compre 20 mil ações a 42 – disse ela, olhando suas anotações.

Alguns segundos se passaram antes que ele dissesse:

– Confirmado. Subiu pra 43. Estão prestando atenção lá em cima. Eu ficaria abaixo de 20 mil ações da próxima vez.

Descontadas as comissões, a parceria Marlee/Nicholas tinha acabado de ganhar 740 mil dólares.

– Voltou pra 42 – disse ele.

– Compre 20 mil ações a 41– disse ela.

– Confirmado – disse ele um minuto depois.

Mais 760 mil de lucro.

– Estacionou nos 41, agora subiu meio dólar – disse ele como um robô. – Eles viram a sua compra.

– Tem mais alguém comprando? – perguntou ela.

– Ainda não.

– Quando é que vão começar?

– Não tem como saber. Mas em breve, eu acho. Essa empresa tem dinheiro demais pra falir. O valor patrimonial por ação é de cerca de 70 dólares. Pagar 50 é uma ninharia. Eu diria a todos os meus clientes pra cair dentro.

Ela comprou mais 20 mil ações a 41, depois esperou meia hora e comprou mais 20 mil a 40.

Quando a Trellco chegou a 40, uma queda de 16 dólares, ela comprou 20 mil ações, com um lucro de 320 mil dólares.

A morte rápida estava acontecendo. Ela pegou um telefone emprestado às dez e meia e ligou para Nicholas, que estava grudado na TV, vendo tudo aquilo se desenrolar na CNN. Tinham uma equipe em Biloxi tentando conseguir entrevistas de Rohr, Cable e Harkin, de Gloria Lane ou qualquer um que pudesse saber alguma coisa. Ninguém queria falar com eles. Nicholas também assistia às cotações das ações em um canal de notícias de economia.

A Pynex chegou ao fundo uma hora depois de aberto o pregão. Os compradores apareceram quando ela chegou aos 38, momento em que Marlee garantiu as 80 mil ações que faltavam.

Quando a Trellco encontrou resistência aos 41, ela comprou 40 mil ações. O negócio com a Trellco estava resolvido. Com a maior parte de seus negócios cobertos, e cobertos de forma bastante brilhante, Marlee estava menos disposta a ficar por lá e ser gananciosa com as outras ações. Ela trabalhou duro para ser paciente. Havia ensaiado aquele plano muitas vezes, e nunca mais teria a mesma oportunidade.

Poucos minutos antes do meio-dia, com o mercado ainda em estado de caos, ela cobriu as ações restantes da Smith Greer. Marcus tirou o fone de ouvido e enxugou o suor da testa.

– Não foi uma manhã nada ruim, Sra. MacRoland. A senhora faturou mais de 8 milhões, já descontadas as comissões.

Uma impressora zumbia baixinho na mesa, cuspindo confirmações.

– Quero o dinheiro transferido para um banco em Zurique.

– O nosso banco?

– Não.

Ela lhe entregou uma folha de papel com os dados para a transferência.

– Quanto? – perguntou ele.

– Tudo, menos, é claro, a sua comissão.

– Perfeito. Suponho que seja uma prioridade.

– Imediatamente, por favor.

ELA FEZ AS MALAS COM RAPIDEZ. Ele ficou vendo, porque não tinha nada para pôr na mala, nada além de duas camisas polo e uma calça jeans que havia comprado em uma loja do hotel. Prometeram um ao outro novos guarda-roupas no próximo destino. Dinheiro não seria problema.

Voaram, de primeira classe, a Miami, onde esperaram duas horas antes de embarcar em um voo para Amsterdã. O serviço de notícias a bordo da primeira classe oferecia nada menos que a CNN e a Financial News. Eles assistiram com enorme prazer à cobertura do veredito em Biloxi, enquanto Wall Street corria em círculos. Especialistas brotavam de todo canto. Professores de Direito faziam previsões destemidas sobre o futuro da responsabilidade civil na indústria tabagista. Analistas de mercado ofereciam inúmeras opiniões, cada uma em nítido contraste com a anterior. O juiz Harkin não se pronunciou. Cable não foi localizado. Rohr finalmente saiu de seu escritório e recebeu todo o crédito pela vitória. Ninguém sabia quem era Rankin Fitch, o que era uma pena, porque Marlee queria muito ver a cara de sofrimento dele.

Em retrospectiva, o timing dela fora perfeito. O mercado chegou ao fundo do poço pouco depois e, no fim do dia, a Pynex estava se mantendo estável nos 45.

De Amsterdã, voaram para Genebra, onde alugaram uma suíte de hotel por um mês.

43

itch deixou Biloxi três dias após o veredito. Voltou à sua casa em Arlington e à sua rotina em Washington. Embora seu futuro como diretor do Fundo fosse incerto, seu pequeno escritório anônimo tinha trabalho suficiente para se manter ocupado mesmo sem a indústria tabagista. Nada, porém, que pagasse como o Fundo.

Uma semana depois do veredito, encontrou-se com Luther Vandemeer e D. Martin Jankle em Nova York e expôs todos os detalhes do acordo com Marlee. Não foi uma reunião agradável.

Ele também conversou com um grupo de advogados implacáveis de Nova York sobre a melhor forma de contestar o veredito. O fato de Easter ter desaparecido imediatamente era motivo de suspeita. Herman Grimes já havia concordado em divulgar seus boletins médicos. Não havia evidência nenhuma de um ataque cardíaco iminente. Estava em forma e saudável até aquela manhã. Lembrou-se de ter sentido um gosto estranho no café, e logo depois estava caído no chão. O coronel aposentado Frank Herrera já havia prestado uma declaração juramentada na qual dizia que os materiais não autorizados encontrados debaixo de sua cama não haviam sido colocados lá por ele. Ele não recebera visitas. A *Mogul* não era vendida em nenhum lugar perto do hotel. O mistério em torno do veredito ficava mais complexo a cada dia.

Os advogados de Nova York não sabiam do negócio com Marlee e jamais saberiam.

Cable havia se preparado e estava quase pronto para dar entrada em uma petição solicitando permissão para entrevistar os jurados, ideia da qual o juiz Harkin parecia gostar. De que outra forma seriam capazes de descobrir o que havia acontecido lá dentro? Lonnie Shaver estava particularmente ansioso para contar tudo. Tinha conseguido sua promoção e estava pronto para defender a indústria norte-americana.

Havia esperança nos esforços pós-julgamento. O processo de apelação seria longo e árduo.

Quanto a Rohr e ao grupo de advogados que havia financiado o caso, o futuro estava repleto de oportunidades ilimitadas. Foi montada uma equipe apenas para lidar com a enxurrada de ligações de outros advogados e de vítimas em potencial. Uma linha gratuita foi aberta. Ações coletivas estavam em análise.

Wall Street parecia mais simpática a Rohr do que à indústria. Nas semanas seguintes ao veredito, a Pynex não conseguiu ultrapassar os 50, e as outras três caíram pelo menos 20%. Grupos antitabagismo previram abertamente a falência e a eventual extinção dos fabricantes de cigarro.

SEIS SEMANAS DEPOIS de sair de Biloxi, Fitch estava almoçando sozinho em um pequeno restaurante indiano perto de Dupont Circle, em Washington. Deliciava-se com uma tigela de sopa condimentada, ainda vestindo seu sobretudo, porque estava nevando lá fora e frio ali dentro.

Ela surgiu do nada, apenas apareceu, como um anjo, da mesma forma que havia assomado no terraço da cobertura do St. Regis, em Nova Orleans, mais de dois meses antes.

– Oi, Fitch – disse ela, e ele deixou a colher cair.

Olhou ao redor do restaurante escuro, não viu nada além de pequenos grupos de indianos amontoados sobre tigelas fumegantes, nenhuma outra palavra falada em inglês em um raio de 10 metros.

– O que você está fazendo aqui? – disse ele sem mover os lábios.

O rosto dela estava alinhado com a pele do casaco. Ele se lembrou de como ela era linda. O cabelo parecia ainda mais curto.

– Vim só pra dar oi.

– Você já deu.

– E o dinheiro está sendo devolvido pra você, enquanto nos falamos. Estou transferindo pra sua conta em Hanwa, nas Antilhas Holandesas. Todos os 10 milhões, Fitch.

Ele não conseguiu pensar em nenhuma resposta rápida para isso. Estava olhando para o rosto adorável da única pessoa que já o havia derrotado. E ela ainda o deixava sem palavras.

– Que gentileza a sua – disse ele.

– Comecei a fazer doações, sabe, pra alguns desses grupos antitabagismo. Mas nós decidimos parar.

– Nós? Como vai o Nicholas?

– Tenho certeza que você sente falta dele.

– Muita.

– Ele tá bem.

– Então vocês estão juntos?

– Claro.

– Achei que você tivesse pegado o dinheiro e fugido de todo mundo, inclusive dele.

– Ora, Fitch.

– Eu não quero o dinheiro.

– Ótimo. Dê pra Associação Norte-Americana do Pulmão.

– Não é o meu tipo de caridade. Por que você está me devolvendo o dinheiro?

– Não é meu.

– Então você encontrou a ética e a moral, talvez até Deus.

– Pare de sermão, Fitch. Soa um tanto falso vindo de você. Nunca planejei ficar com o dinheiro. Só queria pegar emprestado.

– Se vai mentir e trapacear, por que não ir em frente e roubar também?

– Eu não roubo. Se menti e trapaceei, é porque é dessa forma que o seu cliente entende. Me conta, Fitch, você encontrou a Gabrielle?

– Sim, encontramos.

– E você encontrou os pais dela?

– Sabemos onde estão.

– Agora você entende, Fitch?

– Faz mais sentido, sim.

– Eles eram pessoas maravilhosas. Inteligentes, vigorosos e amavam a vida. Os dois se viciaram em cigarro quando estavam na faculdade, e eu os vi lutar contra o vício até a morte. Odiavam a si mesmos por fumar, mas nunca conseguiram parar. Tiveram mortes terríveis, Fitch. Eu os vi sofrendo, murchando e ofegando até não conseguirem mais respirar. Eu era a única filha deles. Seus capangas descobriram isso?

– Descobriram.

– Minha mãe morreu em casa, no sofá da sala, porque não conseguia andar até o quarto. Só a mamãe e eu.

Ela fez uma pausa e olhou em volta. Fitch notou que seus olhos estavam particularmente claros. Por mais triste que tivesse sido, ele não conseguiu demonstrar empatia.

– Quando você colocou esse plano em ação? – perguntou ele, finalmente tomando uma colher de sopa.

– Na pós-graduação. Estudei economia, cheguei a pensar em Direito, depois namorei um advogado por um tempo e ouvi histórias de processos contra a indústria tabagista. A ideia foi crescendo.

– Que bela trama.

– Obrigada, Fitch. Vindo de você, isso é um elogio. – Ela apertou mais as luvas, como se estivesse pronta para ir. – Só queria dar oi, Fitch. E me assegurar de que você ficasse sabendo por que isso aconteceu.

– Você vai deixar a gente em paz?

– Não. Vamos acompanhar o recurso de perto, e se os seus advogados se empolgarem demais contestando o veredito, tenho cópia das transferências eletrônicas. Cuidado, Fitch. Estamos um tanto orgulhosos desse veredito e vamos ficar sempre de olho. – Ela se apoiou na borda da mesa. – E lembre-se, Fitch. Da próxima vez que vocês forem ao tribunal, vamos estar lá.

Agradecimentos

Uma vez mais, estou em dívida com meu amigo Will Denton, agora em Biloxi, no Mississippi, por me fornecer a maior parte da pesquisa e muitas das histórias nas quais esta aqui se baseia; e com sua adorável esposa, Lucy, por sua hospitalidade enquanto estive na Costa do Golfo.

Obrigado também a Glenn Hunt, de Oxford; Mark Lee, de Little Rock; Robert Warren, de Bogue Chitto; e a Estelle, por ter encontrado mais erros do que eu gostaria.

CONHEÇA OS LIVROS DE JOHN GRISHAM

Justiça a qualquer preço

O homem inocente

A firma

Cartada final

O Dossiê Pelicano

Acerto de contas

Tempo de matar

Tempo de perdoar

O júri

Para saber mais sobre os títulos e autores da Editora Arqueiro,
visite o nosso site e siga as nossas redes sociais.
Além de informações sobre os próximos lançamentos,
você terá acesso a conteúdos exclusivos
e poderá participar de promoções e sorteios.

editoraarqueiro.com.br

O JÚRI

O Arqueiro

GERALDO JORDÃO PEREIRA (1938-2008) começou sua carreira aos 17 anos, quando foi trabalhar com seu pai, o célebre editor José Olympio, publicando obras marcantes como *O menino do dedo verde*, de Maurice Druon, e *Minha vida*, de Charles Chaplin.

Em 1976, fundou a Editora Salamandra com o propósito de formar uma nova geração de leitores e acabou criando um dos catálogos infantis mais premiados do Brasil. Em 1992, fugindo de sua linha editorial, lançou *Muitas vidas, muitos mestres*, de Brian Weiss, livro que deu origem à Editora Sextante.

Fã de histórias de suspense, Geraldo descobriu *O Código Da Vinci* antes mesmo de ele ser lançado nos Estados Unidos. A aposta em ficção, que não era o foco da Sextante, foi certeira: o título se transformou em um dos maiores fenômenos editoriais de todos os tempos.

Mas não foi só aos livros que se dedicou. Com seu desejo de ajudar o próximo, Geraldo desenvolveu diversos projetos sociais que se tornaram sua grande paixão.

Com a missão de publicar histórias empolgantes, tornar os livros cada vez mais acessíveis e despertar o amor pela leitura, a Editora Arqueiro é uma homenagem a esta figura extraordinária, capaz de enxergar mais além, mirar nas coisas verdadeiramente importantes e não perder o idealismo e a esperança diante dos desafios e contratempos da vida.